Le Voyage d'Hawkwood

Collection « Fantasy »
dirigée par Alexis Aubenque

DÉJÀ PARUS

Nicolas Jarry, *La Citadelle des cendres*
Mitchell Graham, *Le Cinquième Anneau*

PAUL KEARNEY

Les Monarchies divines 1

Le Voyage d'Hawkwood

Traduit de l'anglais
par Marianne Thirioux

Fantasy

ÉDITIONS DU
ROCHER
Jean-Paul Bertrand

Titre original : *The Monarchies of God 1. Hawkwood's Voyage.*
Première édition : Victor Gollancz, Londres, 1995.

ISBN 2-268-05228-1

Pour la bande du Museum Road:
John, Dave, Sharon, Felix et Helen;
et pour le docteur Marie Cahir,
mon associée dans tout.

Ceux qui partent en mer sur des navires
Et exercent leur métier sur les grandes eaux,
Ceux-là virent les œuvres du Seigneur
Et ses miracles en haute mer.

Psaume 107, 23-24

YAZDEGARD
Mer du Nord
PROVINCES HARDIENNES
Hardalen
KOLCHUK
KAMBAKSK
Montagnes du Jafrar du Nord
Baie de Gard
HARDUKH
Mer de Glace
AGDER
Mer Hardique
GARDIAC
Les Sept Sultanats
Île Alsten
FINNMARK
KURASAN
Rivière Ostienne
OSTRABAR
Îles Agderiennes
Plaines Toriennes
Alstadt
Montagnes Thuriennes
Aekir
Mer de Tor
Montagnes du Jafrar du Sud
DANRIMIR
Golfe Tulmien
ALMARK
Rivière de la Searil
Digue d'Ormann
KARDIKIA
Charibon
PRINCIPAUTÉ DE FULK
DUCHÉ DE TOURON
Cimbriques
KASHDAN
TULM
Torunn
Rivière Ephron
Fimbir
Val Ephrir
TORUNNIE
Stard
Mer Kardienne
IBNIR
AMARLAINE
Montagnes de Malvennor
PERIGRAINE
HEBRION
IMERDON
NEYR
FIMBRIE
Îles Brenn
GADERIA
NALBENI
NARBOSK
CANDELARIA
Golfe Fimbrien
Gebaar
Rivière d'Arcolm
Abrusio
Narbukir
Nalben
Mer Hebrionienne
Hebrionien
ASTARAC
RIDAWAN
Cartigella
Rivière de Macassar
MACASSAR
Grand Océan Occidental
Îles de Malacar
Détroits de Malacar
Levangore
Medruks des Mers
Gabrir
GABRION
Azbakir
N
0
100
Lieues
CALMAR
PUNT

Prologue

Année du Saint 422.

Navire de la mort – il cabotait sous la brise du nord-ouest, les huniers immobiles, mais les vergues brassées pour affronter un vent perdu depuis trop longtemps en haute mer. L'équipage de la yole fut le premier à l'apercevoir, la veille de la Saint-Beynac. Il donnait lourdement de la gîte, en dépit de la houle légère, et les vestiges de ses voiles vibrèrent et s'agitèrent lorsque la brise fraîchit.

C'était une journée d'un bleu parfait, un ciel et un océan immenses qui se reflétaient même l'un sur l'autre. Quelques goélands voletaient, impatients, autour des filets remplis d'argent remorqués par l'équipage de la yole qui faisait des affaires en or, et un banc d'oyvips étincelants, anormalement nombreux, batifolait par bâbord – mauvais augure. À l'intérieur de chaque banc, disait-on, hurlait l'âme d'un noyé. Mais le vent était clément et le banc démesuré – perceptible telle une ombre gigantesque sous la coque du navire, scintillant de temps à autre lorsque le flanc lumineux d'un poisson se contorsionnait ; les pêcheurs étaient présents depuis le quart du matin, remplissant leurs filets avec la récompense incertaine de la mer, la ligne obscure de la côte hebrionienne n'étant que pure conjecture, au loin, bien au-delà de leurs épaules droites.

Le capitaine de l'une des yoles se protégea les yeux, marqua une pause puis scruta attentivement l'océan, pierre bleue scintillant sur du cuir ondoyant, le menton hérissé de poils aussi pâles que ceux d'une ortie. L'ombre de l'eau, lumineuse, se gondolait dans ses orbites.

– Quelque chose en vue, marmonna-t-il.

– Qu'est-ce, pater ?

– Une caraque, fiston, un navire de haute mer visiblement. Mais sa toile pend en bandelettes sur ses vergues : un hauban est en train de se défaire. Et elle fait énormément d'eau, à ce que je vois. Elle en a pris pour son grade, c'est évident. Mais son équipage? Ces pauvres marins d'eau douce!

– Peut-être qu'ils sont morts, ou exténués, fit son fils, impatient.

– Peut-être. Ou décimés par le fléau qui ravage leurs terres orientales, d'après ce que j'ai entendu. La malédiction de Dieu sur les incrédules.

Les autres hommes de la yole s'arrêtèrent alors et fixèrent d'un œil sombre le navire qui approchait. Le vent tourna – ils le sentirent changer – et l'étrange navire perdit de la vitesse. Sa coque était visible à l'horizon, ses mâts cabossés enténébrant la ligne d'horizon incertaine qui pouvait aussi bien être la mer que le ciel. De l'eau dégoulinait des mains des hommes; les poissons s'agitaient mollement dans les filets, tombés dans l'oubli, mourants. Des gouttelettes de sueur perlaient sur les nez et piquaient les yeux. Du sel partout, même dans l'eau du corps. Ils regardèrent leur capitaine.

– Il faut lui venir en aide, si tout l'équipage est mort, proposa l'un des hommes.

– C'est un navire malchanceux qui cabote depuis le désert occidental; il n'y a aucun signe de vie à bord, murmura un autre.

– Il n'y a rien du tout, à part des milliers de lieues de mer non naviguée et, au-delà, la lisière même de la terre.

– Il y a peut-être des survivants à bord, qui ont besoin d'aide, déclara le capitaine d'un ton grave.

Son fils le dévisagea, les yeux écarquillés. L'espace d'un instant, tous les regards de l'équipage se braquèrent sur lui.

– Il le sentit comme il sentait le soleil le brûler mais son visage ridé n'exprima rien quand il prit sa décision.

– Nous allons nous rapprocher d'eux. Jakob, baguez la voile basse du mât de misaine, changez-la. Gorm, rentrez ces filets et hélez les autres bateaux. Ils devraient virer de bord. Il y a un banc intéressant par là-bas, trop intéressant pour passer à côté.

L'équipage s'attela aussitôt à la tâche, certains en ronchonnant, d'autres tout excités. La yole était à deux mâts, l'artimon à l'arrière de la tête du gouvernail. Elle devrait louvoyer dans la brise vers la terre pour aborder la caraque. Les hommes dans les autres embarcations cessèrent de remorquer leur prise pour observer la yole se rapprocher de son objectif. Le plus gros bateau virait en présentant son flanc à la houle, prenant de la gîte à tribord, tandis que les vagues se brisaient sur son flanc côté au vent. Cependant que la yole se rapprochait, son équipage prit de la vitesse en ramant comme un forcené tandis que le capitaine et quelques autres restèrent en équilibre sur le plat-bord, prêts à entreprendre un saut dangereux sur la caraque.

Elle se dressait, sombre, de façon imposante au-dessus d'eux, tel un géant se dessinant indistinctement, son gréement courant voletant au vent, sa vergue latine sur l'artimon n'étant plus qu'un lambeau infime. Les préceintes épaisses qui bordaient sa muraille étaient écrasées, en mille morceaux, comme si elle s'était retrouvée comprimée dans un endroit exigu. Pas âme qui vive, aucune réponse à l'appel du capitaine. Subrepticement, les hommes aux avirons marquèrent une pause et décrivirent le signe du Saint sur leur poitrine.

Le capitaine sauta d'un bond. Quand il toucha le flanc de la caraque, l'impact le fit grommeler, puis il se hissa par-dessus son bastingage, à bout de souffle. Les autres suivirent – deux tenaient un poignard entre les dents, comme s'ils devaient se battre pour monter à bord. Puis la yole se retira, son officier la faisant virer de bord, tribord amures. Elle tiendrait le vent et serait évitée à la brise. Le capitaine lui fit un signe de la main quand elle vogua au loin, nonchalamment.

La caraque était ballottée par les flots. Le vent soufflait sur son gaillard d'avant et sur son gaillard d'arrière. Il n'y avait aucun bruit, hormis le sifflement et le clapotis de la mer, le craquement du bois et du gréement, le martèlement d'un tonneau défoncé qui roulait d'avant en arrière entre les dalots. Le capitaine leva la tête quand il flaira l'odeur de corruption dans l'air. Il croisa le regard entendu du vieux Jakob. Ils hochèrent la tête. Il y avait la mort à bord, des cadavres qui pourrissaient quelque part.

– Que le Ramusio Béni nous protége, que ce ne soit pas le fléau ! fit un homme d'une voix rauque.

Le capitaine se renfrogna.

– Tiens ta langue, Kresten. Daniel et toi, voyez ce que vous pouvez faire en la mettant au vent. Je crois que ses coutures tiendront encore malgré la houle. Nous verrons si nous ne pouvons pas la ramener à Abrusio avant qu'elle ne déverse son étoupe et ne sombre par l'avant.

– Vous allez la ramener ? demanda Jakob.

– Si je le peux. Mais nous devrons regarder en dessous et voir si elle n'est pas enfoncée quelque part. (Le roulis du bateau le fit quelque peu tanguer.) Le vent reprend. Tant mieux, comme ça nous pourrons lui faire faire demi-tour. Venez, Jakob.

Il ouvrit l'une des portes du gaillard d'arrière à la volée et pénétra dans l'obscurité. Adieu, le bleu vif de la journée. Il entendait Jakob marcher pieds nus à pas feutrés et respirer bruyamment derrière lui dans la pénombre soudaine. Il s'arrêta. Le navire se souleva comme une chose morte sous ses pieds – cette odeur de putréfaction de plus en plus forte, recouvrant même les effluves marines familières, l'odeur de sel, de bois, de chanvre. Il eut des haut-le-cœur et sa main chercha une autre porte à tâtons.

– Doux Saint ! haleta-t-il.

Et il l'ouvrit d'un coup.

Le soleil, éclatant et éblouissant, entrait à flots par les fenêtres arrière brisées. Une grande cabine, une longue table, l'éclat de falchions croisés sur une cloison et un homme mort, assis, le regardant.

Le capitaine se força à s'approcher de lui.

Il y avait de l'eau sous leurs pieds, clapotant avec le tangage du bateau. Comme si la mer s'était déversée par les fenêtres ; à l'avant de la cabine se trouvait un enchevêtrement de vêtements, d'armes, de cartes et un petit coffre en laiton plutôt usé. Mais l'homme mort était assis tout droit sur sa chaise, dos aux fenêtres, sa peau marron tendue comme un parchemin sur les rides de son crâne. Ses mains étaient des griffes rabougries. Les rats l'avaient rongé. Sa chaise était attachée aux rallonges en bois du bureau et il était ligoté à la chaise par un cordage détrempé, fil par fil. Comme s'il s'était attaché tout seul ; ses bras étaient libres. Un morceau de papier déchiqueté était fourré dans son poing pourrissant.

– Jakob, qu'avons-nous sous les yeux ?

– Je ne sais pas, capitaine. Le diable était à bord de ce bateau. Cet homme était le capitaine – vous voyez les cartes ? – et il y a aussi une arbalète brisée. Mais que s'est-il passé pour qu'il en arrive là ?

– Il n'y a rien qui puisse l'expliquer... pas encore. Nous devons descendre. Voir si nous trouvons une lanterne, ou une bougie. Je dois jeter un œil à la cale.

– La cale ?

Le vieil homme semblait perplexe.

– Oui, Jakob. Nous devons voir à quelle vitesse elle fait eau et quel est son chargement.

La lumière quitta les fenêtres et le mouvement du bateau se fit plus doux, lorsque les hommes sur le pont le mirent poupe au vent. Jakob et son capitaine jetèrent un coup d'œil rapide au cadavre et à son crâne puis s'en allèrent. Aucun ne confia ses pensées à l'autre : l'homme mort avait mis fin à ses jours, le visage décomposé par la terreur.

De nouveau un soleil éblouissant, les embruns purs de la mer. Les autres abordeurs s'occupaient de la balancine et du hauban, déplaçaient des vergues bien plus lourdes que celles auxquelles ils étaient habitués. Le capitaine aboya quelques ordres. Ils auraient besoin de voiles et d'un nouveau cordage. À bâbord, les haubans du grand mât étaient en lambeaux : c'était un miracle que la caraque n'ait pas démâté.

– Aucune tempête n'a jamais rien fait de tel à un navire, dit Jakob.

Et il passa ses mains calleuses sur la rambarde du bateau. Le bois était plein d'accrocs, perforé. « Mordu », songea le capitaine. Et il sentit un ver glacial de terreur s'enrouler dans son estomac.

Mais l'expression perplexe de Jakob le laissa de glace.

– Nous sommes des marins, pas des philosophes. Notre devoir est de faire voguer le navire. Alors, vous venez avec moi ou dois-je demander à l'un des plus jeunes ?

Ils avaient navigué ensemble sur la côte hebrionienne pendant plus de deux décennies, affronté plus de tempêtes que dans leurs souvenirs, pêché un million de poissons. Jakob hocha la tête en silence, la colère dévorant sa terreur.

Les bâches des écoutilles étaient déchirées et voletaient au vent. Il faisait sombre dans les entrailles mêmes du navire et ils se baissèrent avec précaution. L'un des autres avait trouvé une lanterne qu'il avait allumée et, à sa lueur, ils virent qu'ils étaient entourés de caisses, de tonneaux et de sacs. Une odeur de renfermé et, de nouveau, l'odeur fétide de la corruption. Ils entendaient les remous et le murmure de l'eau plus loin dans la cale, le bruit de roulement confus de la cargaison en liberté, le grincement de la coque surchargée du bateau. La puanteur du fond de cale, en général très puissante dans un grand navire, avait été submergée par l'eau de mer qui arrivait.

Ils avancèrent lentement au milieu de la cargaison, la lueur de la lanterne projetant des ombres dans des directions chaotiques. Ils trouvèrent des restes de rats à moitié mangés, mais aucun vivant. Et aucune trace de l'équipage. Le capitaine dans sa cabine au-dessus devait gouverner son navire tout seul et sans aide avant de mourir.

Une autre écoutille et une échelle qui menait dans une pénombre absolue. Le bateau craquait et gémissait sous leurs pieds. Ils ne pouvaient plus entendre les voix de leurs camarades de bord au-dessus, dans cet autre monde d'air marin et d'embruns. Il n'y avait que ce trou qui débouchait sur le néant et, au-delà des parois de bois qui les entouraient, rien à part la mer qui les submergeait.

– De l'eau par là-bas aussi, mon capitaine, assez profonde, dit Jakob en éclairant l'écoutille avec sa lanterne. Je la vois bouger, mais il n'y a pas d'écume. Si c'est une fuite, elle est lente.

Ils s'arrêtèrent, regardant attentivement dans un endroit qu'aucun des deux ne souhaitait voir. Mais ils étaient des marins, comme l'avait dit le capitaine, et aucun homme élevé en mer ne peut regarder un bateau mourir sans rien faire.

Le capitaine allait descendre lorsque Jakob l'arrêta d'un sourire étrange. Il passa le premier, sa respiration faisant un bruit audible dans sa gorge. Le capitaine vit la lumière jaillir et illuminer une eau à plusieurs facettes, les choses dansant en elle, une grosse éclaboussure sur un clair-obscur d'ombres et de flammes.

– Des corps par ici. (La voix de Jakob lui parvenait déformée et lointaine.) Je pense que j'ai trouvé l'équipage. Oh, doux Seigneur, ses Saints bénis...

Un rugissement de fureur s'ensuivit et Jakob hurla. La lanterne tomba et, dans l'obscurité, quelque chose donna des coups dans l'eau comme une furie. Le capitaine aperçut l'éclat doré d'un œil, tel un incendie vorace au loin, dans une nuit noire. Ses lèvres formèrent le nom de Jakob mais aucun son ne sortit ; sa langue s'était transformée en sable. Il recula et heurta le coin dur d'une caisse. *« Cours »*, lui hurlait une partie de son esprit. Mais sa moelle était devenue du granit dans ses os.

Puis la chose grimpa l'échelle vers lui et il n'eut pas le temps de murmurer une prière que, déjà, elle lui arrachait la peau, et les yeux jaunes furent témoins de la fuite de son âme.

Première partie

LA CHUTE D'AEKIR

1

Année du Saint 551.

La Cité de Dieu brûlait...

De longues volutes de fumée s'élevaient dans les rues, telles des bannières enroulées par le vent, se détachaient pour se consumer puis se perdre dans les têtes de cumulonimbus sinistres de fumée impénétrable qui s'abaissaient au-dessus des flammes. Sur des kilomètres le long de la rivière ostienne, la cité brûlait et les bâtiments s'effondraient, se perdant dans le rugissement du feu qui écrasait tout. Même le bruit continu de la bataille aux portes occidentales, où se poursuivait le combat d'arrière-garde, était étouffé par ce brasier assourdissant.

La cathédrale de Carcasson, la plus belle au monde, se dressait, forte et obscure parmi les flammes, sentinelle solitaire encornée de flèches, épaissie de dômes. Le granit massif repoussait la chaleur mais le plomb sur le toit fondait en ruisselets et les poutres de bois flamboyaient sur toute leur longueur. Les corps des prêtres jonchaient les marches ; le Ramusio Béni les regardait de haut, le regard fixe et triste, en compagnie d'une horde de petits saints, les yeux grands ouverts, leurs crosses de bronze se liquéfiant dans le brasier. Çà et là, une gargouille au contour rouge vif grimaçait, malveillante, en montrant les dents.

Le palais du haut pontife était envahi et pillé par les troupes. Les Medruks avaient mis les tapisseries en pièces, tailladé des reliques pour voler les pierres précieuses qui les ornaient et, à présent, ils buvaient du vin dans les récipients sacrés, tout en attendant de violer à leur tour les femmes capturées. Vraiment, Ahrimuz avait été clément avec eux aujourd'hui.

Plus à l'ouest dans la cité, les rues étaient obstruées par les fuyards et par les troupes qui stationnaient pour les surveiller. Dans la panique, ils se faisaient piétiner par centaines ; des enfants étaient abandonnés, les vieillards et les plus lents écartés d'un coup de pied. Plus d'une fois, une maison en enterrerait un bon nombre quand elle s'écroulerait, dans la violence de sa maçonnerie en flammes. Mais les autres prenaient à peine le temps de leur accorder un regard. Ils avançaient vers l'ouest, vers l'ouest où les portes étaient encore sous le contrôle des troupes ramusiennes, derniers vestiges des Torunniens de John Mogen, soldats jadis les plus redoutés de tout l'Ouest. Ils n'étaient plus qu'une populace désespérée, leur bravoure ayant été purgée par le siège et les six assauts qui l'avaient précédé. Et John Mogen était mort. À présent, les Medruks crucifiaient son corps au-dessus de la porte orientale où il était tombé, les maudissant jusqu'au bout.

Les Medruks déferlaient dans la cité comme une marée de cafards, étincelants et barbelés à la lueur des incendies, le visage brillant, le bras droit ensanglanté jusqu'au coude. Le siège avait été long et le combat, couronné de succès : la plus grande cité de l'Ouest était enfin à eux. Shahr Baraz avait promis de les libérer une fois que la cité serait tombée et ils avaient bien l'intention de la mettre à sac. Ce n'étaient pas eux qui brûlaient la cité mais les troupes occidentales qui battaient en retraite. Sibastion Lejer, lieutenant de Mogen, avait juré qu'aucun bâtiment ne tomberait intact entre les mains des sauvages, et en compagnie de quelques hommes encore sous ses ordres, ils brûlaient méthodiquement les palais et les arsenaux, les entrepôts et les théâtres, les églises d'Aekir, et massacraient quiconque, Medruk ou Ramusien, tentait de les arrêter.

Corfe contempla les hauts rideaux de flammes tourbillonnant dans le ciel enténébré. La fumée de l'incendie avait provoqué un crépuscule prématuré, la fin d'une longue journée pour les défenseurs d'Aekir ; pour plusieurs milliers, le dernier jour.

Il se trouvait sur un toit plat, loin du maelström des hurlements en contrebas. Ce bruit montait par vagues ininterrompues. Peur, colère, désespoir. Comme si Aekir hurlait, cité tourmentée en proie aux affres de la mort, le feu incinérant ses organes vitaux. La fumée piquait les yeux de Corfe et il les frotta pour s'éclaircir la vue. Il sentait des cendres tomber sur son front comme de la neige noire.

Silhouette déguenillée, il n'était plus cet officier porte-étendard tiré à quatre épingles ; il était en haillons, brûlé, en sang. Il avait jeté sa demi-armure quand il s'était enfui des remparts et ne portait plus que son pourpoint et son sabre lourd, signe de reconnaissance des hommes de Mogen. Il était petit, agile et avait les yeux profondément enchâssés. Dans son regard, oscillaient meurtre et désespoir.

Sa femme était quelque part en bas, subissant les attentions des

Medruks, ou piétinée dans une allée bondée, ou encore cadavre calciné dans l'épave d'une maison.

Il se frotta de nouveau les yeux. Foutue fumée.

« Aekir ne peut pas tomber, leur avait dit Mogen. Elle est imprenable et les hommes sur ses remparts sont les meilleurs soldats au monde. Mais ce n'est pas tout. C'est la Cité sainte de Dieu, premier foyer du Ramusio Béni. Elle ne peut pas tomber. » Et ils l'avaient acclamé.

Un quart de millions de Medruks avaient prouvé le contraire.

Le soldat en lui se demanda brièvement combien d'hommes de la garnison s'étaient échappés ou s'échapperaient. Les gardes du corps de Mogen s'étaient battus à mort après qu'il eut succombé et sa disparition avait provoqué la fuite. Trente-cinq mille hommes avaient mis Aekir en garnison. Si un dixième d'entre eux arrivaient jusqu'à la frontière d'Ormann, ils auraient bien de la chance.

« Je ne peux pas te laisser, Corfe. Tu es ma vie. Ma place est ici avec toi. » C'était ce qu'elle lui avait dit, avec ce sourire en coin à vous briser le cœur, sa chevelure noire tombant comme une plume de corbeau sur son visage. Et lui, triple imbécile, l'avait écoutée. Et avait écouté John Mogen.

Impossible de la localiser. Leur maison se trouvait dans l'ombre du bastion oriental, le premier endroit à tomber. Il avait tenté d'y accéder par trois fois avant de capituler. Aucun homme ne vivait plus là-bas sans vénérer Ahrimuz et les femmes qui avaient survécu avaient déjà été capturées. Elles deviendraient les servantes d'Ahrimuz, les prisonnières des tenanciers de bordels medruks.

Espèce de garce idiote. Il lui avait répété cent fois de s'en aller, de partir avant que les lignes de siège ne commencent à isoler la cité.

Il regarda à l'ouest. La foule affluait par là-bas comme du sang dans les artères d'un géant mis à terre. D'après la rumeur, la route d'Ormann était toujours ouverte jusqu'à la rivière de la Searil, où les Torunniens avaient établi leur seconde ligne fortifiée. Les Medruks avaient laissé un minuscule chemin, disait-on, dans l'espoir d'amener la garnison à s'évader. La population l'obstruerait sur vingt lieues. Corfe avait déjà assisté à ce genre de spectacle, au cœur des batailles qui s'étaient ensuivies la première fois que les Medruks avaient traversé les montagnes du Jafrar.

Était-elle morte ? Il ne le saurait jamais. Oh, Heria.

Son bras droit lui faisait mal. Il n'avait jamais participé à un carnage de cette envergure. Il avait l'impression qu'il s'était battu une éternité et, pourtant, le siège n'avait duré que trois mois. De fait, ça n'avait pas été un siège tel que le décrivait le *Manuel militaire*. Les Medruks avaient isolé

Aekir puis l'avaient pilonnée. Ils n'avaient pas essayé d'affamer la cité pour qu'elle finisse par se soumettre. Ils s'étaient contentés d'attaquer avec inconscience, perdant cinq hommes pour chaque défenseur qui tombait, jusqu'à l'assaut final de ce matin. Ça avait été de la sauvagerie pure sur les remparts, un carnage sans fin, jusqu'à ce que le moment crucial fût atteint. Le vieux John leur avait hurlé dessus avant de se faire abattre par un cimeterre medruk. On avait frôlé la panique après ça. Aucune pensée pour une deuxième ligne, une retraite de combat. La tension amère du siège, les assauts multiples, les avaient épuisés, fragilisés, comme un poignard mangé par la rouille. Cela fit honte à Corfe. Les remparts d'Aekir n'avaient même pas été battus en brèche ; ils avaient tout simplement été abandonnés.

Était-ce pour cela qu'il s'était arrêté, qu'il se tenait là, tel un spectateur de l'apocalypse ? Pour compenser sa fuite, probablement.

Ou pour se perdre dans sa fuite. *Ma femme. En bas, quelque part. Morte ou vive.*

Des grondements, des ébranlements secouèrent l'air envahi de fumée. Sibastion chargeait les armes à feu. Les grésillements des arquebuses. Il y avait de la résistance. Soit. Il était temps d'abandonner la cité et ceux qu'il y avait aimés. Ces imbéciles qui avaient choisi de se battre laisseraient leur cadavre dans ses caniveaux.

Corfe commença à descendre du toit, frottant ses yeux, en colère. Il évalua la cage d'escalier avec son sabre, comme un aveugle donnant des coups de canne.

Quand il arriva dans la rue, la chaleur était suffocante et l'acidité de l'air lui faisait mal à la gorge. Le bruit réel de la foule le frappa de plein fouet et il se retrouva parmi elle, emporté comme un nageur perdu dans un bief d'amont. Ils empestaient la terreur et les cendres, et leurs visages lui semblaient à peine humains dans la lumière diabolique. Il put voir des hommes et des femmes inanimés, que la compacité de la foule faisait se redresser, des petits enfants ramper sur les têtes en rangs serrés, comme sur des tapis. Des hommes étaient écrasés sur les bords de la rue, maculant les murailles des remparts. Il sentait des corps sous ses pieds, à mesure qu'il était propulsé en avant. Son talon glissa sur le visage d'un enfant. Il perdit son sabre, éjecté de sa main dans la mêlée. Il leva son visage vers le ciel voilé, les bâtiments en flammes, et se démena pour avoir sa part d'air fétide.

« Seigneur Dieu, songea-t-il. Je suis en enfer. »

Aurungzeb le Doré, troisième sultan d'Ostrabar, caressait les seins pointus de sa dernière concubine lorsqu'un eunuque apparut aux rideaux de sa chambre et le salua d'un signe de tête, son crâne chauve étincelant à la lueur des lampes.

– Éminence.

Aurungzeb lui lança un regard mauvais, ses yeux sondant l'intrus téméraire et tremblant, la tête toujours baissée.

– Qu'est-ce?

– Un messager, Éminence, de Shahr Baraz à Aekir. Il dit avoir des nouvelles de l'armée qui ne peuvent attendre.

– Oh, vraiment? (Aurungzeb se leva d'un bond, refoulant sa compagne à la moue boudeuse.) Dois-je obéir aux moindres volontés de tout eunuque chauve ou soldat privé dans ce palais?

Il donna un coup à l'eunuque qui s'affala. Son visage glabre se contorsionna de douleur en silence.

Aurungzeb marqua une pause.

– De l'armée, dis-tu? Est-ce une bonne ou une mauvaise nouvelle? Le siège est-il levé? Ce chien de Mogen a-t-il mis mes troupes en déroute?

L'eunuque se hissa non sans mal sur ses mains et ses genoux et respira bruyamment sur le tapis aux couleurs fantastiques.

– Il n'a rien dit, Éminence. Il ne vous annoncera les nouvelles qu'en personne. Je lui ai dit que cela ne se faisait pas mais...

Un autre coup de pied le réduisit au silence.

– Envoie-le-moi; s'il a une mauvaise nouvelle, je ferai de lui aussi un eunuque.

D'un mouvement brusque de la tête, il envoya la concubine dans un coin de la pièce. Dans un coffret orné de pierreries, le sultan attrapa un poignard ordinaire au manche usé. Il avait beaucoup servi mais avait été mis de côté comme s'il s'agissait de quelque chose d'extrêmement précieux. Aurungzeb le fourra dans sa ceinture puis frappa dans ses mains.

Le messager était un Kolchuk, race que les Medruks avaient conquise voilà bien longtemps lors de leur marche vers l'ouest. Les Kolchuks mangeaient du renne et faisaient l'amour à leurs sœurs. En outre, cet homme gardait la tête haute devant Aurungzeb, en dépit des sifflements de l'eunuque. Il avait réussi à éviter le vizir et le chambellan du harem pour arriver jusqu'à lui. Les nouvelles devaient être importantes. Si c'étaient de mauvaises nouvelles, Aurungzeb n'hésiterait pas à lui faire baisser la tête.

– Alors?

L'homme avait les yeux inconnaissables des Kolchuks: des pierres plates derrière des fentes sur un visage sans expression. Mais il dégageait une espèce d'éclat en dépit du fait qu'il se balançait doucement sur ses pieds. Il sentait la poussière et le cheval couvert d'écume, bien qu'Aurungzeb constatât, non sans intérêt, qu'une goutte de sang séché assombrissait le ventre de son armure.

Enfin l'homme s'agenouilla sur un genou, mais son visage restait levé, brillant.

– Les hommages de Shahr Baraz, commandant en chef de la seconde armée d'Ostrabar, Éminence. Il demande la permission de vous informer, plaise à votre Excellence, qu'il a pris possession de la cité infidèle d'Aekir, et qu'il est en ce moment même en train de la purifier de ce qu'il reste de la populace occidentale.

Aekir est tombée.

Le vizir entra en trombe, suivi de deux gardes brandissant des tulwars. Il cria quelque chose et ils attrapèrent aussitôt le Kolchuk à genoux par les épaules. Mais Aurungzeb leva une main.

– Aekir est tombée?

Le Kolchuk hocha la tête et, l'espace d'une seconde, l'énigmatique soldat et le sultan vêtu de soie se sourirent, deux hommes partageant un triomphe qu'eux seuls pouvaient apprécier. Puis Aurungzeb pinça les lèvres. Mieux valait ne pas presser l'homme de lui donner des informations: cela respirerait l'impatience, pour ne pas dire l'inélégance.

– Akran! aboya-t-il à son vizir renfrogné et hésitant. Logez cet homme au palais. Assurez-vous qu'il est nourri, lavé et qu'il a tout ce qu'il souhaite.

– Mais, Éminence, un simple soldat...

– Faites, Akran. Ce simple soldat aurait pu être un assassin, pourtant vous l'avez laissé passer et entrer dans le harem même. Si Serrim n'avait pas été là (sur quoi l'eunuque s'empourpra et minauda), j'aurais été totalement pris par surprise. Je croyais que mon père avait été un meilleur professeur pour vous, Akran.

Le vizir était vieux et voûté. Les gardes s'agitèrent, mal à l'aise, contaminés par sa culpabilité.

– Maintenant, allez-vous-en, vous tous. Non, attendez. Votre nom, soldat. Quel est-il et qui servez-vous?

Le Kolchuk le regarda, l'air de nouveau distant.

– Je suis Harafeng, Seigneur. Je suis l'un des gardes du corps du Shahr.

Aurungzeb arqua un sourcil.

– Alors, Harafeng, lorsque vous aurez mangé et vous serez lavé, le vizir vous reconduira à moi, et nous discuterons de la chute d'Aekir. Je vous donne la permission de vous en aller, vous tous.

Le Kolchuk hocha brièvement la tête, ce qui fit postillonner Akran d'indignation, mais Aurungzeb sourit. Dès qu'il fut seul dans la chambre, son sourire s'élargit et fendit sa barbe, donnant un aperçu de l'homme à qui ressemblait le grand général dans sa jeunesse.

Aekir est tombée.

Ostrabar était classée troisième puissance des Sept Sultanats, juste après Hardukh et l'ancienne Nalbenie, mais ce fait d'armes, cette glorieuse victoire, la propulserait à la première place des sultanats medruks, et Aurungzeb à sa tête. Dans quelques siècles, on parlerait du sultan qui avait pris la cité des Ramusiens la plus sacrée et la plus populeuse, de l'homme qui avait tenu en échec l'armée de John Mogen.

De fait, cela exposait la Torunnie : il ne lui restait plus que la ligne de la Searil et la forteresse de la digue d'Ormann. Si elles tombaient, il ne subsisterait plus aucune ligne de défense jusqu'aux montagnes Cimbriques, à six cent quarante kilomètres plus à l'ouest.

– Qu'Ahrimuz soit loué ! murmura le sultan dans un sourire. (Puis il ajouta d'un ton sec :) Gheg !

Un homoncule sortit furtivement de l'un des rideaux brodés, battit de ses petites ailes tannées et se percha sur une table à proximité.

– Gheg, dit-il d'une toute petite voix, son visage incarnant la malveillance et la sournoiserie, je souhaiterais parler à ton gardien, Gheg. Va le chercher de ma part.

L'homoncule, pas plus gros qu'un pigeon, bâilla, dévoilant de petites dents en aiguilles dans une gueule rouge. D'une main griffue, il se gratta négligemment l'entrejambe.

– Gheg faim, fit-il, mécontent.

Les narines d'Aurungzeb se dilatèrent.

– Tu as été nourri cette nuit, autant qu'un bébé. Maintenant, amène-moi ton gardien, progéniture de l'enfer.

L'homoncule lui lança un regard noir puis haussa ses petites épaules.

– Gheg fatigué. Mal tête.

– Fais ce que je te dis ou je t'écrase comme une caille.

L'homoncule sourit, un sourire hideux. Puis une lueur différente éclaira ses yeux brillants. D'un ton grave et humain, il dit :

– Je suis là, sultan.

– Ton animal domestique est renfrogné ces derniers temps, Orkh – l'une des raisons pour lesquelles je m'en sers si rarement ces jours-ci.

– Mes excuses, Éminence. Il se fait vieux. Je ne devrais pas tarder à l'expédier dans une jarre et à vous en faire parvenir un nouveau. Quel est votre souhait ?

– Où êtes-vous ?

C'était étrange d'entendre de la mauvaise humeur chez ce genre de créature, aussi grosse et velue fût-elle.

– Peu importe. Je suis suffisamment près de vous. Y a-t-il un service que vous aimeriez me demander ?

Aurungzeb s'efforça visiblement de réfréner sa mauvaise humeur.

– J'aimerais que vous regardiez au sud, vers Aekir. Que vous me disiez ce qu'il en transpire. J'ai eu des nouvelles. J'aimerais qu'elles soient corroborées.

– Bien sûr. (Il marqua une pause.) Je vois Carcasson en feu. Je vois des tours prises d'assaut le long des remparts intérieurs. Il y a un grand incendie, les hurlements des Ramusiens. Je vous félicite, Éminence. Vos troupes font des ravages dans la cité.

– Et Shahr Baraz ? Que fait-il ?

Un autre moment de silence. Quand la voix se fit de nouveau entendre, elle était teintée d'une légère surprise.

– Il regarde le corps crucifié de John Mogen. Il pleure, sultan. En pleine victoire, il pleure.

– Il est du vieux *Hraib*. Il pleure l'ennemi, cet imbécile romantique ! La cité brûle, dites-vous ?

– Oui. Les rues grouillent d'incrédules. Ils incendient la cité dans leur fuite.

– C'est Lejer l'infâme. Il ne nous laissera que des cendres. Une malédiction sur lui et ses enfants. Je le ferai crucifier, s'il est pris. La route d'Ormann est-elle ouverte ?

L'homoncule transpirait à grosses gouttes. Il tremblait et les bouts de ses petites ailes s'affaissèrent. En revanche, sa voix resta la même.

– Oui, Éminence. Elle est embouteillée de charrettes et de corps, une véritable migration. La maison d'Ostrabar règne en maîtresse absolue.

Quatre-vingts ans auparavant, la maison d'Ostrabar ne comprenait que le grand-père d'Aurungzeb et un trio de concubines audacieuses. La tactique, pas la lignée, avait découlé des steppes orientales. Si les Ostrabars ne pouvaient gagner des batailles par eux-mêmes, ils engageaient un homme capable de le faire. D'où Shahr Baraz – qui avait été le khédive du grand-père d'Aurungzeb. Dans sa jeunesse, Aurungzeb avait commandé des troupes avec compétence, mais il ne pouvait les motiver de la même manière. C'était un manque qui n'avait jamais cessé de le contrarier. Shahr Baraz, bien qu'initialement un outsider, un chef nomade de Kambaksk, avait servi honnêtement et efficacement trois générations d'Ostrabars. Il avait à présent plus de quatre-vingts ans, vieil homme terrible dévoué à la prière et la poésie. C'était une bonne chose qu'Aekir soit tombée à ce moment-là : la longue vie de Shahr Baraz touchait à sa fin et, avec elle, disparaîtrait le dernier lien entre les sultans et les chefs des steppes à cheval qui les avaient précédés.

Shahr Baraz avait recommandé que la route d'Ormann reste ouverte. L'afflux de réfugiés affaiblirait et démoraliserait les hommes qui défendaient la ligne de la Searil, disait-il. Aurungzeb s'était demandé si un esprit chevaleresque suranné avait eu quelque chose à voir avec cette décision. Peu importait.

– Dites au... commença-t-il, puis il s'arrêta.

L'homoncule fondait sous ses yeux, lui lançait un regard plein de reproches à mesure qu'il se liquéfiait en une flaque qui sentait terriblement mauvais.

– Orkh ! Dites au khédive de continuer jusqu'à la Searil !

La bouche de l'homoncule bougea mais ne fit aucun bruit. Il se liquéfia, fumant et empestant. Dans la flaque nauséabonde qu'il devint, on put discerner le fœtus pourrissant d'un enfant, les os des ailes d'un oiseau, la queue d'un lézard. Aurungzeb eut des haut-le-cœur et tapa dans les mains pour appeler les eunuques. Gheg ne servait plus à rien. Mais Orkh ne tarderait sans doute pas à lui envoyer une autre de ses créatures. Il avait d'autres messagers, probablement pas aussi prompts, mais tout aussi sûrs.

Aekir est tombée.

Il se mit à rire.

2

– Doux Dieu ! s'exclama Hawkwood. Que se passe-t-il ?

– Forte houle ! hurla le maître d'équipage, observant une voile qui claquait. Changez ce hunier avant, espèces de fichus eunuques ! Où vous croyez-vous ? Dans une brocante de deux cuivres ?

La *Grâce de Dieu*, caravelle au gréement carré, entrait tranquillement dans Abrusio lorsque retentirent les six coups du quart de la matinée. L'eau calme miroitait de bleu sur les flancs du navire tachetés par la crasse du port. Le soleil touchait la mer dans une lueur blanche qui faisait mal aux yeux. Une faible brise du nord-ouest – l'alizé de Hebrion – la portait comme un cygne, sans que l'équipage ne dût toucher à une seule corde, malgré l'indignation du maître d'équipage.

Abrusio. Ils avaient entendu les cloches de sa cathédrale tout le long des deux derniers tours du sablier, écho spectral de la piété dérivant en mer.

Abrusio, capitale de Hebrion et plus grand port des Cinq Royaumes. C'était une vue agréable quand on rentrait chez soi après un voyage côtier, même bref, comme celui que venait d'effectuer l'équipage de la *Grâce de Dieu*. Une croisière agitée le long de la côte de Macassar, à marchander des droits de passage avec les Vagabonds de la Mer, une main sur leurs poignards tout en faisant simultanément brûler une mèche à combustion lente dans les couleuvrines. Mais rentable, malgré la chaleur, les mouches, le brai fondant dans les coutures du navire et les lézards de rivière maraudeurs ; malgré les tambours des banquets la nuit le long de la côte piquetée de feux de joie, et les felouques aux voiles latines, avec leur cargaison de corsaires arborant un sourire jusqu'aux oreilles. Bien en sécurité dans la cale, des tonnes d'ivoire provenant des squelettes de grandes marmorelles et des quintaux d'épices limiennes parfumées. Et ils n'avaient perdu qu'un seul homme, un voyageur maladroit qui effectuait sa première expédition et qui s'était trop penché par-dessus bord lorsqu'un requin des bas-fonds était passé par là.

À présent, ils étaient de retour dans les Monarchies de Dieu, où les hommes faisaient le signe du Saint sur leurs aliments et où l'image du Ramusio Béni les narguait à chaque carrefour et place de marché.

Abrusio était le port d'attache de presque la moitié d'entre eux et abritait le chantier naval où avait été posée la quille de la *Grâce* voilà trente ans.

Deux éléments frappaient celui qui observait Abrusio depuis le large : la forêt et la montagne.

La forêt saillait de la baie transparente comme un miroir, en contrebas de la cité, vaste enchevêtrement de mâts, d'espars et de vergues, comme les branches d'une forêt sans feuilles, d'une géométrie parfaite, et reliées à un million de lignes de gréement. Des navires de tous tonnages, gréements, effectifs et de toutes nationalités et vocations étaient arrimés par centaines dans la baie d'Abrusio, depuis les bugalets côtiers et les yoles aux ponts jonchés de filets et de poissons étincelants, aux caraques de haute mer, recouvertes de flammes orgueilleuses. Et la marine de Hebrion y possédait également ses chantiers – de grandes caraques de guerre, des galères et des galéasses par milliers, des cuirasses et des casques étincelant sur le gaillard d'arrière et la poupe ; les lourds pavillons royaux claquant lentement sur les grands mâts, et les breloques des amiraux sur les artimons.

Deux autres choses à propos de cette forêt flottante, de cette cité à flot : le bruit et l'odeur. Des bugalets déchargeaient leurs prises, des navires marchands étaient à quai, les écoutilles ouvertes, et les équipes remorquaient des appareils de levage pour faire sortir de leur ventre la vie même du commerce. Laine d'Almark, ambre de Forlassen, fourrures de Fimbrie, fer d'Astarac, bois d'œuvre des grandes forêts de Gabrion, ce qu'il y avait de mieux au monde pour la construction navale. Les hommes qui s'occupaient des navires au port et des innombrables chariots sur les quais produisaient une espèce de doux grondement, un fracas, un grincement de chariots, un craquement de bois et de chanvre qui portaient l'essence même d'un port vivant sur un demi-kilomètre en mer.

Et il sentait mauvais. Au loin, au large, en une journée aussi calme, dérivait l'odeur d'une humanité sale, de poissons pourrissant sous le soleil cuivré, d'abats jetés à l'eau que se querelleraient des hordes de mouettes, de brai des ouvriers des chantiers navals, d'ammoniaque des tanneries, et par-dessous tout cela, un mélange entêtant, tel un avant-goût des terres étrangères, une concoction d'épices et de nouveau bois, d'air marin et d'algues, un élixir de la mer.

C'était la baie. La montagne, elle aussi, était trompeuse. De loin, on aurait dit un mélange de poussière et d'ocre, pyramidal, embrumé de fumée bleue. Plus près de la côte, un marin approchant verrait une colline saillir du bord de l'eau pour y élire domicile, rue étroite sur rue étroite et bondée : c'était la cité en tant que telle, les murs des maisons blanchis à la chaux et poussiéreux, les toits en argile rouge défraîchi provenant de la tuilerie intérieure de Feramuno. Çà et là, le sommet d'une église et de hauts contreforts surplombant une multitude de demeures plus humbles, dont la flèche était une pointe tentant de toucher le firmament bleu sans nuages. Et çà et là, la maison gigantesque d'un marchand prospère, car Abrusio était aussi bien une cité de marchands qu'une cité de marins. En effet, au dire de certains, un Hebrionien doit être un marin, un marchand ou un moine à sa naissance.

Vers le sommet de la petite colline, la faisant passer pour plus grande qu'elle n'était en vérité et lui donnant l'aspect d'une montagne aux flancs abrupts, se trouvaient la citadelle et le palais du roi, Abeleyn IV, monarque de Hebrion et d'Imerdon et amiral d'un demi-millier de navires.

Quatre siècles auparavant, les murs de granit foncés de son palais-forteresse avaient été érigés par des artificiers fimbriens ; derrière ces murs hauts, on pouvait apercevoir les plus grands cyprès du roi, les bijoux de ses jardins d'agrément. (Un cinquième de la consommation d'eau de la cité, disait la rumeur, servait à entretenir ces jardins.) Ils avaient été plantés par les ancêtres du roi, lorsque le premier roi hebrionien s'était affranchi du joug des Fimbriens sur le déclin. À présent, ils étincelaient dans la chaleur atroce, et le palais nageait comme un mirage dans le désert de Calmari.

À côté du palais du roi et de ses jardins d'agrément, le monastère de l'Ordre inceptine étincelait lui aussi. Il s'appelait ainsi car il avait été le premier ordre religieux fondé après que les visions du Ramusio Béni eurent mis en lumière l'obscurité du culte de l'idole à l'Ouest (en effet, certains auraient fait croire au peuple que Ramusio en personne l'avait fondé) ; les Inceptines étaient les gardiens religieux des royaumes ramusiens.

Palais et monastère, tous deux regardaient de haut la cité d'Abrusio, tentaculaire, malodorante et pleine de vie. Sous eux, un quart de million d'âmes travaillaient dur, marchandaient et se divertissaient – natifs du plus grand port du monde connu.

– Doux Dieu ! s'était exclamé Richard Hawkwood. Que se passe-t-il ?

Il avait raison de s'interroger car, sur la moitié supérieure d'Abrusio, une fumée noire s'élevait dans l'air limpide et une puanteur bien pire dérivait depuis le port bondé jusqu'à son navire. De la chair qui se consumait. Les gibets des Inceptines étaient emplis de formes semblables à des bâtons et une atmosphère lugubre de viande légèrement brûlée et écœurante dérivait en mer, plus grasse et sale que la pire odeur d'égout.

– Ils envoient des hérétiques au bûcher, fit le maître d'équipage, dégoûté et impressionné. Les Corbeaux de Dieu font encore des leurs ! Que les Saints nous protègent !

Le vieux Julius, le second, un homme de l'Est au visage noir de jais, regarda son capitaine les yeux écarquillés, le teint mat grisonnant. Puis il se pencha par-dessus la rambarde et héla un canot d'approvisionnement qui se rapprochait, rempli de fruits à ras bord. Son pilote était un grand type hideux à qui il manquait un œil.

– Hé ! Que se passe-t-il, mon ami ? Nous rentrons d'une croisière d'un mois dans les royaumes des Vagabonds et nous crevons d'envie d'avoir des nouvelles !

– Qu'est-ce qui se passe ? Vous avez le nez bouché ? Cette puanteur plane au-dessus de la cité depuis quatre jours, au-dessus de notre bonne vieille Abrusio honnête. Nous sommes un refuge de sorciers et d'incrédules, visiblement, chacun étant à la solde des sultans. Les Corbeaux de Dieu ont la bonté de nous débarrasser d'eux. (Il cracha par-dessus le plat-bord dans l'eau remplie des détritus du port.) Et je surveille où vous allez, mon ami, avec votre visage noir. Mais attendez... vous dites que vous êtes parti un mois. Avez-vous entendu les nouvelles de l'Est ? Vous devez sûrement être au courant ?

– Au courant de quoi, camarade ? hurla Julius, impatient.

Ils avaient semé le petit canot. Il était déjà à une demi-encablure sur l'arrière du travers. Le borgne hurla :

– Nous sommes perdus, mes amis ! Aekir est tombée !

Le capitaine du port les attendait – le navire était halé vers un quai libre par l'un des remorqueurs d'Abrusio, dont l'équipage ramait comme un forcené. La brise s'était complètement calmée et la chaleur cuivrée étouffait avec acharnement la multitude de navires, d'hommes et de docks, atténuant les colères et détendant le gréement. En même temps, la puanteur maligne des bûchers flottait dans l'air.

Une fois qu'ils furent arrimés à des bittes de l'avant à l'arrière, Hawkwood rassembla ses papiers et fut le premier à débarquer, titubant, alors que ses jambes de loup de mer touchaient la pierre ferme du quai. Julius et Velasca, le maître d'équipage, vérifieraient que le déchargement s'effectuait correctement. Les hommes seraient payés et erreraient sans aucun doute dans la cité, à la recherche des plaisirs des marins, bien que, ce soir-là, ils ne risquent pas de trouver beaucoup de divertissements, songea Hawkwood. La cité s'occupait suivant un rythme qui semblait normal et frénétique, mais inhabituellement morose. Il vit des mines maussades, voire de la peur manifeste sur les visages des débardeurs prêts à aider à décharger; et ils regardaient l'équipage de la *Grâce* avec suspicion, du moins pour la moitié de ceux qui étaient étrangers et venaient d'un port ou d'un autre. Hawkwood sentit la chaleur, l'agitation et le sentiment de malaise le mettre d'humeur noire, impression étrange étant donné que, quelques heures plus tôt, il avait hâte que le voyage touche à sa fin. Il serra la main de Galliardo Ponera, le capitaine du port qu'il connaissait bien, et tous deux se frayèrent un chemin jusqu'à la capitainerie.

– Ricardo, fit le capitaine du port, pressé, je dois vous dire...

– Je sais, seigneur Dieu, je sais! Aekir a fini par tomber et les Corbeaux cherchent des boucs émissaires, d'où la puanteur.

« L'encens des Inceptines », comme on l'appelle parfois, cette puanteur trouble qui marquait la fin des hérétiques.

– Non, il ne s'agit pas de ça. Ce sont les ordres du prélat. Je n'ai rien pu faire. Le roi non plus ne peut rien faire.

– Qu'est-ce que vous racontez, Galliardo?

Le capitaine du port était un petit homme, comme Hawkwood, et autrefois un bon marin. Natif de l'Hebrionien, sa peau était aussi noire que l'acajou, favorisant des sourires étincelants. Mais pour l'heure, il ne souriait pas.

– Vous revenez de Macassar, des îles de Malacar?

– Et alors?

– Il y a une nouvelle loi, une mesure d'urgence que les Inceptines ont forcé le roi à adopter à force de le harceler. J'aurais voulu vous le dire, vous avertir d'accoster dans un autre port...

Mais Hawkwood s'était immobilisé sur place. Un demi-tercio de fusiliers marins hebrioniens descendaient le quai dans leur direction avec, à leur tête, un frère des Inceptines vêtu de noir, le signe A, symbole du Saint, se balançant sur une chaîne sur sa poitrine et étincelant douloureusement au soleil. Il était relativement jeune, avait l'air apoplectique dans sa robe de cérémonie lourde et dans la chaleur suffocante, mais son visage brillait de suffisance. Il s'arrêta devant Hawkwood et Galliardo et, derrière lui, les fusiliers marins attirèrent brusquement l'attention. Hawkwood eut pitié d'eux dans leur armure. Leur sergent croisa son regard et leva légèrement les yeux au ciel. Hawkwood sourit malgré lui, puis s'inclina et baisa la main du frère, comme l'exigeaient les convenances.

– Que pouvons-nous faire pour vous, frère? demanda-t-il d'un ton léger alors que son cœur se serrait.

– Je suis envoyé par Dieu, répondit le frère. (De la sueur dégoulinait de son nez.) J'ai le devoir de vous informer, capitaine, que dans sa sagesse infinie, le prélat de Hebrion a dû prendre une décision douloureuse mais nécessaire au nom de Dieu: les étrangers qui ne sont pas des Cinq Royaumes ramusiens de l'Ouest, ou des États vassaux des royaumes susmentionnés, se verront interdire l'entrée dans le royaume, de crainte que leurs croyances profanes ne contaminent davantage les âmes misérables de notre peuple et n'apportent d'autres calamités au-dessus de nos têtes.

Hawkwood s'immobilisa de colère, mais le frère poursuivit d'une voix monotone et empressée, comme s'il avait déjà prononcé ces mots bien des fois auparavant.

– Je me vois donc dans l'obligation de perquisitionner votre navire pour trouver toute personne à bord tombant sous l'édit du prélat, dans l'obligation de les escorter d'ici à un endroit en sécurité pour les retenir jusqu'à ce que nos guides spirituels à la tête de l'ordre auguste dont je suis une partie infime décident de leur destinée.

Le frère s'essuya le front, visiblement quelque peu soulagé.

Hawkwood cracha avec ressentiment sur le bord du quai dans l'eau huileuse. L'Inceptine ne sembla pas froissé. Les marins, les soldats et tous ceux des ordres inférieurs s'exprimaient souvent de la même façon.

– Donc, si vous voulez bien vous écarter, capitaine...

Hawkwood se redressa. Il n'était pas grand – le frère le dépassait d'une tête et demie –, mais il était aussi large qu'une armoire à glace, avec les bras d'un débardeur. Une certaine froideur dans ses yeux gris mer cloua l'Inceptine sur place.

Derrière l'ecclésiastique, les fusiliers marins cuisaient en silence.

– Je suis gabrionien, mon frère, déclara Hawkwood d'une voix calme.

– On m'en a informé. Une dispense exceptionnelle est accordée à vos compatriotes, eu égard à leurs vaillants efforts à Azbakir. Vous n'avez pas à vous inquiéter, capitaine. Vous êtes dispensé.

Hawkwood sentit la main de Galliardo sur son bras.

– Ce que je suis en train de vous dire, mon *frère*, c'est que bon nombre des membres de mon équipage, même s'ils ne font pas partie des Cinq Royaumes ni même des pays vassaux des rois dignes de toute confiance, sont d'excellents marins, d'honnêtes citoyens et des compagnons d'armes respectables. J'ai navigué avec certains d'entre eux toute ma vie et l'un a même participé à la bataille dont vous parlez ; une bataille qui a sauvé la Normannie du Sud des Medruks des Mers.

Il s'exprimait avec virulence, pensant furieusement à Julius Albak, admirateur secret d'Ahrimuz mais qui, gamin, enfant de Ridawan, avait résisté sur le pont d'une caraque de guerre gabrionienne, tandis que trois galères medruks les heurtaient par l'étrave et les prenaient à l'abordage, l'une après l'autre. C'était à Azbakir. Les marins gabrioniens, marins de premier ordre mais fiers, obstinés et bornés, avaient fait front tout seuls ce jour-là et avaient détourné les flottes des Medruks des Mers de la côte calmarienne alors qu'ils cherchaient à envahir Candelaria et l'Astarac du Sud, le point faible de l'Ouest.

– Qu'étiez-vous à l'époque d'Azbakir, mon frère ? Une graine dans les reins de votre père ? Ou de par le monde en train de chier jaune ?

L'Inceptine rougit et, derrière lui, Hawkwood vit le visage du sergent s'efforcer de rester de marbre.

– Je n'aurais pas dû m'attendre à moins de la part d'un corsaire gabrionien. Votre heure viendra, capitaine, celle de tous vos compatriotes entêtés aussi. Maintenant, veuillez vous écarter ou vous partagerez un peu prématurément le destin des incrédules parmi nous.

Puis, comme Hawkwood ne bougeait pas :

– Sergent, faites bouger ce chien impie !

Le sergent hésita. Il croisa brièvement le regard de Hawkwood. Comme s'ils avaient passé un accord quelconque, Hawkwood s'écarta, la main sur son poignard.

– Si vous n'étiez pas prêtre, je vous cracherai comme le volatile noir sans foie que vous êtes ! fit-il d'une voix aussi glaciale que les embruns de la mer du Nord.

L'Inceptine fléchit :

– Sergent ! hurla-t-il d'une voix perçante.

Le fusilier marin s'avança d'un air résolu, mais Hawkwood le laissa passer devant lui avec ses compagnons dans des bruits métalliques et se diriger vers son navire, suivi de près par l'ecclésiastique. Le frère se retourna une fois qu'ils furent passés.

– Je connais votre nom, Gabrionien. Le prélat le connaîtra très vite lui aussi, je vous le promets.

– Déployez vos ailes et éloignez-vous, corbeau ! s'exclama Hawkwood, railleur.

Mais Galliardo le tira par le bras.

– Pour l'amour du Saint, Ricardo, allons-nous-en. Nous ne pouvons rien faire, à part empirer les choses. Voulez-vous finir sur une potence ?

Hawkwood s'en alla avec raideur, créature marine qui n'était pas dans son élément. Le sang avait coloré son visage.

– Venez dans mon bureau. Nous en discuterons. Peut-être pourrons-nous faire quelque chose.

Les fusiliers marins arraisonnaient la *Grâce*. Hawkwood entendit la voix monocorde et officielle de l'Inceptine.

Puis il y eut une espèce de bruit de plongeon. Un homme de l'équipage avait sauté par-dessus bord et nageait sans destination apparente. L'Inceptine hurla et Hawkwood, comme dans un cauchemar, vit un fusilier braquer son arquebuse.

Une forte détonation qui sembla assommer momentanément le port plongé dans le silence, une grosse sphère de fumée qui obscurcit la rambarde, puis l'homme ne nagea plus. Il n'était plus qu'une chose morte, flottant dans l'eau crasseuse.

– Saint Dieu ! dit Galliardo sous le choc, observant la scène.

Partout sur les quais, le travail cessa et les hommes s'arrêtèrent pour regarder. La voix du sergent résonnait, tel un rugissement de fureur.

– Que Dieu les maudisse ! fit lentement Hawkwood, d'une voix pleine de colère et de haine. Qu'il maudisse tous les Corbeaux en robe noire qui commettent de telles ignominies en Son nom !

L'homme mort était Julius Albak.

Galliardo l'emmena de force, la sueur ruisselant en gouttes brillantes sur son visage noir. Hawkwood se laissa entraîner loin du quai, mais il titubait comme un vieillard, aveuglé par les larmes.

Abeleyn IV, roi de Hebrion, n'était pas content lui non plus. Il avait beau être agenouillé comme il se devait pour baiser la bague du prélat, il y avait une raideur, une sorte de réticence dans son geste, qui trahissait ses sentiments. Le prélat posa une main sur sa tête noire entourée d'un bandeau.

– Vous désirez me parler, mon fils ?

Abeleyn était un jeune homme fier, dans la fleur de l'âge. De plus, c'était un roi, l'un des Cinq Rois de l'Ouest. Et pourtant, ce vieillard ne manquait jamais de le traiter comme un enfant infidèle, obstiné mais dans le fond aimable. Et cela avait immanquablement le don de l'irriter.

– Oui, Saint-Père.

Il se raidit. Ils se trouvaient dans les propres appartements du prélat. Les hauts murs de pierre massive et le plafond en voûte empêchaient le plus fort de la chaleur d'entrer. Au loin, Abeleyn entendait les frères chanter prime, se préparer pour le déjeuner. Il avait mal évalué l'heure de sa visite : le prélat aurait hâte de déjeuner, sans aucun doute. Bien, soit.

Des tapisseries dépeignant des scènes de la vie du Ramusio Béni ôtaient de sa grandeur austère à la pièce. Il y avait de bons tapis sous les pieds, de l'huile sucrée qui brûlait dans des encensoirs, l'or qui étincelait sur les lustres, de l'encens qui chatouillait ses narines. De chaque côté du prélat, un Inceptine était assis sur un tabouret recouvert de velours. L'un avait un crayon et un parchemin, car toutes les conversations étaient enregistrées. Derrière lui, Abeleyn entendait le doux bruit des bottes de ses gardes du corps quand ils s'agenouillèrent à leur tour. Ils avaient laissé leurs épées à la porte : pas même un roi n'entrait armé en présence du prélat. Depuis Aekir, et la disparition du haut pontife dans les ruines de la cité, les cinq prélats des Royaumes étaient les représentants directs de Dieu sur terre. La bouche d'Abeleyn se contracta nerveusement. La rumeur disait que le haut pontife, Macrobius IV, avait souhaité quitter Aekir dès qu'elle avait été assiégée pour protéger la Personne sainte, mais John Mogen et ses Torunniens l'avaient convaincu de ne pas le faire : si le pontife s'enfuyait de la cité, cela reviendrait à reconnaître la défaite. On racontait que l'on avait dû enfermer Macrobius dans une réserve de son propre palais pour l'en persuader.

Abeleyn s'aigrit. L'Ouest aurait besoin d'hommes comme Mogen pour les jours à venir. Il valait une demi-douzaine de rois.

Quand Abeleyn se leva, on lui apporta un tabouret bas et il s'assit aux pieds du prélat, comme un apprenti aux pieds de son maître. Abeleyn ravala sa colère et rendit sa voix douce comme de la soie.

– Nous avons parlé de cet édit concernant les hérétiques et les étrangers de la cité, et nous avons convenu qu'il était nécessaire de fouiller pour trouver les infidèles, les incrédules, les traîtres...

Le prélat inclina la tête et le gratifia d'un sourire gracieux. Avec son grand nez et ses yeux vifs, il ressemblait à un aigle tacheté de brun qui hochait la tête sur son perchoir.

– ... mais, père, j'ai constaté que vous avez inclus dans l'énoncé de l'édit les versificateurs hypocrites, les rimailleurs de l'esprit, les petits utilisateurs du Dweomer du royaume – ceux qui possèdent toutes sortes de compétences en théurgie. Déjà mes soldats, sous le commandement de vos frères, sont en train de les rafler. Pour quoi faire ? Vous n'avez sûrement pas l'intention de les remettre aux flammes ?

Le prélat était toujours tout sourire.

– Oh, mais si, mon fils.

La bouche d'Abeleyn se transforma en balafre sur son visage comme s'il venait d'avaler un fruit amer.

– Mais cela signifie débusquer toutes les vieilles fouines qui soignent les verrues, tous les herboristes qui jettent un sort sur leurs marchandises, tous les...

– La sorcellerie est la sorcellerie, mon fils. Toute théurgie provient de la même source. Le Mal.

Le prélat avait l'air d'un tuteur saint qui ménageait un élève lent d'esprit. L'un des gardes du corps d'Abeleyn bougea, en colère, mais un regard de l'un des Inceptines suffit à le dompter.

– Père, en faisant cela, vous pourrez envoyer des milliers de personnes au bûcher, même des membres de ma propre cour. Golophin le Mage, l'un de mes conseillers...

– L'œuvre de Dieu n'est jamais aisée. Nous vivons à une époque difficile, comme vous devriez être le mieux placé pour le savoir, mon seigneur souverain.

Abeleyn, interrompu deux fois en quelques minutes, s'efforça de ne pas hausser la voix. Il ressentait l'envie irrépressible d'attraper le prélat et de fracasser sa cervelle contre un mur.

Il sourit à son tour.

– Mais vous devez sûrement reconnaître les difficultés pratiques qu'implique le respect d'un tel édit, surtout en pareille époque. Les Torunniens réclament des renforts à grands cris pour arrêter l'attaque en masse des Medruks et défendre la Searil. Je ne suis pas sûr (là, le sourire d'Abeleyn revêtit une douceur particulière)... je ne suis pas sûr de pouvoir vous prêter des hommes pour mener votre édit à bien.

Le prélat lui rendit un sourire rayonnant.

– Votre inquiétude est tout à votre honneur, mon fils. Je sais que les soucis temporels du moment pèsent lourd sur vos épaules, mais n'ayez crainte. La volonté de Dieu sera faite. J'ai demandé qu'un contingent de Chevaliers militants viennent du foyer de notre ordre, à Charibon. Ils vous soulageront quelque peu de la charge que vous portez. Vos soldats seront dégagés de tout service partout ailleurs pour défendre les royaumes ramusiens et la véritable foi.

Abeleyn blêmit et, quand il remarqua son expression, le prélat même sembla vouloir se faire tout petit.

– Je fais ce que je peux pour le bien du royaume, mon seigneur souverain.

– Bien sûr.

Le prélat avait des intérêts bien plus élevés que ce qu'avait cru Abeleyn. Alors que ses propres soldats seraient à la frontière en train d'aider les Torunniens, les Chevaliers militants – l'armée militaire de l'Église – auraient le champ libre à Abrusio. Ses espions auraient dû l'en informer plus tôt, mais il était notoirement difficile d'épier les faits et gestes des

Inceptines. Ils agissaient en rangs aussi serrés que de la cotte de mailles. Abeleyn ravala la colère qui bouillonnait en lui et choisit ses mots avec soin.

– Loin de moi l'idée, père, de vous dire, à vous, l'un des Seigneurs de l'Église, ce qui peut être ou ne pas être nécessaire ou souhaitable aux yeux de Dieu. Mais je suis dans l'obligation de déclarer que votre édit – *notre* édit – n'a pas reçu d'accueil favorable au sein de la population. Abrusio, comme vous le savez, est un port, le plus important de l'Ouest. Il survit grâce au commerce, au commerce avec d'autres royaumes, d'autres nations et d'autres peuples. Ainsi, dans l'état actuel des choses, un certain nombre d'étrangers vont et viennent et gagnent leur vie, ici à Hebrion. Et il y a des Hebrioniens qui vivent dans une dizaine d'autres pays de Normannie – même à Calmar et plus loin, à Ridawan.

Le prélat ne dit rien. Ses yeux étaient des tessons de jais érodés par la mer. Abeleyn argumenta :

– Le commerce repose sur la bonne volonté, l'arrangement et le compromis. On m'a signalé que cet édit pourrait bien étouffer notre commerce avec les royaumes du Sud et les cités du Levangore – des terres medruks, certes, mais ils n'ont pas encore levé un doigt contre nous depuis Azbakir, il y a quarante ans, et leurs yoles nous aident à libérer les détroits de Malacar des corsaires.

– Mon fils, fit le prélat, dont le sourire était aussi chaud qu'une pierre à feu, cela me chagrine de vous voir parler ainsi, comme si vos préoccupations étaient celles d'un marchand ordinaire et non celles d'un roi ramusien.

Un silence lourd et soudain s'abattit sur la chambre. La plume du scribe décrivit un crissement aigu et un pâté d'encre macula son parchemin. Personne n'avait jusqu'alors parlé ainsi à un roi dans son propre royaume.

– C'est malheureux, fit Abeleyn, rompant le silence, mais je crains de ne pouvoir envoyer en Torunnie les renforts qui sont si demandés là-bas. Je pense, Saint-Père, que la Véritable Foi peut être sauvegardée ici par mes hommes ainsi qu'à la frontière. Comme vous me l'avez si habilement fait remarquer, des menaces à la Couronne peuvent venir de partout, à l'intérieur et à l'extérieur de ses frontières. J'estime qu'il est prudent que mes troupes continuent leur travail conjointement avec l'Église ici, à Abrusio. Et même si vous ne m'avez pas, dans votre bonté, réprimandé, j'estime ne pas avoir pris suffisamment de responsabilités dans ce domaine jusqu'à aujourd'hui. Désormais, les listes des suspects, des hérétiques, des étrangers – et des sorciers, naturellement – me seront présentées de telle sorte que je puisse les confirmer. Je vous les ferai transmettre ensuite. Comme vous le dites, nous traversons une épreuve. Cela me chagrine de croire qu'un homme de votre piété, et de votre âge, devrait voir le crépuscule de sa vie perturbé par des affaires aussi déplaisantes. Je ferai tout mon possible pour vous décharger quelque peu de tout ce poids. C'est le moins que je puisse faire.

Le prélat, un homme robuste d'une cinquantaine d'années, inclina la tête, mais Abeleyn eut le temps de remarquer le feu dans ses yeux froids. Ils avaient tous deux sorti leurs armes, posé leurs pièces sur l'échiquier et avaient préparé leurs ouvertures. Maintenant, les véritables négociations devraient commencer, le marchandage pour cet avantage que les hommes appelaient pouvoir. Et Abeleyn avait la main. Le prélat avait dévoilé sa stratégie trop tôt.

« Je vais donc devoir discuter avec ce vieillard, se dit Abeleyn d'un ton sinistre, manœuvrer pour que mon royaume ait l'avantage. Quant aux Torunniens, ils devront encore faire face seuls un moment car cet ecclésiastique cupide décide de voir jusqu'où il peut faire étalage de sa force avec moi. »

3

Le lutin de Bardolin était agité. C'était la chaleur. La petite créature allait comme une flèche de l'encrier à la lanterne de table, sa langue verte pendante. Il finit par s'affaisser sur le parchemin auquel travaillait le sorcier et gratta son oreille poilue avec le bout d'une vieille plume d'oie, s'aspergeant d'encre.

Bardolin rit tout bas et le reposa doucement sur l'étagère. Puis il défroissa le parchemin et continua à écrire.

> *Le prélat d'Abrusio n'est pas, naturellement, un homme mauvais. Mais c'est un homme ambitieux et, avec la chute de Macrobius, il y a un certain hiatus. Les Cinq Prélats observeront les événements se déroulant le long de la Searil avec un intérêt qui dépasse le simple résultat du siège et de la bataille. Macrobius refera-t-il surface ? Telle est la question. D'après la rumeur, huit mille Chevaliers militants ont déjà été gardés en réserve pour faire régner l'ordre aux frontières des Cinq Royaumes. Huit mille ! Et pourtant ils n'en enverront que cinq mille pour défendre la Searil. Il s'agit d'une guerre dans une guerre. Ces hommes saints verront les Medruks sur leurs autels avant qu'ils ne lèvent un doigt pour aider un des leurs ; c'est la maladie de l'Inceptine, qui joue les bâtisseurs d'empire. Elle pourrait bien mettre l'Ouest à genoux.*

Il marqua une pause. Il était tard. Et les étoiles planaient, lumineuses et lourdes, au-dessus de la cité endormie. Çà et là, il reconnaissait le cri d'un gardien ou de l'une des patrouilles de la cité. Un chien aboya et il entendit les éclats de rire de fêtards qui sortaient des tavernes ouvertes toute la nuit. La brise du large n'avait pas encore repris et la puanteur des brûlés flottait au-dessus de la cité comme un linceul.

Je vous le dis, Saffarac : laissez Cartigella tant qu'il est encore temps. Cette folie se répandra partout, j'en suis sûr. Aujourd'hui, c'est Hebrion, demain ce sera Astarac. Ces hommes saints ne seront pas contents tant qu'ils n'auront pas brûlé la moitié de l'Ouest dans leur empressement à pas être en reste dans la piété. Une cité n'est pas un endroit sûr.

Il s'arrêta de nouveau. La situation reviendrait-elle à ce qu'elle était au début ? Le peuple Dweomer réduit à de vieilles fouines, la castration des vaches qui ne donnent plus de lait dans un petit village montagnard. Ce genre d'endroit serait accueillant, au moins. Les campagnards comprenaient mieux ces choses-là. Certains d'entre eux vénéraient toujours le Cornu les nuits de pleine lune dans les Hebros.

Il trempa sa plume dans l'encrier, mais celle-ci ne bougea pas entre ses doigts. Une goutte d'encre tomba du bec de la plume et coula sur le parchemin, comme une larme noir de jais. Le lutin observait Bardolin depuis son étagère, gazouillant tranquillement tout seul. Il sentait son chagrin.

Il frotta ses yeux injectés de sang, grimaça devant sa page toute tachée puis se remit à écrire.

Ils ont emmené mon apprenti aujourd'hui. J'ai émis des protestations, effectué des recherches, même proposé des pots-de-vin ; en vain. Les Inceptines commencent à propager la peur et, vu les nouvelles de l'Est, ce n'est pas difficile. Quand cela a commencé, les soldats fermaient souvent les yeux ; désormais, ils puent aussi le fanatisme à plein nez. D'après la rumeur, toutefois, le roi Abeleyn désapprouve l'ampleur de l'épuration et empêche le prélat de commettre des cruautés encore pires. Ils en ont brûlé quarante aujourd'hui et en détiennent un demi-millier dans les catacombes, à défaut de place dans les cellules du palais. Que Dieu leur pardonne.

Il s'arrêta pour la troisième fois. Il ne pouvait plus écrire, mais il devait terminer ce soir, car il n'aurait peut-être plus le temps demain matin. Il soupira et poursuivit.

Vous êtes haut placé dans les conseils du roi Mark. Je vous implore, Saffarac, d'utiliser votre influence sur lui. L'hystérie doit s'arrêter avant qu'elle ne balaie tous les États ramusiens. Mais si vous ne voyez aucun espoir, vous devez libérer les vôtres. Gabrion les prendra, j'en suis sûr, et si ce n'est pas Gabrion, alors ce seront les Medruks des Mers.

Les temps sont durs pour en arriver à proposer de tels remèdes. Prenez soin de vous, mon ami. Puisse la lumière de Dieu briller éternellement sur votre route.

Il soupira et scella la lettre ; ses yeux le brûlaient de fatigue. Il se sentait épuisé et vieux. Un messager viendrait la prendre à la marée du matin, si ce calme cessait et si la brise du nord-ouest reprenait.

Son lutin dormait. Il sourit en regardant la petite créature, la dernière d'une longue lignée de démons familiers. Ils viendraient le chercher demain, comme ils étaient venus aujourd'hui chercher le jeune Orquil, son apprenti. C'était un jeune gars prometteur, déjà à l'aise en versification, et il commençait à apprendre les rimes de l'esprit, probablement la matière la plus complexe des Sept Disciplines.

Il savait pourquoi ils ne l'avaient pas emmené aujourd'hui.

Bardolin avait été soldat, jadis. Il avait servi dans l'un des tercios qui mettaient actuellement Abrusio en garnison et connaissait bien leur chef de corps. Ses... aptitudes s'étaient révélées pour la première fois lors d'une campagne contre des bandits dans les Hebros. Elles avaient sauvé des vies. L'officier porte-étendard l'avait recommandé pour qu'il soit promu, mais il était parti étudier la thaumaturgie sous Golophin, nom prestigieux, même à l'époque.

C'était il y a trente ans, mais Bardolin avait encore le maintien d'un soldat. Il avait les cheveux extrêmement courts et son nez cassé lui donnait l'apparence d'un boxeur professionnel. Il n'avait rien d'un sorcier, d'un maître d'au moins quatre des Royaumes de Dweomer. Il ressemblait plus au sergent des arquebusiers dur à cuire qu'il avait été autrefois, les cicatrices éloquentes à ses tempes témoignant des longues années passées à porter le casque de fer des militaires de Hebrion.

« Voilà pourquoi ils m'ont laissé, songea-t-il. Mais ils reviendront demain, sans aucun doute, poussés par l'un des Corbeaux. »

Un tumulte au-dehors, au loin. Un bruit de voix dures, de pieds martelant le pavé.

Venaient-ils déjà le chercher ?

Il se leva. Le lutin se réveilla d'un coup, les yeux brillants.

Les pas s'eloignèrent, les cris s'évanouirent. Bardolin se détendit, se réprimandant pour avoir le cœur qui battait la chamade.

Un coup d'arquebuse déchira la tranquillité de la nuit. Un autre, puis une salve de tirs. Un énorme beuglement d'animal. Puis des hommes qui se mirent à hurler.

Bardolin alla d'un bond à sa fenêtre.

Des rues enténébrées ; la lune argentée illuminant faiblement le pavé. Çà et là, une lumière jaune vacillante. S'il se penchait suffisamment loin, il pourrait voir la lueur de la lune sur la Mer occidentale. Abrusio dormait comme un vieux libertin fatigué, épuisé par ses excès.

Alors où ?

« Vas-y, mon ami. Sois mes yeux. »

Les yeux du lutin perdirent de leur éclat. Les ailes inutiles sur son dos battirent faiblement. Il sortit comme une flèche par la fenêtre et sembla sauter dans le vide, même si l'air était si chaud et si épais qu'il paraissait être un élément différent, capable de faire flotter le minuscule corps comme une feuille.

Ça y était : Bardolin voyait dans le spectre de la vue du lutin. Une lanterne sur une fenêtre flamboyait de vert, trop éblouissante pour pouvoir la regarder. Un rat créa une petite luminosité et le lutin changea sa course folâtre pour le suivre, mais Bardolin le soumit de nouveau à sa volonté, le houspilla gentiment et le fit suivre sa voie.

Un petit saut entre deux toits, une série incroyablement rapide de mouvements de gymnastique et le lutin se retrouva dans la rue, détalant dans le caniveau, ignorant les rats. Au-dessus de sa tête brillait une lueur diffuse, des silhouettes vertes qui dansaient. Mais l'une se détachait des autres et rayonnait avec l'ardeur d'un feu de joie. La chaleur qu'elle dégageait était palpable sur la peau moite du lutin.

Un lycanthrope acculé par la patrouille de la cité ! Et grièvement blessé. Bardolin remarqua les trois cadavres qui gisaient déjà en morceaux de part et d'autre de la rue. Le lycanthrope s'en tirait bien mais, dans la dernière salve, on lui avait tiré dessus à bout portant et même sa vitalité immense déclinait. Les balles de plomb avaient déchiqueté son torse puissant et étaient ressorties par les muscles de son dos. Déjà, les blessures cicatrisaient, mais les arquebusiers rechargeaient leurs armes dans un empressement paniqué, n'osant pas s'approcher de la créature mourante. La rue enténébrée était écœurante, avec son odeur fétide de sang, de mèches à combustion lente et de fumée d'explosifs.

– Allez vous faire fiche, vous tous ! disait le lycanthrope d'un ton clair, malgré sa bouche de bête. Vous et toute cette charogne en robe noire ! Vous n'avez pas le droit...

Un coup de feu. Un type qui avait rechargé son arme plus vite que les autres tira sur le crâne énorme aux longues oreilles. La tête du lycanthrope heurta le mur derrière lui. Ses mâchoires s'ouvrirent dans un rugissement et sa langue noire pendit mollement.

D'autres firent feu. Le lutin de Bardolin geignit mais resta à son poste d'observation, forcé par la volonté de son maître. Il ferma ses yeux sensibles aux éclairs de la rafale de coups de feu, fourra ses minuscules doigts dans ses oreilles et se tapit par terre, horrifié, tandis que la patrouille tirait coup de feu sur coup de feu sur l'énorme bête. Des morceaux de chair, de fourrure noire, vinrent joncher le pavé. Un de ses yeux jaunes lumineux s'assombrit.

Les gens commencèrent à sortir de leur maison. Tout le quartier était réveillé par ce qui ressemblait à une petite bataille menée chez eux. La lueur des lanternes se déversa à flots sur le pavé. Les plus téméraires s'aventurèrent près de l'enfer de bruit et de lumière qu'était la patrouille qui faisait feu, et quand ils virent ce qu'elle visait, ils se hâtèrent de rentrer chez eux et de se barricader.

Le bruit cessa. La rue était un brouillard opaque de fumée d'explosif et les hommes de la patrouille se hurlaient dessus d'un ton rassurant. Ils avaient épuisé toutes leurs munitions, mais la bête était morte – normal, après lui avoir tiré trente fois dessus.

– Hé, Horlon, où es-tu ? J'vois rien avec tout ce mélange de poudre !

– Sa patte me revient, Ellon ! C'est la plus grosse que j'aie jamais vue !

– Où est-*elle*, au nom du Saint ?

Un silence s'ensuivit, lourd d'angoisse. La fumée de poudre refusait de s'éclaircir ; au contraire, elle s'épaississait de plus en plus. Les arquebusiers avançaient d'un pas maladroit, terrifiés, certains que le lycanthrope avait invoqué le brouillard et était toujours en vie, attendant son heure.

– Sorcellerie ! gémit quelqu'un. La bête est vivante ! Elle va nous arracher la gorge ! Ce n'est pas de la fumée d'explosif !

Leur sergent tenta de les rassembler, mais ils prirent la fuite, certains lâchant leur arme, ne cherchant qu'à fuir cette fumée anormale. Ils s'éparpillèrent en hurlant, cependant que les habitants de la rue barricadaient leurs fenêtres en dépit de la chaleur et s'agenouillaient derrière les portes fermées, tremblant.

– Doucement, mon petit camarade, doucement. Regarde en lui. Vois-tu la chaleur ? Est-ce l'éclat de son cœur, qui bat déjà ? Oui ! Regarde comme les lignes de son sang clair se coagulent et se soignent toutes seules ! Regarde comme les trous les plus obscurs se soudent et se rapprochent ! Et voici l'œil qui se reconstruit et qui sort, comme une vessie remplie d'air.

Bardolin tremblait de fatigue. Projeter était suffisamment difficile dans les meilleures conditions sans devoir, en plus, se servir de son démon familier comme intermédiaire. Et voilà qu'à présent la créature échappait doucement à son contrôle, comme un outil qui glisse de mains moites de transpiration. Le lutin voulait rentrer chez lui, en sécurité sur son étagère, mais Bardolin le faisait s'approcher du gros corps qui gisait par terre, manifestement inerte, son sang dessinant une flaque gluante et épaisse tout autour de lui.

Un morceau de viande velu rampa sur les pierres et se recolla au lycanthrope.

Bardolin avait eu de la chance avec la fumée de poudre. Tout ce qu'il avait eu à faire, c'était l'épaissir et l'air calme et humide de la nuit avait fait le reste. Mais à présent, il tentait quelque chose de beaucoup plus difficile. Pratiquer les rimes de l'esprit, par l'intermédiaire du minuscule crâne du lutin. Son démon jouait le rôle de tampon, d'interrupteur, mais d'interrupteur fragile. Son cœur le lâcherait s'il endurait un stress supplémentaire ce soir, mais il n'avait pas beaucoup de temps. Le brouillard s'amincissait et la patrouille ne tarderait pas à revenir avec des renforts.

– Lycanthrope, m'entendez-vous ? Écoutez-vous ?

– Douleur agonie florissant dans mon crâne les gueules des armes pointées sur moi me font pleurer boire du sang sucré mourir. Mourir.

– Lycanthrope ! Écoutez-moi, je suis un ami. Regardez-moi ! Regardez le lutin devant vous.

Les yeux jaunes s'illuminèrent, injectés de sang.

– Je vous vois. À qui appartenez-vous ?

Le lutin parla avec la voix de son maître, tremblotant de soulagement. Son cerveau était presque en surcharge.

– Bardolin. Je suis le mage Bardolin. Suivez ce lutin et il vous conduira à moi.

L'énorme museau s'agita. Les mots sortirent sous la forme d'un grognement.

– Pourquoi m'aideriez-vous ?

– Nous sommes frères, lycanthrope. Ils sont après nous tous.

Le lycanthrope souleva sa tête embourbée de sang du pavé et eut l'air de soupirer.

– Alors soit. Emmenez-moi, mais allez-y doucement. Et pas de crevasses ni de fissures. Je ne suis pas un lutin qui peut se faufiler par des trous de serrure.

Ils s'en allèrent, le lutin gambadant en tête, ses yeux brillant comme deux lumières vertes dans l'obscurité, le lycanthrope une forme lourde et anéantie derrière lui. Derrière eux, le pas cadencé de la patrouille de la cité résonnait dans la rue.

Le lutin était à peine conscient quand il rentra et Bardolin le déposa immédiatement dans une jarre de rajeunissement. Le lycanthrope pénétra dans la pièce d'un pas prudent, la lueur de la chandelle brillant sur les parties de son corps brisées qui n'avaient pas encore été réparées. Sa chaleur était écrasante; un sous-produit de sorcellerie qui le maintenait dans un état de stabilité. Il avait beau se tenir voûté de douleur, Bardolin avait l'air tout petit à côté de lui, monolithe noir garni de pointes, aux yeux safran clair en amande comme ceux d'un chat. Ses oreilles en forme de cornes effleuraient le plafond.

– Je meurs de soif.

Le mage hocha la tête et versa une louche d'une gourde dans le seau qu'il avait préparé. Le lycanthrope s'en empara et but goulûment, l'eau dégoulinant sur la fourrure de son cou aussi épais que celui d'un taureau. Puis il s'affala par terre.

– Pouvez-vous vous retransformer? lui demanda Bardolin.

La créature secoua sa grosse tête.

– Mes blessures me tueraient. Je dois rester dans cet état jusqu'à ce qu'elles soient guéries. Je m'appelle Tabard. Griella Tabard. Je vous remercie de m'avoir sauvé la vie.

Bardolin agita la main.

– Ils m'ont pris mon apprenti aujourd'hui. Demain, c'est moi qu'ils prendront. Je vous ai accordé un répit momentané, rien de plus.

– Quoi qu'il en soit, je suis en dette envers vous. Je les tuerai demain quand ils viendront vous chercher. Je les retiendrai pour que vous puissiez vous échapper.

– M'échapper? Pour aller où? Les soldats ont interdit l'accès à Abrusio qu'ils ont fermée encore plus durement que la tournure d'une jupe de virago. Des gens comme vous et moi n'ont aucun moyen de s'échapper, mon amie.

– Alors pourquoi m'avez-vous aidée?

Bardolin haussa les épaules.

– Je n'aime pas les massacres gratuits.

Le lycanthrope rit, un son hideux sortant de la bouche de la bête.

– Vous dites ça à quelqu'un comme moi, atteint de la maladie noire? Les massacres gratuits sont bien dans ma nature.

La créature avait l'air amer.

– Et pourtant, vous ne me tuez pas.

– Je... je ne ferai aucun mal à un ami. Idiote que je suis, je suis partie des Hebros à la recherche d'un remède pour guérir mon infirmité et je suis arrivée en plein milieu d'une purge. J'ai tué mon père, mage.

– Pourquoi?

– Nous sommes un peuple ordinaire, nous, montagnards. Il a essayé de me forcer.

Comme Bardolin était médusé, la bête rit de nouveau.

– Peu importe, vous comprendrez demain matin, peut-être. Pour l'heure, je suis blessée et exténuée. Je dormirais bien ici, si vous me le permettez.

– Pour ce soir, vous serez mon invitée. Y a-t-il quelque chose que je puisse faire pour vos blessures ?

– Non. Elles guérissent toutes seules. Il en faut beaucoup pour tuer un lycanthrope vaincu, bien que je ne doute pas que vos tours de magie puissent le faire en un clin d'œil. Ces sales miliciens pensaient pouvoir se défouler sur moi et, avant que je ne puisse m'en empêcher, la transformation était en moi. Alors ç'a été le tollé général. Six d'entre eux minimum, j'ai tué. J'ai eu de la chance. Certains avaient décidé de mettre des balles de fer dans leur arquebuse. Ça aurait signé mon arrêt de mort.

Bardolin hocha la tête. Le fer et l'argent étaient les seules choses qui perturbaient les pouvoirs magiques régénérateurs d'un lycanthrope. Golophin avait fait un compte-rendu à ce sujet à la Guilde des Mages pas plus tard que l'année dernière, loin de se douter que l'on s'en servirait aussi vite.

Bardolin bâilla. Son lutin l'observait d'un air rêveur depuis les profondeurs liquides de sa jarre. Il tapota le verre et la petite bouche lui fit un sourire faible. Il récupérerait demain matin. Certains mages, d'après la rumeur, possédaient de plus grosses jarres conçues spécialement pour rajeunir leur corps souffrant. Mais il n'oublierait pas l'histoire édifiante d'un apprenti déloyal qui n'avait pas respecté les instructions et avait laissé son maître dans la jarre, sourire d'un air rêveur pour l'éternité.

– Je vais me coucher, lança-t-il à son invité monstrueux. Vous êtes en sécurité ici ce soir. Le lutin s'est assuré que vous n'avez pas été suivie. Mais dans moins de quatre heures, ce sera l'aube. Si vous souhaitez vous évader avant, n'hésitez pas.

– Je serai là quand vous vous réveillerez, insista le lycanthrope.

– Comme vous voulez. En général, les soldats viennent en milieu de matinée, après avoir pris un bon petit déjeuner et une goutte de rhum.

Le lycanthrope le gratifia d'un sourire abominable.

– Ils auront besoin de leur rhum s'ils veulent nous capturer.

« Nous ? » se dit Bardolin. Mais son lit l'appelait. Peut-être, demain soir, partagerait-il une paillasse de pierre avec Orquil dans les catacombes.

– Bonne nuit, alors.

Il alla se coucher d'un pas chancelant, vieillard en manque de repos. Les Dweomers lui faisaient toujours cet effet-là. Et travailler par l'intermédiaire du lutin avait été deux fois plus exténuant.

Mais il se réveilla juste avant l'aube, un nom défilant dans sa tête.

Griella ?

Puis, lorsqu'il descendit l'escalier à pas de loup, au lieu de la bête monstrueuse et ensanglantée, il vit la silhouette pâle d'une jeune femme nue qui dormait par terre.

4

Le feu s'éclaircissait à mesure que la soirée avançait. La tempête s'était calmée toute seule et le ciel était d'un bleu délavé, des haillons de nuages teintés par le coucher du soleil filant le long de l'horizon qui s'assombrissait. Au nord, les montagnes Thuriennes se dressaient, obscures et immenses, et au sud-ouest le coucher de soleil était concurrencé par une autre lueur rouge, qui laissait place à un nuage moiré de fumée, comme la tête de cumulonimbus d'une tempête se rapprochant. Aekir, toujours en flammes.

Plus près, une constellation de lumières sporadiques jonchait la terre, le temps qu'un homme fatigué voudrait bien prendre la peine de la regarder. Les feux de camp d'une armée vaincue, et la multitude de réfugiés qui s'y raccrochaient. Une foule grouillante, suffisamment nombreuse pour peupler une demi-douzaine de petites cités, était installée sous la lueur des premières étoiles et de la lune déclinante. Ils cuisinaient des aliments qu'ils avaient, on ne sait comment, réussi à glaner dans la campagne affamée, ou restaient assis, le regard vide, rivé aux flammes.

Comme Corfe.

Ils étaient probablement une douzaine accroupis auprès d'un feu de camp battu par le vent, le visage noir de suie, de crasse et couverts de sang. Aekir se trouvait à dix lieues de là, mais le rougeoiement de son agonie les suivait depuis cinq jours. « Il les suivrait éternellement, se dit Corfe, s'accrocherait à leur esprit comme un succube. »

Heria.

À l'aide d'un bâton, il poussa les navets noircis dans les flammes et réussit à en extirper un des cendres. Les autres le dévisagèrent d'un air vorace mais se gardèrent bien de lui en demander. Ils savaient parfaitement qu'il ne fallait pas contrarier ce soldat silencieux de l'armée de Mogen.

Corfe ne broncha même pas lorsque le navet lui brûla les doigts. Il ôta la cendre d'un coup puis le mangea mécaniquement. Un sabre reposait dans un fourreau à sa ceinture. Il l'avait pris à un cavalier mort pour remplacer celui qu'il avait perdu en s'enfuyant de la cité. Ce sabre et son uniforme en lambeaux imposaient le respect chez ses compagnons fugitifs. Il y avait des hommes qui circulaient en bandes de voyous parmi les fugitifs, tuaient pour de la nourriture, de l'or et des chevaux, tout ce qui pourrait accélérer leur voyage vers l'ouest, vers la sécurité. Corfe en avait tué quatre, s'appropriant leur maigre butin. Voilà comment il s'était enrichi de trois navets.

La cavalerie medruk avait pressé la foule des fuyards, depuis qu'ils avaient passé les portes d'Aekir en flammes, mais ne les avait pas encerclés. Les Medruks surveillaient leur progression, les canalisaient le long de la route de la Searil comme un troupeau de moutons. À des lieues derrière eux, disait-on, Sibastion Lejer et huit mille survivants de sa garnison menaient un combat d'arrière-garde désespéré contre une armée douze fois plus importante. Les Medruks laisseraient s'échapper les non-combattants, semblait-il, mais pas ce qui restait de l'armée torunnienne.

« Ce qui fait de moi un fugitif, un déserteur, songea calmement Corfe. Je devrais être là-bas et mourir avec les autres, et faire en sorte que le jeu en vaille la chandelle. »

À cette pensée, un sourire méprisant se dessina sur son visage. Il mordit dans le navet dur comme du bois.

Des enfants pleuraient dans l'obscurité grandissante ; une femme entonnait une douce mélopée. Corfe se demanda ce qu'ils trouveraient quand ils arriveraient à la frontière de la Searil et secoua la tête lorsqu'il envisagea l'ampleur de la tâche qui attendait ses défenseurs. Comme si les Medruks n'allaient pas frapper quand la confusion du flux de réfugiés serait à son apogée. C'était pour cela que Lejer et ses hommes faisaient face à l'ennemi, pour faire gagner du temps aux forces de la Searil.

« Et que ferai-je lorsque j'arriverai à la rivière ? se demanda-t-il. Offrirai-je mes services au tercio le plus proche ? »

Non. Il marcherait vers l'ouest. La Torunnie était fichue. Autant continuer, traverser les montagnes Cimbriques, peut-être, et arriver à Perigraine. Voire aller plus loin à l'ouest, en Fimbrie. Il pourrait vendre ses services au plus offrant. Tous les royaumes réclameraient des combattants à grands cris à présent, même des hommes qui s'étaient enfuis la queue entre les pattes.

En d'autres termes, abandonner tout rêve de retrouver sa femme.

Elle est morte, Corfe, un cadavre sans yeux gisant dans un caniveau d'Aekir.

Il priait pour que ce fût le cas.

Il y eut de l'agitation dans l'obscurité qu'éclairait le feu, du mouvement. Sa main s'égara sur son sabre, tandis qu'une longue rangée de formes à cheval se dessinait vaguement au loin. La cavalerie, toute ombre et lumière, qui serpentait à travers les feux de camp discontinus. Les gens leur faisaient des signes de la main à mesure qu'ils avançaient. C'était une demi-troupe qui se dirigeait vers l'est, rejoignant vraisemblablement les hommes assiégés de Lejer. Ils allaient passer un sacré mauvais quart d'heure, à tenter de traverser le rideau de troupes medruks.

Quelque chose stimula Corfe. Il voulut, sur le moment, aller vers l'est avec eux, à la recherche de l'oubli d'un héros. Mais ce sentiment disparut aussi rapidement que les cavaliers dans l'ombre. Il rongea son navet et jeta un regard furieux à ceux qui examinaient de trop près son uniforme en lambeaux. Que ces idiots aillent donc à l'est ! Il n'y avait rien par là-bas, hormis la mort, l'esclavage et les ruines en feu d'une cité vide.

– Il y a un portulan, un manuel de cartes marines qui confirmera l'histoire de l'homme, confia Murad au roi.

– On peut contrefaire les portulans, rétorqua Abeleyn.

– Pas celui-ci, Majesté. Il a plus d'un siècle et, pour l'essentiel, il expose en détail les traversées d'un marin au long cours. Il contient les positions et les sondages, les changements de lune et les marées pour une cinquantaine de ports, du Rovenan des corsaires à Skarma Sound jusqu'à Hardukh ou Ferdiac, nom sous lequel il était alors connu. Il est authentique.

Le roi grommela une réponse évasive. Ils étaient assis sur un banc de bois dans son jardin d'agrément ; même à cette altitude au-dessus de la cité, l'odeur fétide du bûcher était perceptible. Le soleil tapait avec acharnement, mais ils étaient assis à l'ombre tachetée de lumière d'un bosquet de cyprès majestueux. Des genévriers et des acacias formaient un rideau autour d'eux. L'herbe était verte et courte, pelouse entretenue par une petite armée de jardiniers et nourrie par un volume d'eau stupéfiant, détourné des aqueducs de la cité.

Abeleyn fourra une olive dans sa bouche, sirota son vin frais et tourna les pages craquantes du vieux livre de cartes marines avec soin et délicatesse.

– Donc ce voyage à l'ouest est lui aussi authentique, cette arrivée en vue d'une terre à l'extrême ouest ?

– Je le crois, oui.
– Admettons que vous ayez raison, cousin. Que voudriez-vous que je fasse ?
Murad sourit. Un sourire dépourvu d'humour, désenchanté. Son petit visage se contorsionna en une expression désabusée et maligne.
– Eh bien, aidez-moi à organiser une expédition afin de vérifier sa véracité.
Abeleyn referma le livre ancien d'un coup, envoyant dans l'air de petits flocons de poudre de papier sèche. Il posa ses longs doigts sur la couverture tachée de sel. Des gouttes de transpiration perlaient sur ses tempes, torsadant sa chevelure noire en minuscules mèches ruisselant de sueur.
– Savez-vous, cousin, quelle semaine j'ai passée ?
– Je...
– Premièrement, j'ai ce satané – que les Saints me pardonnent ! – prélat et ses intrigues corrompues en quête de plus d'autorité ; j'ai les respectables marchands de la cité qui pleurent sur mon épaule à cause des préjudices causés par son... non, *notre* édit sur le commerce ; puis le vieux Golophin qui m'évite – et comment lui en vouloir ? – juste au moment où j'ai le plus besoin de ses conseils. J'ai ces fichus bûchers chaque heure de chaque jour que Dieu fait, le seul mois de l'année où l'alizé s'est calmé, de telle sorte que nous nous complaisons là-dedans comme des paysans dans une hutte sans cheminée. Et enfin, j'ai le roi torunnien qui réclame des troupes à grands cris la seule fois où je ne peux me permettre de lui en donner – le monopole commercial des Torunniens part donc davantage en fumée. Et à présent, voilà que vous me dites que je devrais préparer une expédition dans l'inconnu, pour que, je présume, je puisse me défaire du poids de quelques bons navires et des idées loufoques d'un parent qui a attrapé une insolation.
Murad but une gorgée de vin.
– Je n'ai pas dit que vous devriez fournir les navires, Majesté.
– Parce qu'ils vont sortir du chantier complètement gréés, n'est-ce pas ?
– Je pourrais, avec votre autorisation, réquisitionner des bateaux civils – quatre devraient suffire – et les commander en qualité de vice-roi. Un détachement de fusiliers marins, c'est la seule chose que je vous demanderais. Et j'aurais des volontaires à foison de mon propre tercio.
– Et les vivres, les provisions, l'équipement ?
– Il y en a de grosses quantités sous clé dans les entrepôts le long des quais – les biens confisqués aux marchands et aux capitaines arrêtés. Ah, et je sais de source sûre que je pourrai constituer un équipage équivalant

à une demi-flottille avec les marins étrangers qui dépérissent en ce moment dans les catacombes du palais.

Abeleyn ne dit rien. Il regarda attentivement son cousin.

– Vous venez me voir avec, dans la tête, des idées intéressantes, mais aussi un tas d'âneries, cousin, dit-il enfin. Peut-être présumez-vous déjà de vos forces.

Déjà pâle, Murad blêmit. C'était un aristocrate sec et mince, aux cheveux noirs, raides et ternes et au nez dont n'importe quel pèlerin eût été fier. Ses yeux allaient avec son nez : gris comme le flanc d'un poisson et teintés d'une sorte d'éclat similaire lorsqu'ils accrochaient la lumière. L'une de ses joues était entaillée d'une longue cicatrice, héritage d'un combat avec un corsaire. C'était un visage extrêmement laid, pour ne pas dire sinistre, et pourtant Murad n'avait jamais manqué de la compagnie du sexe opposé. Il dégageait une espèce de magnétisme qui attirait les femmes comme la flamme d'une bougie attire les papillons de nuit, jusqu'à ce que, brûlés, ils repartent mal en point. Bon nombre de leurs époux, pères et frères scandalisés avaient défié Murad de se battre en duel. Aucun n'avait survécu.

– Redites-moi comment vous vous êtes procuré ce document, demanda Abeleyn d'un ton doux.

Murad soupira.

– L'une de mes nouvelles recrues relatait des histoires à dormir debout. Il venait d'une famille de pêcheurs côtiers et son arrière-grand-père racontait une histoire comme quoi un bateau sans équipage était arrivé de l'ouest un jour quand il pêchait le hareng avec son père. Son père a accosté avec trois autres, mais un lycanthrope était à bord, le seul être vivant, et il les a tués. Le bateau – c'était une caraque de haute mer, partie d'Abrusio six mois auparavant – tanguait doucement et l'équipage s'est retiré. Mais le lycanthrope a sauté par-dessus bord et a nagé vers la côte. Ils ont de nouveau arraisonné la caraque pour récupérer leurs morts et le petit garçon qu'il était alors a trouvé le portulan dans la cabine de la poupe, avec le cadavre du capitaine ; il l'a emporté en dédommagement de la vie de son père.

– Quel âge a cet homme ? s'enquit Abeleyn.

Murad s'agita, mal à l'aise.

– Il est mort voilà une quinzaine d'années. C'est une histoire qui est restée dans la famille.

– Radotages d'un vieillard altérés par le temps qui passe et exagérations de contes paysans !

– Le portulan corrobore l'histoire, Majesté, protesta Murad. Le Continent occidental existe et, en outre, la traversée pour y aller est tout à fait faisable.

Abeleyn inclina la tête, songeur. Son épaisse chevelure noire n'était pas encore parsemée de gris. C'était un jeune roi qui se battait contre l'usurpation de son autorité par l'Église, les guildes, les autres monarques. Son père avait connu des problèmes similaires, mais n'avait pas vécu suffisamment longtemps pour assister à la chute d'Aekir.

« Nous vivons une époque difficile », songea-t-il, et son visage se fendit d'un sourire désagréable.

– Je n'ai pas le temps d'étudier de près un portulan ancien, Murad. Je vais croire sur parole ce que vous me dites. De combien de bateaux avez-vous besoin, m'avez-vous dit ?

Le visage balafré du noble rayonna de triomphe, mais il garda un ton neutre.

– Comme je vous l'ai dit, quatre, voire cinq. Suffisamment d'hommes et de provisions pour mettre une colonie viable sur pied.

Abeleyn releva brusquement la tête.

– Une colonie, approuvée par la couronne de Hebrion, doit avoir un gouverneur de grade suffisant. À qui pensez-vous, cousin ?

Murad s'empourpra.

– Je me suis dit... il m'a traversé l'esprit que...

Abeleyn le gratifia d'un grand sourire et leva la main.

– Vous êtes le cousin du roi. C'est un grade suffisant. (Son sourire s'évanouit rapidement.) Mais je ne peux pas vous laisser commander les navires de ceux qui ont goûté à l'hérésie. Les hommes diraient que je profite d'eux et la haine que le prélat a le malheur de susciter me retomberait dessus. On ne doit pas *croire* qu'un roi profite du malheur de ses sujets.

Le mot qu'avait accentué le roi n'échappa pas à Murad, qui regarda son monarque de près.

– En revanche, toutes les réserves, le cordage, les vergues de rechange et autres provisions en train de s'accumuler dans les entrepôts pourront raisonnablement être déplacés ailleurs, par égard pour l'entreposage, vous comprenez. Ces choses, Murad, ne manqueront pas. Quant aux navires, c'est une autre histoire. Nous, Hebrioniens, y sommes sentimentalement attachés. Pour leurs capitaines, ils sont comme des épouses. Je connais votre réputation dans le domaine des femmes, mais si cela doit être une expédition parrainée par la Couronne, autant commencer sur une note saine. Me comprenez-vous ?

– Parfaitement, Majesté.

– Très bien. Aucun navire ne sera donc confisqué, mais je vous donnerai un crédit royal afin de louer et d'équiper deux navires.

– Deux navires ! Mais Majesté...

– Les rois n'apprécient pas d'être interrompus, Murad. Comme je viens de le dire, deux navires, les deux d'Abrusio, et ce doit être des navires dont les capitaines viennent de perdre bon nombre de leur équipage à cause des Inceptines. Vous expliquerez à leurs capitaines qu'ils retrouveront leur équipage au grand complet pour l'expédition ; s'ils s'engagent à la faire, ce sera considéré comme une sorte d'amnistie. S'ils décident de ne pas profiter de la générosité de la Couronne, alors dites-leur clairement qu'ils seront susceptibles de faire l'objet d'une enquête pour avoir autant d'hérétiques et d'étrangers dans leur équipage, en premier lieu.

Murad se mit à sourire.

– Les lettres de crédit, je présume, seront honorées à condition que les navires rentrent sains et saufs à Abrusio ?

Le roi pencha la tête.

– Cependant, je vous autorise également à prendre un demi-tercio de fusiliers marins sous votre propre commandement et vous confère les fonctions de gouverneur – sous certaines conditions – de toute colonie que vous déciderez de créer sur ce Continent occidental. Mais pour fonder une colonie, vous avez besoin de colons.

Sur quoi le roi eut l'air tellement content de lui que Murad devint méfiant.

– Je trouverai vos colons, n'ayez crainte, poursuivit le roi. Une multitude de personnes me viennent à l'esprit en ce moment même. Tout cela vous convient-il, cousin ? Avez-vous toujours l'intention d'entreprendre cette expédition ?

– Je pourrai, naturellement, approuver par moi-même les colons potentiels.

– Sûrement pas, répliqua Abeleyn d'un ton brusque. (Puis, d'un ton plus doux :) Vous serez bien trop occupé pour vous entretenir avec chaque passager. Mon personnel s'en chargera.

Murad hocha la tête. Il lui avait coupé les ailes. Au lieu d'une petite escadre naviguant sous son commandement pour établir un fief presque indépendant, il transporterait une horde d'indésirables dans l'inconnu sur deux – *deux* – navires bondés.

– Je vous en conjure, Majesté, octroyez-moi plus de navires. Si la colonie venait à réus...

– Nous ne sommes toujours pas sûrs qu'il existe une terre sur laquelle pourrait s'installer la colonie, déclara le roi. Je ne vais pas risquer plus que ce que j'ai sur ce qui est un projet quasiment hypothétique. Ce ne sont que mon affection pour vous, cousin, et ma confiance en vos compétences qui me poussent à faire cela.

Murad s'inclina devant lui. « Ça, se dit-il, plus le fait que mon idée peut s'incorporer dans vos propres plans. »

Mais il ne pouvait qu'admirer Abeleyn. Seulement cinq années passées sur le trône et le monarque de Hebrion s'était déjà imposé comme l'un des plus redoutables dirigeants de l'Ouest.

« Je dois faire avec ce que l'on me donne, songea Murad, et en être reconnaissant. »

Abeleyn leur resservit du vin. Il perdait de sa fraîcheur, même à l'ombre des cyprès.

– Allez, cousin, vous devez comprendre que nous agissons tous sous certaines contraintes. Même ceux d'entre nous qui sont rois. Le monde est un lieu de compromis. À moins, bien sûr, que vous ne soyez un Inceptine.

Ils rirent de concert et trinquèrent. Murad remarqua un trio de secrétaires royaux qui flânaient derrière les arbres, les bras chargés de papiers et des encriers pendant à leur boutonnière. Abeleyn suivit son regard et soupira.

– Cette fichue paperasserie me suit partout ! Vous savez, Murad, j'aimerais presque venir avec vous, laisser les soucis d'un royaume derrière moi. Je me rappelle mon voyage sur l'*Esprit joyeux* quand j'étais prince, un petit morveux imbu de lui-même. La première fois que j'ai senti une bourrasque souffler sur le cordage, j'ai voulu que le maître d'équipage soit pendu, noyé et écartelé. (Il but une gorgée de vin.) C'était l'époque où l'on contournait la côte jusqu'à l'extrême est de l'Hebrionien, puis on traversait le Golfe fimbrien jusqu'à Narbosk. Nous avons dans le sang quelque chose de la mer, nous Hebrioniens. Peut-être n'avons-nous pas de véritable eau de mer qui coule dans nos veines comme les Gabrioniens mais un pont qui s'incline sous nos pieds a toujours quelque chose d'un retour chez soi.

Son regard se perdit dans son vin.

– Je ferai de cette terre la plus grande puissance maritime au monde avant de mourir, Murad – si Dieu me prête vie et si ces ecclésiastiques cupides ne m'achèvent pas avant l'heure.

– Votre règne sera long et glorieux, Majesté. Quand les gens y repenseront des années plus tard, ils se demanderont quel genre d'hommes vivaient alors, quel genre de géants ils étaient.

Le roi leva les yeux et rit ; il avait l'air d'un petit garçon quand il rejeta brusquement sa tête en arrière.

– J'enfile mes hauts-de-chausses une jambe à la fois, comme tout le monde, cousin. Non, c'est l'ardeur de l'histoire, la brume des années qui passent qui confèrent la gloire à un homme. Peut-être se souviendra-t-on uniquement de moi parce que la Cité sainte est tombée sous mon règne; et mes troupes sont restées à la maison, à chasser des sorciers au lieu de rejoindre la défense de l'Ouest. La postérité est bien capricieuse. Regardez mon père.

Murad ne dit rien. Bleyn II avait été un dirigeant tyrannique et un homme fanatiquement pieux. D'après la rumeur, c'était lui qui avait initialement imaginé la purge actuelle, voilà une douzaine d'années, mais le vieux mage Golophin l'en avait dissuadé. À présent, les Inceptines le décrivaient comme l'idéal d'un roi saint. Et, dans une centaine de chaires, son fils était dépeint comme un jeune homme fou au bon cœur, mais qui manquait totalement de respect envers les représentants du Saint Béni sur terre. Les relations entre la Couronne et l'Église ne semblaient pas destinées à s'améliorer.

Et pourtant, la marine et l'armée vénéraient Abeleyn; dans les piques des soldats et les couleuvrines des navires résidait le pouvoir du trône. Les Inceptines avançaient donc d'un pas prudent et se hâtaient d'apporter leur propre armée, les Chevaliers militants, dans la cité.

– J'ai entendu dire que personne de la garnison d'Aekir ne s'était échappé, dit Murad d'un ton lugubre, suivant le fil de ses pensées. Trente-cinq mille hommes.

– Vous avez mal entendu, rétorqua le roi. Sibastion Lejer a fait sortir près de dix mille hommes de la cité et mène un combat d'arrière-garde sur la route de la Searil.

Murad voulut demander à son roi comment il le savait, comment les nouvelles se répandaient si vite sur plus de sept cents lieues, mais il se retint. Golophin saurait comment faire. Mais si Golophin évitait Abeleyn...

– Le devoir m'appelle, dit Abeleyn. Je dois rencontrer une autre délégation des guildes cet après-midi. Merci, Murad. J'aurai peut-être un brin de réconfort pour la Guilde des Thaumaturgistes. Peut-être même que Golophin m'adressera de nouveau la parole. Tant mieux. Il y a le Conclave des Rois à préparer pour dans un mois.

– Il en est toujours question? demanda Murad, surpris.

– Aujourd'hui plus que jamais. Lofantyr de Torunnie hurle pour disposer de davantage de troupes, naturellement. Et Skarpathin de Finnmark est convaincu que le prochain coup lui tombera dessus. Je prévois une réunion agitée, d'autant plus que le synode se réunit un peu plus tôt, nous devrons donc également débattre de leurs louables résolutions. Sachez, Murad, que vous avez de la chance de ne devoir vous soucier que d'un voyage hasardeux dans l'inconnu. Les hauts-fonds entre les palais sont plus difficilement navigables.

Murad se leva et le salua d'un signe de tête.

– Avec votre autorisation, je vais vous laisser à votre navigation, Majesté.

Tandis qu'il quittait l'ombre des cyprès, la punition du soleil l'assaillit et il vit l'essaim de secrétaires se rassembler autour de leur monarque comme des mouches dépeçant un cadavre. Cette image était une image malheureuse et Murad la chassa de son esprit. Il aurait ses navires, et ses hommes, et il aurait sa cité à l'ouest.

Il n'avait pas dit au roi qu'un journal de bord accompagnait le portulan et détaillait ce voyage à l'ouest vieux de plus d'un siècle, et il se réjouissait d'avoir gardé cette information pour lui. Si le roi avait lu les pages tout abîmées, il n'aurait probablement rien trouvé. Murad lui-même avait eu du mal à déchiffrer les gribouillages et le parchemin taché du document et les éléments étaient difficiles à trouver – mais ils existaient.

Ils faisaient référence à la toute première expédition à l'ouest, trois siècles avant que le capitaine du *Faucon cartigellien* n'effectue son voyage fatal. C'était une aventure qui s'était terminée, d'après ce que Murad avait pu trouver, dans la tuerie et la folie.

Mais c'était il y a très longtemps. De tels événements s'altéraient et devenaient absurdes avec le temps. Il n'y aurait rien à l'ouest que les arquebuses et les piques de Hebrion ne pourraient affronter.

Il serait suffisamment temps de se préoccuper de ce genre de choses lorsque le légendaire Continent occidental surgirait avec ses secrets, ses dangers et ses richesses inconnues. Il serait alors trop tard pour faire demi-tour.

5

Richard Hawkwood ouvrit la grille ornementée qui clôturait le balcon et, nu, il sirota son vin. Il n'y avait pas de brise. Que l'alizé hebrionien fasse défaut si tôt dans l'année était sans précédent. Il regarda en contrebas des toits inclinés grouillant de monde et vit le port et les Routes extérieures bondés de caravelles, de caraques, de gallots et de lougres, tous rivés au port à cause du manque de vent. Les seuls marins qui tiraient leur épingle du jeu étaient les capitaines des galères et des galéasses, les avisos rapides de la Couronne qui condescendaient quelquefois à transporter des cargaisons de grande valeur contre une petite fortune.

Il voyait la *Grâce* dans les chantiers intérieurs, en train d'être remise en état. Des vers des mers avaient rongé sa coque au cours de l'expédition dans les Malacars et ses bordages extérieurs étaient remplacés. Un peu plus loin, il y avait son autre navire, le *Balbuzard gabrionien*, une grande caraque. Elle était arrivée tout doucement voilà deux jours, peinant avec ses avirons de queue et était à l'ancre, attendant qu'un poste de mouillage se libère. Son équipage patientait sous les écoutilles, jusqu'à ce que Hawkwood trouve le moyen de les faire échapper discrètement aux Inceptines. Une chaloupe, probablement, la nuit. Ou alors il pourrait louer un bateau de pêche pour aller au large puis les faire le rejoindre à la nage. Non, ça ne marcherait jamais.

Il se frotta le front avec lassitude. Son torse brillait de sueur et la puanteur des bûchers semblait le graisser comme une seconde peau nauséabonde. Il refermait la grille lorsqu'une voix féminine dit :

– Richard, tu reviens te coucher ?

– Un moment.

Mais elle s'était levée, un drap enveloppé sur ses épaules, et traversait le sol de marbre frais à pas feutrés pour le rejoindre. Ses bras l'encerclèrent par-derrière et il sentit la chaleur de son corps traverser le drap froissé.

– Mon pauvre capitaine qui a tellement de soucis en tête. Penses-tu à Julius ?

– Non.

Le corps de Julius Albak avait été récupéré puis brûlé par les Inceptines. Il n'avait pas de famille, hormis sa famille de la mer – l'équipage de Richard. Une douzaine d'hommes étaient enchaînés dans les catacombes, attendant une audience. Non, Julius Albak avait fini par effectuer le long voyage. On ne pouvait plus rien y faire.

La main de la femme descendit pour caresser sa virilité, mais il ne réagit pas.

– Je ne suis pas d'humeur à ça, Jem.

– J'ai remarqué. D'habitude, quand tu rentres de voyage, on n'a même pas le temps d'arriver jusqu'au lit.

– J'ai des tas de soucis en tête. Je suis désolé.

Elle le laissa et retourna au lit, à côté duquel se trouvait une grande carafe. La chambre était plutôt fraîche, aux murs épais, en marbre et en plâtre, peints en blanc. Le plafond s'élevait bien au-dessus de la tête de Hawkwood pour se perdre dans une multitude d'arcs et de piliers de cèdre foncé. Le balcon fermé s'étirait sur toute la longueur d'un mur et le lit en occupait un autre. Il y avait des chaises élégantes, une coiffeuse, des tentures chargées de dorures. Un peu partout était éparpillé un joli tas de vêtements de femme et de coiffes. En haut dans un coin, un petit singe les regardait depuis une cage en or avec de grands yeux fixes. Richard le lui avait rapporté de Calmar une demi-douzaine d'années auparavant.

La clameur de la cité dériva vers eux, tel un ressac de bruit lointain. À cette altitude sur la colline, on était loin de la saleté des rues, de la chaleur étouffante, des égouts ouverts et puants, de l'animation bruyante d'Abrusio. Ainsi vivait l'aristocratie.

– As-tu vu ta femme ? demanda Jem d'un ton acerbe qui le fit grimacer.

– Non. Tu sais bien que je ne l'ai pas vue.

– Tu es de retour depuis trois jours, Richard. Ne pourrais-tu pas lui rendre visite, au moins pour la forme ?

Il se retourna et la regarda. Alors que son corps était brun foncé, brûlé par le soleil, le vent et les embruns, celui de Jemilla était blanc d'albâtre, faisant encore plus ressortir son épaisse chevelure brune. Ses yeux étaient noirs et vifs, comme des bulles noir de jais sur un pont à la chaleur tropicale, ses sourcils merveilleusement mobiles décrivaient un arc au-dessus, tels deux oiseaux noirs montant et descendant au gré de ses humeurs. C'était une maîtresse passionnée, pour ne pas dire sauvage, et il repartait souvent de leurs rendez-vous recouvert d'égratignures et de morsures. Et pourtant il l'avait vue en route vers le palais en barouche, les cheveux en chignon sur sa tête, en robe de brocart, une collerette de lin encerclant son visage comme une poupée de porcelaine.

Elle avait d'autres amants : nobles ou humbles, comme lui. Il ne pouvait espérer fidélité de sa part, protestait-elle constamment, alors qu'il était absent les deux tiers de l'année. Mais elle était prudente. Elle se faisait passer pour une veuve vertueuse, et la majorité de la cour la croyait, même si les domestiques n'étaient pas dupes. Hawkwood non plus. Il l'avait fait avorter voilà deux ans – parce qu'elle insistait. Une vieille fouine des quartiers pauvres de la cité avait fait ça dans une pièce exiguë. Elle ne lui dirait jamais si l'enfant était de lui ou pas. Peut-être ne le savait-elle pas elle-même. Parfois il y songeait.

– Ma femme comprend que j'ai beaucoup de choses à régler quand je rentre de voyage, dit-il d'un ton froid.

Elle rit, eau ondoyant dans une aiguière argentée, et tendit sa main fine.

– Oh, ne sois pas si guindé et si comme il faut, Richard. Viens ici ! On dirait une statue d'acajou.

Il la rejoignit sur le lit.

– C'est Julius et ton équipage, je sais. J'ai essayé, Richard. Personne ne peut rien y faire. Peut-être pas même Abeleyn en personne. Ça ne le réjouit pas non plus.

– Alors il discute politique avec toi, quand vous couchez ensemble ?

Elle rougit.

– Je ne vois pas ce que tu veux dire.

– Que tu devrais être plus prudente, Jem, c'est tout. Voilà seulement trois jours que je suis de retour, mais je sais déjà qui est la nouvelle compagne de lit du roi.

Un sourcil plissa son front avec dédain.

– Il y a un grand fossé entre la rumeur et la vérité.

– Le roi n'aime pas que ses maîtresses ébruitent ses liaisons en public. Si tu ne fais pas attention, tu risques de te réveiller un matin à bord d'un transport d'esclaves medruks.

– Auriez-vous la présomption de me dire comment gérer mes liaisons, capitaine ? Je suppose que le fait de voyager d'un port rongé par les poux à un autre vous donne les capacités requises pour discuter des faits et gestes de la cour ?

Il se détourna d'elle. Elle adorait lui jeter son humble condition au visage. Peut-être cela épiçait-il, à son sens, leurs petites coucheries. Et pourtant, ils étaient aussi proches que pouvaient l'être des amants. Parfois, ils se disputaient comme s'ils étaient mariés.

Il finit son vin et se leva.

– Je dois y aller. Tu as raison. Je devrais rendre visite à Estrella.

– Non !

Elle le repoussa sur le lit, les yeux brillants. Il dut sourire. Elle avait beau passer de lit en lit, elle était malgré tout jalouse quand il allait voir quelqu'un d'autre.

– Reste, Richard. Nous devons parler de certaines choses.

– Telles que ?

– Eh bien... les nouvelles. Ne veux-tu pas savoir tout ce qui s'est passé depuis que tu es parti ?

– Je sais ce qui se passe, et mon équipage aussi.

– Oh, cet édit idiot ! Tout le monde sait que c'est le prélat qui a donné cette idée à Abeleyn. Ce n'est pas le genre du roi d'avoir des idées de ce style, même si son père était comme ça. Non, Abeleyn est davantage comme nous. Un homme à soldats, la coqueluche des marins. Le prélat et lui ont eu un contretemps et tout Abrusio est du côté du roi, à part ceux dont la présence d'esprit est pourrie par la religion, que Dieu me pardonne.

Elle fit le signe du Saint sur sa poitrine nue. Pour une raison quelconque, Hawkwood trouva ce geste excitant.

– Le prélat est sur la route du synode à Charibon, et tu sais quoi ? à la minute où il a passé les portes de la cité, les bûchers se sont calmés. Il y a deux jours, ils brûlaient quarante malheureux chaque après-midi. Aujourd'hui, six ont été envoyés au feu. Abeleyn a fait en sorte que ses officiers accompagnent les Inceptines dans leurs rondes et que les listes lui parviennent directement. Tant mieux. Ma bonne devenait hystérique. Elle est originaire de Nalbenie.

Hawkwood caressa sa cuisse douce.

– Je sais.

– Et Golophin. Certains disent qu'il a mis en place une espèce de route souterraine pour que les Dweomers s'enfuient de la cité. Il n'est plus à la cour. Le roi s'est déplacé en personne à la tour de ce vieil oiseau pour le trouver et il avait barré sa porte ! Au roi ! Le père d'Abeleyn aurait fait raser sa tour, mais pas notre jeune monarque. Il attend le bon moment.

Les doigts de Hawkwood caressaient les poils frisés au cœur de ses jambes, mais elle ne semblait pas s'en rendre compte.

– Et les rues sont effroyables la nuit ! Il y a des lycanthropes de tous côtés qui cherchent à se venger de l'exécution de leurs alliés. Pas plus tard qu'hier soir, l'un d'entre eux a massacré une douzaine d'hommes de la patrouille de la cité et s'est échappé...

Elle gémit tandis que les doigts de Hawkwood la caressaient.

– Murad se balade d'un air hautain dans le palais, avec un sourire suffisant. Je ne l'aime pas... oh, Richard !

Elle s'allongea sur le lit, les jambes écartées, et se toucha là où il l'avait touchée. Hawkwood l'observait, avec la fascination de la souris qui observe le chat.

– N'est-ce pas mieux que le postérieur d'un mousse ? dit-elle.

Hawkwood se calma brusquement et elle sourit d'un air taquin.

– Oh, allez, Richard ! Je sais quelle pression subissent les marins au cours d'un long voyage ! Et aucune femme à bord pour soulager votre... stress. Tout le monde sait ce que vous fabriquez. Dans la cale, peut-être, dans un coin sombre avec des rats qui gambadent autour de vous ? Est-ce que le mousse hurle, Richard, quand tu le prends ? Mon gentil capitaine, t'es-tu toi-même déjà fait prendre par un capitaine velu quand tu as commencé à voyager ?

Comme elle vit la colère affluer sur son visage, elle rit de son rire qui gazouillait et continua à se caresser de plus belle.

– Vas-tu le nier devant moi ? Vas-tu dire que c'est faux ? Je le lis dans tes yeux, Richard. Est-ce pour cela que tu as été incapable de me satisfaire à ton retour ? Te languis-tu d'un mousse au menton glabre et aux poux dans les cheveux ?

Il mit ses mains sur sa gorge blanche. Sa peau était sombre comme du cuir sur la sienne. Alors que ses doigts se resserraient, ceux de Jemilla s'affairèrent encore davantage. Elle arqua légèrement le dos.

– Je ne te suffis pas ? gémit-elle. Ou suis-je trop pour toi ?

D'un geste prompt, il la retourna sur le ventre. Le sang de la colère, de la honte et de l'excitation battait dans chacune de ses veines comme un tatouage rigide. Il se mit sur elle de tout son poids, l'écrasa sur le lit. Elle hurla et battit des bras. Il attrapa ses minuscules poignets et les emprisonna.

Elle hurla dans l'oreiller et mordit très fort le drap quand il la pénétra de force. Ça ne dura pas longtemps. Il se retira, à la fois dégoûté et exultant.

Elle roula sur le dos. L'afflux de sang avait marbré son corps. Ses poignets étaient rouges. Elle se contusionnait si facilement, songea-t-il. Il fut incapable de croiser son regard.

– Pauvre Richard. Si facilement excité, si facilement scandalisé !

Elle tendit une main et l'attira vers elle.

Il était perplexe, confus.

– Pourquoi dis-tu ce genre de choses ?

Elle caressa son visage.

– Tu es un curieux mélange, mon amour. Parfois aussi inaccessible qu'une porte de chêne fermée. Parfois les nerfs à vif, sur lesquels on peut jouer comme sur les cordes d'un luth.

– Je suis désolé, Jem.

– Oh, ne sois pas absurde, Richard ! Tu ne sais pas que tu ne fais jamais rien sans que je le veuille ?

Ailleurs à Abrusio, la journée s'écoulait et les soldats n'arrivaient pas. La jeune Griella, qui avait été une bête, enfila l'une des robes dont Bardolin ne voulait plus et s'assit à sa table, l'air ridiculement jeune et vulnérable.

Ils sirotèrent de l'eau fraîche du cellier et mangèrent du pain aux olives et un bol de pistaches, qu'elle adorait. Le lutin s'agitait sans arrêt et les observait dans sa jarre. Il avait presque récupéré de son épreuve de la nuit précédente.

Pourquoi n'étaient-ils pas venus ? Bardolin l'ignorait. Mais au lieu de le soulager, leur retard le rendait encore plus mal à l'aise et son état était aggravé par le visage de la jeune fille mince assise en face de lui, balançant ses pieds nus tout en mangeant.

Elle avait un visage de paysanne, bruni et couvert de taches de rousseur par des journées passées dehors au soleil. Ses cheveux étaient coupés court et se teintaient de bronze au soleil, comme si un forgeron les avait martelés sur son enclume ce matin. Ses yeux étaient aussi marron que le cou d'une grive et sa peau, là où la crasse avait été nettoyée, était enluminée d'un éclat fauve. Elle n'avait pas plus de quinze ans.

Bardolin l'avait aidée à nettoyer le sang coagulé sur ses mains et sur sa bouche.

Après le déjeuner, ils s'étaient assis près de la grande fenêtre du mur de la tour de Bardolin qui donnait à l'ouest, surplombant la cité jusqu'à la mer et le port bondé, avec son enchevêtrement de mâts. À l'horizon, des navires étaient encalminés à cause de l'absence d'alizé. Leurs chaloupes les remorquaient à la rame, agonisant, sous l'œil vigilant et torride du soleil.

– Les voyez-vous ? lui demanda Griella. J'ai entendu dire que les sorciers pouvaient voir beaucoup plus loin que n'importe qui, pouvaient même observer les flammes qui scintillent dans le giron des étoiles.

– Je pourrais projeter un cantrip et voir loin. Avec mes propres yeux, j'ai bien peur de ne pas être d'une grande aide.

Elle digéra ce qu'il venait de dire.

– Quand je suis une bête, je peux voir la lumière du cœur des hommes dans leur poitrine. Je peux voir la chaleur de leurs yeux et leurs boyaux dans l'obscurité, et je peux sentir la peur qui émane d'eux. Mais je ne peux pas voir leur visage, qu'ils soient peureux ou courageux, surpris ou stupéfaits. Ce ne sont plus des hommes. C'est ainsi que pense la bête quand je suis en elle, au lieu qu'elle soit en moi.

Elle regarda ses doigts, propres à présent, ses ongles rongés jusqu'au sang.

– Je peux sentir leur vie filer, les lâcher sous mes doigts et c'est quelque chose de réjouissant. Peu importe qu'ils soient mes ennemis ou pas.

– Tout le monde n'est pas ton ennemi, mon enfant.

– Oh, je sais. Mais je ne connais personne qui soit mon *ami.* À part vous, bien sûr.

Elle lui fit un sourire si rayonnant qu'il se sentit à la fois touché et perturbé.

– Pourquoi ne sont-ils pas venus? demanda-t-elle. Vous avez dit qu'ils essayeraient de vous emmener aujourd'hui.

– Je ne sais pas.

Il aurait aimé envoyer le lutin fureter dans la cité, mais il doutait qu'il fût déjà en état de le faire. Et avec Griella chez lui, il n'avait pas envie d'y aller lui-même. Il avait eu du mal à se l'avouer, mais il savait qu'il ne la laisserait pas massacrer d'autres hommes, même ceux qui les emmèneraient tous deux à la mort. Si les soldats venaient, il lui jetterait un sort pour qu'elle perde conscience. Ils pourraient même la laisser tranquille, croire qu'elle n'était qu'une gamine des rues. Si elle se transformait de nouveau en bête, ils la tueraient sûrement.

– Non, ne touche pas à ça!

Elle tapotait la jarre du lutin et échangeait de grands sourires avec la petite créature.

– Pourquoi? J'ai l'impression qu'il m'aime bien.

– Rien ne doit le déranger quand il est en rajeunissement, sinon cela risque de le métamorphoser en quelque chose de différent.

– Je ne comprends pas. Expliquez-moi.

– Le liquide dans la jarre est du sang Ur, un fluide thaumaturgique. Il est à l'origine de nombreuses expériences et difficile à créer. Mais une fois qu'il est inventé, il est... malléable. Je peux l'adapter aux besoins du moment. En ce moment, c'est un baume pour la fatigue du lutin, comme du plâtre mouillé que l'on colle dans les fissures de la façade d'une maison. Le lutin a été fabriqué à partir du sang Ur, procédure facilitée par divers sorts et le pouvoir de mon esprit.

– Pouvez-vous en fabriquer un pour moi? Quel petit animal ça ferait!

Bardolin sourit.

– Il faut des mois pour le fabriquer, et le procédé est exténuant, il consume l'essence du sorcier en personne. Si le lutin meurt, une partie de moi meurt aussi. Il existe des moyens plus rapides de procréer des démons familiers, mais ils sont répugnants et les créatures ainsi engendrées, qu'on appelle des homoncules, sont capricieuses et difficiles à contrôler. Et elles ont une odeur infect.

– Je croyais qu'un vrai mage pouvait dégoter tout ce qui lui plaisait en un clin d'œil.

– Pas les Dweomers. Chaque don a un prix. On n'a rien sans rien.

– Vous me faites penser à un philosophe, à un de ces vieillards qui dissertent dans le square des Orateurs.

– Il y a une philosophie, ou plutôt une loi, chez les Dweomers. Quand j'étais apprenti, je n'ai pas appris un seul cantrip les huit premiers mois, même si mes pouvoirs s'étaient déjà manifestés. Je devais apprendre l'éthique de l'élaboration des incantations.

– L'éthique ! (Elle parut ennuyée.) Je relève de ces Dweomers, moi aussi, n'est-ce pas ?

– Oui, la lycanthropie est l'une des Sept Disciplines, même si elle est probablement la moins bien comprise.

Elle s'illumina.

– Je pourrais devenir un mage, alors ?

– Pour être mage, tu dois maîtriser au moins quatre des Sept Disciplines et les lycanthropes sont rarement capables de maîtriser une discipline autre que la leur. Il y a eu un débat dans la Guilde, il y a quelques années, certains soutenaient que la lycanthropie n'était pas du tout une discipline mais une déviance, une maladie, au dire des gens ordinaires. Leur motion a été rejetée. Nous avons tous les deux de la magie dans notre sang, mon enfant.

– La maladie noire, comme ils l'appellent, ou parfois, simplement, « le Changement », dit calmement Griella.

Ses yeux étaient immenses et sombres.

– Oui, mais en dépit des superstitions, elle n'est pas infectieuse. Et elle peut être maîtrisée, transformée en véritable discipline.

Elle secoua la tête. Ses yeux s'étaient emplis de larmes.

– Rien ne peut la maîtriser, murmura-t-elle.

Il mit une main sur son épaule.

– Je peux t'aider à la maîtriser, si tu me laisses faire.

Elle enfouit sa tête dans sa poitrine grosse comme une barrique.

Quelqu'un frappa à la porte en bas.

Elle releva la tête d'un coup.

– Ils sont là ! Ils sont venus vous chercher !

Sous le regard consterné de Bardolin, ses yeux s'emplirent d'une lumière jaune et ses pupilles se dilatèrent, comme celles d'un chat. Il sentit son corps léger se modifier sous ses mains. Un grognement de bête sortit de sa gorge.

Tant qu'elle change. Avant qu'il ne soit trop tard.

Il avait mémorisé la formule magique toute la matinée. À présent, elle le quittait comme un souffle rapide et descendait sur elle en piqué.

Un conflit barbare s'ensuivit : la bête naissante le combattait et la jeune fille se tordait dans des souffrances atroces, prise entre deux formes. Mais il vainquit la chose. Elle se retira et, sous elle, il put sentir son esprit – humain, indemne, mais bel et bien étranger. Cette révélation le choqua. Il n'avait jamais regardé dans l'âme d'un lycanthrope auparavant. Dans l'instant qui précéda l'énonciation de la formule magique, il vit la bête collée à la jeune fille dans un mariage profane, chacune nourrissant l'autre. Puis elle s'écroula dans ses bras, respirant sans à-coups. Il frissonna. La bête était forte, même au moment de son accouchement. Il savait que si jamais elle arrivait à être totalement formée, il ne serait pas capable de la maîtriser. Il devrait la détruire.

La sueur dégoulinait dans ses yeux. Il posa la fille par terre, toujours tremblante.

Debout sur le pas de la porte se tenait un homme grand et vieux, qui avait l'air aussi mince que la bourse d'un bohémien. Son pourpoint, bien que hors de prix, pendait sur lui comme un sac et son chapeau à bord large était plus volumineux que ses épaules. Derrière lui, un jeune homme au regard effrayé s'agitait, écrasant son chapeau entre ses mains.

– Maître, fit Bardolin, submergé par une vague de soulagement.

Golophin lui prit le bras.

– Je dois m'excuser pour le tapage généré par notre entrée. Veuillez-en au jeune Pherio. Il n'aime pas que je me promène dans les rues en ce moment et il voit un Inceptine à tous les coins de rue. Pherio, la fille !

Le jeune homme fixa Griella comme si elle était une espèce de serpent particulièrement venimeux.

– Maître ?

– Mettez-la sur un divan quelque part, Pherio. Vous n'avez pas à vous inquiéter. Elle ne vous arrachera pas la tête. Et dénichez du vin – non, du brandy fimbrien. Bardolin a toujours une réserve dans son cellier. Dépêchez-vous !

Le garçon s'en alla d'un pas chancelant en portant Griella. Golophin aida Bardolin à s'asseoir sur une chaise.

– Alors, Bard, que se passe-t-il ? On fraye avec de jeunes lycanthropes nubiles, hein ?

Bardolin leva la main.

– Pas de plaisanteries, s'il vous plaît, Golophin. Elle était trop près et cela m'épuise.

– Ça vaut un article dans les *Archives* de la Guilde, à mon avis. Si cela est de l'ordre de la recherche, Bard, vous êtes sans aucun doute à la pointe !

Il gloussa et ôta d'un coup son chapeau absurde, dévoilant un crâne chauve comme un œuf.

– Nous nous attendions à des soldats avec un Inceptine à leur tête, expliqua Bardolin.

– Ah...

La bonne humeur de Golophin s'évapora.

– Ils ont emmené Orquil hier. Je m'étais dit qu'aujourd'hui, ce serait mon tour.

Lorsque Pherio revint avec le brandy, Golophin leur servit deux verres et lui et son ancien apprenti burent ensemble.

– Vous m'amenez à la raison de ma visite, Bard : ces atrocités que les Inceptines pratiquent au nom de la piété.

– Eux ? Au nom des Saints, Golophin, ils ne peuvent en avoir après vous. Vous êtes le conseiller de trois rois. Vous avez pris Abeleyn sur vos genoux quand il était trop jeune pour s'essuyer les fesses...

– Raison pour laquelle je suis l'homme que le prélat *doit* abattre. Sans moi, le roi n'a aucun conseiller désintéressé. Personne pour dire ce qui se passe à peu près de par le monde. J'ajouterais même qu'Abeleyn est également au courant, du moins je l'espère. Avec le prélat sur la route du synode à Charibon, il a un peu de répit. Déjà, les bûchers se sont calmés et c'est pour cela que vous êtes là aujourd'hui, mon ami. Seuls les hérétiques invétérés y sont envoyés en ce moment, mais les catacombes continuent à se remplir. D'ici à ce que le prélat revienne, des milliers attendront son bon plaisir et, si le synode approuve ses actes, alors Abeleyn ne pourra plus rien faire, à moins qu'il ne souhaite être excommunié. Pis, le prélat d'Abrusio tentera sans doute de persuader les autres prélats des Royaumes de déclencher des purges similaires dans leurs propres diocèses.

– J'ai déjà écrit à Saffarac à Cartigella pour le mettre en garde.

– Moi aussi. Il peut parler au roi Mark. Mais il y a autre chose. Macrobius n'est pas réapparu. Il doit être mort, ils devront donc élire un nouveau haut pontife, un homme qui montre par ses actions qu'il n'a pas peur de s'attirer la malveillance des rois dans son combat pour réaliser les projets de Dieu, un homme qui a le bien des Royaumes à cœur, qui a l'intention de les purifier par le feu.

– Sacrés Saints ! Vous ne me dites pas que notre maniaque a une chance ?

– Plus qu'une chance. Ce sacré abruti ne voit pas plus loin que le bout de son nez crochu ! Il abattra l'Ouest, Bard, s'il sait s'y prendre.

– Les autres prélats le verront aussi sûrement.

– Bien sûr qu'ils le verront, mais que peuvent-ils dire ? Ils s'efforcent tous de faire mieux les uns que les autres dans le zèle. Aucun n'osera dénoncer les actions de notre prélat en termes de sens commun. Il risquerait de se retrouver face à l'excommunication. L'hystérie est partout depuis la chute d'Aekir. L'Église est comme une petite vieille à qui l'on a volé son sac à main. Elle meurt d'envie d'attaquer, de se convaincre qu'elle est toujours entière. Et n'oubliez pas que près de douze mille Chevaliers militants sont partis en fumée avec la Cité sainte ; de fait, le bras séculier de l'Église est lui aussi estropié. Les ecclésiastiques craignent que leurs privilèges ne soient balayés dans le contrecoup du désastre à l'est : ils vont donc faire le premier pas pour rappeler aux monarchies qu'ils représentent une force avec laquelle compter. Oh, les autres prélats sauteront sur l'occasion de faire quelque chose, je vous l'assure.

– Et donc qu'advient-il de nous autres, Dweomers ? s'enquit Bardolin.

– Nous sommes dans la merde, Bard. Mais au moins ici, à Abrusio, reste-t-il un infime espoir. J'ai parlé à Abeleyn hier soir. Officiellement, nous ne nous voyons jamais ces jours-ci, mais nous avons nos moyens. Il a ordonné que certains des nôtres puissent s'échapper. Il loue des navires pour transporter quelques chanceux loin de ces rivages, dans un endroit sûr.

– Où ?

– Il ne me le dira pas. Je dois lui faire confiance, dit-il, le garnement ! Mais il ne veut pas que notre race s'enfuie en bloc chez les Medruks, comme vous pouvez l'imaginer.

– Gabrion ? dit Bardolin, perplexe. Peut-être Narbosk ? Pas les Provinces Hardiennes, sûrement pas. Quelles autres contrées ne sont pas sous la domination de l'Église ?

– Je ne sais pas, je vous dis. Mais je le crois. Il a deux fois l'envergure de son père. Ce que je dis, Bard, c'est : aimeriez-vous voyager sur l'un de ces bateaux ?

Bardolin sirota son brandy.

– Avez-vous informé la Guilde de cela ?

– Non. Ces nouvelles seraient dans les rues en moins d'une demiheure. Je parle aux gens à qui je fais confiance, en personne.

– Et les autres ? N'y a-t-il que nous, mages, qui aurons la possibilité de nous enfuir, Golophin ? Et les plus humbles, les herboristes, les vieilles fouines, voire les lycanthropes comme la pauvre Griella ? Ont-ils le choix ?

– Je dois faire ce que je peux, Bard. Je ne partirai pas. Je reste ici pour sauver autant de personnes que je le peux. Abeleyn me cachera, s'il le faut, et il y a d'autres nobles, avec des fils et des filles qui s'entraînent à la Guilde, qui compatissent, naturellement, à notre cause. Peut-être pourrons-nous évacuer un bateau entier de temps en temps pour les envoyer dans cette utopie bucolique que vous aurez créée dans le désert. Cette chose sera vite oubliée une fois que l'on aura réalisé l'ampleur de la menace des Medruks. (Il marqua une pause.) Après la chute de la digue d'Ormann, ces absurdités n'existeront plus. Les ecclésiastiques seront méprisés, et les soldats s'imposeront. Nous n'avons qu'à surmonter la crise.

– Après la chute de la digue d'Ormann ? Qu'est-ce qui vous fait penser qu'elle va tomber ? Golophin, ce serait un désastre, après la prise d'Aekir !

– Il y a peu d'espoir qu'elle résiste, affirma Golophin. Les hommes de Lejer ont été écrasés ce matin et la frontière de la Searil ne va pas tarder à être fatalement désorganisée par les réfugiés qui affluent à l'ouest. L'armée de Shahr Baraz va sûrement avancer une fois de plus.

– Vous en êtes certain ?

Golophin sourit.

– Vous avez votre lutin, j'ai mon gerfaut. Je peux voir la terre s'étendre à mes pieds. Les fugitifs sur les Routes occidentales, les ruines brûlées d'Aekir, les files d'esclaves ramusiens poussés vers le nord sous les coups de fouet, que Dieu leur vienne en aide ! Et j'ai pu voir les colonnes de cavalerie lourde des Medruks se déployer là où luttaient les hommes de Lejer. Je peux voir Shahr Baraz, vieillard magnifique à l'âme de poète. J'aimerais lui parler un jour. Il a servi des rois comme je l'ai fait.

Golophin se frotta les yeux.

– Abeleyn le sait. Ça m'a aidé à le convaincre. Je n'irai pas avec lui au Conclave des Rois le mois prochain, toutefois. On a besoin de moi ici et je dois être discret ces jours-ci. Ce sera le boulot d'Abeleyn d'essayer de convaincre les autres monarques que notre situation ne tient qu'à un fil. Peut-être sauvera-t-il même la digue, qui sait ?

Il se leva et récupéra son chapeau.

– Qu'en pensez-vous, Bardolin ? Allez-vous embarquer ? Votre petite lycanthrope peut vous accompagner, si vous avez à cœur de poursuivre votre recherche, mais je ne peux rien faire pour le pauvre Orquil, j'en ai peur. Il doit se réconcilier avec Dieu.

Bardolin passa en revue les pièces qui avaient été son chez-lui pendant vingt ans. L'exubérance désinvolte du jeune Orquil lui manquait et c'était bouleversant de se dire que le garçon ne pouvait être sauvé. À cette pensée, il se sentit extrêmement vieux, obsolète. Mais même son vieux nez meurtri pouvait sentir l'odeur de chair qui brûlait dans l'air. Il faudrait un long moment avant de libérer la cité. Et Bardolin en avait assez.

Il leva son verre :

– Aux lointains rivages ! lança-t-il.

6

Une terrasse ombragée par une charmille de roseaux, des jarres d'eau en terre cuite accrochées dans tous les coins pour humidifier quelque peu l'air sec. À l'ombre, la chaleur était supportable et Hawkwood faisait courir ses mains sur une grosse bouteille de bière fraîche comme s'il les réchauffait.

La taverne du quai grouillait de monde, tant à l'intérieur qu'à l'extérieur. C'était un endroit haut de gamme, pas un repaire de marins, plutôt le genre d'endroit qu'un terrien s'imaginerait fréquenté par les marins. Régulièrement, des hommes arrosaient la rue devant les tables, de sorte que les clients ne soient pas souillés par la poussière que soulevaient les charrettes, les carrioles, les mulets, les bœufs, les paysans, les matelots et les soldats qui passaient devant eux.

Mais la bière était bonne, provenant directement d'un bar souterrain froid sous la rue, et l'endroit offrait une bonne vue du port. Hawkwood parvenait tout juste à repérer le grand mât du *Balbuzard*, enfin amarré, les écoutilles ouvertes et les hommes remorquant des appareils de levage pour sortir la précieuse cargaison sous le soleil blanc. Galliardo lui avait assuré que les Inceptines ne venaient plus sur les quais pour traquer des étrangers parmi l'équipage des bateaux. Les choses s'étaient quelque peu calmées, mais Hawkwood avait malgré tout ordonné que les membres de l'équipage du *Balbuzard* qui n'étaient pas hebrioniens de naissance ne mettent pas un pied à terre. Les hommes n'avaient pas protesté : la nouvelle du sort de Julius Albak s'était propagée sur le port comme le feu. Les équipages des yoles parties à la pêche au hareng racontaient que des bateaux en route pour Abrusio se déroutaient vers Cherrieros et même Pontifidad. Cette folie ne pouvait pas durer. Si elle continuait, le commerce serait ruiné.

Hawkwood sirota sa bière et grignota son pain. Il avait du mal à s'entendre penser avec le bruit de la taverne et des quais alentour. Il espérait que le vent se lèverait de nouveau. Il se sentait presque isolé à cause de l'air immobile, bien que plus d'une fois il eût maudit l'alizé hebrionien quand il lui soufflait dans les dents et qu'il louvoyait, tirant une bordée après l'autre, tentant de se dégager du promontoire de l'autre côté du port.

Il devrait nommer un nouvel officier, embaucher d'autres bras. L'idée d'une promotion dirait-elle quelque chose à Billerand ?

Pour une raison quelconque, il pensa à sa femme, la douce petite Estrella. Voilà cinq jours qu'il était de retour et il n'était toujours pas rentré chez lui. Il détestait ses larmes, ses crises d'hystérie, ses protestations d'amour. Elle était comme un petit oiseau nerveux quand il était là, filant sans arrêt dans tous les sens comme une flèche et lui jetant des coups d'œil pour obtenir son approbation. Cela le rendait fou. Il préférait de loin être griffé et maltraité par Jemilla, cette garce de haute naissance.

J'aime Jemilla, fit un murmure en lui, mais il chassa rapidement cette pensée de sa tête.

Un noble sur un destrier noir se fraya un chemin à travers la rue bondée, comme un rocher escarpé brisant une vague. Il était maigre, presque émacié, et portait des bottes de cuir noir en dépit de la chaleur. Son visage était long et étroit, gâché par une vilaine cicatrice, et ses cheveux tombaient en mèches trempées par la transpiration jusqu'à ses épaules. Une rapière était gainée dans un fourreau sur son flanc. Il ramena son cheval au pas, puis en descendit tandis que le tavernier sortait en courant, gloussant avec sollicitude et ôtant délicatement la poussière de ses épaules. Il accueillit l'homme avec effusion, caressa le museau du destrier qu'un serviteur emmena, puis se dirigea vers la table de Hawkwood, ses éperons tintinnabulant. Hawkwood se leva.

– Seigneur Murad de Galiapeno, vous êtes en retard.

Murad ne dit rien, mais s'assit et ôta la poussière de ses cuisses à l'aide d'un gantelet en peau de daim. Le tavernier posa une carafe de vin et deux verres sur la table puis les salua respectueusement en s'en allant. Hawkwood gloussa.

– Quelque chose vous amuse ? demanda Murad en leur servant le vin.

Il réussit à diffuser une aura de mépris et de dégoût du monde qui fit immédiatement grincer les dents de Hawkwood.

– Vous aviez dit désirer que ce rendez-vous soit discret.

– Ça ne signifie pas devoir nous retrouver en cachette dans un boui-boui dégoûtant. Ne vous inquiétez pas, capitaine, les gens auprès de qui je dois faire preuve de discrétion ne s'aventureraient jamais aussi loin dans la cité.

Hawkwood goûta le vin. C'était un gaderien rouge, l'un des meilleurs qu'il ait jamais goûtés et, pourtant, lorsque Murad but, il grimaça comme si c'était du vinaigre.

– Vous avez dit dans votre missive que vous auriez besoin de mes navires. Avez-vous une cargaison que vous souhaitez transporter ?

Murad sourit. Ses lèvres étaient aussi fines que des sangsues affamées de sang.

– Une cargaison ? Oui, je suppose. Je désire vous commissionner, capitaine, et armer vos deux navires, pour entreprendre un voyage avec moi-même et plusieurs autres passagers.

– Pour aller où ?

– À l'ouest.

– Les îles Hebrioniennes ? Les îles Brenn ?

Hawkwood était perplexe. Hebrion était le royaume le plus à l'ouest au monde.

– Non. (Murad baissa brusquement la voix, d'un ton presque confidentiel.) J'ai l'intention de traverser l'Océan occidental, de gagner un continent qui existe de l'autre côté.

Hawkwood cligna brièvement des yeux, puis finit par retrouver sa voix.

– Un tel continent n'existe pas.

– Et si je devais vous dire que vous vous trompez, que je sais où il se trouve et comment s'y rendre ?

Hawkwood hésita. Son premier instinct fut de dire à ce noble qu'il était soit un menteur soit un idiot – ou les deux –, mais quelque chose dans les manières de cet homme l'arrêta.

– J'aurais besoin d'être convaincu.

Murad se cala dans son siège, satisfait.

– Bien sûr. Aucun capitaine sain d'esprit ne prendrait le risque d'envoyer ses navires dans une entreprise imprudente sans un minimum de garantie.

Il se pencha et Hawkwood sentit le vin et l'ail dans son haleine.

– J'ai le portulan d'un navire qui a accompli le voyage à l'ouest et qui est revenu sans problème. Je peux vous dire, capitaine, que la traversée de l'Océan occidental a pris à ce navire quelque deux mois et demi, avec des vents favorables, et qu'il était parti de ce port même. On doit uniquement garder une certaine latitude sur douze lieues et la même arrivée en vue de terre peut être réalisée.

– Je n'ai jamais entendu parler de ce navire ni de cette expédition, dit

Hawkwood. Et ma famille est en mer depuis cinq générations. Pourquoi n'est-on pas au courant de cette découverte?

– Le capitaine est mort peu de temps après le retour et le voyage en question a eu lieu il y a plus d'un siècle. La couronne hebrionienne a gardé cette information pour elle jusqu'à aujourd'hui, pour des raisons d'État, vous le comprendrez. Mais le temps est enfin venu d'exploiter cette information.

– La Couronne, dites-vous. Alors le roi en personne est derrière tout cela?

– Je suis un parent du roi. Je parle aussi en son nom.

Un voyage parrainé par la Couronne. Hawkwood fut submergé par un mélange de sentiments. La Couronne de Hebrion avait parrainé plusieurs expéditions au fil des années et certains capitaines s'étaient enrichis, voire avaient été anoblis, à l'issue de ces traversées. Mais bien d'autres avaient perdu leur bateau, leur vie et leur réputation.

– Comment puis-je savoir que vous venez de la part du roi? demanda-t-il enfin.

Sans un mot, Murad plongea la main dans un petit étui à sa ceinture et sortit deux rouleaux de parchemin sur lesquels des sceaux lourds pesaient de tout leur poids. Les mains moites, Hawkwood les déroula. L'un était une lettre de crédit royale pour la location et le ravitaillement de deux navires entre quatre-vingts et deux cents tonnes, et l'autre était une lettre d'autorisation conférant au seigneur Murad de Galiapeno les fonctions de gouverneur de la nouvelle colonie à instaurer à l'ouest, avec les pouvoirs de vice-roi. Une liste de conditions suivait. Hawkwood laissa les parchemins se réenrouler tout seuls.

– Tout cela m'a l'air plutôt authentique.

En vérité, il était choqué. Il avait l'impression de naviguer dans les hauts-fonds sans sondeur en proue.

– Pourquoi moi? demanda-t-il. Il y a beaucoup de capitaines à Abrusio et la Couronne possède beaucoup de navires. Pourquoi louer un petit bateau indépendant qui n'est même pas de Hebrion?

– Vous remplissez... certaines conditions. Je veux deux navires que posséderait le même homme. Ainsi, il est plus facile de suivre l'évolution des choses. Vous êtes un marin chevronné, vous n'avez pas peur de naviguer sans avoir forcément la terre en vue. C'est incroyable, le nombre de prétendus capitaines qui ne se sentent pas bien s'ils ne voient pas la côte.

– Et?

– Et j'ai quelque chose que vous voulez.

– Quoi?

– Votre équipage, Hawkwood, vos hommes qui, en ce moment, sont enfermés dans les catacombes. Acceptez cette mission et ils vous seront rendus le jour même.

Hawkwood croisa son regard froid et son sourire de cimeterre : il comprit alors qu'il était manipulé par les mêmes forces que celles qui gouvernaient les royaumes.

– Et si je refuse cette mission ?

Le sourire de Murad ne s'évanouit pas.

– Six de vos hommes sont pressentis pour le bûcher demain. Cela me désolerait de voir des hommes aussi respectables périr dans les flammes.

– Et si ma propre peau avait plus de valeur que la leur ? fanfaronna Hawkwood.

– Pourquoi pas, évidemment. Mais il y a aussi le fait que certains capitaines dont l'équipage est en majorité constitué d'étrangers et d'hérétiques sont eux-mêmes susceptibles de faire l'objet d'une enquête, notamment si certains de ces capitaines ne sont, en premier lieu, même pas hebrioniens.

Ça y était, l'épée était suspendue au-dessus de sa tête. Il s'était attendu à quelque chose de ce genre à la minute même où il avait vu les lettres royales. Il déroula sa main autour du verre de vin, de crainte de le briser.

– Allez, capitaine, pensez à tout ce que l'on vous propose. La vie de votre équipage, une chance d'entrer dans l'histoire, de rejoindre les rangs des grands de ce monde. Les richesses d'un nouveau monde au-delà des océans.

– Sur quelles concessions puis-je compter, à supposer que cette entreprise marche comme vous l'avez prévu ?

Murad l'observa un long moment, le jugeant.

– L'homme qui me transportera vers ces fonctions de gouverneur peut naturellement compter sur des conditions préalables. Des monopoles, capitaine. Si vous le souhaitez, les seuls navires qui partiront de notre nouvelle colonie seront construits dans vos chantiers. Des droits modestes sur les cargaisons entrant et sortant financeront vos ambitions, quelles qu'elles soient. Il pourrait même (et là, Murad ne put s'empêcher de ricaner) y avoir un titre pour vous. Pensez à ce que vous pourriez transmettre à vos fils.

Estrella était stérile. Hawkwood n'aurait jamais de fils. Il se demanda si Murad le savait et eut envie de balancer son verre au visage méprisant de l'aristocrate.

Pourtant, de nouveau cette interrogation pleine d'angoisse : était-ce de son enfant que Jemilla avait avorté ?

Hawkwood se leva. Il se sentait souillé et crasseux. Il voulait un pont vivant sous ses pieds, un vent marin dans ses cheveux.

– Je réfléchirai à votre proposition.

Murad eut l'air surpris, puis haussa les épaules.

– Comme vous voulez. Mais ne prenez pas trop de temps, capitaine. Je dois savoir d'ici demain matin si l'on peut épargner leur épreuve à vos hommes.

– Je réfléchirai à votre proposition, répéta Hawkwood.

Il jeta quelques petites pièces graisseuses sur la table puis s'en alla, se perdant dans le courant de vie du port. Il trouverait un boui-boui puant puis se noierait dans l'alcool et, le lendemain matin, il ferait savoir à ce serpent d'aristocrate qu'il acceptait sa proposition.

– Cela, seigneur, était la rue des Orfèvres. Nos hommes ont déjà récupéré une demi-tonne de métal, fondu à la chaleur des incendies. C'est la seule chose qui ait survécu.

Les chevaux avancèrent précautionneusement entre les bâtiments en ruine, le bois carbonisé – de minuscules flammes continuaient à lécher certaines poutres – et les briques éparpillées de toutes parts. Les cadavres avaient été retirés de son chemin qui se dégageait quelque peu mais Shahr Baraz discerna ce qui, visiblement, était de gros morceaux de bûches brûlées à l'intérieur des ruines. Des corps, immolés jusqu'à ce qu'ils ne soient plus que des moignons de torses. Ils avaient été tellement calcinés qu'ils ne présentaient plus aucune menace de maladie. Les relents fétides de cendres et de fumée étaient la seule odeur qui flottait dans l'air. Shahr Baraz fit un signe de tête approbateur. L'équipe de nettoyage avait bien travaillé.

La dévastation s'étendait à perte de vue. Les carcasses des bâtiments se dressaient en ruines abjectes, calcinées, ravagées par l'incendie, à moitié effondrées. Leurs vestiges étaient aussi dénudés que des pierres tombales, leurs fondations enterrées sous les décombres, tels des rochers noirs escarpés sous les déferlantes d'un océan gris. Aekir n'était plus qu'une ville fantomatique. Elle avait déjà tout du monument, des ruines d'une civilisation morte depuis bien longtemps.

Jaffan désignait jovialement d'autres grands sites glanés dans les livres et les cartes. Même les hommes les plus robustes de son état-major, songea Shahr, semblaient quelque peu ivres, comme si la victoire était un alcool fort qui continuait à battre dans leur sang cinq jours après l'événement. L'ampleur de ce qu'ils venaient d'accomplir avait mis du temps à être intégré dans le contrecoup de la réorganisation et l'écrasement de la dernière résistance. À présent, alors qu'ils avançaient librement à travers ce qui avait été la cité la plus grande et la plus sainte des incrédules au monde, ils savouraient enfin le goût du triomphe.

Pour Shahr Baraz, ce triomphe avait un arrière-goût amer. Aekir avait été brûlée de fond en comble. Le lendemain de la prise de la cité, il avait été contraint d'ordonner son évacuation par toutes ses troupes et de laisser les incendies s'éteindre tout seuls. Les remparts immenses continuaient à tenir, tout comme les bâtiments les plus robustes, y compris les palais du haut pontife, la cathédrale et d'autres bâtiments publics. Mais la brique de piètre qualité de la majorité de la cité s'était effondrée sous la chaleur intense de l'incendie, et les remparts n'enfermaient plus que de vastes étendues de poussière, de décombres et de cendres.

Ces décombres et ces cendres avaient coûté près de cinquante mille hommes à son armée.

À trois lieues à l'est de la cité, les captives occupaient près de neuf acres. Une bonne proportion resterait avec l'armée. Ses hommes les avaient gagnées. Et un convoi de chariots bâchés, long de deux lieues, rentrait péniblement à Orkhan : le butin d'Aekir envoyé au sultan Aurungzeb. Lors de son pillage, la plus riche cité au monde aurait dû rapporter plus, mais la plupart de ses richesses étaient parties en fumée avant que ses troupes ne puissent en faire le tour. Résultat : les hommes étaient énervés. Très bien, cet énervement saurait être mis à profit.

Aekir était une carcasse. Au moins sept vies entières seraient nécessaires pour la reconstruire, mais Shahr Baraz ne doutait pas que ce serait fait. Aurungzeb souhaitait qu'Aekir soit sa capitale, un jour. « Aurungabar », avait-il dit qu'il la rebaptiserait, mais il était ivre à ce moment-là.

Un chat sortit en flèche d'une crevasse entre les pierres et traversa la rue à toute vitesse, effrayant les chevaux de tête. Ses officiers parvinrent à faire obéir les animaux excités. La monture de Shahr Baraz mit les oreilles en arrière, mais le vieux général lui parla d'un ton doux et elle resta tranquille. Les jeunes hommes n'étaient pas assez patients avec leurs bêtes. Ils les traitaient comme des outils et non comme des compagnons. Il aurait deux mots à dire à l'intendant, une fois de retour au camp.

Jaffan avait retrouvé son sang-froid. Il pointait autre chose du doigt... ah, oui, les flèches de Carcasson. Elles saillaient indistinctement à travers la brume de fumée, telles les cornes d'une énorme bête tapie dans l'ombre. Que feraient-ils de cet endroit ? se demanda Baraz. Fonder une université à Aekir avant de mourir était son ambition, et Carcasson, quelle bibliothèque elle ferait ! et au centre, où les Ramusiens avaient vénéré leurs idoles, se trouveraient les tapis de prière d'Ahrimuz.

Les pensées de Baraz s'assombrirent. Les Torunniens avaient incendié la bibliothèque de Gadorian Hagus quand ils avaient battu en retraite. Deux cent mille livres et parchemins, dont certains remontaient aux Temps troublés, juste avant l'hégémonie fimbrienne. Tout était perdu. Horb, le secrétaire de Shahr Baraz, avait fondu en larmes en l'apprenant.

John Mogen n'aurait pas fait ce genre de choses. Il aurait su que les Medruks allaient préserver la bibliothèque et n'y toucheraient pas. Mais ce Lejer, c'était un barbare. Il méritait le destin qui l'attendait.

Ils étaient en route pour assister à sa crucifixion.

L'état-major tourna à gauche, dans le soleil de l'après-midi. Les bâtiments, du moins ce qu'il en restait, s'estompaient de part et d'autre et un espace apparut brusquement devant eux, une place d'un sixième de lieue de largeur. C'était la place des Victoires, construite par l'Électeur fimbrien, Myrnius Kuln en personne. C'était la plus grande place au monde et cent vingt mille Medruks y étaient alignés en ordre de bataille pour accueillir leur général.

L'état-major s'arrêta devant cette marée de visages. Des rangées et des rangées de soldats, les piques bien droites en guise de salut, les mèches à combustion lente des arquebusiers des *Hraibadar* flottant en banderoles bleues dans la brise, les tulwars dégainés des *Subadar*, des *Jefadar* et des *Imrahin* accrochant la faible lueur du soleil en une série de scintillements. La cavalerie était là, régiment après régiment, les grandes coiffes des chevaux s'agitant au vent, leurs cavaliers immobiles. Derrière eux, les éléphants se tenaient en longues rangées, si fantastiquement caparaçonnés qu'ils semblaient tout droit sortis d'un bestiaire légendaire. Dans des tours juchées sur leurs dos massifs, leurs cornacs vacillaient cependant que les bêtes remuaient, mal à l'aise : elles n'aimaient pas la sensation du gravier sous leurs pattes. Des créatures bien connues pour avoir mal aux pattes, les éléphants ! Des caltrops en avaient estropié des douzaines lors du dernier assaut.

Les officiers de Shahr Baraz se rangèrent derrière lui dans un calme momentané. Le vieux khédive ne portait pas de casque et le vent soufflait dans les longues mèches blanches de son toupet et dans les deux extrémités de sa moustache tombante. En dépit de son âge, son visage était à peine ridé et ses yeux bridés, presque invisibles. Il montait son destrier avec l'aisance d'un jeune homme, dans son armure laquée de noir et or, son cimeterre rengainé sur une cuisse. Son cheval, un grand hongre gris, portait un chanfrein noir, un grand cimier jaune et sa queue était ornée de rubans blancs.

Shahr Baraz resserra les genoux et sa monture pénétra sur la place au petit galop.

Un murmure s'éleva dans l'armée rassemblée. À mesure que le vieux khédive avançait vers le centre de la place, le murmure se transforma en clameur. L'armée l'ovationna, les trois côtés d'un espace gigantesque éclatèrent en applaudissements tandis que plusieurs milliers de gorges s'unissaient en une tempête de bruit qui ébranla l'air. Puis des mots commencèrent à se former, une phrase répétée inlassablement :

– Hor-la Kadhar, Hor-la Kadhar !

Gloire à Dieu, entonnaient-ils, remerciant leur créateur pour cet instant de triomphe, le spectacle de leur grandeur. Et leurs acclamations étaient adressées à Shahr Baraz sur son cheval, auprès du cœur de leur formation. Gloire à Dieu pour la preuve de Son amour pour eux. Pour cette victoire des victoires.

– Hor-la Kadhar, murmura Shahr Baraz, les larmes lui piquant les yeux.

Mais il ne pleurerait pas. Il dégaina rapidement son cimeterre qui étincela de blanc au soleil et les acclamations redoublèrent. « On les entendrait à des lieues à la ronde », songea-t-il. On entendrait l'armée medruk louer le Seul Véritable Dieu et ils trembleraient, ces incrédules, en comprenant enfin que l'heure du Saint était révolue et que l'heure du Prophète était arrivée.

Shahr Baraz rengaina son cimeterre. Le sang affluait en lui comme une grande marée, le rajeunissant encore. Le cheval hongre sentit de quelle humeur il était et dansa sous lui. Tous deux avancèrent vers l'échafaud qui avait été érigé sur la place où la statue de Myrnius Kuln les regardait avec ses yeux de granit, comme il regardait depuis six siècles dans cette cité qu'il avait fondée. L'état-major du khédive le rattrapa, leurs surcots de soie flottant au vent comme des bannières, les fanions de la bataille voletant au-dessus de leurs têtes, tels des serpents aux couleurs vives.

Les acclamations se turent comme un coup de vent se calme, devinrent un murmure puis un silence : on n'entendait plus que les sabots des chevaux du khédive sur la surface pavée de la place.

Lorsque Shahr Baraz arriva à l'échafaud, il s'arrêta et coiffa son casque de guerre. Il était noir avec un long couvre-nuque et des buscs pleins qui transformaient le visage de celui qui le portait en masque. Sur le sommet du casque était représenté un croissant de lune, une corne décrivant une courbe enrobée d'argent sur soixante centimètres. C'était l'insigne du clan Baraz.

Au pied de l'échafaud se tenait Sibastion Lejer en haillons souillés, flanqué de chaque côté de deux soldats medruks encapuchonnés. Ses yeux sombres brillaient de haine.

La dernière résistance des Torunniens s'était achevée à quelques lieues à l'extérieur de la cité, sur une petite colline à côté de la route de la Searil. Là, ce qui restait de l'armée de John Mogen autrefois si puissante avait été tenu en échec, avant d'être écrasé par les forces medruks regroupées; seuls quelques hommes avaient survécu à cette dernière bataille sauvage et, ayant refusé de servir dans l'armée medruk, ils étaient déjà sur la route de l'est, enchaînés, afin que le peuple d'Ostrabar puisse avoir un aperçu des soldats qui l'avaient défié pendant soixante ans, depuis la traversée des montagnes du Jafrar et les premières batailles entre Medruks et Ramusiens.

Mais Lejer... un sort différent lui était réservé.

Ce serait une bonne chose que l'armée le regarde mourir. Il leur avait dérobé une fortune sous forme de butin et les avait laissés maîtres d'une cité morte. À présent, ils verraient leur général le lui faire payer et sauraient qu'il partageait leur colère.

Shahr Baraz prit la parole, d'une voix caverneuse à cause de son casque.

– J'avais envisagé de vous faire tuer par les éléphants, comme le criminel que vous êtes, dit-il à Lejer d'un ton neutre. Vous avez détruit le joyau du monde par pure malveillance. Mon peuple aurait fait de l'Aekir que vous avez connu un endroit encore plus merveilleux, une capitale idéale pour les plus grands des Sept Sultans.

« Cela, j'aurais pu le pardonner, étant donné que c'était l'acte d'un esprit désespéré dans ses pires extrémités; il se trouve que si vos hommes avaient frappé aux portes d'Orkhan, ma propre cité, j'aurais préféré la brûler plutôt que de voir des incrédules piétiner les tapis de prière du Temple d'Ahrimuz.

« Et votre conduite lors de la dernière bataille a été admirable. Vous autres, Torunniens, nous nous souviendrons longtemps de vous comme de l'ennemi le plus noble que nous n'ayons jamais affronté et en John Mogen, j'avais trouvé un adversaire respectable. J'aurais voulu qu'il survive afin que nous puissions parler de l'avenir ensemble. Le Prophète nous dit que tous les hommes prennent des chemins différents pour arriver au même endroit. Pour des hommes comme nous, les chemins nous mènent à une mort de soldat. Nous avons cela en commun.

« Mais vous avez détruit une chose qui ne peut être remplacée. Vous avez pris la sagesse des ères passées, les voix des grands hommes, le savoir accumulé au fil des siècles et vous l'avez brûlé sans motif, l'ôtant à la terre pour l'éternité et vous assurant que votre peuple et le mien ne pourraient plus jamais en profiter. Pour cela, vous avez mérité de mourir et vous mourrez comme le traître que vous êtes pour les générations futures. Vous serez crucifié. Avez-vous quelque chose à répondre à cela, Sibastion Lejer ?

L'homme en haillons se redressa complètement.

– Juste une chose, Medruk. Vous ne conquerrez jamais l'Ouest. Il y a trop d'hommes qui aiment leur liberté et leur foi. Votre Dieu est une ombre projetée par le nôtre, et au bout du compte, le Saint Béni prévaudra. Tuez-moi et finissons-en. Je suis las de vous entendre philosopher.

Shahr Baraz hocha la tête et fit signe aux soldats encapuchonnés. Lejer fut forcé à se retourner et ses haillons se déchirèrent. D'autres Medruks arrivèrent, également encapuchonnés, munis de maillets et de piques de fer. Les bras du Torunnien furent étendus sur une poutre de bois solide et les piques, fichées dans ses poignets.

La timbale des éléphants entama un roulement bas et tonitruant.

Les piques furent enfoncées à coups de marteau, le sang giclant au soleil. Puis Lejer fut traîné par les pieds et ligoté à la grosse poutre.

Deux cordes fendirent l'air et furent rapidement attachées aux deux extrémités de la poutre. Les hommes derrière l'échafaud tirèrent les cordes et Lejer fut hissé sur l'échafaud. Pour la première fois, sa bouche s'ouvrit en un cri, mais il fut étouffé par le rugissement des timbales.

Ils l'attachèrent à l'échafaud, que les hommes encapuchonnés escaladèrent derrière lui. Enfin, ils enfoncèrent une dernière pique dans ses chevilles puis redescendirent.

Les timbales s'arrêtèrent. Les yeux de Lejer étaient écarquillés et blancs sur son visage crasseux. Un ruban de sang ruisselait sur son menton ; il se mordit la lèvre inférieure mais ne fit aucun bruit. Shahr Baraz hocha la tête d'un air approbateur puis tira d'un coup sec sur ses rênes et traversa majestueusement la place. Les officiers de son état-major lui emboîtèrent le pas.

– Et maintenant, khédive ? demanda Jaffan, son chef d'état-major.

– Je veux un redéploiement des hommes, Jaffan, dès que possible. Nous devons commencer à planifier notre prochaine action. Vous m'enverrez l'intendant général après déjeuner afin que nous discutions d'une nouvelle route de ravitaillement.

– Nous avançons sur la Searil, alors ? demanda Jaffan, les yeux brillants.

– Oui. Ça prendra du temps, naturellement. Le temps de réorganiser et de consolider, mais nous avançons sur la Searil. Puisse Ahrimuz continuer à bénir nos armes comme il l'a fait en ce lieu. Je réunirai une indaba d'officiers généraux, ce soir, pour parler de tout cela en détail.

– Oui, khédive !

– Oh, et Jaffan...

– Khédive ?

– Assurez-vous que Lejer meure dans l'heure. Malgré tous ses défauts, c'est un homme courageux. Je n'aime pas voir crucifiés les hommes courageux.

7

Plus à l'ouest, le long de la route de la Searil.

La pluie tombait continuellement, pleurant probablement la chute de la Cité de Dieu. Les cols des montagnes Thuriennes étaient cachés derrière son voile diffus et livide ; l'humidité perlait l'air dans une obscurité de nacre, de sorte que Corfe ne voyait que des ombres bouger de chaque côté, s'assombrissant de temps à autre, puis s'éclaircissant à mesure qu'elles se rapprochaient en titubant, tels des spectres, avant de disparaître de nouveau.

Ses bottes s'enfonçaient dans la boue ferme jusqu'à ses chevilles, et l'eau ruisselait sur son visage comme s'il transpirait après un dur labeur. Il était fatigué, glacé jusqu'à la moelle, engourdi comme une pierre.

Les fugitifs empruntaient ce chemin depuis des jours. Ils avaient creusé une cicatrice sur le visage même de la terre, un long serpent de boue bouillonnant sur près d'un tiers de lieue de large, voilant le mince sillon original qu'avait été la route vers l'ouest. La pluie inondait le sol anéanti, le transformant en une substance proche de la colle liquide. Le long de la piste, des corps gisaient, tous les mètres, en partie recouverts. Les rangs commençaient à s'amincir. Les gens qui avaient fui Aekir, sans rien d'autre sur le dos que des tuniques, frissonnaient et tremblaient de froid en avançant vers les sanctuaires incertains des frontières torunniennes. Les plus jeunes et les plus vieux étaient les premiers à défaillir ; les corps que Corfe avait trouvés sur son chemin étaient surtout ceux d'enfants et de vieillards.

Çà et là, la forme angulaire d'un chariot de travers, s'embourbant, la carcasse d'un mulet ou de deux bœufs affalés entre ses limons. Des gens avaient déjà attaqué la chair, dépouillé les corps, de telle sorte que les os luisaient, pâles, sous la pluie battante.

Des cris s'élevèrent dans la brume pluvieuse. Une dispute juste à côté, à en juger par le bruit. Corfe entendit un vieillard hurler de douleur, puis le bruit de coups. Il n'accéléra pas le pas, mais continua à avancer avec obstination. Il avait fait des tas de rencontres de ce genre depuis Aekir : elles étaient aussi quelconques que la pluie qui tombait.

Mais brusquement il se retrouva en plein dedans. Un homme âgé, les vêtements noirs de boue et le visage affreusement balafré, surgit dans la brume d'un pas maladroit, une main tendue devant lui, comme s'il cherchait son chemin à tâtons dans l'air humide. Son autre main serrait quelque chose contre sa poitrine. Une demi-douzaine de formes étaient à ses trousses, grondant et se hurlant dessus.

Le vieillard trébucha et tomba de tout son long dans la boue. L'espace d'une seconde, il resta allongé comme terrassé, puis bougea faiblement. Quand il leva la tête, Corfe vit qu'on lui avait arraché les yeux. C'étaient des petits trous foncés et encroûtés, remplis de boue et de pluie.

Ses poursuivants apparurent plus distinctement, groupe hétéroclite d'hommes aux yeux fous. Ils étaient munis de gourdins et de poignards. L'un portait une pique au manche brisé. Il donna un coup au vieillard avec l'extrémité fendue.

– Allez, grand-père, donne-nous ta jolie babiole et peut-être que nous te laisserons vivre. Ça ne te servira à rien, de toute façon. Tu ne la verras plus jamais briller.

Le vieil homme s'efforça de se remettre à genoux, mais la boue l'en empêcha. Son souffle n'était que gémissements rauques.

– Je vous en supplie, mes fils, chevrota-t-il. Au nom du Saint Béni, laissez-moi tranquille.

Corfe vit alors, pendant à une chaîne autour de son cou ridé, le symbole en forme de A des mains qui priaient, l'insigne d'un ecclésiastique ramusien. Il était taché de boue mais l'éclat jaune de l'or et des pierres précieuses était perceptible en dépit de la crasse.

– Comme tu veux, maudit Corbeau !

Les hommes encerclèrent alors la silhouette étendue par terre, comme des vautours assaillant une carcasse. Le corps du vieil homme se mit à se contracter tandis qu'ils essayaient d'arracher la chaîne à son cou.

Corfe était au niveau de l'échauffourée. Il pouvait soit s'en aller et continuer sa route, soit se joindre à la bagarre. Il s'arrêta, hésitant, furieux contre lui de se soucier de cela.

Le vieillard poussa un cri rauque de douleur quand la chaîne se brisa. Les hommes rirent, et l'un la souleva comme un trophée.

– Vous, prêtres maudits, dit-il. (Et il donna un coup de pied dans les côtes de l'homme.) Vous continuez à porter de l'or, alors que tout n'est que ruines et débris autour de vous.

– Tranche sa sainte gorge, Pardal, dit l'un des hommes. Il aurait dû brûler dans sa précieuse Cité sainte.

L'homme qui s'appelait Pardal se pencha avec un éclat d'acier dans le poing. Le vieil homme grogna, impuissant.

– Ça suffit, les gars, s'entendit dire Corfe comme s'il était de retour au quartier et interrompait une rixe.

Les hommes s'arrêtèrent. Leur victime clignait de ses paupières atrophiées sur des cavités ensanglantées.

– Qui c'est ?

– Juste un voyageur, comme vous. N'y a-t-il pas eu assez de meurtres ici, ces jours derniers, sans que vous en rajoutiez ? Laissez ce vieux corbeau tranquille. Vous avez ce que vous voulez.

Les hommes le regardèrent attentivement, curieux et prudents.

– Qui êtes-vous ? Un Chevalier militant ? s'enquit l'un d'eux.

– Non, dit un autre. Tu vois son sabre ? C'est l'arme des hommes de Mogen. C'est un Torunnien.

L'homme qui s'appelait Pardal se raidit.

– Les Torunniens sont morts avec Mogen ou Lejer. Il a pris cette broche à cochons sur un cadavre.

– Qu'est-ce qu'il a d'autre, à votre avis ? demanda un autre, goulûment.

Les hommes grommelèrent et se mirent en rang pour affronter Corfe. Ils étaient six.

D'un mouvement rapide, Corfe sortit son sabre lourd.

– Qui sera le premier à voir si je suis, ou non, un des hommes de Mogen ? demanda-t-il.

Le sabre dansait dans sa main. Il extirpa ses pieds de la boue collante.

Les hommes le fixèrent d'un air perplexe, puis l'un d'eux dit :

– Qu'est-ce qu'il y a dans ton petit étui, camarade ?

Corfe tapota son petit étui à sa ceinture, sourit, et dit sincèrement :

– La moitié d'un navet.

– Lance-le-nous alors et peut-être qu'on te coupera pas la bite !

– Viens donc le chercher, longue traînée de merde jaune !

Les six s'arrêtèrent, l'avidité et la peur menant un étrange combat sur leur visage.

Puis l'un d'eux hurla : « Prenez-le ! », et ils avancèrent tant bien que mal vers Corfe, leurs armes levées.

Il fit un pas de côté. Ils se regroupèrent autour de lui, comme il l'avait espéré. Un coup sec de la pointe de son sabre en fit reculer un qui glissa et s'écroula dans la boue glissante. Quand il récupéra sa lame, Corfe fracassa la poignée lourde sur le visage d'un autre. La petite pique sur la poignée arracha la narine de l'homme dans un jet de sang foncé ; il se retourna dans un cri.

Corfe pivota sur lui-même, trop lentement. Un gourdin le surprit juste au-dessus de l'oreille, écorchant son cuir chevelu et arrachant sa peau et ses cheveux. Il sentit à peine le choc, mais se baissa et balança un grand coup dans le genou de l'homme, sentit le craquement de l'os et du cartilage sur son avant-bras lorsque la lame acérée déchira l'articulation.

Il retira brusquement le sabre et l'homme s'écroula, en en faisant trébucher un autre dans sa chute. Corfe donna un coup dans la nuque de celui qui était tombé, vit la chair se couper et ressentit la secousse bien connue du sabre qui transperce l'os.

Plus aucun homme ne s'approcha de lui. Il resta debout, à bout de souffle, son épée dégainée. Sa tête bourdonnait et il sentait que ça enflait et brûlait à l'endroit où le coup avait atterri mais il se sentait aussi léger qu'un duvet de chardon. Un rire palpitait dans sa gorge comme un oiseau devenu fou à force d'être enfermé.

Un homme était mort, sa tête ne tenant à son corps que par le miroitement moite de la trachée. Un autre était assis et agrippait son genou mutilé en grognant. Le troisième avait les deux mains collées au trou de son visage. Les trois autres regardaient Corfe d'un air sombre.

– Ce salaud est bien un Torunnien, dit l'un avec dégoût. C'est vrai ? demanda-t-il à Corfe.

Corfe hocha la tête.

– Alors nous allons te laisser à ton Corbeau, Torunnien. Amusez-vous bien tous les deux.

Ils aidèrent leur camarade infirme à s'asseoir et s'en allèrent d'un pas incertain dans le rideau de pluie, rejoignant les autres formes anonymes qui se dirigeaient vers l'ouest en chancelant. Le sang de l'homme mort assombrit la boue parsemée de pluie. Corfe se sentit étrangement déçu. En un clin d'œil, il comprit qu'il avait espéré mourir et laisser son propre corps sur la terre barattée. Cette idée sapa ses forces. Ses épaules s'affaissèrent et il rengaina son sabre sans l'avoir nettoyé. Il était de nouveau seul, avec la pluie, la boue et les ombres qui passaient.

Quelqu'un d'autre avançait péniblement vers lui. Une forme en robe, pliée sur elle-même, comme accablée de douleur. C'était un jeune moine, sa tête dessinant un cercle blanc dans l'obscurité. Il se mit à genoux à côté du vieil homme sans yeux qui gisait par terre, oublié.

– Maître, sanglota-t-il. Maître, ils vous ont tué.

Une bande de sang noir barrait le visage du jeune moine. Corfe le rejoignit et s'agenouilla dans la boue comme un pénitent.

Le terrible visage à terre se contracta nerveusement. Sa bouche bougea et Corfe entendit le vieil homme dire dans un murmure:

– Dieu nous a abandonnés. Nous sommes seuls sur une terre qui s'obscurcit. Doux Saint, pardonnez-nous.

Le moine berça la tête de son maître sur un genou, en larmes. Corfe fixa les yeux sans éclat, toujours quelque peu désolé d'être encore en vie. Mais il y avait enfin quelque chose à faire – il avait enfin quelque chose à faire.

– Venez, dit-il en tirant le moine par le bras. Nous allons nous trouver un abri, un endroit à l'abri de la pluie. J'ai de la nourriture que j'ai l'intention de partager.

Le jeune homme le dévisagea. Sur un côté, son visage était gonflé de façon grotesque et Corfe imagina qu'il devait avoir des os brisés.

– Qui êtes-vous, pour avoir sauvé la vie de mon maître? demanda-t-il. Quel ange béni vous a envoyé pour veiller sur nous?

– Je ne suis qu'un soldat, lui répondit Corfe, irrité. Un déserteur qui s'enfuit vers l'ouest, comme le reste du monde. Aucun ange ne m'a envoyé.

La piété du jeune homme ne fit que l'aigrir davantage. Il avait vu beaucoup trop d'horreurs ces derniers temps pour y ajouter foi.

– Bien, soldat, fit le moine avec un formalisme absurde. Nous sommes en dette envers vous. Je suis Ribeiro, novice de l'Ordre antillien.

Il marqua une pause, comme s'il pesait quelque chose dans sa tête. Puis il baissa les yeux sur l'épave humaine dont la tête sauvagement attaquée reposait sur ses genoux.

– Et voici sa Sainteté le haut pontife des Cinq Monarchies, Macrobius Quatrième.

La pluie avait cessé quand la lune s'était levée et le ciel nocturne semblait sur le point de s'éclaircir. Corfe voyait déjà la longue courbe de la faux de Coranada étinceler autour de l'étoile du Nord.

Il jeta un autre morceau de bois dans le feu et savoura la chaleur. Son dos était trempé et glacé mais son visage s'embrasait. Le cuir saturé de ses bottes chauffait et commençait à se fendre à cause de la chaleur et des mauvais traitements qu'il leur avait infligés. Des plaques de boue se détachaient de ses vêtements qui séchaient.

Il secoua la tête, irrité. Le sang dans son oreille séchait en croûte noire et gênait son audition. Il s'en occuperait demain dès l'aube.

Ils s'étaient abrités sous une charrette à bœufs et Corfe brûlait les rayons de ses roues brisées pour se réchauffer. Ribeiro dormait, mais le vieillard – Macrobius – était éveillé. C'était atroce de le voir cligner ainsi, de ses paupières creuses et toutes fripées sur les cavités qui avaient autrefois abrité sa vue. Corfe voyait à présent qu'il portait la robe noire des Inceptines et qu'autrefois, son vêtement avait été somptueux. Ce n'était plus qu'une mosaïque de boue, de sang, de fils brisés ; et le vieillard frissonnait en dépit de la chaleur des flammes.

– Vous ne nous croyez pas, dit le vieux prêtre. Vous ne croyez pas que je suis celui que je prétends être.

Corfe enfonça un morceau de bois dans le cœur étincelant du feu et ne dit rien.

– Mais c'est la vérité. Je suis – ou j'étais – Macrobius, chef de la Foi ramusienne, gardien de la Cité sainte d'Aekir.

– John Mogen était son gardien et les hommes qui sont morts là-bas avec lui, rétorqua Corfe d'un ton brusque.

– Et étiez-vous, mon fils, l'un des hommes de Mogen ?

Avoir une conversation avec un homme sans yeux lui donnait des frissons. Le vieillard ne pouvait voir son regard mauvais.

– J'ai entendu ces brigands parler. Ils ont dit que vous étiez torunnien. Faisiez-vous partie de la garnison ?

– Vous parlez trop, vieillard.

L'espace d'une seconde, le visage de l'homme changea. Son air de petit saint disparut pour être remplacé par une espèce de mépris. Qui s'évanouit à son tour et le vieillard rit, désabusé.

– Je vous demande pardon, soldat. Je ne suis pas vraiment habitué à mâcher mes mots, même maintenant. Ce doit être Dieu qui me châtie pour mon orgueil. « Les Orgueilleux doivent être mortifiés, les Débonnaires, élevés au-dessus d'eux. »

– Il y a peu de débonnaires par ici ce soir, rétorqua Corfe. Je suis étonné que vous deux ayez pu aller aussi loin sans vous être fait trancher vos gorges saintes.

Puis il revit l'endroit où se trouvaient autrefois les yeux du vieillard et se maudit d'avoir été aussi maladroit.

– Je suis désolé, ajouta-t-il d'un ton grinçant. Nous avons tous souffert.

Les doigts de Macrobius touchèrent délicatement les cavités déchiquetées sur son visage.

– Et ceux qui ne me voient pas, même s'ils ont des yeux, alors ils seront aveugles, murmura-t-il.

Il pencha la tête et Corfe se dit qu'il aurait pleuré s'il avait pu.

– Les Medruks m'ont trouvé tapi dans une réserve du palais. Ils m'ont arraché les yeux avec le verre des fenêtres. Ils m'auraient tué mais le bâtiment était en flammes et ils étaient pressés. Ils ont cru que je n'étais qu'un banal prêtre et ils m'ont laissé pour mort, comme ils l'ont fait avec un millier d'autres. C'est Ribeiro qui m'a trouvé. (Macrobius rit de nouveau et son rire tenait plutôt du croassement d'une corneille.) Même lui ignorait qui j'étais au début. Peut-être est-ce mon destin à présent, de devenir quelqu'un d'autre. Pour expier ce que j'ai fait et n'ai pas fait.

Corfe le regarda attentivement. Il avait déjà vu le haut pontife, lorsqu'il accomplissait les bénédictions rituelles sur les troupes et parfois à la Haute Table, lorsqu'il commandait la garde pour la nuit, mais il l'avait vu de loin. Il n'avait eu qu'une vague impression de tête aux cheveux gris, de visage maigre. « Comme nous avons besoin de nos yeux, songea-t-il, pour connaître véritablement quelqu'un, pour lui donner une identité. »

C'était la vérité : Mogen avait soi-disant fait prisonnier le haut pontife dans son propre palais pour l'empêcher de s'enfuir de la cité – les Chevaliers militants dans la garnison avaient failli être à l'origine d'une guerre interne lorsqu'ils l'avaient appris –, mais il était sûrement impossible que cette épave humaine, ce laissé-pour-compte de guerre décrépit, fût le dirigeant religieux de tout le monde occidental.

Non. Impossible.

Corfe sortit le navet noirci du feu et donna un petit coup de coude au vieillard à côté de lui, qui semblait perdu dans une espèce de désert intérieur.

– Tenez. Mangez.

– Merci, mon fils mais je ne peux pas. Mon estomac est fermé. Une autre pénitence, peut-être.

Il se pencha sur le jeune moine qui dormait sur le flanc et secoua doucement son épaule.

Ribeiro se réveilla en sursaut, les yeux débordant de cauchemars. Il ouvrit la bouche et, l'espace d'un instant, Corfe crut qu'il allait se mettre à hurler. Mais il frissonna et, se frottant un œil d'une main sale, s'assit. Son visage n'était que contusions violet foncé et l'une de ses pommettes avait tellement gonflée qu'elle surplombait son œil et tendait sa peau, lui donnant l'aspect dur et brillant d'un tambour.

– Le soldat a de quoi manger, Ribeiro. Mange et entretiens tes forces, dit Macrobius.

Le jeune moine sourit.

– Je ne peux pas, maître. Je ne peux pas mâcher. Je n'ai plus que des tessons en guise de dents. Mais je n'ai pas si faim que ça de toute façon. Vous devez vous vous sustenter, c'est vous qui comptez.

Corfe regarda le ciel étoilé, réprimant son exaspération. L'odeur du navet carbonisé lui mit l'eau à la bouche. Il se demanda quelle pulsion ridicule lui avait fait risquer sa vie pour sauver ces deux idiots pieux.

Mais il connaissait la réponse. C'était une pulsion des plus sinistres.

Il faillit éclater de rire. Un soldat, un moine et un fou aveugle qui se prenait pour un pontife, assis sous un chariot à bœufs, à se disputer pour savoir qui mangerait un navet brûlé, tandis que derrière eux brûlait la plus grande cité au monde. Cela aurait pu être une comédie écrite par l'un des dramaturges d'Aekir, une saynète pour réjouir le peuple quand le pain se faisait rare.

Puis il pensa à sa femme, sa douce Heria, et son humeur légère et amère s'assombrit. Il fixa les flammes dans le feu, comme si elles étaient la conflagration qui enflammait le cœur de son âme même.

Hawkwood dut passer une heure dans la grande baignoire en cuivre pour se débarrasser de la puanteur et de la crasse des catacombes malgré les parfums qu'il avait versés dans l'eau.

Il les voyait dans son imagination : les bas plafonds voûtés en briques arrondies, les torches dans les mains des geôliers, vacillant de bleu avec la puanteur et le manque d'air. Et les innombrables silhouettes étendues, immobiles comme des cadavres, sur des dizaines de rangées, des fers lourds aux poignets et aux chevilles. Un visage blanc brillait si quelqu'un levait les yeux, mais les autres restaient étendus face contre terre ou assis, le dos trempé de l'humidité qui ruisselait sur les murs. Des centaines d'hommes et de femmes, et même des enfants, allongés par terre. Il y avait du sang çà et là, quand ils s'étaient battus entre eux, et une femme chantait une douce mélopée à cause d'un viol commis. Hawkwood s'était rendu dans des porcheries où l'on s'occupait cinquante fois mieux des cochons. Mais ceux-ci étaient, naturellement, déjà de la viande morte. Ils étaient destinés au bûcher.

– Radisson ! avait-il crié. Radisson d'Ibnir ! C'est le capitaine Hawkwood, venu vous libérer !

Quelqu'un s'était relevé en grognant mais l'un des geôliers l'avait jeté sauvagement à terre, le frappant avec un gourdin jusqu'à ce qu'il se taise, une fracture brillant sur son crâne. Les autres prisonniers s'agitèrent nerveusement. D'autres visages se tournèrent vers Hawkwood, des ovales de chair blanche dans l'obscurité, des trous à la place des yeux.

– Lasso ! Lasso de Calidar ! Levez-vous, bon sang !

Ordre peu judicieux. Hawkwood avait beau être petit, il devait s'accroupir sous les bas plafonds voûtés. Les geôliers semblaient courbés en permanence, comme s'ils ployaient sous le poids de leur travail monstrueux.

– Je suis venu chercher l'équipage de la *Grâce de Dieu.* Où êtes-vous, camarades de bord ? Je suis là pour vous faire sortir d'ici !

– Prenez-moi, prenez-moi ! hurla une femme. Prenez mon enfant, monsieur, par pitié !

– Prenez-moi ! hurla quelqu'un d'autre.

Et d'un seul coup, une cacophonie de cris et de hurlements sembla résonner sans fin entre les murs, retentissant dans le cerveau de Hawkwood.

– Prenez-moi, capitaine ! Prenez-moi ! Sauvez-moi des flammes au nom de Dieu !

Il s'aspergea encore d'eau et se détendit dans la vapeur parfumée à la rose. Il n'aimait pas les parfums qu'utilisait Estrella, ils étaient trop écœurants à son goût ; mais aujourd'hui il les avait versés dans l'eau, fiole après fiole, pour faire partir la puanteur.

Il avait ses hommes – la plupart, en tout cas. Un était mort, battu par ses codétenus car son visage était noir, mais les autres étaient de retour sur le navire, et devaient sans doute être récurés dans l'eau de mer par Billerand, le nouveau second, si tant est que Billerand eût le temps pour de telles subtilités dans la pagaille que susciterait l'organisation du voyage.

Le voyage. Il n'avait pas encore annoncé à sa femme qu'il repartait dans quinze jours. Il ne savait que trop bien la scène que cela provoquerait.

La porte de la salle de bains s'ouvrit à la volée et son épouse entra, détournant les yeux de la vue de Hawkwood nu. Elle portait des vêtements propres et des serviettes en laine dans ses bras, et se pencha pour les déposer sur un banc qui bordait un mur.

Elle était vêtue de brocart, même par cette chaleur. Ses minuscules doigts étaient recouverts de bagues, comme des doigts dorés, et la vapeur dans l'air aplatit ses cheveux frisés.

– J'ai brûlé le reste, Ricardo, lança-t-elle. Ils n'étaient d'aucune utilité, pas même pour les mendiants des rues... de la bière fraîche attend dans la salle à manger et des sucreries.

Hawkwood se leva, enlevant l'eau de ses yeux. L'air dans la pièce semblait à peine plus frais que l'eau dans la baignoire. Les yeux d'Estrella se posèrent sur sa nudité l'espace d'une seconde, puis elle regarda très vite ailleurs. Elle s'empourpra et lui tendit une serviette, détournant toujours les yeux. Il lui fit un sourire revêche en attrapant la serviette. Sa femme et lui ne se voyaient nus que dans la chambre à coucher et, même là, elle insistait pour qu'il n'y ait pas de lumière. Il ne connaissait son corps qu'à la lumière des étoiles et de la lune et au contact de ses mains rugueuses. Il était grand et mince, comme celui d'un garçon, avec de minuscules seins aux mamelons foncés, et une épaisse toison de poils sur sa partie intime. C'était absurde, mais elle lui faisait penser à Mateo, le mousse qui avait partagé sa couche quelques fois lors du long voyage à la mer Kardienne. Il se demanda ce que sa femme penserait de cette comparaison et son sourire s'aigrit davantage.

Estrella avait été un bon parti. Elle était une descendante de l'une des familles de la petite noblesse de Hebrion, les Calochins. Son père avait arrangé cette union, terrible vieux Johann Hawkwood qui avait voulu avoir un pied à Abrusio, qui, à cette époque déjà, était le port qui se développait le plus rapidement à l'Ouest. Johann avait convaincu les Calochins que la famille Hawkwood était une famille noble de Gabrion alors qu'en réalité, elle n'était rien de tel. Johann s'était vu offrir des armes par le duc Siméon de Gabrion pour les services rendus lors de la bataille d'Azbakir. Avant cela, il n'avait été qu'un second à bord, un gabrionien sans pedigree, sans lignée, sans argent, mais avec beaucoup d'ambition.

« Il serait ravi s'il me voyait, songea Hawkwood avec ironie, à frayer avec les émissaires des rois et avec une autorisation royale de ravitaillement dans ma poche. »

Hawkwood s'habilla et sa femme sortit de la pièce avant que la serviette ne glisse de sa taille. Ses cheveux et sa barbe ruisselaient d'eau mais l'air sec allait vite y remédier. Pieds nus, il marcha à pas feutrés dans la pièce au haut plafond, au centre de sa maison. Des fenêtres à persiennes bien au-dessus de sa tête laissaient passer des rais de lumière qui illuminaient le sol dallé. Lorsque ses pieds nus se posèrent sur les pierres chauffées par le soleil, il sentit la douleur et la chaleur. Abrusio sans son alizé était comme un désert sans oasis.

Des chaises à hauts dossiers, aussi droites et raides que la colonne vertébrale mince de sa femme, une longue table en bois sombre, diverses tentures aussi flasques que des fleurs mortes sur le plâtre des murs blanchis à la chaux – elles lui étaient peu familières car il n'avait pas participé à leur choix – et le balcon avec ses paravents de bois, fermés, atténuant la lumière dans la pièce. « Cet endroit ressemble à une église, songea Hawkwood, ou à un couvent. »

Il se dirigea vers les paravents du balcon et les ouvrit d'un mouvement brusque, faisant entrer la lueur dorée, la chaleur, la poussière et le bruit de la cité. Le balcon était orienté à l'ouest : il pouvait donc voir la baie ainsi que les Routes intérieures et extérieures, comme on appelait les deux voies d'accès au port ; les quais, les quais de marchandises, les tours de défense du côté du large, et les phares de surveillance sur la digue massive de la muraille du port. Il remarqua une demi-douzaine de navires qui sortaient en mer, les voiles molles comme des sacs vides, l'équipage les remorquant avec des chaloupes. Il écouta le vacarme des roues sur le pavé, les cris des fauconniers et les éclats de rire provenant d'une taverne des environs.

Très peu pour lui, l'isolement d'une villa de noble sur les hauteurs de la colline d'Abrusio. Il venait des quartiers les plus bas, où les maisons des marchands étaient collées aux petites collines comme des rangées de nids d'hirondelles des rivages et où l'on sentait le mauvais poisson, le goudron, l'air marin, une puanteur qu'il préférait à tout autre parfum.

– La bière va se réchauffer, dit Estrella d'un ton hésitant.

Il ne répondit pas ; il resta debout à se repaître de la vie d'Abrusio, de la vue de la mer parfaite, aussi calme que du lait. Quand l'alizé se lèverait-il ? Il ne voulait pas entamer le voyage si son bateau devait être remorqué de la baie, cherchant un souffle d'air sur la haute mer.

Cette pensée le fit culpabiliser et il retourna dans la pièce. Elle était tout illuminée, le soleil du début de l'après-midi se répandant à flots sur la pierre et faisant ressortir les fils d'or des tentures, diffusant un éclat plus chaud sur le bois sombre du mobilier.

Il s'assit, mangea et but, tandis qu'Estrella flânait autour de lui comme un colibri incapable de se poser sur une fleur. Une goutte de transpiration perlait sur sa clavicule, se posant comme un bijou sur le creux de sa gorge avant de glisser doucement sous sa collerette puis dans son corsage.

– Depuis combien de temps es-tu de retour, Ricardo ? Domna Ponera dit que son mari t'a parlé il y a quelques jours, quand il y a eu ces coups de feu au port... Je t'attendais, Ricardo.

– J'avais des affaires à régler, jeune femme, une nouvelle entreprise qui implique la noblesse. Tu sais comment sont les nobles.

– Oui, je sais comment ils sont, dit-elle d'un ton amer.

Et il se demanda si les commérages de la cour au sujet de Jemilla étaient allés si loin depuis le Quartier des Nobles. Ou peut-être se contentait-elle de lui rappeler ses origines. Ça n'avait aucune importance, se dit-il, alors qu'une fois de plus le remords s'insinua dans son esprit, le mettant sur la défensive.

– La moitié de mon équipage a été enlevé par les Corbeaux quand nous sommes arrivés à quai. C'est pour cela que je puais comme un putois quand je suis arrivé. J'étais dans les catacombes à essayer de les libérer.

– Oh !

Son visage s'affaissa, elle perdit un peu de sa belle énergie. Il remarqua avec satisfaction que même elle ne trouvait rien à redire à une cause aussi vertueuse. Elle adorait les causes vertueuses.

Elle s'assit sur l'une des chaises à haut dosseret et tapa brusquement dans ses petites mains. Un domestique apparut aussitôt et les salua d'un signe de tête.

– Apportez-moi du vin, dit-elle. Et veillez à ce qu'il soit froid.

– Tout de suite, madame.

Le domestique repartit d'un pas pressé.

« Elle sait donner des ordres aux gens ordinaires comme une véritable noble, en tout cas, songea Hawkwood. Qu'elle essaie de me parler sur ce ton et on verra si sa petite croupe apprécie les coups de ceinture d'un marin. »

– C'était Berio ? demanda-t-il en buvant avidement sa bière.

– Berio est parti. Il était négligent. Le nouveau s'appelle Haziz.

– Haziz ? C'est un nom medruk !

Ses yeux s'écarquillèrent quelque peu. Il vit son pouls battre dans son cou.

– Il vient des Malacars. Son père était hebrionien. Il avait peur des bûchers alors je lui ai donné cette place.

– Je vois.

Un autre chien errant. Estrella était un mélange étrange d'irritabilité et de sensiblerie. Elle pouvait prendre un homme dans la rue par pitié, puis le chasser une semaine plus tard parce qu'il servait trop lentement le dîner. Jemilla, au moins, était implacable avec sa suite.

« Et ses amants », ajouta Hawkwood en lui-même.

Le vin arriva, porté par le laid Haziz qui ressemblait à un marin malgré le joli pourpoint qu'Estrella s'était procuré pour lui. Il regarda Hawkwood comme si Richard était sur le point de le battre.

Ils s'assirent en silence, mari et femme, et burent lentement leurs boissons tièdes. Hawkwood ressentit alors l'envie irrépressible de repartir en mer, loin de la chaleur torride, des foules, de la puanteur des bûchers. Loin d'Estrella et des silences de cette maison. Il appelait ça sa « maison » alors qu'il passait plus de temps dans l'un de ses deux navires et s'y sentait bien mieux.

Estrella s'éclaircit la gorge :

– Domna Ponera a aussi dit aujourd'hui que tes navires sont équipés en grande hâte pour un nouveau voyage et que cette histoire d'autorisation royale met le port en pleine agitation.

Hawkwood maudit Domna Ponera en silence. L'épouse de Galliardo était une femme énorme avec une moustache moite et un appétit d'ogre, tant pour la nourriture que pour les commérages. En tant qu'épouse du capitaine du port, elle était bien placée pour obtenir les informations et sa mine d'informations lui permettait d'être invitée dans des maisons où, en temps normal, elle n'aurait pas été conviée. Hawkwood savait que Galliardo l'avait bien des fois réprimandée pour ne pas savoir tenir sa langue, mais il était aussi responsable. Il ne pouvait pas, avait-il un jour confié à Hawkwood dans un soupir, s'empêcher de faire des confidences sur l'oreiller. Et il aimait tant son lit marital ! Hawkwood préféra ne pas s'appesantir sur le sujet. Son ami était un type admirable à bien des égards, mais son désir effréné pour sa femme énorme était inexplicable.

C'était Domna Ponera qui touchait les pots-de-vin puis persécutait son mari pour qu'il satisfasse ses promesses. Un poste à quai pratique, un entrepôt vacant, un convoi supplémentaire de débardeurs, ou un œil détourné pour une cargaison spéciale. Il y avait bien des façons dont un capitaine de port pouvait être utile à tous les habitants d'Abrusio, en haut comme au bas de l'échelle sociale, mais si cela enrichissait Galliardo, cela ne le rendait pas heureux pour autant, bien que cela rendît sa femme extrêmement agile dans le lit susmentionné. Pourtant, Hawkwood songeait parfois que Galliardo abandonnerait tout pour redevenir capitaine d'une caravelle rapide, traverser les routes commerciales des Cinq Mers et créer une émeute dans chaque port où il ferait escale pour se mouiller la gorge.

Quant à l'autorisation royale de Domna Ponera, Hawkwood l'avait déjà vue. Le noble balafré, Murad de Galiapeno, était en possession de celle-ci et avait envoyé les documents d'avitaillement à Hawkwood dès qu'il avait reçu l'accord de ce dernier pour le voyage. D'où sa visite aux catacombes ce matin. D'autres pauvres diables étaient allés au bûcher aujourd'hui mais pas l'équipage de Hawkwood. Voilà au moins quelque chose de positif.

– Sais-tu quelque chose à propos de cette autorisation ? lui demanda Estrella.

Elle tremblait. Elle détestait probablement ses silences autant que lui, pour ne pas dire plus.

– Oui, dit-il enfin, péniblement. Je suis au courant.

– Peut-être pourrais-tu, alors, avoir l'extrême bonté d'en parler à ta femme avant qu'elle ne l'apprenne par quelqu'un d'autre.

– Estrella, je t'en aurais parlé aujourd'hui quoi qu'il en soit. Cet armement concerne mes navires. On m'a engagé pour entreprendre un voyage... la noblesse et, au final, le roi en personne.

– Pour aller où ? Quelle est la cargaison ?

– Il n'y a pas de cargaison à proprement parler. Je transporte des... passagers. Je ne peux pas te dire où, car je ne le sais pas moi-même.

Il espérait qu'elle saurait discerner la vérité dans sa dernière phrase.

– Tu ne sais pas combien de temps cela va durer, alors ?

– Non, femme, je ne sais pas.

Puis il ajouta, avec une bienséance quelque peu tardive :

– Mais cela risque d'être long.

– Je vois.

Elle tremblait de nouveau et il vit les larmes envahir ses yeux. Pourquoi pleurait-elle ? Il n'avait jamais compris pourquoi. Ils prenaient peu de plaisir ensemble, au lit ou en dehors, et pourtant elle ne supportait pas de le voir partir. Il n'arrivait pas à comprendre pourquoi.

– Tu ne me l'aurais pas dit... pas tant que tu n'étais pas obligé de le faire, dit-elle d'une voix étranglée.

Il se leva et avança pieds nus jusqu'au balcon.

– Je savais que tu n'aurais pas apprécié.

– Est-ce que ça compte beaucoup pour toi, ce que j'apprécie ou n'apprécie pas ?

Il ne répondit pas mais regarda au loin le croissant du port grouillant et sa forêt de mâts et, plus loin, le bleu de l'horizon quand il touchait le ciel à l'extrême ouest. Qu'y avait-il là-bas ? Une nouvelle terre prête à être colonisée ? Ou, comme l'avaient cru les vieux marins, rien du tout, à part la lisière de la terre où l'Océan occidental se déversait éternellement, dans le golfe au-dessus duquel tournoyaient les vraies étoiles ?

Il entendit le froufroutement de sa robe lourde quand elle sortit de la pièce derrière lui, sa gorge se serrer quand elle réprima un sanglot. L'espace d'une seconde, il se détesta. Cela aurait pu être différent si elle lui avait fait un fils – mais là encore, il imaginait sans mal les scènes la première fois qu'il aurait emmené son fils en mer. Non, ils étaient trop différents l'un de l'autre pour trouver un terrain d'entente.

Et est-ce que cela comptait ? Ça avait été un mariage politique, même si les Hawkwood en avaient plus tiré profit que les Calochins. La dot d'Estrella avait permis d'acheter le *Balbuzard*. Il avait tendance à l'oublier, parfois.

« J'aimerais autant avoir le bateau, songea-t-il, sans la femme. »

Il était le dernier de sa lignée ; après Richard Hawkwood, le nom disparaîtrait. La dernière chance de le perpétuer s'était éteinte avec l'avortement de Jemilla, à moins que, par hasard, il y eût une catin dans un port qui ait porté sa progéniture suite à un moment d'imprudence.

Il s'essuya les yeux. La chaleur avait fait sécher ses cheveux et il empestait la rose. Il descendrait au chantier voir comment s'annonçait l'armement du navire. Il retrouverait l'odeur de cordage, de sel et de sueur qui était sa véritable odeur et préparerait ses navires pour le voyage qui les attendait.

8

Aux environs du Quartier des Guildes de la cité, les rues étaient plus calmes que sur les quais tapageurs. Les marchands y louaient ou possédaient des entrepôts extrêmement solides pour stocker leurs produits les plus chers. C'était un quartier de ruelles propres et de boutiques, avec des gardes privés à la plupart des coins de rue et une petite taverne baroque et exiguë, où des hommes d'affaires pouvaient se retrouver en paix sans être dérangés par les singeries avinées des matelots qui percevaient des pots-de-vin, ou des fusiliers marins qui n'étaient pas en service.

La majorité des guildes d'Abrusio avaient des propriétés dans ce quartier, de la modeste Guilde des Potiers à la puissante Guilde des Capitaines. La Guilde des Thaumaturgistes possédait des tours et des manoirs plus haut sur le coteau, près des cours, comme l'exigeait son rang. Mais ces tours étaient désormais fermées, sur ordre du prélat d'Abrusio, et Golophin le Mage, conseiller du roi Abeleyn de Hebrion, attendait patiemment dans une minuscule taverne, nichée derrière l'un des entrepôts de pierre qui stockait le bois d'œuvre des navires. Son chapeau à larges rebords était rabattu pour protéger ses yeux, même si les lumières de la pièce étaient tamisées comme pour encourager la conspiration. Il fumait une longue pipe en terre glaise et une grande bouteille de cervoise se réchauffait sur la table devant lui.

La porte de l'auberge s'ouvrit et trois hommes entrèrent, tous vêtus de grandes capes, malgré la chaleur nocturne. Ils commandèrent une bière blonde et deux hommes apportèrent la leur à une table à l'autre bout de l'auberge cependant que le troisième s'assit en face de Golophin. Il ôta sa capuche d'un coup et, tout sourire, leva sa grande bouteille à la santé du vieux sorcier.

– Bienvenue, mon ami.

Le visage mince et ridé de Golophin se fendit d'un sourire.

– Commandez-moi donc une autre bière, fiston. Celle-ci est aussi plate que le nichon d'une vieille bique.

Une nouvelle bouteille arriva et Golophin but avec gratitude dans sa chope d'étain perlée d'humidité.

– La nature de la clientèle n'attise pas vraiment la curiosité du propriétaire, fit remarquer Abeleyn, roi de Hebrion.

– C'est son commerce. Ce ne seront pas les premières messes basses auxquelles il aura assisté dans sa taverne. C'est dans ce type d'endroits que se fait et se défait le commerce d'Abrusio.

Abeleyn arqua un sourcil foncé.

– Vraiment ? Ni à la cour ni dans la salle du trône ?

– Si, là-bas aussi bien sûr, sire, répondit Golophin avec une sincérité feinte.

– Je ne comprends pas pourquoi vous n'auriez pas pu entrer incognito au palais. Ce rendez-vous secret dans ce genre de taverne respire la peur, Golophin. Je n'aime pas ça.

– C'est mieux ainsi, sire. Cela semble compliquer les choses mais, en fait, cela simplifie énormément la vie. Notre ami le prélat a beau être absent de la cité, il a des espions un peu partout qui nous épient. Mieux vaut que l'on ne vous voie pas en ma compagnie, tant que se poursuit la purge actuelle.

– C'est vous qu'il vise, Golophin.

– Oh, je sais. Il veut que ma peau soit clouée à un arbre, pour mettre un terme à ce qu'il voit quand la Guilde se mêle des affaires de l'État. Il préférerait que ce soit le clergé qui s'en mêle. Le prélat a l'intention d'aborder toute une multitude de questions, sire, et cet édit qu'il vous a forcé à signer est un moyen d'aller au cœur de bon nombre d'entre elles.

– Je ne le sais que trop bien, mais je ne peux pas risquer l'excommunication. Avec la disparition de Macrobius, il ne reste plus aucune voix de raison parmi les dirigeants mûrs de l'Église, à l'exception probablement de Merion d'Astarac. Au fait, comment se passent les réunions du synode ? Qu'avez-vous vu lors de vos voyages de sorcier ?

– Ils ne sont pas encore réunis. Notre estimé prélat a fait un bon voyage, une fois qu'il s'est éloigné des eaux calmes qui entourent ces côtes. Son navire traverse actuellement le golfe d'Almark au sud de l'île Alsten. Il arrivera à Charibon dans dix jours si le temps le permet.

– Qui est déjà arrivé ?

– Les prélats d'Almark, de Perigraine et de Torunnie l'ont précédé. Leur collègue, Merion d'Astarac, doit faire un voyage plus long que les autres et a les montagnes de Malvennor à traverser. Cela prendra deux semaines, je le crains, avant que le synode ne se réunisse, sire.

– Plus c'est long, mieux c'est, tant que cela retient ce loup tonsuré loin de chez moi. Quant à moi, je ne vais pas tarder à partir pour le Conclave des Rois à Val Ephrir. Pourriez-vous me tenir informé de ce qui se passe ici en mon absence, Golophin ?

Le vieux mage tira profondément sur sa pipe puis haussa ses épaules osseuses.

– Ce ne sera pas facile. Je devrai projeter à travers mon démon familier, chose qu'aucun mage n'aime faire, mais je ferai de mon mieux, sire. En revanche, cela signifierait relâcher notre vigilance à l'est.

– Pourquoi ? Je croyais que tout ce que vous aviez à faire, vous autres sorciers, c'était regarder dans une boule de cristal et y voir ce que vous vouliez.

– Si seulement c'était aussi simple ! Non, si mon gerfaut vous accompagne, je pourrai vous envoyer des nouvelles par son intermédiaire, mais ne vous attendez pas à recevoir de communiqués réguliers. Ce procédé est très fatigant et dangereux.

Abeleyn eut l'air troublé.

– Je ne demanderais rien, sauf...

– Non, vous avez le droit de demander. Et c'est une chose qui doit être faite. N'en parlons plus.

Personne n'aurait parlé de la sorte au roi de Hebrion, mais Golophin avait été l'un des tuteurs d'Abeleyn quand il n'était qu'un petit scélérat au nez qui coule et, bien des fois, le jeune prince s'était pris des raclées de Golophin. Le père d'Abeleyn, Bleyn le Pieux, avait prôné une éducation stricte accompagnée d'une instruction religieuse, mais Abeleyn avait toujours détesté ses tuteurs inceptines, des hommes secs qui n'avaient pas un brin d'imagination, affectionnaient les aphorismes surannés et des règles qu'il ne fallait jamais, au grand jamais, contester. C'était Golophin qui l'avait sauvé, qui avait désamorcé la rébellion naissante chez le jeune garçon et l'avait amené à force de cajoleries à une soumission et une obéissance en tout cas apparentes. La proximité entre le magicien et le fils du roi avait été l'une des choses qui l'avaient protégé de la malice des Inceptines lorsqu'ils avaient essayé de débarrasser la cour de tous les vestiges de d'hétérodoxie et de sorcellerie. L'ironie était que, une fois l'élève du sorcier enfin sur le trône, ils y étaient parvenus. La chute d'Aekir, songea Golophin avec amertume, avait été un don du ciel pour eux.

– En parlant de l'Est, fit Abeleyn sur le ton de la conversation, comment les Torunniens s'en sortent-ils ?

Golophin débourra délicatement sa pipe sur la table. Il préférait les feuilles importées de Ridawan, aromatisées à la cannelle. Le tas de cendres fumant avait justement l'odeur de l'Est. Abeleyn se demanda si la feuille comportait un peu de *kobhang*, le doux euphorisant que les gens de l'Est mâchaient ou fumaient pour combattre la fatigue et avoir les idées claires. Golophin dessina des motifs dans les cendres avec son long doigt blanc.

– J'ai fait travailler dur l'oiseau ces derniers temps. Il est fatigué, et quand il est fatigué, il commence à m'échapper, et je reçois des images d'attaque plongeante, de tuerie, de sang et de plumes voletant dans l'air. Il paraît qu'un mage fatigué ou désespéré laisse parfois son esprit se glisser dans son démon familier et ne fait plus qu'un avec lui, abandonnant son corps comme une enveloppe vide derrière lui. Il profite ensuite pleinement des émotions animales de la créature et finit par oublier qui il était autrefois.

Golophin le gratifia d'un petit sourire.

– Mon démon dort sur un arbre desséché non loin de la digue d'Ormann. Aujourd'hui il a vu passer une centaine de personnes traînant leurs pieds dans la boue, en direction de la dernière forteresse torunnienne avant les montagnes. Ils en ont laissé des milliers derrière eux sur les routes et, sur leurs flancs, la cavalerie légère des Medruks rôde comme des déterreurs de cadavres. La digue d'Ormann est dans le chaos. La moitié de ses défenseurs s'applique à s'occuper des réfugiés et la terre à l'ouest de la digue ressemble à un énorme bidonville. Les pauvres habitants d'Aekir ne peuvent plus marcher. Peut-être resteront-ils sous la pluie à attendre l'issue d'une autre bataille, avant de trouver la force d'avancer plus à l'ouest. Mais après la digue d'Ormann, où peuvent-ils aller ?

– Vous croyez que la digue va tomber ? demanda Abeleyn.

– Je crois que la digue va tomber, mais surtout ses défenseurs. Ils se sentent délaissés par Dieu et croient que le roi Lofantyr de Torunnie les a abandonnés. Il a pris des hommes de la garnison pour défendre la capitale.

Abeleyn frappa violemment du poing sur la table, faisant tressauter la bière dans la bouteille.

– Quel idiot ! Il devrait concentrer tout ce qu'il a sur la digue !

– Il a peur de perdre tout ce qu'il a, rétorqua Golophin d'un ton calme. Il reste moins de dix-huit mille hommes dans la garnison et les Chevaliers militants se dirigent en masse vers l'ouest depuis des jours. Si Shahr Baraz en trouve plus de douze mille pour assurer la défense lorsqu'il arrivera, je serais bien surpris. Et même en mettant des troupes en garnison à Aekir et le long de leurs lignes de ravitaillement, les Medruks peuvent toujours poster une centaine de milliers d'hommes devant la digue, probablement plus.

– Combien de temps nous reste-t-il avant l'assaut? s'enquit Abeleyn.

– Plus que vous ne pourriez l'imaginer. Le combat d'arrière-garde de Sibastion Lejer a atrocement mutilé les *Hraibadar*, les troupes d'assaut des forces de Shahr Baraz. Il attendra qu'elles approchent avant de lancer un assaut sérieux et, vu le désordre de la Route occidentale et le temps qui ne montre aucun signe d'amélioration, ses navires de transport auront du mal à avancer avec les troupes. La Searil est en crue. Une fois que les Torunniens auront coupé les ponts, les Medruks devront forcer la traversée. Mais ils ne couperont pas les ponts tant qu'il y aura des réfugiés sur la rive est. Si j'étais le khédive, j'attendrais que les routes s'améliorent avant d'avancer. Les réfugiés continuent à affluer vers l'ouest, donc, pour l'instant, le temps joue en sa faveur. Cela ne veut pas dire pour autant que la cavalerie n'attaquera pas d'abord la digue avant que le gros des troupes n'apparaisse, mais la digue les retiendra quelque temps. Ses défenseurs sont torunniens, après tout.

Abeleyn hocha la tête d'un air absent.

– Je commence à comprendre que la digue d'Ormann n'est pas uniquement une affaire torunnienne. Lofantyr a besoin de troupes, en a désespérément besoin. Mais qu'ai-je à lui donner et comment pourraient-ils arriver là-bas à temps? Il faudrait cinq à six mois pour qu'une armée arrive sur la digue.

– Par la mer, cela pourrait prendre cinq semaines. Avec des vents favorables ou l'aide d'un conjurateur de vent, dit Golophin.

– Par la mer? (Abeleyn secoua la tête.) La marine a déjà fort à faire à protéger les détroits de Malacar des corsaires; et il faut aussi prendre Calmar en compte. Une armée occidentale naviguant dans le Levangore devrait affronter les Medruks des Mers. Ils se sont tenus tranquilles depuis Azbakir mais ne toléreraient aucune incursion de cette taille. Ce serait de nouveau Azbakir, sauf si nous les combattons avec des navires de transport et non des caraques de guerre. Non, Golophin, à moins que vous ne puissiez y introduire par magie quelques milliers d'hommes, nous ne pouvons rien faire pour la digue. Lofantyr sera ravi de l'apprendre quand je le rencontrerai au conclave. Il croit déjà que les autres monarchies ont abandonné la Torunnie.

– Peut-être a-t-il raison, dit le mage d'un ton sec. Il y avait sept grands royaumes après la fin de l'hégémonie fimbrienne. Aujourd'hui, les Medruks les ont réduits à cinq. Resterez-vous à Abrusio jusqu'à ce que leurs éléphants viennent piétiner les Hébros?

– Qu'aimeriez-vous que je fasse, professeur ?

Golophin marqua une pause, l'air brusquement las.

– Les professeurs ne connaissent pas toutes les réponses.

– Les rois non plus.

Abeleyn posa ses doigts marron sur le poignet fin du mage et sourit. Golophin rit.

– Quelle plaisanterie que de rester assis ici à tenter de refaire le monde ! La terre ne manquait déjà pas de défauts avant que les hommes n'arrivent pour la maltraiter encore davantage. Nous ne devrions jamais nous attaquer à ses fondations. Seul Dieu peut le faire, ou le « Seigneur des Victoires », comme l'appellent les Medruks.

– Nous ferons de notre mieux, quoi qu'il en soit, dit Abeleyn.

– Voilà, mon roi, que vous commencez à ressembler à votre père.

– Dieu me préserve de ressembler à ce vieux soldat moralisateur aux yeux froids !

– Ne soyez pas si dur avec sa mémoire. Il vous aimait à sa façon et tout ce qu'il a fait, c'était pour le bien de son peuple. Je ne crois pas qu'il ait commis ne serait-ce qu'un seul acte motivé par des raisons personnelles.

– C'est le moins que l'on puisse dire, fit Abeleyn d'un ton acerbe.

– S'il avait été roi de Torunnie, sire, je vous garantis qu'Aekir résisterait et que les Medruks se cogneraient la tête contre ses murs, comme ils l'ont fait ces soixante dernières années. Et les Chevaliers militants seraient également là en nombre au lieu de procéder à des purges de par tout le continent. C'est difficile de débattre avec un homme aux convictions parfaites.

– Ça, je le sais.

– John Mogen était un grand homme, mais il était trop caustique. Il inspirait soit l'amour, soit la haine, et s'aliénait ceux qui auraient dû être ses alliés dans la défense d'Aekir. Un roi doit avoir l'air robuste comme de la pierre dans ses croyances, fiston, mais il doit savoir se plier comme un roseau quand le vent souffle.

– Et se plier invisiblement, fit remarquer Abeleyn.

– Quand même. Il y a une grande différence entre l'intolérance bornée et l'aptitude à transiger sans être vu en train de transiger.

– C'est ironique, Golophin, n'est-ce pas, mais les meilleurs soldats au monde, les Torunniens, sont dirigés par un roi qui n'a jamais vu de bataille, un jeune homme qui ne connaît rien à la guerre.

– Les vieux monarques sont morts ou mourants, sire. Il y a vous, Lofantyr, le roi Mark d'Astarac et Skarpathin de Finnmark – de jeunes hommes qui ne sont sur le trône que depuis quelques années. Les rois plus âgés qui se rappellent les premières batailles contre les Medruks sont sur le départ. Le destin de la Normannie repose sur les épaules d'une nouvelle génération. Je prie pour qu'elle soit à la hauteur de la charge.

– Merci pour votre confiance, Golophin, dit le roi avec une pointe d'ironie.

– Vous l'avez, sire, autant que n'importe quel autre homme. Mais je me fais du souci. Les Ramusiens ont résisté aussi longtemps à la menace des Medruks car ils étaient unis, forts et d'une seule foi. À présent, les hommes saints de l'Ouest semblent déterminés à diviser chaque royaume dans la quête de... quoi ? De la piété ou de l'autorité terrestre ? Je ne peux encore le dire mais cela m'inquiète. Peut-être l'heure d'un changement est-elle arrivée. Peut-être que la chute de Macrobius et la prise d'Aekir sont un nouveau début. Ou le début de la fin. Je ne suis pas prophète, je ne sais pas.

Abeleyn fixa le cœur trouble de sa bière. Autour d'eux, la taverne était calme. Il y avait quelques groupes d'hommes qui murmuraient dans les coins et le propriétaire, debout au bar, fumait une petite pipe à l'odeur infecte et rongeait un morceau de bois. Seuls les gardes du corps d'Abeleyn, à l'autre bout de la pièce dans la pénombre, les regardaient, toujours prêts à assurer la sécurité de leur roi.

– J'ai besoin de quelque chose, Golophin, dit Abeleyn à voix basse. Quelque chose à emporter avec moi au Conclave des Rois, un moyen de faire naître l'espoir.

– Et de parer aux demandes de troupes, lui répondit Golophin.

– Ça aussi. Mais je ne peux pas penser à tout.

– Vous venez juste de parler des Torunniens, sire, de dire qu'ils étaient les meilleurs soldats au monde. Ça n'a pas toujours été vrai.

– Je ne vous suis pas.

– Écoutez, fiston, qui, à l'époque, tenait toute la Normannie dans son poing ? Quels tercios sont arrivés des rivages de l'Océan occidental pour aller dans les sommets noirs des Jafrars à l'est ? Les Fimbriens, dont l'hégémonie a duré deux cents ans avant qu'ils ne se déchirent dans d'interminables guerres civiles. Les Fimbriens, dont les mains ont construit Aekir et posé les premières pierres de la digue d'Ormann, qui ont brisé le pouvoir des tribus cimbriennes et fondé le royaume même de Torunnie.

– Et donc ?

– Ils sont toujours là, n'est-ce pas ? Ils n'ont pas disparu.

– Ils se sont isolés dans leurs électorats tout le siècle dernier et, en outre, se querellent inlassablement entre eux. L'empire ne les intéresse plus ni aucun événement se déroulant à l'est des montagnes de Malvennor.

– Ils ont de bonnes armées, en revanche ; *voici* quelque chose que vous pourrez emporter à votre réunion de rois, Abeleyn. L'Ouest a besoin de troupes ? Il y a plusieurs dizaines de milliers de soldats en Fimbrie qui ne contribuent aucunement à la défense du continent.

– Les Cinq Royaumes se méfient de la Fimbrie. Les hommes n'ont pas la mémoire courte. Je ne suis pas sûr que même la Torunnie accueillerait les troupes fimbriennes sur son sol, en dépit de l'urgence des besoins. Et même si nous parvenions à persuader les Fimbriens de les envoyer. C'est une puissance isolationniste, Golophin. Ils n'envoient même pas de représentant au conclave.

Golophin se recula de la table et agita la main, exaspéré.

– Alors soit. Que les hommes de l'Ouest conservent leurs peurs et leurs préjugés. Ils les auront encore sans aucun doute lorsque les hordes d'Ahrimuz auront projeté l'ombre de leurs cimeterres sur tous les royaumes ramusiens.

Abeleyn se renfrogna, comme s'il était redevenu l'élève, et Golophin le professeur à qui il venait de donner la mauvaise réponse.

– Alors très bien, que vous êtes empoisonnant ! Je verrai ce que l'on peut faire. Ça ne pourra pas faire de mal, après tout. J'enverrai des émissaires dans les quatre électorats fimbriens et j'aborderai tout cela lors du conclave. Grand bien me fasse !

– Je reconnais bien mon fiston ! dit Golophin, sachant combien cette phrase avait le don d'irriter le roi. Mais vous devrez vous rappeler une chose lorsque vous aurez affaire aux Fimbriens, sire.

– Oui ?

– Ne soyez pas orgueilleux. Ils gardent des souvenirs de l'empire, même s'ils prétendent ne plus le convoiter. Vous devrez vous faire passer pour un suppliant, peu importe si votre fierté en est écorchée.

– Je dois être un roseau, alors, qui se plie sous le vent ?

Golophin arbora un grand sourire.

– Exactement... mais un roseau que, naturellement, *on ne voit pas* se plier sous le vent. Vous êtes un roi, après tout.

Ils trinquèrent, comme des hommes qui concluent un marché ou fêtent une naissance. Le roi but une bonne lampée puis essuya la mousse sur sa lèvre supérieure.

– Il y a une dernière chose que j'aimerais aborder ce soir, quelque chose qui vous touche peut-être plus.

Golophin haussa un sourcil.

– La liste. La liste, que nous avons établie, des vôtres qui pourraient être sauvés du bûcher. (Le roi ne croisa pas le regard du vieux magicien. Il avait l'air étrangement confus.) Murad me dit être prêt à partir en mer dans quinze jours. Il prend un demi-tercio avec lui, cinquante arquebusiers hebrioniens et des hommes armés d'épées et de lances. Si l'on compte l'équipage, ça laisse de la place pour quelque cent quarante passagers.

– Moins que nous avions espéré, dit abruptement Golophin.

– Je sais, mais il est persuadé qu'il aura besoin des soldats une fois qu'ils auront accosté.

– Pour s'occuper des autochtones barbares qu'il risque de rencontrer ou des passagers avec qui il doit voyager ?

Abeleyn haussa les épaules, impuissant.

– J'ai entravé ce projet autant que possible, Golophin. Si je l'empêche encore davantage, il risque de tout abandonner. Et nous reviendrions au point de départ. Un homme comme Murad a besoin d'une espèce de stimulation.

– Être vice-roi d'une nouvelle colonie.

– Oui, il a quelques préjugés superstitieux contre les Dweomers. Il devrait les traiter justement. Ils pourraient être considérés comme l'ossature de ses ambitions.

– Et vos ambitions, sire. Dans quelle mesure les Dweomers conviennent-ils à vos ambitions ?

Le roi s'empourpra.

– Disons que l'expédition de Murad me soulage la conscience et...

– Tant d'innocents en moins promis aux flammes !

– Je n'aime pas être interrompu, Golophin, même par vous.

Le vieux mage s'inclina dans son siège.

– Comme vous l'avez dit, c'est un moyen de mettre ces gens hors de portée de l'Église, mais vous savez également qu'il y a d'autres raisons en jeu.

– Comme toujours.

– S'il existe un Continent occidental, il doit revenir à Hebrion – il le *doit*. Nous sommes la puissance maritime la plus à l'ouest du monde. C'est notre droit de nous développer dans cette direction cependant que Gabrion et Astarac chercheront à faire du commerce et à gagner de l'influence dans le Levangore. Pensez-y, Golophin. Un nouveau monde, un monde vide, dépourvu de monopole et de corsaires. Un continent vierge qui nous attend.

– Et si ce continent n'était pas vierge ?

– Que voulez-vous dire ?

– Si cette légendaire terre occidentale était habitée ?

– Je ne peux le concevoir, ni même envisager qu'ils aient une civilisation comparable à la nôtre. Et je suis sûr qu'ils ne posséderont pas de poudre à canon. C'est quelque chose que nous-mêmes n'avons que depuis un siècle et demi.

– Alors c'est à coups de massacre que Murad gagnera une hégémonie hebrionienne sur les rivages de cette terre primitive ? Et les sorciers qui constituent sa cargaison seront l'artillerie vivante qui le soutiendra ?

– Oui. C'était le seul moyen, Golophin. Les colons doivent être hardis, doués, capables de se défendre. Quel meilleur moyen de s'assurer qu'ils survivront que d'embarquer sorciers, herboristes, conjurateurs de vent, voire de vrais thaumaturges ?

« Ou un lycanthrope », songea Golophin, se souvenant de la nouvelle pupille de Bardolin. Mais il n'en dit rien.

– Les motivations d'un roi ne sont jamais simples, psalmodia-t-il enfin. J'aurais dû m'en souvenir.

– Je fais de mon mieux avec ce que Dieu juge bon de me donner.

– Dieu, et Murad de Galiapeno. J'aurais cru que vous auriez trouvé un autre homme pour diriger cette expédition. Il a un visage que je n'aime pas. Le meurtre est inscrit dessus et, quant à l'ambition dont vous me parlez, je ne crois pas qu'il ait réalisé ne serait-ce qu'un centième de ses ambitions démesurées.

– C'était sa découverte, son idée. Je ne pouvais pas la lui prendre sans m'en faire un ennemi.

– Alors mettez-vous-le dans la poche. Assurez-vous qu'il sache que la couronne de Hebrion a le bras long.

– Vous commencez à ressembler à une petite vieille, Golophin.

– Peut-être, mais il y a aussi de la sagesse dans les paroles d'une petite vieille, vous savez.

Abeleyn le gratifia d'un grand sourire et, à la lueur faible de la taverne, il avait l'air d'un gamin.

– Dites-moi, vous n'allez pas retourner à la cour et reprendre la place qui vous revient ?

– Quoi ? M'accroupir derrière votre trône et murmurer à votre oreille ?

C'était l'image inceptine populaire du conseiller sorcier du roi.

– Non, sire, poursuivit Golophin. C'est encore trop tôt. Voyons comment se passe le synode puis votre conclave. J'ai un pressentiment, comme quand une vieille blessure nous fait mal avant une tempête. Je pense que le pire est à venir ; et il ne viendra pas uniquement de l'est.

– Vous avez toujours été prodigue en prophéties pessimistes, en dépit du fait que vous n'êtes pas prophète, dit Abeleyn.

Sa bonne humeur s'était évanouie. Le petit garçon avait disparu. Ce fut un homme qui se leva et tendit une main vigoureuse au vieux mage.

– Je dois y aller. Les langues vont bon train à la cour. Ils croient que j'ai une femme sur les quais.

– Une petite vieille ? demanda Golophin, un œil fermé.

– Une amie, Golophin. Même les rois en ont besoin.

– Surtout les rois, mon seigneur.

La nuit était plus lourde que jamais. Abeleyn et ses gardes du corps remontèrent la rue avec la nonchalance de trois gardiens de nuit. La voiture de maître, fermée, était garée dans une cour en haut, les chevaux complètement immobiles, aussi patients que des images sculptées. Les gardes du corps grimpèrent à l'arrière pendant qu'Abeleyn se glissait à l'intérieur.

S'ensuivirent un grincement d'acier, une pluie d'étincelles, puis un rougeoiement. Alors que la lanterne s'illuminait, l'intérieur du carrosse orné de rideaux scintilla faiblement d'un or incandescent. La voiture démarra en faisant des embardées, les sabots des chevaux cliquetant sur le pavé.

– Bienvenue, mon seigneur, dit dame Jemilla, le visage blanc olivâtre à la lueur de la lanterne tremblotante.

– Merci, ma chère. Je suis désolé de vous avoir fait attendre si longtemps.

– Attendre n'est pas grave. Cela attise l'impatience.

– Vraiment ? Alors je ferai en sorte de vous faire attendre plus longtemps.

Le ton du roi semblait décontracté, mais il y avait une tension en lui qu'il n'avait pas manifestée quand il était à la taverne en compagnie de Golophin.

Jemilla ôta sa cape noire à capuche. En dessous, elle portait l'une des robes cintrées de la cour. Elle mettait en valeur les lignes parfaites de ses clavicules, la douceur de la peau sur son sternum.

– J'espère, mon seigneur, que vous ne vous êtes pas perverti avec l'une de ces catins des quartiers mal famés de la cité. Cela me chagrinerait terriblement.

Elle avait dix ans de plus que le roi. Abeleyn sentit la différence d'âge quand il croisa la noirceur dansant dans ses yeux. Il n'était plus le dirigeant d'un royaume, le commandant des armées. Il était un jeune homme à deux doigts d'une glorieuse récompense. Il en avait toujours été ainsi avec elle. Il lui en voulait à moitié. Et pourtant, c'était pour cette raison qu'il se trouvait ici en sa compagnie.

Jemilla défit les lacets de son corsage sous le regard fasciné d'Abeleyn. Il vit ses gros seins aux mamelons foncés surgir d'un coup, marqués de traces rouges aux endroits où le vêtement étroit les avait emprisonnés.

Leurs bruits discrets étaient étouffés par le craquement du cuir et du bois, le fracas des roues en acier, le cliquetis des sabots des chevaux. La voiture serpentait sur la colline d'Abrusio, en direction du Quartier des Nobles, tandis qu'en front de mer, le boucan tapageur provenant des tavernes et des bordels continuait à peindre la nuit torride de teintes chaudes chair et écarlate, et les navires au port flottaient tranquillement à leurs postes d'amarrage.

Les nuages hauts bougèrent, les étoiles tournoyèrent au-dessus de leurs têtes dans la danse nocturne du ciel. Des hommes assis sur la digue, dans la puanteur du poisson et envahis de bouteilles posées à leurs pieds, marquèrent une pause dans leurs conversations à voix basse pour humer l'air et sentir sa caresse soudaine sur leur visage. Les voiles claquèrent faiblement, une fois, puis deux, et se gonflèrent dès que le vent reprit. La mer transparente, où miroitaient des étoiles étincelantes, vit la houle se former, tandis que les nuages s'élevaient de plus en plus audessus de l'Océan occidental. Enfin, les hommes sur la digue le sentirent dans leur chevelure, et ils se regardèrent comme s'ils venaient d'avoir une sorte de révélation commune.

La brise se leva, fraîche, puis changea de direction pour souffler régulièrement du nord-ouest, au large. Elle souffla sur les innombrables bateaux attachés à leurs bollards qui tanguèrent et leurs filins d'amarrage craquèrent ; elle fit s'élever des nuages de poussière dans les rues desséchées de la cité et secoua les branches des cyprès du roi, pénétrant dans les terres pour rafraîchir les dormeurs en sueur. L'alizé hebrionien s'était enfin levé.

9

Bardolin contemplait, imperturbable, les décombres de sa maison. Les murs massifs de sa tour avaient résisté à la fureur de l'attaque, mais l'intérieur avait été pillé. Les murs étaient noirs de suie, les sols en étaient également recouverts sur plusieurs centimètres. Quelqu'un avait fracassé la jarre de sang Ur qui s'était gélifié en une créature gélatineuse, ondulant comme une limace, incorporant les cendres et les fragments d'écailles et d'os, tout ce qui restait de sa collection de prélèvements. C'était la créature Ur qui avait fini par les décourager en leur faisant peur, devina-t-il. Il ne quittait pas des yeux son pseudopode qui touchait l'air à l'aveuglette, essayant de comprendre ce nouveau monde dans lequel il avait été propulsé avec une violence inouïe.

L'espace d'un instant, Bardolin se dit qu'il allait la reconfectionner en y ajoutant le crâne de crocodile qui moisissait dans un coin, les griffes de chat à dents de sabre qu'il avait rapportées d'un voyage à Macassar puis, une fois achevée, il jetterait la bête impie dans les rues pour assouvir sa vengeance. Mais il décida de délivrer le sang Ur de ses fragments organiques agglutinés et de le laisser couler, de nouveau sous sa forme liquide, sur le sol roussi.

Tout avait disparu – tout. Ses livres, dont certains remontaient à avant l'hégémonie fimbrienne, ses grimoires d'incantation, ses références, ses collections de peaux d'oiseau et d'insectes, même ses vêtements.

Le lutin marchait sur la pointe des pieds dans la pièce ravagée, les yeux fous et écarquillés. Il grimpa sur l'épaule de Bardolin et se nicha dans le creux de son cou, cherchant du réconfort. Il sentait la peur et la confusion dans son esprit. Dieu soit loué, il l'avait enlevé de la jarre de rajeunissement avant de partir et l'avait emporté avec lui, caché dans le corsage de sa robe. Sinon, il n'aurait plus été qu'un autre être pourrissant dans les débris éparpillés un peu partout.

Il y avait des choses qui le dérangeaient dans les décombres de sa maison, des questions sans réponse qui évoquaient des solutions plus graves ; mais il était trop anéanti et perplexe pour s'y attaquer dès maintenant. Comment avaient-il forcé le verrou de mage sur la porte ? Comment avaient-ils su qu'il n'était pas chez lui, qu'il était sorti regarder brûler le pauvre Orquil ?

Orquil. Il ferma les yeux. Malgré la fraîche brise marine qui submergeait la ville comme une bénédiction, il sentait encore la chair brûlée. Pas dans l'air mais sur ses propres vêtements. Il était resté au pied du bûcher du garçon, regardant le visage de son apprenti d'une jeunesse affligeante, pâle comme de la craie, mais souriant : et il l'avait frappé d'un grand coup avec une balle de pure thaumaturgie, aussi violemment que son chagrin et sa fureur le lui permettaient. Le garçon était mort avant que les premières flammes ne commencent à lécher ses tibias. La première vie que Bardolin avait ôtée par la magie, bien qu'il en eût ôté plus d'une avec des lames et des balles d'arquebuse.

« La magie enlèvera encore bien des choses avant que je ne meure », se promit-il, une colère amère montant en lui. Il se demanda si Griella ressentait la même chose lorsque la maladie noire la touchait. Cette haine floue, cette fureur croissante qui mourait d'envie de sortir dans une extrême violence.

Mais ce n'était pas ainsi qu'agissaient les mages. La colère ne faisait de bien à personne. Et, de plus, si Bardolin était honnête avec lui-même, il devait reconnaître que c'était autant la culpabilité que le chagrin qui nourrissaient sa fureur. Le fait que lui n'ait pas brûlé.

Griella pénétra dans la pièce ravagée. Elle portait un sac sur une de ses fines épaules et ses mains étaient noires de cendres.

– J'ai essayé de sauver certains objets, mais il ne restait pas grand-chose. (Elle sourit quand le lutin gazouilla en la voyant, mais son visage se vida vite de toute expression.) Si vous m'aviez laissée rester, j'aurais pu tout empêcher.

Bardolin ne la regarda pas.

– Comment ? En les massacrant comme du bétail ? Et ensuite, la garde de la cité aurait envahi ma maison comme des mouches sur de la bouse en été ?

– Je ne crois pas. Je pense qu'ils ne seraient pas venus, quoi qu'il se soit passé. Je pense qu'on leur a demandé de ne pas s'approcher d'ici.

Bardolin la regarda alors, époustouflé par la profondeur de son raisonnement.

– Il y a quelque chose qui ne va pas, en effet, reconnut-il. Golophin a assuré notre sécurité sur ordre du roi en personne. Mais quelqu'un d'autre est déterminé à nous faire du mal avant que nous n'embarquions pour l'ouest.

– Bien, comme ça nous avons moins de bagages à faire, conclut Griella d'un ton léger.

Son sourire finit par en faire naître un chez Bardolin. Les grands rayons de soleil qui se déversaient par les fenêtres brisées donnaient à ses cheveux l'aspect de bronze battu. Même sa peau semblait dorée.

– Tu es encore sûre de vouloir prendre le bateau avec moi, alors? demanda Bardolin.

– Bien sûr! Je pourrais devenir votre nouvelle apprentie, remplacer celui qu'ils ont brûlé aujourd'hui. Et je pourrais vous protéger. Même quand la transformation sera en moi, je ne vous ferai aucun mal, je crois.

Bardolin ne dit rien. Quand elle était revenue à elle après le sortilège d'inconscience, elle avait été aussi furieuse que fascinée. Elle n'avait jamais imaginé qu'il puisse exister un pouvoir de détruire un lycanthrope robuste en pleine transformation. Elle avait été légèrement en admiration devant lui ensuite. Mais elle était jeune et n'était pas apte à apprendre les Sept Disciplines: aucun lycanthrope ne l'était. Et il avait entraperçu un aspect d'elle tandis qu'il luttait pour anéantir la bête: une faim qui ne faisait pas partie du loup-garou qu'elle devenait mais qui était enfouie dans son âme d'humain. Il n'en avait eu qu'un très bref aperçu, vacillant comme dans les profondeurs d'un long abysse, mais cela l'avait fait douter: serait-ce sage qu'elle l'accompagne dans ce voyage?

Mais quelle alternative avait-elle, ici, à Abrusio? On avait voulu abuser d'elle et cela se reproduirait, elle redeviendrait la bête et serait pourchassée. Ils couperaient la tête de la bête avec un couteau d'argent et l'enfonceraient sur une lance sur la place du marché. En quelques heures, sa tête changerait et ce seraient des yeux bruns qui regarderaient en bas, ce casque bronze de cheveux brillants sur ce moignon de cou déchiqueté. Il avait déjà vu cela se produire. Il ne pouvait pas se permettre que cela lui arrive et, pourtant, il ne voulait pas se demander pourquoi.

Il se leva. Il n'avait qu'une sacoche de cuir à transporter; ils avaient récupéré si peu de choses que cela faisait pitié. Ses tours de magie seraient rudimentaires pour quelque temps car sa mémoire n'était pas prête à s'atteler à la tâche et à se rappeler toutes les subtilités et les nuances de l'ensorcellement, indispensables pour parfaire un tour de thaumaturgie. Il espérait que l'un des autres passagers du navire pourrait l'aider à retrouver son savoir perdu.

Le lutin rampa dans le corsage de sa robe, se moquant bien de l'odeur du bûcher. De nouveaux vêtements... il devait se procurer de nouveaux vêtements et se débarrasser de cette odeur fétide.

– Quittons cet endroit, dit-il. Nous avons des choses à faire. Je voudrais voir ces navires qui vont nous transporter et peut-être acheter certaines choses pour rendre ce voyage plus supportable.

– Du bœuf salé et du pain mangé par les vers, voilà de quoi se nourrissent les marins, dit Griella. Et du vin non dilué. Ils se lavent dans l'eau de mer, si tant est qu'ils se lavent, et ils se servent les uns des autres comme un homme se sert d'une femme pour assouvir ses besoins.

– Ça suffit, lança Bardolin, gêné d'entendre ce genre de choses dans la bouche d'une si jeune femme. Au port, allez. Allons jeter un œil à ces affreux matelots.

Il restait encore une chose à faire, malgré tout. Quand ils passèrent le pas de la porte en ruine de sa tour brûlée, Bardolin grava un glyphe d'évitement dans le linteau de pierre. Il s'enflamma brièvement quand ses doigts caressèrent la pierre puis disparut. Si quelqu'un venait après lui fouiller dans les décombres de sa maison, le glyphe s'enflammerait en brasier et brûlerait probablement ces salauds qui pilleraient sa maison.

Pour un terrien, le Grand Port d'Abrusio était un immense labyrinthe. Maintenant que l'alizé hebrionien avait repris, les navires qui avaient été encalminés de l'autre côté de la courbe de l'horizon tanguaient sous toute la toile qu'ils pouvaient supporter. Le port était un chaos empuanti d'hommes qui hurlaient, de chariots et de poulies qui grinçaient, de cordes qui craquaient et de bruits assourdissants, cependant qu'un convoi de caravelles de Cartigella déversait sa cargaison de fûts de vin sur les quais. Les énormes barils étaient ensuite chargés dans des chariots qui, à leur tour, les transporteraient dans les celliers publics.

Sur un autre quai, un navire de transport d'animaux avait ses portes carrées grandes ouvertes, diffusant une puanteur d'excréments, tandis que le bétail terrorisé était poussé à coups d'injures sur les passerelles, répandant de la boue et de la paille à mesure qu'il avançait.

Bardolin et Griella s'arrêtèrent pour observer un aviso royal, une galéasse gréée de voiles latines qui entrait majestueusement dans le port, tel un insecte des mers au rythme précis, ses avirons s'élevant puis redescendant simultanément dans l'eau, et son équipage empennelant l'ancre pour la faire accoster à un poste d'amarrage. C'étaient les célèbres postes d'amarrage en eau profonde d'Abrusio, creusés par les Fimbriens au cours des siècles passés avec une main-d'œuvre hebrionienne forcée.

Abrusio pouvait recevoir sur ses quais un millier de navires complètement gréés, disait-on, et avait encore de la place pour en accueillir d'autres.

Il y avait des caisses de poisson et de calmars brillant sous le soleil vif, des sacs de poivre de Punt ou de Ridawan, des tas étincelants de défenses de marmorelles des jungles de Macassar et des rangées d'esclaves enchaînés et trébuchants, achetés aux corsaires roveniens pour travailler sur les terres de la noblesse de Hebrion.

Des matelots, des pêcheurs, des fusiliers marins, des négociants en vins et des débardeurs. Ils travaillaient sans s'arrêter sous la chaleur implacable, la sueur ruisselant sur leurs visages et leurs membres, incapables, visiblement, de communiquer autrement que par des beuglements. Bardolin et Griella se retrouvèrent main dans la main dans la bousculade pour ne pas se perdre, comme un père et une fille. La chaleur collait leurs paumes et le bruit, les odeurs et la bousculade faisaient geindre le lutin dans la robe de Bardolin.

Ils s'arrêtèrent une demi-douzaine de fois pour demander où se trouvaient les navires de Hawkwood mais, chaque fois, on les gratifiait d'un regard plein de pitié, comme s'ils étaient deux imbéciles sortis de chez eux par erreur. Puis la foule les emportait de nouveau. Enfin, ils se retrouvèrent dans la grande capitainerie en pierre, où un employé soucieux leur conseilla de se rendre au vingt-sixième quai d'armement et de demander la *Grâce de Dieu* ou le *Balbuzard gabrionien*, Richard Hawkwood, capitaine. Ils le trouveraient sans problème, les assura-t-on. Une caravelle de cent tonnes et une caraque au gaillard d'avant bas, qui faisait deux fois ce tonnage, avec un malheureux oiseau en guise de figure de proue.

Ils quittèrent cet endroit légèrement moins perplexes qu'à leur arrivée. C'était un monde différent, ici, au bord de l'eau. C'était le monde de la mer avec ses propres règles, lois et même sa langue. Ils avaient l'impression d'être des voyageurs dans un pays étranger quand ils passèrent devant des tas de navires, de quais, et des hommes de tous pays, toutes religions et couleurs. Depuis l'assouplissement de l'édit à la suite du départ du prélat d'Abrusio pour le synode de Charibon, les navires étrangers mouillaient sans répit à Abrusio. Comme s'ils essayaient de rattraper le temps qu'ils avaient perdu – ou perdraient de nouveau, dès lors que reviendrait le prélat et que les étrangers seraient une fois de plus tirés hors de leurs bateaux et emmenés par centaines dans les catacombes.

– Là-bas, dit enfin Bardolin. Je pense que c'est eux. Vous voyez l'oiseau en figure de proue? C'est un balbuzard pêcheur du Levangore. On le reconnaît aux mouchetures sur son jabot.

Ils se trouvaient devant un large quai de pierre, jonché de bittes d'amarrage et parsemé de guano. Lovés dans le poste d'amarrage le long du quai se trouvaient deux navires, dont les beauprés surplombaient la tête de Bardolin et les mâts, de grands édifices de cordages enchevêtrés, s'élevaient très haut dans le ciel bleu.

Il y avait des hommes partout, semblait-il, qui s'accrochaient à chaque appareil du gréement et à chaque rambarde. Certains étaient sur les coques, sur des échafaudages, et peignaient le bois battu par la mer avec ce qui ressemblait à du plomb blanc. D'autres faisaient des nœuds et épissaient furieusement les haubans. Un groupe soulevait le guindeau et Bardolin vit qu'ils remplaçaient un mât de flèche. Il connaissait peu de choses aux navires mais savait que c'était inhabituel, pour ne pas dire révolutionnaire, d'avoir des mâts en plusieurs pièces, à la place d'une longue vergue massive. Cet Hawkwood semblait prendre son métier au sérieux.

D'autres hommes étaient sur le quai et remorquaient des appareils de levage attachés à la grand-vergue, soulevaient des paquets de tonneaux et de caisses enveloppés dans des filets au-dessus des flancs des navires et sur les ponts. Sur les ponts mêmes, les écoutilles étaient ouvertes et béantes, attendant de recevoir les marchandises suspendues dans l'air, et Bardolin fut surpris de voir des moutons, des chèvres et des cages de poulets s'élever dans le vide avec des tonneaux de vin, des caisses de viande salée et de biscuits de mer. Il remarqua avec approbation qu'un énorme sac de citrons était également chargé. Beaucoup pensaient que les citrons combattaient la maladie mortelle du scorbut, mais beaucoup d'autres croyaient que cet état était causé par l'insalubrité à bord de n'importe quel bateau.

– À qui devons-nous parler ? demanda Griella, les yeux écarquillés.

Elle agrippait toujours aussi fort la main du magicien.

Bardolin lui montra du doigt une silhouette baraquée à la moustache abondante qui se tenait sur le plus gros des deux navires. Il se tenait au fond – sur le gaillard d'arrière ? – et hurlait à un groupe d'hommes en bas, dans l'embelle du bateau. Il avait une longue pipe à eau orientale à la main et la secouait à l'intention des hommes, comme s'il s'agissait d'une arme. Ses cheveux étaient coupés si court que le soleil faisait étinceler son cuir chevelu.

– Je dirais que c'est lui le responsable, décida Bardolin.

– Est-ce lui, le fameux Hawkwood ?

– Je ne sais pas, mon enfant. Nous allons devoir demander.

Griella et lui se frayèrent non sans mal un chemin à travers les provisions entassées, le cordage et le bois d'œuvre sur le quai jusqu'à une passerelle comportant des planches surélevées en guise de marches, déployée depuis l'embelle du plus grand navire. Certains marins s'arrêtèrent pour regarder l'homme à l'allure militaire et au visage dur ainsi que la jeune fille aux cheveux brillants à son bras. Il y eut un sifflement d'approbation et des jacassements grivois dans une langue que même Bardolin ne reconnaissait pas; mais le sens et les gestes qui l'accompagnaient étaient éloquents.

Griella se retourna d'un coup sur les marins qui plaisantaient et lançaient des obscénités. Le soleil qui scintillait dans ses yeux leur donna un éclat jaune et ses lèvres se retroussèrent sur ses dents blanches dans un grognement féroce.

Bardolin la tira par la manche, laissant les marins dévisager le couple. Un homme s'empressa de faire le signe du Saint.

Ils gravirent péniblement le planchon précaire qui semblait conçu pour l'agilité des singes et non celle des hommes. Une fois sur le pont, Bardolin leva une main à l'intention du moustachu furieux et hurla, de sa meilleure voix de sergent arquebusier:

– Hé, par ici capitaine! Pourrions-nous vous dire un mot?

L'homme ôta d'un coup sec la pipe à eau de sa bouche comme si elle l'avait mordu et lança un regard furieux au couple.

– Qui, au nom du Cul du Prophète, êtes-*vous* donc?

– Quelqu'un qui va embarquer avec vous dans peu de temps. Pourrions-nous vous parler?

L'homme leva les yeux au ciel.

– Un sorcier, ça ne m'étonne pas, et cette catin avec lui non plus! Doux Saints, quel voyage ça promet d'être!

Il se détourna de la rambarde du gaillard d'arrière, en marmonnant dans sa barbe. Bardolin et Griella se regardèrent, puis grimpèrent péniblement l'échelle pour le rejoindre, sentant deux douzaines de paires d'yeux torves rivées à leurs dos. Comme s'ils s'ingéraient sur le territoire d'une tribu primitive étrangère.

Le gaillard d'arrière était jonché de cordes enroulées et de spathes de bois d'œuvre. Partout les cordes du gréement courant descendaient pour être amarrées à des lisses d'accastillage. Une cloche en laiton étincelait, d'une clarté douloureuse au soleil, et l'immense barre qui gouvernait le bateau depuis le demi-pont au-dessous avait été déchargée et gisait sur un côté. L'homme était appuyé à la lisse de couronnement et tirait sur sa pipe à eau qui gargouillait. Ses yeux étaient deux fentes de suspicion.

– Bon, que voulez-vous? Nous nous équipons pour un voyage hauturier et nous manquons d'hommes. J'ai des choses à faire et passer le temps avec des terriens n'en fait pas partie.

– Je suis Bardolin de Carreirida et voici ma pupille, Griella Tabard.

Nous avons appris que nous devions être passagers de l'un des navires de Richard Hawkwood et nous voulions les voir et vous demander conseil quant à la préparation du voyage à venir.

L'homme était à deux doigts de lui fournir une réponse sarcastique mais quelque chose dans les yeux de Bardolin l'arrêta.

– Vous avez été soldat, dit-il à la place. Je vois la cicatrice du casque. Vous ne ressemblez pas à un sorcier. (Il marqua une pause, fixant brièvement la soufflure de verre de sa pipe, puis ajouta, la mort dans l'âme :) Je suis Billerand, le second du *Balbuzard,* alors ne m'appelez pas capitaine, du moins pas encore. Richard est dans la cité, en train de se battre avec les avitailleurs et les prêteurs sur gages. Je ne sais pas quand il sera de retour.

Le lutin se tortilla dans le corsage de Bardolin, interloquant Billerand.

– Pourrions-nous parler en bas ? demanda Bardolin. Il y a beaucoup d'oreilles qui traînent par ici.

– Très bien.

Le second les fit descendre une échelle de capot sur le pont et l'obscurité, surprenante après la luminosité crue de la journée, les fit ciller. Il faisait très lourd : la chaleur semblait planer comme une chose tangible dans leur gorge. Ils sentaient le bois du navire, la poix qui calfatait les coutures de la coque, à la fois douce et âpre, et la vague puanteur du fond de cale, comme de la crasse et de l'eau qui stagnent dans un endroit chaud. Ils entendaient également les martèlements de pas et les cris des hommes au loin dans la cale du bateau. On aurait dit qu'une bagarre était à deux doigts d'éclater dans la pièce adjacente d'une grande maison, étouffée mais très proche.

Ils passèrent une porte, enjambèrent un seuillet haut et se retrouvèrent dans la cabine du capitaine. L'un des côtés était recouvert de longues fenêtres arrière. S'ils regardaient au-dehors, ils pouvaient voir le pont ensoleillé, encadré par les lignes en courbe des cloisons intérieures, comme une peinture éclairée par-derrière d'une lumière vive.

Il y avait deux petites couleuvrines de chaque côté de la cabine, bien attachées à leurs sabords fermés. Billerand s'assit derrière la table en travers, la scène du port se déroulant derrière lui.

– Est-ce un démon familier que vous avez là ? demanda-t-il en désignant le mouvement qui se tortillait sous la robe de Bardolin.

– Oui, un lutin.

Le visage du second sembla quelque peu s'illuminer.

– Sacrée veine de les avoir sur un bateau, ces lutins ! Ils chassent les rats. Les hommes seront au moins ravis d'avoir ça. Faites-le sortir, s'il vous plaît.

Bardolin fit sortir le lutin par l'encolure de sa robe. La minuscule créature cligna des yeux, ses oreilles s'agitant et tremblotant de chaque côté de sa tête. Bardolin sentait sa peur et sa fascination.

Le visage cruel de Billerand se détendit en un sourire.

– Tiens, petit, regarde ce que j'ai pour toi.

Il sortit une petite livre de tabac d'une blague à son cou et la lui tendit. Le lutin regarda Bardolin, puis sauta sur la table et renifla le tabac. Il le saisit délicatement en une minute avec ses mains griffues et entreprit de le ronger comme un écureuil ronge une noisette. Billerand le gratta doucement derrière l'oreille et son sourire s'élargit.

– Comme je l'ai dit, les hommes de l'équipage seront ravis. (Il se pencha de nouveau en arrière.) Qu'aviez-vous à me dire, alors, Bardolin de Carreirida ?

– Que savez-vous de ce voyage que nous allons entreprendre ?

– Très peu de choses. Seulement que nous allons vers l'ouest. Les îles Brenn peut-être. Et nous ne prenons pas de cargaison, seulement des passagers et des soldats de Hebrion. Nous nous entasserons sur ces deux navires, plus à l'étroit qu'un couple en lune de miel.

– Et les autres passagers, à part les soldats ?

– Des Dweomers, comme vous. L'équipage ne le sait pas encore et je préfère que cela reste ainsi pour l'instant.

– Savez-vous qui parraine ce voyage ?

– On parle d'un noble et même d'une autorisation royale. Richard doit encore donner ses instructions à ses officiers.

– Quel genre d'homme est cet Hawkwood ?

– Un bon marin, pour ne pas dire un grand marin. Il a reconstruit ses navires selon ses propres lumières, malgré l'avis de ses aînés. Ils dériveront moins que n'importe quel navire de ce port, je vous le promets. Et ils sont plus secs que tout autre bateau de leur catégorie. J'étais sur cette caraque quand un grand coup de vent a soufflé sur les détroits de Malacar, sur un rivage sous le vent sur à peine une lieue et un vent du sud-est à tribord, mais elle a tenu le coup. N'importe quel autre bateau, avec n'importe quel autre capitaine, se serait retrouvé dans les hauts-fonds et aurait sombré.

– Est-il originaire de Hebrion ?

– Non. Et son équipage non plus, pour la plupart. Non, notre Richard est Gabrionien, marin pur-sang, même s'il a élu domicile à Abrusio depuis vingt ans, depuis son mariage avec l'une des Calochins.

– Est-il un homme... pieux ?

Billerand éclata de rire et un crachat jaillit du rebord de sa pipe. Le lutin sursauta, effrayé, mais il le calma d'une caresse de sa main calleuse.

– Du calme, petit camarade, tout va bien. Non, magicien, il n'est pas particulièrement pieux. Croyez-vous qu'il prendrait votre race à bord s'il était pieux ? Enfin, je l'ai vu faire un sacrifice à Ran, le Dieu des tempêtes, pour tranquilliser certains membres de l'équipage. Si les Inceptines en avaient entendu parler, il aurait été brûlé voilà bien longtemps. Vous n'avez pas à vous inquiéter, il aime les Corbeaux moins que quiconque. Ils ont tué sous nos yeux Julius Albak, le second officier avant moi et un sacré bon camarade de bord, puis ils ont arrêté la moitié des hommes de la *Grâce* pour les emmener dans les catacombes attendre le bûcher. Mais notre Richard est allé les chercher, Dieu sait comment.

– De quelles terres viennent vos matelots ? demanda Bardolin avec intérêt, se perchant sur une malle-cabine contre la cloison avant.

Billerand tira sur sa pipe qui gargouillait.

– Pourquoi ces questions, magicien ? Vous ne seriez pas un espion des Inceptines, par hasard ?

– Loin de là. (Le visage de Bardolin changea, devint blanc comme du marbre, mais ses yeux lançaient des éclairs.) Ils ont brûlé un ami à moi aujourd'hui, un garçon qui était comme un fils pour moi. Ils ont détruit ma maison et des recherches de trente ans. Je suis sur le point d'être exilé à cause d'eux. Je n'éprouve aucun amour pour les Corbeaux.

Billerand hocha la tête.

– Je vous crois. Et je vous dirai que notre équipage vient de chaque royaume et sultanat de Normannie. Nous avons des hommes de Nalbenie et de Ridawan, de Kashdan et Ibnir. Des hommes de Gabrion qui ont navigué sous le père de Richard. Des Vikings de Hardalen, et même un matelot de l'une des jungles de Punt, même s'il ne parle pas beaucoup étant donné que les Medruks lui ont coupé la langue. Nous avons des hommes des tribus des Cimbriques, capturés par les Torunniens et vendus comme esclaves. Ils étaient rameurs sur une galère macassarienne que nous avons prise l'an dernier. Richard est leur chef à présent. Ils ont le visage bleu avec un tatouage.

« Quant à moi, je viens de Narbosk, électorat fimbrien qui s'est détaché de l'empire à l'époque de mon arrière-grand-père et qui, depuis, a suivi son bonhomme de chemin. J'ai fait ma part de travail dans les tercios fimbriens mais c'est ennuyeux de mener les mêmes batailles sur la rivière gaderienne tous les jours. Las, j'ai pris la mer. Et vous, quelle armée avez-vous servie ?

– Celle de Hebrion. J'étais armé d'une épée et d'une lance. Et plus tard, arquebusier. Nous nous sommes battus contre les Fimbriens à Himerio et ils nous ont battus à plates coutures. Mais ils se sont retirés d'Imerdon qui, de fait, appartient aujourd'hui à la couronne hebrionienne.

– Ah, les Fimbriens, fit Billerand, les yeux brillants. (Il mit brusquement sa main sous la table et en sortit une bouteille en verre foncé au fond large.) Goûtez donc le *Nabuksina* avec moi, en souvenir des combats contre les Fimbriens, dit-il, son sourire révélant des dents aussi jaunes et carrées que celle d'un cheval.

Ils partagèrent l'alcool fimbrien fort à base d'extraits végétaux, buvant tour à tour à même la bouteille. Le lutin les observait, un sourire jusqu'aux oreilles – longues et pointues –, le tabac n'étant plus qu'un gonflement dans l'une de ses joues. Griella s'agitait, énervée. Elle en avait assez d'entendre parler de batailles et d'armées. Lorsque Bardolin s'en rendit compte, il s'essuya la bouche sur sa manche comme il ne l'avait pas fait depuis des années et leva une main quand la bouteille lui fut de nouveau offerte.

– Une autre fois, peut-être, mon ami. J'ai d'autres questions à vous poser.

– Questionnez-moi, je vous en prie, dit chaleureusement Billerand, entortillant un bout de sa moustache luxuriante sur un doigt.

– Pourquoi des soldats embarquent-ils avec nous? Est-ce habituel?

Billerand éructa.

– S'il s'agit d'une autorisation royale, alors pourquoi pas?

– Combien seront-ils?

– On nous a dit d'approvisionner pour cinquante... un demi-tercio.

– Cela fait beaucoup de combattants pour deux navires tels que ceux-ci.

– En effet. Peut-être sont-ils là pour empêcher les Dweomers de nous ensorceler une fois en mer. Nous devons fournir des stalles à une demi-douzaine de chevaux, des juments et des étalons, pour que les nobles n'usent pas leurs bottes quand nous accosterons.

– Et vous êtes sûr que vous ne savez pas où nous accosterons?

– Sur mon honneur de soldat, non. Richard garde cette pépite pour lui. C'est ce qu'il fait, parfois, quand nous partons en mer à la recherche d'une prise, de sorte que la rumeur ne se répande pas sur tout le port. Les matelots peuvent jouer les vieilles commères, s'ils le veulent, et ils adorent les prises.

– Ce navire est donc aussi un corsaire?

– Il est tout ce qu'il doit être pour faire un peu d'argent. Mais nous n'aimons pas que cela se sache trop à Hebrion. Notre bon capitaine a des contacts avec les Vagabonds de la Mer, les corsaires de Rovenan, ou de Macassar, comme on l'appelle aujourd'hui. Nos couleuvrines et nos fauconneaux ne servent pas uniquement à faire joli.

– Je n'en doute pas, dit Bardolin en se levant. Pouvez-vous me dire quand vous comptez partir ?

Billerand secoua mélancoliquement la tête. La boisson commençait à gagner ses yeux, les rendant aussi vitreux que du marbre mouillé.

– Nous levons l'ancre sous quinzaine, c'est tout ce que je sais. Je doute que Richard même connaisse la date précise. Beaucoup de choses dépendent de ces nobles.

– Alors nous nous reverrons, Billerand. Espérons que le voyage sera fructueux.

Billerand cligna lentement d'un œil, lui dévoilant de nouveau son sourire de cheval.

De retour sur le quai, Bardolin avança à grandes enjambées, perdu dans ses pensées, le lutin déjà endormi dans son corsage. Griella dut trottiner à côté de lui pour le rattraper.

– Alors ? demanda-t-elle.

– Alors quoi ?

– Qu'avez-vous appris ?

– Tu étais là, tu as entendu ce qui s'est dit.

– Mais vous avez deviné quelque chose. Vous ne me dites pas tout.

Bardolin s'arrêta et baissa les yeux sur elle. Sa lèvre inférieure était prise entre ses dents. Elle était ridiculement charmante et incroyablement jeune.

– C'est la présence de tant de soldats, et des nobles qui les commandent. Et des chevaux.

– Les chevaux ?

– Nous ne pouvons naviguer dans n'importe quel port de n'importe quels royaumes ou principautés civilisés ; leurs autorités ne permettraient pas aisément à autant de soldats étrangers de débarquer. Et les chevaux. Billerand a dit qu'il y avait des juments et des étalons. Les chevaux de guerre sont des hongres. Ces chevaux-là sont pour la reproduction. Et as-tu vu les moutons embarqués à bord ? Je parierais qu'ils sont là pour le même objectif.

– Qu'est-ce que tout cela veut dire ?

– Que nous allons quelque part où il n'y a ni chevaux ni moutons. Où il n'y a aucune autorité reconnue. Nous partons vraiment vers l'inconnu.

– Mais où ? insista Griella, s'emportant.

Bardolin regarda au loin, au-delà du labyrinthe de docks, de navires et d'hommes au labeur, là où le ciel sans défaut descendait pour fusionner avec la lisière de l'horizon.

– À l'ouest, nous a-t-on dit. Peut-être les îles Brenn. Mais je reconnais que notre respectable second ne nous a pas dit tout ce qu'il savait. Je pense que nous naviguerons bien au-delà de ces îles. Je pense que nous naviguerons plus loin que là où aucun bateau n'est jamais allé.

– Et que sommes-nous censés trouver ? demanda Griella avec irritation.

– Qui sait ? Un nouveau commencement, peut-être.

10

Au-dehors, le bruit de pas cadencés et d'ordres glapis emplissait l'après-midi. De petits zéphyrs de poussière virevoltaient sur le pas de la porte avant de se lover par terre. Un lézard s'accrocha, immobile, au mur blanchi à la chaux.

Le seigneur Murad de Galiapeno sirotait son vin, parcourant les listes d'appel des yeux. Contrairement à de nombreux nobles de l'ancienne race, il savait parfaitement lire et écrire et n'estimait pas cela indigne de lui. L'ancienne génération disposait de cuisiniers pour les sustenter, de palefreniers pour s'occuper de leurs chevaux, et de scribes pour lire ou écrire leurs livres et leurs lettres. Murad, comme le roi Abeleyn, n'avait jamais trouvé cela prudent. Il aimait comprendre l'évidence par lui-même sans devoir dépendre d'un roturier. Et il préférait réserver certaines choses à ses yeux seuls.

Cinquante-deux hommes, y compris deux sergents et deux officiers porte-étendards. C'étaient les meilleurs de la garnison d'Abrusio et Murad les avait commandés pendant plus de deux ans. Pas de cavalerie, hélas ! Les seuls chevaux qu'ils emmenaient étaient des bêtes d'élevage. Il y avait une arquebuse pour chaque homme, bien que tous ne fussent pas encore entraînés à leur utilisation. Et quant à l'équipage de Hawkwood, il connaissait bien les armes à feu. Beaucoup étaient des pirates, ni plus ni moins.

Murad trempa sa plume dans l'encrier et effectua quelques calculs. Puis il se recula et mâchouilla le bout de sa plume d'oie. Deux cent soixante-deux âmes en tout et pour tout sur deux navires. Sur ce total, il y en avait probablement cent vingt capables de porter les armes, plus un nombre inconnu de ces satanés sorciers. Ils pouvaient être plus utiles que des canons de campagne si leurs pouvoirs étaient aussi bons que la rumeur le prétendait, mais mieux valait ne pas trop attendre de leur part. Ils ne connaîtraient rien à la discipline et devraient être menés en troupeau comme le bétail qu'ils étaient.

Ses yeux furent attirés par une autre liste qu'il examina soigneusement. Sur les passagers des vaisseaux, une petite soixantaine étaient des femmes. Très bien. Ses hommes auraient besoin de se divertir, sans parler de lui. Il les regarderait de la tête aux pieds avant de prendre la mer et choisirait les plus belles comme domestiques.

Murad reposa sa plume et s'étira, faisant craquer le cuir neuf de son pourpoint. Une ombre se dessina sur le pas de la porte, éclairée par le soleil éblouissant.

– Entrez !

L'officier porte-étendard Valdan di Souza entra, la tête légèrement baissée, dans un fracas d'armure. Il semblait à moitié brûlé, son visage étant un masque de poussière, à l'exception des endroits où la transpiration avait dessiné de longues rigoles. De la sueur dégoulinait aussi de son nez, remarqua Murad, écœuré. L'homme dégageait l'odeur d'une salle de bains calmarienne.

– Oui, Valdan ?

– Mes hommes ont sorti toutes les armes et l'équipement, monsieur, et je les ai cantonnés à part, comme vous l'avez ordonné. Le sergent Mensurado est en train de les inspecter, avant votre propre inspection.

– Bien.

Mensurado était le meilleur sergent de la cité, une brute infecte et un proxénète invétéré, mais un soldat-né.

– Asseyez-vous, Valdan. Détachez votre harnais, pour l'amour du Saint. Prenez du vin.

Valdan s'assit avec gratitude et tira doucement les sangles de son armure. Il était jeune, grand, maigre et avait les cheveux blond paille, ce qui était inhabituel à Hebrion. Son père était un marchand prospère qui avait payé pour que son fils soit adopté par l'une des plus petites familles nobles, les Souza. C'était ainsi qu'était alors édulcoré le sang noble : des nobles sans argent vendaient leur nom à des roturiers. Un siècle auparavant, les choses auraient été totalement différentes, mais les temps changeaient.

Di Souza était tout de même un bon officier et les hommes l'appréciaient – « peut-être, songea Murad avec ironie, parce qu'il était à leur niveau ». Il était l'un des deux officiers subalternes qui l'accompagneraient au cours de ce voyage. L'autre était l'officier porte-étendard Hernan Sequero, membre de la famille la plus noble du royaume, à l'exception de la lignée royale des Hibrusio. Il était peut-être même plus proche du roi que Murad en personne. Mais il avait beau avoir le sang noble, il était en retard.

Sequero arriva enfin, alors que di Souza lampait son deuxième verre de vin rafraîchi. Murad le dévisagea froidement de la tête aux pieds quand il se mit au garde-à-vous. Il sentait le parfum perigrainien. Son front luisait de chaleur, pourtant il trouva le moyen de paraître complètement à l'aise malgré sa demi-armure lourde.

– Asseyez-vous.

Sequero s'exécuta en lançant un regard méprisant à un di Souza à bout de souffle.

– Les chevaux, vous en êtes-vous occupé, Hernan? s'enquit Murad d'une voix traînante.

– Oui, monsieur. Ils doivent être chargés à bord des navires la veille de notre départ. Deux étalons et six juments.

– C'est deux de plus que ce que cet Hawkwood a négocié mais il leur trouvera sûrement une place quelque part. Nous avons besoin de la plus large gamme de juments poulinières pour une lignée en bonne santé.

– Tout à fait, monsieur, répondit Sequero.

L'élevage de chevaux était l'une de ses passions. Il les avait lui-même choisi dans le haras de son père.

– Et leur nourriture?

– Chargée demain. Du foin et la meilleure orge. J'espère, monsieur, qu'il y aura de bons prés là où nous accosterons. Les chevaux auront besoin d'herbe fraîche pour retrouver une bonne condition physique.

– Il y en aura, répondit Murad, confiant, bien qu'il n'en fût absolument pas sûr.

Un silence s'ensuivit. Ils entendaient les cigales chanter dans les arbres qui bordaient le terrain de manœuvre desséché. Là, sur le flanc est de la colline d'Abrusio, la brise marine ne passait pas et le pays était aussi sec qu'un désert. Mais l'automne approchait et la pluie ne saurait tarder à tomber.

« Où l'automne nous trouvera-t-il? se demanda Murad. Quelque part sur un océan inexploré ou peut-être à une lieue au fond. »

Il se leva et commença à faire les cent pas dans la petite pièce. Le sol était en pierre et les murs suffisamment épais pour ne pas faire entrer le gros de la chaleur. Il y avait une couchette dans un coin, un grand placard mural et une table jonchée de papiers, sa rapière posée au-dessus. Les deux officiers porte-étendards étaient assis au petit bureau, mal à l'aise. Les volets avaient été fermés et la pièce était plongée dans l'obscurité, à l'exception de la lumière de l'après-midi qui se déversait par la porte ouverte. Les quartiers de Murad étaient monacaux de par leur austérité, mais il y remédiait quand il avait du temps à passer dans la cité. Ses conquêtes étaient presque aussi légendaires que les duels qu'elles généraient.

– Vous savez, messieurs, poursuivit-il tout en faisant les cent pas, que nous entreprendrons un voyage dans quelques jours. Que nous prendrons les meilleurs éléments de la garnison et suffisamment de bêtes pour nous offrir une nouvelle lignée de chevaux de guerre. Jusque-là, c'est tout ce que vous savez.

Les deux hommes s'avancèrent sur leur chaise. Murad les dévisagea d'un œil torve.

– Ce que je suis sur le point de vous révéler ne devra pas quitter cette pièce jusqu'au jour et à l'heure même de notre départ. Vous ne le répéterez pas aux sergents, aux hommes, à vos bien-aimées ou à votre famille. Est-ce bien compris ?

Les deux jeunes hommes hochèrent la tête de bon cœur.

– Très bien. Le fait est, messieurs, que nous embarquons avec un capitaine gabrionien et un équipage de gens de l'Est à la peau noire ; je veux donc que vous surveilliez ces hommes une fois à bord. Aucun combat quand nous serons en mer ne sera toléré. Aucun homme d'aucune piété n'aime avoir de véritables Medruks des Mers comme compagnons de voyage, mais nous ferons de notre mieux avec ce que Dieu a jugé bon de nous donner. De ce point de vue, vous feriez mieux d'être conscients que nous ne sommes pas les seuls passagers de ces navires. Quelque cent quarante autres personnes navigueront avec nous en tant que... colons. Ces gens sont, disons-le sans ambages, des sorciers qui fuient les purges d'Abrusio. Notre roi a jugé bon de leur permettre d'embarquer pour trouver un sanctuaire et ils seront les citoyens de l'État que nous avons l'intention de fonder à l'ouest.

Le visage de Hernan Sequero s'était assombri en entendant le mot « sorciers », mais le dernier mot que prononça Murad le fit plisser les yeux.

– À l'ouest, monsieur ? Où à l'ouest ?

– Sur le Continent occidental qui n'a pas encore été découvert, Hernan.

– Existe-t-il ? s'enquit di Souza, déstabilisé dans son silence respectueux.

– Oui, Valdan, il existe. J'en ai la preuve et je dois être le vice-roi d'une nouvelle province hebrionienne que nous établirons là-bas.

Murad vit ses officiers se creuser sérieusement les méninges et il ne put s'empêcher de sourire. Ils étaient les seuls autres Hebrioniens nobles qui seraient du voyage ; ils étaient occupés à calculer ce que cela signifiait en termes de situation personnelle et de prestige.

– Vice-roi, finit par dire Sequero. Vous n'allez pas commander les troupes mais serez le dirigeant administratif de la province. Est-ce que je me trompe, monsieur ?

Faites confiance à Sequero pour être le premier à comprendre.

– Non, Hernan.

– Alors quelqu'un devra être nommé commandant général de la partie militaire de l'expédition, une fois arrivés sur ce Continent occidental ?

– Au final, oui.

Di Souza et Sequero se coulèrent un regard de côté tandis que Murad devait faire un effort pour ne pas rire. Il avait bien prévu leurs réactions. Voilà qu'ils allaient se battre comme des titans pour gagner ses faveurs dans l'espoir d'une promotion. Et il n'y aurait pas non plus de conspiration dans son dos. Ils se faisaient trop peu confiance pour cela.

– Mais ce sera dans le futur, dit-il d'un ton doucereux. Pour l'heure, je veux que vous commenciez tous deux à ébaucher des tableaux de service et des routines d'instruction avec l'aide de vos sergents. Je veux que les hommes soient bien entraînés une fois en mer et ils devront savoir manier les arquebuses d'ici à ce que nous accostions. Y compris les officiers.

Il vit Sequero froncer le nez. Les nobles détestaient les armes à feu, les considérant comme les armes des roturiers. Les épées et les lances étaient les seules armes qu'un homme de qualité devrait savoir utiliser. Murad avait dû lui-même surmonter ce préjugé. Di Souza, qui était plus proche de ses troupes, savait déjà se servir d'une arquebuse et savait également lire et écrire, alors que Sequero, bien que moins lent d'esprit, était de la vieille école. Il était illettré et ne savait que manier l'épée. Il serait intéressant de voir comment tous deux allaient évoluer lors du voyage à l'ouest. Murad se félicitait d'avoir choisi ces subordonnés. Ils se complétaient.

– Monsieur, demanda Sequero, vous attendez-vous à une résistance à l'ouest ? Ce continent est-il habité ?

– Je n'en suis pas entièrement sûr, répondit Murad. Mais mieux vaut se préparer. Je suis certain, toutefois, que nous ne rencontrerons rien qui puisse vaincre un demi-tercio de soldats hebrioniens.

– Ces sorciers avec qui nous voyagerons, dit di Souza, sont-ils des détenus déportés, monsieur ? ou des passagers qui embarquent de leur propre volonté ? Le prélat d'Abrusio...

– Laissez-moi m'occuper du prélat d'Abrusio, répliqua Murad d'un ton sec. Il est vrai que nous pourrions choisir meilleure matière pour former la graine d'une nouvelle province. Mais je fais ce que veut le roi. En outre, leurs compétences pourraient nous être utiles.

– Je suppose, alors, que nous n'embarquerons pas de prêtre, monsieur ? demanda Sequero.

Murad le gratifia d'un regard furieux. Parfois Sequero aimait emprunter une voie plus étroite que les autres.

– Probablement pas, Hernan.

– Mais monsieur... commença à protester di Souza.

– Ça suffit. Comme je vous l'ai dit, nous sommes tous soumis à la volonté des autorités supérieures. Il n'y a pas d'ecclésiastique dans notre effectif et, pour être honnête, je n'ai pas l'intention d'embarquer avec de tels voyageurs. La nouvelle province devra se passer de conseiller spirituel jusqu'à ce que les premiers navires effectuent le voyage de retour.

Di Souza était de toute évidence perturbé et Murad le maudit. Il avait oublié combien certains membres des classes inférieures pouvaient être de satanés pieux. La religion leur était indispensable, comme le vin l'était à la noblesse.

– Les hommes ne seront pas contents, monsieur, dit di Souza, presque boudeur. Vous savez comme ils aiment avoir un prêtre sous la main quand ils vont se battre.

– Les hommes suivront les ordres, comme toujours. Il est trop tard, désormais, pour changer quoi que ce soit. Nous partirons, messieurs, dans huit jours. Vous voudrez bien informer vos sergents de la date choisie deux jours avant le départ – pas avant. Avez-vous d'autres questions ?

Les deux officiers se turent. Tous deux avaient l'air pensif, mais on ne pouvait s'attendre à moins. Murad leur avait donné matière à réfléchir.

– Bien, messieurs, vous pouvez vaquer à vos occupations.

Les deux se levèrent, le saluèrent et partirent. S'ensuivit une pause charmante sur le pas de la porte quand ils se querellèrent pour savoir qui précéderait qui. Au final, di Souza sortit le premier et Sequero lui emboîta le pas en souriant méchamment.

Murad se rassit à son bureau et rapprocha ses doigts en triangle sous son menton. Il n'avait pas aimé que di Souza insiste de la sorte pour le prêtre. C'était la dernière chose que souhaitait le roi – qu'un ecclésiastique accompagnât les navires à l'ouest pour faire des rapports au prélat de Hebrion. Toutefois, cela ferait bizarre aux hommes de ne pas avoir de prêtre à bord.

Il secoua la tête, en colère. Il avait l'impression d'être un cheval de guerre assailli par des taons. Tout irait mieux quand ils seraient en mer et qu'il aurait son propre petit royaume à diriger. Et les Saints protègent quiconque tenterait de le contredire.

Il ouvrit le tiroir verrouillé de son bureau et en sortit un livre ancien, taché et abîmé. Hawkwood, dans son insolence, lui avait envoyé une lettre lui demandant s'il pouvait le lire. C'était le portulan du capitaine du *Faucon cartigellien*, le navire qui était revenu vide et la coque fuyante, aux rivages de Hebrion voilà plus d'un siècle sans aucun être vivant à bord, à l'exception d'un loup-garou.

Il feuilleta le tome usé, louchant de temps à autre en lisant les gribouillages et pattes de mouche des éléments du livre. Il finit par allumer une bougie, ferma la porte et feuilleta le portulan, page par page, à la lueur jaune de la bougie, comme en pleine nuit. Les bruits du terrain de manœuvre s'évaporèrent. L'odeur marine et aigre du portulan lui donna l'impression d'être transporté dans une autre ère et il entendit les vagues gifler la coque en bois, le bois d'œuvre craquer et les toiles voleter.

En partance d'Abrusio, cap ouest-sud-ouest, vent par tribord avant. Avec l'alizé hebrionien, 240 tours de sablier ou cinq portées géographiques pour le cap Nord dans l'Hebrionien. À une demi-portée géographique du rivage, le sondeur trouvera du sable blanc à 40 m. Changer de cap plein ouest et garder la latitude du cap Nord pendant 42 jours bien assis sur l'eau. À partir de là, l'alizé tourne nord-nord-ouest. Avec le vent par tribord avant, il faut 36 jours de plus à cette latitude avant que le sondage ne trouve un rivage en pente douce à 100 m et peu profond. À 80 m, il y aura des coquillages et de l'argile blanche et la terre sera à une portée géographique et demie. Soyez en vigie et à 30 m, il y aura des collines vertes en vue ainsi qu'une grève blanche. Il y a une baie à une lieue au nord de la latitude du cap Nord. Derrière elle, se dresse une montagne à deux sommets, couverte d'arbres. Courez au large et mouillez l'ancre à 15 m. Ressac bas, marée haute lorsque la lune est nord-nord-ouest et sud-sud-est. À un sixième de lieue à l'intérieur il y a une source douce. On peut trouver de la verdure et des fruits le long du rivage. Rafraîchissement du vent à la fin de l'automne. Utiliser la meilleure proue et une ancre de détroit sinon elle risque de traîner sur la terre molle.

J'ai reçu ces instructions du portulan du capitaine de la Vitesse de Dieu, *qui a trouvé le repos il y a trois cent onze ans, que le Seigneur Dieu ait son âme. Je suis*

Tyrenius Cobrian, capitaine, Faucon cartigellien,
Veille de Saint-Mateo,
Année du Saint Béni 421.

Murad, irrité, se frotta les yeux. La majorité de ce qui était écrit dans ce portulan lui semblait tout bonnement incompréhensible, bien que cela fût sans doute extrêmement clair pour un marin. Mais il ne laisserait pas Hawkwood le voir. Non, il ne donnerait au bon capitaine que les informations qu'il aurait envie de lui donner.

Le journal de bord du *Faucon* était lié au portulan et il était plus lisible, en dépit des longs passages d'éléments ennuyeux.

16e jour d'Enmian, 421. Vent NNO, frais. Cap plein ouest. 206 lieues d'Abrusio à l'estime. Quatre nœuds avec les basses voiles et les huniers. Tué le dernier cochon, poids 123 livres. Corps de Jann Toft de Hebriero, marin, ce jour livré aux grands fonds. Que Dieu ait pitié de son âme! Hommes d'équipage employés sur le bateau. Recalfaté le cotre.

C'était le compte-rendu d'un voyage à l'ouest peu mouvementé. La santé de l'équipage semblait bonne, hormis quelques accidents mineurs et il n'y eut qu'une seule tempête majeure.

14e jour de Forlion, 421. Vent NNO, tournant NO. Courant vent arrière sous des mâts nus. Trois pieds d'eau dans la cale. Haubans de fortune et huit hommes à la barre. À l'estime, avons filé huit nœuds minimum et avons poussé environ quinze lieues au SE.

15e jour de Forlion, 421. Vent NO, stagnant. Cap plein ouest sous huniers sans bonnette. Vitesse trois nœuds. Équipage occupé à pomper navire, nouer et épisser gréement. Petit cotre emporté. Marin Gabriel Timian porté disparu quand tout l'équipage a été appelé au quart de la matinée. Navire fouillé des hunes au fond de cale mais aucune trace. Présumé perdu par-dessus bord, que Dieu ait pitié de lui.

À partir de là, le journal de bord commençait à devenir plus intéressant.

22e jour de Forlion, 421. Vent NNO, brise modérée. Cap NNO, vent par tribord avant. Quatre nœuds, sous hunier et artimon. À l'estime, sommes à trois lieues au sud de la latitude du cap Nord. 37 jours d'Abrusio.

Le second m'a informé que trois caisses de viande salée

avaient été fracturées dans la cale et leur contenu, à moitié disparu. Équipage irrité de ne pas encore accoster. Ai fait discours lors du premier petit quart pour encourager les hommes. Isreel Hobin, second maître, a affirmé que notre voyage était maudit. L'ai mis aux fers dans la sentine.

23e jour de Forlion, 421. Vent NNO. Cap plein ouest. Quatre nœuds sous hunier et basses voiles sans bonnette. Par estime de l'arbalète, avons retrouvé la latitude du cap Nord.

Isreel Hobin retrouvé mort dans ses fers aujourd'hui. Équipage terrorisé. Second, John Maze de Gabrir, m'a informé en privé que la gorge de Hobin avait été arrachée. Doublé les hommes aux quarts de nuit à leur propre demande. L'équipage croit que quelque chose hante le navire.

24e jour de Forlion. Vent NNO. Cap plein ouest. Six nœuds sous hunier et basses voiles. 215 lieues plein ouest d'Abrusio à l'estime.

Ce jour a livré le corps du second maître Isreel Hobin aux grands fonds. Que le Seigneur ait pitié de son âme.

Tout équipage embauché pour effectuer recherches sur navire. Mais rien n'a été trouvé. Passagers inquiets et équipage mal à l'aise. Que le Saint Béni veille sur nous tous et me donne la force de traverser cet océan maudit.

Le Saint Béni avait en effet dû veiller sur Tyrenius car le *Faucon* avait accosté cinq semaines et demie plus tard, jetant l'ancre dans une baie à l'abri sur le Continent occidental. Entre-temps, trois autres hommes avaient disparu sans laisser de trace, présumés perdus par-dessus bord, et l'équipage refusait de s'aventurer dans les parties les plus profondes et plus obscures du navire sous la cale.

Murad se resservit du vin. Aucun bruit ne provenait du terrain de manœuvre au-dehors ; ça devait être presque l'heure du souper pour les hommes. Il poursuivit sa lecture du journal de bord, vieux de plus d'un siècle, sa cicatrice froncée s'agitant à mesure qu'il relisait les éléments un à un.

Quelque chose avait été à bord du navire avec eux, c'était clair. Mais était-ce le lycanthrope, seul occupant du *Faucon* lors de son arrivée sur les rivages de Hebrion ? Ou y avait-il autre chose ? Quoi qu'il en soit, les hommes s'étaient réjouis de quitter le navire dès qu'ils avaient accosté.

Tyrenius ne parvint même pas à les persuader de faire le quart au mouillage. Ils avaient tous dormi à terre.

Le capitaine était resté sur son navire, avait dormi seul à bord, tandis que son équipage construisait des abris à terre. Un homme courageux, ce Tyrenius, pour avoir combattu sa propre peur et être resté fidèle à son devoir. Murad lui porta un toast silencieux.

8e jour d'Endorion, 421. Vent NNO, virant au nord, légère brise. Houle d'un pied. À l'ancre.

Ce jour j'ai baptisé la baie dans laquelle nous sommes baie d'Essequibo, comme notre bon roi d'Astarac dont je suis le modeste sujet. L'équipage à terre rassemble des provisions et se prépare avec certains des passagers à monter une expédition à l'intérieur. Je demeure seul à bord car aucun homme ne restera avec moi.

Là, l'élément du journal se négligea et perdit de sa précision et l'écriture droite et irrégulière de Tyrenius devint encore plus irrégulière. Les mots commençaient à dépasser de la ligne en haut et en bas et, çà et là, de minuscules pâtés d'encre étaient révélateurs de la force qu'il exerçait sur la plume. Il buvait, devina Murad, tentant de ravaler sa propre peur.

C'est le dernier sablier du quart du milieu et il n'y a plus que moi sur le navire pour retourner le sablier et garder le rythme que nous avons fidèlement respecté depuis que nous avons quitté Abrusio. J'entends le bateau avancer sur la houle et je pense aux visages des hommes auxquels ce voyage a ôté la vie. Lors du dernier premier quart, l'un des hommes a juré avoir vu une paire d'yeux le regarder depuis l'écoutille ouverte. Des yeux brillants, étincelant dans la nuit. Après ça, personne n'est resté à bord à part moi. Mais que les Doux Saints Bénis me pardonnent, je ne reste pas sur ce bateau uniquement par devoir. La peur me fait aussi rester à mon poste.

Un demi-sablier plus tôt, j'étais sur le pont, contemplant les feux des hommes à terre brûler lorsque quelque chose est sorti de l'écoutille principale, quelque chose de monstrueux. Il marchait sur le pont à pas feutrés tandis que je restais sur le gaillard d'arrière au-dessus. Puis il a glissé, est tombé par-dessus la rambarde et a disparu dans la mer sans même un éclaboussement pour laisser une trace de son passage. Je l'ai vu une fois, sa tête noire affrontant la houle en nageant vers le rivage, puis il a disparu. Maintenant je sais que, quelle que soit cette chose impie qui a embarqué avec nous, elle a disparu. Elle est à terre, avec les hommes sur la plage – alors qu'ils dorment sous les arbres, se croyant en sécurité. Que Dieu me pardonne, je suis incapable de quitter le bateau. Je dois attendre et guetter le retour de mes hommes et les histoires d'horreur qu'ils risquent de rapporter avec eux. Plût à Dieu que nous ayons eu un prêtre avec nous sur cette terre délaissée par Dieu, au moins pour nous donner la dernière bénédiction que nos âmes fragiles réclament à grands cris avant que ne tombe l'ultime rideau de la mort.

Il manquait des pages au journal de bord qui avaient été arrachées. Murad en avait déchiré certaines, de crainte que le roi ne les voie quand il parcourrait le volume à titre d'information. Mais d'autres avaient été enlevées il y a bien longtemps. Murad se retrouva en train de contempler une page qui, manifestement, avait été éclaboussée par une encre noire épaisse. C'était du sang, du sang ancien, et il avait inondé plusieurs pages, les collant irrévocablement les unes aux autres.

Il se carra dans son siège, s'efforçant de vider sa tête de l'odeur de moisi du parchemin et respira la chaleur sèche de Hebrion à la fin de l'été.

Les passagers de Tyrenius – qui étaient-ils ? Étaient-ils restés là-bas à l'ouest ou avaient-ils repris le navire avec lui pour rejoindre les Royaumes de Dieu ? Quoi qu'ils eussent fait, pas un n'avait survécu pour raconter son histoire ; tout ce qui restait se trouvait dans les fragments du document sous les yeux de Murad.

Ce devait être un lycanthrope, le même que celui qui avait surgi du navire quand il était rentré à Hebrion ; mais son comportement ne cadrait avec rien de ce que Murad connaissait de ces bêtes. Et pourquoi avait-il ne serait-ce qu'embarqué sur le *Faucon* ? S'était-il fait embaucher comme membre d'équipage sous sa forme humaine ou avait-il embarqué clandestinement en tant que bête ? La première hypothèse était bien plus probable.

Plan de route vers l'ouest conformément au portulan de la Vitesse de Dieu *en partance d'Abrusio dans l'année du Saint 109, capitaine Pinarro Albayero. Reçu de Tobias de Garmidalan, duc d'Astarac de l'Est, ce 14e jour de Mideralion, 421, à condition que le portulan soit détruit après avoir copié les parties pertinentes. Certifié par Ahern Abbas, mage à la cour du roi Essequibo d'Astarac.*

Cette référence à un voyage précédent n'était pas unique ; d'autres émaillaient le portulan. Visiblement, des hommes haut placés tant de Hebrion que d'Astarac avaient navigué à l'ouest trois siècles avant le voyage fatal du *Faucon*. Tyrenius avait pu tirer la leçon de leur expérience lors de son propre voyage, ce qui signifiait qu'ils avaient dû renvoyer un navire à un moment donné. Dans ce cas, que leur était-il arrivé, à l'ouest ? Aucune référence ne mentionnait qu'ils avaient été retrouvés, eux ou leurs descendants, dans le journal de bord du *Faucon*. S'ils n'étaient pas revenus dans le navire de retour, alors c'est qu'ils avaient dû mourir là-bas sans rien laisser pour la postérité, hormis leurs os.

Difficile, toutefois, d'en être sûr. Tant de pages avaient été arrachées du journal de bord de Tyrenius. Il y avait des références énigmatiques à l'expédition précédente, des histoires de sorcellerie et de folie, une fièvre qui avait terrassé des hommes et anéanti leur raison. Des références voilées à des expériences théurgiques menées par des membres de la première expédition étaient encore plus obscures – des expériences qui avaient extrêmement mal tourné.

Ce qui signifiait, songea Murad, qu'il y avait eu deux autres expéditions précédentes à l'ouest, la première parrainée par ce qui semblait être un groupe de mages de haute naissance ; la seconde par le gouvernement – ou du moins, certains nobles – d'Astarac. Toutes deux s'étaient terminées dans le désastre – mais la première avait-elle d'une manière ou d'une autre contribué à la seconde ?

Murad regarda d'un air morose le fond de son vin éclairé à la bougie. Voilà qu'il allait lui aussi naviguer à l'ouest, lui aussi avec une bande de sorciers à bord. Mais les précédentes expéditions ne comptaient pas de soldats de Hebrion dans leur équipage. « Ni Murad de Galiapeno », ajouta-t-il en lui-même.

Il regarda de nouveau la partie du journal de bord de Tyrenius qui exposait en détail le mouillage qu'il appelait la baie d'Essequibo. D'après sa description, le Continent occidental semblait riche, pourvu d'une végétation luxuriante, et inhabité.

Il feuilleta les pages. D'autres hommes de l'équipage étaient morts dans la baie d'Essequibo, et l'expédition à l'intérieur avait été abandonnée. Ils s'étaient réapprovisionnés et étaient repartis sans rien laisser derrière eux.

Rien du tout car la bête était retournée à bord du navire avant qu'ils ne lèvent l'ancre. Deux semaines en mer et les premières disparitions avaient recommencé. Le voyage de retour avait été un cauchemar. Un équipage de moins en moins nombreux, des vents contraires et la terreur dans la cale.

Les dernières pages du journal de bord manquaient. Rien sur la façon dont Tyrenius était mort ni comment il avait réussi à piloter son navire jusqu'aux côtes mêmes qu'il avait laissées six mois auparavant. L'écriture était difficile à déchiffrer. Elle tremblait et était effacée, comme écrite à la hâte ou dans une appréhension épouvantable. Murad fut étonné de ressentir de la pitié pour Tyrenius, mort depuis longtemps, et pour son équipage hanté. Ils avaient trouvé l'enfer entre les parois de bois d'un navire, l'avaient emporté avec eux à travers la moitié du monde, puis l'avaient remporté.

Un coup frappé à la porte le fit sursauter et renverser son verre. Il jura et lança d'un ton brusque :

– Qui est-ce ?

– Renaldo, mon seigneur, avec votre souper.

– Entrez.

Son domestique ouvrit la porte sans difficulté puis entra avec un plateau en bois. Il fit de la place sur la grande table et entreprit de mettre le couvert. Murad retira le journal de bord et le portulan et s'assit devant une assiette de tranches de sanglier rôti et de champignons sauvages, de pain sorti du four et d'olives, et un gros morceau de fromage de chèvre étincelant.

– Est-ce que ce sera tout, monsieur ? demanda Renaldo.

Murad plissait encore les yeux à cause du flot de lumière qui passait par la porte ouverte. Il était surpris de voir de la lumière : il avait cru qu'il était plus tard dans la journée. Mais il aimait manger tôt, cela lui donnait la possibilité d'aller ensuite dans la cité s'il avait envie de s'amuser.

– Oui, vous pouvez disposer.

Le domestique tourna les talons et Murad marqua une pause alors qu'il s'attaquait au pain odorant. Ils partaient dans huit jours. Il avait le temps d'annuler le voyage.

Il secoua la tête, incrédule, se demandant ce qui avait bien pu susciter cette pensée en lui. C'était la chance qu'il avait attendue toute sa vie. La chance de se tailler une principauté rien que pour lui. Il ne pouvait pas la laisser passer.

Tout en mangeant, sans toutefois savourer son repas, il vit dans son imagination l'image d'un navire abandonné qui traversait un océan sans fin, la main d'un homme mort posée sur la barre. Et les yeux d'une bête, brûlant aussi intensément que des bougies au fond de la cale.

11

Cela avait été une période de grande effervescence, mais le pire était désormais passé. Des hommes du port en sueur avaient remorqué les deux navires de Hawkwood de leurs postes d'amarrage, ils s'étaient mis à l'ancre dans les Routes intérieures, les vergues croisées et l'aiguade, terminée. Ils étaient prêts à prendre la mer et clapotaient doucement sur la houle que l'alizé avait fait se lever dans la baie. Même si près de la terre, il faisait plus frais. Aucune poussière ne planait dans les gorges, uniquement l'odeur caractéristique de l'océan et du navire qui, pour Richard Hawkwood, avaient toujours eu l'arôme de son chez-lui.

Le pont du *Balbuzard gabrionien*, le vaisseau amiral de Hawkwood, n'était que chaos. Billerand était en bas, dans l'embelle du navire, hurlant et bousculant deux maîtres d'équipage. Les chèvres bêlaient comme des folles dans leur parc à bestiaux, à l'arrière de l'écoutille principale, et le bastingage sous le vent était bordé d'une haie d'une soixantaine de passagers et de soldats qui scrutaient la colline d'Abrusio surplombant la baie moirée.

Le navire était dangereusement surchargé et, quand ils navigueraient aussi près du vent qu'ils le devraient pour sortir de la baie, Hawkwood devrait s'assurer que les passagers avaient embarqué côté du vent afin de le stabiliser contre la brise. Un vent de travers – ce n'était pas le point fort de navigation du *Balbuzard*, loin de là. Richard ne comptait plus le nombre de fois où il avait louvoyé pour sortir de ce port, ayant l'alizé en plein dans son œil droit. C'était un supplice que devait endurer tout matelot en partance de Hebrion, sauf au plus chaud de l'été, lorsque l'alizé pouvait complètement faiblir ou changer de direction, d'où la nécessité de louvoyer en sortant de la baie car il n'y avait pas assez de mer libre pour empanner. Les vieux loups de mer avaient un proverbe: Abrusio adorait accueillir des bateaux, mais détestait les voir partir.

– Lâchez-moi! hurla une voix stridente.

Une fille en bas dans l'embelle, les cheveux or foncé, coupés au carré. L'un des hommes de l'équipage la soulevait à bras-le-corps du flanc du navire pour la plaquer contre la lisse d'accastillage. Puis, sans raison apparente, le marin se retrouva à terre, de l'autre côté du navire, allongé, l'air éberlué, la fille debout, les mains sur ses hanches fines, ses yeux lançant des éclairs. Les autres hommes de l'équipage éclatèrent de rire, se délectant de la scène. Enfin, un vieil homme, qui ressemblait à un soldat ou à un boxeur professionnel, la calma et l'entraîna au loin. Le matelot éberlué dut endurer les moqueries de ses camarades, mais se remit prestement au travail.

Hawkwood fronça les sourcils. Des femmes à bord. Et en grand nombre. Et des soldats. C'était un mélange potentiellement explosif. Il devrait dès que possible avoir une réunion formelle avec Murad et ses officiers, afin d'établir quelques règles de base.

Sur le pont, Billerand, brute qu'il était, restaurait un semblant d'ordre. Les passagers étaient poussés en bas, les dernières chèvres descendues par un groupe d'hommes à l'aide d'appareils de levage par l'écoutille principale, et les soldats patiemment conduits dans le gaillard d'avant, leur armure cliquetant et scintillant dans le vent vif.

La brise fraîchissait. Encore une heure avant la marée du soir. Mais il faudrait longtemps pour sortir des Routes intérieures avec l'alizé qui soufflait sur au moins une demi-lieue. Hawkwood espérait que Murad leur laisserait un peu de marge.

Le noble au visage balafré se trouvait à Abrusio, en train de régler ses dernières affaires; la grande chaloupe du *Balbuzard*, et ses huit bons rameurs, l'attendaient au port.

La semaine précédente avait été un cauchemar sur tous les plans. Hawkwood se fit la promesse de ne plus jamais se laisser enrôler par la menace ou les cajoleries dans une expédition commune. C'était la vieille histoire du soldat contre le marin, du noble contre le roturier. Parfois, il avait été à deux doigts de croire que Murad lui mettait des bâtons dans les roues et ignorait ses arrangements rien que pour le plaisir de le voir fulminer.

Billerand le rejoignit sur le gaillard d'arrière, en sueur et tout rouge. Sa moustache fantastique semblait se hérisser d'une rage étouffée.

« Satanés terriens! » fut tout ce qu'il put dire pendant plusieurs minutes. Hawkwood le gratifia d'un grand sourire. Il était ravi d'avoir gardé Billerand avec lui sur le *Balbuzard* au lieu de lui avoir fait commander la *Grâce*. Il regarda le plus petit navire. Le gréement de la caravelle était noir de monde. Des hommes venaient juste de finir de la regréer avec de longues vergues latines; elle les transportait sur ses trois mâts à présent. Elles lui rendraient de grands services dans le vent de travers dans lequel ils navigueraient. Haukal de Hardalen, le capitaine de la *Grâce*, avait été élevé sur les navires au gréement carré de l'Extrême-Nord ressemblant à un serpent, mais il avait vite saisi les nuances de la navigation avec des vergues latines. Hawkwood le voyait, homme grand à la barbe opulente qui portait habituellement une hache à main à la taille. Il se tenait sur le minuscule gaillard d'arrière de la *Grâce* et agitait les bras de part et d'autre. Billerand et lui étaient des amis proches : leurs exploits dans les bordels et autres tavernes appartenaient à la légende.

Les ponts de la *Grâce de Dieu* étaient surpeuplés de soldats et de passagers, entravant le travail des marins. Il fallait s'y attendre : c'était la toute dernière fois qu'ils voyaient la terre avant des jours entiers. Pour la majorité, supposa Hawkwood, c'était probablement la toute dernière fois qu'ils voyaient Hebrion et cette bonne vieille Abrusio aux couleurs éclatantes. Dorénavant, leurs destins se joueraient à l'ouest.

– Comment ça se passe pour le subrécargue ? demanda-t-il à un Billerand fulminant.

– Nous avons installé des hamacs à l'avant et à l'arrière de la batterie, mais que Dieu nous vienne en aide si nous devons engager le combat, capitaine. Nous devrons entasser toute cette foule misérable en bas avec la cargaison ou dans la sentine. (À cette idée, son visage s'illumina quelque peu.) Toutefois, les soldats nous seront utiles.

Billerand aimait bien les soldats, lui-même l'ayant été. Pour Hawkwood, ils n'étaient qu'une plaie supplémentaire. Trente-cinq avaient embarqué sur le *Balbuzard*, le reste sur la caravelle. Deux tiers de l'expédition voyageaient sur la caraque, y compris Murad et ses deux officiers subalternes. Hawkwood avait dû partager la grande cabine en installant une cloison supplémentaire pour que les nobles puissent voyager comme ils en avaient l'habitude. Les marins couchaient dans le gaillard d'avant, les soldats dans la partie avant de la batterie. Ils vivraient côte à côte pour les quelques mois à venir. Et ils avaient tant de provisions à bord pour mettre sur pied une nouvelle colonie, sans parler des provisions du voyage, que les deux navires naviguaient bas dans l'eau et répondaient mollement à la barre. Il n'en faudrait pas beaucoup pour que le *Balbuzard*, le voilier à la grande poupe, soit mis aux fers ou pour qu'il manque à virer. Cela ne réjouissait pas Hawkwood le moins du monde : cela revenait à monter un cheval en temps normal fougueux que l'on trouvait boiteux.

– Chaloupe à bâbord ! cria la vigie sur le petit perroquet.

– Notre noble retardataire, enfin, marmonna Billerand. Au moins, il ne nous fera pas louper notre marée.

– Que savez-vous de ce Murad ? lui demanda Hawkwood.

– Rien de plus que ce que vous savez déjà, capitaine. Qu'il a un penchant pour les femmes, qu'il est agile comme une vipère avec sa rapière. Un bon soldat, au dire de ses sergents, bien qu'il raffole de la flagellation.

– Quel noble n'en raffole pas ?

– J'avais l'intention de vous en parler, capitaine. Ce Murad n'amènera pas de valet à bord avec lui. À la place, il a choisi deux filles parmi les passagers qui lui feront office de domestiques de cabine.

– Et ?

– J'entends les soldats parler. Ils partageront la même cabine et les soldats ont l'intention de suivre son exemple. Nous avons quarante femmes rien que sur la caraque, pour la plupart mariées ou demoiselles.

– Je comprends, Billerand. Je lui en toucherai deux mots.

– Bien. Nous ne voulons pas que les marins se sentent à l'écart. Il y a suffisamment de frictions comme ça et violer la femme ou la fille d'un sorcier n'est pas une plaisanterie. Tiens, j'ai vu un homme une fois qui...

– J'ai dit que je lui en parlerai.

– Bien, monsieur. Je ferais mieux de m'occuper du guindeau. Nous lèverons l'ancre dès que la marée descendra ?

– Oui, Billerand.

Hawkwood tapa sur l'épaule de son second et, sentant que son capitaine désirait être seul, Billerand quitta le gaillard d'arrière.

« Du moins, aussi seul que l'on pouvait l'être sur un navire de trente mètres de long, avec cent quatre-vingts âmes à bord », songea Hawkwood. Il jeta un œil vers la terre et vit la chaloupe frôler la surface de l'eau, tel un serpent des mers, à un demi-mille. Murad était debout à la poupe, droit comme un mât de pavillon. Ses longs cheveux voletaient au vent. On aurait dit qu'il venait prendre possession des navires et de tout ce qu'ils contenaient.

Hawkwood s'approcha du côté du vent du pont, s'arrêtant pour crier par l'écoutille communiquant avec l'amintot en dessous.

– Palans de barre tous chargés ?

– Affirmatif, monsieur, répondit une voix sourde. Cap ouest-sud-ouest par le nord dès que nous levons l'ancre.

Les hommes connaissaient leur boulot. Hawkwood, pressé de s'en aller, montrait des signes d'impatience, mais la marée devait descendre pour qu'ils puissent sortir de la baie. Ils avaient encore un moment à attendre.

Il avait fait ses adieux, pour ce qu'ils valaient. Galliardo et lui avaient bu une bouteille de bon gaderien et mâchouillé une demi-douzaine de boulettes de *kobhang* pour pouvoir discuter toute la nuit. Le capitaine du port s'occuperait de ses affaires quand il serait parti et passerait voir Estrella de temps en temps.

Estrella. Lui dire adieu revenait à poser ses mains sur du brai frais. Elle savait que ce n'était pas un voyage habituel – pas un petit cabotage ni une croisière ordinaire pour la prise d'un navire. Il sentait encore ses bras fins autour de sa taille quand elle s'était agenouillée devant lui, en sanglots, les larmes faisant couler son khôl sur ses joues.

Puis Jemilla. Qu'avait-elle dit, déjà ?

– Je te retrouverai au printemps, Richard. J'essaierai de te repérer sur le port. Je reconnaîtrais ton absurde caraque n'importe où.

Elle était nue, étendue sur le grand lit, la tête sur une main, l'observant avec ses yeux de félin. Ses cuisses étaient glissantes dans le contrecoup de leur étreinte et son dos le brûlait là où elle l'avait griffé.

– Seras-tu toujours la favorite du roi quand je reviendrai ? lui avait-il demandé d'un ton plutôt léger.

Son sourire l'avait fait sortir de ses gonds.

– Qui sait ? Les favorites vont et viennent. Je vis dans le présent, Richard. L'an prochain, nous pourrions tous être sous les Medruks.

– Et dans ce cas, tu seras sûrement la concubine en chef du harem du sultan. Toujours en train de tisser ta toile.

– Oh, Richard, dit-elle, feignant d'être blessée. Tu es injuste envers moi.

Mais ensuite son expression avait changé quand elle avait lu la colère sur le visage de Hawkwood. Les yeux noirs de Jemilla avaient étincelé d'une façon qui ne manquait jamais de hérisser ses cheveux sur sa nuque. Elle écarta les jambes de sorte qu'il pût voir la chair rose entre les poils noirs de son entrejambe, puis elle se toucha avec ses doigts brillants : il eut l'impression de regarder une plante carnivore des sultans du Sud.

– Tu as tes navires, tes couleuvrines, ton équipage. Je n'ai que cela, la seule arme que possèdent les femmes depuis la nuit des temps. Tu me parlerais à n'en plus finir d'amour, de fidélité – je le lis dans tes yeux. Toi qui as une femme qui passe ses nuits à pleurer chez toi. La mer est ta véritable maîtresse, Richard Hawkwood. Je ne suis que ta putain, alors laisse-moi poursuivre les mêmes buts que toi dans ma vie, à ma façon. Si cela signifie coucher avec tous les nobles du royaume, je le ferai. Mes charmes ne vont pas tarder à m'être enlevés. Ma peau se ridera et mes cheveux grisonneront, mais ta mer maudite sera toujours là, égale à elle-même. Laisse-moi jouer les jeux que je veux, tant que je le peux.

Il avait eu l'impression d'être un enfant cherchant la compréhension d'un adulte. Il avait été sur le point de lui dire qu'il l'aimait. À sa manière, il croyait qu'elle lui rendait son amour – si tant est qu'elle ait été capable d'aimer un homme. Et il réalisa que, à sa manière, elle ne supportait pas plus qu'Estrella qu'il s'en aille et qu'elle lui en voulait tout autant.

Ils s'étaient de nouveau aimés, après ça. Mais cette fois, sans passion fiévreuse ; ils s'étaient accouplés comme deux personnes qui avaient vieilli ensemble, en savourant chaque instant. Et Hawkwood avait quelque part pressenti que c'était la dernière fois. Comme un navire, elle avait glissé sur plusieurs nœuds et dérivait, laissant le vent l'emporter au loin dans son voyage. Elle l'avait largué.

– Chaloupe bord à bord ! hurla quelqu'un et l'agitation gagna le pont, un fracas étincelant à mesure qu'une rangée de soldats épaulaient leurs armes, puis Murad de Galiapeno se hissa sur le flanc incliné de la caraque.

Murad salua brièvement ses officiers et descendit sans plus de cérémonie. Il portait une petite caisse sous un bras. Hawkwood aperçut son visage tel un éclair pâle et moqueur, avant que le noble mince n'empruntât l'échelle de capot et disparût.

– Monsieur, devons-nous arrimer la chaloupe aux bômes ?

– Non, nous la remorquerons ; l'embelle est déjà assez chargée comme ça.

Hawkwood parla tout seul puis quitta le gaillard d'arrière. Il descendit, suivant les pas de Murad, et frappa à la nouvelle porte que le charpentier du navire avait construite dans la cloison, à côté de la sienne.

– Entrez.

Il entra. Au fond de lui, il comptait les minutes avant qu'ils ne lèvent l'ancre, mais mieux valait le faire maintenant, en finir avec cela. Billerand s'en sortirait s'il était retenu.

Murad lui tournait le dos lorsqu'il entra. Il examinait quelque chose sur la longue table qui prenait presque toute la place dans la cabine puis l'enferma dans la caisse qu'il avait apportée à bord et se retourna, tout sourire.

– Alors, capitaine, que me vaut le plaisir ?

– J'aimerais discuter avec vous, si vous me le permettez.

– Je suis à votre entière disposition. Parlez librement.

Murad se cala contre la table et croisa les bras. Hawkwood était mal à l'aise, comme si on l'avait convoqué dans la cabine. Il remarqua avec une certaine satisfaction, toutefois, que le noble n'était pas non plus très à l'aise à cause du roulis et du tangage du bateau. Il se balançait comme un roseau sous une brise légère, contrairement à Richard, sous les pieds duquel le pont était stable et solide.

« Attends que ce salaud goûte au mal de mer », songea Richard avec malveillance.

– C'est au sujet de vos hommes. J'ai appris qu'ils pourraient jeter leur dévolu sur toutes les femmes à bord.

Murad fronça les sourcils.

– Et alors ?

– Ils ne peuvent pas.

Murad se raidit, ses bras tombant le long de ses côtes.

– *Ne peuvent pas ?*

– Non. Aucune femme ne sera molestée sur mes navires, ni par mes hommes ni par les vôtres. Ce ne sont pas des catins des venelles d'Abrusio que nous avons embarquées. Ce sont des femmes décentes, avec des familles.

– Ce sont des Dweomers...

– Ce sont des passagers et donc sous ma responsabilité. Je n'ai aucunement le souhait de défier l'autorité que vous avez sur vos propres hommes, surtout en public ; mais si j'entends parler d'un viol, je donnerai l'estrapade à l'homme incriminé, matelot ou soldat. Je préférerais que ce fût vous qui donniez les ordres, en revanche. Cela faciliterait les relations entre vos hommes et les miens.

Murad fixait Hawkwood en silence, comme s'il le voyait pour la première fois. Puis, tout doucement, il dit :

– Et moi ? Si je décide de prendre une femme, capitaine, me donnerez-vous l'estrapade ?

– Les règles sont différentes pour la noblesse – vous le savez. Je ne peux vous toucher. Mais je vous demande de réfléchir à l'exemple que vous donneriez aux hommes. Il faut également prendre en compte le fait que les passagers sont, comme vous l'avez dit, des Dweomers. Ils ne sont pas sans défense. Je n'ai aucune envie que mon navire saute sur l'eau.

Murad hocha sèchement la tête, comme s'il acceptait enfin le bien-fondé de l'argumentation.

– Nous devons nous entendre le mieux possible, dit-il aimablement. Peut-être que votre équipage peut persuader mes hommes de suivre son exemple et de s'enculer comme sont censés le faire les marins, à ce qu'on m'a dit.

Hawkwood sentit le sang gagner son visage et sa vue s'obscurcir de fureur. Il ravala toutefois les mots qui se formaient dans sa bouche et, lorsqu'il reprit la parole, son ton était aussi courtois que celui de Murad.

– Il y a autre chose.

– Bien sûr. De quoi s'agit-il ?

– Le portulan. J'en ai besoin si je dois déterminer une route convenable. Jusqu'ici vous m'avez dit de naviguer vers le cap Nord dans l'Hebrionien mais après, je suis dans le flou complet. Un capitaine ne peut se permettre d'être dans le flou. J'ai besoin du portulan.

– Vous, marins, n'utilisez-vous donc jamais les titres quand vous vous adressez à quelqu'un, Hawkwood ?

– Je suis le capitaine Hawkwood pour vous, seigneur Murad. Et le portulan ?

– Je ne peux pas vous le donner. (Murad leva la main comme Hawkwood était sur le point de reprendre la parole.) Mais je peux vous donner une série d'instructions de navigation provenant, mot pour mot, du portulan. (Il attrapa une liasse de papiers sur la table derrière lui.) Est-ce que cela suffira ?

Hawkwood hésita. Le portulan d'un véritable marin, d'un navigateur de haute mer, était une chose rare et merveilleuse. Les capitaines prenaient soin des portulans comme de leur vie et savoir que ce terrien ignare était en possession d'un tel document – qui contenait les détails d'un tel voyage – avait de quoi le rendre fou. Peut-être avait-il aussi un journal de bord. Il devait receler une telle mine d'informations, des informations pour lesquelles se damnerait tout capitaine de Hebrion, et ce salaud ignare les gardait pour lui alors qu'il n'en ferait rien. Que craignait-il que Hawkwood pût voir ? Qu'y avait-il là-bas à l'ouest qui devait rester aussi secret ?

Il s'empressa de prendre les papiers de la main de Murad, mais se força à ne pas les regarder. Il y aurait un moment plus propice à cela. Mais il mettrait la main sur ce portulan. Il devait le faire, en qualité de responsable de ses navires.

– Merci, dit-il avec raideur, fourrant les papiers dans son petit étui, comme s'ils n'avaient aucune importance.

Murad hocha la tête.

– Voilà ! Vous voyez, capitaine, nous pouvons travailler ensemble si nous en avons envie. Maintenant voulez-vous vous asseoir avec moi et boire un peu de vin ?

Ils n'allaient pas tarder à lever l'ancre, mais Hawkwood prit une chaise – il sentait que le noble balafré s'était montré plus futé que lui. Murad fit sonner une petite cloche qui se trouvait sur la table.

La porte de la cabine s'ouvrit et une jeune femme fit :

– Oui ?

Hawkwood se retourna, face à une jeune femme à la peau olive, aux yeux verts et à la crinière de cheveux brillants fauve coupés ras, juste au-dessous de l'oreille. Elle portait des hauts-de-chausses de garçon, et aurait presque pu passer pour tel si ses traits n'avaient pas eu cette délicatesse subtile et, sa silhouette mince, ces courbes indéniables. Il vit sa main sur la poignée de la porte : des doigts marron avec des ongles rongés jusqu'au sang. Une paysanne, donc. Puis il se souvint – c'était avec elle que le marin avait eu une prise de bec sur le pont.

– Du vin, Griella, s'il vous plaît, fit Murad d'une voix traînante, sans quitter la fille des yeux.

Elle hocha la tête puis s'en alla sans rien dire, les yeux brillants.

– Merveilleuse, n'est-ce pas, capitaine ? Une telle fougue ! Elle me déteste déjà, mais je ne pouvais m'attendre à moins. Elle s'habituera à moi et sa camarade aussi. Cela risque d'être une prise de bec agréable !

La fille revint avec un plateau, un décanteur et deux verres. Elle les posa sur la table et repartit. Elle croisa le regard de Hawkwood, et ses yeux l'immobilisèrent sur place. Il ne dit rien quand Murad lui servit du vin. Il y avait quelque chose dans ses yeux qui n'allait pas ; ils rappelaient à Hawkwood les yeux fous d'un chien enragé, des fenêtres sur une méchanceté insondable. Il pensa à dire quelque chose puis s'en garda. Peut-être Murad les aimait-il ainsi ; mais il devrait se méfier s'il couchait avec l'une d'elles.

– Buvez, capitaine.

Le visage du noble, sinistre en temps normal, se fendit d'un sourire : voir une jeune fille semblait avoir amélioré son humeur. Hawkwood savait qu'il l'avait appelée pour une raison précise, pour dire ce qu'il avait à dire. Il sirota son vin, le visage inexpressif.

Un bon vin, peut-être le meilleur qu'il ait jamais bu. Il l'apprécia un instant.

– Candelarien, lui dit Murad. Mis en cave par mon grand-père. On l'appelle le vin des navires car il paraît qu'il lui faut un voyage en mer pour vieillir correctement, qu'il roule un peu en fût. J'ai une demi-douzaine de tonneaux en bas, grâce aux Saints.

Hawkwood le savait. À cause de cela, ils avaient dû emporter six fûts d'eau de moins. Mais il ne dit rien. Il venait de comprendre qu'il ne pouvait pas faire grand-chose des lubies du noble tant que Hebrion était encore en vue. Une fois qu'ils seraient au large, en revanche, ce serait différent.

– Alors dites-moi, capitaine, poursuivit Murad, pourquoi ce retard ? Nous sommes tous à bord, tout est prêt, alors pourquoi sommes-nous à l'ancre ? Ne perdons-nous pas de temps ?

– Nous attendons que la marée descende, dit Hawkwood d'un ton patient. Une fois qu'elle inversera son flux et commencera à se retirer de la baie, alors nous lèverons l'ancre, et le courant nous aidera quand nous essayerons de dépasser le promontoire. Un vent de travers – qui frappe le navire sur le côté – n'est pas le mieux indiqué pour la vitesse. Avec le *Balbuzard*, je préférerais avoir un grand largue, qui vient de l'arrière par le milieu du navire.

Murad rit.

– Quel langage vous parlez, vous autres marins !

– Une fois que nous aurons quitté Abrusio, nous irons plus au sud et nous aurons ce vent arrière. Mais il nous poussera vers un rivage sous le vent, donc j'emmènerai les navires plus au large afin de gagner de la mer libre.

– Rester près de la côte serait sûrement plus rapide.

– Oui, mais si le vent se lève et avec la dérive du bateau, nous pourrions nous retrouver poussés sur le rivage même, encapés ou échoués. Un bon marin aime avoir de grands fonds et quelques lieues de mer libre sous le vent.

Murad agita la main ; il s'ennuyait.

– Peu importe. Vous êtes l'expert en la matière.

– Quand nous atteindrons la latitude du cap Nord, poursuivit inlassablement Hawkwood, si nous naviguons plein ouest, nous retrouverons ce vent de travers. Seul le portulan du capitaine du *Faucon cartigellien* peut me dire si nous pouvons compter sur l'alizé de Hebrion dans l'Océan occidental ; ou si nous rencontrerons différents vents à un certain moment. C'est important : de cela dépendra la longueur du voyage.

– C'est là, dans les feuilles que j'ai copiées pour vous, dit Murad d'un ton brusque.

Sa cicatrice ondulait sur son visage comme une sangsue pâle.

– Vous ne savez peut-être pas ce qu'il fallait recopier ou pas. Vous ne m'avez peut-être pas donné tout ce dont j'ai besoin pour diriger cette entreprise avec une sécurité maximale.

– Alors vous devrez m'en référer, capitaine. Il n'y aura plus aucune discussion à ce sujet.

Hawkwood était sur le point de répliquer lorsqu'il entendit un cri derrière la cabine.

– Ohé du *Balbuzard* ! Ohé de la caraque ! Nous avons un passager pour vous. Vous l'avez oublié, visiblement.

Hawkwood jeta un œil à Murad, mais le noble semblait aussi perplexe que lui. Ils se levèrent de concert puis quittèrent la cabine, longeant le couloir jusqu'à l'embelle du navire. Billerand et une foule d'autres passagers étaient penchés par-dessus bord.

– Qu'est-ce qui se passe? Qui est-ce? demanda Murad.

Mais Billerand l'ignorait.

– On dirait qu'on a oublié quelqu'un, capitaine. Ils ont un autre passager pour nous. Il était dans le chaland ponté.

Hawkwood baissa les yeux sur le flanc en pente du navire. L'équipage du chaland s'était accroché aux chaînes de la caraque et une silhouette grimpait le flanc du bateau, sa robe gonflant sous la brise marine. Il passa non sans mal par-dessus la balustrade et arriva sur le pont, sa tête tondue ruisselant sous l'effort.

– La paix de Dieu sur ce navire et tout ce qu'il transporte, dit-il, haletant.

C'était un ecclésiastique inceptine.

– Qu'est-ce que c'est que ces bêtises? hurla Murad. Sous quels ordres êtes-vous monté à bord? Vous, là-bas, dans le chaland, ramenez cet homme!

Mais le chaland s'était déjà détaché et son équipage s'éloignait de la caraque, tel des remous dérivant au loin.

– Damnation! Qui êtes-vous, monsieur? De quel droit embarquez-vous avec cet équipage?

Murad était livide, furieux, mais l'Inceptine était calme et serein. C'était un homme assez vieux, aux cheveux blancs, mais rougeaud et plutôt sec. Ses épaules étaient arrondies et il avait la corpulence d'un docker. Le symbole du Saint étincelait sur sa poitrine.

– Je vous en prie, mon fils, pas de blasphème à la veille d'une entreprise aussi grande que celle-ci.

L'espace d'un instant, Hawkwood crut que Murad allait sortir son épée et transpercer le prêtre. Puis il tourna les talons et quitta le pont, disparaissant dans l'échelle de capot.

– Êtes-vous le capitaine de ce bateau? demanda l'Inceptine à Hawkwood.

– Je suis Richard Hawkwood, oui.

– Ah, le Gabrionien. Alors, monsieur, puis-je vous demander de me trouver des quartiers? J'ai peu de choses avec moi. Tout ce que je souhaite, c'est un espace où poser ma tête.

Des hommes se rassemblaient dans l'embelle, des soldats et des marins. Les marins avaient l'air mal à l'aise, pour ne pas dire hostiles, mais les soldats semblaient enchantés.

– Faites-nous une bénédiction, père! hurla l'un d'eux. Demandez à Dieu et aux Saints de veiller sur nous!

Son cri fut repris par une vingtaine de ses camarades. Le visage de l'Inceptine s'épanouit en un large sourire et il leva une main ouverte.

– Très bien, mes fils. Agenouillez-vous et recevez la bénédiction de l'Église sainte sur votre entreprise.

Un mouvement de masse s'ensuivit quand les soldats s'agenouillèrent sur le pont. Une pause, puis la majorité des matelots les rejoignirent. Le navire craqua et roula sur la houle et il y eut presque un silence. L'Inceptine ouvrit la bouche pour parler.

Dans le silence, les quatre jolies notes distinctes de la cloche du bateau résonnèrent, marquant la fin du deuxième petit quart et le changement de marée.

– Tout le monde ! hurla immédiatement Hawkwood. Tout le monde pour lever l'ancre !

Les marins se levèrent d'un bond et l'embelle ne fut plus qu'une confusion massive de silhouettes. Billerand se mit à crier, et certains soldats à genoux tombèrent les quatre fers en l'air.

Les ordres fusèrent dans tous les sens tandis que les marins se hâtaient de s'atteler à la tâche. Des fûts, des cageots, des caisses et des boîtes de part et d'autre du pont entravaient, avec les soldats médusés, le bon fonctionnement du bateau. Mais on n'y pouvait rien : la cale était déjà remplie à son maximum. Hawkwood et Billerand hurlèrent aux hommes de gagner leurs postes tandis que l'ecclésiastique restait la main suspendue dans le vide, impuissant, le visage s'emplissant de sang.

En un clin d'œil, l'équipage fut en place. Certains se tenaient au guindeau, les chaînes épaisses qui attachaient le navire aux ancres furent enroulées dans les écubiers. D'autres s'attelaient aux vergues, se préparaient à sortir les basses voiles et les huniers dès que l'ancre serait levée. Le voilier et ses maîtres remontaient les bonnettes des ponts inférieurs afin qu'elles soient à portée de main lorsque viendrait le moment de les attacher aux basses voiles pour naviguer sous une plus grande étendue.

– Changez les voiles ! cria Hawkwood. Changez-les tout de suite, les gars ! On a affaire à un vent de travers. Je ne veux en étouffer aucune !

Il sentit le navire tanguer sous ses pieds, comme un cheval prenant son élan avant de sauter. La marée descendait.

– Levez l'ancre ! Commencez ici, au guindeau ! Restez à la barre !

Les cordes de l'ancre se retrouvèrent progressivement à bord, pleines de vase malodorante. On aurait dit des serpents au corps épais qui ondulaient dans les écoutilles avant que les hommes en dessous ne les enroulent dans les derniers plans.

– À pic ! cria le second du capitaine, en sueur.

– Détachez-la, lui dit Hawkwood. Sur les vergues là-bas – basses voiles et huniers. Bonnette sur la voile principale !

Les étendues de toile crème, craquelée et bruyante, furent détachées puis se gonflèrent et emplirent le ciel bleu. La caraque commença à bouger sous la brise. Hawkwood grimpa sur le gaillard d'arrière à toute allure. Le navire recevait le vent de bâbord qui gonflait les voiles.

– Brassez-la ! brassez-la, bandes d'idiots !

Les hommes tirèrent sur les cordes qui orientaient les vergues à la meilleure position au vent. La caraque se mit à bouger. Sa proue s'enfonça et fendit la houle montante, montant de nouveau avec la grâce d'un cygne. Les embruns voletèrent à l'avant et Hawkwood sentit la quille se secouer quand elle prit de la vitesse. Il regarda la *Grâce* et vit qu'elle prenait la tête, ses grandes voiles latines telles les ailes d'un oiseau magnifique et monstrueux. Haukal était sur son gaillard d'arrière, faisant des signes et souriant comme un maniaque derrière sa barbe. Hawkwood agita la main en retour.

– Détachez les cornettes !

Les hommes sur les mâts de hune tirèrent les haubans et détachèrent les longs pavillons pointus qui se libérèrent d'un bond sur les têtes de mâts, claquant et ondulant au vent. Ils étaient en soie brillante de Nalbenie, l'emblème bleu foncé de Hawkwood sur le grand mât, et l'écarlate de Hebrion sur l'artimon.

– Filez le loch sur les chaînes avant. Voyons voir ce qu'elle fait.

Les hommes coururent le long des ponts avec le loch et le cordage qui leur permettraient de connaître la vitesse de la caraque une fois qu'elle serait en plein vent. Hawkwood se pencha vers l'écoutille de la barre.

– À la barre, ouest-sud-ouest par nord.

– Affirmatif, monsieur. Ouest-sud-ouest par nord.

Le talon de bâbord de la caraque se fit plus prononcé. Hawkwood mit un bras sur la bastaque d'artimon tandis que le bateau se soulevait et redescendait, fendant les vagues comme un fer de lance, son bois grinçant et son gréement craquant sous la pression. Elle ferait beaucoup d'eau jusqu'à ce que le bois d'œuvre de sa coque supérieure ne se mouille et regonfle, mais elle avançait plus rapidement qu'il l'avait espéré, même avec son lourd chargement. Ça devait être la marée descendante qui la poussait en mer, avec le vent béni.

Les soldats avaient, pour la plupart, été chassés des ponts et l'Inceptine avait disparu en bas, sans même avoir prononcé sa bénédiction. Quelques passagers étaient en vue, même si les marins concentrés les écartaient. Hawkwood remarqua la serveuse de cabine de Murad, Griella. Elle se tenait sur le gaillard d'avant, cheveux au vent, et les embruns voletaient autour d'elle. Elle était belle, heureuse, vivante, les yeux pétillants. Il était content pour elle.

Il regarda la lisse de couronnement. Hebrion et Abrusio s'éloignaient rapidement. Il devina qu'ils devaient faire six nœuds. Il se demanda si Jemilla était sur son balcon et observait la caraque et la caravelle rapetisser à mesure qu'ils prenaient de la vitesse en mer.

Le *Balbuzard* se souleva et se rabaissa, affrontant les vagues dans un rythme facile. Les voiles étaient tendues ; Hawkwood sentait la tension sur le mât à travers la bastaque qui vibrait. S'il levait les yeux, il ne verrait que des étendues de toile se dresser de manière imposante, entrelacées au gréement courant et, au-delà, le bleu d'un firmament sans nuages. Un sourire farouche s'épanouit sur son visage quand le bateau prit vie sous ses pieds. Il le connaissait aussi bien que les courbes de sa femme ; il savait comment craquaient les mâts, comment les membrures s'étiraient quand le navire satisfaisait ses demandes, telle une bonne âme toujours prête à se dévouer à son bon vouloir. Aucun terrien ne pourrait jamais ressentir cela, et ceux qui passaient leur temps à faire de la politique sur terre ne connaîtraient jamais l'euphorie et la liberté que procurait un bon navire répondant au vent.

« C'est cela, la vie, songea-t-il. C'est cela, vivre. Peut-être est-ce même une prière. »

Les deux navires avançaient sans à-coups à mesure que l'après-midi s'étirait, laissant la terre dans leur sillon jusqu'à ce que la colline d'Abrusio ne fût plus qu'une tache sombre à la lisière du monde derrière eux. Ils franchirent la crête de la houle montante de la mer côtière et touchèrent la couleur plus pure, plus foncée du grand large. Ils laissèrent derrière eux les bateaux de pêche et les mouettes hurlantes, se frayèrent un chemin dans leur course solitaire vers l'horizon et avancèrent leur proue vers un varech croissant, un incendie de nuages à l'ouest, une voûte teintée de flammes qui abritait l'éclat du soleil couchant.

Deuxième partie

LA DÉFENSE DE L'OUEST

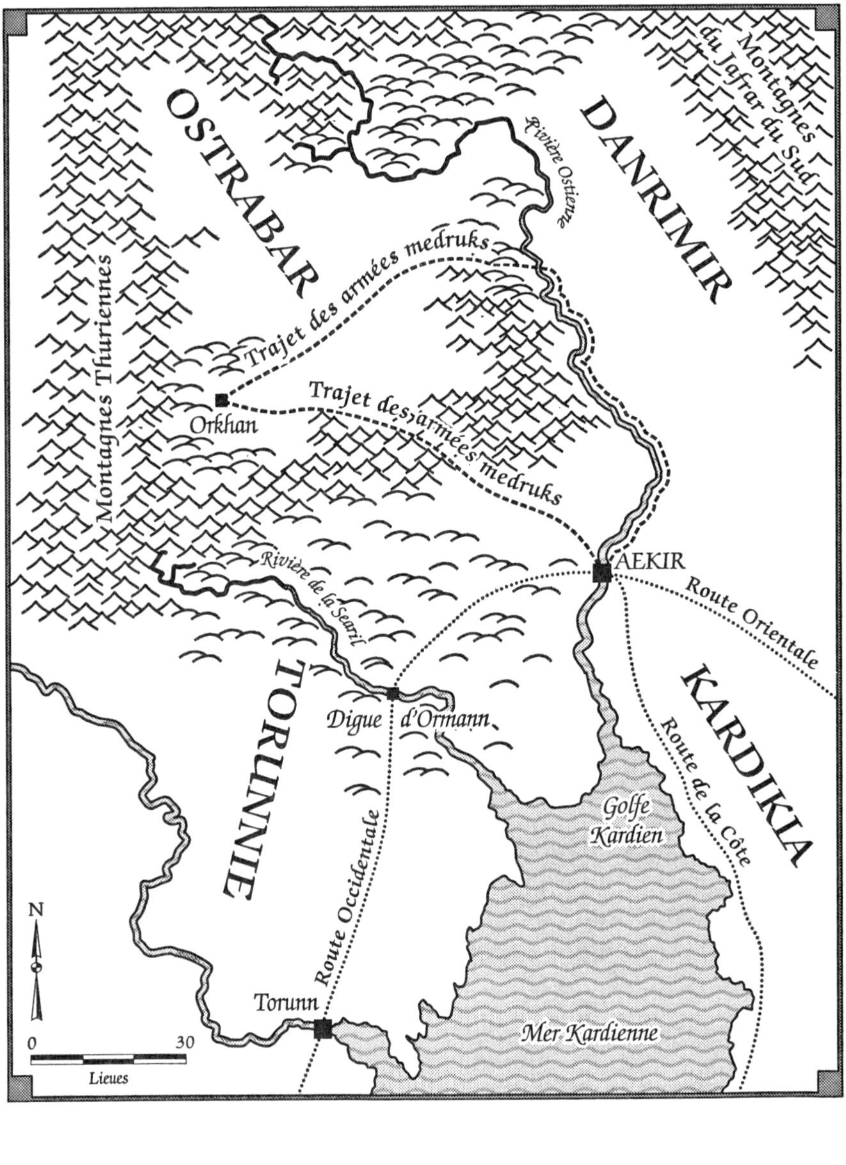

OSTRABAR
DANRIMIR
Montagnes du Jafrar du Sud
Rivière Ostienne
Trajet des armées medruks
Montagnes Thuriennes
Orkhan
Trajet des armées medruks
AEKIR
Route Orientale
Rivière de la Searil
TORUNNIE
KARDIKIA
Digue d'Ormann
Route de la Côte
Golfe Kardien
Route Occidentale
N
Torunn
Mer Kardienne
0
30
Lieues

12

Ils avaient passé trois semaines sur la route, ce convoi géant, cette cité roulante. Ils avaient lutté contre la vase, la neige et les loups maraudeurs pour faire passer de force les chariots par les cols étroits des montagnes Thuriennes, avant d'entamer la longue descente de l'autre côté, vers les plaines vertes d'Ostrabar.

Le sultanat d'Ostrabar, désormais premier des Sept Sultanats ; son dirigeant, Aurungzeb le Doré, l'un des hommes les plus riches au monde – ou du moins le serait-il lorsque cette caravane arriverait à lui.

Ç'avait été jadis un pays ramusien, une terre peuplée de champs labourés et de bois émondés, une église dans chaque village et un château sur chaque colline. Ostiber avait été son nom, et son roi avait été l'un des Sept Monarques de Normannie.

L'avènement des Medruks, soixante ans auparavant, avait changé l'ordre des choses. Ils avaient déferlé sur les cols insuffisamment défendus des terribles montagnes du Jafrar à l'est, traversé les sources de la rivière ostienne et envahi l'Ostiber en moins d'un an, exposant le flanc nord de la cité d'Aekir et ne s'arrêtant que lorsqu'ils furent confrontés aux sommets défendus des Thuriennes, où étaient en faction les sinistres Torunniens, comptant un jeune John Mogen dans leurs rangs. L'Ostiber devint l'Ostrabar et le chef de la steppe sauvage qui avait conquis ce pays le prit comme nom de famille. Le capitaine de sa garde était Shahr Baraz, qui accéderait au commandement de toutes ses armées. Et ses fils, qui, après avoir fini de s'empoisonner les uns les autres, deviendraient sultans après lui. C'était donc le royaume d'Ostiber perdu à l'ouest, sa lignée royale anéantie, son peuple réduit en esclavage, torturé, violé, pillé et, pis, obligé à changer de foi si bien que les Âmes éternelles perdirent pour toujours la Compagnie des Saints.

C'était cela que l'on enseignait aux enfants des Royaumes occidentaux. Pour eux, les Medruks n'étaient qu'une tribu de sauvages, uniquement tenue en échec grâce au courage des armées ramusiennes et la terreur générée par les chevaux, les épées et les arquebuses.

Pour le peuple qui vivait à Ostrabar, aujourd'hui, tout cela était différent. En effet, ils devaient absolument prier Ahrimuz, chaque jour, dans l'un des temples à dôme qui avaient été érigés dans tout le pays, et ils rendaient un hommage annuel aux Sirdars et aux Beys qui habitaient désormais les châteaux perchés en haut des collines ; mais il y avait toujours eu des nobles dans les châteaux, exigeant des hommages, et ils avaient toujours prié. La terreur suscitée par la première invasion s'était tassée depuis fort longtemps et de nombreux descendants de ceux qui s'étaient battus dans les armées ramusiennes six décennies auparavant brandissaient le tulwar et le cimeterre dans les rangs des régiments d'Aurungzeb.

Pour certains, la vie s'était en effet améliorée sous le joug des Medruks. Les sorciers, les thaumaturgistes, les alchimistes étaient acceptés sous le nouveau régime et non persécutés comme ils l'avaient été de temps en temps quand les Chevaliers militants parcouraient le pays. Beaucoup avaient, en fait, des patrons fortunés car la noblesse medruk chérissait par-dessus tout l'apprentissage, hormis, peut-être, la profession des armes et l'élevage de chevaux.

Ainsi, pour ceux qui faisaient partie du long cortège de chariots et qui s'étaient attendus à voir une terre impie et cauchemardesque en descendant les sommets des Thuriennes, ce fut un choc. Ils virent la même campagne, les mêmes maisons, et dans l'ensemble, les mêmes personnes que celles qu'ils avaient rencontrées tous les jours à Aekir avant sa chute. Les seules différences étaient les dômes des temples qui scintillaient de part et d'autre du paysage paisible et les formes fantastiques des éléphants qui travaillaient dans les bois et le long des routes bien entretenues. Tout cela plus la parure de soie lumineuse de la noblesse medruk qui s'était rassemblée pour voir passer le butin d'Aekir.

Sur près de dix kilomètres de front, il sortait progressivement des montagnes pour rejoindre le Sud.

Plus de neuf cents chariots tirés par des bœufs patients, leurs bâches goudronnées et déchiquetées voletant au vent. À côté d'eux, plusieurs milliers de captifs avançaient en traînant les pieds – ils avaient été ramenés en tant que trophée pour Aurungzeb. Pour la plupart, c'étaient des femmes, destinées aux harems et aux bordels, ou à la cuisine. Les autres étaient des soldats torunniens, au visage amer et féroce. La crucifixion les attendait ; ils devaient servir d'exemple et étaient trop dangereux pour rester en vie. Et il y avait les enfants; de jeunes garçons qui seraient transformés en eunuques pour les cours, ou pour les maisons de plaisir les plus spécialisées, des jeunes filles qui, en dépit de leur âge, serviraient les mêmes buts que les femmes. Chez les nobles d'Ostrabar, il y en avait pour tous les goûts et toutes les confessions.

Sur les flancs du convoi chevauchaient les corps de la cavalerie légère des Medruks. Pendant la traversée des montagnes, ils s'étaient emmitouflés dans des fourrures et des grandes capes, éclaboussés de boue et exténués, mais avant d'approcher de leur pays, ils s'étaient faits tout beaux, avaient astiqué leur monture et enfilé des surcots de soie colorée sur leurs cottes de mailles. Des banderoles claquaient et dansaient au vent, et les décorations scintillaient sur les torses des chevaux. Quel beau tableau ils formaient quand ils avançaient, régiment par régiment, l'image même d'une armée victorieuse escortant un adversaire vaincu !

Dans les chariots les mieux recouverts, les occupants frissonnaient en entendant le fracas des sabots et les voix crier gaiement dans la langue dure des Medruks. Le dur labeur de marcher péniblement sur le chemin défoncé du convoi n'était pas pour ces heureux élus; ils étaient mis à part et s'étaient vu épargner le supplice du voyage. Ils étaient agenouillés en guenilles et enchaînés, se regardant à peine, tandis que les chariots roulaient en cahotant, les rapprochant de leur destin d'heure en heure.

Ils étaient le meilleur du butin, les trésors de premier choix qu'Aekir avait à offrir. Deux cents des plus belles femmes de la cité, rassemblées comme du bétail et attendant l'œil approbateur du Grand Vizir puis l'aval d'Aurungzeb en personne. Les plus chanceuses seraient emmenées dans le harem et rejoindraient les nombreux rangs des concubines du sultan. Les officiels de la cour et les officiers supérieurs se partageraient les autres – récompenses pour des hommes de talent et de loyauté en cette période heureuse.

La femme qui s'appelait Heria s'emmitoufla mieux dans ses haillons, les chaînes sur ses poignets cliquetant dès qu'elle bougeait. Ses contusions disparaissaient. À mesure qu'ils se rapprochaient de leur destination, les soldats avaient laissé les femmes tranquilles dans les chariots: elles ne devraient pas avoir l'air trop maltraitées quand elles arriveraient dans la capitale. La nuit, elle et ses sœurs esclaves s'étaient blotties sous la bâche et avaient écouté les hurlements des femmes moins chanceuses à l'extérieur; et le rire des soldats.

« Corfe, songea-t-elle de nouveau. Vis-tu ? T'es-tu sauvé ou t'ont-ils tué comme les autres ? »

Un souvenir vivace surgit dans sa mémoire : l'image de la prise de la cité et de la violence qui s'était ensuivie. Des Medruks partout, pillant, tuant, courant. Et les flammes de l'incendie d'Aekir, montant aussi haut que les collines dans la nuit noire de fumée.

Elle s'était fait attraper alors qu'elle tentait de s'enfuir vers la porte ouest. Un diable tout sourire au visage aussi noir que du cuir l'avait capturée puis l'avait entraînée dans les ruines d'un bâtiment en feu. Puis il l'avait violée.

Tandis qu'il s'affairait sur elle, la lame de son épée était restée sur sa gorge, déjà en sang, et des étincelles qui voletaient dans l'air avaient atterri sur le dos du Medruk, étincelant comme des petits yeux lascifs sur son armure. Elle se souvint les avoir fixées puis les avoir vues s'assombrir une à une avant d'être remplacées par d'autres. N'avoir rien senti de plus.

Son plastron de cuirasse lui avait fait mal et les pierres et le verre brisé par terre lui avaient entaillé le dos. Puis l'officier était arrivé, son panache en crin de cheval se balançant sur son casque et les yeux gourmands comme ceux d'un enfant. Il l'avait prise, malgré les protestations du premier soldat, et l'avait traînée jusqu'au mur de la cité où elle avait de nouveau été violée. Finalement, elle avait rejoint les milliers d'autres femmes menées en troupeau sur les flancs de la colline de l'autre côté de la cité, en larmes, ensanglantées, terrorisées et extrêmement honteuses, comme elle. Cela avait été la première étape de son voyage.

Des jours durant, terrorisées, elles avaient frissonné sur les collines et observé la Cité de Dieu tomber en ruine. Elles avaient vu les Medruks se retirer face aux flammes, puis avaient assisté à la conflagration finale, holocauste qui semblait causé par la main de Dieu, tant son ampleur était vaste. Au matin, les cendres avaient recouvert le sol comme une neige grise, et le soleil avait été voilé, de sorte que la terre avait été plongée dans l'obscurité. On aurait dit la fin du monde.

Et, en un sens, c'était le cas.

Elles avaient mis le cap sur le nord le huitième jour après sa capture, menées en troupeau par les soldats medruks. Tout le pays avait semblé recouvert d'individus, de chevaux, de soldats et d'éléphants en mouvement et plusieurs centaines de chariots cahotaient en faisant des embardées dans la boue. Et pendant ce temps, la pluie tombait à verse, paralysait leurs âmes.

Mais le pire avait été de voir des centaines de soldats ramusiens, les tant vantés Torunniens de John Mogen, se diriger péniblement vers le nord, leurs bras dans des jougs de capture. En surprenant des conversations volées et des murmures, les femmes apprirent que Sibastion

Lejer était mort, et ses troupes annihilées. Lejer lui-même avait été crucifié sur la place de Myrnius Kuln. La garnison d'Aekir n'existait plus et les habitants de la cité s'enfuyaient à l'ouest vers la digue d'Ormann, l'ampleur de leur exode noircissant la surface même de la terre.

Le convoi avait rejoint le Nord non sans peine, les corps des faibles et des blessés recouvrant la terre dans son sillage. Ils avaient dépassé les vastes camps de l'armée medruk, des cités de drapeaux de toile et de soie déployées dans la campagne anéantie. Ils avaient vu les églises complètement démolies, les châteaux pillés et les villages du nord du pays brûlés. À mesure que les Thuriennes se rapprochaient à l'horizon, la glace avait commencé à s'accumuler sur les mufles des bœufs.

Un cauchemar intemporel, de boue, de neige et de visages féroces. Le vent était venu du nord comme un ange vengeur, arrachant les bâches des chariots et faisant hurler les chevaux. De brèves tempêtes de neige s'étaient ensuivies, de brefs coups de gel qui avaient donné à la boue la consistance du bois. Les Medruks avaient dîné de viande de cheval, leurs captifs se nourrissant occasionnellement les uns des autres.

Quelques Torunniens avaient tenté de s'échapper, et les Medruks leur avaient décoché des grêles de flèches, hésitant probablement, même maintenant, à s'attaquer à eux.

Ils avaient perdu des tas de chariots. Heria avait vu des tapisseries anciennes piétinées dans la boue, des bâtons d'encens éparpillés dans la neige, de petits enfants, les yeux écarquillés, morts, le visage recouvert de givre. Dans leur hâte, les Medruks avaient été violents, s'efforçant de faire passer les grands cols au convoi avant les premières grosses neiges d'automne. Et ils avaient réussi, bien que deux mille prisonniers fussent laissés pour morts dans les congères des montagnes.

Heria avait fait partie des chanceuses. Un officier medruk l'avait choisie dans la longue rangée de femmes enchaînées en voyant son visage, l'avait mise dans l'un des chariots et lui avait donné une couverture. Cette nuit-là, il l'avait prise de nouveau, contre la roue d'un chariot, sous l'œil de ses camarades qui s'esclaffaient de rire, mais il avait empêché les autres de prendre la suite. À partir de là, il avait de temps en temps rendu visite aux chariots, lui avait apporté des morceaux de nourriture – même du vin, une fois –, puis l'avait reprise. Mais il avait cessé de venir la voir une fois les Thuriennes derrière eux. Peut-être lui aussi avait-il été laissé pour mort dans la neige.

Elle était donc restée en vie, pour ce que cela valait. Les bourbiers défoncés des routes de montagne avaient fait place à de grandes routes pavées et il faisait plus chaud. Il y avait de nouveau de la nourriture, quoique jamais assez pour chasser complètement la faim. Et on l'avait laissée tranquille la nuit.

Cessant de penser, de s'interroger ou d'espérer, elle avait rampé dans le chariot, sentant les poux bouger dans ses cheveux, et avait fixé la toile blanche qui se balançait avec le mouvement du véhicule, comme si elle était sur un navire, en mer. Un millier de lubies avaient germé dans sa tête, des rêves de sauvetage, des images du carnage écarlate. Mais elles s'étaient consumées en cendre grise. Corfe était mort et elle s'en réjouissait, car elle n'était plus digne d'être son épouse. Son corps, qu'elle avait gardé pour lui seul, n'était plus qu'un élément de propriété que l'on pouvait vendre pour un croûton de pain et sa beauté, dont elle était secrètement si fière, avait disparu. Ses yeux étaient ternes comme des ardoises, sa lourde crinière corbeau était emmêlée et infestée, son corps recouvert de morsures et de plaies, et ses côtes, des arêtes en dents de scie sur ses flancs.

« Je suis de la charogne », songea-t-elle.

Cependant, trente-six jours après être partie d'Aekir, quelque chose creva son apathie. Il y eut un hurlement à la tête du convoi, des acclamations et des hennissements. Les femmes dans le chariot s'agitèrent et se regardèrent craintivement. Qu'allait-il se passer à présent ? Quel supplice diabolique les Medruks leur avaient-ils réservé ?

Brusquement, elles entendirent une espèce de déchirure et toute la toile du chariot se détacha. Deux cavaliers s'enfuirent avec, la toile flottant entre eux, un sourire jusqu'aux oreilles.

Le soleil – aveuglant et douloureux pour leurs yeux habitués à l'obscurité. Les femmes se recouvrirent le visage et tentèrent de se protéger avec leurs haillons. Il y eut des éclats de rire et le monde ne fut plus qu'un chaos de formes galopantes, de visages sombres entraperçus, de chevaux gambadant. Puis ils disparurent, et les femmes restèrent le regard dans le vide.

La terre devant elles formait un grand bassin peu profond sur des lieues et des lieues. Au fond, étincelait l'éclat d'une large rivière, telle une lame d'épée brillant au soleil. Tout autour se trouvaient des collines dentelées et vallonnées, aux moissons vertes ou or, ou parsemées de troupeaux qui paissaient. Elles s'étendaient de toutes parts à l'horizon, dorées par le soleil, et agitées en vagues étincelantes par la brise du nord.

Alors que le paysage montait en pente pour rejoindre les ombres bleues des montagnes au nord, elles virent une colline plus vaste au loin. C'était une cité, aux murs blancs, se dressant de manière imposante, la fumée de ses âtres s'élevant pour embrumer la voûte azurée du ciel sans nuages. Partout parmi le désordre épais de ses rues, des minarets et des coupoles attrapaient le soleil et, au sommet de la colline, scintillait le dôme massif du Temple d'Ahrimuz, le plus grand au monde après son vieux rival de Nalbenie.

Il y avait des palais, à l'ombre du temple. Les femmes virent des parcs dans la cité, l'eau clapoter dans des jardins bien entretenus. Et même à cette distance, elles entendirent des psalmodies dans les tours, appelant les fidèles à la prière. Leurs plaintes étrangement harmonieuses étaient portées par le vent, et l'escorte medruk inclina brièvement la tête en remerciement.

– Où sommes-nous ? Quel est cet endroit ? demanda une femme dans un murmure aigu de panique.

Mais l'un des hommes de l'escorte l'avait entendue. Il se pencha depuis son cheval dans le chariot et attrapa la mâchoire de la femme avec sa main marron.

– Nous sommes chez nous, dit-il distinctement. C'est *Orkhan*, notre chez-nous, pour vous et pour moi. C'est la cité d'Ostrabar, *Hor-la Kadhar, Ahrimuzim-al kohla ab imuzir.*

Il continua à voix basse dans sa propre langue, comme s'il récitait quelque chose, puis se tourna de nouveau vers la femme dans le chariot.

– Vous irez dans le lit du Sultan !

Et il rit aux éclats avant d'éperonner le ventre de son cheval et de partir au petit galop.

« Seigneur Dieu qui êtes aux cieux ! » murmura quelqu'un.

D'autres se mirent à sangloter doucement. Heria inclina la tête jusqu'à ce que sa chevelure crasseuse recouvre son visage.

Te souviens-tu de lui ? Comment était-il quand il avait ce sourire insouciant sur son visage, les yeux brillants ? Te souviens-tu de lui ?

Une longue journée d'été, le soleil suspendu dans un ciel cobalt, et les Thuriennes, de simples conjectures d'ombre à la lisière du monde. Ils se trouvaient sur les collines surplombant la cité, observant l'immense étendue d'Aekir se déployer le long de la rivière ostienne scintillante. Trop loin pour voir tous les murs de la cité, mais suffisamment près pour entendre les cloches de Carcasson sonner l'heure, le son porté dans les collines dans une faible explosion de bruit : l'écho d'une foule lointaine.

Du vin, ils en avaient eu, ainsi que du pain des boulangeries de la cité. Des pommes de la récolte de l'an passé, ratatinées mais encore sucrées et moelleuses. S'ils regardaient au sud, de l'autre côté de la cité, ils pouvaient voir la rivière ostienne s'élargir dans son estuaire avant de se jeter dans la mer Kardienne. Parfois, lorsque le vent venait du sud, les mouettes tournoyaient et criaient dans les rues mêmes de la cité, et l'odeur caractéristique de la mer flottait dans l'air : Aekir aurait pu être une cité portuaire au bord d'un océan. Heria avait toujours aimé monter dans les collines et regarder la mer scintiller à l'horizon. C'était comme regarder la promesse du lendemain, une porte ouverte vers un monde plus large. Elle s'était souvent demandé ce que ce serait d'avoir un navire, de voguer sur l'immensité de l'océan, de dormir sous un pont de bois et d'entendre les vagues clapoter contre son oreille.

Ses lubies avaient fait rire Corfe, mais il ne s'était jamais lassé de les entendre. Il portait son uniforme d'officier porte-étendard ce jour-là – noir torunnien bordé d'écarlate. Sang et contusions, l'appelaient-ils. Son sabre était gainé dans un fourreau à son flanc.

Elle ne se souvenait pas de ce qu'ils s'étaient dit, seulement qu'ils étaient contents. Il lui semblait à présent qu'ils n'avaient jamais réalisé combien ils avaient eu de la chance d'être ensemble, le soleil inondant ce flanc de colline herbu, Aekir s'étendant sur la terre à leurs pieds, telle une cape aux couleurs brillantes se déployant sur le monde, et la mer brillant à la limite de leur vision, pleine de possibilités. Tout avait été possible, même si, à l'époque déjà, lors du dernier été glorieux, l'armée des Medruks était déjà en marche. Leurs destins avaient été scellés et les secondes qu'on leur volait s'écoulaient comme du sable dans un sablier.

Le convoi du butin et des prises descendait bruyamment la colline en cahotant, se dirigeant vers Orkhan, capitale des Medruks du Nord, tandis que dans les chariots, les femmes restaient assises, austères et silencieuses, et les cavaliers medruks entonnaient leurs chansons de victoire alentour.

Jusqu'ici, il n'avait pas plu et le soleil se déversait sur l'étendue de la terre desséchée. Corfe aida le vieillard à gravir la pente boueuse, se servant de son sabre comme bâton. Ribeiro était derrière eux, le visage emmailloté de haillons crasseux, un œil invisible sous son horrible enflure.

Ils atteignirent, à bout de souffle, le sommet de la colline. Macrobius s'appuyait sur Corfe, tête baissée, sa poitrine décharnée se soulevant par à-coups. Corfe regarda en bas de la pente occidentale et s'immobilisa d'un coup. Macrobius se tendit sur-le-champ, ses doigts recouverts de taches de vieillesse agrippant le bras de Corfe.

– Qu'est-ce ? Que voyez-vous ?

– Nous y sommes, vieillard. Nous y sommes enfin. La digue d'Ormann.

La terre s'aplanissait à l'ouest de l'endroit où ils se trouvaient. Elle dessinait une vaste vallée dans laquelle la Searil écumait et bouillonnait, en crue à la suite des récentes pluies. Un pont franchissait sa largeur imposante. Sur la rive ouest, il était taillé dans de la pierre battue par le vent, mais sur la rive est, les supports étaient en bois d'œuvre tout neuf.

Sur la rive est de la Searil, de grands ouvrages de terre et de pierre avaient été érigés, des revêtements, des tranchées et des palissades. La fumée des flambeaux qui brûlaient était portée par la brise avec celle des feux de cuisine et, au-dessus des fortifications, le drapeau torunnien noir et écarlate claquait au vent. Dès qu'il le vit, Corfe ressentit une étrange douleur à la poitrine.

Les fortifications orientales s'étendaient sur quelque huit cents mètres de chaque côté du pont. Corfe vit des couleuvrines de cuivre étinceler derrière des emplacements renforcés de gabions, des soldats faire les cent pas et des petits groupes de cavalerie çà et là. Mais toute l'arrière-garde semblait grouiller de monde. Il y avait des milliers de personnes derrière les remparts, certains qui, de toute évidence, faisaient la cuisine, d'autres qui dormaient dans la boue et d'autres qui se dirigeaient vers la rivière, péniblement mais d'un pas bien décidé.

Le pont était embouteillé. Sur toute sa longueur, il était engorgé de charrettes à bras, d'animaux, de gens à pied et en chariots. Les soldats de cavalerie torunniens s'efforçaient d'orienter le trafic. Il n'y avait aucune panique. C'était davantage un repli maussade, comme si les réfugiés étaient trop exténués pour éprouver de la peur.

Corfe regarda plus attentivement à l'ouest, de l'autre côté de la rivière. Deux remblais rocheux à pic couraient parallèlement à la Searil. Leurs sommets étaient parsemés de tours de guet et de sémaphores. Mais il y avait un fossé près de l'endroit où le pont s'ancrait dans la rive ouest et dans ce fossé, probablement d'une lieue de large, se dressait la forteresse de la digue d'Ormann.

Les murs faisaient près de vingt mètres de haut et étaient suffisamment larges pour qu'un chariot roule dessus. À chaque encablure, leur longueur était interrompue par une tour qui faisait saillie sur trente mètres, des canons étincelant dans les embrasures. Il y avait d'étranges défauts dans la structure des murs et les côtés des tours se rejoignaient en formant un angle bizarre. C'étaient des innovations récentes, conçues pour faire converger les canons des défenseurs, de telle sorte que quiconque s'approcherait de la digue serait pris dans des feux croisés mortels.

À l'extrémité sud des Longs Murs se dressait la citadelle. Elle était construite sur une saillie aux flancs escarpés qui dépassait de la principale ligne de crête. Ses canons dominaient toute la contre-allée de la digue.

Devant les murs, construit au moins six siècles auparavant, se trouvait un vaste fossé creusé dans les entrailles mêmes de la terre. Il faisait douze mètres de profondeur et au moins soixante mètres de large, un travail colossal réalisé par les Fimbriens lorsque la digue d'Ormann avait marqué les limites de leur empire avant que les premiers bateaux ne remontent la rivière ostienne pour trouver le comptoir commercial qui finirait par devenir Aekir. Ce fossé s'étendait sur cinq kilomètres devant les murs, telle une seconde rivière pour refléter le flux brun de la Searil. Lui aussi était plein d'eau boueuse, et ses bords étaient construits en brique glissante et étanche. Corfe savait que, sous l'eau, il y avait des enchevêtrements, des caltrops piquants et toutes sortes de diableries conçues pour arracher le fond des bateaux assez téméraires pour tenter la traversée. Il savait aussi qu'il y avait eu des charges de poudre à canon placées dans des cachettes à sec le long du fossé, des tunnels souterrains avec des explosifs les reliant à la forteresse principale. Ils s'étaient délabrés au fil des années, mais Corfe ne doutait pas que les défenseurs de la digue y avaient entre-temps remédié.

La garnison de la digue d'Ormann comptait en général quelque vingt mille hommes. C'était l'une des trois grandes armées torunniennes. Les autres étaient stationnées à Aekir et en Torunnie même.

L'armée d'Aekir n'existait plus et la Torunnie disposait de quelque trente mille hommes. Corfe était certain que la majorité de la garnison de la capitale se trouvait maintenant sur la digue. Le roi torunnien concentrerait toutes ses forces là-bas, à la porte pour l'Ouest.

– Elle tient encore, la digue ? demanda Macrobius d'un ton grincheux.

– Elle tient, lui répondit Corfe, mais on dirait que la moitié du monde marche dessus en ce moment, pour se diriger vers l'ouest.

Ribeiro les rejoignit au sommet de la colline et jeta un œil en contrebas, à la forteresse grouillant de monde, à la rivière, aux remblais étincelants de l'autre côté.

– Dieu soit loué ! dit-il d'une voix pâteuse. (Il s'agenouilla et baisa le doigt de Macrobius.) Nous allons trouver quelqu'un qui vous reconnaîtra pour qui vous êtes, votre Sainteté. Votre séjour dans le désert touche à sa fin. Vous êtes de retour dans votre royaume.

Macrobius secoua la tête, souriant vaguement.

– Je n'ai pas de royaume. Je n'en ai jamais eu, à moins que ce ne fût dans les âmes des hommes. Je n'ai toujours été qu'un zéro, un homme de paille. Peut-être ma main a-t-elle quelque peu aidé à tenir la barre, mais c'est tout. Je le sais aujourd'hui et j'ignore si redevenir ce chef de file compterait grandement pour moi.

– Mais vous le devez ! Sainteté...

– Patrouille en vue, dit brusquement Corfe, las de ces divagations pieuses. La grosse artillerie torunnienne – des cuirassiers visiblement.

Les troupes de cavalerie sortaient de force de la porte embouteillée des défenses orientales. Ils fendirent le flux de réfugiés comme un rocher fendant une vague puis leurs montures traversèrent la boue accidentée du flanc de colline sous Corfe et ses compagnons. Corfe ne bougea pas. Il doutait que, avec la crasse et l'usure des derniers jours, on reconnaisse sa tenue comme un uniforme torunnien. Il n'y avait aucune raison pour que les cavaliers torunniens remarquent trois réfugiés de plus en haillons.

Mais Ribeiro descendait le flanc de colline détrempé en glissant et trébuchant, agitait les bras et hurlait. Son habit flottait sur ses membres maigres comme les ailes d'un oiseau disgracieux. Les cavaliers de tête ramenèrent leur cheval au pas. Corfe jura comme un charretier.

– Qu'est-ce qu'il fait ? demanda Macrobius.

Il y avait une peur sincère dans sa voix.

– Cet idiot est... ils vont le prendre pour un fou.

Ribeiro s'entretenait avec les cavaliers qui s'étaient arrêtés. Corfe ne pouvait pas comprendre ce qu'il disait mais n'avait aucun mal à le deviner.

– Il essaie probablement de les convaincre que vous êtes le pontife.

Macrobius secoua la tête, comme s'il avait mal.

– Mais je ne le suis pas... ne le suis plus. Cet homme est mort à Aekir. Il n'y a plus de Macrobius.

Corfe lui jeta un coup d'œil rapide. Quelque chose dans le ton du vieillard, une intonation de perte et de résignation, toucha une corde sensible et douloureuse dans sa propre poitrine. Pour la première fois, il se demanda si ce Macrobius était bien celui qu'il prétendait être.

– Du calme, père. Ils penseront que ce sont les divagations d'un ecclésiastique tombé dans la démence, c'est tout.

Macrobius s'écroula à genoux, dans la boue.

– Qu'ils me laissent tranquille. Je suis dans l'obscurité et le serai toujours. Je ne suis même plus sûr de la foi qui, autrefois, me nourrissait. Je suis un lâche, soldat de Mogen. Vous vous êtes battu pour sauver la Cité de Dieu pendant que j'étais caché dans un entrepôt, emprisonné dans mon propre palais, de crainte que je ne m'enfuie et emporte le cœur de la cité avec moi.

– Nous sommes tous des lâches, d'une façon ou d'une autre, fit Corfe avec une gentillesse rude. Si j'avais été un homme plus courageux, je serais mort pour Aekir, avec ma femme.

Le vieillard leva alors la tête.

– Vous avez laissé votre femme à Aekir ? Je suis désolé, mon ami, désolé.

Les cavaliers repartirent, laissant Ribeiro. Le jeune moine agita son poing dans leur direction, puis tout son corps sembla s'affaisser. Corfe aida Macrobius à se lever.

– Venez, père. Nous allons voir si nous ne pouvons pas trouver de toit pour votre tête ce soir. Et quelque chose de chaud pour votre ventre. Laissons les grands débattre du destin de l'Ouest. Ce n'est plus notre problème.

– Oh mais si, mon fils, ça l'est. Si ce n'est pas notre problème, alors autant nous allonger par terre ici et attendre que la mort nous prenne.

– Nous y penserons une prochaine fois. Venez. Hé ! Ribeiro ! Venez me donner un coup de main avec le vieillard !

Mais Ribeiro ne semblait pas avoir entendu. Il avait une main en visière au-dessus de son œil encore valide et ses lèvres bougeaient en silence.

Ils rejoignirent la foule hirsute, en haillons et aux yeux fous, qui disparaissait par la porte orientale de la digue. Ils s'enfoncèrent dans la boue à mi-chevilles – dans ce qui restait de la Route occidentale – et furent bousculés. Enfin l'obscurité de la barbacane les entoura, et ils se retrouvèrent entre les murs du dernier avant-poste ramusien, à l'est de la Searil.

C'était le chaos dans les ouvrages défensifs.

Des gens partout, dans tous les états de crasse et de désespoir. Ils étaient blottis auprès des feux sur le terrain de manœuvre et les murs intérieurs des fortifications étaient bordés d'abris primitifs et d'appentis érigés pour se protéger de la pluie. Quelques âmes entreprenantes avaient installé des étals de marché de toutes sortes, vendant tout ce qu'ils avaient emporté avec eux des ruines d'Aekir. Corfe vit un mulet que l'on abattait, des gens traîner autour de la carcasse comme des corbeaux à sang. Des femmes, pathétiquement hagardes, s'offraient aux passants contre de l'argent ou de la nourriture et, çà et là, quelques âmes sans cœur jouaient aux dés sur une cape jetée sur la boue.

Corfe aperçut aussi de la violence. Des groupes d'hommes armés de longs couteaux extorquaient tout ce qui avait de la valeur aux autres réfugiés une fois que les Torunniens étaient passés. Il se demanda si les camarades de Pardal étaient allés aussi loin.

Ce qu'il vit le perturba. Il semblait y avoir très peu d'ordre au sein de la forteresse, aucune organisation ni autorité. En effet, les hommes en noir torunnien se trouvaient sur les remparts, leur armure étincelant sinistrement, mais ils semblaient se faire rares, comme si la garnison n'était pas au grand complet. Et aucun effort n'avait été fait, visiblement, pour contrôler la foule de civils en fuite. Si Corfe les avait eus sous ses ordres, il les aurait dirigés vers l'ouest, bien loin de la digue, aurait probablement essayé de leur trouver des provisions avec les moyens du bord et de maintenir l'ordre dans les camps avec les hommes qu'il pourrait épargner. Mais ce spectacle... ce n'était qu'anarchie. Était-ce toujours Martellus qui commandait ou y avait-il eu une espèce de remaniement pour engendrer un tel chaos ?

Il trouva un endroit où s'arrêter, à l'ombre de l'un des revêtements orientaux, et chassa deux jeunes hommes à la mine revêche d'un coup de pied. Ils s'en allèrent en lançant un regard dur au sabre et à l'uniforme en haillons, mais Corfe était trop las et troublé pour s'en préoccuper. Il rassembla des morceaux de bois – il y en avait plein qui traînaient – et devina que les réfugiés avaient démoli certaines palissades et passerelles intérieures, puis fit un feu avec le plus grand mal. La lumière commençait alors à décliner et, de part et d'autre du terrain ouvert au sein de la forteresse, des feux de camp vacillaient telles des étoiles chatoyantes, de sorte que, s'il se levait, il pouvait voir, de l'autre côté la Searil, les lumières de la digue brûler par milliers. Des gens traversaient les ponts éclairés à la lanterne en une procession interminable et les portes orientales restaient ouvertes en dépit de la lumière qui déclinait ; ce qui, aux yeux de Corfe, relevait de la folie pure. Dans l'obscurité, les Medruks risquaient de se mélanger à l'essaim de civils qui pénétraient dans la forteresse et pouvaient ainsi accéder à l'intérieur. Qui commandait ici ? Quel genre d'imbécile ?

Ribeiro était peu communicatif et semblait secoué par le fait que Macrobius n'ait pas été immédiatement reconnu. Il était assis, sa tête enflée entre les mains, et contemplait les flammes du feu de Corfe comme s'il y cherchait une espèce de révélation.

Macrobius, en revanche, était presque serein. Il était assis sur le sol mouillé, la lueur du feu faisant un masque hideux de son visage violemment attaqué, et il hochait la tête. Corfe avait déjà vu cette expression, chez des hommes qui allaient se battre. Cela signifiait qu'ils n'avaient plus peur de la mort.

Ce vieillard fou pouvait-il réellement être le haut pontife ?

Son estomac gargouillait. Ils n'avaient rien mangé depuis un jour et demi et très peu les jours précédents. En fait, la dernière fois qu'il avait fait un bon repas...

La dernière fois, c'était Heria qui le lui avait préparé, et le lui avait apporté à son poste sur les remparts d'Aekir. Il faisait sombre comme maintenant. Ils se tenaient ensemble sur la passerelle et contemplaient les feux de camp des milliers de Medruks, sentant le goudron et la fumée des engins de siège, la puanteur de la mort planant continuellement au-dessus de la cité. Il l'avait une fois de plus implorée de partir mais elle ne le quitterait pas. Ce fut la dernière fois qu'il avait vu sa femme ; ce sourire à vous fendre le cœur, un coin de sa bouche se retroussant, un sourcil haussé. Il la revit descendre les marches du rempart, la lueur de la lanterne brillant dans ses cheveux.

Deux heures plus tard, l'assaut final avait commencé. Et son monde avait été complètement anéanti.

Il sentit une main sur son bras et sursauta. C'était le noir le plus complet, à l'exception du feu. Le terrain ouvert dans la forteresse était un bleu suturé de flammes dans lequel des ombres s'agitaient, sans but.

– Elle repose en paix, mon fils. Vous n'avez plus à avoir peur pour elle, fit Macrobius d'un ton doux.

– Comment avez-vous... ?

– Vous vous êtes détendu, comme dans un rêve, puis j'ai senti vos muscles se durcir comme du bois. Je pense que je suis doué pour reconnaître la souffrance chez les autres, ces jours-ci. Elle est avec Ramusio dans la compagnie des Saints des cieux. Plus rien ne peut la toucher.

– Je l'espère, vieillard, je l'espère.

Il ne pouvait pas exprimer, même intérieurement, la peur que Heria soit peut-être encore vivante et souffre le martyre entre les mains de ces animaux de l'Est. Il priait donc pour que sa femme soit morte.

Il se leva d'un coup et se débarrassa de la main du prêtre.

– Manger. Nous devons manger si nous voulons être bon à quelque chose. Ribeiro, occupez-vous du vieillard.

Le jeune moine opina du chef. Son visage était brillant et décoloré, comme un fruit abîmé, et il n'arrêtait pas de cracher des morceaux de dents. En son for intérieur, Corfe ne l'imaginait pas faire long feu.

Il marcha à grandes enjambées entre les feux, trébuchant sur des corps exténués, étendus, inconscients sur le sol détrempé, repoussant deux femmes qui essayèrent de le solliciter. Ce n'était que dans des conditions extrêmes que la grandeur et la bassesse de la nature humaine se manifestaient véritablement. Ceux qui avaient été civilisés, droits, pour ne pas dire purement et simplement saints à Aekir avant sa chute, étaient devenus des catins, des voleurs et des assassins.

« Et des lâches, ajouta-t-il en lui-même. N'oublions pas les lâches. »

Nul ne pouvait véritablement dire qui il était jusqu'à ce qu'il fût poussé au bord des choses, le précipice de sa propre ruine le regardant de haut. Les choses changeaient, quand on était si près du précipice, et les gens aussi. Rarement, croyait Corfe, pour le mieux.

À l'approche de deux soldats de cavalerie torunniens, il se détourna et cacha son sabre d'un coup sec derrière lui pour qu'ils ne le voient pas. Il ignorait quelle était sa position vis-à-vis de l'armée, s'il était un déserteur ou un simple traînard, mais il culpabilisait suffisamment pour ne pas avoir envie de le savoir.

Il n'avait pas eu peur d'abandonner Aekir. Il avait vu la plupart des gens qu'il commandait massacrés sur les remparts et s'était fait prendre dans la débandade de la retraite qui s'était ensuivie. Ensuite, sachant qu'il avait perdu Heria, il avait simplement voulu laisser le sang et la fumée derrière lui.

Cela l'avait rempli d'amertume, mais il ne se rappelait pas avoir eu peur. Il ne se rappelait pas avoir ressenti quoi que ce soit. Les événements dans lesquels il avait été entraîné lui avaient paru trop vastes pour ressentir une quelconque émotion humaine.

Mais loin du chaos assourdissant de ce jour-là, il n'en était plus si sûr. Avait-ce été de la peur ? Quoi qu'il en fût, son devoir eût été de rester aux côtés de l'arrière-garde de Lejer et de continuer le combat. Il serait mort dans ce cas, ou marcherait vers l'est sous un joug de capture medruk.

– Vous, là-bas ! aboya une voix. Restez où vous êtes. Que portez-vous ?

Deux Torunniens. Ils avaient fini par remarquer le sabre. Corfe envisagea brièvement de prendre la fuite, puis l'absurdité de cette idée le fit sourire. Il n'avait nulle part où aller.

Les Torunniens étaient en noir et écarlate, leur demi-armure laquée de telle sorte qu'elle brillait comme de l'ébène. Des sabres, totalement identiques à celui de Corfe, pendaient à leurs flancs et ils portaient les casques légers avec des protections nasales semblables à des becs, caractéristiques de leur race. L'un portait aussi une arquebuse sur son épaule, mais la mèche à combustion lente n'était pas allumée.

– Où avez-vous eu cette arme ? demanda celui qui n'avait pas d'arquebuse.

– Sur un Torunnien mort, répondit Corfe avec insouciance.

Le souffle de l'homme siffla entre ses dents.

– Espèce de vautour maudit, je vais t'égorger comme un cochon !

Mais son compagnon l'arrêta.

– Attends, Han. Regarde son uniforme.

Tous deux le dévisagèrent et Corfe faillit éclater de rire lorsque la compréhension envahit leurs visages.

– Oui, je suis torunnien, moi aussi. John Mogen était mon général et je l'ai vu mourir sur le rempart est d'Aekir. D'autres questions ?

Corfe fut médusé d'avoir été autant pris au sérieux. Il arpenta le sol de pierre du vestibule, écouta les voix s'élever puis se taire de l'autre côté de la porte. Les deux soldats de cavalerie l'avaient aussitôt emmené ici, lui avaient fait traverser le pont embouteillé de la Searil pour gagner la digue puis le cœur même de la forteresse sur la rive ouest.

Là, le chaos était encore pire que de l'autre côté de la rivière. Les réfugiés avaient construit des espèces de baraquements à base de bâtons et de toile et de tout ce qu'ils avaient pu trouver à l'intérieur de la forteresse ; ils allaient bien au-delà des murs imposants jusque dans la campagne alentour. Partout, des feux scintillaient dans la nuit, s'étendant loin sur la terre et suivant approximativement la ligne de la Route occidentale. Partout, régnaient le tohu-bohu et la puanteur d'un camp immense.

Voir la digue d'Ormann dans cet état dérangea Corfe. Il avait toujours cru qu'elle était inattaquable – mais il avait pensé la même chose d'Aekir quelques mois avant sa chute. L'estomac noué, il attendait que le général Pieter Martellus, le commandant, le convoque. Il avait vu de longues rangées de chariots remplis à ras bord de marchandises attendre sur les champs de manœuvres, et il avait vu l'activité le long des rangées de chevaux, les maréchaux-ferrants travailler toute la nuit, leurs forges ressemblant à des petites grottes bien éclairées. Il avait le sentiment que la digue serait abandonnée sans une seule bataille et, malgré le détachement qu'il affectait, cela le secoua jusqu'à la moelle. Si la digue était prise, quel espoir restait-il pour la Torunnie ?

Il fut enfin convoqué et se retrouva dans une salle au plafond haut, entièrement construite en pierre, à l'exception de poutres noires aussi épaisses que sa taille qui s'entrecroisaient près du toit. Un feu brûlait dans un brasero profond et une longue table était recouverte de cartes, de papiers et de tellement de plumes qu'on avait l'impression qu'une volée d'oiseaux venait de s'envoler, effarouchée. Un groupe d'hommes était debout ou assis autour de la table, certains fumant la pipe. Ils le dévisagèrent quand il entra.

Il les salua, on ne peut plus conscient de son apparence minable et de la boue qui crottait ses bottes et tombait en mottes par terre.

Un homme, que Corfe reconnut – c'était Martellus –, se leva, jetant une plume de côté comme s'il s'agissait d'une flèche.

Les troupes l'appelaient le « Lion », non sans raison. Il avait une crinière et une barbe noire hirsute parsemée de gris et de brun-roux et ses sourcils ombrageaient des orbites caverneuses. C'était un homme très corpulent, mais à la taille étonnamment mince – le contraire du fauteur de troubles au torse puissant qu'avait été John Mogen. Il avait été le lieutenant de Mogen pendant dix ans et avait la réputation d'une sévérité sans pitié. Des rumeurs couraient aussi parmi les troupes comme quoi il était un sorcier, si l'on pouvait dire. Ses yeux clairs dévisagèrent Corfe sans ciller.

– Nous avons appris que vous étiez à Aekir, dit-il et sa voix était aussi grave qu'une pièce lancée au fond d'un puits. Est-ce le cas?

– Oui, monsieur.

– Vous étiez l'un des hommes sous les ordres de Mogen?

– Oui.

– Pourquoi n'avez-vous pas rejoint Lejer et son arrière-garde?

Le cœur de Corfe s'accéléra à mesure que les officiers l'observaient attentivement, certains ayant leur pipe à mi-chemin de leur bouche. C'étaient des Torunniens, comme lui, la race de guerrier tant vantée. C'étaient les Torunniens qui avaient été les premiers à se libérer du joug fimbrien, les Torunniens qui avaient repoussé la première invasion medruk. Cette tradition semblait flotter lourdement dans la pièce, avec le goût inconnu de la défaite. Mogen avait été leur meilleur commandant et ils le savaient. La garnison d'Aekir avait été largement reconnue comme la meilleure armée au monde; personne n'avait jamais envisagé sa défaite – en particulier ces hommes, les généraux de la dernière forteresse de l'Ouest. Mais aucun n'avait été à Aekir. Comment pouvaient-ils savoir?

– Je n'ai pas eu le temps. Après la chute du bastion de l'est – après la mort de Mogen –, il y a eu une débâcle. Mes hommes étaient tous morts, j'ai dû filer...

Il se tut peu à peu. Il se rappela les flammes, la panique de la foule, les bâtiments qui tombaient. Il se rappela le visage de sa femme.

Martellus continuait à le fixer.

– J'en avais assez du massacre, poursuivit-il, ses paroles lui écorchant involontairement les oreilles. Je voulais m'occuper de ma femme. Je n'ai pas réussi à la trouver, et il était trop tard pour rejoindre Lejer. J'ai été entraîné dans la foule. Je... (Il hésita puis poursuivit, le regard constamment rivé aux yeux froids de Martellus.) Je me suis enfui avec les autres dans la campagne.

– Vous avez déserté, dit quelqu'un.

Et un murmure parcourut l'assemblée.

– Peut-être, rétorqua Corfe, son calme le surprenant lui-même. Aekir brûlait. Il ne restait rien à sauver dans la cité. Rien qui comptait à mes yeux. Oui, j'ai déserté. Je me suis enfui. Faites ce que vous voulez de moi. Je suis fatigué et je viens de loin.

En entendant cela, un des hommes tapa violemment du poing sur la table, de colère, mais Martellus leva une main et resta là, les mains dans le dos. La lumière rouge provenant du brasero donnait plus que jamais à son visage l'apparence d'un prédateur félin.

– Du calme, messieurs. Nous n'avons pas fait venir cet homme ici pour le juger mais pour obtenir des informations. Quel est votre nom, officier?

– Corfe. Corfe Cear-Inaf. Mon père a aussi servi sous Mogen.

– Inaf, oui, je connais ce nom. Bien, Corfe, je dois vous dire que vous êtes le premier soldat torunnien que nous avons vu sortir vivant d'Aekir. La meilleure armée de campagne des Cinq Monarchies n'existe plus. Vous êtes peut-être son dernier survivant.

Corfe en eut le souffle coupé, il n'arrivait pas à le croire.

– Il n'y en a plus? Aucun?

– Pas un. Les Medruks ont pris plusieurs centaines de prisonniers après la dernière bataille de Lejer, pour ce que nous en savons. Ils sont voués à être crucifiés à l'Est. Personne d'autre n'est allé aussi loin.

Corfe inclina la tête. Il était vivant, alors que tous les autres Torunniens qui s'étaient battus sous Mogen étaient morts ou capturés. Son visage brûla de honte. Pas étonnant si les hommes autour de la table semblaient aussi hostiles. Sur les milliers d'hommes qui avaient fait partie de cette armée, seul Corfe s'était enfui et avait sauvé sa peau. Il fut atterré.

– Prenez un siège, fit Martellus, pas méchamment. On dirait que vous en avez besoin.

Il chercha une chaise à tâtons et s'assit, la tête entre les mains.

– Que voulez-vous de moi? murmura-t-il.

– Comme je l'ai dit, des informations. Je veux connaître la composition de l'armée medruk. Je veux savoir quels dégâts les hommes de Mogen ont causés avant la fin. Et je veux savoir pourquoi Aekir est tombée.

Corfe leva les yeux.

– Allez-vous rester ici à combattre de nouveau les Medruks?

– Oui.

– Ce n'est pas l'impression que cela me donne.

Les hommes autour de la table s'agitèrent en entendant ces mots. Martellus les fit taire d'un regard mauvais puis hocha la tête.

– Certains de la garnison ont été transférés à l'ouest, en Torunnie. Voilà pourquoi nous sommes à court d'effectifs.

– Combien? Sur les ordres de qui?

– Sur les ordres du roi Lofantyr en personne. Douze mille resteront ici pour défendre la digue, pas plus.

– Et la digue sera prise.

– Je n'ai pas l'intention qu'elle soit prise, officier.

– Toute la forteresse grouille de réfugiés. Si par hasard les Medruks arrivaient ici, ça ne durerait pas une heure.

– Il y a eu de la confusion, avec tous les transferts à l'ouest. Tout est en train de revenir dans l'ordre. (Martellus semblait légèrement irrité.) Nos éclaireurs nous informent que le gros de l'armée se trouve encore à Aekir, même s'ils ont de petites troupes qui s'engagent dans des escarmouches, à une lieue à peine d'ici. Nous avons le temps, et plus qu'il n'en faut. Le gros de l'armée ennemie ne commencera pas à avancer avant des semaines. Mes ordres sont de faire partir le plus de réfugiés d'Aekir possible vers l'ouest avant de couper les ponts. Maintenant, dites-moi, quelle est la force de l'ennemi ?

Corfe hésita.

– Depuis le siège, il leur reste peut-être quelque cent cinquante mille hommes.

Les officiers se jetèrent un coup d'œil rapide. Ils n'avaient jamais vu une telle armée auparavant, n'en avaient jamais imaginé.

– Combien en avaient-ils avant que le siège ne commence ? demanda quelqu'un d'un ton rude.

– Un quart de million, peut-être. Nous les avons abattus comme de la paille, mais ils continuaient à affluer. Je sais que beaucoup ont aussi été renvoyés pour surveiller les routes d'approvisionnement dans les montagnes, mais les premières neiges seront sur les cols des Thuriennes à présent. Je ne vois pas comment ils pourront continuer à se ravitailler au cours de l'hiver.

– Moi si, rétorqua Martellus. Le duc Cormorin de Kardikia dit qu'ils construisent des bateaux par centaines sur la rivière ostienne. Ce sera leur nouvelle route d'approvisionnement et elle restera ouverte en hiver. Ils continueront à avancer.

Martellus se pencha sur la table et examina une carte de la région entre la Searil et la rivière ostienne.

– Montrez-moi leur ligne de progression, demanda-t-il à Corfe.

Corfe se leva, mais quelque chose lui vint à l'esprit.

– A-t-on vu Macrobius ou retrouvé son corps ?

– Le haut pontife ? Eh bien non, il est mort à Aekir.

– En êtes-vous sûr ? Quelqu'un l'a vu mourir ?

– Son palais a brûlé et tous les prêtres qui se trouvaient dans la cité ont été passés au fil de l'épée. Je le sais de civils et d'ecclésiastiques qui se trouvaient là-bas. Je ne pense pas que les Medruks aient pu négliger quelqu'un de sa distinction.

– Mais Mogen l'avait enfermé dans une réserve du palais pour l'empêcher de s'enfuir de la cité.

Martellus le dévisagea, incrédule.

– Êtes-vous sérieux ?

– C’était une rumeur qui courait dans la cité juste avant sa chute. Les Chevaliers militants ont failli désobéir à Mogen. Reconnaîtriez-vous le haut pontife si vous le voyiez ?

Il commençait à exaspérer Martellus.

– Je suppose que oui. J’ai dîné plusieurs fois à sa table. Pourquoi ?

– Alors vous devriez envoyer des hommes sur la rive ouest. Près de la barbacane, vous trouverez un vieillard qui n’a plus d’yeux et un jeune moine au visage blessé.

– Et ?

– Je pense que le vieillard est Macrobius.

13

Charibon. Le plus vieux monastère au monde, foyer de l'Ordre des Inceptines.

Il se trouvait sur les rivages de la mer de Tor, sur les contreforts nord-ouest des montagnes Cimbriques sauvages. Enclavé dans le royaume d'Almark, il n'en était pas moins autonome, comme l'avait été Aekir, et était gouverné par les anciens de l'Église et leur dirigeant, le haut pontife.

Quelque sept mille ecclésiastiques y vivaient et y travaillaient, la majorité étant en noir inceptine, bien que certains fussent en brun antillien et d'autres en safran foncé mercurien. Très peu portaient le lainage ordinaire uni des missionnaires ascétiques, les Frères mendiants.

C'était ici que se trouvaient les plus grandes bibliothèques de Normannie, maintenant que celles d'Aekir n'existaient plus, ainsi que les casernes principales et les terrains d'entraînement des Chevaliers militants. Ils possédaient leur citadelle plus haut dans les collines, à côté de Charibon, et quelque huit mille d'entre eux y étaient casernés. En général, ils étaient bien plus nombreux sur place, mais la plupart se trouvaient à l'Est ou avaient été envoyés dans les diverses monarchies ramusiennes pour aider à combattre l'hérésie. Deux mille se dirigeaient en ce moment vers l'ouest, vers Hebrion.

En bas, dans le grand ensemble du monastère, se trouvaient les célèbres Longs Cloîtres de Charibon qu'avaient arpentés quinze générations d'ecclésiastiques, recouverts d'un toit de cèdre importé du Levangore et au sol constitué de blocs de basalte, taillés dans les Cimbriques jadis volcaniques.

Rayonnant des cloîtres et des jardins luxuriants qu'elles clôturaient, les autres structures du monastère étaient en pierre massive et recouvertes d'ardoise provenant des carrières des collines nariennes avoisinantes. Aucun chaume modeste alentour.

Mais la cathédrale du Saint dominait tout le reste. Son profil définissait la ligne d'horizon de Charibon, la rendait reconnaissable à des lieues dans les collines. Une tour immense à trois côtés, avec une corne de granit à chaque coin, formait le sommet du triangle qui constituait le reste de la cathédrale. C'était la forme ramusienne classique, évoquant les mains en prière mais sur une échelle plus vaste que personne n'avait jamais imaginée. Seuls les Aekiriens pouvaient faire la grimace en voyant la cathédrale de Charibon, s'ils la comparaient à leur cathédrale de Carcasson dont elle n'était qu'une copie.

Mais Carcasson n'existait plus.

Le monastère s'étendait à partir des deux foyers identiques des cloîtres et de la cathédrale, le concept pur et original de l'endroit se perdant dans une multitude d'autres bâtiments. Il y avait des écoles et des dortoirs, des cellules de méditation, des jardins qui reposaient l'œil et incitaient à la pensée méditative. La plupart des théories qui avaient formé la religion ramusienne provenaient de là, nées quand leurs auteurs contemplaient les jardins riches en fontaines ou les collines vertes au-delà.

Il y avait également des cuisines et des ateliers, des forges et des tanneries et, naturellement, les célèbres presses typographiques des Inceptines. Charibon possédait ses propres terres, troupeaux et récoltes, car il y avait un aspect tant séculier que spirituel. Une ville s'était formée autour des complexes du monastère en pleine expansion et un village de pêcheurs sur la rive ouest de la mer de Tor permettait d'approvisionner les moines en flétan d'eau fraîche, en maquereau et même en tortue les jours fastes. Charibon était un petit royaume autosuffisant dont les principales exportations étaient les livres que les presses ne cessaient de produire et la foi que promulguaient les Inceptines et que faisaient appliquer les Chevaliers militants.

Le monastère avait été pillé cent cinquante ans auparavant par une confédération de tribus sauvages cimbriques. Une guerre s'était alors ensuivie avec des troupes d'Almark et de Torunnie qui avaient envoyé des expéditions à l'intérieur des montagnes ainsi que des contingents de Chevaliers. Les tribus avaient fini par être écrasées et converties à la foi ramusienne, tâche que les Fimbriens eux-mêmes n'avaient jamais réussi à mener à bien, près de quatre siècles plus tôt. Depuis, une douzaine de tercios de troupes almarkiennes avaient également stationné à Charibon, même quand les Torunniens avaient placé une garnison dans Aekir, plus à l'est. Charibon était un joyau, une lumière qu'il fallait continuer à faire briller quelle que soit l'obscurité de la nuit – d'autant plus que la lumière qu'avait été Aekir était désormais éteinte.

Albrec plissa les yeux à cause du froid, du vent qui faisait larmoyer ses yeux – il avait tout du campagnol myope qui regardait, interrogateur, depuis son terrier à l'approche de l'hiver. À cette altitude dans les montagnes, les hivers étaient durs, la neige restant quatre mois dans les cloîtres et la mer intérieure bordant de glace le long de ses rivages. Sa cellule ressemblait alors à un petit cube d'air glacé le matin, et il devait briser la glace dans sa cuvette de toilette avant que la froideur de l'eau sur son visage pointu ne le fasse crachoter.

Il portait un habit brun antillien, très usé, et le symbole du Saint sur sa poitrine était en bois ordinaire, qu'il avait sculpté lors de nuits obscures, à la lueur de la bougie. Tous avaient beau être des ecclésiastiques ici à Charibon, certains étaient d'un ordre supérieur. Certains venaient en effet d'un milieu aristocratique, les fils cadets de familles nobles dont le père n'avait rien à transmettre en héritage. Ils devenaient donc des Inceptines, noblesse d'un genre différent. Pour les roturiers, toutefois, il n'y avait que les Antilliens, les Mercuriens ou, si l'on avait l'esprit zélé, ou intrépide de surcroît, les Frères mendiants.

Le père d'Albrec avait été un pêcheur des rivages du nord d'Almark. Un homme sévère, originaire d'un pays rigoureux. Il n'avait jamais pardonné la peur qu'avait son fils du grand large ni son incompétence à manier la barre et les filets. Albrec s'était attaché à un petit monastère d'Antilliens d'un village voisin et avait trouvé un endroit où il n'était ni vilipendé ni battu, où le travail était dur mais pas effrayant, comme auraient pu l'être les journées passées sur un bateau ouvert. Et où sa curiosité naturelle et son opiniâtreté pouvaient être mises à profit.

Il travaillait dans la bibliothèque de Saint-Garaso, sa main n'étant pas faite pour la rigueur des presses ni pour la plus belle des illustrations qui se déroulait dans le scriptorium. Il vivait dans un monde à moitié souterrain et poussiéreux de livres et de manuscrits, de vieux parchemins, rouleaux et vélins. Il l'adorait et, en quelques minutes, pouvait mettre la main sur n'importe quel tome dans toute la bibliothèque.

C'était à cause de sa connaissance labyrinthique des étagères, des coffres et des piles de livres qu'on l'avait gardé en tant qu'assistant bibliothécaire et, en échange, il avait le droit de lire tout ce qu'il choisissait, ce qui pour lui était une récompense hors de prix. Des étages de la bibliothèque étaient rarement visités, les archives anciennes oubliées, leur contenu moisissant en silence dans la poussière. Albrec avait fait sa mission dans la vie de tous les explorer.

Voilà treize ans qu'il était là, sa vue empirant progressivement, et ses épaules se voûtant de plus en plus à cause de chaque livre qu'il regardait du coin de l'œil. Et pourtant, il savait qu'il n'avait pas encore déterré un dixième des richesses que contenait la bibliothèque.

Il y avait de vieux parchemins de l'époque de l'hégémonie fimbrienne, des œuvres qu'il passait des journées à essayer d'ouvrir à force de cajoleries, avec de l'huile douce et un couteau à la pointe émoussée. La majorité avait été mise de côté par frère Commodius, le bibliothécaire en chef, pour lequel ce n'était que de la vieille camelote, voire une hérésie. Certains avaient été brûlés, à la grande consternation d'Albrec. Après ça, il n'avait plus montré aucun de ses trésors déterrés aux autres frères, mais les avait entreposés en secret. Les livres ne devaient pas être brûlés, croyait-il, quoi qu'ils contiennent. Pour lui, tous les livres étaient sacrés, fragments des esprits du passé, pensées d'hommes depuis longtemps dans la tombe. Ce genre de chose devait être préservé.

Ainsi Albrec dissimula la plus dangereuse de ses trouvailles et commença involontairement sa propre bibliothèque, une bibliothèque d'œuvres qui, si ses supérieurs spirituels l'avaient découverte, l'aurait envoyé aux flammes dans leur compagnie.

Ce matin-là, il regardait par l'une des rares fenêtres de la bibliothèque qui donnait sur les collines de l'autre côté. Son Excellence le prélat de Hebrion devait arriver aujourd'hui pour rejoindre les trois autres prélats qui logeaient déjà à Charibon. Tout le monastère était en effervescence, en proie à des commérages et des spéculations. Des rumeurs couraient, selon lesquelles, après la mort de Macrobius – que Dieu ait pitié de son âme –, les prélats se réunissaient pour choisir un nouveau haut pontife. D'autres disaient que l'hérésie se tramait dans les royaumes occidentaux, des sorciers souhaitant profiter de la confusion dans les monarchies ramusiennes à la suite de la chute d'Aekir. Ce synode constituerait les prémices d'une croisade, disait-on, une guerre sainte pour débarrasser l'Ouest tant de ses ennemis internes que des Medruks qui se pressaient à la porte.

« Une époque capitale », songea Albrec, avec un tant soit peu de nervosité. Il avait toujours considéré Charibon comme une retraite, si l'on peut dire, isolée en haut des collines mais il voyait désormais qu'elle devenait l'un des moyeux autour duquel le monde tournait. Il ne savait pas si ce sentiment l'effrayait ou le réjouissait. Tout ce qu'il demandait, c'était la paix pour poursuivre ses lectures sans être dérangé, rester dans son royaume poussiéreux, éclairé à la bougie dans les profondeurs de la bibliothèque.

– On est encore dans les nuages, frère? fit une voix traînante et nonchalante.

Albrec se recula immédiatement de la fenêtre. La personne qui s'adressait à lui était en riche noir inceptine et le symbole qui tintait sur sa poitrine rayonnait d'or.

– Oh, c'est vous, Avila. Ne faites pas ça! Je croyais que c'était Commodius.

L'autre ecclésiastique, un beau jeune homme au visage pâle et sec de noble, rit.

– Ne vous inquiétez pas, Albrec. Il est cloîtré avec les autres braves dans les quartiers du vicaire général. Je doute que vous le voyiez aujourd'hui.

Albrec cilla. Il portait un paquet de livres qu'il berçait aussi tendrement qu'une jeune mère berce son premier enfant. Ils lui échappèrent et il poussa un grognement de consternation quand ils commencèrent à dégringoler. Mais Avila les rattrapa et les remit en place.

– Venez, Albrec. Laissez ces tomes morts un instant. Venez marcher avec moi dans les cloîtres pour assister à l'arrivée de Himerius de Hebrion.

– Il est là, alors?

– Une patrouille a annoncé que son groupe approchait. Vous pourrez verrouiller la bibliothèque derrière vous. Personne n'en aura besoin pour les heures prochaines. Je pense que la moitié de Charibon est dehors à céder à sa curiosité.

– Très bien.

En effet, la bibliothèque était désertée. L'endroit caverneux répercutait le bruit de leurs voix et l'eau qui s'écoulait patiemment de l'horloge à eau ancienne dans un coin. Ils fermèrent les triples verrous de la porte massive derrière eux – elle avait toujours été source de fierté pour Albrec, orgueil pour lequel il s'était immédiatement châtié, trop fier de porter sur lui les clés de l'une des plus grandes bibliothèques au monde – et, les mains enfouies dans leurs habits, ils sortirent dans la froide clarté de la journée.

– Qu'a donc ce prélat de Hebrion pour susciter autant d'agitation dans le monastère? demanda Albrec d'un ton irrité.

Les larges couloirs qu'ils traversèrent étaient bondés de moines qui bavardaient en marchant vite. Tout le monde, des novices aux frères, semblait être sur le qui-vive aujourd'hui et, par deux fois, ils durent s'arrêter pour saluer un monsignore inceptine.

– Vous ne savez pas, Albrec? Par les Saints, vous passez tant de temps la tête enfouie dans vos livres que vous laissez les événements du vrai monde rouler sur vous comme de l'eau!

– Les livres aussi sont réels, rétorqua Albrec, obstiné. (C'était une vieille dispute.) Ils parlent de ce qui s'est passé dans le monde, de son histoire et de sa composition. C'est réel.

– Mais ceci se passe en ce *moment même*, Albrec, et nous en faisons partie. De grands événements sont en branle et nous avons assez de chance d'être en vie pour y assister.

Les yeux d'Avila brillaient et Albrec le regarda avec un curieux mélange d'affection, d'exaspération et de respect mêlé de crainte. Avila était un jeune fils des Dampiers de Perigraine. Il était automatiquement entré chez les Inceptines et son ascension dans l'ordre serait sans aucun doute fulgurante. Il avait du charisme, de l'énergie et un charme ravageur. Albrec n'aurait su dire comment tous deux étaient devenus amis. Cela était lié aux idées dont ils se bourraient le crâne, aux arguments qu'ils se renvoyaient comme des balles. Une demi-douzaine de novices étaient désespérément amoureux d'Avila, mais Albrec était persuadé que le jeune novice ne se doutait même pas de leur existence. Il y avait une curieuse innocence en lui qui avait survécu à l'ambiance mouvementée des premières années passées ici. Par ailleurs, personne ne savait mieux que lui jouer le jeu inceptine. C'était plus fort qu'Albrec, mais il se demandait si son ami ne perdait pas son temps ici. Avila aurait dû être un dirigeant-né, un officier dans l'armée de son pays, et non un ecclésiastique perdu dans les collines.

– Dites-moi, alors, ce que je devrais savoir dans mon ignorance, dit Albrec.

– Cet Himerius est le champion des Inceptines en ce moment. Hebrion a un jeune roi non religieux sur le trône qui éprouve très peu de respect pour l'Église, d'après ce que je sais, et qui fraye régulièrement avec les sorciers. Abrusio est devenu un refuge pour toutes sortes d'hérétiques, d'étrangers et de sorciers. Himerius a lancé une purge de la cité et vient ici pour tenter de persuader les autres prélats d'en faire autant.

Albrec fronça son nez pointu.

– Je n'aime pas ça. Tout le monde est paniqué depuis Aekir. Ça sent la politique pour moi.

– Bien sûr que oui ! Mon cher ami, *l'Église est sans dirigeant*. Macrobius est mort et nous n'avons plus de haut pontife. Cet Himerius établit ses références aussi vite qu'il le peut. Il se présente comme le dirigeant fort dont l'Église a besoin en une époque comme celle-ci. Quelqu'un qui n'a pas peur de croiser le fer avec des rois. Tout le monde parle déjà de lui comme du successeur de Macrobius.

– Tout le monde, à part ses frères prélats, j'imagine.

– Oh, naturellement. Des marchés seront conclus avec le vicaire général pour négocier le tout. Il sera naturellement exclu du pontificat en vertu de son office actuel, mais je suis sûr qu'il nommera d'ici peu un autre Inceptine à la tête de l'Église.

– Voilà plus d'un siècle que nous n'avons eu un haut pontife non inceptine, dit Albrec en caressant son habit d'Antillien marron d'un air pensif. Et de tous les prélats, seul Merion d'Astarac n'est pas inceptine mais antillien, comme moi.

– Les Corbeaux ont toujours fait ce qu'ils voulaient, lança gaiement Avila. Ça ne changera jamais.

Ils sortirent des cloîtres et montèrent péniblement les rues pavées de la ville qui bordaient le monastère. Les bâtiments étaient grands, s'inclinaient au-dessus de la route, et les rues étaient propres. Tout avait été rangé en prévision du synode, sur les ordres du vicaire général.

Des ecclésiastiques embouteillaient les rues, montant de plus en plus haut pour être le premier à apercevoir le favori pour le pontificat. Avila aida Albrec à gravir la colline ; le petit moine soufflait et transpirait. Leur souffle embuait l'air froid autour d'eux et ils voyaient la neige sur les versants supérieurs.

– Ça y est, fit Avila, satisfait.

Ils s'arrêtèrent sur la corniche qui formait une boucle protectrice au sud-ouest de Charibon. Autour d'eux, la corniche était noire de monde, aussi bien de religieux que de laïques. S'ils regardaient en bas, ils voyaient le profil magnifique de Charibon, avec ses tours et ses flèches enflammées par le soleil d'automne et la mer intérieure de Tor qui scintillait sur leur droite.

– Je le vois, fit Avila.

Albrec plissa les yeux.

– Où ?

– Pas là, espèce de gourde, le long de la route du nord. Il vient d'Almark, souvenez-vous. Vous voyez l'escorte de chevaliers ? Ils doivent bien être deux cents au bas mot. Himerius sera dans le deuxième carrosse, celui qui porte le drapeau écarlate de Hebrion. Ils doivent sûrement lui préparer une parade. Je dirais qu'il a le pontificat dans la poche.

Sur quoi, un de leurs voisins, un prêtre au visage dur vêtu de la robe ordinaire d'un Frère mendiant, se retourna.

– Que dites-vous ? Himerius, pontife ?

– Eh bien oui, frère. Ça m'a l'air de se passer comme ça.

– Et vous vous êtes penché de près sur ces affaires, n'est-ce pas ?

Le visage d'Avila sembla se durcir. Ce fut avec sa morgue d'aristocrate pur-sang qu'il répondit :

– J'ai toute ma tête. Je sais reconnaître des signes et formuler une opinion comme tout un chacun.

Le Frère mendiant sourit puis désigna d'un signe de tête le cortège qui approchait.

– Si ce prélat-là s'attribue le haut pontificat, vous n'aurez plus le droit de vous octroyer le luxe d'émettre une opinion, fiston. Et bon nombre d'innocents n'auront plus le luxe de vivre. Je ne sais pas si c'était la coutume du Ramusio Béni quand il était sur terre, mais c'est la coutume de vos frères inceptines ces jours-ci, avec leurs Chevaliers militants, leurs purges et leurs bûchers. Où est-il écrit dans le *Livre des actions* que vous devez assassiner votre frère s'il n'est pas comme vous ? Inceptines ! Vous êtes les corbeaux de sang de Dieu, battant des ailes autour des bûchers que vous avez créés.

Sur ce, le frère vêtu de gris tourna les talons et s'en alla d'un pas lourd, se frayant un chemin à coups de coude à travers la foule de plus en plus nombreuse. Avila et Albrec le suivirent du regard, sans voix.

– Il est fou, finit par dire Albrec. Les Frères mendiants ont toujours été des excentriques, mais lui, il a complètement perdu la tête.

Avila baissa les yeux sur le flanc de colline vers lequel l'escorte du prélat de Hebrion se dirigeait, sur la route boueuse du nord, diffusant un nuage d'eau sur son passage.

– Vraiment ? Je ne me souviens pas avoir entendu d'histoire de Ramusio détruisant quiconque ne croyait pas en lui. Peut-être a-t-il raison.

– Il a abattu les femmes de Gebrabr possédées par le démon, lui fit remarquer Albrec.

– Oui, répondit Avila d'un ton absent. Il y a ça. (Puis il le gratifia brusquement d'un grand sourire, avec une bonne humeur inhabituelle.) Autre raison pour laquelle les ecclésiastiques ne se marient pas. Les femmes ont trop de démons en elles ! Je crois que tous les ecclésiastiques ont des mères, cela dit.

– Chut, Avila ! On risque de vous entendre !

– On risque de m'entendre, en effet. Et quand bien même, Albrec ? Que se passerait-il ? Et s'ils tombaient par hasard sur les livres que vous avez sauvés en cachette ? Ne vous êtes-vous jamais demandé ce qui se passerait ? Nous avions un mage parmi le personnel de mon père quand j'étais petit. Il faisait des tours avec l'eau et la lumière et personne ne savait soigner une jambe cassée plus vite que lui. Il est devenu mon tuteur. Est-ce ce genre d'homme que l'Église veut détruire ? Pourquoi ?

– Au nom du Saint, Avila, allez-vous vous taire ? Vous allez nous causer toutes sortes de problèmes !

– Mais quelles sortes de problèmes, Albrec ? Quelles sortes ? Depuis quand une conversation, une idée nous conduit-elle au bûcher ? Que doit-on faire pour mériter une telle mort ?

– Oh, taisez-vous, Avila. Je ne discuterai pas avec vous. Pas ici ni maintenant.

Albrec regarda autour de lui avec une nervosité grandissante. À côté d'eux, des ecclésiastiques se retournèrent pour écouter Avila.

Avila sourit de nouveau.

– Bien, frère. Nous chasserons ce lièvre plus tard. Peut-être que frère Mensio pourra nous donner un coup de main.

Albrec ne dit rien. Avila adorait pousser une conversation jusqu'au bout – jusqu'aux limites de l'orthodoxie. C'était inquiétant. Albrec se disait parfois que le fossé entre ce qu'Avila croyait et ce qu'il disait se creusait et même lui, l'ami du noble, avait du mal à estimer la profondeur du gouffre entre ce qui semblait être dans la tête du jeune homme et ce qui y était réellement.

Le cortège du prélat passa devant eux en les éclaboussant, une main pâle faisant un salut gracieux depuis les profondeurs du carrosse à la foule réunie. Puis il disparut. S'ensuivit un sentiment de douche froide.

– Il aurait au moins pu descendre et nous donner sa bénédiction ! ronchonna un moine à côté d'eux.

Avila donna une tape dans le dos de l'homme.

– C'était *ça*, sa bénédiction, frère ! N'avez-vous pas vu ses doigts dessiner le signe du Saint quand il est passé devant nous ? Une bénédiction rapide, c'est vrai, mais pas pire pour autant.

Le moine, un novice inceptine avec la capuche blanche d'un élève de première année, le gratifia d'un sourire rayonnant.

– Alors j'ai été béni par le futur pontife du monde. Merci, frère, je n'avais pas remarqué. Vous avez de bons yeux.

– Et une imagination galopante, marmonna Albrec en retournant à Charibon avec Avila.

Les cloches de la cathédrale sonnaient la troisième heure et les troupeaux de moines regagnaient leurs collèges respectifs pour le repas du matin. L'estomac d'Albrec l'élança, prémonitoire.

– Pourquoi faites-vous ça ? demanda-t-il à son ami.

– Vous êtes curieusement hargneux ce matin, frère. Pourquoi fais-je cela ? Parce que cela me plaît et illumine cette journée de novice. D'ici demain, cette histoire aura fait le tour de son collège : Himerius les a dotés de sa bénédiction personnelle, grand bien leur fasse.

– Avila, je pense sincèrement que vous courez le danger de devenir cynique.

– Peut-être. Parfois je me dis que tout homme qui porte cet habit noir doit être soit un pieux fanatique, soit un intrigant sans pitié.

– Ou le fils cadet d'un noble. Il y en a beaucoup, ne l'oubliez pas.

Avila fit un grand sourire à son tout petit ami.

– Allez, Antillien. Mangerez-vous avec les fils de nobles ce matin ? Si qui que ce soit montre du doigt votre habit couleur boue, je dirai que vous êtes un lettré venu utiliser notre bibliothèque. Et notre réfectoire est réputé, comme vous n'êtes pas sans le savoir.

– Je sais. Très bien. Tant que vous écartez les bouffonneries des novices. Je ne suis pas d'humeur à assister à des batailles de pain ce matin.

Tous deux empruntèrent un chemin dans les rues pavées qui menaient au monastère même, le grand Inceptine et le petit Antillien grassouillet. Personne, en regardant ce couple invraisemblable, n'aurait pu deviner qu'à eux deux, ils changeraient un jour le cours du monde.

Les cloches de la cathédrale égrenaient les heures de Charibon. Les habitants de la cité-monastère récitaient leurs prières, avalaient leurs repas et lisaient leurs offices en murmures rapides, mais dans les quartiers merveilleusement aménagés du vicaire général, une compagnie plus chic, assise à son aise, sirotait le vin candelarien qui accompagnait le repas. Ils avaient reculé leurs chaises de la longue table, remercié Dieu de la générosité qui s'était présentée à eux et savouraient le feu qui brûlait dans l'immense âtre.

Cinq hommes, les dirigeants religieux les plus puissants au monde.

Au bout de la table était assis le vicaire général de l'Ordre des Inceptines, Betanza d'Astarac, ancien duc de ce royaume. Il avait trouvé sa vocation sur le tard, aidé, au dire de certains, par les Vagabonds des Mers qui avaient détruit son fief lors d'une attaque foudroyante un été trente ans plus tôt. C'était un grand homme puissant, fort corpulent, au visage rougeaud et au crâne qui eût été chauve même sans la tonsure. Le symbole du Saint qui pendait à son cou était un portrait en cartouche en or blanc avec des perles et de minuscules rubis. Il le tripotait d'un air absent tout en regardant le fond de son verre de vin éclairé à la bougie.

Les autres hommes représentaient quatre royaumes. Merion d'Astarac n'était pas encore présent, retardé, croyait-on, par les tempêtes de neige précoces dans les cols des montagnes de Malvennor, mais Heyn de Torunnie était là, tout comme Escriban de Perigraine et Marat d'Almark. Et, assis au bout de la table, finissant délicatement son vin, Himerius de Hebrion dont l'arrivée ce matin avait suscité une grande agitation dans tout le monastère.

Tous les hommes présents étaient des Inceptines et tous avaient effectué leur noviciat dans ce monastère même. Pour tous, à l'exception de Betanza, c'était le foyer de leur jeunesse et de souvenirs tendrement conservés mais leurs visages étaient sérieux à présent, pour ne pas dire renfrognés.

– Je ne peux laisser partir plus de Chevaliers, déclara Betanza avec l'air las de celui qui se répète. On en a besoin là où ils se trouvent.

– Vous en avez des milliers sur la colline qui se tournent les pouces, rétorqua Heyn de Torunnie.

C'était un homme mince à la barbe noire. Il avait l'air malade tant les cernes sous ses yeux et les creux sur ses tempes étaient noirs.

– Ils sont notre seule réserve. Charibon ne peut rester sans défense. Et si les tribus devenaient difficiles à contrôler ?

– Les tribus ! dit Heyn d'un ton méprisant. Elles ne vous ont pas empêché d'envoyer deux mille hommes à Hebrion pour maintenir l'ordre pour frère Himerius. Y a-t-il des *tribus* à Hebrion ou des Medruks à la porte ?

Sur quoi, le prélat de Hebrion arqua légèrement les sourcils, mais garda un air patricien et distant qui avait le don d'irriter ses collègues.

– Lofantyr a besoin d'hommes, en a désespérément besoin. Même cinq mille seraient une bénédiction en ce moment, poursuivit Heyn avec ténacité.

– Et pourtant il retire des troupes de la digue d'Ormann, fit Himerius d'un ton doux. Pense-t-il sincèrement que la digue est aussi inattaquable ?

– La Torunnie doit disposer de troupes au cas où la digue serait prise, déclara Heyn.

– Grands Dieux non ! s'exclama Marat d'Almark.

– Écoutez, frères, dit Betanza, nous ne sommes pas là pour parler politique mais pour débattre des besoins spirituels de l'ère qui nous attend. C'est aux rois du monde d'être le fer de lance de la foi. Nous sommes des guides, voilà tout.

– Mais... commença Heyn.

– Et les ressources de l'Église devraient sûrement être réservées pour les besoins de l'Église. Nous avons été particulièrement prodigues de notre aide jusque-là. Combien de milliers de Chevaliers ont péri à Aekir ? Non, il y a d'autres questions à l'ordre du jour, tout aussi importantes que la défense des forteresses occidentales.

Escriban de Perigraine, un homme à la mine allongée et languissante, qui aurait paru plus dans son élément dans un brocart que dans un habit de moine, rit brusquement.

– Mon cher Betanza, si vous faites référence au haut pontificat alors il n'y a sûrement aucune décision à prendre. S'il faut se fier aux acclamations de vos propres moines, alors notre estimé frère Himerius peut compter sur son poste tout cuit dans le bec.

Les hommes assis autour de la table se renfrognèrent. Même Himerius eut l'élégance de paraître gêné.

– Ce sont les votes des Cinq Prélats des Monarchies ramusiennes et les Collèges des Évêques sous leur autorité qui décident du haut pontificat. Rien d'autre, dit Betanza dont le visage déjà rouge s'empourprait davantage. Nous en discuterons en temps et en heure et prierons pour que Dieu nous guide dans la plus importante des décisions. De plus, nous ne sommes pas au complet. Frère Merion d'Astarac n'est pas encore arrivé.

– Votre compatriote, l'Antillien, naturellement – sans vouloir vous offenser... fit Escriban d'un ton doux. Pour qui votera-t-il, d'après vous ?

Betanza lui coula un regard noir.

– Frère Escriban, en qualité d'arbitre et de surveillant de ces procédures, je vous conseille d'employer un ton plus responsable.

– Quelles procédures ? Mon cher ami, nous ne sommes que des collègues de l'Église qui discutons devant un bon dîner. Le synode ne s'est même pas encore réuni.

Les hommes autour de la table le savaient. Ils savaient également que la véritable affaire du synode serait résolue avant même qu'il ait commencé. Merion était une non-entité, un non-Inceptine, mais si les prélats étaient divisés à égalité, son vote serait décisif. On ne pourrait l'ignorer.

– Comment a-t-il pu devenir prélat d'ailleurs ? marmonna Marat. Un homme d'aucune famille et d'un autre ordre.

– Le roi Mark ne jure que par lui. Il a été le seul candidat d'Astarac proposé pour ces fonctions, dit Betanza. Le Collège des Évêques n'a pas eu grand choix.

– Ils règlent mieux ces choses à Almark, fit Marat.

Il était de forte corpulence, avec une énorme barbe blanche qui descendait sur son torse et son gros ventre. Sa patrie, Almark, avait été la dernière terre conquise par les Fimbriens avant que leur hégémonie ne s'achève, pourtant il était généralement considéré comme le plus conservateur des Cinq Royaumes.

– Et ces purges que notre éminent collègue a lancées à Hebrion ? demanda Heyn, frottant ses tempes creuses avec ses doigts blanc os. Allons-nous en faire un phénomène d'ampleur continentale ou est-ce tout simplement un problème local ?

Himerius scrutait son verre à pied en cristal, ses traits d'oiseau de proie totalement inexpressifs. Il savait qu'ils attendaient qu'il parle. Malgré leurs fanfaronnades et leur assurance, il comprit qu'ils comptaient sur lui à ce moment précis : il était le seul d'entre eux qui avait osé contrecarrer les désirs du roi.

Il reposa son verre et marqua une pause, pour être sûr d'avoir toute leur attention.

– La situation à Hebrion est grave, mes frères. À sa manière, elle est aussi grave que la crise qui touche l'Est.

La lueur du feu tremblota sur son nez merveilleusement aquilin. Il avait les traits d'un empereur fimbrien et en était conscient.

– Abrusio est une cité haute en couleur, perchée au bord de l'Océan occidental. Les bateaux passent par là de chaque coin de Normannie, tant ramusiens que medruks. Sa population est un mélange hybride de la lie d'une centaine d'autres cités. Et en une pareille terre, frères, l'hérésie prend facilement racine.

« Le roi de Hebrion est un jeune homme. Il avait un père brillant, Bleyn le Pieux, dont vous connaissez tous le nom, mais son fils n'est pas fait du même bois. Son tuteur était un sorcier quand il était jeune, méprisant la sagesse de ses professeurs inceptines et, en conséquence, il lui manque un certain... respect pour l'autorité et les traditions de l'Église.

Escriban de Perigraine le gratifia d'un grand sourire.

– Vous voulez dire qu'il est son propre maître.

– Je ne veux rien dire de tel, lança Himerius d'un ton sec, brusquement grincheux. Je veux dire que s'il en arrive à faire ce qu'il veut, il pourrait irrévocablement porter atteinte à l'influence de l'Église à Hebrion et le Saint sait quels laissés-pour-compte du monde entier prendraient racine à Abrusio. J'ai agi ainsi dans le but d'empêcher ce genre de choses, cherché à purifier la cité et enfin le royaume, mais mes sources m'ont appris qu'au moment où je suis parti, l'ampleur de la purge a été réduite, sûrement sur les ordres du roi.

– Rien de tel que quelques bûchers pour les faire affluer à l'Église à genoux, lança Marat d'Almark d'un ton bourru. Vous avez bien fait, frère.

– Merci. Quoi qu'il en soit, chers collègues, j'ai l'intention de soumettre cette affaire au synode une fois qu'il sera réuni. Abeleyn de Hebrion doit apprendre à ne pas se moquer de l'autorité de l'Église.

– Qu'avez-vous l'intention de faire ? L'excommunier ? s'enquit Heyn de Torunnie, incrédule.

– Disons que la menace de l'excommunication est parfois aussi efficace que l'acte en lui-même.

– Vous oubliez une chose, frère, fit Betanza, dont les doigts s'amusaient inlassablement avec son symbole du Saint. Seul le haut pontife a l'autorité d'excommunier – sinon de châtier – un roi ramusien consacré. En tant que simple prélat, vous ne pouvez pas le toucher.

– Raison de plus pour choisir le nouveau pontife dès que possible, répondit Himerius, imperturbable.

Un silence s'ensuivit tandis que les autres digéraient l'information.

– Est-ce vraiment le moment de trouver des raisons de se disputer avec les rois ? demanda enfin Heyn. N'y a-t-il pas suffisamment de crises à l'Ouest pour en rajouter d'autres ?

– C'est le meilleur moment, rétorqua Himerius. La chute de Macrobius a déjà gravement porté atteinte au prestige de l'Église ; ainsi que la prise d'Aekir et la perte de l'armée des Chevaliers militants là-bas. Nous *devons* reprendre l'initiative, user de notre influence en tant que corps cohérent et prouver à l'Ouest que nous sommes encore l'autorité ultime sur le continent.

– Alors laisserons-nous la digue d'Ormann tomber afin de prouver combien nous sommes puissants ? demanda Escriban.

– Si nous faisons ça, les générations prochaines vont abhorrer nos noms... et à juste titre, lança Heyn avec feu.

– Il n'y a aucune raison pour que la digue soit prise, dit Himerius. Mais c'est la responsabilité de la Torunnie, pas celle de l'Église.

Sur quoi, Heyn se leva et recula sa chaise en raclant le sol. Son habit noir voleta autour de sa silhouette mince quand il se mit dos au feu, les yeux blêmes de rage comme ceux d'un oiseau de proie.

– Ce discours sur la *responsabilité*... l'Ouest a la responsabilité d'aider la Torunnie en ce moment. Si les Medruks prennent la digue, alors la Torunnie tombera probablement et les barbares ne connaîtront aucune barrière à leur progression, à part les sommets des Cimbriques. Et s'ils passaient par le nord, en contournant les montagnes ? Alors notre chère Charibon serait la prochaine de la série. Est-ce que ce serait alors notre *responsabilité* de la défendre – ou devrions-nous attendre que la vague medruk déferle aux portes d'Abrusio ?

– Vous êtes bien excité, mon frère, dit Betanza d'un ton apaisant. Nous le comprenons. Ça ne doit pas être facile pour vous.

– Oui, je parierais que Lofantyr vous a presque mis les poucettes, Heyn, fit Escriban. Que lui avez-vous promis avant de venir ici ? Une armée des Chevaliers ? Les lanciers de Perigraine ? Ou peut-être les cuirassiers d'Almark.

Heyn se renfrogna. Son visage était comme un crâne barbu à la lueur du feu.

– Tout le monde ne considère pas la vie comme une grosse blague, Escriban, dit-il d'un ton venimeux.

Betanza donna un grand coup sur la table, faisant danser les verres et les faisant tous sursauter.

– *Ça suffit !* Nous ne sommes pas réunis ici pour nous insulter les uns les autres. Nous sommes les anciens de l'Église, les héritiers de la tradition du Ramusio même. Il n'y aura pas de mesquinerie. Nous n'avons pas le temps pour ça.

– D'accord, dit le vieux Marat dans sa barbe blanche. J'ai l'impression que deux problèmes se présentent à nous en ce moment, frères. Premièrement, le haut pontificat. Il doit être décidé avant toute autre chose, car il influe sur tout. Deuxièmement, ces purges que notre frère de Hebrion a lancées et souhaite voir étendues. Souhaitons-nous les voir dans les Cinq Royaumes ? Personnellement, je suis pour. La populace du monde est comme du bétail : elle doit sentir le bâton du conducteur de bestiaux une fois de temps en temps.

– Merion d'Astarac fait partie du bétail, Marat, dit Escriban. Il ne votera pas pour un pogrom à l'échelle continentale, autant que vous le sachiez.

– Il est seul et nous sommes cinq.

Marat passa la table en revue puis sourit. Il avait l'air d'un patriarche bienveillant, mais ses yeux étaient dénués d'humour.

– Bien, dit-il.

Heyn restait près du feu, à l'écart. Il finit par dire :

– La Torunnie n'a pas les ressources pour entreprendre une purge en ce moment. Nous aurons besoin d'une aide extérieure.

Betanza hocha la tête ; son crâne chaud luisait.

– Mais bien sûr, frère. Je suis certain que je peux vous avoir un contingent de Chevaliers assez important pour aider l'œuvre de Dieu dans votre prélature assiégée.

– Six mille ?

– Cinq.

– Très bien.

Himerius finit son vin, il avait l'air d'un faucon qui venait de plonger sur un gros pigeon.

– C'est une bonne chose de se dire les choses ouvertement, d'en parler avec des amis, amicalement, sans rancœur.

Ses yeux croisèrent ceux de Betanza. Il hocha imperceptiblement la tête.

Escriban de Perigraine gloussa.

– Et le pontificat ? s'enquit Betanza. Qui parmi nous souhaite se présenter ?

– Oh, je vous en prie, frère Betanza, fit Escriban en feignant d'être choqué, êtes-vous obligé de ne pas mâcher vos mots ?

Un autre silence, plus profond cette fois. En acceptant les propositions de Himerius, la décision avait été plus ou moins prise, mais personne ne voulait formuler ce qu'ils savaient tous.

– Je me présenterai, si Dieu veut bien me donner la force, dit enfin Himerius, quelque peu ennuyé que personne ne l'ait publiquement incité à le faire.

Betanza soupira.

– Soit. C'est complètement informel naturellement, mais je dois vous demander, frères, si vous ne voyez pas d'objection à la candidature de frère Himerius.

Personne ne parla. Heyn se retourna, face au feu.

– Personne d'autre ne se présentera ?

Betanza attendit un moment puis haussa les épaules.

– Bien, nous avons un candidat à soumettre au synode. Reste à voir ce qu'en dira le Collège des Évêques.

Mais ils savaient tous que les évêques votaient avec leurs prélats respectifs. Le haut pontificat du monde occidental venait d'être singulièrement décidé – par cinq hommes, à la lueur du feu, au cours d'un dîner.

14

L'automne dans les montagnes de Malvennor. Déjà la neige avait commencé à obstruer les cols supérieurs et, sur les vastes pics, le vent fraîchissant faisait tournoyer des banderoles et des bannières de blanc.

Abeleyn resserra la fourrure de son col sur sa gorge et leva les yeux sur les montagnes, à l'est et au nord. Les Malvennors étaient à plus de quinze cents pieds au-dessus du niveau de la mer et, même là, sur les collines parsemées de plaques de neige qui s'étendaient à leurs pieds, l'air était vif et raréfié, et les guides avaient averti le groupe des dangers du mal des montagnes et de la cécité que causait la neige.

Voilà cinq semaines qu'il était parti d'Abrusio, sur la route du Conclave des Rois de Val Ephrir à Perigraine. Son navire avait traversé rapidement le Golfe fimbrien, s'était mis à quai à la cité séparatiste fimbrienne de Narbukir, puis il était passé à bord d'une embarcation fluviale pour entamer le voyage laborieux sur l'Arcolm, montant à cheval lorsque l'Arcolm n'était plus navigable. Il le voyait à présent, un torrent étroit coulant et écumant entre les rochers couverts de glace. Plus haut sur les montagnes, on disait qu'un homme pouvait l'enjamber s'il avait de longues jambes. Difficile à croire étant donné qu'en bas, dans le golfe, son embouchure formait un estuaire de trois lieues de large.

Les autres membres du groupe étaient encore en bas, montant péniblement les versants escarpés pour le rejoindre. Il avait une escorte relativement importante : deux cents arquebusiers et épéistes hebrioniens et quatre-vingts officiers de cavalerie lourde, armés de lances et de pistolets à mèches à combustion lente. Et il y avait les muletiers du convoi, les cuisiniers, les chambellans, les maréchaux-ferrants et la multitude d'autres serviteurs qui constituaient sa maison royale itinérante. En tout, quelque quatre cents hommes accompagnaient le roi de Hebrion à travers les montagnes de Malvennor, un spectacle plutôt modeste. Seul un roi aurait jamais le droit d'emmener une telle force dans un pays étranger. Cela faisait partie intégrante de la dignité des monarques.

– Nous nous installerons ici et tenterons la traversée du col demain matin, fit le roi à son intendant en chef.

L'homme en selle hocha la tête puis tira brusquement sur les rênes de son cheval pour commencer à installer le campement.

Sur sa selle, le roi était détendu et regardait les groupes épars et disgracieux d'hommes et d'animaux se fondre petit à petit sur la côte sous lui. Les chevaux trouvaient cela difficile. Si la neige était de plus en plus profonde – et ce serait le cas –, ils devraient tous mettre pied à terre et tirer leurs montures derrière eux. La neige était tombée tôt cette année et un vent glacial soufflait des pics élevés. La chaleur ardente d'Abrusio semblait un rêve.

– Est-ce ici que vous espérez retrouver le roi Mark, sire ? fit une voix de femme.

– Dans les environs.

Le roi se retourna pour regarder la femme encapuchonnée qui avait mis son palefroi derrière lui. Le cheval élégant ressentait le froid : ce n'était pas la meilleure des montures pour une expédition comme celle-ci.

– J'espère que vous avez apporté de bonnes bottes de marche, jeune femme. Votre cheval va abandonner avant même que nous ayons parcouru dix autres lieues.

La dame Jemilla ôta sa capuche d'un coup. Ses cheveux foncés étaient relevés en macarons tressés autour de sa tête, attachés par des épingles ornées de perles. Deux perles plus grosses scintillaient comme des petites lunes dans les lobes de ses oreilles. Ses yeux étincelaient dans la clarté neigeuse.

– Marcher me fera du bien. Je prends du poids.

Abeleyn lui fit un grand sourire. Si tel était le cas, il n'avait rien remarqué. Il baissa les yeux sur son flanc de colline. Son personnel montait d'immenses tentes en cuir et il aperçut le faible vacillement d'un feu. Ses orteils étaient tout engourdis dans ses bottes en fourrure et son souffle s'échappait brusquement de ses lèvres mais il ne retrouverait pas tout de suite la chaleur des feux. Au contraire, il regarda au sud le long de la chaîne montagneuse où l'Astarac se dessinait, bleue, au loin, sur la rive de l'Arcolm. À vrai dire, ils se trouvaient déjà en Astarac car l'Arcolm avait toujours été la frontière traditionnelle entre Astarac et Fimbrie. Mais en haut dans les montagnes, de telles formalités étaient hors de propos. Des bergers menaient leurs chèvres en troupeau d'un royaume à un autre sans formalités, comme ils l'avaient toujours fait. Là-haut, les subtilités des frontières et de la diplomatie semblaient être une mascarade lointaine qui se jouait dans les palais du monde.

– Quand arrivera-t-il, d'après vous ? demanda Jemilla.

Elle devenait quelque peu familière ces derniers temps. Il devrait faire attention.

– Bientôt, j'espère, demoiselle, bientôt. Mais sitôt il arrivera, sitôt il nous surveillera. Venez, allons nous réchauffer et donner un peu de repos à nos pauvres montures.

D'un coup d'éperon, il fit descendre la pente glacée à son cheval.

Jemilla ne le suivit pas aussitôt. Elle fit asseoir son coursier tremblant et regarda le roi battre en retrait. Une main gantée toucha son ventre, hésitante, et l'espace d'un instant, son visage devint dur comme du verre. Puis elle suivit son roi et amant jusqu'au remue-ménage grandissant du camp et des feux qui brûlaient, orange et jaune, dans la neige.

Le vent soufflait très fort. Abeleyn mit ses mains au-dessus du brasero rougeoyant – ils ne tarderaient pas à manquer de charbon – et écouta la tempête de neige qui leur était tombée dessus avec l'arrivée brutale de la nuit. Peut-être aurait-il dû emprunter la route maritime, au sud-ouest, par les détroits de Malacar, mais il aurait eu besoin d'une petite flotte pour l'escorter. Pour les corsaires, un roi de Hebrion aurait été une cible trop tentante pour ne pas la molester, en dépit – pour ne pas dire en raison – des compromis qu'ils avaient faits depuis longtemps avec la couronne de Hebrion.

De plus, il avait besoin de parler ouvertement au roi Mark avant que l'intrigue du conclave ne les engloutît tous.

Quelque chose frappa le côté de sa tente, visiblement propulsé par le vent, et gratta un moment, l'intendant arriva de l'abside adjacente. Des assiettes cliquetèrent ; ils lavaient les restes du dîner.

– Y a-t-il eu quelque chose, sire ? J'ai cru entendre...

– Ce n'était rien, Cabrian. Congédiez les serviteurs, voulez-vous ? Ils pourront finir demain matin.

L'intendant le salua d'un signe de tête puis regagna son abside spacieuse en frappant dans les mains à l'intention des domestiques. Abeleyn se leva et fit glisser l'épais rideau de cuir qui atténuait le bruit qu'ils faisaient.

– Sire. (C'était le garde du corps à l'entrée.) Nous avons trouvé quelque chose. Cela a frappé la tente et vous nous avez dit de...

– Oui, fit Abeleyn d'un ton sec, amenez-le-moi et ne faites entrer personne d'autre.

Il referma le rabat de la tente et un homme armé vêtu d'une grande cape entra, faisant pénétrer une rafale de neige et de l'air glacial. Il avait quelque chose dans les mains, qu'il posa sur un petit lit de camp quand Abeleyn lui fit un signe de tête.

– Merci, Merco. Vos hommes ont-ils un feu décent par là-bas ?

– Assez bien, sire. Nous changeons de place toutes les heures.

La voix de l'homme était étouffée par les plis de la cape qu'il avait emmitouflée autour de son visage.

– Très bien. Ce sera tout alors.

L'homme le salua d'un signe de tête et s'en alla. La neige qu'il avait laissée entrer commença à fondre sur le cuir épais du sol de la tente.

– Oui, Golophin ? fit Abeleyn.

Il se pencha au-dessus du gerfaut incrusté de glace, tapi sur les fourrures du lit de camp et essuya doucement ses ailes. Les yeux jaunes inhumains lui lancèrent un regard mauvais. Le bec s'ouvrit et la voix du vieux sorcier dit :

– Bienvenue, mon seigneur.

– L'oiseau est-il saoul pour s'être écrasé contre ma tente ?

– L'oiseau est exténué, mon fils. Cette satanée tempête de neige a failli le détruire pour de bon. Vous allez vous amuser à passer le col, si elle continue.

– Je sais. Des nouvelles du roi Mark ?

– Il arrive dans quelques heures. Il voyage avec un plus petit groupe que le vôtre. Peut-être ses idées sur la dignité des rois diffèrent-elles des vôtres.

Abeleyn sourit, caressant les plumes de l'oiseau.

– Peut-être. Bien, vieillard, quelles nouvelles avez-vous pour moi cette fois ?

– Des nouvelles de grande importance, mon fils. J'ai fait surveiller Charibon par l'oiseau comme vous me l'avez demandé. Il en revient tout juste. Je croyais que voler au-dessus des montagnes le tuerait mais il avait le vent d'est sur sa queue et il s'en est bien sorti finalement.

« Vous devez le savoir, je suppose. Le synode s'est réuni il y a huit jours. Notre bon Himerius a été élu haut pontife des Cinq Royaumes.

La main d'Abeleyn s'immobilisa sur le plumage mouillé de l'oiseau sauvage.

– Alors ils l'ont fait. Ils ont élu ce bâtard au foie de loup marchand de massacres !

– Attention à ce que vous dites, sire. Vous parlez du dirigeant spirituel du monde ramusien.

– Par le sang des Saints ! Personne ne s'y est opposé, Golophin ?

– Merion, si, mais c'est un Antillien de basse naissance et donc un étranger. J'aurais cru que Heyn de Torunnie s'y serait aussi opposé, mais il a dû être acheté d'une façon ou d'une autre. Himerius doit sans aucun doute être en train de distribuer au compte-gouttes des récompenses aux fidèles qui ont voté pour lui.

– Et les purges ? J'imagine qu'elles vont être étendues à tout le continent.

– Oui, fiston. Une bulle pontificale est attendue dans quelques semaines. C'est une journée noire pour les Dweomers et pour l'Ouest.

Le visage d'Abeleyn était blanc comme un os à l'ombre écarlate de la tente.

– Je ne le permettrai pas. Les rois ne le permettront pas. Je dirai au conclave que nous ne pouvons tolérer cette interférence dans la gestion quotidienne de l'État. Ces gens sont nos sujets, que l'Église les considère comme des hérétiques ou pas.

– Doucement, fiston. On parle d'excommunication à Charibon, et Himerius a le pouvoir d'émettre une bulle contre vous. Un roi hérétique n'a aucun droit de diriger aux yeux du monde.

– Qu'ils aillent au diable ! dit Abeleyn entre ses dents. N'y a-t-il rien qu'un roi consacré puisse faire dans son royaume sans que ces maudits Corbeaux ne s'en mêlent ?

– C'est le jeu des Inceptines, sire. Ils le jouent depuis des siècles.

– J'en parlerai à Mark. C'est un modéré, comme moi. Peut-être n'influencerons-nous pas Lofantyr de Torunnie car il a grand besoin des Chevaliers militants en ce moment ni Haukir d'Almark – il est trop vieux, trop conservateur. Cadamost de Perigraine, en revanche... il sera peut-être ouvert à la raison. Il m'a toujours frappé comme étant le genre de gars plutôt maniable. Quelles nouvelles de la digue, Golophin ? Tient-elle ?

– L'armée de Shahr Baraz trouve que le passage de la Route occidentale est difficile. Le gros de l'armée a enfin commencé à avancer et il y a des escarmouches sur la digue, mais jusque-là il n'y a pas eu d'attaque majeure. Ce sont de vieilles nouvelles, sire, glanées chez un collègue. L'oiseau a été trop occupé à Charibon pour regarder l'Est de plus près.

– Bien sûr.

– Mais il y a une rumeur. De la digue d'Ormann.

– Quoi ? Quelle rumeur ?

– Il paraît que Macrobius n'a pas été tué lors de la prise d'Aekir. Qu'il est vivant. Comme je le dis, c'est une rumeur, rien de plus.

– Macrobius vivant ? Non, c'est impossible, Golophin ! La Torunnie prend ses désirs pour des réalités.

– Voulez-vous que j'y regarde de plus près, sire?

Abeleyn marqua une pause.

– Non, j'ai besoin que votre alter ego à plumes reparte à Charibon. Je dois être au courant de ce qui se passe là-bas lorsque le conclave se réunira. Ce n'est pas le moment de chasser des feux follets à l'est.

– Très bien, sire.

Un silence s'ensuivit. Le gerfaut se mit non sans mal sur ses serres et secoua ses ailes, éclaboussant Abeleyn d'eau.

– L'oiseau restera-t-il ici ce soir, Golophin?

– S'il vous plaît, sire. Il a besoin de repos et le roi Mark est bien parti pour vous retrouver demain matin. Je vous félicite pour avoir si bien navigué.

– Je passe ma vie à naviguer, Golophin, à essayer d'empêcher le navire de sombrer.

– Alors attention aux écueils, mon roi. Ils approchent par centaines. Avez-vous des nouvelles de la Fimbrie?

Abeleyn se frotta les yeux, brusquement las.

– Oui. Narbukir envoie un émissaire au conclave. Il voyage avec nous, bien qu'il souhaite rester aussi discret que possible. De la Fimbrie, je n'ai pas encore eu de réponse à mon émissaire. Je n'en attends pas, honnêtement, Golophin.

– Ne perdez pas espoir, sire. Les Fimbriens sont peut-être la réponse à certains de nos problèmes. Ils n'ont jamais aimé l'Église. Ils la tiennent pour responsable de leur chute. Ils feraient un puissant allié si le pire arrivait et Hebrion suivait son chemin.

– Vous voulez dire, si son roi était excommunié et si cela devenait un royaume hors la loi, inacceptable pour les monarchies ramusiennes?

– C'est une image que je préférerais ne pas regarder de trop près, sire.

– Moi non plus. Je suis fatigué, Golophin, et votre oiseau magnifique semble quelque peu défraîchi. Peut-être devrions-nous dormir. J'ai un perchoir qui est prêt, s'il ne voit pas d'objection à se percher au bout du lit d'un roi.

– Il – et moi même – serions honorés, sire.

– Mon seigneur.

C'était la voix de l'intendant, derrière la cloison de cuir.

– Oui, Cabran, qu'y a-t-il?

– La dame Jemilla se demande si vous pourriez la recevoir.

Abeleyn fronça les sourcils.

– Non, Cabran. Dites-lui que je ne veux pas être dérangé jusqu'à demain matin.

– Bien, sire.

– Et, Cabran, je veux être réveillé à la minute où le groupe du roi Mark sera en vue.

– Comme vous voulez, sire. Bonne nuit.

Certains rois et princes avaient des serviteurs pour les déshabiller et les préparer à aller se coucher, mais Abeleyn préférait exécuter ces tâches tout seul. Il attrapa le pot de chambre sous le petit lit de camp et pissa dedans avec gratitude.

– Alors vous avez emmené Jemilla, fit le gerfaut.

Étrange d'entendre la voix grave de Golophin sortir de ce bec dur, comme si l'oiseau possédait les poumons et les lèvres d'un homme.

Abeleyn remit le pot fumant sous le lit.

– Oui. Et alors?

– Elle a des ambitions, celle-là.

– Elle ne sera jamais ma reine, si c'est ce que vous craignez. Elle est bien trop vieille et a déjà été mariée.

– Je pense qu'elle espère, sire, comme toutes les femmes. Faites attention à elle. Je doute que ce soit le genre de femme à se faire écarter en douceur.

– *Je* m'en occuperai, Golophin.

– Et il est grand temps que vous soyez marié. Vous devez être le célibataire le plus en vue des Cinq Royaumes.

– On dirait une mère oie aux petits soins pour sa progéniture, Golophin. Vous savez pourquoi je ne me suis pas marié. Si je m'allie à l'une des autres monarchies par un mariage d'État, alors je m'aliénerai les autres...

– Et Hebrion dépend de la bonne volonté de tous les rois pour le commerce qui lui permet de vivre. Je connais les arguments, sire, mais il y en a un nouveau désormais. Vous devez lier Hebrion à un autre État si vous avez l'intention de passer outre la bulle sacrée de notre nouveau pontife; vous ne pouvez vous permettre de vous isoler. C'est quelque chose que vous devrez aborder avec le roi Mark lorsque vous vous rencontrerez.

– Quels projets tramez-vous, Golophin?

– Réfléchissez, sire. Une alliance entre Astarac et Hebrion et, entre eux, l'État neutre de Fimbrie. Ce serait un tel bloc que même l'Église réfléchirait à deux fois avant de le provoquer. Si vous désirez vous affranchir de l'autorité de l'Église, alors vous devriez penser à la partie du continent à l'ouest des montagnes de Malvennor. Les États occidentaux ont toujours eu la réputation de faire ce qu'ils voulaient.

– Si certains ecclésiastiques vous entendaient, Golophin, vous seriez un tas de cendres au pied d'un bûcher calciné.

– Si certains ecclésiastiques voyaient cet oiseau qui parle, ma fin serait la même ; je n'ai plus rien à perdre et vous non plus, sire. Réfléchissez à ce que j'ai dit et, si vous devez vous plier quelque peu pour éviter de devenir un roi hérétique, alors soit. Mais soyez sûr que si vous ne vous pliez pas suffisamment, Hebrion ne risque pas de résister toute seule.

Abeleyn bâilla.

– Bien, je suis convaincu. Ah, le grand air ! Il donne envie de dormir ! Votre oiseau a l'air éreinté, Golophin.

– Nous le sommes tous les deux. Les pouvoirs des mages ne sont pas tous ceux que leur prête la rumeur. Ce soir, je me sens aussi vieux et fragile qu'une feuille séchée. Ce seront les dernières paroles que vous entendrez de ma bouche avant un moment, Abeleyn. Le vieillard a besoin de se reposer.

– Le roi aussi, fit Abeleyn en bâillant de nouveau. Je ferais mieux de me reposer un peu avant que le roi Mark ne se présente sur le pas de notre porte.

Il s'allongea sur le lit de camp et le faucon battit des ailes et sautilla, criant doucement, puis se percha sur le cadre en bois à ses pieds.

Abeleyn contempla le toit de la lourde tente. Toute la structure s'agitait et craquait au vent qui soufflait violemment des montagnes.

– Vous vous souvenez de l'*Esprit joyeux*, Golophin ?

L'oiseau était silencieux. Abeleyn sourit et mit ses mains derrière sa tête.

– Je me souviens des profondeurs vertes de la mer hebrionienne et du capitaine montrant par-dessus la rambarde du navire où l'eau était plus profonde – cette couleur, aussi foncée qu'un vieux vin. Le Grand Océan occidental qui marque la fin du monde.

« Nous virons de bord pour faire route vers le Golfe fimbrien, retournons dans le monde des hommes. Je me rappelle les montagnes des Hebros qui se dressaient au loin, comme une ligne mince presque en vue. Et la côte d'Astarac avec les ombres des Malvennors. Je me rappelle l'odeur, Golophin. Il n'y a pas d'autre odeur telle que celle-ci sur terre. L'odeur du grand large, et du navire.

« Parfois, je regrette de ne pas avoir été un capitaine au long cours, traçant ma route à travers le monde et ne laissant qu'un sillon d'eau blanche derrière moi. Et rien qu'une planche de chêne gabrionien entre mon âme et l'éternité...

Les yeux d'Abeleyn étaient fermés. Sa respiration ralentit.

– Je me demande si Murad a trouvé son pays légendaire à l'ouest, murmura-t-il. Sa tête s'inclina d'un côté.

Le roi dormait.

Le roi Mark d'Astarac et son escorte arrivèrent juste avant l'aube, après avoir voyagé toute la nuit dans la tempête de neige. Lorsque le monarque d'Astarac fut conduit dans la tente d'Abeleyn, son visage était gris sous son masque de glace et de neige, et sa barbe de jeune homme avait été recouverte de blanc.

Abeleyn avait eu bien du mal à s'extirper des grandes profondeurs, du trou sans lumière d'un sommeil paisible, mais il chassa sa fatigue et hurla des ordres à son escorte. Mark avait à peine deux cents hommes avec lui, qui furent conduits dans les tentes hebrioniennes pour leur éviter le dur labeur de monter les leurs sous les rafales de neige qui continuait à hurler sur les pics des montagnes. Des serviteurs couraient dans tous les sens, comme des hommes possédés, allumant des braseros supplémentaires et traînant des plats de nourriture et de boissons pour les hommes d'Astarac frappés par le froid. Les gardes du corps du roi Mark rejoignirent ceux d'Abeleyn à l'entrée de la tente, les deux groupes se mesurant du regard d'un air quelque peu désapprobateur, jusqu'à ce qu'une âme éclairée sorte une outre de liqueur d'orge et la fasse passer.

Vêtu de vêtements secs et assis devant un brasero étincelant, le roi Mark retrouva lentement un visage humain. Il y eut peu de cérémonie entre Abeleyn et lui ; les deux hommes avaient passé beaucoup de temps ensemble lorsqu'ils étaient petits, chahutant dans des conclaves passés pendant que leurs pères contribuaient à décider du destin du monde. Mark avait un creux blanc à un sourcil : Abeleyn lui avait ouvert le front avec une épée à lame de plomb. Ils avaient partagé les jeunes filles et le vin, et avaient à peu près le même âge. À présent, ils étaient assis dans la tente d'Abeleyn dans un esprit relativement cordial et sirotaient de la bière chaude en écoutant le tohu-bohu, qui se calmait peu à peu, produit par l'arrivée des Astaraciens dans le camp hebrionien.

Mark désigna d'un signe de tête le gerfaut perché, les yeux fermés, au bout du petit lit de camp d'Abeleyn.

– C'est celui de Golophin, n'est-ce pas ?

– Oui. Lui et son maître dorment. Il sera de nouveau plein de vie plus tard, sans doute.

Mark lui fit un grand sourire, dévoilant des dents blanches et régulières sur son visage carré.

– Saffarac a un hibou comme démon familier. Un hibou – je ne vous le fais pas dire ! Et bien sûr, il le fait voler la journée sans réfléchir et les gens qui le voient font le signe du Saint pour conjurer le mauvais sort.

Ils rirent ensemble et Abeleyn leur resservit de la bière bouillante.

– Vos hommes et vous semblez être quelque peu pressés, cousin.

Lui et Mark n'étaient pas parents, mais les rois utilisaient souvent ce terme, impliquant que tous les membres des familles royales étaient quelque peu parents.

– En effet et je vais vous dire pourquoi. Voyagez-vous avec des ecclésiastiques dans votre entourage, Abeleyn?

Abeleyn sirota sa bière, grimaçant tant elle était chaude.

– Pas un. J'ai refusé tous les Corbeaux qu'on m'a proposés.

– Je m'en doutais! Alors autant vous prévenir que j'en ai un qui est pendu à mes basques. C'est le Collège des Évêques qui me l'a imposé car ils étaient outrés à l'idée qu'un roi d'Astarac voyage sans prêtre pour le purifier de ses péchés de temps en temps.

– Un Inceptine?

– Bien sûr. Ce n'est pas parce que j'ai pu faire élire Merion l'Antillien prélat que je dois pour autant n'en faire qu'à ma tête dans toutes les affaires des ecclésiastiques. Non, c'est un espion; ça ne fait aucun doute. C'est aussi bien que Golophin ne soit pas avec vous, mais je ne laisserais personne me surprendre en train de parler à un oiseau si j'étais vous, cousin. Ce qui était autrefois considéré comme de la thaumaturgie honnête, est en train de se transformer en quelque chose de totalement différent aux yeux de l'Église.

– Cela n'explique pas votre précipitation.

– Non? Nous nous surmenons autant depuis que nous sommes partis de Cartigella. Le vieux Corbeau ne va pas tarder à abandonner. Avec un peu de chance, il se perdra dans une congère une fois que nous pénétrerons pour de bon dans les montagnes et nous serons débarrassés de son bec qu'il fourre sans cesse dans les affaires des autres.

Tous deux éclatèrent de rire.

– Est-ce que le hibou de Saffarac vous a dit un mot de ce qui se passait à l'est? demanda Abeleyn lorsque l'hilarité se fut calmée.

Le visage de Mark s'assombrit.

– Un mot, oui. L'armée medruk est tenue à distance. Visiblement, elle s'est enlisée à cause du mauvais temps et Martellus a envoyé des reconnaissances en force, sous le vieux cavalier Ranafast. Il y a pas mal d'escarmouches, mais les Torunniens ne peuvent pas s'engager dans une action de grande envergure de l'autre côté de la Searil. Ils n'ont pas les hommes. Lofantyr a retiré douze mille hommes de la garnison de la digue, seuls les Saints savent pourquoi.

– Il a peur pour sa capitale. Ne reste-t-il pas des généraux en Torunnie pour le conseiller?

– Le meilleur, Mogen, est mort à Aekir et Martellus commande la digue. Il n'y a personne d'autre à ce niveau dans le pays. La Torunnie est presque saignée à blanc.

– Oui, ça fait peut-être trop longtemps qu'ils constituent le rempart de l'Ouest. N'avez-vous entendu aucune rumeur au sujet de Macrobius ?

– Qu'il est vivant ? Oui, je suis au courant. À mon avis, c'est une histoire montée de toutes pièces par Martellus pour donner du cœur au ventre à ses hommes. D'après mes informations, elle n'est pas fondée mais je sais qu'un vieil homme aveugle s'est présenté à la garnison comme le haut pontife. Ce qu'en feront les prélats de Charibon, je ne peux le dire. Martellus est peut-être en train de marquer une série de points du côté des excommunications avec son imposteur sacré.

– À moins que... commença Abeleyn.

Mark lui jeta un coup d'œil.

– Non, je ne peux pas le croire. Aucun Ramusien de quelque rang n'a échappé à la ruine d'Aekir. Je ne peux imaginer qu'ils aient en quelque sorte laissé filer l'homme le plus important de tous. C'est le premier qu'ils auraient recherché.

– Bien sûr, bien sûr. Quelle bénédiction ce serait pour l'Ouest, malgré tout...

– J'imagine que ça ne vous plaît pas que votre camarade hebrionien soit haut pontife.

– Il a l'intention de m'excommunier, je crois, s'il ne me châtre pas d'abord. C'est l'une des raisons pour lesquelles je vous ai demandé de me retrouver ici, cousin.

Mark se cala sur sa chaise pliante, l'air satisfait.

– Aha ! je me demandais quand vous en parleriez !

Abeleyn fixa les profondeurs fumantes de sa bière, ses sourcils foncés arqués.

– Le faucon de Golophin m'a donné les conseils du vieillard hier soir et il a confirmé ce que je pensais. Les choses vont mal, Mark – comme le chaos du monde lorsque l'empire des Fimbriens a commencé à tomber ou quand les premières invasions des Medruks ont commencé, ou lors des Guerres religieuses, lorsque la foi du Ramusio a été propagée dans l'Ouest par le feu et le fer. Et je pense que cette période pourrait être la pire du lot.

« Et il n'y a pas que les Medruks. Leur menace est une menace extérieure à laquelle, à mon avis, l'Ouest peut damer le pion, si nous cessons nos chamailleries. Non, c'est plus profond que cela. C'est la foi même en laquelle nous croyons tous ; et les hommes qui sont les gardiens de cette foi. Ils sont devenus des princes de leur propre autorité et rêvent de royaumes à diriger. Je vous le dis – je le crois sincèrement et Golophin aussi –, les Inceptines ont l'intention de diriger et, si nous les laissons, les monarques de Normannie ne seront plus rien et ils écriront leur règle en lettres de feu et de sang à travers tout le continent.

Le roi Mark l'écoutait attentivement, mais il paraissait mal à l'aise. Abeleyn poursuivit :

– Nous devons couper les ailes aux Inceptines et tout de suite, ou dans un futur très proche. Ils ont piétiné l'autorité des dirigeants légitimes des royaumes et ils ont réduit les autres ordres religieux ramusiens au niveau de serviteurs. Avec la prise d'Aekir, ils ne sont pas devenus moins puissants, au contraire, car la peur de la chute de la cité s'est répandue à l'Ouest. Macrobius était un modéré, tout Inceptine qu'il était, mais Himerius de Hiberion est un fanatique. Il est déterminé à exploiter cette peur, à être un empereur-prêtre.

– Oh, allez, Abeleyn...

Mais le roi de Hebrion leva une main.

– Le combat a déjà commencé. Deux mille Chevaliers militants se dirigent vers Hebrion alors même que nous parlons. Quand ils arriveront, ils déchaîneront une purge comme l'Ouest n'en a pas vu depuis des siècles. Et ils souhaitent faire de même à Astarac, à Perigraine, à Almark, même dans la Torunnie assiégée. La démence de Himerius s'est emparée à présent de toute l'Église et nous pouvons soit nous retirer et laisser les Corbeaux faire ce qu'ils veulent dans nos royaumes, soit les arrêter.

– Et comment les arrêterons-nous ? Souhaitez-vous être excommunié, Abeleyn, Hebrion cataloguée royaume hérétique, fuie par les autres monarchies de l'Ouest ?

– Hebrion peut ne pas résister toute seule, fit Abeleyn d'un ton calme.

Mark le fixa un instant, puis rit brusquement et se leva. Il repoussa sa chope et arpenta le sol doux de la tente.

– Je sais ce que vous me demandez et je vous dis que je ne veux rien avoir à faire là-dedans.

– Ne voulez-vous pas m'écouter avant de refuser ? demanda Abeleyn, irrité.

– Qu'envisagez-vous ? Astarac et Hebrion résistant, seules, hors du monde ramusien, coupées des autres royaumes, ostracisées ? Les autres terres ramusiennes devront organiser une croisade pour nous ramener au bercail – et ce, en pleine guerre orientale, qui pourrait être l'apogée de l'expansion medruk. Vous êtes fou, Abeleyn. Un tel projet diviserait l'Ouest. Je ne veux rien avoir à faire là-dedans.

– Au nom du Saint, asseyez-vous, voulez-vous ? Et écoutez. Astarac et Hebrion ne seraient pas seules.

Mark s'assit, manifestement sceptique.

– Réfléchissez, mon vieux. Qu'y a-t-il à l'est de Hebrion et au nord d'Astarac ? La Fimbrie. La Fimbrie dont l'empire est tombé, en grande partie à cause de la religion ramusienne et des conversions des Inceptines.

Les Fimbriens ont beau croire au Saint maintenant, ils n'ont aucun amour pour l'Église. Et aucune alliance ne chercherait à faire pénétrer par la contrainte une force armée dans leurs électorats. Ce serait la seule chose qui, à coup sûr, les réunirait et ferait repartir les tercios fimbriens en guerre.

– Nous avons donc la Fimbrie qui joue le rôle de tampon. Mais il reste la route maritime, Abeleyn. Vous devriez être le mieux placé pour le savoir.

– Les quatre principales puissances maritimes du monde sont Hebrion, Astarac, Gabrion et les Medruks des Mers.

– Et les corsaires macassariens.

– Exact. Et aucun d'entre eux n'éprouve non plus de l'amour pour l'Église. Une flotte en croisade devrait traverser les détroits de Malacar ou faire un détour par le sud de Gabrion. Les Medruks des Mers attaqueraient n'importe quel armement naval ramusien dans leurs eaux, et les corsaires aussi. Les Gabrioniens ne seraient pas plus ravis. Et nos marines réunies pourraient aisément prendre en main ce qu'il en resterait une fois que ces nations l'auraient mutilé.

Mark secoua la tête.

– Ramusiens contre ramusiens à grande échelle. Je n'aime pas ça. Ce n'est pas juste, surtout en ce moment.

– Cela ne se passera pas, pour des raisons que je viens de vous exposer et pour d'autres raisons.

– Alors donnez-moi les autres, dit Mark d'un ton las.

– Je crois que si nous pouvons suffisamment renforcer la Torunnie, nous invaliderons de fait la dépendance de Lofantyr vis-à-vis des Chevaliers militants. Perigraine pourrait peut-être suivre l'exemple de la Torunnie et Almark serait alors isolée, même si elle a le soutien de Finnmark et des duchés du Nord. Que fera l'Église ? Excommunier la moitié des monarques de Normannie ? Je ne crois pas. Le pouvoir des Inceptines sera anéanti et nous pourrons promouvoir un autre ordre à leur place. Les Antilliens, peut-être.

Mark gloussa de rire.

– Diviser et conquérir ? Mais ce que vous préconisez pourrait très bien conduire à un schisme religieux à l'Ouest. Almark est virtuellement gouvernée par les Inceptines et leur influence s'étend même jusqu'à Perigraine. Ces bastions ne seront pas faciles à réduire.

Abeleyn claqua nonchalamment de la main.

– Haukir d'Almark est un vieillard. Il ne durera pas éternellement. Et Cadamost de Perigraine est un poids léger, facilement influençable.

Mark resta silencieux un moment puis dit :

– De tout cela, que souhaitez-vous exposer aux autres rois au conclave ?

– Très peu de choses. Mais je compte bien aller au conclave avec une ou deux armes dans ma ceinture.

– Telles que... ? demanda Mark, bien qu'il le sût déjà.

– Telle une alliance formelle entre Hebrion et Astarac.

– Et comment envisagez-vous de la formaliser ?

– En épousant votre sœur.

Les deux rois se dévisagèrent d'un œil circonspect, se jaugeant. Enfin, un grand sourire s'ébaucha sur le large visage de Mark.

– L'arbre puissant est enfin abattu, alors ! Abeleyn le roi célibataire va enfin consentir à partager son lit avec une épouse. Elle n'est pas jolie, ma sœur.

– Si elle apporte l'amitié d'un royaume avec elle, elle peut être aussi quelconque qu'une grenouille, pour ce que j'en ai à faire. Qu'en dites-vous, Mark ?

Le roi d'Astarac secoua la tête d'un air contrit.

– Vous êtes un chien fourbe, Abeleyn, pour agir de la sorte afin que la pilule soit moins dure à avaler. Vous savez que la moitié des rois de l'Ouest cherchent une alliance avec Hebrion pour les privilèges commerciaux qu'elle pourrait apporter, et voilà que vous me la donnez toute cuite dans le bec. Mais à quel prix !

– J'ai aussi une certaine influence sur les corsaires qui infestent votre côte sud, fit remarquer Abeleyn.

– Oh, je sais ! Nombreuses sont les cargaisons d'Astarac qui ont échoué sur les quais d'Abrusio. Vous contribueriez à réduire leurs déprédations causées sur les navires de votre beau-frère, alors ?

– Peut-être.

– Une alliance. Où cela se terminera-t-il, Abeleyn ? Je vois ce que vous êtes en train de faire : former un bloc commercial à l'ouest du continent qui pourrait continuer à subvenir à ses besoins, même s'il était mis au ban du reste des Cinq Royaumes. Même si cela signifie un commerce plus important avec les Medruks des Mers. Et vous brandirez cela au-dessus de la tête des autres rois comme un couperet sur le cou d'un agneau. Ce ne sont pas à des agneaux que nous avons à faire, cousin, mais à des loups.

– Raison pour laquelle nous devons nous dépêcher, et avec une puissance suffisante pour enfoncer le clou. Si vous et moi pouvons aller au conclave déjà alliés, et dire aux autres rois : « Regardez, c'est ainsi que seront les choses », ils devraient être suffisamment surpris pour prêter attention à nos idées. Et si vous pouvez également promettre votre aide à la Torunnie, alors je pense que nous les aurons.

– Si je peux promettre mon aide ?

– Eh bien oui. Vous êtes plus près de la digue que moi. Vous pourriez la renforcer en deux mois par la route et moitié moins par la mer, si vous en avez envie.

– À condition que la digue résiste encore d'ici là.

– Exact. Mais c'est l'intention qui compte. Lofantyr en sera reconnaissant et ne devra pas autant dépendre des soldats de l'Église. Il redeviendra son propre maître.

– Vous voulez dire, *nous* serons son maître.

Abeleyn sourit.

– Peut-être, répéta-t-il.

– La dot de ma sœur pourrait malgré tout me coûter mon trône, marmonna Mark.

– Allez-vous accepter ? Pensez à tout ce qui deviendrait possible, Mark ! Nos flottes alliées seraient irrésistibles. Nous pourrions même entièrement débarrasser Macassar des corsaires et la faire redevenir rovenienne, votre province perdue.

– Ne cherchez pas à me convaincre avec des projets chimériques, Abeleyn. Je dois y réfléchir.

– Ne soyez pas trop long.

– Mes conseillers auront une attaque quand la nouvelle arrivera à la cour.

– Pas nécessairement. Tout ce qu'ils ont besoin de savoir, c'est que vous avez enfin réussi à courtiser Hebrion. Ils ne devraient pas nous poser problème tant qu'ils ne connaissent pas toute l'histoire.

Mark contempla le visage d'Abeleyn.

– Nous sommes amis depuis longtemps, vous et moi, en ce sens où des monarques peuvent être amis. Je prie les Saints pour que cette amitié ne voile pas mon raisonnement actuel. Je vous apprécie, Abeleyn. C'est notre estime mutuelle qui a mis un terme à ces raids et à cette rivalité interminables qui ont infesté nos deux royaumes de temps immémorial. Mais je vous dis cela en tant que roi d'Astarac : si vous vous jouez de moi ou si j'apprends que vous avez l'intention de vous servir d'Astarac comme bête de somme de Hebrion, alors j'annulerai notre alliance sur-le-champ et je serai au premier rang de ceux qui réclameront votre tête.

– Je ferais la même chose, si j'étais roi d'Astarac, dit Abeleyn d'un ton doux.

– Alors soit.

Mark se leva et tendit une main musclée.

Abeleyn se leva également et la serra, le visage grave. Mark le dépassait d'une demi-tête mais il ne se sentait pas pour autant le plus petit des deux.

– Venez, dit Mark. Allons prendre l'air, ma tête est pleine de vapeurs de charbon et de bière.

Ils se glissèrent ensemble hors de la tente, les gardes du corps à l'entrée se concentrant immédiatement dès qu'ils sortirent. Le feu s'était tassé et les hommes trépignaient et battaient des bras. Mark et Abeleyn les congédièrent et restèrent seuls. Ils se rendirent de concert à la lisière du campement où le sol descendait en pente en décrivant une douce courbe blanche. Ils marchèrent non sans mal dans la neige qui leur arrivait aux genoux, jusqu'à ce qu'ils entendent le petit ruisselet et le clapotement de l'eau. L'Arcolm. Quand ils le trouvèrent, ils se mirent chacun d'un côté, l'un en Astarac, l'autre en Fimbrie narboskienne.

Le soleil commençait à se lever derrière les montagnes, de telle sorte que les Malvennors se découpaient, immenses et silencieuses, dans l'ombre. Derrière elles, le ciel s'éclaircissait et étincelait d'un lilas délicat tandis qu'au-dessus des sommets les plus hauts, de minces volutes de nuages attrapaient la lumière du soleil et étincelaient dans une splendeur de safran et d'or.

– Notre chemin sera difficile, dit Mark d'un ton calme.

– Oui. Mais des hommes l'ont parcouru avant nous et le parcourront de nouveau. Et ces montagnes verront d'autres levers de soleil, d'autres rois concluant d'autres marchés à leur ombre. Ainsi va le monde.

– Abeleyn, le roi-philosophe, dit Mark en se moquant gentiment.

Abeleyn lui fit un grand sourire mais quand il reprit la parole, sa voix était sérieuse.

– Nous avons la chance ou la malchance de faire partie des forces qui façonnent le destin du monde, Mark. Nous discutons devant une chope de bière et hop ! l'histoire est changée. Parfois, je pense à cela.

Il fouilla dans sa robe de fourrure et sortit une petite flasque en argent. Il dévissa le haut qui se transforma en deux minuscules tasses étincelantes.

– Tenez. Nous scellerons notre façonnage de l'histoire avec un peu de vin.

– J'espère qu'il est bon, fit Mark. Nous devons porter un toast à l'alliance d'Astarac et de Hebrion avec du vin de première qualité.

– Très bien.

Ils levèrent leurs tasses, trinquèrent et burent, deux rois scellant une alliance, alors qu'au-dessus d'eux, le soleil perçait par-delà les sommets des montagnes et les baignait tous les deux de sang.

15

28ᵉ jour de Forlion, année du Saint 551.

Vent NNO, changement de direction. Brise légère. Cap plein ouest, vent par tribord avant. Deux nœuds.

Cap Nord en vue, à deux cloches du premier petit quart, le septième jour hors du port d'Abrusio. À trois cloches, la sonde a trouvé du sable blanc à quarante mètres. Changement de cap pour plein ouest en restant à la même latitude. Arraisonné un harenguier de l'île de Brenn et acheté trois cents poids de cent douze livres de poisson. Membres d'équipage employés sur le bateau. Père Ortelius a prêché un sermon lors du quart de l'après-midi puis les soldats se sont entraînés aux armes légères. Le second, Billerand, a sorti les canons au dernier petit quart et a appelé tout l'équipage à s'entraîner au canonnage. Le canonnier m'a rapporté que le canon numéro deux à bâbord était en nid d'abeilles.

Hawkwood reposa sa plume et s'étira les bras jusqu'à ce que ses muscles craquent. S'il levait les yeux, il discernerait par les fenêtres de la poupe le sillage du navire faiblement phosphorescent à la lueur ténue du soir. La houle n'était pas forte ; des brises légères les avaient tourmentés depuis qu'ils avaient quitté Hebrion et ne leur avaient pas facilité la vie, mais la performance de l'équipage et du navire même l'avait comblé. Bien que ralenti à cause de la cargaison supplémentaire à bord, le *Balbuzard* pouvait malgré tout ronger le vent de toute autre caraque du même tonnage. Hawkwood était convaincu que cela était dû à sa conception particulière qu'il avait lui-même supervisée. Ses gaillards d'avant et d'arrière étaient plus bas que dans n'importe quel autre navire de sa catégorie, ce qui signifiait qu'ils prenaient moins le vent, et c'étaient des structures qui faisaient partie intégrante de la coque principale et qui n'avaient pas été ajoutées ultérieurement. Cela présentait des inconvénients, forcément. Il y avait moins de place à bord et elle pourrait être plus vulnérable à l'abordage; mais son équipage connaissait son canonnage. Les couleuvrines du navire passeraient tout vaisseau ennemi au crible, avant même qu'il ne soit assez près pour être pris à l'abordage.

Quant à la *Grâce*, c'était une autre histoire. Haukal avait dû rentrer des voiles pour ne pas distancer totalement la caraque, mais Hawkwood savait qu'à cette allure il avait dû ralinguer et qu'il mourait d'envie de sortir son stock entier de voiles latines et de fendre les flots. Pour l'heure, la caravelle était uniquement sous basses voiles et dansait sur l'eau à quelque quatre encablures à tribord. Ce vent de travers lui convenait admirablement, bien qu'elle eût suffisamment de vergues dans sa cale pour la transformer en navire à gréement carré, à condition que le vent change de direction et se transforme en vent de poupe.

Peu de chances que cela se produise. Ils navigueraient près du vent plutôt deux fois qu'une, pendant pratiquement tout le voyage, si l'on devait en croire Tyrenius Cobrian, mort depuis longtemps.

Bien, ils avaient trouvé le cap Nord, vision aussi belle que ce qu'ils auraient pu espérer. Tout ce que Hawkwood avait à faire, en théorie, était de mettre le cap plein ouest, jusqu'à ce qu'il tombe sur le Continent occidental. Ça semblait simple, mais il devait prendre les vents en compte, les courants de l'océan, les tempêtes ou les zones des calmes équatoriaux. Haukal et lui observaient l'étoile du Nord chaque nuit avec leurs arbalètes et comparaient leurs notes après coup, mais Hawkwood avait malgré tout l'impression qu'ils naviguaient dans le noir. Certes, il était en possession des instructions de navigation sommairement résumées que Murad lui avait copiées du vieux portulan, mais il avait besoin de plus d'informations. Il devait lire le compte-rendu de la traversée du *Faucon cartigellien.* Il reconnaissait en son for intérieur qu'il avait besoin d'être rassuré, de savoir qu'un autre marin avait réussi ce qu'il essayait de réaliser. Il savait également que Murad lui cachait quelque chose, quelque chose en rapport avec le destin du voyage précédent. Cela le rendait fou.

Il se leva de son bureau, accoutumé depuis longtemps au léger roulis et tangage du bateau, et éteignit l'unique bougie qui éclairait la cabine. Le feu était l'un des accidents les plus redoutés à bord et l'utilisation d'une flamme nue était soigneusement réglementée. La cuisine était autorisée uniquement dans la coquerie et les soldats et les marins pouvaient fumer leur pipe uniquement sur le gaillard d'avant. Pour le confort des passagers, des lanternes pendaient en rangs serrés dans la batterie crasseuse et bondée, mais c'était la responsabilité du capitaine d'armes et de son équipage. Les barils contenant la poudre tant pour les canons du navire que pour les arquebuses des soldats étaient stockés sous la ligne de flottaison, dans un compartiment rempli de boîtes de fer-blanc afin que les rats ne puissent les ronger et aucun feu n'y était autorisé.

Que d'histoires ça avait fait ! Les soldats ! Ils avaient râlé et rouspété car ils ne pouvaient accéder assez rapidement à leurs munitions, car ils ne pouvaient fumer leur pipe dans leur hamac confortable, car ils ne pouvaient préparer leurs propres repas dans leur mess comme ils en avaient l'habitude. Et Murad n'avait pas arrangé les choses. Il avait insisté pour que son repas et celui de ses officiers soit préparé séparément de celui des hommes et servi à des moments différents, multipliant par deux la charge de travail du cuisinier. Et les mets délicats dont il avait fait provision dans ses réserves personnelles ! Il y avait bien deux tonnes de nourriture dans la cale pour la consommation personnelle de Murad et de ses deux officiers. Cela défiait la raison. Et ces satanés chevaux ! Un était déjà mort, devenu fou dans sa minuscule stalle il s'était débattu jusqu'à ce qu'il se casse une jambe. Ce jeune officier aristocrate, Sequero, avait failli éclater en sanglots quand il l'avait égorgé. Les marins avaient découpé l'animal et conservé la viande dans du sel, en dépit des protestations des soldats. Le tonnelier l'avait mis en futaille et rangé dans la cale. Ces mêmes soldats seraient bien contents d'en manger avant de revoir la terre.

Hawkwood sortit de sa cabine enténébrée, enjamba le seuillet avec une élégance née de l'habitude, gravit l'échelle de capot pour pénétrer dans l'air frais du soir puis l'échelle menant au gaillard d'arrière où Velasca, le maître d'équipage, était de quart. Le sablier se vida, le mousse le retourna et alla jusqu'à la coupée du pont pour sonner deux fois la cloche du navire. Deux coups dans le dernier petit quart ou la septième heure après le zénith pour un terrien.

– Tout est calme, Velasca ?

– Affirmatif, monsieur. Quelques-uns dégueulent par-dessus le bastingage à bâbord, mais la plupart sont en bas pour se préparer pour le dîner.

Hawkwood hocha la tête. Même dans la lumière déclinante, il pouvait distinguer les minces volutes de fumée s'échapper de la cheminée de la coquerie et s'éloigner sous le vent.

Velasca s'éclaircit la gorge.

– Une délégation de soldats est venue me voir pendant ce quart, monsieur.

- Encore une ? Que voulaient-ils, cette fois ?

– Ils n'aiment pas l'idée qu'un prêtre couche dans le gaillard d'avant avec des marins. Ils pensent qu'il devrait être à l'arrière avec les officiers.

– Il n'y a pas de place à l'arrière, à moins qu'il ne daigne accrocher son hamac dans ma salle des cartes. Non, nous n'avons pas demandé à avoir un Corbeau à bord, maintenant qu'il se débrouille. Faites confiance à l'Inceptine pour pousser les marins à intercéder en sa faveur.

– Oh, ils prétendent qu'il n'a rien demandé, monsieur. Il a l'air d'un type plutôt aimable, pour quelqu'un de son ordre. Ils ont fait cette demande d'eux-mêmes.

– Eh bien, ils peuvent aussi fermer leurs gueules d'eux-mêmes ou passer par leurs propres officiers. Diriger ce bateau est suffisamment difficile sans devoir en plus tout chambouler dans les quartiers affectés.

– Bien, monsieur.

– Comment est le vent ?

– Aussi léger qu'un pet de bébé, monsieur. Toujours nord-nord-ouest, bien qu'il montre des signes de changement de direction – nord-ouest.

– Je n'espère pas. Nous serrons suffisamment le vent comme ça. Je peux prendre le quart si vous voulez, Velasca. Je suis aussi agité qu'un ours de printemps. Descendez manger un morceau.

– Bien, monsieur, merci. Dois-je demander au cuisinier de vous monter quelque chose ?

– Non, je survivrai.

Velasca quitta le pont, Hawkwood l'ayant relevé de ses fonctions une heure plus tôt que prévu.

La caraque traçait sa route sous les premières étoiles qui illuminaient le ciel. La lune apparaîtrait plus tard ; c'était presque la pleine lune, mais le vent était capricieux et changeant. Le *Balbuzard* était sous basses voiles et huniers, les basses voiles à bonnettes, toutefois Hawkwood sentait qu'elle faisait moins de trois nœuds. Une soirée paisible, malgré tout. Il entendait le tohu-bohu croissant à mesure que les passagers se rassemblaient pour dîner et la lumière se déversait en rais depuis les sabords. Ils les gardaient ouverts la plupart du temps, la nuit, pour la ventilation.

Il entendit des verres s'entrechoquer et des éclats de rire sortir des cabines des officiers sous ses pieds : Murad prenait une fois de plus du bon temps. Le noble au visage balafré avait même invité Ortelius, l'Inceptine arrivé en dernière minute, pour dîner quelques fois. Essentiellement, songea Hawkwood, pour l'interroger et savoir pourquoi il est monté dans le navire. Quelqu'un de haut placé chez les Inceptines d'Abrusio le lui avait ordonné, c'était évident, mais jusque-là, Ortelius avait esquivé toutes les enquêtes de Murad.

Il était observé. Il se retourna et surprit Mateo, le mousse, en train de le regarder. Il fronça les sourcils et Mateo se hâta de détourner le regard. La voix du garçon muait : bientôt, il serait un homme. Il ne constituait plus aucune tentation pour Hawkwood, pas quand le méprisant Murad et un Inceptine étaient à bord. Ce type était sûrement blessé par la façon dont le traitait Hawkwood, mais il s'en remettrait.

Involontairement, Hawkwood se surprit à penser à Jemilla, à sa peau blanche et à sa chevelure noir corbeau, à ses pulsions de chat sauvage. Elle était devenue un jouet pour un roi et n'était plus pour des hommes comme lui. Il se demanda si le roi Abeleyn de Hebrion avait des griffures dans le dos, sous ses robes royales. Le monde était étrange, parfois.

Il s'accouda au bastingage et regarda au loin la houle régulière de la mer tranquille, la brise fouettant son visage et soufflant dans la toile qui se dressait, imposante, au-dessus de sa tête.

– Tu n'es pas à la table d'honneur, ce soir ? demanda Bardolin à Griella quand elle le rejoignit à la table, suspendue par des cordes, qui oscillait.

La fille s'assit sur un coffre marin à côté de lui. Elle avait repris des couleurs et ses cheveux cuivrés étaient collés à son front en mèches et en petites queues.

– Non. Mara a dit qu'elle le ferait à ma place. Cette pensée me répugne ce soir.

Bardolin ne dit rien. Autour d'eux, le tohu-bohu de la batterie formait un rideau de bruit. Entre la lueur terne des longs canons, des tables suspendues qui avaient été descendues du plafond – quel était le terme maritime pour « plafond » ? – et autour de chaque table, une foule disparate de silhouettes se bousculait et se donnait des coups de coude pour avoir de la place. Chaque table hébergeait six personnes et une d'entre elles allait, tour à tour, chercher à manger en bas du pont dans la coquerie fumante.

C'était le premier soir où Bardolin voyait autant de monde ; la plupart des passagers semblaient s'être remis de leur mal de mer, d'autant plus que le temps était doux et que le bateau ne tanguait pas trop. C'était un mélange étrange. Il voyait des hommes en jolie robe, dont certains qu'il reconnut comme des figures de la cour de Hebrion, et des femmes en brocart et en lin – même à bord, elles se raccrochaient à leur statut passé –, mais la plupart semblaient être des marchands nantis ou de petits artisans qui n'avaient rien de remarquable. Jusqu'à présent, il n'y avait pas encore eu de manifestation de pouvoir et il ignorait s'il y avait même un conjurateur de vent à bord pour accélérer la traversée. La présence d'un Inceptine avait probablement dissuadé le capitaine d'enquêter.

Il ne savait pas non plus s'il y avait un autre mage de race pure car il n'avait pas encore vu d'autre démon familier et son lutin dormait dans le corsage de sa robe. Golophin et lui n'étaient, naturellement, pas les seuls mages d'Abrusio. Bardolin en connaissait personnellement une demi-douzaine. Mais il n'en vit aucun de sa connaissance à bord et se demanda si Golophin avait eu d'autres projets pour eux.

L'air était lourd et épais, flottant autour des gros canons et des tables chargées. Bardolin sentit l'arôme du porc qui cuisait, riche en graisse et en sel, et à côté de ça, la transpiration d'humains les uns sur les autres. L'odeur fétide et faible de vomi et d'ordures était sous-jacente. Tous les passagers ne disposaient pas du courage nécessaire pour s'accroupir sur la guibre du navire et y faire leurs besoins vitaux, la mer timide leur léchant le cul. Et il y avait ceux qui s'étaient adonnés au mal de mer un peu plus violemment que ce qu'ils avaient cru. Le pont devrait être lavé, voire passé au faubert, mais c'était le boulot des marins.

Oh, quelle toile riche tissée par des forces inconnues ! Ce n'était pas un navire qui voguait sereinement sur un océan placide, c'était une mouche, surprise, tremblante, dans une grosse toile d'araignée. Et ce noble, Murad, était l'un des fileurs de la toile, avec Golophin et le roi de Hebrion.

Mais pas Hawkwood, le capitaine. Murad et lui se haïssaient ; c'était évident. Bardolin avait l'impression que leur bon capitaine avait entrepris ce voyage avec autant d'enthousiasme que la majorité des passagers. Il devait connaître leur destination, ça vaudrait la peine de lui parler, ou de parler à Billerand.

– Il a encore invité ce Corbeau à sa table, disait Griella entre deux bouchées de porc dur et de biscuit rassis.

– Qui ? Murad ?

Bardolin s'empressa de rassembler ses idées. Griella avait une lueur dans les yeux qu'il n'aimait pas. Il s'était déjà maudit plusieurs fois de l'avoir emmenée avec lui. Et pourtant – et pourtant...

– Oui. Il a encore l'intention de lui faire boire du brandy pour le faire parler, savoir qui lui a ordonné d'embarquer avec nous. Mais Ortelius est fuyant comme une anguille. Il ne fait que sourire, ne dit rien d'important, se contente d'énoncer des platitudes saintes que personne ne peut contredire. Il y a quelque chose en lui qui ne me plaît absolument pas.

– C'est normal. C'est un Inceptine, mon enfant. Que tu ne l'aimes pas n'a rien d'étrange.

– Non, il y a autre chose. J'ai l'impression de le connaître, mais je ne sais pas comment.

Bardolin soupira. Il n'avait plus faim. Son estomac avait été habitué à de la nourriture si dure dans sa jeunesse qu'il était devenu difficile avec l'âge. Et pourtant c'était bon. Plus tard dans le voyage, leur viande serait véreuse et leur pain, plein de charançons, tandis que l'eau serait épaisse comme de la soupe. Il avait déjà vécu cela auparavant lors d'un transport de troupes hebrionien. Il n'était pas pressé de revivre un régime de la sorte.

« Je m'adoucis », songea-t-il.

– Ne t'inquiète pas pour ce satané Inceptine, ma fille, dit-il. Il ne peut pas te toucher ici, à moins qu'il n'ait l'intention de s'en prendre tout seul à tous les passagers du navire.

Mais Griella ne l'écoutait pas. Ses doigts s'étaient recroquevillés en griffes autour de son couteau à viande.

– Murad va encore me demander ce soir, Bardolin. Je ne peux plus le repousser sans... sans qu'il ne se passe quelque chose.

Elle contemplait son assiette en bois comme si elle contenait une espèce d'augure. Bardolin se pencha vers elle.

– Je t'implore, Griella, de ne commettre aucune violence à bord de ce navire. Surtout pas. Ne laisse pas tes sentiments dépasser ta raison et ne lève pas un doigt contre lui. C'est un noble. Il n'outrepasserait pas ses droits s'il te tuait d'emblée.

Griella le gratifia d'un grand sourire sans joie. Ses dents étaient fortes et très blanches et ses lèvres presque pourpres en comparaison.

– Il risquerait d'avoir du mal.

– Tu risquerais de le tuer. (Bardolin avait baissé la voix. On l'entendait à peine dans le fracas qui les entourait.) Mais même avec ta métamorphose, tu aurais du mal à tuer tous les soldats de ce navire, et les marins, et les passagers qui s'opposeraient à toi. Et une fois ta nature révélée, Griella, tu es perdue, donc pour l'amour du Saint, essaie de te maîtriser, quoi qu'il se passe.

Elle l'embrassa subitement sur la bouche, si fort qu'il sentit l'empreinte de ses dents derrière ses lèvres. Il sut que son visage s'empourprait et eut la sensation d'une chaleur immédiate dans son aine. Le lutin s'agita dans sa robe.

– Pourquoi as-tu fait cela ? lui demanda-t-il quand elle se recula.

Il était désagréablement conscient de l'érection qui l'élançait dans ses hauts-de-chausses.

– Parce que vous aviez envie que je le fasse. Vous en aviez envie depuis très longtemps, même si vous l'ignoriez.

Il fut incapable de lui répondre.

– C'est bon, Bardolin, ça m'est égal. Je vous aime, vous savez? Vous êtes un père, un frère et un ami pour moi.

Elle caressa la barbe de plusieurs jours sur sa joue rougeaude.

– Mais vous avez raison. Tout le monde ici sait que vous êtes mon gardien. Si je devais rejeter Murad, je risquerais de vous condamner avec moi et je ne ferais jamais ce genre de chose.

Elle lui fit un sourire aussi radieux que celui d'un enfant. Seuls ses yeux démentaient cette image. Il pouvait voir la bête en eux, qui attendait son heure.

Bardolin lui prit la main, sans se soucier des regards qu'ils suscitaient chez leurs voisins de table.

– Accroche-toi bien, Griella. Accroche-toi bien à cette partie de toi qui n'est pas l'animal; ensuite tu pourras l'étouffer; tu pourras la vaincre.

Elle cilla.

– Pourquoi souhaiterais-je le faire? (Puis elle le gratifia d'un sourire sauvage, se leva et ôta sa main de la sienne.) Je dois y aller. Mara voudrait que je l'aide à tout nettoyer. Cher Bardolin, n'ayez pas l'air aussi inquiet! Je sais ce que j'ai à faire – pour vous comme pour moi.

Bardolin contempla son dos mince et droit quand elle se leva de table et gagna la batterie. Son visage était profondément préoccupé et le lutin tremblait comme une feuille sur son torse moite de sueur.

– Encore du brandy pour ce bon ecclésiastique, ma fille! Ne lésinez pas là-dessus!

Murad souriait; sa balafre était une ride rose qui ondulait sur un côté de son visage. Lorsque la jeune Mara se pencha pour resservir du brandy, il glissa une main sous sa robe et remonta le long de sa jambe douce comme de la soie. Elle eut un mouvement convulsif, comme un cheval sur lequel s'est posée une mouche, mais ne s'éloigna pas. Il tira la chair douce, là où enflaient ses fesses en haut de ses cuisses. Puis elle se raidit comme si de rien n'était et s'en alla. Di Souza avait le visage rouge de jubilation, mais Sequero avait simplement l'air dédaigneux. Murad lui sourit et leva son verre pour que le jeune aristocrate soit obligé de le suivre.

Tous les quatre étaient assis autour d'une longue table située au-dessus de la quille. Dans le dos de Murad se trouvaient les fenêtres arrière qu'il partageait avec la cabine du capitaine de l'autre côté de la mince cloison. Le ciel de l'est était noir, mais le sillage du navire laissait une lueur derrière eux en écumant et bouillonnant. Ils voyaient le niveau de vin dans les décanteurs alignés sur la table qui s'inclinait légèrement avec le roulement du bateau, mais il était si léger qu'on le remarquait à peine.

Sequero n'était toujours pas dans son assiette à cause de la mort de l'une de ses juments poulinières adorées. Heureusement qu'ils en avaient embarqué deux de plus que prévu. Il n'était pas un compagnon de bord idéal, il était l'officier porte-étendard Hernan Sequero. Il détestait cette promiscuité extrême, ces hamacs peu confortables, la puanteur permanente, et surtout l'indépendance bornée des marins, qui n'en référaient qu'à leurs propres officiers et n'obéissaient à aucun ordre des soldats. C'était une inversion de l'ordre naturel des choses. Son triste état avait fourni à Murad l'occasion de s'amuser incessamment en privé pendant la semaine déjà passée en mer.

Di Souza, en revanche, semblait savourer l'expérience dans son ensemble. Ses prouesses avec les arquebuses lui avaient fait gagner le respect des soldats et des marins, et qu'il ne soit pas de bonne naissance semblait l'avoir aguerri aux outrages de la vie à bord. Il pouvait rire quand il chiait dans les latrines du navire alors que Murad soupçonnait Sequero de faire ses besoins au fond de la cale pour que ses hommes ne voient pas leur officier penché cul nul au-dessus de la mer. Murad avait un pot que l'une de ses deux servantes de cabine vidait chaque jour.

Il scruta le fond ambre de son brandy à la lueur des lanternes de table. Fimbrien, mis en fût à l'époque de son arrière-grand-père. Et voilà qu'il le gâchait avec un bouffon de basse extraction, un ecclésiastique et un petit noble coincé. Bien, ça déliait les langues. Ça permettait de passer une soirée suffisamment agréable. Mais ça n'aidait pas à desserrer les lèvres de ce satané Corbeau, Ortelius.

La fille, Mara, ôta les assiettes et les couverts en argent qui étincelaient sur toute la longueur de la table. Ils avaient mangé des rillettes de viande, du poulet tout juste tué, du poisson pêché ce matin et des fruits des vergers de Galiapeno. À présent, ils sirotaient leur brandy, cassaient des noix et fourraient des olives noires dans leur bouche. Il n'y avait pas beaucoup de conversation. Les deux officiers subalternes n'aimaient pas parler sans qu'on leur ait d'abord adressé la parole quand ils étaient assis à la table de leur supérieur, et l'Inceptine semblait tenir au silence autant qu'à sa propre discrétion.

Murad devrait inviter Hawkwood à dîner un de ces soirs avec le Corbeau et les regarder mettre le feu aux poudres. De toute évidence, il n'y aurait pas d'autre amusement au cours de ce voyage et il devrait faire preuve d'imagination s'il ne voulait pas mourir d'ennui avant d'accoster à l'ouest.

Il surprit la fille en train de le regarder et la fixa mollement jusqu'à ce qu'elle détourne rapidement les yeux. Elle avait un agréable visage brun de paysanne, entouré d'une crinière de boucles brunes, et son corps était corpulent et fort, mais pas trop excitant. Elle avait partagé son lit de camp suspendu depuis qu'ils avaient quitté Abrusio mais ce n'était pas elle qu'il désirait ardemment. Cette jeune femme aux cheveux courts et à l'œil vif, celle qui s'appelait Griella, était la seule qu'il désirait. La dresser serait divertissant et il était curieux de voir quel genre de formes se cachaient sous les vêtements de garçon qu'elle portait. Elle le détestait, ce qui était encore mieux. Où était-elle ce soir? Son absence l'irritait, une des raisons pour laquelle la peur brillait dans les yeux de l'autre fille.

– Un brandy fameux, dit Ortelius, brisant le silence. Vous avez une excellente cave, même en mer, seigneur Murad.

Murad inclina la tête.

– Il existe certains luxes qui, en fait, ne sont pas des luxes mais davantage des... accessoires de haut rang. Nous n'en avons pas forcément besoin, mais ils nous permettent de nous rappeler qui nous sommes.

Ortelius hocha gravement la tête.

– Tant que nous ne courons pas le risque de ne pas pouvoir nous passer d'eux.

– Vous avez bien peu de luxe avec vous à bord, je le crains, dit Murad avec compassion, bien que, intérieurement, les sous-entendus de l'ecclésiastique le fissent bouillonner.

– Oui. J'ai embarqué à la hâte, j'en ai peur. Mais peu importe. J'ai beau ne pas avoir les habitudes austères d'un Frère mendiant, cela ne me fera aucun mal de renoncer à certains agréments de mon rang pour un moment. Ce genre de chose nous rapproche de Dieu.

Il but le reste de son brandy.

– Bien sûr, admirable, dit Murad d'un air absent.

Il cherchait une ouverture, un défaut dans les manières falotes de l'Inceptine. Il vit Sequero et di Souza échanger des regards ; ils savaient que le jeu nocturne avait recommencé.

– Bien, nous sommes sous votre responsabilité spirituelle, père Ortelius. Je suis sûr que je parle au nom de tous les soldats, des marins et de la populace à bord lorsque je dis que nous devrions nous reposer plus facilement en sachant que vous êtes là pour nous libérer de nos péchés et veiller sur notre bien-être moral. Mais dites-moi, que pensez-vous de cet équipage méritant qui entretient ces bateaux, ou même des passagers avec lesquels vous avez embarqué ?

Ortelius le regarda, sa contenance habituellement urbaine se transformant en ce qui ressemblait quelque peu à de la méfiance.

– Je ne suis pas sûr de vous suivre, mon fils.

– Oh, allez, mon père ! Vous avez sûrement dû remarquer que la moitié des matelots de Hawkwood ont des visages aussi noirs que des singes. Ce sont des païens... des Medruks !

– En êtes-vous sûr, mon fils ?

Ortelius avait cessé de jouer avec son verre vide et regardait attentivement Murad, comme un escrimeur attendant le changement d'équilibre annonçant une poussée.

– Eh bien oui ! Certains d'entre eux sont des adorateurs noirs du prophète maléfique, Ahrimuz.

– Alors je dois faire de mon mieux, en toute modestie, pour leur montrer le véritable chemin vertueux vers la Compagnie des Saints, dit Ortelius d'un ton doux.

Mais Murad poursuivit comme si le prêtre n'avait rien dit.

– Et les passagers, mon père. Savez-vous qui ils sont ? Je vais vous le dire. C'est la lie de notre société. Ce sont des sorciers, des herboristes, des vieilles fouines et même – que Dieu nous protège – des mages. Vous ne le saviez pas ?

– Je... j'ai dû entendre quelque chose de ce genre.

– En fait, le type même de peuple dont les Inceptines débarrassent assidûment Abrusio depuis plusieurs semaines. Et pourtant, vous embarquez avec eux, vous dormez parmi eux, et vous vous occupez de leurs prétendus besoins spirituels. Pardonnez-moi de vous le dire, père, mais j'ai du mal à comprendre pourquoi un homme comme vous aurait pris sur lui de s'associer avec de tels compagnons de route. Nous savons que la vocation des Frères mendiants est de faire du prosélytisme et de convertir, de répandre la nouvelle des Visions du Premier Saint, mais les Inceptines sont sûrement plus hauts placés dans la hiérarchie de l'Église.

Murad laissa sa question sans réponse flotter dans l'air.

– Nous allons où nous sommes envoyés, seigneur Murad. Nous sommes tous des serviteurs, tous porteurs de la robe noire.

– Ah, on vous a donc *envoyé* pour nous rejoindre ?

– Non. J'ai employé ce terme maladroitement. Je vous prie de m'excuser.

– Soit vous avez été envoyé, soit vous n'avez pas été envoyé, père. Reprenez du brandy, tenez.

Murad resservit du brandy fimbrien à l'ecclésiastique tandis que ses deux officiers les regardaient sans rien dire, tels les spectateurs d'un combat de gladiateurs. Sequero semblait amusé et fasciné, mais Murad fut surpris de voir une expression de terreur pure gagner le visage de di Souza.

– Vous allez bien, Valdan ? lui demanda-t-il brusquement. Un peu le mal de mer, peut-être ?

L'officier aux cheveux comme de la paille secoua la tête. On aurait dit un homme qui allait à la potence.

– Comme je le disais, poursuivit Murad d'un ton doux, en s'adressant à l'ecclésiastique, soit vous avez été *envoyé*, père, soit vous êtes venu de votre plein gré. Ou quelqu'un vous a demandé de vous joindre à nous.

Sur quoi il reposa les yeux sur di Souza, dévisageant le visage empourpré du jeune homme et laissant sa phrase en suspens.

– Je lui ai demandé de venir ! lâcha étourdiment di Souza. C'était moi, monsieur, mon idée à moi seul. Les soldats voulaient un aumônier. J'ai demandé au père Ortelius. Je croyais que j'avais bien fait, monsieur, sur mon honneur !

Murad passa la tablée en revue. Ortelius essuyait délicatement ses lèvres avec une serviette, les yeux baissés et le visage de nouveau serein. L'expression de Sequero manquait de naturel, comme s'il craignait d'être associé à la culpabilité de di Souza, de par sa proximité avec l'officier.

Murad rit.

– Eh bien, pourquoi n'avoir rien dit ? (Il se leva.) Je suis désolé d'avoir mis votre patience à l'épreuve ces derniers jours, père. Veuillez m'excuser.

Et il se pencha pour baiser les doigts du prêtre.

Ortelius rayonna.

– Tout va bien, mon fils.

– Et sur cette révélation, j'ai bien peur de devoir mettre un terme à notre délicieuse soirée, messieurs. J'aimerais me reposer. Bonne nuit, père. J'espère que vous dormirez bien. Sequero, bonne soirée. Vous accompagnerez le père Ortelius à son hamac, j'en suis sûr. Officier di Souza, restez ici un moment, je vous prie.

Lorsque les deux autres furent partis, di Souza s'assit avec raideur sur sa chaise, les mains sur les genoux.

– Parlez-moi, officier, dit Murad d'un ton doux.

Le visage du jeune homme était luisant de sueur. Sa peau était rouge à cause du vin et de la chaleur, et contrastait vivement avec ses cheveux blonds.

– Les hommes n'aimaient pas l'idée de voyager sans chapelain, comme je crois vous l'avoir déjà dit, monsieur.

– Est-ce que Mensurado vous a incité à le faire ? l'interrompit Murad.

– Non, monsieur ! C'était mon idée à moi seul.

Si di Souza avait rejeté la faute sur son sergent Mensurado, Murad eût été contraint de mettre l'homme à l'estrapade, voire de l'abattre. Et Mensurado était le soldat le plus expérimenté du navire.

– Connaissez-vous bien cet Ortelius ?

Di Souza releva brusquement les yeux et croisa brièvement le regard fixe de Murad. Il semblait rapetisser sur sa chaise.

– Pas bien, monsieur. Je sais qu'il a autrefois fait partie du personnel du prélat de Hebrion et qu'il est bien vu dans l'ordre.

– Et pourquoi un ecclésiastique aussi distingué devrait embarquer avec une expédition pour l'inconnu et avec de tels compagnons de voyage, hein ?

En désespoir de cause, di Souza haussa les épaules.

– C'est un prêtre. C'est son boulot. Lorsqu'il m'a confessé et absous avant d'embarquer, j'ai eu l'impression qu'il connaissait des choses sur ce voyage. Il m'a demandé si cela ne me gênait pas de l'entreprendre sans guide spirituel. Cela me gênait, monsieur – je vous dis la vérité. Il a spontanément proposé de venir, mais j'ai cru qu'il essayait simplement de rassurer mon âme misérable. Je ne pensais pas qu'il était sincère.

– Vous avez beaucoup à apprendre, Valdan, dit Murad. Ortelius est un espion à la solde de Himerius, le prélat de Hebrion. Il est venu voir ce que le roi a en tête, en mandatant cette expédition et avec ce genre de passagers. Mais peu importe. Je sais qui il est maintenant et je pourrais m'occuper de lui en conséquence.

– Monsieur ! Vous n'allez pas...

– La ferme, Valdan ! Vous êtes un jeune imbécile. J'aurais pu vous dépouiller et vous mettre aux fers pour le reste du voyage pour ce que vous avez décidé de faire. Or, j'ai besoin de vous. Mais je vais vous dire une chose dont vous avez intérêt à vous souvenir.

Murad se pencha sur lui jusqu'à ce qu'il pût sentir le brandy dans l'haleine de son subalterne.

– Votre loyauté *me* sera réservée et à personne d'autre. Pas à l'Église, ni à un prêtre, ni à votre propre mère. Vous vous tournerez vers moi pour tout. Sinon, votre carrière est terminée ; et peut-être que votre vie aussi. Me suis-je bien fait comprendre ?

– Oui, fit di Souza d'une voix rauque.

Murad sourit.

– Je suis ravi que vous compreniez. Vous pouvez disposer.

L'officier se leva de sa chaise comme un arthritique, le salua et sortit comme un ouragan. Murad se rassit et mit les pieds sur la table. Il tourna la tête pour regarder au loin le sillon que creusait le bateau. Pas de terre à l'horizon. Les Hebrioniens étaient déjà hors de vue, ce qui signifiait qu'ils voguaient enfin sur le Grand Océan occidental.

« Et personne ne peut nous toucher, songea Murad. Aucun roi, aucun prêtre, aucune machination du gouvernement. Jusqu'à ce que l'un de ces navires ne revienne, nous sommes seuls et personne ne peut nous trouver. »

Il se rappela le journal de bord de Tyrenius Cobrian, l'histoire sinistre de massacres et de folie qu'il racontait, et sentit un frisson de gêne l'envahir.

– Vin ! cria-t-il haut et fort.

Quand il se détourna de ce qu'il regardait par les fenêtres arrière, il vit que le vin était déjà sur la table, étincelant de rouge sang dans son décanteur, une seule lanterne de table brûlant derrière lui.

La jeune fille, Griella. Elle se tenait dans l'obscurité. Il la reconnaissait aux absurdes hauts-de-chausses qu'elle portait et à sa coupe au carré. Et à la brillance particulière de ses yeux qui lui faisait toujours penser à ceux d'une bête que l'on voyait à la lueur des flambeaux.

Murad fut surpris par sa présence silencieuse ; il n'avait pas entendu de bruit. Il se servit du vin lumineux.

– Venez dans la lumière, ma fille. Je ne vais pas vous manger.

Elle s'approcha et ses yeux redevinrent humains. Elle le regarda avec un intérêt détaché qui ne manquait jamais de l'exaspérer. Il devait coucher avec elle, montrer sa présence et sa supériorité sur elle. Sa peau revêtait une espèce de lumière, accentuée par la lanterne. Dans l'encolure de sa chemise, il vit le renflement d'un sein léger, cette courbe d'ombre et de lumière.

– Enlevez mes bottes, dit-il brusquement.

Elle fit ce qu'il lui avait ordonné, s'agenouilla devant lui et fit glisser ses longues bottes de marine le long de ses jambes avec une force qui le surprit. Il regarda dans l'encolure de sa chemise. Il sirota tranquillement son vin.

– Vous partagerez mon lit ce soir, dit-il.

Elle le fixa.

– Il n'y aura pas d'excuses. Le sang aura cessé de couler d'ici là, et même si ce n'est pas le cas, je m'en moque. Levez-vous.

Elle s'exécuta

– Pourquoi ne parlez-vous pas ? N'avez-vous rien à dire ? Il y a quelques nuits, vous étiez aussi livide qu'un chat. Vous êtes-vous réconciliée avec votre nouvelle condition ? Parlez-moi !

Griella l'observa, un petit sourire naissant au coin de sa bouche.

– Vous êtes un noble, dit-elle. Sur ce bateau, ce que vous dites fait loi. Je n'ai pas le choix.

– C'est vrai, dit-il, méprisant. Est-ce que votre vieux gardien a mis un peu de bon sens dans votre jolie petite tête ?

– Oui.

– Un sage, de toute évidence.

Pourquoi avait-il le sentiment qu'elle prenait le meilleur sur lui, qu'elle se moquait secrètement de lui ? Il voulait faire disparaître d'un baiser ce sourire sur sa jeune bouche mûre, l'écraser avec ses dents.

– Enlevez vos vêtements, dit-il.

Il se resservit du vin. Les battements de son cœur commençaient à se faire entendre, à marteler ses tempes.

Elle ôta sa chemise par la tête, puis défit sa ceinture et fit glisser ses hauts-de-chausses par terre. Quand elle se tint nue devant lui, il entendit distinctement les huit coups de la cloche du navire. Minuit. Comme une mise en garde.

Murad se leva, elle était toute petite à côté de lui. Elle était dorée à la lueur de la lanterne avant que son ombre ne la recouvre. Il effleura ses seins et entendit son souffle dans sa gorge. Il fit un grand sourire, ravi d'avoir pu lui faire perdre son étrange sang-froid. Puis il pencha la tête et écrasa sa bouche sur la sienne.

Après, il se souvint qu'elle lui avait semblé très légère dans ses bras, mince, dure et vivante. Elle avait les muscles tendus, chaque nerf tressautant à la surface de sa peau.

Elle était vierge, aussi, mais n'avait pas crié lorsqu'il l'avait pénétrée, bronchant à peine une seconde. Il se souvint de la sensation de chaud et de liquide, quand il l'avait pressée contre les couvertures et lui avait mordu le cou, l'épaule et les seins. Sous lui, elle n'avait pas bougé jusqu'à ce que quelque chose la fît s'enflammer. Involontairement, elle s'était agitée et s'était mise à produire de petits bruits. Puis l'accouplement s'était transformé en bataille, en lutte à celui qui aurait le dessus. Unis, leurs corps s'étaient battus jusqu'à ce que son cri résonne, qu'elle mette ses jambes en ciseaux autour de lui et pleure furieusement dans l'obscurité. Ensuite, ils s'étaient endormis, épuisés, leurs corps collés par la transpiration et le fluide de leurs efforts. Cela avait été un moment étrangement paisible, comme la trêve après que deux armées se sont battues jusqu'à épuisement.

Il s'était réveillé dans la nuit, juste avant l'aube – ou du moins l'avait-il cru. Il ne pouvait pas respirer. Il étouffait dans une chaleur accablante, une fournaise, et ses jambes étaient bloquées sous un poids qui l'écrasait. Quelque chose d'énorme et de lourd était sur lui et lui clouait les membres. Il avait ouvert les yeux, senti un souffle chaud sur son visage, et avait vu deux yeux jaunes le regarder à une quinzaine de centimètres. L'éclat glacial des dents. La vague impression de voir deux oreilles, semblables à des cornes, former un arc de cercle sur un gros crâne recouvert de poils noirs. Et la chaleur paralysante du poids oppressant son corps.

Il avait perdu connaissance, ou son rêve avait disparu. Il se réveilla plus tard, après le lever du soleil, un cri sur les lèvres – mais se retrouva seul sur sa couchette suspendue qui tanguait doucement, le soleil entrait à flots par les fenêtres, une tache de sang sur les couvertures. Il respirait par à-coups. Un rêve ou un cauchemar, rien d'autre. Ça ne pouvait être rien d'autre.

Il ôta la couverture d'un coup sur ses jambes en caoutchouc. Le navire tanguait plus lourdement, la proue se levant et se rabaissant. Par les fenêtres, il voyait des vagues à l'écume blanche se briser sur la houle.

Il lui fallut la pinte de vin qui restait dans le décanteur pour calmer les tremblements de ses mains, pour effacer l'horreur de son rêve. Lorsqu'il eut fait disparaître tout ce dont il se souvenait, il se rappela le plaisir de la sentir sous lui, cette capitulation involontaire. Étrangement, ce souvenir ne lui inspira aucun sentiment de triomphe, mais le stimula, le revigora quelque peu.

Quand il eut déjeuné, il avait complètement oublié sa vision de la nuit. Trop de brandy et de vin, peut-être. Il ne pensait plus qu'à la fille mince et à ses yeux clairs, à son plaisir de la sentir sous lui.

Il en voulait encore.

16

L'armée medruk était en marche.

Cela avait pris du temps, beaucoup trop de temps, songea Shahr Baraz. Aekir leur avait causé plus de pertes qu'ils n'avaient bien voulu le reconnaître mais, à présent, beaucoup avaient pu être compensées. De nouvelles troupes avaient été envoyées par les cols des Thuriennes avant que la neige ne ferme leur accès pour l'hiver et Maghreb, sultan de Danrimir, avait envoyé cinquante éléphants et huit mille membres de sa garde personnelle pour participer à la prise de la digue d'Ormann. C'était un geste comme un autre, avec les inévitables ramifications politiques qui se cachaient derrière. Les autres sultans n'avaient pas tardé à refaire surface après la prise d'Aekir et la ruée pour le butin de la guerre n'allait pas se faire attendre. Shahr Baraz avait entendu des rumeurs dans le campement selon lesquelles l'ancienne Nalbenie, pour ne pas être en reste avec son rival du nord, avait affrété une flotte de transport de troupes pour traverser la mer Kardienne et fondre sur les cités côtières de la Torunnie. Cette rumeur le fit rire. Avec un peu de chance, elle était déjà arrivée aux oreilles du roi de Torunnie et pourrait le contraindre à envoyer un détachement de troupes du Nord.

Shahr Baraz n'avait aucune illusion quant à la difficulté de la tâche qui l'attendait. Il disposait de cartes du complexe de la forteresse, réalisées par les soldats de cavalerie des innombrables reconnaissances armées qu'il avait envoyées à l'ouest. Les Fimbriens avaient d'abord édifié la digue et, à l'instar de tout ce qu'ils construisaient, elle avait été érigée pour durer. Ses lointains ancêtres l'avaient attaquée – mais cela remontait à la nuit des temps, au souvenir tribal de l'établissement de la frontière de l'Empire fimbrien. Ils étaient morts par milliers, disait-on, et leurs cadavres entassés arrivaient jusqu'au sommet de la digue.

Mais c'était il y a bien longtemps. Pas en ce moment. Si l'avancée medruk avait été aussi lente à reprendre après la prise d'Aekir, c'était, entre autres, parce qu'il avait fait travailler ses sapeurs nuit et jour. Les fruits de leur labeur avaient été démontés puis chargés sur des chariots gigantesques, chacun tiré par quatre éléphants. Maintenant il avait tout ce dont il avait besoin : des hélépoles et des catapultes pour la balistique. Et des bateaux. Beaucoup de bateaux.

Sur une petite colline boueuse, à cheval, entouré d'un bataillon d'officiers d'état-major et de ses gardes du corps, en rangs silencieux, il observait son armée avancer péniblement.

Des cavaliers sur les flancs, des escadrons de cavalerie légère armés de lances et ne portant que du cuir bouilli, qu'ils avaient pris aux Ramusiens. Puis l'avant-garde principale, force choisie chez les Hraibadar, les troupes de choc spécialisées dans les assauts, les percées et, au besoin, les dernières résistances. Leurs rangs étaient plus minces qu'auparavant – tant d'hommes étaient tombés à Aekir qu'il avait été contraint de ne mettre que dix régiments en campagne – à peine douze mille hommes.

Les éléphants avançaient lourdement, en ligne discontinue. Une vingtaine seulement marchait avec l'avant-garde, et chacun tirait une suite de chariots légers, chargés de provisions. L'avant-garde était la force la plus mobile de Shahr Baraz et la plus aguerrie. Elle mènerait l'assaut final une fois qu'il aurait quelque peu affaibli la digue.

Une brigade de cavalerie lourde que les Ramusiens appelaient *cuirassiers* fermait la marche de l'avant-garde. Ils étaient connus sous le nom de *Ferinai* par leur peuple qui les utilisait depuis des générations. Ils portaient une cotte de mailles renforcée de plaques d'acier étincelantes et leurs visages étaient protégés par de grands casques. En plus de leur épée, ils exhibaient chacun une paire de pistolets à mèches à combustion lente, innovation récente que les *Ferinai* n'avaient acceptée qu'après moult protestations. C'étaient les meilleures troupes que possédait Shahr Baraz ; ses propres gardes du corps avaient principalement été choisis dans leurs rangs. C'étaient des soldats professionnels, contrairement à la majorité de l'armée, et leur général en était aussi économe qu'un avare avec ses lingots d'or.

Après l'avant-garde, forte de près de vingt mille hommes, et alors que Shahr Baraz calmait son cheval agité, le gros de l'armée apparut. La discipline n'était pas aussi rigide. Des hommes agitèrent la main et l'acclamèrent quand ils défilèrent au pas devant lui et il leur répondit d'un signe de tête sec. C'étaient les *Minhraib*, les fantassins ordinaires qui, quand ils n'étaient pas à la guerre, étaient des petits fermiers, des marchands, des paysans ou des ouvriers agricoles. Forts d'une centaine de milliers d'hommes, ils avançaient en colonne, dont la tête était large de cinquante hommes et qui s'étendaient sur plus de six kilomètres. Il leur faudrait au moins une heure et demie pour que tous passent devant leur général. Quand il les vit, Shahr Baraz se raidit et leva ses vieux yeux au ciel pour faire une brève prière, remercier son Dieu et son Prophète de lui avoir donné la chance de voir cela, de commander cela : la plus grosse armée jamais constituée par un sultanat oriental. Rien de tel n'avait été vu sur le continent depuis les terribles guerres des Ramusiens, quand ils s'étaient battus entre eux pour faire tomber l'hégémonie fimbrienne.

Il n'attendrait pas pour voir l'arrière-garde ou le train de siège : ils se trouvaient à une douzaine de kilomètres en bas de la route. Lorsque l'avant-garde entrerait dans le campement cette nuit-là, l'arrière-garde serait à seize kilomètres derrière elle. C'était un cauchemar logistique de faire traverser le pays à une armée de cette taille.

Pourtant, il avait la rivière ostienne. Déjà les premières barges avaient descendu le courant depuis Ostrabar et les provisions s'accumulaient sur les quais brûlés de la berge d'Aekir. Incroyable, la quantité de provisions dont avait besoin une armée de cette taille. Les éléphants à eux seuls nécessitaient quatre-vingts tonnes de fourrage par jour.

– Avez-vous parlé de la route au chef des sapeurs ? demanda-t-il sèchement à un aide de camp.

En selle, l'aide de camp sursauta. Les yeux du vieillard lui avaient semblé si vides, si lointains, qu'il avait cru que son général se trouvait dans une sorte d'hébétement dû à la fatigue.

– Oui, khédive. Les matériaux sont déjà en route. Une fois l'armée en position sur la digue, le travail ira vite. Nous avons réuni quelque trente mille bras de main-d'œuvre dans tout le pays. La nouvelle route sera, d'après le sapeur, achevée dans seize jours. Et elle supportera les chariots d'éléphants.

– Excellent, dit Shahr Baraz en caressant la moustache blanc argenté qui tombait sur son menton comme des défenses d'éléphant.

Ses yeux noirs étincelèrent entre leurs paupières en forme d'amande.

– Relisez-moi cette dépêche pour Jaffan à la digue.

L'aide de camp fouilla dans une sacoche et en sortit un parchemin. Il le lorgna intensément un moment, faisant plisser les yeux du vieillard avec humeur. Les officiers devaient apprendre à lire et à écrire avant d'être détachés à son état-major. Pour beaucoup, c'était une obscure corvée qui ne leur venait pas naturellement.

– Il dit, rapporta l'aide de camp en hésitant, que... que les réfugiés sont partout de l'autre côté de la Searil et campent autour de la forteresse mais... mais les ponts n'ont pas encore été coupés. Les forces ramusiennes font des sorties à l'est de la Searil, harcelant ses troupes. Il veut plus d'hommes.

Quand il eut terminé, l'aide de camp cilla rapidement, le soulagement envahissant son visage.

– Il lui en tombera cent vingt mille tout cuits dans le bec bien assez tôt, dit Shahr Baraz d'un ton nonchalant, les yeux toujours rivés sur les files interminables d'hommes, de chevaux et de chariots qui se dirigeaient vers l'ouest. Je veux qu'on envoie une autre dépêche à Jaffan, poursuivit-il, ignorant le soudain froissement du parchemin et le grincement de la plume. Les hommages de rigueur, etc.

« Vos ordres ont changé. Vous allez mettre un terme au harcèlement des forces ramusiennes à l'est de la Searil et vous concentrer sur la reconnaissance de la position ennemie. Vous enverrez des escadrons au nord et au sud de la digue qui chercheront des gués ou d'éventuels points d'opposition. La rive orientale sera mise en reconnaissance sur au moins dix lieues de chaque côté de la digue. En même temps, en utilisant tous les moyens nécessaires, vous vérifierez la force de la garnison de la forteresse et découvrirez combien d'hommes ont été détachés pour servir plus à l'ouest. Vous confirmerez ou infirmerez la rumeur continuelle que j'entends, comme quoi le dirigeant de l'Église ramusienne n'est pas mort à Aekir mais est bel et bien vivant à la digue d'Ormann.

« Puisse le Prophète et Ahrimuz vous accompagner dans vos efforts et l'illumination de la vraie foi éclairer constamment votre chemin. Mes forces et moi vous relèverons dans une semaine. Shahr Baraz, haut khédive des Armées du Sultanat d'Ostrabar. Etc. Avez-vous tout noté, Ormun ?

L'aide de camp écrivait frénétiquement, le pommeau de sa selle lui faisant office de bureau.

– Oui, khédive.

– Bien. Envoyez-la immédiatement à la digue.

Ormun s'en alla au galop dès que Shahr Baraz eut apposé sa signature fluide sur le parchemin avec des fioritures recherchées de la plume.

– Un jeune homme enthousiaste, fit-il remarquer à Mughal, l'un de ses officiers supérieurs.

L'homme opina du chef, faisant s'agiter le plumet en crin de cheval au-dessus de son casque.

– Vous êtes une légende vivante pour eux, pour ces jeunes hommes.

– Sûrement pas.

– Mais si, mon vieil ami. Ils vous appellent « le vieillard terrible », même à la cour.

Shahr Baraz s'autorisa à faire l'un de ses rares sourires.
– Suis-je si terrible ?
– Uniquement pour vos ennemis.
– J'ai vu quatre-vingt-trois hivers à la surface du monde, Mughal. Ce sera ma dernière campagne. Si je m'en sors, je ferai un pèlerinage sur la terre de mes pères et je verrai les steppes sans fin de Kambaksk une dernière fois avant de mourir.
– Le khédive d'Ostrabar, le plus puissant seigneur de guerre que l'Est ait jamais connu, sous une tente en train de manger du yaourt. Cette époque est révolue, Ibim Baraz.
Mughal appelait le général par son prénom, comme il était autorisé à le faire, étant un ami proche.
– Oui, elle est révolue. Et le vieux *Hraib*, le code de conduite des guerriers, est révolu lui aussi. Qui de la génération actuelle s'en souvient ? Un code différent dirige nos vies : le code de l'opportunisme. Je crois que si je conclus cette campagne avec succès et que je ne me retire pas, je serais bien obligé de le faire.
– Par qui ? Qui ?
– Notre sultan ; naturellement. Puisse le Prophète veiller sur lui. Il me trouve trop doux avec les Ramusiens.
– Il aurait dû être à Aekir, dit Mughal d'un ton lugubre.
– Oui mais il pense que j'ai laissé les réfugiés s'échapper par pure galanterie, un sens suranné du code de conduite du *Hraib*. Ce que j'ai fait. Mais il y avait également de bonnes raisons tactiques.
– Je le sais. Tout soldat doué de raison peut le voir, dit Mughal.
– Oui, mais il n'est pas un véritable soldat – il ne l'a jamais été au fond. C'est un dirigeant, notion beaucoup plus subtile. Et il ne supporte pas ma popularité auprès de l'armée. Mieux vaudrait pour moi que je disparaisse discrètement après la prise de la digue d'Ormann. Je n'ai aucune envie de trouver du poison dans mon pain ni d'être poignardé dans mon sommeil.
Mughal secoua la tête d'un air pensif.
– Le monde est un étrange endroit, khédive.
– Aussi étrange que le rendent les cœurs des hommes, répliqua Shahr Baraz. Je suis constamment harcelé par les ordres d'Orkhan. Je dois avancer, avancer, avancer. On ne me donne pas le temps de m'affermir. Je dois prendre immédiatement la digue d'assaut. Je n'aime pas être bousculé, Mughal.
– Le sultan est impatient. Comme vous lui avez donné Aekir, il pense que vous pouvez accomplir des miracles.
– Peut-être, mais je n'apprécie pas que l'on fourre son nez partout. Je

lancerai un assaut sur la digue dès que les troupes seront en nombre suffisant. Je n'ai pas le droit de tester les flancs torunniens à cause du temps que cela prendra. Je dois jeter mes hommes sur cette forteresse comme s'ils étaient des vagues assaillant un rocher.

Mughal fronça les sourcils.

– Avez-vous des doutes sur cette campagne, khédive?

– Je ne suis plus mon propre maître depuis Aekir, mon ami. Aurungzeb, que le soleil brille sur lui, a nommé des *commissaires* pour surveiller mes mouvements. Et pour s'assurer que je suis les conseils tactiques de mon sultan. Si je n'attaque pas la digue et ne la prends pas aussi rapidement qu'ils le voudraient, j'ai le pressentiment qu'un autre général commandera cette armée.

– Je ne peux pas y croire.

– C'est parce que vous et moi ne sommes pas des créatures de la cour, Mughal. J'ai pris Aekir, réalisé l'impossible. Tout ce qui suit est facile. C'est du moins ce que pense Aurungzeb.

– Mais pas vous.

– Pas moi. Je crois que cette digue risque de nous poser encore plus de problèmes qu'Aekir, mais mon avis ne compte pas beaucoup pour Orkhan ces jours-ci. Des généraux en herbe font déjà la queue à la cour pour prendre ma place.

- La digue tombera, dit Mughal. Et en un rien de temps. Elle ne peut pas résister à cette armée, rien ne peut lui résister. Leur John Mogen est mort et ils n'ont aucun général vivant de son calibre, pas même ce Martellus.

– J'espère que vous avez raison. Peut-être suis-je trop vieux, peut-être Aurungzeb a-t-il raison. Je vois les choses avec la prudence d'un vieillard, pas avec l'optimisme d'un jeune.

– Demandez aux troupes si elles préfèrent l'optimisme ou la prudence. Elles paient de leur sang les erreurs que nous commettons. Parfois, même les sultans l'oublient.

– Chut, mon ami, ce n'est pas bien de dire ce genre de choses alors que des oreilles peuvent vous entendre. Venez, allons jusqu'au campement. Mes tentes ont été montées et du bon vin nous attend. Un verre ou deux pourraient adoucir nos idées noires.

Le petit groupe d'officiers et de gardes du corps à cheval, éclatant comme une bannière, partit vers l'ouest, des mottes de boue voletant sous les sabots de leurs chevaux. Et, pendant ce temps, l'armée medruk poursuivait sa marche à la surface de la terre, telle une bête immense rampant sur le sol à une allure infime, mais aussi irrépressible que l'approche de la nuit.

Heria hantait de nouveau les rêves de Corfe et ses hurlements le firent se redresser d'un coup sur sa couche étroite, comme toujours. Corfe pressa ses mains sur ses yeux, jusqu'à ce que les lumières s'ornent de paillettes dans l'obscurité et que sa vision disparaisse. Elle était morte. Elle était au-dessus de tout cela. Ça ne se produisait pas en réalité.

Il leva les yeux sur les petites fenêtres bien au-dessus de sa tête. Une lueur ténue transformait le ciel noir en bleu velours. Ce serait bientôt l'aube. Inutile de se rallonger et d'essayer de sombrer de nouveau dans le sommeil. Une autre journée avait commencé.

Il enfila ses bottes en bâillant. Autour de lui, d'autres dormeurs ronflaient, s'agitaient et grognaient sur leurs lits bancals. Il se trouvait dans l'un des grands entrepôts qui entouraient la citadelle, à l'extrême sud de la digue d'Ormann, mais bon nombre d'entrepôts, construits pour abriter les provisions de la garnison, étaient vides et avaient été transformés en dortoirs afin que les moins robustes des réfugiés pussent dormir à l'abri de la pluie.

Mais il n'était plus un réfugié. Il portait de nouveau le vieux sang et les contusions, une écharpe d'officier porte-étendard sous sa ceinture et une demi-armure lourde était rangée sous son lit. Il avait été affecté en tant que conseiller à l'état-major de Pieter Martellus. C'était une promotion, si l'on pouvait dire, et cette idée déforma sa bouche en un sourire amer.

Il enfila son armure à grand-peine et, dans un tintement, se dirigea vers l'un des remparts pour prendre l'air et voir ce que lui réservait la journée.

L'aube. Le soleil se levait calmement sur un ciel sans tache. S'il tournait le dos à la lumière à l'est, il pourrait presque discerner à l'horizon la ligne blanche des Cimbriques, à quatre-vingts lieues au sud-ouest. Au-delà des Cimbriques, se trouvait Perigraine; au-delà de Perigraine, les montagnes de Malvennor et, derrière elles, la Fimbrie puis, enfin, la mer Hebrionienne. Normannie, la terre de la foi, comme l'appelaient parfois les ecclésiastiques. Elle ne semblait pas aussi imposante lorsque l'on y pensait en ces termes, lorsqu'un homme pouvait se figurer qu'il voyait nettement ce qui se trouvait de l'autre côté du royaume de Torunnie, un matin, d'un coup d'œil, à l'aube.

Il regarda plus près de chez lui, sur toute l'étendue enflammée par le soleil de la Searil et sur l'étendue tentaculaire des fortifications. Des kilomètres de remparts, de digues, de palissades et de revêtements anti-artillerie. Les remparts zigzaguaient de telle sorte que les canonniers pouvaient entrecroiser les approches et faire un feu convergent si l'ennemi venait à traverser la Searil et à assaillir la digue même. Ils étaient étranges, surnaturels, dans la lumière croissante du matin et les tours pointues qui brisaient leur longueur tous les trois cents mètres ressemblaient aux monuments aux morts d'une bataille perdue et titanesque.

À l'est, de l'autre côté de la Searil, la barbacane orientale formait une étoile noire sur la terre. Ses murs étaient percés en points aigus et, en leur sein, les feux des réfugiés d'Aekir commençaient à trembloter et à pointiller les ombres. Derrière le pont de la barbacane, un ensemble de murs et de tours moins robustes et moins hauts surveillaient l'approche du pont principal, et de l'autre côté de la Searil se trouvait l'île, appelée ainsi car elle était entourée de la rivière à l'est et de la digue à l'ouest. Une autre forteresse plus modeste se dressait, reliant le pont de la Searil au passage principal de la digue. Il y avait deux autres ponts, plus petits, en bois branlant, aisément démolissables, qui traversaient la digue au nord et au sud du pont principal. Ils devaient aider au déploiement des sorties ou permettre aux défenseurs de l'île de se retirer sur un front large si elle devait être envahie.

À l'ouest de la digue se dressait la forteresse elle-même. Les Longs Murs s'étendaient sur une lieue entre les rochers à pic et les escarpements des corniches qui cernaient la Searil au nord et au sud. La citadelle sur laquelle se tenait Corfe avait été construite sur l'un de ces rochers abrupts qui saillait violemment d'une de ces corniches. C'était là que Martellus avait ses quartiers. Un général se tenant à cet endroit aurait une vision de tout le champ de bataille et pourrait déplacer ses hommes comme des pièces sur un jeu et observer leurs marches et leurs contre-marches sous ses pieds.

Enfin, plus à l'ouest, au-delà des bâtiments et des complexes de la forteresse, l'ombre enténébrée du camp principal des réfugiés recouvrait la terre, brouillard s'élevant du sol comme la chaleur corporelle d'un animal dormant paisiblement. Près de deux cent mille personnes y campaient, même si des milliers partaient chaque jour pour aller plus à l'ouest. Martellus avait réussi à rassembler une force bigarrée de quatre mille volontaires parmi les hommes les plus jeunes, mais ils n'étaient pas entraînés et étaient démoralisés. Il ne leur ferait pas beaucoup confiance.

Un homme pour défendre trente centimètres de mur, disaient les manuels militaires. Bien qu'un homme occupe presque un mètre du mur, le second jouerait le rôle de réserve et le troisième serait mis de côté pour une éventuelle force de sortie. Martellus n'avait pas les effectifs suffisants pour se permettre un tel luxe.

Trois mille hommes dans la barbacane orientale. Deux mille en faction sur l'île. Quatre mille en faction sur les Longs Murs. Mille dans la citadelle. Deux mille gardés de côté pour une éventuelle sortie. Les quatre mille volontaires civils étaient prêts derrière les murs occidentaux. Ils seraient jetés en pâture sur les remparts dès que l'assaut commencerait à manger les défenseurs.

C'était impossible. La digue d'Ormann était communément reconnue comme la forteresse la plus redoutable au monde, mais elle devait être mise en garnison de manière adéquate. Ce dont ils disposaient, c'était d'une ébauche de défense, de forces bien trop légères. Avec un général tel que Shahr Baraz pour commander les attaquants, l'issue de la prochaine bataille laissait peu de doutes.

« Mais cette fois, songea Corfe, je ne m'enfuirai pas. Je tomberai avec la digue, je ferai mon devoir comme j'aurais dû le faire à Aekir. »

Corfe déjeuna dans l'un des réfectoires, avalant un piètre repas à base de biscuit d'armée, de fromage dur et de bière éventée. Les voies de ravitaillement de la digue ne posaient aucun problème – la route pour la Torunnie était encore ouverte –, mais Martellus devait nourrir les réfugiés le mieux possible. C'était, d'après Corfe, la raison pour laquelle tant de réfugiés restaient dans les environs de la forteresse. Si c'était lui qui avait commandé, voilà plusieurs jours qu'il aurait cessé de leur distribuer des rations et les aurait envoyés paître, mais il ne répondait plus aux mêmes instincts qu'avant la chute d'Aekir. Martellus le Lion était un homme de compassion malgré sa façade dure.

« Tant mieux pour moi, songea Corfe. Les autres officiers m'auraient pendu sur-le-champ pour avoir déserté. »

Il rejoignit son général sur les Longs Murs, où il se tenait en compagnie d'un petit groupe d'officiers d'état-major et d'aides de camp, tous en demi-armure, tous regardant à l'est, la Searil et les collines au-delà.

Une table était jonchée de cartes et de listes, de pierres posées sur les parchemins afin que la brise ne les fasse pas s'envoler. C'était une matinée agréable, le soleil dorait la vieille pierre des remparts et projetait de longues ombres sur leurs flancs lointains. Il ensoleillait les nombreuses flaques qui jonchaient la terre, les illuminait comme des pièces de monnaie.

– Là-bas, dit Martellus en désignant un point au-delà de la rivière.

Corfe regarda attentivement. Il vit une rangée d'hommes à cheval qui descendaient les versants d'une colline au loin, des flammes de guerre claquer et des cavaliers sortir des flancs et de l'arrière-garde. Ils devaient être deux cents.

– Quel sale insolent ! lança l'un des officiers avec virulence.

– Oui. Il est content de se balader sous notre nez. Un personnage haut en couleur, ce commandant medruk ! Mais ce n'est qu'une force de reconnaissance. Une cavalerie légère, vous voyez? Pas le moindre blindage ou cotte de mailles, et des chevaux non armés. Il est ici pour nous épier.

Un grondement creux fit tressaillir la matinée, une bouffée de fumée blanche venant de la barbacane orientale et, un instant plus tard, l'éruption d'une fleur flamboyante sur le flanc de la colline sous les cavaliers. Ils s'arrêtèrent. Martellus souriait comme un chat qui a aperçu une souris.

– C'est le jeune Andruw. Il a toujours été agité.

– Devrons-nous organiser une sortie pour les chasser? demanda l'un des officiers.

– Oui. Je n'ai aucune envie de leur laisser recouvrer leurs esprits aussitôt. Dites à Ranafast de seller deux escadrons, pas plus. Et voyez s'il peut prendre des prisonniers. Nous avons besoin d'informations autant qu'eux.

– Je lui dirai, répondit Corfe sur-le-champ.

Et avant que personne ne pût lui répondre, il redescendit les remparts en courant.

Ranafast était le commandant de la cavalerie de cinq cents hommes que possédait la garnison. Un quart d'heure après que Corfe l'eut rejoint, ils sortaient de la barbacane orientale à la tête de deux escadrons: cent soixante hommes en demi-armure, portant des lances et des pistolets à mèche à combustion lente. Ils montaient les puissants chevaux de guerre torunniens, qui étaient plus souvent noirs ou bai foncé, beaucoup plus gros que les bêtes des cavaliers medruks qui préféraient les petites montures des steppes et des montagnes pour leur cavalerie légère.

Les deux escadrons se mirent en ligne de front, acclamés par les occupants de la barbacane orientale, et montèrent les versants derrière la rivière à un trot rapide.

Voilà bien longtemps que Corfe n'était pas monté à cheval. Initialement, il était un cavalier lourd avant que les Medruks n'assiègent Aekir et ne rendent superflue la cavalerie de la cité. Faire de nouveau partie d'un escadron en marche le ramena à son ancienne vie, les flammes des lances des soldats de cavalerie voletant au vent au-dessus de sa tête.

– Restez près de moi, officier! cria Ranafast.

C'était un homme assez vieux, dont le visage émacié de faucon était à présent totalement dissimulé par son casque torunnien.

– Sortez les mèches! ordonna le commandant de cavalerie.

Et les lances furent installées sur les selles et les étriers. Les hommes sortirent les pistolets déjà fumants des fontes de leurs selles.

– À l'est, les gars! Rattrapez-les d'abord! Faites tout pour qu'ils soient à portée de tir!

La rangée de cavaliers avança d'un pas ferme, les chevaux peinant quelque peu pour grimper la pente. Des rubans de fumée de poudre tournoyaient en bas de la colline en volutes innombrables, sortant des pistolets à mèches à combustion lente étincelants. La cavalerie medruk semblait quelque peu désordonnée. De petits groupes allaient à droite à gauche, comme s'ils ne savaient pas quelle ligne de conduite adopter.

Les Torunniens s'approchèrent bruyamment, dans un bruit sourd, des hommes lourds sur des chevaux lourds, masse de fer et de muscles. Ranafast éleva la voix.

– Joueur de clairon, sonnez la charge !

Le joueur de clairon porta le petit instrument à ses lèvres et souffla une note sonore qui s'éleva en même temps que se hérissaient les poils de la nuque de Corfe. Les escadrons accélérèrent le pas, au petit galop.

En haut de la colline, les Medruks continuaient à tourner en rond dans ce qui, aux yeux de Corfe, était une confusion inexplicable, jusqu'à ce qu'il entendît les détonations couvrir le bruit de l'avancée des Torunniens et aperçût les explosions d'obus sur les collines derrière l'ennemi. Les canonniers de la forteresse avaient les Medruks dans leur champ de tir et tiraient délibérément plus loin que nécessaire, les empêchant de fuir l'approche de la cavalerie torunnienne.

Ne possédant ni lance ni pistolet, Corfe sortit son sabre et se pencha sur sa selle pour éviter les lances pernicieuses des Medruks.

Ils se trouvaient au sommet de la colline. Les Medruks se déversaient à flots, en désordre, le sol jonché de trous fumants, de chevaux morts, d'hommes rampant. Les canonniers du fort dirigeaient leur tir de barrage plus à l'est, suivant leur avance.

Puis les Torunniens furent sur eux. Le canon avait retenu l'ennemi suffisamment longtemps pour que les chevaux les plus lourds se rapprochent. Les Torunniens firent feu avec leurs mèches à combustion lente, un gros bruit, de la fumée et une profusion de flammes qui jaillissaient puis ils furent à plein galop, leurs lances en avant, braquées.

Il n'y eut aucune sensation d'impact, aucune collision houleuse. Les Torunniens se fondirent à l'arrière-garde des Medruks en fuite et les transpercèrent d'un coup de lance par-derrière. Corfe choisit un homme sur un cheval blessé, galopa devant lui et le décapita d'un coup de sabre brusque et satisfaisant. Il rit à voix haute, à la recherche d'une autre proie, mais son cheval était déjà fatigué. Il réussit à balafrer la croupe d'un cheval medruk en fuite puis fit descendre d'un coup le cavalier de sa selle mais, lorsqu'il regarda autour de lui, il vit que les escadrons des Torunniens étaient sur la colline. La forteresse était hors de vue et la cavalerie largement éparpillée, chaque homme absorbé par sa propre poursuite. Ranafast et son joueur de clairon s'étaient arrêtés et sonnaient la *reforme*, mais les hommes excités sur leurs chevaux éreintés étaient lents à réagir. C'était la première occasion qu'ils avaient de porter un coup à l'ennemi depuis des semaines et ils s'en donnaient à cœur joie.

Une rangée de cavalerie medruk, forte de cinq cents hommes, gravissait le sommet d'une autre colline.

– Sang des saints ! souffla Corfe.

Les Torunniens les plus éloignés, qui poursuivaient les Medruks, furent engloutis par petits groupes alors que la rangée medruk arrivait au petit galop. Le joueur de clairon sonnait frénétiquement la *retraite* et des groupes de cavaliers s'enfuyaient par là où ils étaient arrivés.

– Une putain d'embuscade ! criait Ranafast d'une voix perçante.

Il avait perdu son casque et regardait à droite à gauche, quasiment fou de rage.

– Si nous retournons à la colline, les canonniers du fort pourront couvrir notre retraite, lui dit Corfe.

– Nous n'y arriverons pas, pas en corps. C'est chacun pour soi. Repartez à la rivière, officier. Ce n'est pas votre bataille.

Corfe se rebiffa :

– C'est autant la mienne que celle des autres !

– Alors sauvez votre peau pour pouvoir vous battre de nouveau. Il n'y a aucune honte à s'enfuir de cet engagement.

Ils réunirent ce qu'ils purent des deux escadrons et menèrent une action d'arrière-garde sur la colline qu'ils avaient descendue au galop quelques instants plus tôt. Heureusement, les Medruks ne possédaient pas d'armes à feu et les Torunniens purent donc tirer une salve de coups de temps à autre pour déconcerter l'ennemi et le tenir à distance. Dès que la digue d'Ormann fut de nouveau en vue, ils galopèrent pour de bon vers la porte orientale, tandis que les canonniers ouvrirent le feu sur la cavalerie medruk juste derrière eux. Ils l'échappèrent belle et Ranafast ramena à peine une centaine d'hommes, une perte que la digue ne pouvait se permettre. Dès que les Medruks virent que la cavalerie torunnienne était de retour sous la protection de la digue, ils interrompirent la poursuite et se retirèrent hors de portée des canons.

Ranafast et Corfe sautèrent de cheval dès qu'ils eurent traversé les deux ponts jusqu'aux Longs Murs. Les Torunniens survivants avaient perdu tout leur entrain, leur aventure les ayant rendus prudents.

– Eh bien, maintenant nous connaissons la force de reconnaissance de l'ennemi, grommela Ranafast. Surpris comme des bleus sans expérience, merde ! Comment vous appelez-vous, officier ?

– Corfe.

– De l'état-major de Martellus, pas vrai ? Bien, si jamais vous voulez remonter en selle, faites-le-moi savoir. Vous vous en êtes bien sorti et je manque d'officiers.

Puis le commandant de la cavalerie s'en alla d'un pas lourd, tenant son cheval couvert d'écume par la bride. Corfe le regarda partir.

Martellus le Lion plia les genoux et baisa la bague du vieil homme avec déférence.

– Votre Sainteté.

Macrobius pencha la tête d'un air absent. Ils avaient recouvert ses cavités oculaires déchiquetées et vides avec un ruban de lin blanc comme neige, de sorte qu'il avait l'air d'un vénérable aveugle jouant à colin-maillard. Ou d'un otage. Mais il était vêtu d'une magnifique robe de cérémonie noire et le symbole du Saint en argent, serti de lapis-lazuli, pendait sur sa poitrine. Sa bague avait appartenu à Martellus, cadeau du prélat de Torunnie avant que le général ne parte pour la digue. Peut-être ce cadeau était-il empreint de prescience car il allait presque aussi bien au doigt osseux du haut pontife qu'à celui de Martellus.

– J'ai appris qu'il y avait eu une bataille aujourd'hui, dit Macrobius.

– Une escarmouche, plutôt. Les Medruks ont réussi à monter une embuscade, si l'on peut dire. Nous nous en sommes très mal sortis, certes, mais aucun dégât considérable n'a été causé. Votre ancien garde du corps, Corfe, a été très bon.

La tête de Macrobius se releva.

– Ah, je suis ravi, mais je n'en ai jamais douté. Mon autre compagnon, frère Ribeiro, est mort aujourd'hui, général.

– Je suis désolé de l'apprendre.

– L'infection s'est installée dans les os mêmes de son visage. Je lui ai donné sa dernière absolution. Il est mort en divaguant, mais je prie pour que son âme aille rapidement dans la Compagnie des Saints.

– Sans aucun doute, répliqua vigoureusement Martellus. Mais j'aimerais discuter d'autre chose avec vous, votre Sainteté.

– Mes apparitions en public... ou mes non-apparitions.

Martellus eut l'air contrarié.

– Eh bien oui. Vous devez comprendre la situation, Sainteté. Les Medruks finissent par se rapprocher. D'après nos renseignements, leur avant-garde se trouve à huit lieues à peine et, comme vous le savez, les escarmouches avec leur cavalerie légère se poursuivent chaque jour. Les hommes ont besoin de quelque chose pour leur remonter le moral, pour leur redonner le sourire. Ils savent que vous êtes vivant, et dans la forteresse, et c'est une bonne chose, mais si vous pouviez vous manifester, prêcher un sermon et leur donner votre bénédiction, ce serait merveilleux pour leur moral. Comment pourraient-ils ne pas bien se battre en sachant qu'ils protègent le représentant de Ramusio sur terre?

– Ils savaient cela à Aekir, dit Macrobius d'un ton sec. Ça ne les a pas aidés.

Martellus réprima son exaspération. Ses yeux clairs lancèrent des éclairs sur son visage poilu.

– Je commande une armée dix fois moins nombreuse et, pourtant, ils restent à la digue, tout en sachant qu'il faudrait un miracle pour résister à la tempête qui nous assaille. Dans moins d'une semaine, nous verrons une armée sur notre front dont la taille n'a jamais été imaginée depuis les Guerres religieuses. Une armée avec une grande victoire à son actif. Si je ne peux donner à mes hommes quelque chose en quoi croire, en quoi espérer, bien qu'impalpable, autant abandonner la digue d'Ormann sur-le-champ.

– Croyez-vous réellement que je puisse offrir le genre de chose en quoi ils ont besoin de croire, mon fils? lui demanda Macrobius. Moi, qui ai joué le lâche à Aekir?

– On ne connaît pratiquement pas cette histoire ici. Tout ce qu'ils savent c'est que, par miracle, vous avez échappé à la ruine de la Cité sainte et que vous êtes ici avec eux. Vous n'avez montré aucune envie d'aller au sud en Torunnie ou à l'ouest, à Charibon. Vous avez choisi de rester ici. Ce qui, en soi, les encourage.

– Je ne pourrai pas rejouer au lâche, dit Macrobius. Si la digue tombe, je tomberai avec elle.

– Alors aidez-la à résister! Montrez-vous! Donnez-leur votre bénédiction, je vous en supplie.

Aussi aveugle fût-il, Macrobius semblait dévisager le soldat devant lui.

– Je ne le mérite plus, général, dit-il doucement. Si je devais donner la bénédiction du pontife aux hommes, ce serait hypocrite. Dans mon cœur, ma foi flanche. Je ne suis plus fait pour ce haut office.

Martellus se leva d'un bond et se mit à arpenter les appartements au mobilier austère qui constituaient les quartiers de Macrobius dans la citadelle.

– Vieillard, je ne vais pas mâcher mes mots. Je me fiche éperdument de vos âneries théologiques. Je me soucie de mes hommes et du destin de mon pays. Cette forteresse est la porte de l'Ouest. Si elle tombe, il faudra une génération pour repousser les Medruks à la rivière ostienne, si jamais nous le pouvons. Demain, vous monterez sur l'estrade des orateurs et vous vous adresserez à mes hommes et vous leur redonnerez du courage, même si cela signifie vous parjurer. Ce sera pour le plus grand bien, voyez-vous ? Une fois cette bataille terminée, vous ferez ce que vous souhaitez si vous êtes encore en vie. Mais pour l'heure, vous ferez cela pour moi.

Macrobius le gratifia d'un sourire doux.

– Vous ne mâchez pas vos mots, général. J'approuve votre inquiétude pour vos hommes.

– Alors vous ferez ce que je vous demande ?

– Non, mais je ferai ce que vous exigez. Je ne peux vous promettre un discours enthousiasmant, un sermon qui réchauffe les cœurs. Mon âme a tristement besoin d'être réchauffée ces jours-ci ; mais je bénirai ces hommes méritants, ces soldats de Ramusio. Ils méritent au moins cela.

– Ils le méritent, répéta chaleureusement Martellus. Tous les soldats ne peuvent aller au combat avec la bénédiction du haut pontife.

– À condition que vous soyez sûr que je suis encore haut pontife, mon fils.

Martellus fronça les sourcils.

– Qu'insinuez-vous ?

– Voilà des semaines que j'ai disparu. Un synode des prélats aura été réuni et, s'ils n'ont pas entendu parler de ma réapparition soudaine, ils ont sûrement déjà dû choisir un nouveau pontife, comme tel est leur droit et leur devoir.

Martellus lui posa une main sur l'épaule.

– Des messagers ont été envoyés tant en Torunnie qu'à Charibon. Tranquillisez-vous à ce sujet, votre Sainteté. Le monde entier doit savoir à présent que Macrobius IV est vivant, dans la forteresse de la digue d'Ormann.

L'allocution du haut pontife aux troupes réunies eut lieu le lendemain dans la grande cour de la forteresse. La garnison s'agenouilla de concert, les rangs gonflés par plusieurs milliers de réfugiés venus voir le survivant le plus important d'Aekir. Ils virent un vieillard avec un étrange bandage à la place des yeux et inclinèrent la tête pour recevoir sa bénédiction. Le silence envahit momentanément la forteresse lorsque Macrobius fit le signe du Saint au-dessus des foules et pria Ramusio et la Compagnie des Saints pour la victoire lors de l'épreuve à venir.

À peine quelques heures plus tard, les éléments de tête de l'armée medruk apparurent sur les collines surplombant la digue d'Ormann.

Corfe se trouvait sur le parapet de la barbacane orientale avec Martellus et un groupe d'officiers supérieurs. Ils virent l'avant-garde ennemie se déployer dans une discipline parfaite, entourée des longues rangées de fardiers tirés par des éléphants, et des régiments de cavalerie lourde – les célèbres *Ferinai* – s'éparpillèrent sur les flancs. Des étendards en crin de cheval étaient soulevés par le vent et, sur un tertre surplombant le déploiement de l'armée, Corfe vit un groupe de cavaliers portant bannières et étendards. Shahr Baraz en personne, accompagné de ses généraux.

– Ce sont les *Hraibadar*, confia Corfe à Martellus, ils mènent les assauts. Parfois les *Ferinai* mettent pied à terre et viennent les aider car ils sont eux aussi bien armés. Ce sont les seules troupes qui disposent d'armes à feu en masse. Les autres doivent se contenter d'arbalètes.

– Où doit se trouver le gros de l'armée par rapport à l'avant-garde? demanda Martellus.

– Le corps principal avance plus lentement, allant à la même allure que l'équipement et le train de siège; ils sont probablement à cinq ou six kilomètres en bas de la route. Ils seront ici à la tombée de la nuit.

– Il garde ses hommes bien hors de portée des couleuvrines, dit Andruw, le jeune officier d'état-major responsable de l'artillerie lourde de la barbacane, mécontent.

– Sa cavalerie légère a découvert nos lignes de tir pour lui dans l'escarmouche de l'autre jour, dit Martellus. Il n'aura pas à gâcher de bonnes troupes en avançant peu à peu pour tester nos possibilités. Un homme réfléchi, ce Shahr Baraz. Officier, quelle sorte de siège faisait-il devant Aekir?

– Un siège classique. Ses canons par batteries de six constituaient une protection grâce à leur revêtement renforcé avec des gabions. Un fossé et une passerelle surmontés d'une palissade avec de nombreux points de sortie. Et une palissade d'arrière-garde en cas de tentative de lever le siège.

– Il n'a pas besoin de s'inquiéter de ça ici, dit quelqu'un d'un ton sinistre.

– Combien de temps a-t-il consacré aux préparatifs avant les premiers assauts? demanda Martellus, ignorant la remarque.

– Trois semaines. Mais c'était Aekir, souvenez-vous, une grande cité.

– Je me souviens, officier. Et les mines, les hélépoles, etc.?

– Nous avons contre-attaqué et il a abandonné. Il utilisait d'énormes hélépoles d'environ deux mètres de haut, avec cinq ou six tercios chacune. Et de très lourds onagres, pour faire s'effondrer les ponts. C'est comme ça qu'il est entré de force dans le bastion oriental; par un bombardement de canons et d'onagres, accompagné d'un assaut à l'échelle.

– Il a dû perdre des milliers d'hommes, dit quelqu'un, incrédule.

– En effet, poursuivit Corfe, sans quitter des yeux les cavaliers medruks qui les narguaient dans les collines. Mais il pouvait se le permettre. Il a dû perdre huit ou neuf mille hommes à chaque assaut, mais nous avons aussi essuyé de grosses pertes.

– Usure, donc, dit Martellus, l'air sombre. S'il ne peut faire preuve de subtilité, il attaquera simplement de front. Il risque de rencontrer des difficultés ici, avec la digue et la Searil à traverser.

– Je pense qu'il attaquera avec peu de préparatifs, dit Corfe. Il connaît notre force maintenant et il a perdu beaucoup de temps sur la Route occidentale. Je pense qu'il viendra à nous avec tout ce qu'il a, dès qu'il aura réuni son armée. Il voudra être en possession de la digue avant le plus fort de l'hiver.

– Oh, le grand stratège ! dit l'un des officiers supérieurs. Vous avez de la concurrence, général !

Martellus le Lion lui fit un grand sourire, mais il y avait peu d'humour dans celui-ci. Ses canines étaient trop longues et la forme de son visage, trop féline.

– Corfe est le seul parmi nous à avoir expérimenté personnellement un assaut medruk de grande envergure. Il a le droit de faire connaître ses idées.

De sinistres murmures s'ensuivirent.

– La garnison d'Aekir a-t-elle fait des sorties ? demanda Martellus à Corfe.

– Au début, oui. Nous avons harcelé l'ennemi pendant qu'il creusait ses lignes de siège, mais une grosse contre-attaque était toujours prête à être lancée – principalement par les *Ferinai.* Nous avons perdu tant d'hommes dans les sorties et elles ont fait si peu de dégâts que, au bout du compte, Mogen les a abandonnées. Nous nous sommes concentrés sur un travail de contre-batterie et de minage. Ils ne manient pas leur artillerie lourde aussi bien que nous, mais ils en ont plus que nous. Nous avons compté quatre-vingt-deux batteries de six canons autour de la cité.

– Doux Saints ! s'exclama Andruw le canonnier. Ici à la digue nous avons moins de soixante pièces, légères et lourdes, et dire que nous pensions être surarmés !

– Et les mortiers ? s'enquit Martellus.

Tout le monde détestait ces armes énormes et trapues qui pouvaient envoyer un obus lourd presque verticalement en l'air. Elles rendaient inutile le mur de protection le plus solide si l'on tirait par-dessus.

– Aucun. Du moins, ils n'en ont utilisé aucun à Aekir. Ils sont trop lourds, peut-être, pour les transporter dans les Thuriennes.

– C'est déjà ça, concéda Martellus. Uniquement des pièces à feu direct, comme ça on pourra se reposer sur l'épaisseur de nos murs et les réfugiés ne pourront être bombardés tant que le mur résistera.

– On devrait déjà les faire sortir des ouvrages défensifs, lâcha étourdiment Corfe. C'est de la folie d'avoir une foule de civils dans la forteresse en un moment pareil !

Martellus cilla.

– Parmi ces civils se trouvent des guérisseurs et des infirmières en herbe, des porteurs de poudre et de balles, des pompiers, des ouvriers agricoles, voire quelques soldats de plus. Je ne vais pas tous les chasser avant de voir ce que je peux en tirer.

– C'est donc pour cela que vous tolérez leur présence depuis si longtemps.

– Demain, on leur donnera l'ordre de partir vers l'ouest une fois de plus, à l'exception de ceux qui ont l'intention de se placer dans les catégories susmentionnées. J'ai l'intention d'accepter l'aide de tout le monde, officier.

Les officiers supérieurs de Martellus n'eurent pas l'air enchantés par cette nouvelle mais aucun n'osa dire quoi que ce soit.

– Bien, monsieur.

Ils contemplèrent de nouveau le déploiement de l'armée medruk. Les éléphants ressemblaient à des tours richement décorées avançant au milieu des soldats et des chevaux, et les énormes chariots aux nombreuses roues qu'ils tiraient étaient déchargés avec une grande efficacité. D'autres animaux traînaient chacun plusieurs couleuvrines aux roues lourdes, et les sapeurs medruks se hâtaient de toutes parts, marquant les flancs de collines de ruban blanc et de balises. Sur cinq bons kilomètres, les collines étaient recouvertes d'hommes, d'animaux et de chariots. Comme si quelqu'un avait donné un coup de pied dans une fourmilière et que ses habitants s'en déversaient à la recherche de leur bourreau.

– Il attaquera dans la matinée, dit Martellus avec une certitude totale. Nous pouvons compter sur le premier assaut à l'aube. Il tâtera d'abord le terrain, enverra de petites escouades au fur et à mesure. Et le premier coup tombera là-bas, sur la barbacane orientale.

– J'aurais cru qu'il passerait au moins un jour ou deux à établir un campement, dit un officier bourru.

– Non, Isak. C'est ce qu'il espère nous faire croire. Je suis d'accord avec notre jeune stratège ici présent. Shahr Baraz nous attaquera d'un seul coup pour nous déconcerter. S'il peut prendre la barbacane lors de ce premier assaut, alors tant mieux. Mais les Medruks adorent les reconnaissances armées, ça en sera une. Il surveillera notre défense et notre manière de réagir à son attaque. Et il notera nos forces et nos faiblesses.

Quand il les connaîtra, il engagera ses meilleures troupes et tentera de nous faire disparaître de la surface du monde en un assaut massif.

Martellus marqua une pause puis sourit.

– Voilà comment je vois les choses, messieurs. Officier, vous semblez avoir la tête sur les épaules. Je vous promeus donc haptman. Restez ici à la barbacane et restez près d'Andruw. Je veux un rapport détaillé sur le premier assaut, alors ne vous faites pas tuer.

Corfe trouva inhabituellement difficile de prendre la parole. Il fit un signe de tête au grand général à l'agilité de félin.

Les officiers supérieurs quittèrent le parapet. Corfe resta avec Andruw, un homme pas beaucoup plus âgé que lui. Cheveux courts couleur vieux cuivre et yeux bleus dansants. Ils se serrèrent la main.

– À nous l'honneur du premier bain de sang, alors, dans cette bataille insignifiante, dit chaleureusement Andruw. Descendez avec moi, Haptman, et nous fêterons votre promotion avec une bouteille de gaderien. Si notre très estimé général a raison, nous n'aurons plus le temps de boire à partir de demain.

17

12e jour de Midorion, année du Saint 551.

Vent nord-nord-est par nord à tribord, tournant et se renforçant. Crête blanche et houle de six pieds. Cap plein ouest à sept nœuds, bien que nous dérivions à ce que j'estime une lieue en douze heures.

Aujourd'hui, trois semaines hors de Abrusio, à l'estime à quelque 268 lieues à l'ouest du cap Nord dans l'Hebrionien. Aevil Matusian, simple soldat, perdu par-dessus bord lors du quart de matinée, balayé de la guibre par une mer verte. Puissent les Saints protéger son âme. Père Ortelius a prêché lors du quart de l'après-midi. Au premier petit quart, j'ai envoyé des hommes passer des faux étais et fait rentrer les chaloupes du navire. Chargé de passer les câbles par les écubiers et des prélarts sur toutes les écoutilles. Sale temps. La Grâce de Dieu *continue à avancer malgré tout ce que fait Haukal. L'ai perdue de vue lors du premier petit quart. Je prie pour que nos deux navires survivent à la tempête qui nous attend, je le sens.*

Il y avait tant de choses que les éléments simples du journal de bord du navire ne parvenaient pas à traduire, songea Hawkwood, debout sur le gaillard d'arrière du *Balbuzard*, un bras passé autour du pataras de l'artimon.

Ils ne pouvaient pas comprendre l'humeur d'un équipage, les tensions indéfinissables et les camaraderies qui les unissaient ou les séparaient. Chaque navire avait sa propre personnalité – c'était l'une des raisons pour lesquelles il adorait sa caraque volontaire et tenace qui affrontait l'océan parsemé de blanc et glissait de plus en plus à l'ouest vers l'inconnu. Mais tout équipage avait aussi sa propre personnalité après avoir passé du temps en mer et c'était cela qui occupait toutes ses pensées.

Mauvaise ambiance à bord. Les marins et les soldats semblaient s'être divisés en deux camps armés. Ça avait commencé avec ce satané Inceptine, Ortelius. Il s'était plaint auprès de Hawkwood que si les soldats assistaient à ses sermons régulièrement – même les officiers –, ce n'était pas le cas des marins qui continuaient à vaquer à leurs petites activités comme s'il n'existait pas. Hawkwood avait essayé de lui expliquer que les marins avaient leur boulot à faire, que la marche d'un navire ne pouvait s'arrêter pour un sermon, et que ses matelots qui n'étaient pas à leur poste profitaient d'un repos de quatre heures bien mérité, le maximum qu'ils puissent avoir en raison du système de quart. Ortelius ne comprenait pas malgré tout. Il avait fini par traiter Hawkwood d'impie manquant de respect pour la robe. Et tout cela au dîner, à la table de Murad, sous l'œil visiblement amusé de l'homme au visage balafré.

Il n'y avait pas que cela. Certains marins étaient allés voir plusieurs passagers à bord pour guérir des affections mineures – brûlures, engelures, des choses comme ça – et les vieilles fouines avaient été ravies de les soigner avec le Dweomer qu'elles possédaient. Résultat : des amitiés s'étaient nouées entre les marins et les passagers ; après tout, une grande partie de l'équipage était, pour ainsi dire, dans le même bateau que les Dweomers – désapprouvés par l'Église et les autorités. Une fois de plus, Ortelius avait protesté et cette fois Murad l'avait rejeté, plus par méchanceté que pour une véritable raison, soupçonnait Hawkwood. Il n'arriverait rien de bon à un navire qui tolérait l'utilisation du Dweomer à bord, avait prétendu le prêtre. Et les marins étant les hommes superstitieux qu'ils étaient, cela avait assombri tout l'équipage. Pour beaucoup d'entre eux, cependant, la foi ramusienne n'était qu'une autre forme de Dweomer et ils n'arrêtaient pas de fraterniser avec les passagers.

Il y avait un conjurateur de vent à bord, avait confié Billerand à Hawkwood, l'un de ces rares Dweomers qui pouvaient influencer le vent. C'était un petit homme effacé qui s'appelait Pernicus et qui avait offert ses services au capitaine du bateau, mais Hawkwood n'avait pas osé se servir de ses compétences. Il y avait déjà suffisamment de problèmes avec le prêtre et les soldats. En outre, maintenant que le vent avait tourné et hurlait à l'arrière, le navire avançait plus librement. Ils filaient à vingt-cinq lieues par jour, ce qui était un véritable exploit pour une caraque surchargée. Si – Grands Dieux non ! – le *Balbuzard* se retrouvait sur un rivage sous le vent, alors Hawkwood n'hésiterait pas à faire appel aux services de Pernicus ; mais, pour l'instant, il préférait s'en passer.

Surtout s'il pensait à ce qui s'était passé aujourd'hui – cet idiot de soldat qui avait chié dans la guibre alors que les vagues se brisaient sur le gaillard d'avant. Il avait été délogé de son perchoir par une mer verte écumante et ils ne purent se mettre en panne pour le rattraper, pas avec un vent largue qui rugissait sur le flanc du navire. Murad avait été furieux, surtout quand il avait appris que cet incident avait donné lieu à de nombreuses blagues grivoises au sein de l'équipage.

Le noble avait changé, mais Hawkwood ne savait dire en quoi. Il donnait moins de dîners, et laissait les manœuvres des soldats à ses officiers. Il passait la majorité de son temps dans sa cabine. Il était impossible de garder un secret à bord d'un navire de moins de trente mètres de long et Hawkwood savait que Murad avait mis deux jeunes filles dans son lit. En effet, les bruits qui passaient à travers la cloison qui séparait leurs cabines confirmaient pour le moins l'information. Mais il avait entendu les commérages des soldats : que Murad s'était en quelque sorte épris de l'une des filles. L'homme avait absolument tous les symptômes de celui qui était éperdu d'amour, si l'on en croyait les bardes. Il était distrait, cassant, et son visage déjà pâle était blanc comme un os. Des cernes noirs s'étendaient sous ses yeux comme des taches et, lorsqu'il serrait ses lèvres minces, on pouvait voir la forme de ses dents en dessous.

Un paquet d'embruns trempa les épaules de Hawkwood, mais il le remarqua à peine. Le vent était toujours fraîchissant et une affreuse mer battue s'annonçait. Les vagues allaient dans le sens contraire de la direction du vent et les embruns tourbillonnaient comme de la fumée. Le navire vacilla légèrement ; il allait au roulis et avait du tangage. La batterie devait sans doute être pleine de passagers prostrés en train de vomir.

Billerand se hissa sur l'échelle qui menait au gaillard d'arrière et approcha de son capitaine d'un pas chancelant.

– Nous devrons rentrer les huniers si ça continue ! cria-t-il par-dessus le vent croissant.

Hawkwood hocha la tête et regarda en haut, où les huniers se gonflaient droit comme une peau de tambour. Les mâts craquaient et gémissaient, mais il pensait qu'ils tiendraient encore un moment. Il voulait tirer le meilleur de sa vitesse glorieuse – il calculait que la caraque fendait l'air à neuf nœuds minimum –, neuf longues encablures à l'ouest tous les deux tours de sablier.

– Une grosse averse nous attend aussi, dit Billerand en jetant un œil au ciel de plus en plus bas.

Les nuages s'étaient épaissis et assombris, ils étaient devenus de grosses masses roulantes de vapeur lourde qui semblaient gambader juste au-dessus des têtes de mât. La pluie avait déjà dû commencer à tomber, mais ils ne pouvaient pas le savoir en raison des embruns que le vent soufflait dans l'air et de la vitesse.

– Réveillez les matelots de quart ! lui lança Hawkwood. Mettez l'un des huniers de réserve dans l'embelle. Si nous avons une pluie torrentielle, j'aimerais essayer de récupérer de l'eau.

– Bien, monsieur, dit Billerand et il se fraya un chemin jusqu'au gaillard d'avant enténébré.

Les matelots de quart furent arrachés à leurs abris par les hurlements rauques de Billerand et une voile fut sortie du casier en dessous. Les marins atteignirent rapidement l'embelle, juste au moment où les nuages perçaient au-dessus de leur tête. En une minute, le navire fut englouti par une pluie torrentielle et tiède, si épaisse qu'il était dur de respirer. Elle frappa le pont de plein fouet puis reprit du poil de la bête. La voile se gonfla presque d'un seul coup et les marins commencèrent à remplir de petits tonnelets et des barils pour la vider. De l'eau méphitique, polluée par le goudron et les secousses de la voile même, mais ils seraient bien contents d'en avoir un jour prochain et, sinon, ils pourraient s'en servir pour humidifier des vêtements devenus rêches et râpeux à force d'être lavés dans l'eau de mer.

Le vent reprit alors que l'équipage détachait la voile et il la fit voler à travers l'embelle, tel un énorme oiseau effrayé. Le navire fit une embardée, faisant tituber Hawkwood à son poste. Il regarda par-dessus bord et vit que les vagues se transformaient en gros monstres gris ardoise, coiffés d'écume grondante. Le *Balbuzard* plongeait dans un abysse à chaque seconde qui passait puis se relevait avec la vague suivante ; la mer verte engloutissait son gaillard d'avant et se déversait en torrent jusqu'à l'embelle. Puis l'obscurité s'installa. Les nuages semblaient se rapprocher au-dessus de leur tête, provoquant un crépuscule précoce. La tempête que Hawkwood avait autant espérée que redoutée était presque sur eux.

– Tout le monde ! hurla Hawkwood dans le vent rugissant, tout le monde sur le pont !

L'ordre fut répercuté dans l'embelle par Billerand, dans l'eau jusqu'aux cuisses. Ils avaient fait un paquet avec la voile et la traînaient dans les ponts inférieurs. Un baril oublié roula entre les dalots et se fracassa sur les canons des ponts supérieurs. Hawkwood se fraya un chemin jusqu'à l'écoutille du gaillard d'arrière qui donnait sur la barre en dessous.

– Barre ! hurla-t-il. Comment ça se passe ?

L'eau qui s'engouffrait vers l'arrière étouffait les hommes qui s'efforçaient de maîtriser les mouvements violents et frénétiques de la barre.

– Elle est à un point, monsieur ! Il nous faut plus d'hommes ici !

– Vous les aurez. Gréez les palans de barre dès que vous le pourrez et tournez-la de trois points à bâbord. Nous devons la redresser vent arrière.

– Bien, monsieur !

Des hommes se précipitaient des échelles de capot, attendant les ordres.

– Tout le monde pour diminuer la voile ! hurla Hawkwood. Rentrez ces huniers, les gars. Billerand, je veux quatre hommes de plus à la barre. Velasca, envoyez un groupe aux ponts inférieurs pour être sûr que les canons sont bien palanqués. Je ne veux pas qu'il y en ait qui se détachent.

L'équipage se dispersa en petits groupes, chacun concentré sur sa tâche. Bien vite, le gréement fut noir de monde, d'hommes qui escaladaient les haubans jusqu'aux mâts de flèche. Hawkwood loucha dans la pluie et les embruns volants, essayant de deviner quelle tension supportaient les mâts de flèche. Il mettrait le bateau sous le vent et filerait vent arrière sous des mâts nus. Cela signifierait qu'il perdrait des lieues de leur trajectoire à l'ouest et seraient envoyés vers le sud-ouest, au-delà de leur latitude, mais ils devaient en passer par là.

Un bruit de déchirure, aussi violent qu'un coup de canon. Le hunier avant s'était cassé en deux. Un instant plus tard, les boulons sautèrent et les deux moitiés tombèrent en lambeaux de la vergue. Hawkwood jura.

Un homme, qui n'était rien d'autre qu'une masse indistincte sombre, tomba du gréement et disparut dans la houle agitée de la mer.

– Un homme à la mer ! hurla quelqu'un, inutilement.

En aucune façon ils ne pouvaient se mettre en panne pour rattraper quelqu'un ; pas avec ce vent. Pour les hommes sur les vergues, un pied mal placé signifiait la mort instantanée.

Les hommes se hissèrent sur les vergues du hunier et se penchèrent pour attraper, poignée par poignée, la toile qui gonflait frénétiquement. Les mâts eux-mêmes décrivaient de grands arcs, tandis que le bateau plongeait puis réapparaissait, plaquant le ventre des marins contre le bois des vergues puis menaçant de les balancer hors de la caraque dans les vagues meurtrières, abruptes comme des falaises.

Le vent reprit de plus belle. Il devint un cri dans le gréement et les embruns qui cinglèrent le visage de Hawkwood semblaient aussi compacts que du sable. La tête du bateau se retourna lentement tandis que les hommes à la barre la mettaient à bâbord, tentant de mettre le vent derrière eux. Hawkwood hurla dans l'embelle :

– Vous là-bas ! Mateo, allez à l'arrière et assurez-vous que les contrevents sont chargés dans les grandes cabines !

– Bien, monsieur.

Le mousse disparut.

Ils devraient fermer les fenêtres arrière, sinon la mer risquerait de les faire exploser et d'inonder la partie arrière du bateau. Hawkwood se répandit en injures contre lui-même. Tant de choses qu'il n'avait pas terminées. Il ne s'était pas attendu à ce que la tempête se déclare aussi soudainement.

Autour d'eux, les vagues semblaient presque aussi hautes que les têtes de mât, montagnes glissantes d'eau, déterminées à submerger la caraque comme si elle était un canot à rames. Le tangage du bateau surprit même les jambes du loup de mer qu'était Hawkwood ; il dut s'agripper à la rampe du gaillard d'arrière pour garder l'équilibre. Ils avaient rentré les huniers et les hommes descendaient progressivement des haubans de quelques mètres à la fois, se raccrochant au chanvre âpre avec toute la force qui leur restait.

– Les cordes de sécurité, Billerand ! hurla Hawkwood. Qu'elles soient gréées à l'avant et à l'arrière.

Le second, solidement charpenté, fit des allers et retours dans l'embelle, criant dans les oreilles des hommes. Le bruit du vent était tel qu'il avait du mal à se faire entendre.

La caraque continuait à remonter dans le vent. C'était la partie la plus dangereuse. Dans quelques minutes, elle serait flanc face au vent et si une vague la heurtait, elle pourrait très bien chavirer et les faire tous couler.

Hawkwood ôta les embruns de ses yeux et vit ce qu'il redoutait : dans un rugissement, une montagne d'eau transparente se dirigeait droit sur le flanc du navire. Il se pencha vers l'écoutille de l'amintot.

– À gauche toute ! hurla-t-il.

Les hommes en dessous balancèrent leur poids sur toute la longueur de la barre, luttant contre les eaux qui tourbillonnaient autour du gouvernail du bateau. Trop lentement. La vague allait les frapper.

– Doux Ramusio, ses Saints bénis, souffla Hawkwood juste avant que la grosse vague ne heurte le flanc du bateau.

Le *Balbuzard* continuait de tourner à bâbord lorsque le choc énorme heurta directement la coque. Hawkwood vit la vague se briser à tribord sans s'arrêter, inonder toute l'embelle puis déferler sur la rambarde du gaillard d'arrière où il se trouvait. L'une des chaloupes se détacha, toute cabossée, et se retourna, un homme s'y raccrochant et hurlant en silence dans le chaos du vent et de l'eau. Il vit Billerand se laisser entraîner à travers le pont et s'écraser contre la rambarde de bâbord, telle une feuille prise dans un grand vent. D'autres hommes se raccrochèrent aux canons, l'eau écumant au-dessus de leur tête, leurs jambes emportées derrière eux. Mais au moment même où Hawkwood observait la vague frapper l'un des canons, elle détacha celui-ci du flanc du bateau et projeta la tonne de métal à travers l'embelle, dévastant tout dans son sillage. Le canon passa à bâbord, détruisit la rambarde et troua la coque supérieure du navire. Même par-dessus le rugissement du torrent d'eau, Hawkwood crut entendre hurler la membrure qui se déchiquetait, comme si la caraque poussait un cri dans sa mutilation, dans son agonie.

Ils étaient presque submergés. Hawkwood sentait la mollesse de la caraque, comme si l'eau la rendait deux fois plus lourde. Le pont commença à s'incliner sous ses pieds, comme le toit en pente d'une maison.

Un bruit de fissure se fit entendre d'en haut. Un instant plus tard, le mât de flèche principal tomba, le mât entier avec ses vergues, ses espars et son cordage vint s'écraser à bâbord. Des blocs, des appareils de levage et des fragments de bois brisé furent violemment précipités autour des oreilles de Hawkwood. Quelque chose heurta sa tempe dans un bruit sourd et le fit tomber. Il glissa sur le pont en pente et atterrit sur les dalots sous le vent, encombrés de cordes. Le mât qui était tombé s'était écrasé sur le gaillard d'arrière et pendait sur le flanc, entraînant la caraque encore plus en avant. Il était vaguement conscient d'entendre les chevaux hurler quelque part en bas, dans le ventre du bateau, un gémissement digne d'une foule en détresse. Il secoua la tête, le sang se déversant dans ses yeux et ses tempes, et attrapa l'une des haches rangées sur les ponts. Il entreprit de frapper le tas de bois brisé et de cordage enchevêtré qui menaçait de faire basculer le bateau sur son flanc.

– Trieurs ! cria-t-il d'une voix perçante. Coupez ce truc ou il nous emportera avec lui !

Les hommes peinaient dans le chaos écumant de l'embelle, des haches d'abordage à la main. Il vit Velasca, mais aucun signe de Billerand.

Ils se mirent à taillader le mât de flèche tombé, comme des hommes possédés. La caraque affronta une autre vague gigantesque et s'inclina encore davantage. À la prochaine vague, elle chavirerait.

Le mât de flèche s'agita quand ils lui donnèrent des coups de hache. Puis un craquement s'ensuivit ainsi qu'un déchirement du bois, audible par-dessus le vent, les vagues rugissantes et les ébranlements aigus des coups de hache. L'épave s'agita, se pencha puis bascula par-dessus le flanc du bateau dans la mer, emportant avec elle une lisse d'accastillage.

La caraque, libérée du poids qui la déséquilibrait, commença à se redresser. Le pont se remit momentanément à l'horizontale. Puis il s'inclina de nouveau, mais cette fois d'avant en arrière. Elle avait tourné. Le navire était poupe au vent. Hawkwood regarda en arrière, vers la lisse de couronnement, et vit la vague suivante, telle une montagne se dressant de façon menaçante, se cabrer au-dessus de la poupe, comme si elle avait l'intention de les écraser et de les rayer de la carte. Mais le navire se releva de plus en plus, tandis que le volume d'eau glissait sous la coque, soulevant la caraque dans l'air. Puis ils redescendirent – merci mon Dieu d'avoir créé un gaillard d'arrière les empêchant d'être engloutis – et le navire se comporta de nouveau comme une chose rationnelle, chevauchant les hautes vagues comme un jouet d'enfant.

– Velasca ! hurla Hawkwood en frottant le sang dans ses yeux. Occupez-vous des bastaques du mât de misaine. Je crois que le mât de flèche en a détruit une. Il ne faudrait pas que le mât de misaine subisse le même sort. (Il jeta un œil autour de lui.) Où est Billerand ?

– J'l'ai emmené en bas, répondit l'un des hommes. S'est cassé l'épaule.

– Très bien. Velasca, vous serez le second. Phipio, le maître d'équipage.

Hawkwood contempla la caraque délabrée, les bastingages en ruine, le bout du grand mât qui ressemblait à une jambe amputée.

– Le bateau est salement endommagé, les gars. Il flottera, mais seulement avec votre aide. Phipio, faites descendre un groupe pour vérifier les fuites. Et mettez dès que possible des hommes au boulot sur les pompes. Velasca, je veux qu'on monte des étais supplémentaires. Nous ne pouvons pas dresser des mâts de flèche, pas dans ce carnage, alors nous allons essayer de consolider les mâts. Ce n'est pas une rafale passagère. Nous risquons d'en avoir pour un bon moment.

Le groupe d'hommes se sépara. Hawkwood les laissa vaquer à leurs tâches – Velasca était un marin compétent –, descendit péniblement les vestiges des échelles de l'embelle et prit le capot d'escalier à l'arrière du bateau.

Le soulèvement de la caraque le projetait contre une cloison puis une autre ; l'eau faisait des remous dans le capot d'escalier, clapotant autour de ses chevilles. Il se fraya un chemin jusqu'à la barre où six hommes luttaient pour reprendre le contrôle du gouvernail, qui ne leur répondait plus, dans les vagues monstrueuses qui battaient le navire.

– Quel est notre cap, les gars ? cria-t-il.

Même là, le vent était assourdissant, et la coque de la caraque craquait et gémissait, comme en proie à une atroce douleur. Un cheval continuait à hennir comme un fou quelque part en bas et des gens pleurnichaient sur la batterie. Mais pour l'heure, ce n'était pas son problème.

– Sud-sud-ouest, monsieur, directement vent arrière, répondit l'un des timoniers s'acharnant sur la barre.

– Très bien, gardez ce cap. Je vais essayer de vous faire relever au prochain quart, mais vous risquez d'en avoir pour un long moment.

Masudi, le timonier de grade supérieur et ex-corsaire, le gratifia d'un large sourire, brillant comme de la craie sur son visage mat.

– Ne vous inquiétez pas pour ça, monsieur. On va réussir à faire garder le cap à cette vieille toupie, à la faire flotter.

Hawkwood lui rendit son sourire, brusquement revigoré, puis se pencha par-dessus l'habitacle. Le compas se trouvait dans un caisson de verre et, sur un côté, brûlait une petite lampe à huile de façon à ce que les timoniers puissent voir l'aiguille du compas briller à toute heure du jour et de la nuit. C'était l'une des inventions personnelles de Hawkwood et il en avait été extrêmement fier. Quand il se pencha au-dessus du verre illuminé de jaune, son sang goutta, brillant comme un rubis, comme du vin éclairé à la bougie. Il nettoya le verre, irrité. Sud-sud-ouest, très bien et, avec cette tempête, son estime était complètement réduite à néant. Ils seraient loin de maintenir le cap lorsque ce truc se calmerait tout seul et s'ils voulaient retrouver leur latitude précédente, ils devraient se battre des semaines durant contre les dents du vent; un labeur agonisant, à pas de tortue.

Il jura méchamment dans sa barbe puis se ressaisit. Comment cela se passait-il pour la *Grâce de Dieu*? Haukal avait-il été aussi surpris que lui? La caravelle était un petit navire solide et ardent, mais il savait pertinemment que jamais, au grand jamais, elle n'avait rencontré de mer comme celle-ci.

Il agita la main à l'intention du timonier puis quitta la barre, vacillant à mesure que le bateau tanguait puis se redressait. Il descendit une échelle et alla jusque dans la batterie. Là, il s'arrêta et leva les yeux sur toute l'étendue du bateau.

C'était un spectacle de dévastation. Les matelots avaient si bien attaché les canons qu'ils étaient tapis contre les sabords comme de grosses bêtes enchaînées et, entre eux, un groupe d'humains était recroquevillé et contorsionné dans les trente centimètres d'eau qui envahissait le pont chaque fois que s'inclinait la proue du navire. Hawkwood vit des corps flotter dans l'eau, sur le ventre, les biens des passagers partir à la dérive, à l'abandon. Les femmes pleurnichaient à l'unisson tandis que les hommes juraient. Les lanternes avaient été éteintes, ce qui était tout aussi bien. Le pont avait tout du cauchemar sinistre et exalté d'un ermite visionnaire; l'image d'un enfer souterrain.

Quelqu'un s'approcha de lui en titubant et lui prit le bras.

– Eh bien, capitaine. Sommes-nous déjà en train de sombrer?

Il n'y avait aucune panique dans la voix, voire une once d'ironie. Dans la quasi-obscurité, Hawkwood crut discerner un nez grossièrement cassé, des cheveux coupés ras, la carrure carrée d'un soldat.

– Êtes-vous Bardolin, le gardien de la jeune Griella ?

– Oui.

– Eh bien, nous n'avons pas peur de sombrer, bien que nous en ayons été à deux doigts. La tempête risque de durer quelque peu et vous feriez mieux d'aider les passagers à prendre autant leurs aises que possible.

Le dénommé Bardolin jeta un œil sur toute la longueur de la batterie qui se soulevait.

– Combien d'heures va-t-elle durer, d'après vous ?

– D'heures ? Plus que ça, à mon avis. Nous sommes partis pour une bourrasque de plusieurs jours, d'après ce que je crois. Je vais essayer de demander au cuisinier de nous servir à manger dès que les choses se seront un peu calmées. Ce sera froid, remarquez. Aucun feu ne sera allumé dans la coquerie tant que dure la tempête.

Il discerna le désarroi, immédiatement maîtrisé, sur le visage du vieil homme.

– Avez-vous besoin d'aide ? demanda Bardolin.

Hawkwood sourit.

– Non, c'est un boulot exclusivement réservé aux marins. Occupez-vous des vôtres. Comme je viens de le dire, cette tempête va durer un moment.

– Avez-vous vu Griella ? Comment va-t-elle ? demanda Bardolin.

– Elle doit être avec seigneur Murad, j'imagine.

Dès qu'il eut prononcé ces mots, Hawkwood le regretta. Le visage de Bardolin était devenu comme de la pierre, ses yeux deux tessons de verre clignotants.

– Merci, capitaine. Je vais voir ce que je peux faire là-bas.

– Autre chose. (Hawkwood mit sa main sur le bras de Bardolin.) Le conjurateur de vent, Pernicus. Nous aurons peut-être besoin de lui les jours prochains ; comment va-t-il ?

– Prostré par la peur et le mal de mer mais, à part ça, il est en pleine santé.

– Bien. Veillez sur lui pour moi.

– L'idée qu'un navire soit dirigé par des Dweomers ne plaira pas à notre chapelain.

– Laissez-moi m'occuper du Corbeau, marmonna Hawkwood et, tapant sur l'épaule de Bardolin, il quitta la batterie avec un soulagement manifeste.

Il s'enfonça dans les entrailles du bateau. Le *Balbuzard* était un vaste navire, malgré un gaillard d'arrière inférieur à la moyenne. Sous la batterie se trouvait la cale principale et encore au-dessous, la sentine. La cale elle-même était divisée en grands compartiments. Un pour les magasins à filins, où les câbles de l'ancre étaient enroulés, un pour l'eau et les provisions, un petit cagibi qui constituait la réserve de poudre puis le compartiment qui venait tout juste d'être créé et qui hébergeait ces foutus chevaux et autres bêtes.

Il y avait de l'eau partout, dégoulinant du plafond, clapotant autour de ses pieds, ruisselant sur les flancs de la coque. Hawkwood se dénicha une lanterne et l'alluma non sans mal au bout de quelques exaspérantes minutes de tâtonnements dans le noir avec du petit bois humide. Puis il descendit encore plus bas.

Là, il pouvait entendre plus distinctement le bruit de la coque. Le bois d'œuvre de la caraque craquait et gémissait à chaque fois que se soulevait sa guibre et le bruit du vent était étouffé. Les chevaux s'étaient tus, ce qui était une bénédiction. Hawkwood se demanda combien avaient survécu.

Il trouva un groupe de marins au travail, envoyés par Velasca pour sécuriser la cargaison. Il y avait un mètre vingt d'eau dans la cale et les hommes travaillaient avec de l'eau jusqu'à la taille, parmi les tonneaux, les sacs et les caisses, arrimant tout ce qui s'était détaché pendant le combat sauvage de la caraque contre les vagues monstrueuses.

– Combien d'eau fait-elle ? demanda Hawkwood à leur chef, un maître-pont qui s'appelait Mihal, gabrionien comme lui.

– Un pied chaque deux tours de sablier, monsieur. La majorité provient d'au-dessus, de ces paquets de mer que nous transportons, mais les membrures sont cassées, également, et il y a une fuite dans les coutures.

– Montrez-moi.

Mihal l'emmena auprès de la coque et Hawkwood vit les membrures du flanc du navire trembloter et se tordre. Chaque fois que la caraque avançait avec les vagues, les membrures s'ouvraient davantage et de plus en plus d'eau pénétrait à l'intérieur.

– Il n'y a pas encore de trou ?

– Non, pas pour l'instant, monsieur. Il y a des hommes dans le magasin à filins et dans les parcs à bestiaux à l'arrière – un sacré bordel d'ailleurs. Non, elle tient le coup, mais j'espère que Velasca a mis des hommes forts aux pompes.

– Vous irez le voir quand vous aurez terminé, Mihal. Les hommes aux pompes et les timoniers auront vite besoin d'être relevés.

– Bien, monsieur.

Hawkwood s'en alla, barbotant dans l'eau froide. Il s'efforça de rester en arrière par rapport au mouvement du bateau et passa l'écoutille de la cloison qui séparait la cale des parcs à bestiaux plus près de la poupe.

Des lanternes. Le bêlement terrifié de quelques moutons, la paille et le crottin transformant l'eau en espèce de soupe. Des cadavres d'animaux dansaient sur l'eau et dérivaient. Hawkwood s'approcha du groupe d'hommes qui travaillaient en combinaison de cuir – des soldats, pas des membres de son équipage.

– Qui est-ce ? aboya une voix.

– Le capitaine. C'est vous, Sequero ?

– Hawkwood. Oui, c'est moi.

Hawkwood vit les ovales pâles des visages à la lueur de la lanterne, les flancs brillants d'un cheval.

– Quelle est l'ampleur des dégâts ?

Sequero avança vers lui en pataugeant.

– Quel genre de capitaine êtes-vous, Hawkwood ? On n'avait demandé à personne de sécuriser les chevaux et voilà que le bateau se retourne sur son foutu flanc. Ils n'ont pas eu la moindre chance. Pourquoi ne pas nous avoir mis en garde ?

Sequero se tenait devant lui, crasseux et dégoulinant. Quelque chose avait ouvert son front, où un morceau de peau scintillait dans le pus qui suitait. Les yeux de l'officier étincelaient de colère.

– Nous n'avons pas eu le temps, répondit Hawkwood avec feu. En fait, nous avons failli perdre le navire et j'ai perdu des hommes qui essayaient de le redresser. Nous n'avons pas eu le temps de nous occuper de vos foutus chevaux.

Il crut l'espace d'une seconde que Sequero allait lui sauter à la gorge et se crispa, prêt à parer le coup, mais l'officier s'affaissa, visiblement exténué.

– Je ne suis pas un marin. Je ne peux pas dire si vous êtes ou non dans le vrai. Le navire survivra-t-il ?

– Probablement. Combien en avez-vous perdu ?

Sequero haussa les épaules. Ce n'était pas son problème.

– Bien, récupérez les bêtes qui ont survécu et sécurisez-les dans leurs stalles. Attachez-les dans les parcs à bestiaux, au besoin. Cette bourrasque pourrait durer longtemps.

Hawkwood commençait à avoir l'impression d'être un perroquet, à force de répéter sa litanie à tous ceux qu'il croisait.

Sequero le gratifia d'un signe de tête las.

– Et les soldats ? Comment vont-ils ?

– Ils sont saouls, pour la plupart. Les plus vieux avaient mis leurs rations de vin de côté. Comme ils croyaient qu'ils allaient mourir, ils ont décidé qu'ils se noieraient ivres morts.

Hawkwood rit.

– J'ai entendu pire, comme idées. Et seigneur Murad ?

– Murad ? Il est enfermé avec sa paysanne, comme d'habitude.

Une violente embardée du navire les fit tomber dans l'eau puante. Ils se relevèrent péniblement en crachant et en jurant.

– Êtes-vous sûr que ce truc ne coulera pas, capitaine ? railla Sequero.

Mais Hawkwood rebroussait déjà chemin. Il était temps de retourner sur le pont et de reprendre sa place. Il n'était d'aucune utilité en bas.

Le temps s'était quelque peu éclairci et les nuages semblaient s'être élevés au-dessus du niveau des têtes de mât. Mais la mer était toujours aussi montagneuse, de grosses collines d'eau avec des dépressions distantes d'un quart de mille et des crêtes aussi hautes que les mâts de flèche du navire. Ils filaient vent arrière à présent et les vagues se fracassaient contre la poupe du bateau, le soulevant haut dans l'air puis passant sous lui, le laissant presque encalminé sous le vent. Il y avait visiblement très peu de danger qu'il soit embarqué par l'arrière grâce à sa construction, et il devrait étaler la tempête, la laisser les pousser où elle voulait.

Velasca avait fait monter des haussières sur les têtes de mât et des hommes travaillaient tout en haut, essayant de les sécuriser. D'autres attachaient deux fois plus fort les canons du pont supérieur et les deux chaloupes du navire qui avaient survécu, bien que le passage du canon en fuite eût cassé de gros morceaux des deux côtés. Et tant à bâbord qu'à tribord, les pompes dégueulaient d'épais jets d'eau blanche tandis que les hommes se mettaient en quatre pour essayer d'alléger le bateau.

– Barre ! cria Hawkwood par l'écoutille. Comment ça se passe ?

– Mieux, monsieur, lui cria Masudi en retour. Mais les hommes commencent à fatiguer.

– Mihal et ses hommes vont bientôt venir vous relever. Comme ça, droit, Masudi !

– Bien, monsieur.

Pendant des heures, la caraque vogua sur les vagues énormes et fila sous le vent à toute vitesse, au sud-ouest, loin de leur cap et vers des océans inconnus, même pour Tyrenius Cobrian. Les vergues avaient beau être nues, sa vitesse était excellente quand elle dériva sur le dos brillant des brisants énormes.

Le quart changea. Des marins exténués furent relevés par d'autres un tout petit peu moins fatigués, mais les hommes restèrent sur le pont heure après heure, pompant, épissant, réparant, ou se préparant simplement à affronter la prochaine crise.

Le froid s'intensifiait. Quand Hawkwood estima que, poussés par la tempête, ils s'étaient éloignés de quarante lieues de leur route, l'air changea d'odeur et l'eau revêtit une teinte grise et glacée, à l'aube du lendemain sans soleil. Toute la journée ils continuèrent à courir vent arrière, à manger du pain rassis et du porc salé quand ils le pouvaient, sentant le sel dans leurs vêtements râper leur peau saturée et poursuivant les interminables réparations.

Au bout de deux jours et deux nuits, ils commencèrent à se dire qu'ils n'avaient jamais connu la chaleur et la sécheresse et n'avaient jamais su ce que signifiait dormir. Ils perdirent un autre homme sur l'une des vergues, il avait relâché sa prise par pur épuisement, et ils jetèrent par-dessus bord les corps des trois passagers morts des blessures subies lors de la première bourrasque sauvage. Et ils continuèrent au sud-ouest, traversèrent l'Océan occidental titanesque et illimité, tel un bâton de bois dérivant dans un bief d'amont, auquel se raccrochaient un tas de fourmis désespérées. Il n'y avait rien d'autre à faire.

18

Ils arrivèrent à l'aube, comme Martellus l'avait prévu. Si les factionnaires n'avaient pas fait preuve d'une telle vigilance, ils auraient pu arriver en masse jusqu'aux murs, tant leur assaut avait été soudain. Car les Medruks avaient choisi de renoncer à un premier bombardement, préférant miser sur la surprise. Mais les sentinelles de garde mirent le feu aux roquettes et aux fusées éclairantes et, d'un seul coup, la barbacane orientale et la rivière s'illuminèrent de lumières rouges fumantes, décrivant des paraboles claires dans le ciel rempli d'éclairs et embrasant les phalanges qui progressaient en contrebas.

La garnison de la barbacane se rua à son poste. Le long des murs, des mèches à combustion lente furent allumées, des hommes épaulèrent leurs arquebuses et les hommes équipés d'explosifs et de munitions grimpèrent sur les parapets, munis de leurs charges mortelles.

L'armée medruk, découverte, poussa un grand cri, dans une frénésie de hurlements et de piétinements, telle que les cheveux de Corfe se hérissèrent sur sa tête. Une fois de plus, il vit la foule grouillante de l'armée medruk assaillir les murs, comme une marée d'algues clapotant sur le versant d'une falaise.

Le soleil se levait. D'autres fusées éclairantes furent lancées, cette fois pour aider les canonniers à diriger leurs couleuvrines. Le fourmillement des Medruks se trouvait peut-être à deux cents mètres des murs lorsque Andruw introduisit la mèche à combustion lente dans l'orifice d'allumage du premier canon.

Il tressauta dans un rugissement et une explosion de brouillard de fumée. À ce signal, les autres gros canons de la forteresse se mirent eux aussi à glapir, jusqu'à ce que toute la barbacane fût un immense nuage de fumée puante, transpercé de flammes rouge et jaune.

Corfe put voir le résultat des toutes premières salves avant que la fumée ne dissimule la progression des Medruks. Les Torunniens utilisaient des obus à retardement qui explosaient en hauteur et projetaient des éclats de métal dans un rayon mortel sous eux. Il vit l'ennemi décimé, tomber ou être projeté en l'air puis déchiqueté, comme des récoltes anéanties par un vent invisible. Puis ils revinrent, reformant leurs rangs et hurlant leur cri de guerre rauque. Il y avait des centaines d'échelles qu'ils portaient sur l'épaule.

– Et leurs effectifs, Corfe ? cria Andruw. Combien, d'après vous ?

Comment mettre un chiffre sur cet amoncellement d'humains brûlant ? Mais Corfe était un soldat, un professionnel. Son esprit jouait avec des chiffres dans sa tête.

– Neuf ou dix mille dans la première vague, cria-t-il en retour, la fumée lui piquant déjà la gorge. Mais ce n'est que la première vague.

Un grand sourire s'ébaucha sur le visage noirci d'Andruw.

– Alors il y en a assez pour tout le monde.

Ils se trouvaient au pied des murs, à présent, foule rugissante munie d'échelles d'escalade et aboyant comme des animaux. Le soleil levant illuminait les collines au loin, passant à travers la fumée de poudre qui s'élevait en volutes et en en faisant quelque chose d'éthéré et de magnifique, les défenseurs semblant être des silhouettes plates dans la puanteur embrasée. Les canonniers des pièces plus légères abaissèrent leurs canons au maximum et se mirent à tirer dans les hommes entassés en contrebas, tandis que les arquebusiers suspendaient leur tir, attendant l'ordre d'Andruw.

Des échelles d'escalade martelaient les remparts. Des grappins, des cordes et une volée de tirs à l'arbalète qui terrassèrent une demi-douzaine d'hommes, rien que dans le champ de vision de Corfe. Les échelles se mirent à trembloter dès que l'ennemi monta dessus.

– Suspendez votre tir, arquebusiers ! cria Andruw.

Quelques hommes nerveux étaient déjà en train de les faire partir.

Des visages en haut des échelles, noirs comme les démons de l'enfer.

– Feu !

Une série d'explosions en cascade tandis que deux mille arquebuses partaient, presque à l'unisson. Un grand nombre d'échelles retombèrent dans un grand fracas sur les assaillants en contrebas, déséquilibrées par les hommes en proie aux affres de la mort tout en haut. D'autres tinrent bon, et l'ennemi poursuivit son ascension.

– Hommes aux fourches, au front ! rugit l'ordre.

Et les Torunniens avancèrent en portant des objets ressemblant à de longues fourches à foin. Deux ou trois défenseurs les pousseraient contre les échelles et leur feraient décrire un arc lent et gracieux d'hommes qui atterriraient dans les ruines rouges des rangs amassés au pied des murs.

L'assaut s'arrêta; tenu en échec. Le bruit des hommes criant et hurlant, l'explosion des canons et le craquement des arquebuses étaient assourdissants.

– N'ont-ils aucune stratégie? demanda Andruw à Corfe. On dirait des béliers qui encornent une porte. Ils ne comptent pas les pertes?

– Ils n'ont pas besoin de le faire, répondit Corfe. Souvenez-vous de ce qu'a dit Martellus: l'usure. Ils perdent des hommes par milliers et nous par vingtaines. Mais ils peuvent se permettre d'en perdre par milliers. Ils sont aussi nombreux que du sable sur une plage.

Ils se tenaient près de la porte qui constituait l'entrée principale de cette partie de la forteresse. Le soleil se levait rapidement et une lumière or-rosé jouait au dessus de la scène. Ils pouvaient voir, à travers des trous dans la fumée, que des nouvelles forces étaient déjà en train de se mettre en place sur les collines en contrebas. Les canons medruks tiraient, mais ils tiraient haut. La plupart de leurs coups semblaient tomber dans la Searil, fontaines saillant de blanc d'eau brisée.

– Alors ils utilisent aussi des obus explosifs? fit Andruw, surpris.

C'était quelque chose que les Ramusiens avaient inventé voilà à peine vingt ans.

– Oui et des engins incendiaires. J'espère que nous avons assez de munitions?

– C'est le cadet de nos soucis. Regardez, ils reviennent.

Un tout nouvel afflux au pied des murs. Des tirs d'arbalète vinrent tinter contre les remparts dans une grêle enténébrée. Des hommes tombèrent des passerelles en hurlant.

Un autre assaut, les échelles se soulevèrent et retombèrent une fois de plus. Le sol au pied des fortifications était jonché de cadavres et de débris.

– Je n'aime pas ça, dit Corfe. C'est trop facile.

– Trop facile!

– Oui, il n'y a aucune réflexion derrière ces assauts. Je pense qu'ils servent de couverture à autre chose. Même Shahr Baraz ne gâche pas la vie de ses hommes sans aucun profit.

Un ébranlement digne d'un tremblement de terre provint alors de sous leurs pieds. Presque tout le corps de garde fut enveloppé d'une épaisse fumée que les flammes transperçaient.

– Ils ont fait sauter la porte! cria Andruw.

– Je vais voir. Restez ici. Ils vont faire un autre assaut pour couvrir le détachement qui a ouvert une brèche.

Corfe dévala le large escalier qui menait aux cours et aux places en contrebas. Des soldats torunniens et des réfugiés civils couraient dans tous les sens, portant de la poudre, des hommes blessés, des mèches et de l'eau. Il mit le grappin sur une douzaine d'hommes armés d'arquebuses et les conduisit dans les ténèbres du corps de garde.

Là, sous l'arc, un feu violent brûlait, et les portes massives étaient de guingois sur leurs charnières, des cicatrices blanches marquant le bois brisé. Déjà les sapeurs medruks passaient par les trous et une centaine d'hommes s'agglutinaient derrière eux. Cela revenait à regarder des asticots foncés se contorsionner dans une blessure.

– Présentez armes ! cria Corfe à son escouade disparate.

Et les arquebuses furent braquées.

– Feu !

La salve repoussa une vingtaine de Medruks qui escaladaient péniblement les portes démolies.

– Sortez les épées. Suivez-moi ! cria Corfe.

Et les Torunniens le suivirent en courant.

Ils trébuchèrent sur des hommes estropiés qui se contorsionnaient et se mirent à sabrer et à abattre des hommes dans l'obscurité de la voûte en feu, comme des possédés. Quelques instants plus tard, il n'y eut plus aucun Medruk vivant dans le corps de garde et ceux qui tentaient de se frayer un chemin à travers les portails délabrés se firent trancher la tête et les membres par les défenseurs.

Le feu se propagea. Corfe était vaguement conscient de la présence d'hommes munis de seaux d'eau. Il coupa les doigts d'une main qui poussait la porte cassée. Puis quelqu'un le tira par-derrière.

– Les meurtrières ! Ils vont s'en servir. Par l'entrée !

Il se laissa tirer en arrière, à moitié aveuglé par la transpiration et la fumée. Les Torunniens reculaient.

Immédiatement les Medruks passèrent de nouveau par les portes. En quelques secondes, une vingtaine fut à l'intérieur et d'autres les rejoignirent aussitôt.

– *Maintenant !* hurla une voix.

Un torrent doré se déversa sur les infortunés Medruks par des trous au plafond du corps de garde. Ce n'était pas liquide, mais dès que cela toucha les hommes au-dessous, ils poussèrent des hurlements horribles, arrachèrent leur armure et lâchèrent leur épée. Ils battirent l'air, agonisant pendant de longues minutes, tandis que leurs camarades restaient à l'extérieur, les observant dans une vaine fureur.

– Qu'est-ce que c'est ? demanda Corfe. On dirait...

– Du sable, lui répondit un soldat, tout sourire. Du sable chauffé. Il rentre dans leur armure et les réduit en cendres. Plus économique que le plomb, non?

– Place, là!

Un officier d'artillerie accompagné de silhouettes noircies tiraient deux fauconneaux à la gueule large qu'ils mirent en position devant la porte. Alors que l'averse de sable se calmait, les Medruks au-dehors décidèrent de revenir à l'intérieur, dans ce qui, aux yeux de Corfe, était un acte d'une stupidité totale ou d'un courage dément.

Les fauconneaux tirèrent. Chargés de quelques morceaux de métal, ils firent peu de dégâts aux restes de la porte, mais les Medruks qui se tenaient sous la voûte furent soufflés sur place. Du sang et des fragments de peau, d'os et de viscères recouvrirent l'intérieur de la voûte.

– Ils reculent! hurla quelqu'un.

C'était vrai. L'attaque de la porte était abandonnée pour l'instant. Les Medruks se retiraient.

– Gardez ces pièces en place ici, et trouvez des sapeurs pour réparer la porte, ordonna Corfe à l'officier d'artillerie, sans se soucier de leurs rangs respectifs. J'enverrai des hommes du mur vous prêter main-forte dès que je le pourrai.

Sans attendre de réponse, il descendit l'escalier de la passerelle pour rejoindre les hommes sur les remparts.

Un autre assaut – la couverture du détachement qui avait ouvert une brèche – venait juste d'être lancé. Les hommes rechargeaient frénétiquement les canons, chargeaient les arquebuses, soignaient des blessures mineures. Les morts étaient jetés par-dessus les parapets comme des sacs; l'heure des solennités attendrait.

Le sabre d'Andruw était ensanglanté et ses yeux, d'une blancheur étonnante sur son visage crasseux.

– Et la porte?

– Elle tient, pour l'instant. Ils sont tenaces, ces salauds. Je leur reconnais au moins ça. Nous en avons envoyé une cinquantaine rejoindre leur Prophète avant qu'ils ne se retirent.

Andruw rit de bon cœur.

– Par le sang béni du doux Ramusio, ils ne nous battront pas haut la main sans un faux pas ou deux. Était-ce aussi serré que ça à Aekir, Corfe?

Corfe se retourna, le visage plat et laid.

– C'était différent, dit-il.

Depuis son poste sur les hauteurs de la citadelle, Martellus observa l'assaut échouer. Ses officiers étaient agglutinés autour de lui, sérieux mais jubilant. L'armée medruk se retirait comme un chien menaçant que l'on avait frappé sur le museau. Sur toute la barbacane orientale, à l'extrémité de la Searil, un vaste nuage de fumée qui s'élevait s'agitait et tournoyait, parsemée de flammes. Même de là, à plus d'un kilomètre, on pouvait entendre au-dessus du rugissement rauque d'une foule aux abois, un son sans forme, comme le ressac, qui servait de bruit de fond au tonnerre des canons.

– Il en a perdu des milliers, disait l'un des officiers supérieurs. Qu'est-ce qu'il a dans la tête, pour jeter ses troupes à main nue sur des fortifications préparées comme les nôtres ?

Un messager arriva de la rive orientale, la mine sinistre et à bout de souffle. Martellus lut la dépêche les lèvres serrées puis le congédia.

– La porte est endommagée. Nous l'aurions perdue sans les efforts de ma nouvelle recrue. Andruw évalue ses propres morts et blessés à moins de trois cents.

Certains officiers arborèrent un sourire jusqu'aux oreilles et tapèrent du pied. D'autres eurent l'air simplement pensifs. Ils regardaient le retrait des régiments medruks attaquants – ordonné, malgré le barrage que les canons torunniens établissaient –, puis leurs yeux se posèrent sur les flancs des collines où l'armée principale campait par milliers et où les batteries medruks étaient tapies, silencieuses et menaçantes.

– Il joue avec nous, dit quelqu'un. Il aurait pu poursuivre l'attaque toute la journée sans se soucier des morts et des blessés.

– Oui, répondit Martellus.

La lumière précoce remplit ses yeux d'un feu fauve et fit scintiller les lignes blanches dans ses cheveux.

– C'était une reconnaissance armée, rien de plus, comme je l'avais dit. Il sait maintenant où se trouvent nos canons et les dispositions de notre garnison. Demain, il rattaquera mais, cette fois, ce ne sera pas un assaut soudain, sans appui des troupes et mal discipliné. Demain, nous assisterons pour de bon à l'assaut de Shahr Baraz.

À des centaines de kilomètres à l'ouest. Suivre le cours du Terrin vers le nord jusque-là où s'élargit la trouée entre les montagnes Cimbriques et les Thuriennes. Ne pas prendre en compte la mer de Tor étincelante, avec ses flottilles de pêche obscures et ses villes côtières tout en longueur. Là-bas, sur les contreforts des Cimbriques occidentales, s'arrêter sur le profil majestueux de Charibon où les cloches de la cathédrale sonnent les vêpres et l'air du soir s'épaissit en une nuit précoce, à l'ombre des tours qui se dressent, menaçantes.

Dans les appartements alloués au nouveau haut pontife, Himerius, le grand homme en personne et Betanza, vicaire général de l'Ordre inceptine, étaient seuls, après avoir congédié les ecclésiastiques à leur service. L'homme couvert de boue, fatigué par le voyage, qui se trouvait avec eux quelques minutes auparavant, avait été conduit dans un bain bien mérité puis au lit.

– Alors ? fit Betanza.

Himerius avait les paupières tombantes, son visage n'était qu'un amas d'os saillants, dominé par un nez d'aigle. En tant que haut pontife, il portait une riche robe de cérémonie pourpre, seul homme au monde habilité à le faire jusqu'à ce que les empereurs fimbriens reprennent leur place.

– Des absurdités, tout cela !

– En êtes-vous sûr, votre Sainteté ?

– Évidemment ! Macrobius est mort à Aekir. À votre avis, les Medruks seraient-ils passés à côté d'une telle prise ? Ce type sans yeux est un imposteur. Le général à la digue, ce Martellus, a sûrement répandu cette nouvelle dans le but de remonter le moral des troupes. Je ne peux pas dire que je le lui reproche complètement – il doit subir une pression énorme –, mais c'est franchement inexcusable. S'il survit à l'attaque de la digue, je ferai tout pour qu'il passe devant une cour religieuse et qu'il soit inculpé d'hérésie.

Betanza se cala confortablement sur sa chaise extrêmement bien rembourrée. Tous deux étaient assis auprès de la cheminée massive et de grosses bûches brûlaient joyeusement dans l'âtre, seule lumière dans la pièce à hauts plafonds.

– D'après ce message, dit prudemment Betanza, la Torunnie en a également été informée. Il dit qu'il lui a fallu dix-huit jours pour arriver et quatre chevaux morts. La Torunnie aura reçu la nouvelle sous quinzaine.

– Et alors ? Nous enverrons nos propres messagers pour nier la validité de ce que prétend cet homme. C'est beaucoup trop absurde, Betanza.

Le visage fort coloré du vicaire général était sombre lorsqu'il s'éloigna de la chaleur du feu.

– Comment pouvez-vous être aussi sûr que Macrobius est mort ? s'enquit-il.

Les yeux de Himerius étincelèrent.

– *Il est mort.* N'en doutez pas. Je suis haut pontife et aucun capitaine d'armes torunnien ne me contredira.

– Que comptez-vous faire ?

Himerius mit ses doigts en tente devant son visage.

– Nous enverrons sur-le-champ des messagers, ce soir, à chaque cour de Normannie – les Cinq Monarchies. Ils porteront une bulle pontificale dans laquelle je dénoncerai cet imposteur et l'homme qui se cache derrière lui, ce Martellus, le Lion de la digue d'Ormann.

Himerius sourit.

– J'enverrai également une lettre privée au roi Lofantyr de Torunnie, exprimant mon indignation face à cette hérésie et lui faisant part de ma répugnance à envoyer nos Chevaliers militants pour défendre ce royaume, tandis que ce même royaume recèle un prétendant à mon propre poste, un affront contre l'Office saint que j'occupe, une odeur infecte dans les narines de Dieu.

– Vous allez donc retirer les troupes que vous avez promises à frère Heyn, dit Betanza, l'air las.

– Oui. Tant que nous n'en aurons pas terminé avec cette chose, la Torunnie ne devra recevoir aucune aide matérielle de la part de l'Église.

– Et la digue d'Ormann ?

– Comment ça ?

– La digue a besoin de ces hommes, Sainteté. Sans eux, elle tombera sûrement.

– Alors qu'elle tombe. Son commandant aurait dû y penser avant d'élever un aveugle au rang de haut pontife.

Betanza resta silencieux. Tant que les Chevaliers militants étaient cantonnés à Charibon, ils se trouvaient théoriquement sous les ordres du dirigeant de l'Ordre des Inceptines. Mais jamais, de mémoire d'homme, un vicaire général n'avait méprisé les souhaits de son haut pontife.

– Les hommes sont déjà en marche, dit Betanza. Ils doivent être à mi-chemin de la Torunnie en ce moment.

– Alors rappelez-les, fit Himerius d'un ton sec. La Torunnie ne doit rien recevoir de ma part, jusqu'à ce que cet imposteur soit chassé.

– Je me permets de vous demander de bien vouloir réfléchir, Sainteté... et si cet homme était celui qu'il prétend être ?

– Impossible, je vous l'assure. Êtes-vous en train de remettre mon jugement en cause, frère ?

– Non. C'est juste que je ne veux pas faire d'erreur.

– Le Saint Béni m'inspire directement, en tant que son représentant sur terre. Faites-moi confiance. Je le sais.

– En toute justice, nous devrions réunir le synode et soumettre cela aux Collèges et aux prélats réunis.

– Ils sont en train de rentrer allégrement chez eux. Cela nous ferait perdre trop de temps. Ils seront mis au courant en temps et heure. Qu'avez-vous, frère Betanza ? Doutez-vous de la parole de votre pontife ?

L'un des pouvoirs inhérents au haut pontife était la nomination ou la révocation du vicaire général des Inceptines. Betanza regarda son supérieur dans les yeux.

– Bien sûr que non, Sainteté. Je cherche uniquement à parer à toute éventualité.

– Je suis heureux de l'entendre. C'est toujours mieux lorsque le vicaire général et le pontife ont de bonnes relations de travail. Le contraire peut être désastreux. Pensez au vieux Baliaeus.

Baliaeus était un pontife du siècle précédent qui s'était querellé avec son vicaire général, l'avait révoqué de son office avant d'assumer lui-même ce poste en plus de son pontificat. Cet événement avait scandalisé tout le monde ramusien, mais personne n'avait essayé de rétablir dans ses fonctions le dirigeant malchanceux des Inceptines. L'homme était mort comme un ermite, reclus dans une cellule dans les Cimbriques.

– Mais vous n'êtes pas Baliaeus, Sainteté, rétorqua Betanza en souriant.

– C'est vrai. Vieil ami, nous avons trop travaillé et nous nous sommes battus depuis trop longtemps pour que tout ce que nous avons construit nous soit arraché.

– En effet.

Ainsi, si Himerius s'en allait, Betanza aussi. Au moins, c'était clair.

– Quoi qu'il en soit, poursuivit Himerius d'un ton mielleux, nous nous faisons peut-être du souci pour rien. Vous avez dit vous-même que la digue devait tomber. Si tel est le cas, l'imposteur tombera avec elle et tous ceux là-bas qui croient en lui. Nos problèmes seront résolus.

Betanza le fixa, bouche bée.

– Ça suffira, monseigneur vicaire général. Envoyez-moi les scribes lorsque vous partirez. Je dicterai les dépêches ce soir. Il faut battre le fer tant qu'il est chaud.

Betanza se leva, se pencha et baisa la bague de son pontife. Il quitta la pièce sans rien ajouter.

Frère Rogien l'attendait dehors quand il sortit. Il parcourut à grandes enjambées les larges couloirs de Charibon avec Rogien, silencieux, à ses côtés. Il entendait que l'on sonnait les vêpres dans une demi-douzaine de chapelles de collèges et sentait les odeurs entêtantes des cuisines du monastère.

Rogien était un homme plus âgé, aux épaules carrées et au dos voûté, les cheveux aussi blancs et beaux que le duvet d'un poussin d'un jour. Il était l'adjoint de Betanza, rompu aux coutumes des intrigues inceptines.

– Il ne fera même pas d'enquête ! fulmina enfin Betanza, en marchant d'un pas agile, en colère.

– Que croyez-vous ? Qu'il encaisserait tout docilement sans rien dire ? lui demanda Rogien, caustique. Toute sa vie, il a convoité le poste qu'il occupe actuellement. Il est plus puissant que n'importe quel roi. Ce n'est pas le genre de chose que l'on abandonne à la légère.

– Mais regardez comme il s'y prend ! Il rappellera les Chevaliers militants promis à la Torunnie ; il s'aliénera Heyn et le roi torunnien. Il verrait avec joie tomber la digue d'Ormann au lieu de risquer son propre poste !

– Et alors ? Nous savions que cela devait arriver.

– J'ai été un soldat, si l'on peut dire, Rogien. J'ai commandé des hommes dans ma jeunesse et peut-être cela me permet-il d'avoir un point de vue différent. Mais je vous dis que cet homme verra l'Ouest déchiré par le feu et ruiné s'il pense que cela peut promouvoir sa propre cause d'un iota.

– Vous vous êtes soumis à lui, dit Rogien, implacable. Sa fortune est la vôtre. Vous avez œuvré avec lui pour qu'il obtienne le pontificat. Vous ne pouvez pas l'abandonner comme ça. Cela vous ruinerait.

– Oui, je sais !

Ils arrivèrent aux quartiers du vicaire général, congédièrent les Chevaliers à la porte, entrèrent puis allumèrent des bougies.

– Vous ne seriez jamais arrivé à la tête de l'ordre s'il n'avait pas été là, poursuivit Rogien. Votre âge et votre vocation tardive jouaient contre vous. C'est la pression de Himerius qui a influencé les Collèges. Vous êtes sa créature, Betanza.

Le vicaire général se servit du vin d'un décanteur de cristal, fit le signe du Saint le poing fermé et lampa son verre d'un trait.

– Oui, sa créature. Est-ce ce que l'on dira dans les livres d'histoire ? Que Betanza est resté les bras croisés pendant que son pontife faisait tomber l'Ouest ? L'homme peut-il être si aveuglé qu'il est incapable de voir ce qu'il fait ? Par tous les moyens, dénoncer l'imposteur. Mais retarder aussi les renforts torunniens ? Ça pue la paranoïa.

Rogien haussa les épaules.

– Il a l'intention de ne courir aucun risque. Il sait que cela fera prendre ses jambes à son cou à Lofantyr plus vite que n'importe quoi d'autre. Et vous devez reconnaître que cela serait étrange si le haut pontife devait envoyer des troupes pour soutenir la garnison d'une forteresse qui a élevé un haut pontife rival.

– Oui, il y a ça, je suppose. (Betanza fit un sourire ironique et se resservit du vin, ainsi qu'à son collègue.) Peut-être que ce jeu d'Inceptine me fait perdre la raison.

– C'est dû à la sagesse d'un homme qui n'a pas porté l'habit noir toute sa vie. Vous étiez un noble, autrefois, un chef laïque. Mais cela appartient au passé. Si vous voulez survivre et prospérer, vous devez apprendre à penser totalement en tant qu'Inceptine. L'ordre doit conserver sa prééminence. Laissez le soin aux rois de se soucier de la défense de l'Ouest. C'est leur domaine. Nous devons nous inquiéter du bien-être spirituel du monde ramusien – et de ce qui lui arriverait s'il devait y avoir deux pontifes. Chaos, anarchie, un schisme qui prendrait des années pour être résorbé. Pensez-y, frère.

Betanza regarda son subordonné d'un air revêche.

– Parfois, je me dis que vous seriez mieux à ma place et moi, dans un harnais de soldat devant la digue d'Ormann, Rogien.

– Comme vous êtes la créature de Himerius, je suis la vôtre, seigneur.

– Oui, répondit calmement le vicaire général. Vous l'êtes.

Il but son vin.

– Envoyez une demi-douzaine de nos scribes les plus rapides dans les appartements du haut pontife. Il voudra dicter ses dépêches immédiatement. Et prévenez une escouade de messagers de se préparer à un long voyage.

Rogien inclina la tête.

– Ce sera tout ? Dois-je vous faire envoyer votre repas ou le prendrez-vous au réfectoire ?

– Je n'ai pas faim. J'ai besoin d'être seul un moment. Je dois penser et prier. Ce sera tout, Rogien.

– Très bien, monseigneur.

L'homme s'en alla.

Betanza alla à la fenêtre et ouvrit les volets lourds. Un air vif et neigeux flotta dans la pièce obscure. Il voyait l'endroit où les majestueuses Cimbriques se dressaient, imposantes, sur les rivages de la mer de Tor, la dernière lumière du soleil effleurant leurs sommets blancs, tandis que le reste du monde sombrait dans l'obscurité. Dix-huit jours que le messager était en route. La digue avait sûrement déjà dû tomber et ses inquiétudes étaient spéculatives. La plus grosse armée jamais vue devait en ce moment même reprendre sa marche vers l'ouest et il était en train de chercher la petite bête avec un ecclésiastique égocentrique.

Il sourit. Quel Inceptine n'était pas égocentrique, ambitieux, impérieux ? Même les novices se prenaient pour des princes quand ils arpentaient les rues des villages de pêcheurs.

Cela créerait des problèmes. Il le sentait dans ses os. Ce n'était pas uniquement la guerre medruk ; il y avait d'autres indications des choses à venir ce soir. Le Conclave des Rois se réunirait très bientôt ; il en saurait plus à ce moment-là. Il avait des informateurs sur place.

Une époque de changement s'amorçait. Les attitudes se modifiaient, pas uniquement parmi la population mais parmi les rois et les princes. Himerius avait déjà l'aspect d'un homme sur la défensive. Mais peut-être ses efforts seraient-ils plus efficaces que ceux des quelques malchanceux qui se battaient et mouraient le long de la Searil en ce moment même. Ce n'étaient pas quelques ambitieux, aussi puissants que le haut pontife fussent-ils, qui pourraient changer l'humeur de l'époque.

Il se demanda si Macrobius était bel et bien vivant. Il y avait peu de chances, naturellement, et l'explication la plus probable de la dépêche qu'ils avaient reçue cet après-midi était celle qui était professée par Himerius. Mais si l'imposteur était bien le vieux pontife, Betanza doutait fort que Himerius se retire. Un schisme s'ensuivrait ; deux pontifes, un continent ramusien divisé, les Medruks criant vengeance à ses frontières. Un tel scénario ne méritait pas que l'on s'attarde dessus.

Il quitta la fenêtre, chassant l'air frais et les montagnes tintées par le coucher de soleil. Puis il s'agenouilla sur le sol de pierre et commença à prier.

19

Une étendue d'océan interminable, aussi bleue que la voûte azurée qui le rejoignait en décrivant un arc, intacte de chaque côté de l'horizon. Sans limites, comme l'espace entre les étoiles.

Et sur cet océan lisse, une minuscule tache, un tout petit morceau d'épave flottante dominée par les éléments. Un navire, et les âmes qu'il transportait en ses parois de bois.

Le *Balbuzard* était encalminé. Au bout de trois jours et de trois nuits, la tempête avait viré au nord-ouest, après avoir dérouté la caraque à des lieues de son cap initial. Puis le vent s'était calmé et la mer devint aussi paisible qu'une mer d'huile en une journée estivale et ensoleillée. L'équipage du navire avait regardé les bannières noires et imposantes de la tempête s'éloigner en tourbillons, emportant l'obscurité et le froid avec elles, et ils s'étaient retrouvés dans un silence sinistre, une absence de bruit qu'ils étaient incapables d'expliquer, jusqu'à ce qu'ils se rappellent l'absence du vent.

Le navire était une coque battue par le vent, relique du majestueux vaisseau parti du port d'Abrusio à peine un mois auparavant. Le mât de flèche avait disparu, en arrachant de gros morceaux du gaillard d'arrière à bâbord. Le canon qui avait été jeté par-dessus bord avait aussi troué le flanc du navire, de telle sorte que la caraque semblait avoir été mâchouillée par un monstre énorme. Des lambeaux et des morceaux flottants du gréement pendillaient de toutes parts et les lignes normalement lisses des cordes qui formaient le gréement étaient serrées et empilées en désordre, bien que nouées et épissées d'innombrables fois au cours de la tempête.

Le navire ondoyait dans la flaque graisseuse de sa propre crasse. Autour de la coque flottaient des déchets humains et des détritus, des fragments de bois et de chanvre et même les cadavres gonflés de deux moutons. Les miasmes stagnants empestaient le bateau, en plus de la puanteur habituelle de son fond de cale, à présent quelque peu lavé à grandes eaux par les paquets d'eau de mer qu'avait essuyés le bateau pendant la tempête. Les chaloupes étaient criblées de trous ; de fait, l'équipage ne pouvait même pas remorquer la caraque loin de ce périmètre. Et la chaleur était impitoyable, diffusée par un soleil qui semblait en cuivre battu. Le brai gargouillait dans les coutures et, comme le pont supérieur séchait, les bordages s'ouvraient et laissaient pénétrer l'eau dans le navire, inondant tout. L'équipage s'habitua à trouver de la moisissure et d'étranges champignons qui poussaient dans les coins sombres les plus improbables de toute la caraque.

19e jour de Midorion, année du Saint 551.

Calme plat. Quatrième jour sans vent. Le navire est toujours dans la zone des calmes équatoriaux. À l'estime, nous avons dérivé de cent quatre-vingts lieues de notre trajectoire sud-ouest ou sud-sud-ouest. D'après les observations de l'arbalète, je crois que nous nous trouvons approximativement à la latitude de Gabrion, mais mes calculs ne sont que des conjectures. Au pire de la tempête, le sablier a été négligé pendant près d'un demi-quart ; nos réglages doivent être remis à zéro et l'estime devient encore moins fiable.

Il n'y a qu'un seul recours auquel je pense, qui pourra nous aider à compenser notre trajectoire nord perdue, et c'est Pernicus, le conjurateur de vent. Si l'on arrive à le persuader d'invoquer un vent favorable, alors nous pourrons reconnaître la terre avant les tempêtes hivernales. Mais je sais quels préjudices pourrait causer une telle ligne d'action. Je dois parler au dénommé Bardolin, qui semble être devenu une sorte de porte-parole des passagers depuis la tempête et, naturellement, à Murad. Mais je serais maudit jusqu'au cul si je mets davantage mon navire en danger à cause du fanatisme religieux d'un Corbeau maudit dont personne ne voulait à bord en premier lieu.

Hawkwood relut ce qu'il avait écrit puis, jurant dans sa barbe, il raya la dernière phrase d'un trait et retailla sa plume.

Ortelius entendra sûrement raison. Le choix pourrait se poser entre utiliser les capacités du conjurateur de vent ou, au mieux, rallonger le voyage de deux mois minimum. Au pis, cela pourrait signifier nos morts.

Équipage employé sur le navire au radoub. Nous étarquerons un nouveau mât de flèche au cours du premier petit quart puis travaillerons sur les canots du bateau. Je dois rapporter les morts de Rad Misson, Essen Maratas et Heirun Japara, tous des marins compétents. Puisse la Compagnie des Saints faire une place à leurs âmes surprises par la nuit, et puisse Ahrimuz accueillir Heirun dans son jardin.

Quatre hommes, y compris Billerand, le second, consignés à leurs hamacs à cause des blessures causées par la tempête. Pendant ce temps, Velasca Ormino endosse le rôle de second.

Je dois également rapporter les morts de trois passagers qui furent remis à la mer au cours de la tempête. C'étaient Geraldina Durado, Ohen Durado et Cabrallo Schema. Puisse Dieu avoir pitié de leurs âmes. Frère Ortelius, aujourd'hui, a dirigé une cérémonie pour marquer leur mort et a prêché un sermon sur les conséquences de l'hérésie et de l'incrédulité.

– Le salaud, dit Hawkwood à voix haute.

De Haukal et de la Grâce de Dieu, *aucun signe. Je n'arrive pas à croire qu'un navire aussi bien construit sous la direction d'un tel capitaine ait pu sombrer, même dans la bourrasque que nous avons endurée.*

« À moins, songea Hawkwood, avec ce sentiment creux qui persistait dans son estomac, qu'ils aient été embarqués par l'arrière et qu'ils aient fait chapelle en affrontant ces vagues immenses. » La poupe de la *Grâce* n'était pas aussi haute que celle de la caraque et une vague a très bien pu la submerger pendant que Haukal la mettait sous le vent. Et ses vergues latines étaient beaucoup moins pratiques que les vergues carrées de la caraque. La voile était fréquemment rentrée en abaissant les vergues sur le pont et, sur une telle mer, ils n'avaient probablement pas eu le temps de le faire.

Il avait mis un homme sur le petit perroquet autour de l'horloge et, de là, la vigie pouvait avoir une vue d'ensemble dans un rayon de sept lieues minimum, dans toutes les directions, malgré la brume légère qui commençait à assombrir l'horizon avec la chaleur croissante. Il n'y avait aucun moyen de savoir.

Hawkwood leva les yeux de son bureau. Par les fenêtres arrière, il pouvait voir la mer étincelante et immobile, et l'obscurité de l'horizon au nord – les restes de la tempête. Les fenêtres étaient ouvertes pour essayer de faire entrer de l'air mais c'était un geste vain. La chaleur et la puanteur flottaient dans les gorges de chaque âme à bord du bateau et la cale était une étuve de bois en ruine, aussi humide que les jungles de Macassar. Il devrait faire sortir les animaux d'ici un moment et gréer une manche à vent pour avoir de l'air dans les ponts inférieurs. Si tant est qu'il y eût du vent pour la remplir.

Un coup fut frappé à la porte de sa cabine.

– Entrez.

Il fut stupéfait de voir Ortelius, l'Inceptine, sur le pas de la porte.

– Capitaine, avez-vous un moment ?

Il hésita à répondre « non », mais se contenta de hocher la tête puis lui désigna le tabouret derrière la porte. Il ferma le journal de bord du navire et se sentit absurdement sournois d'agir ainsi.

L'ecclésiastique tira le tabouret et s'assit. Visiblement, être perché là-dessus le mettait mal à l'aise.

– Que voulez-vous me dire, père ? Je n'ai pas beaucoup de temps à vous consacrer, je le crains. Nous étarquerons le nouveau mât de flèche dans quelques minutes.

Ortelius avait perdu du poids. Ses joues semblaient s'être rétrécies sur elles-mêmes et les ailes de son nez étaient aussi profondes que des cicatrices.

– C'est le voyage, mon fils.

– Et ? demanda Hawkwood, surpris.

– Il est maudit. C'est une offense contre Dieu et le Saint sacré. Le plus petit navire est déjà perdu et celui-ci ne tardera pas à l'être si nous ne faisons pas demi-tour pour mettre le cap sur les terres illuminées par la lumière de la Foi.

– Attendez un moment... commença Hawkwood avec véhémence.

– Je sais que vous êtes gabrionien, capitaine, pas originaire de l'un des cinq bastions ramusiens que sont les Monarchies de Dieu, mais écoutez-moi : s'il y a une quelconque piété en vous, vous tiendrez compte de ce que je vous dis et ferez faire demi-tour à ce navire.

Hawkwood aurait pu jurer que cet homme était sincère – plus, qu'il était franchement effrayé. La sueur dégoulinait sur son visage en gouttes grosses comme des perles et son menton tremblait. Il y avait une lueur étrange dans ses yeux qui embarrassa Hawkwood, comme si elle cachait quelque chose. L'espace d'un instant, il fut enclin à être d'accord avec le prêtre bouleversé, puis rejeta cette idée et secoua la tête.

– Père, quelles raisons vous font penser ce genre de chose, au-delà du trouble habituel qu'éprouve un terrien à être en mer ? Cela nous touche tous à un moment ou à un autre – l'absence de terre à l'horizon, l'océan sans limites. Mais vous vous y habituerez, croyez-moi. Et il n'y a aucune raison de croire que la caravelle est perdue. C'est un bateau aussi bon que le nôtre et je serais surpris si jamais nous devions essuyer une tempête pire que celle que nous venons d'essuyer dans notre traversée de l'Océan occidental.

– Même si nous sommes en mer quand l'hiver arrivera ? demanda l'Inceptine.

Il avait entouré le symbole du Saint de sa main aux jointures blanches.

– Qu'est-ce qui vous fait croire que nous serons encore en mer d'ici là ? demanda Hawkwood d'un ton léger.

– Nous avons largement dérivé de notre cap. N'importe quel idiot peut s'en rendre compte. Pouvez-vous même nous dire où nous nous trouvons, capitaine ? Qui pourrait nous le dire ? Comme si nous naviguions jusqu'à ce que nous n'ayons plus de provisions.

Sa main se resserra davantage sur le symbole du Saint sur sa poitrine, jusqu'à ce que Hawkwood s'imagine entendre l'or fin craquer.

– Et nous mourrons de soif ou d'inanition, deviendrons une tombe flottante sur cette mer maudite. Je vous le dis, capitaine, c'est une impiété absolue que de croire que tout homme peut traverser l'Océan occidental. C'est une frontière du monde que la main de Dieu a installée et aucun homme ne pourra jamais la violer.

Sur quoi, il détourna les yeux et Hawkwood aurait pu jurer que le prêtre savait que ses paroles étaient fausses.

– Je ne peux autoriser l'abandon du voyage, dit Hawkwood d'un ton mesuré, cachant l'exaspération qu'il ressentait. Car ce n'est pas moi qui porte l'entière responsabilité. Tant que le navire flotte et qu'il est en état de continuer, les décisions plus importantes incombent au seigneur Murad. Je peux passer outre ses désirs uniquement si je sens que ma connaissance technique rend mes décisions les plus valides que les siennes. Le navire *peut* continuer, une fois que nous aurons fait les réparations ; de fait, la décision de faire demi-tour, ce n'est pas à moi de la prendre mais à Murad. Vous voyez, mon père, vous ne vous êtes pas adressé à la bonne personne.

« Que Murad bâillonne ce prêtre, songea-t-il. Pas moi. Ce lâche pieux me considère comme une ordure ordinaire prête à obéir aux ordres de la noblesse de l'Église sans broncher. Qu'il aille essuyer un refus auprès de Murad. Il le prendra sûrement mieux de la part de quelqu'un de son rang. »

– Je vois, dit le prêtre en inclinant la tête, de sorte que Hawkwood ne pût voir ses yeux.

Ils entendaient les hurlements des marins sur le pont, le craquement de la corde et le grincement des poulies. L'équipage devait tirer le nouveau mât de flèche de la cale. Hawkwood aurait souhaité être ailleurs, mais l'Inceptine restait assis, la tête penchée.

– Père... commença Hawkwood.

– Je vous dis qu'il y a une malédiction sur ce bateau et sur tous ceux qui sont à bord ! lâcha étourdiment le prêtre. Nous laisserons nos os sur ces ponts avant même d'apercevoir le mythique Continent occidental !

– Calmez-vous, mon vieux ! Faire des déclarations aussi délirantes que celles-ci n'aidera personne. Voulez-vous semer la panique chez les passagers ?

– Les passagers ! cracha Ortelius. Des Dweomers ! Le monde ferait mieux de se débarrasser d'eux. Savent-ils même où ils vont ? On dirait du bétail qu'on mène à l'abattoir.

Sur quoi, il se leva d'un bond de son tabouret et, ouvrant la porte de la cabine à la volée, il sortit à toute vitesse. Il s'écorcha le tibia sur le seuillet, tomba de tout son long puis se releva et s'en alla dans la clarté éblouissante du pont. Hawkwood fixa cette forme noire volant au vent dans l'émerveillement et l'inquiétude. Il avait l'étrange impression que cet Inceptine en savait plus que lui-même sur la destination du navire.

– Le vieux Corbeau devient fou, dit-il en claquant la porte de la cloison et en riant, quelque peu mal à l'aise.

Un autre coup fut frappé à la porte tout juste refermée, mais avant que Hawkwood ne pût dire quoi que ce soit, elle s'ouvrit sur Murad qui se tenait dans l'embrasure.

– J'ai entendu, dit le noble.

– Fines, ces cloisons. Il y a peu de secrets à bord d'un navire, fit Hawkwood, ennuyé.

– Tant mieux. Un homme averti en vaut deux, comme on dit.

Murad se jucha nonchalamment sur le bord du bureau de Hawkwood. Il avait ôté son pantalon de cuir et était en chemise de lin ample et en hauts-de-chausses. Un poignard dans un fourreau pendait à sa ceinture.

– Le croyez-vous ? demanda Murad.

– Non. Les marins ont beau être superstitieux, ils ne sont pas idiots.

– Serons-nous en mer en hiver, à tenter de retrouver notre cap ?

– Pas forcément, admit Hawkwood.

Murad avait une mine affreuse. Tous étaient comme ça après une tempête. La plupart des hommes d'équipage étaient comme des zombies, mais Murad était aussi maigre qu'un os bien rongé et il avait des flaques de boue sous les yeux, des lignes rouges qui traversaient ses cornées. Il avait tout d'un homme qui ne savait plus dormir.

– Il y a un conjurateur de vent à bord, reprit Hawkwood. Je suppose que vous êtes au courant.

– Les soldats en parlent.

– Eh bien, deux choix s'offrent à nous. Soit nous sifflons un vent et essayons ensuite de battre nord-ouest, ce qui, selon le portulan de Tyrenius – ou du moins ce que vous m'avez autorisé à en lire – reviendrait à aller droit dans les dents des vents dominants du nord-ouest.

– Qu'est-ce que cela signifierait ? demanda Murad d'un ton sec.

– Des mois supplémentaires en mer. Des demi-rations, perdre les chevaux qu'il vous reste. Probablement la mort des passagers les plus fragiles.

– Et l'autre solution ?

– Nous demandons au conjurateur de vent d'utiliser ses compétences.

– Sa sorcellerie, railla Murad.

– Peu importe. Et il nous remet sur notre cap en un tour de main.

– Avez-vous déjà navigué avec un conjurateur de vent, Hawkwood ?

– Une seule fois, dans le Levangore. Les Medruks les utilisent dans leurs escadrilles de galères, pour faire apparaître le calme lorsqu'ils attaquent de grands voiliers. Celui que j'ai rencontré était pilote en chef au port d'Alcaras, à Calmar. Leur magie marche, Murad.

– Leur magie, oui.

Le noble semblait perdu dans ses pensées.

– Réalisez-vous qu'Ortelius est un espion, envoyé pour observer ce voyage pour son maître, le prélat de Hebrion ?

– Cette pensée m'a traversé l'esprit.

– Il est déjà regrettable que notre équipage soit à moitié medruk et que nos passagers soient un tas de sorciers. Maintenant, nous devrons nous servir de la sorcellerie pour faire avancer le navire !

– Le voyage est tout de même sous la protection du roi. Le prélat n'oserait pas...

– C'est à la colonie que je pense. C'est une nouvelle province hebrionienne que nous cherchons à établir à l'ouest, Hawkwood, mais si le prélat de Hebrion s'y oppose, cela pourrait simplement devenir un lieu d'exil pour les indésirables.

Cela fit rire Hawkwood.

– Je comprends maintenant : Murad, seigneur des sorcières et des voleurs.

– Et Hawkwood, amiral de vieux rafiots de prisonniers, riposta Murad.

Ils se jetèrent un regard mauvais ; la tension grésillait dans l'air.

– C'est à vous de prendre la décision, finit par dire Hawkwood avec raideur. Mais en tant que capitaine du *Balbuzard*, je me sens dans l'obligation de vous dire que si nous n'avons pas recours à la sorcellerie pour gonfler nos voiles, alors nous boirons notre propre pisse avant même de voir la terre.

– J'y réfléchirai, lui répondit Murad avant de se diriger vers la porte.

– Autre chose, lança Hawkwood, téméraire.

– Oui ?

– Le dénommé Bardolin. Il m'a demandé de vous dire un mot au sujet de la jeune Griella.

Murad se retourna d'un coup.

– Quoi ?

– Je suppose qu'il veut que vous la laissiez tranquille. Peut-être n'apprécie-t-elle pas vos attentions, mon seigneur.

Avant que Hawkwood ne pût même sourciller, le poignard de Murad sortit de son fourreau et étincela sur sa gorge.

– Mes histoires de cœur ne constituent aucune base de discussion, capitaine, à aucun moment.

Les yeux de Hawkwood s'embrasèrent.

– Les passagers sont sous ma responsabilité, avec la direction du navire.

– Que se passe-t-il, capitaine ? Êtes-vous jaloux ? Avez-vous perdu votre penchant pour les mousses, peut-être ?

Le poignard lui écorcha la peau.

– Je ne cautionne pas le viol, Murad, dit calmement Hawkwood. D'après la rumeur, Bardolin est un mage, pas le genre d'homme à se laisser faire.

– Moi non plus, capitaine. (La lame quitta la gorge de Hawkwood et le poignard fut rengainé.) Trouvez ce conjurateur de vent et qu'il exerce donc son métier, dit Murad d'un ton neutre. Nous ne pouvons laisser un homme tel que notre bon prêtre boire sa propre pisse.

– Qu'allez-vous lui dire ?

– Rien. Il a l'air las, vous ne trouvez pas ? Peut-être a-t-il en lui une propension à la folie, induite par la tension de ces derniers jours. Ce serait une honte qu'il lui arrive quoi que ce soit avant que nous n'apercevions la terre.

Hawkwood ne dit rien mais se frotta la gorge, à l'endroit où le bout du poignard l'avait piqué.

Pernicus était un petit homme, roux et à la vue faible. Son nez était suffisamment long pour surplomber sa lèvre supérieure et il était aussi pâle qu'un parchemin, la contusion sur son front haut témoignant encore du passage de la tempête.

Il se tenait sur le gaillard d'arrière comme sur un échafaud, humectant ses lèvres sèches, et jeta un œil à Hawkwood et à Murad, comme un chien cherchant son maître. Hawkwood le gratifia d'un sourire rassurant.

– Allez, maître Pernicus. Montrez-nous votre savoir-faire.

L'embelle était noire de monde. La plupart des passagers avaient appris ce qui se passait et s'étaient traînés hors de la batterie nauséabonde. Bardolin était présent, sévère comme un huissier d'armes, et à côté de lui se trouvait Griella. La plupart de l'équipage du navire se trouvaient dans les haubans ou se tenaient prêts, près des balancines et des étriers, attendant de gréer les vergues lorsque le vent se lèverait. Des soldats étaient alignés sur le gaillard d'avant et les passerelles, des mèches à combustion lentes allumées, envoyant des rubans de fumée dans l'air limpide. Sequero et di Souza avaient sorti leur épée.

Mais devant eux tous, au pied de l'échelle du gaillard d'arrière, se tenait Ortelius, les yeux rivés sur le tout petit conjurateur de vent juste au-dessus. Son visage était comme un crâne sous le soleil cru, ses yeux, deux profonds scintillements dans ses orbites enfoncées.

– Allez-y, mon vieux ! aboya Murad, impatient.

Pernicus sursauta comme une grenouille et un éclat de rire surgit parmi les soldats sur le gaillard d'avant. Puis le silence se fit de nouveau quand les deux officiers porte-étendards lancèrent des regards furieux alentour ; le sergent Mensurado leur fit un coup d'œil discret. Les voiles flottaient vaguement au-dessus de leurs têtes et, sous le soleil éblouissant, le navire ne bougeait pas, tel un insecte empalé sur une épingle. Pernicus ferma les yeux.

Les minutes défilèrent et les soldats s'agitèrent, énervés. Trois coups du quart de l'après-midi furent sonnés, la cloche du navire retentissant aussi fort qu'un coup de feu dans la tranquillité ambiante. Les lèvres de Pernicus bougèrent en silence.

Le mât de flèche principal oscilla et battit une fois, puis deux. Hawkwood crut sentir un très faible zéphyr sur sa joue, bien que cela ait pu être son imagination optimiste. Pernicus finit par parler, dans un murmure étouffé.

– C'est dur. Il n'y a rien avec quoi travailler sur des lieues, mais je pense que j'ai trouvé. Oui. Je crois que ça ira.

– Il vaut mieux, rétorqua Murad à voix basse, menaçant.

Le soleil était implacable. Il baignait les ponts et faisait ruisseler le goudron du gréement sur ceux qui se trouvaient au-dessous, tachant l'armure terriblement claire des soldats. Enfin, Pernicus soupira et se frotta les yeux. Il se tourna, face à Hawkwood.

– Je l'ai fait, capitaine. Vous devriez avoir votre vent. Il est sur la route.

Puis il quitta le gaillard d'arrière, sous le regard médusé de ceux qui voyaient un conjurateur de vent pour la première fois, et descendit.

– Est-ce tout ? aboya Murad. Je vais faire fouetter ce petit charlatan.

– Attendez, dit Hawkwood.

– Il ne s'est rien passé, capitaine.

– Attendez, merde !

La foule dans l'embelle se dispersait déjà, dans un brouhaha. Les soldats redescendaient des passerelles, martelant leurs mèches à combustion sur la rambarde du navire et s'esclaffant de leurs propres blagues. Ortelius ne bougea pas, Bardolin non plus.

Une brise ébouriffa les cheveux de Hawkwood, puis fit claquer et gonfler les voiles.

– Prêts, les gars ! cria-t-il à l'équipage, qui attendait patiemment à son poste.

La lumière s'atténua. À l'unisson, l'équipage leva les yeux et vit des nuages cavaler devant le soleil. Au sud-ouest du navire, la surface de la mer se flétrissait comme de la soie pliée.

– Ça y est ! Vent constant sur les étriers. À la barre, cap nord-nord-ouest.

– Bien, monsieur !

La brise s'accentua puis les voiles se gonflèrent brusquement et se tendirent, les mâts craquant sous la pression. La caraque s'inclina et sa proue piqua du nez tandis que le vent la prenait par l'arrière. Elle se mit à bouger, tout doucement au début, puis prit de la vitesse.

– Changez la voile de misaine, espèces d'idiots ! Vous étouffez la voile ! Velasca, d'autres hommes au mât de misaine ! Et mettez des bonnettes sur les basses voiles !

– Bien, monsieur !

– Nous bougeons ! hurla quelqu'un dans l'embelle.

Et dès que la caraque commença à glisser agilement sur l'eau, les passagers éclatèrent de rire et acclamèrent le conjurateur de vent.

– Bon vieux Pernicus !

– Sondeur, aux chaînes avant ! cria Hawkwood, un sourire jusqu'aux oreilles. Voyons voir ce qu'elle fait.

La caraque était de nouveau vivante ; ce n'était plus la créature échouée et délabrée de ces derniers jours. Hawkwood ressentit une bouffée de pure joie quand il sentit le navire s'agiter sous ses pieds et vit son sillage commencer à écumer à l'arrière.

– Alors nous avons notre vent, dit Murad, l'air quelque peu médusé. Je n'ai jamais rien vu de tel, je dois l'avouer.

– Moi si, dit père Ortelius. (Il s'était hissé sur le gaillard d'arrière, le visage comme du granit.) Que Dieu vous pardonne tous les deux – et cette misérable créature dweomer – pour ce que vous avez fait ici aujourd'hui.

– Du calme, mon père, commença Hawkwood.

– Frère Ortelius, dit Murad d'un ton froid, vous aurez l'amabilité de vous abstenir de faire des remarques qui risqueraient d'être interprétées au détriment du moral sur le navire. Si vous avez des commentaires, exprimez-les en privé, soit auprès de moi, soit auprès du capitaine. Sinon, gardez-les pour vous. Vous allez mal, visiblement. Je n'aimerais pas confiner un homme de votre dignité à son hamac, mais je le ferai, au besoin. Bonne journée, monsieur.

Un des vaisseaux sanguins sur le front d'Ortelius semblait sur le point de rompre. Son visage était écarlate et sa bouche bougeait sans faire de bruit. Quelques hommes de Hawkwood se retournèrent pour dissimuler un sourire triomphant.

– Vous ne pouvez pas me bâillonner, monsieur, dit enfin Ortelius, crachant son venin. Je suis un noble de l'Église, soumis à aucune autorité, à part celle de mes supérieurs spirituels. C'est à eux que je réponds et à personne d'autre.

– C'est à moi et au capitaine Hawkwood que vous répondez tant que vous êtes à bord de ce navire. Notre responsabilité est l'autorité ultime. Prêtre ou pas, si j'apprends que vous avez prêché un autre boniment superstitieux, je vous ferai mettre aux fers dans la sentine. Maintenant, descendez monsieur, avant que je ne fasse quelque chose que je risquerais de regretter.

– Vous l'avez déjà fait, monsieur, croyez-moi, siffla Ortelius, le visage marbré.

Ses yeux luisaient comme ceux d'un serpent et il décrivit le signe du Saint comme s'il jetait un sort sur le noble émacié.

– Je vous ai dit de descendre. Ou préférez-vous que je vous fasse escorter par deux soldats?

Le prêtre vêtu de noir partit du gaillard d'arrière. Des rires s'ensuivirent, que l'un des matelots sur les vergues calma aussitôt.

– Ce n'est sûrement pas judicieux, dit sereinement Hawkwood.

– En effet. Mais au nom de tous les saints du ciel, Hawkwood, je me suis bien amusé. Ces prêtres s'imaginent avoir le monde dans leur poche, autant les désabuser une fois de temps en temps.

Murad souriait. Et l'espace d'un instant, Hawkwood faillit l'apprécier ; il savait qu'il n'aurait jamais pu tenir tête à l'Inceptine de la même manière. Peu importait combien il détestait les Corbeaux, leur autorité était profondément enracinée dans son esprit, comme dans celui de tous les autres roturiers. Peut-être fallait-il être un noble pour voir l'homme qui se cachait derrière le symbole.

– Il y a quelque chose que je n'arrive pas à m'expliquer, toutefois, dit Murad d'un air pensif.

– Qu'est-ce ?

– Ortelius, il était en colère, ça oui, pour ne pas dire furieux. Mais j'aurais pu jurer que son indignation reposait sur autre chose. Sur la peur. C'est étrange. Inexplicable.

– Je pense qu'il en sait plus qu'il ne veut bien le dire, dit Hawkwood à voix basse.

Hawkwood et Murad se dirigèrent de concert vers le bastingage à bâbord pour ne pas être entendus par l'équipage.

– C'est aussi mon sentiment, convint le noble balafré.

– Vous êtes sûr que c'est le prélat de Hebrion qui l'a envoyé ?

– Presque, oui. Mais je ne l'avais jamais rencontré auparavant et je connais la plupart des ecclésiastiques qui fréquentent la cour d'Abeleyn et celle du prélat.

– On ne sait rien de sa formation ?

– Oh, il sera un descendant d'une petite famille noble – les Inceptines le sont toujours. Il aura sûrement un poste en or ou autre chose qui l'attendra en échange des services rendus pendant ce voyage.

– Apparemment, ce qu'il pourra raconter à l'Église d'Abrusio à son retour n'a pas l'air de trop vous inquiéter.

Murad fixa Hawkwood, sans expression.

– De nombreuses longues lieues de navigation nous attendent, capitaine, et un continent inconnu attend que nous le foulions de nos pas. Des tas de choses peuvent arriver avant que nous ne revoyions Hebrion. Des choses hasardeuses. Des choses dangereuses.

– Vous ne pouvez pas faire ça, Murad ! C'est un prêtre.

– C'est un homme. Et son sang est de la même couleur que le mien. Lorsqu'il a choisi d'affirmer sa volonté contre la mienne, il a décidé de son destin. Il n'y a rien à ajouter.

Le ton neutre de Murad glaça Hawkwood. Il avait assisté à des combats de corsaires entre navires, où le sang avait recouvert les ponts et où les hommes avaient été mutilés par des coups de feu et des lames de couteau, mais ce rejet froid et calculé de la vie d'un autre homme le perturbait. Il se demanda ce qu'il devrait faire pour mériter le même traitement de la part du noble intrigant.

Il quitta la rambarde à bâbord et se dirigea vers la coupée du gaillard d'arrière, dans l'espoir de mettre de la distance entre Murad et lui. La caraque filait et des embruns jaillissaient à bord, rafraîchissant son front. Le troisième sondeur, celui qui était posté près de la lisse de couronnement, tenait le cordage ruisselant, dont l'extrémité était attachée à un épais fagot de bois.

– Six nœuds, monsieur, et elle prendra de la vitesse !

Hawkwood se força à répondre à la gaieté du sondeur, bien que Murad eût refroidi sa joie suscitée par la progression du bateau.

– Réessayez, Borim. Voyez si elle ne monte pas à huit lorsque les bonnettes seront mises.

– Bien, monsieur !

Murad quitta le gaillard d'arrière sans un mot. Hawkwood l'observa s'en aller, conscient que le noble complotait un meurtre à bord de son navire.

Bardolin s'appuya à la rambarde du gaillard d'avant et observa l'écume s'écraser contre la proue de la caraque. Ils avançaient à un rythme merveilleux et l'air frais mouvant était une bénédiction après la fournaise stagnante des calmes équatoriaux.

Les soldats avaient fait sortir les chevaux survivants par les écoutilles de l'embelle et leur faisaient faire de l'exercice sur le pont. Les pauvres bêtes étaient couvertes de plaies et leurs côtes saillaient comme des cercles sur un tonneau. Bardolin se demanda s'ils mettraient jamais un pied sur le nouveau continent qui les attendait à l'ouest.

Un homme bon, ce Pernicus. C'était Bardolin qui l'avait convaincu de se servir de ses pouvoirs pour invoquer un vent. Pour l'heure, il se trouvait en bas, en train de se concentrer. Il y avait peu de systèmes d'air convenables dans la région et il devait constamment maintenir celui qui faisait avancer le bateau. En général, un conjurateur de vent choisissait un système convenable dans les environs et le manœuvrait pour qu'il fasse le travail à sa place mais, cette fois, Pernicus devait le harceler pour s'assurer que le vent capricieux ne déclinait pas.

Un océan désert. Ils étaient trop loin de la terre pour apercevoir des oiseaux et la seule vie marine que Bardolin avait entraperçue était quelques bancs de trigles qui voltigeaient sur les vagues. Il avait aussi vu une méduse pélagique, que les marins appelaient champignon vénéneux du diable. Celle-ci faisait un mètre quatre-vingts de large et traînait des tentacules à moitié aussi longues que le navire qui étincelaient dans l'eau de plus en plus sombre, à mesure qu'elle descendait en vibrant dans les grandes profondeurs.

Le lutin gazouillait d'excitation. Les yeux brillants, il jetait des coups d'œil furtifs par la robe, quand il observait l'eau se briser sous la quille et sentait la petite brise rapide provoquée par la course du bateau. Il était de plus en plus agité à force de devoir se cacher. Le seul moment où Bardolin le libérait, c'était la nuit quand il chassait les rats à travers le navire.

Il avait envisagé de l'envoyer dans la cabine de Murad pour l'observer en compagnie de Griella, mais cette pensée même lui avait fait honte.

Comme si ses préoccupations l'avaient fait apparaître, Griella surgit à ses côtés. Elle s'appuya à la rambarde auprès de lui et gratouilla l'oreille du lutin, qui gazouilla de plaisir.

– Alors nous avons notre vent, dit-elle.

– Apparemment oui.

– Pendant combien de temps Pernicus pourra-t-il continuer à le faire souffler ?

– Quelques jours. D'ici là, nous devrions avoir repris l'un des vents dominants au-delà de la zone des calmes équatoriaux.

– Vous commencez à parler comme un marin, Bardolin. Vous parlerez bientôt de ponts, d'échelles de capot et de bâbord... pourquoi m'évitez-vous ?

– Je ne t'évite pas, répondit Bardolin, les yeux toujours rivés aux vagues qui jaillissaient.

– Êtes-vous jaloux du noble ?

Le mage ne répondit pas.

– Je pensais que je vous l'avais dit : je couche avec lui pour nous protéger. C'est lui qui fait la loi, vous vous rappelez ? Je ne pouvais pas refuser.

– Je le sais, dit Bardolin avec irritation. Je ne suis en aucun cas responsable de toi.

– Vous *êtes* jaloux.

– J'ai peur.

– De quoi ? Qu'il fasse de moi sa duchesse ? Je ne crois pas.

– Tout le monde sait, aussi bien l'équipage que les soldats, qu'il est fou de toi. Et quand je regarde son visage chaque jour, je vois les changements qui y apparaissent. Que fais-tu, Griella ?

Elle sourit.

– Je pense que je lui fais faire des cauchemars.

– Tu joues avec le feu. Tu vas te brûler.

– Je sais ce que je fais. Je le fais payer pour sa noblesse.

– Sois prudente, mon enfant. Si on découvre qui tu es réellement, tu pourrais le payer de ta vie – surtout avec ce prêtre fanatique à bord. Et même les Dweomers n'ont aucune affection pour les lycanthropes. Tu risquerais d'être seule.

– Seule, Bardolin ? Vous ne me soutiendriez pas ?

Le mage soupira bruyamment.

– Tu sais bien que si, grand bien nous fasse.

– Mais vous n'aimez pas tuer. Comment me défendriez-vous ? s'enquit-elle, taquine.

– Ça suffit, Griella. Je ne suis pas d'humeur à jouer à tes petits jeux. (Il marqua une pause, puis, se détestant, il lui demanda :) *Aimes*-tu aller dans son lit ?

Elle secoua la tête.

– Peut-être, parfois. Je suis en position de force, Bardolin, pour la première fois de ma vie. Il m'aime.

Elle rit et le lutin la gratifia d'un grand sourire, jusqu'à ce que les coins de sa bouche atteignent ses longues oreilles.

– Il sera vice-roi de cette colonie que nous allons fonder à l'ouest et il m'aime.

– On dirait que *tu* espères devenir duchesse.

– Je serai quelqu'un, et plus une paysanne avec la maladie noire. Je serai quelque chose de plus, duchesse ou non.

– J'ai parlé de toi au capitaine.

– Quoi ? (Elle était abasourdie.) Pourquoi ? Que lui avez-vous dit ?

La voix de Bardolin devint agressive.

– À ce moment-là, je pensais que tu ne voulais pas que cet homme couche avec toi. J'ai demandé au capitaine d'intercéder. Il l'a fait, mais m'a dit que Murad n'avait rien voulu entendre.

Griella pouffa.

– Je l'ai rendu esclave, le pauvre homme.

– Il n'en ressortira rien de bon, ma fille. Abandonne.

– Non. Vous êtes comme une mère poule qui glousse sur son œuf, Bardolin. Laissez-moi !

Sa voix était empreinte d'une once de violence. Bardolin se retourna et la regarda dans les yeux.

La cloche allait sonner quatre coups dans le dernier petit quart et le ciel s'assombrissait. Les lanternes de l'arrière et des têtes de mât avaient déjà été allumées dans l'espoir que l'autre navire les voie et que la petite flotte soit réunie. Le visage de Griella était un ovale livide à la lumière qui déclinait et ses cheveux couleur fauve semblaient noir de jais. Mais ses yeux étaient brillants, teintés d'une luminosité qui ne plaisait pas à Bardolin.

– Le crépuscule et l'aube, ce sont les moments les plus difficiles, n'est-ce pas ? lui demanda-t-il d'un ton calme. Traditionnellement, l'heure de la chasse. Plus nous resterons en mer, Griella, plus il deviendra difficile de te contrôler. Ne laisse pas le supplice que tu fais subir à cet homme échapper à ton contrôle sinon la transformation sera en toi avant même que tu ne le saches.

– Je peux la contrôler, dit-elle.

Et sa voix semblait plus grave qu'elle ne l'était.

– Oui mais, une fois, à la dernière lueur du jour ou dans l'obscurité qui précède l'aube, elle viendra à bout de toi. La bête cherche constamment à se libérer, mais tu ne dois pas la laisser sortir, Griella.

Elle détourna son visage. Quatre coups sonnèrent, et le quart changea, un groupe de marins remonta des ponts inférieurs en bâillant, ceux qui étaient en fonction laissant leur place pour gagner les hamacs qui oscillaient en bas.

– Je ne suis plus une enfant, Bardolin. Je n'ai pas besoin de vos conseils. J'ai cherché à vous aider.

– Aide-toi d'abord, dit-il.

– Je le ferai. Je peux me débrouiller toute seule.

Sans le regarder, elle quitta le gaillard d'avant. Il observa sa petite silhouette droite traverser l'embelle – les matelots se gardaient bien de la molester à présent – et pénétrer dans la poupe où se trouvaient les cabines des officiers.

Bardolin contempla de nouveau l'océan tandis que le lutin couinait d'un air interrogateur dans sa robe. Il avait faim et voulait partir pour sa chasse nocturne aux rats.

– Bientôt, mon petit camarade. Bientôt, lui dit-il d'un ton apaisant.

Il s'appuya à la rambarde et regarda le soleil se coucher lentement sur l'Océan occidental, grand disque safran imprégné d'un varech brûlant de nuages. Sur l'horizon occidental, il donnait à la mer l'aspect de sang qui venait juste de couler.

La caraque forçait volontiers l'allure, propulsée par le vent du sorcier. Ses voiles étaient des pyramides de toiles teintées de rose, dans la dernière lumière du coucher du soleil et, autour d'elles, les lanternes étincelaient comme des étoiles se dirigeant vers la terre. Le navire était seul à la surface des eaux ; aussi loin que pouvait voir un homme, il n'y avait aucune trace de vie à la lueur de la lune qui se levait.

20

Digue d'Ormann.

Le fracas retentissant des bombardements se poursuivait implacablement, mais ils s'y étaient habitués et ne faisaient plus aucun commentaire à ce sujet.

– Nous ignorons plus ou moins ce qui se passe derrière de la colline la plus proche, lança Martellus à ses officiers réunis. J'ai envoyé trois missions de reconnaissance différentes, mais aucune n'est revenue. La sécurité des Medruks est excellente. De fait, tout ce que nous savons, c'est ce que nous voyons ; un minimum de travaux de siège, le déploiement des batteries au front...

– Et une véritable activité à l'arrière, finit le vieil Isak.

– Exactement. La barbacane orientale a pris une déculottée et la bataille d'artillerie est loin d'être terminée. Il attaquera très vite.

– Combien de canons avons-nous, tirant de l'autre côté de la Searil ? demanda un homme.

– Moins d'une demi-douzaine, et ce sont les canons masqués qu'Andruw garde pour la fin.

– Nous ne pouvons laisser le côté oriental du pont tomber sans nous battre, dit l'un des officiers.

– Je suis d'accord. (Martellus balaya ses troupes torunniennes du regard. Les sapeurs avaient travaillé toute la nuit. Ils avaient dissimulé des charges sous les supports restants.) Le pont de la Searil peut exploser en un rien de temps, mais je veux d'abord leur faire subir une défaite. Je veux qu'ils attaquent la barbacane.

– Ce qu'il en reste, murmura quelqu'un.

Trois jours s'étaient écoulés depuis le premier assaut majeur de l'armée medruk. Au cours de ces trois jours, il n'y avait eu, contrairement aux prédictions de Martellus, aucune attaque directe des fortifications orientales. Au contraire, Shahr Baraz avait fait monter son artillerie lourde, l'avait mise sous des revêtements robustes et avait entamé un duel d'artillerie avec les canons de la barbacane orientale. Il avait perdu énormément d'hommes et de matériel au cours de ce premier déploiement, mais une fois ses éléments en sécurité, les couleuvrines lourdes plus nombreuses des Medruks avaient commencé à réduire le fort torunnien en miettes sur la rive orientale. Les bombardements s'étaient poursuivis sans trêve pendant trente-six heures. La majorité des canons d'Andruw furent réduits au silence et la barbacane orientale trouée et percée à plusieurs endroits ; seule une garnison de manœuvre restait. Les autres s'étaient retirés de l'autre côté de la rivière jusqu'à l'île, cette longue étendue de terre entre la Searil et la digue.

– Les charges lourdes sont en place. Quand ils occuperont le fort oriental, ils risquent d'avoir un choc, mais nous devons les inciter à l'occuper... nous devons les faire payer pour ça. Et, pour les tenter, il nous faut garder des troupes là-bas, dit Martellus, implacable.

– Qui commande ce mince espoir ? demanda un officier.

– Le jeune Corfe, celui qui était à Aekir. Andruw aura du pain sur la planche à diriger l'artillerie restante. Le reste de notre garnison squelettique se trouve sous les ordres de Corfe.

– Espérons qu'il ne prendra pas ses jambes à son cou comme à Aekir, marmonna quelqu'un.

Les yeux de Martellus se teintèrent de cette nuance pâle et inhumaine qui faisait toujours taire ses subordonnés.

– Il fera son devoir.

Jan Baffarin, le sapeur en chef, traversait précipitamment d'une démarche de crabe les abris aux plafonds bas pour rejoindre Corfe et Andruw.

– Nous avons réparé les tuyaux de poudre. Il ne devrait plus y avoir de problèmes.

Il criait sans s'en rendre compte, comme ils le faisaient tous depuis la veille et la nuit précédente. L'immense tumulte des bombardements au-dessus de leurs têtes avait cessé de leur sembler inhabituel et faisait dorénavant partie de l'ordre naturel des choses.

L'abri était vaste, bas et comprenait des contreforts massifs. Cinq cents hommes étaient accroupis en dessous alors que les obus et les coups de feu pleuvaient sur la forteresse au-dessus de leurs têtes. De la poussière et des fragments de pierre s'amoncelaient si l'attaque était particulièrement réussie et l'air semblait trembler et miroiter à la lueur des lampes à huile qui frémissaient. « Les Catacombes », c'était ainsi que les troupes avaient ironiquement baptisé leur abri et ce nom semblait approprié. Partout les corps des hommes étaient affalés, se prélassant, certains dormant malgré les vibrations et le bruit incessants. On aurait dit les conséquences d'une épidémie, une scène tirée d'un cauchemar fébrile.

Corfe sortit de la stupeur dans laquelle il était plongé.

– Et les canons ?

– Les casemates sont intactes mais, pour l'amour du Saint, ce sont les obus à plus gros calibre que j'aie jamais vus ! Le corps de garde n'est plus qu'un tas de gravats et les murs sont tous en morceaux. Ils n'ont pas besoin d'attaquer. S'ils continuent comme ça, ils vont réduire la digue d'Ormann en poussière sans même y avoir posé un pied.

Andruw secoua la tête.

– Ils ne peuvent avoir les munitions et la poudre, pas tant que leur voie de ravitaillement sera de cette longueur. Je parierais une bonne bouteille de vin candelarien que leurs provisions sont en train de diminuer. Ce bombardement est juste pour nous impressionner, comme tout le reste. Ils veulent peut-être nous surprendre pour que l'on se rende.

Une explosion particulièrement proche les fit tressaillir et se baisser instinctivement. Le plafond en granit semblait gémir sous l'assaut.

– Pour nous impressionner, railla Baffarin, dubitatif.

– Vos hommes connaissent la marche à suivre, dit Corfe. Dès que l'arrière-garde traverse le pont, vous faites exploser les charges, tant sur le pont que sur la barbacane. Nous les ferons tous valser dans les Thuriennes. Ce sera votre esbroufe à vous.

Le sapeur gloussa.

Le bombardement cessa.

Suivirent quelques détonations tardives des derniers obus puis un silence s'abattit, si profond qu'il inquiéta Corfe, croyant l'espace d'une seconde qu'il était devenu sourd. Quelqu'un toussa et le bruit sembla anormalement fort dans la tranquillité soudaine. Les dormeurs commencèrent à se lever, regardèrent autour d'eux et se secouèrent les uns les autres.

– Debout ! cria Corfe. Artilleurs à vos pièces d'artillerie ! Arquebusiers à vos postes ! Ils sont en route, les gars !

Les catacombes se transformèrent en chaos confus d'hommes sur le départ. Baffarin attrapa le bras de Corfe.

– Je vous retrouve de l'autre côté de la rivière, dit-il.

Et il partit.

La dévastation était terrifiante. La barbacane orientale ressemblait à un château de sable ravagé par la marée. Il y avait des trous bâillant dans les murs, des amas de pierres et des gravats partout, du bois qui brûlait, craquelait et miroitait dans l'air chargé de poussière. Les maigres troupes de Corfe se déployèrent à leurs postes organisés à l'avance, tandis que les artilleurs d'Andruw tournèrent les couleuvrines restantes en position de tir.

Corfe gravit ces ruines du corps de garde et inspecta la disposition des Medruks. Leurs batteries étaient ensevelies sous la fumée, bien qu'une légère brise froide déchiquetât peu à peu le brouillard de poudre. Il aperçut de grands groupes d'hommes en marche, des éléphants, des régiments de cavaliers et des chariots rouler lentement, chargés à bloc. Les collines grouillaient d'un mouvement ordonné et désordonné.

Un canon se déclencha, aussi monotone qu'une tempête, après le tonnerre des canons de gros calibre, et une espèce de vibration parcourut les colonnes derrière la fumée. Ils se mirent en marche et, bien vite, il parvint à distinguer trois colonnes qui avançaient vers la rivière. L'une se dirigeait vers les ruines de la barbacane et les deux autres au nord et au sud, leur objectif étant visiblement la Searil même. Elles étaient étrangement chargées et accompagnées de chariots tirés par des éléphants.

Les cinq cents Torunniens, derniers défenseurs de la barbacane, se déployèrent le long des remparts en miettes, les arquebuses prêtes à partir. Leurs ordres étaient de faire une démonstration, d'attirer l'ennemi autant que possible dans les fortifications, puis de se retirer lentement pour finir par s'enfuir par le pont de la Searil. Ce serait quelque chose de difficile à contrôler, cette retraite de combat. Corfe ne redoutait absolument pas l'attaque à venir ni la possibilité d'être blessé ou de mourir, mais il avait mortellement peur de rater son affaire. Ces cinq cents hommes étaient sous ses ordres, ses premières troupes depuis la chute d'Aekir, et il savait que la majorité de ses compatriotes torunniens continuaient à le considérer comme l'homme qui avait abandonné John Mogen. Il était froidement déterminé à faire les choses bien, aujourd'hui.

La chaleur du soleil était claire et bienvenue. Des hommes mirent leurs doigts dans leurs oreilles pour faire sortir les vibrations consécutives aux tirs d'artillerie, puis réglèrent leurs armes pour affronter l'ennemi qui avançait.

– Doucement ! hurla Corfe. Attendez que je vous donne l'ordre.

Un canon aboya dans l'une des casemates supérieures puis, une seconde plus tard, une floraison de terre foudroyée surgit sur le versant devant les formations medruks. Andruw testait le champ de tir.

Ils approchaient lentement, les chariots hauts roulant bruyamment.

Les colonnes du nord et du sud disposaient d'un plus grand nombre de véhicules tirés par les éléphants que celle qui se dirigeait vers la barbacane. Corfe plissa les yeux pour essayer de distinguer ce qu'étaient les étranges chargements puis siffla.

– Des bateaux !

Les chariots étaient chargés d'embarcations à fond plat et à coque mince, empilées les unes sur les autres. Ils essayeraient de traverser la Searil du nord au sud, tout en engageant simultanément le combat avec la garnison sur la rive orientale.

– Ils peuvent toujours courir ! s'écria un soldat dans les environs, puis il cracha sur le mur délabré. La Searil est en crue à cause de la pluie. Elle coule aussi vite qu'un cheval qui s'emballe. J'espère qu'ils sont forts, sinon ils seront emportés jusqu'à la mer Kardienne.

Un grésillement de rires brefs résonna le long des remparts.

Les canons d'Andruw se mirent à crier un par un ; le jeune officier d'artillerie avait gardé ses cinq pièces les plus efficaces de ce côté de la rivière et ajustait personnellement leur portée et leur élévation. Ils se mirent à lancer haut des obus explosifs au premier plan de la formation ennemie centrale, qu'ils firent exploser en ruines rouges. Corfe vit un éléphant se soulever à moitié sur ses pattes lorsqu'un obus explosa juste sous lui. Un autre frappa l'un des chariots bien chargés et fit jaillir des éclats de bois mort qui se plantèrent comme des lances dans son escorte. Ce fut la confusion ; des hommes couraient dans tous les sens, des animaux paniqués piétinaient et barrissaient comme des fous. Les Torunniens observèrent la scène avec un sentiment de jubilation, ravis de rendre la monnaie de leur pièce aux Medruks pour les bombardements implacables de ces derniers jours.

Mais les rangs se reformèrent et les Medruks avancèrent plus vite, au trot rapide, laissant les chariots derrière eux. Corfe vit que les éléments de tête étaient en demi-armure brillante et en cotte de mailles. C'étaient les *Hraibadar*, les troupes de choc de Shahr Baraz.

La formation se scinda et se dispersa, de sorte que les explosions d'obus firent moins de dégâts. Alors qu'ils se rapprochaient, Corfe lança des ordres, haussant la voix pour se faire entendre par-dessus les détonations en cascade de l'artillerie torunnienne.

– Préparez vos pièces !

Les hommes introduisirent les mèches à combustion lente dans les goupilles de leurs arquebuses.

Il leva son sabre. Il distinguait les visages de chacun dans les rangs de l'ennemi qui approchait, des plumets en crin de cheval, des bouches haletant sous les grands casques.

Il rabaissa son sabre d'un coup.

– Feu !

Les murs explosèrent en une ligne de fumée et de flammes tandis que près de cinq cents arquebuses se déclenchèrent en une seule salve. L'ennemi, à une centaine de pas à peine, fut rejeté en arrière comme par un brusque coup de vent. Les premiers rangs fondirent en un groupe d'hommes rampant et se tortillant ; ceux qui se trouvaient derrière hésitèrent un instant avant de revenir à la charge.

– Rechargez ! hurla Corfe.

C'était au tour d'Andruw à présent.

Les cinq canons de la batterie restante des Torunniens attendirent que l'armée medruk se trouve à cinquante pas, puis tirèrent comme un seul homme. Ils étaient chargés de boîtes mortelles : des boîtes creuses en métal fin contenant des milliers de balles d'arquebuses. Cinq jets de fumée giclèrent : les Medruks furent une fois de plus écrasés dans un massacre terrifiant.

La fumée était trop épaisse pour viser. Corfe hurla du plus fort de sa voix, agitant son sabre.

– Repli aux murs ! Deuxième position, les gars ! Repli sur moi !

Les Torunniens quittèrent les remparts en ruine et formèrent une ligne rapide sur deux rangées en contrebas. Leurs sergents et officiers les firent se mettre en place, prêts.

Les canonniers quittaient leurs pièces d'artillerie, ayant transpercé les orifices d'allumage. Corfe vit Andruw, qui courait en riant. Lorsque les derniers hommes d'artillerie se trouvèrent derrière la rangée d'arquebusiers, il donna l'ordre :

– Préparez vos pièces !

Une rangée de silhouettes se déversa alors dans les trous des murs, des centaines d'hommes qui avançaient en hurlant.

– Premier rang, présentez vos pièces !

À trente pas. Pouvait-on les arrêter ? Cela semblait impossible.

– Feu !

Une salve dévastatrice toucha l'ennemi dans des nuages de fumée noire.

– Premier rang, retirez-vous. Deuxième rang, feu !

Le premier rang regagna le pont en traversant la forteresse en courant, où attendaient Baffarin et ses sapeurs. Il s'en faudrait de très peu.

La seconde salve renversa la fumée, écrasa davantage l'ennemi qui approchait mais les hommes de Corfe s'effondraient car les Medruks avaient mis des arquebusiers sur les remparts, qui tiraient aveuglément dans les rangs des Torunniens.

Une rangée de silhouettes hurlantes surgit du nuage de poudre, comme catapultée de l'enfer.

Quelques coups furent tirés en salve irrégulière. Puis ce fut un corps à corps en bas de la ligne. Les arquebusiers qui en avaient eu le temps lâchèrent leurs armes et sortirent leurs sabres. D'autres battirent l'air avec la crosses de leur arme à feu.

Corfe étripa un Medruk hurlant, donna un grand coup de sabre sur le visage d'un autre et enfonça la poignée pointue dans la mâchoire d'un troisième.

– Retirez-vous ! Retirez-vous jusqu'au pont !

Ils étaient écrasés. L'ennemi se déversait – par milliers peut-être. De part et d'autre de la cour de manœuvre jonchée de décombres, Corfe vit sa ligne se dissoudre en groupes d'hommes isolés tandis que les Medruks fonçaient dedans. Ceux qui le pouvaient se retiraient, les autres s'écroulaient sous les cimeterres étincelants, continuant à balancer leurs armes.

Il poussa un cimeterre de côté, déséquilibra l'homme d'un coup de coude, en poussa un autre puis tourna autour du premier et ouvrit son bras d'un coup de sabre. Ils étaient tous autour de lui. Il virevolta sur lui-même, donna un grand coup et poussa sans volonté consciente. Le petit groupe se scinda. L'espace se fit de nouveau, agitation mouvante de silhouettes qui passaient devant lui en courant et en criant ; c'était un massacre sans nom et tant de sang coulait qu'il semblait qu'un autre élément se déversait partout.

Quelqu'un lui tirait frénétiquement le bras. Il se retourna d'un coup et faillit décapiter Andruw. L'officier d'artillerie avait une balafre sur le visage et un morceau de peau pendouillait sur son œil.

– Il est temps d'y aller, Corfe. Nous ne pourrons plus les retenir longtemps.

– Combien sur le pont ?

– Suffisamment. Vous avez fait votre devoir alors partez. Ils se préparent à faire sauter les charges.

Corfe se laissa tirer en arrière, suivant l'exemple d'Andruw ; il sortit de la forteresse, sommant les hommes qui restaient de le suivre.

Le pont tenait sur quelques supports de pierre. Le reste avait été buriné et mis à feu. Baffarin s'y trouvait, un sourire jusqu'aux oreilles.

– Ravi de vous revoir, Haptman. Nous pensions que vous étiez perdu. Vous faites partie des derniers.

Corfe et Andruw traversèrent le long pont vide en courant. Les éléments de tête de l'ennemi étaient à cinquante mètres à peine derrière eux et des balles d'arquebuse faisaient voler des éclats de pierres autour de leurs pieds quand ils gagnèrent la rive ouest. Les survivants des troupes de Corfe étaient accroupis parmi les revêtements de l'île. Ceux qui étaient encore en possession de leur arme à feu tiraient méthodiquement dans la bousculade de l'ennemi qui avançait. Dès qu'ils virent Corfe et Andruw, une acclamation rauque s'éleva chez les hommes.

Les sapeurs de Baffarin faisaient exploser des rubans de chiffons attachés à des mèches à combustion lente. Une couleuvrine tirait des boîtes de l'autre côté du pont, tenant l'avancée medruk à distance. Corfe s'écroula à genoux à l'abri des ouvrages de terre derrière le pont, sa poitrine se soulevant. Il avait l'impression que quelqu'un avait allumé un feu dans son armure et le métal noir semblait affreusement lourd, bien que, quand il courait, il ne se fût même pas rendu compte de son poids.

– Plus que quelques secondes, dit Baffarin.

Il souriait toujours, mais son visage était dépourvu d'humour ; c'était comme un rictus. La transpiration dessinait des rigoles sur ses tempes noires.

Puis les charges explosèrent.

Pas un bruit, juste un éclair, une impression... immense. La sensation d'un événement énorme que le cerveau n'arrivait pas vraiment à identifier. Corfe sentit l'air sortir de ses poumons. Il ferma les yeux et enfouit son visage dans ses bras mais il entendit d'autres explosions au loin, comme s'il en était séparé par du verre épais. Puis ce fut la pluie de gravats et de bois et de choses encore plus terribles qui tombaient partout autour de lui. Quelque chose de lourd se fracassa contre sa dossière. Autre chose heurta sa main quand il empoigna sa nuque, suffisamment fort pour la paralyser. Des commotions stupéfiantes, un fracas qui avançait rapidement. Une pluie d'eau, des gémissements d'hommes. Les échos des détonations résonnèrent à la surface des collines, un tonnerre à facettes, qui décroissait enfin.

Corfe leva les yeux. Le pont avait disparu et la terre même semblait altérée. De la barbacane orientale, de cette grande forteresse aux murs hauts, il ne restait pas grand-chose. Juste des morceaux et des amas de pierres fumantes parmi une immense rangée de cratères. Les catacombes s'étendaient, dévastées, jusqu'au ciel. Du feu tremblotait – l'odeur de poudre, de sang et de terre brisée, une puanteur plus forte et plus persistante que tout ce qu'il eût jamais connu, même à Aekir.

– Saint Dieu ! s'écria Andruw à côté de lui.

Les versants qui menaient au site de la barbacane grouillaient d'hommes, certains vivants et tremblant de peur, d'autres transformés en corps inertes. Comme s'ils avaient eu une vision simultanée, assisté à l'apparition de leur Prophète, peut-être. Les carcasses des éléphants jonchaient le sol, tels des affleurements de pierre grise, sauf qu'ils avaient été mutilés en autre chose. Tout le champ de bataille semblait paralysé, sous le choc.

– Je parie qu'ils l'ont entendue jusqu'en Torunnie, dit Baffarin, le bout d'une mèche à combustion encore dans sa main ivoire.

– Je parie qu'ils l'ont entendue jusque dans ce putain de Hebrion, rétorqua un soldat de cavalerie alentour.

Des gloussements automatiques s'ensuivirent, sans humour. Ils étaient tous trop choqués.

L'air claqua dans la gorge de Corfe. Il retrouva sa voix, et sa fermeté le surprit.

– Qui avons-nous ici? Tove, Marsen, bien. Déployez les hommes le long des ouvrages de terre. Je veux que l'on amorce les armes. Ridal, va à la citadelle et fais un rapport à Martellus. Dis-lui... dis-lui que la barbacane orientale et le pont ont sauté...

– Au cas où il n'aurait pas remarqué, ajouta quelqu'un.

– ... et dis-lui que j'ai... (Il jeta un œil autour de lui. Doux Saints! Si peu?) qu'il reste deux cents hommes à ma disposition.

Les survivants de la première troupe de Corfe s'empressèrent d'exécuter ses ordres.

– Ils se battent le long de la rivière, dit quelqu'un en se levant et en regardant attentivement au nord.

Le grondement de l'artillerie et le crépitement des arquebuses avaient brisé le silence momentané.

– C'est leur bataille. Nous avons un boulot à accomplir ici, dit Corfe d'un ton sévère.

Puis il se rassit rapidement, le dos contre un revêtement, de crainte que ses jambes en coton ne le prennent en traître et se dérobent sous lui.

Martellus examinait l'apogée de la bataille depuis son poste d'observation habituel sur les hauteurs de la citadelle. Très peu pour lui de s'essayer au tumulte et de commander ses hommes sur le terrain. John Mogen était taillé pour ça. Non, il aimait prendre du recul et examiner la structure du conflit en cours, baser ses décisions sur la logique et les dépêches qu'il recevait à chaque instant, portées par des messagers sales et en sang. Un général pouvait mieux diriger les choses à distance, loin de l'agitation et des cris de sa bataille. Certains hommes parvenaient, certes, à commander une armée en se battant en première ligne, mais c'étaient de rares génies. Inévitablement, il songea de nouveau à Mogen.

Le grondement de l'explosion était un écho de tonnerre lointain qui faisait des allers et retours dans les collines, de plus en plus loin. Un immense panache de fumée s'éleva depuis le centre du champ de bataille où se trouvait la barbacane orientale. L'assaut y avait été brutal, pour ne pas dire handicapant. Le jeune Corfe avait fait du bon boulot. C'était un homme à ne pas perdre de vue, malgré les nuages qui planaient sur son passé.

Mais au nord et au sud de la fumée, deux nouvelles formations medruks, chacune probablement forte de vingt-cinq mille hommes, s'étaient rapprochées de la rivière. L'artillerie sur les Longs Murs et sur l'île n'avait pas cessé de cribler leurs rangs d'obus, mais ils avançaient sans s'en soucier. À présent, ils déchargeaient les espèces d'embarcations plates des chariots tirés par des éléphants et s'apprêtaient à braver le courant écumant de la Searil en crue.

« S'ils traversent la rivière de force, songea Martellus, ce ne sera plus qu'une question de temps. Nous pourrions les anéantir par milliers quand ils traverseront la digue, mais encore faudrait-il qu'ils la traversent. La rivière est notre meilleur moyen de défense, du moins tant que le courant est aussi fort. »

Il se tourna vers un aide de camp :

– Est-ce que Ranafast a préparé la force de sortie ?

– Oui, monsieur.

– Alors allez le voir. Faites-lui mes compliments et dites-lui qu'il doit immédiatement emmener ses troupes vers l'île. Il peut aussi enlever un homme sur quatre des murs, à l'exception des artilleurs et tous doivent être armés d'arquebuses. Il doit attaquer la traversée de la rivière. Est-ce clair ?

– Oui, monsieur.

À côté de lui, un scribe prenait des notes comme un forcené. L'ordre écrit fut confié à l'aide de camp, une fois que Martellus y eut apposé sa signature, puis l'aide de camp s'en alla, dévalant les Longs Murs.

Ranafast ne disposait pas de beaucoup de temps pour réunir ses troupes et se mettre en place. Martellus se maudit. Pourquoi n'avait-il jamais envisagé de grosse traversée en bateau ? Ils avaient été occupés, les sapeurs medruks, les semaines au cours desquelles ils s'étaient dérobés à Aekir.

Les premiers bateaux étaient déjà poussés au large de la rive orientale, dans l'eau. C'étaient des engins énormes, propulsés par les pagaies de leur équipage. Quatre-vingts hommes au minimum armaient chaque bateau et Martellus en compta plus de cent longeant la rive orientale, comme des lézards de rivière méridionaux prenant le soleil tropical. Des explosions d'obus surgissaient parmi eux tels des champignons éphémères, détruisant les bateaux, faisant voler les hommes et paniquant les éléphants.

La Searil était à trois cents mètres de l'autre côté de la digue, large rivière marron qui bouillonnait sauvagement de blanc à bien des endroits et était pleine de débris provenant de ses sources. Ce n'était déjà pas tâche aisée de la traverser quand toutes les conditions étaient réunies. Mais sous des explosions d'obus... ces hommes suscitaient l'admiration de Martellus alors même qu'il organisait leur destruction.

La première vague se mit en route. Au nord et au sud du pont détruit, la Searil grouilla soudainement de bateaux larges et plats, tel un courant congestionné de feuilles d'automne près de ses rives.

Un tonnerre de sabots et Ranafast faisait traverser à ses cavaliers – l'avant-garde de ses troupes – les ponts de la digue jusqu'à l'île. Une colonne de fantassins suivait la cavalerie. Avec un peu de chance, plus de sept mille hommes gagneraient la rive ouest pour attaquer la traversée, soutenus par l'artillerie des murs.

Et pourtant, lorsqu'il regardait les effectifs qui embouteillaient la rive orientale, Martellus ne pouvait s'empêcher d'être désespéré. Sur des kilomètres, le bord de la Searil regorgeait de soldats ennemis, de bateaux, d'éléphants, de chevaux et de chariots. Et ce n'était que la force d'assaut. Sur les collines au-delà des réserves, la cavalerie, l'artillerie, les innombrables civils accompagnant l'armée, assombrissaient la surface de la terre telle une immense plaie. Il était inconcevable que la volonté collective d'une telle masse pût être contrariée.

Et pourtant, il devait le faire. Il le *ferait*. Il défierait les marchands de tristesse et les généraux de pacotille, et tout le reste. Il défendrait sa forteresse jusqu'à son dernier souffle et, pour cela, il saignerait les armées medruks à blanc.

Des globes de fumée, minuscules au loin, apparurent sur toute la longueur des murs. Au bout de quelques secondes, le grondement des salves de canons se fit entendre sur la citadelle et, bien vite, les canons de la citadelle même tirèrent. Le bruit était partout, l'odeur de poudre à canon faisant s'accélérer le sang dans les veines.

Des fontaines d'eau blanche explosèrent entre les bateaux medruks. Martellus pouvait distinguer les hommes dans les embarcations tirer comme des fous sur leurs pagaies mais faisant du surplace. Ils avaient la tête penchée et les épaules voûtées, comme s'ils bravaient une grosse averse de pluie. Martellus avait vu cette même posture chez des hommes qui avançaient contre un gros feu ; c'était une sorte d'instinct.

Un, deux, puis trois bateaux furent touchés tour à tour lorsque l'artillerie torunnienne en fit ses cibles. Martellus possédait les meilleurs canons au monde là sur la digue et voilà qu'ils se montraient à la hauteur de la foi qu'il avait mise en eux.

Les hommes dans les embarcations détruites coulèrent immédiatement, hors de vue, emportés par le poids de leur armure. Même s'ils n'en avaient pas porté, ils n'auraient eu aucune chance, compte tenu de la force du courant.

Ranafast déployait ses hommes le long de la rive ouest tandis que les obus de la forteresse sifflaient au-dessus de sa tête. Il avait aussi quelques canons mobiles avec lui. Mais le déploiement des hommes était terriblement mince et Martellus vit que la colonne centrale des Medruks organisait une attaque sur la position de Corfe, manœuvrant les bateaux parmi les débris du pont, sous les lourds coups de feu tirés par les troupes survivantes de Corfe et les autres défenseurs postés à cet endroit. Ranafast devrait toutefois percevoir ce danger.

Effectivement, le commandant de la cavalerie abaissa ses deux canons légers vers la position de Corfe et ils ne tardèrent pas à tirer des boîtes dans les Medruks qui tentaient la traversée à une proche distance. Une petite bataille abominable mais le combat principal continuait le long des flancs.

Sur l'eau, les Medruks rencontraient des problèmes. D'autres bateaux étaient touchés par les obus torunniens et lorsqu'ils ne coulaient pas immédiatement, ils se mettaient à descendre le courant, leur équipage hurlant, comme des brindilles prises dans un bief d'amont, s'écrasant contre leurs semblables et leur faisant descendre la rivière à leur tour. Bien vite, une vingtaine de bateaux virevolta et dériva au milieu de la Searil, des épaves et des corps remontant brusquement puis redescendant, les geysers d'explosions d'obus retentissant de toutes parts.

Quelques bateaux gagnèrent la rive ouest, uniquement pour recevoir une volée de balles d'arquebuses. Leurs effectifs se dispersèrent peu à peu pour atteindre la berge, où ils se faisaient abattre par les hommes de Ranafast. Une laisse de marée de corps s'accumula sur la rive ouest, tandis que les Torunniens rechargeaient méthodiquement et tiraient volée sur volée sur les misérables qui pataugeaient péniblement pour rejoindre le rivage.

La bataille avait vite dégénéré en massacre unilatéral. Des canons de signalisation se mirent à résonner depuis les lignes medruks, ordonnant de cesser l'attaque, et ceux qui se trouvaient sur la rive orientale s'arrêtèrent alors qu'ils étaient sur le point de pousser une nouvelle vague de petits bateaux à l'eau. Les malheureux qui se trouvaient déjà sur la rivière tentèrent de changer de direction et de rebrousser chemin, mais c'était impossible dans ce maelström de coups, d'obus et d'eau blanche. Ils périrent presque tous en même temps.

L'assaut s'enlisa, dans le sang et l'impuissance. Certains Medruks restèrent au bord de la rivière, tentant de prêter main-forte à ceux qui se démenaient dans l'eau, mais la plupart entreprirent de se retirer, maussades, dans leurs campements sur les collines au-dessus. Et pendant ce temps, l'artillerie torunnienne lançait des obus vindicatifs et joyeux sur les hommes qui reculaient. L'attaque n'avait pas uniquement échoué : elle avait été anéantie avant même d'avoir pu commencer.

– Je veux qu'une autre batterie mobile soit détachée des murs et envoyée à la position de Corfe, dit sèchement Martellus. Envoyez-lui aussi trois autres tercios, il est le plus proche de l'ennemi. Il doit défendre l'île.

Un aide de camp détala avec l'ordre. Les compagnons d'armes de Martellus riaient et arboraient un sourire jusqu'aux oreilles : ils en croyaient à peine leurs yeux.

Sur des kilomètres le long de la rivière, de la fumée de poudre planait dans l'air en nuages épais et les épaves de l'armée medruk étaient éparpillées le long des deux rives. Hommes, bateaux, animaux, armes. C'était un spectacle terrifiant. Ils jonchaient la terre comme des fruits tombés dans un verger mal entretenu et la rivière même était recouverte de bateaux à moitié inondés, quelques silhouettes se raccrochant désespérément aux épaves. Ils descendaient le courant, hors de vue, impuissants.

– Il en a perdu au moins dix mille, disait le vieil Isak. Et certaines de ses meilleures troupes aussi. Doux Saints, je n'ai jamais vu un tel carnage. Il balance ses hommes comme si c'étaient des balles.

– Il a mal calculé, dit Martellus. Si la rivière avait été moins haute, il serait déjà arrivé à la digue. Cette attaque visait à l'amener sur les murs mêmes où nous nous trouvons. Cette rebuffade lui donnera le temps de réfléchir, mais n'oublions pas qu'il a encore cinquante mille hommes sur ces collines qui n'ont pas essuyé notre feu. Il réessaiera.

– Alors la même chose se reproduira, dit Isak, borné.

– Possible. Nous avons épuisé nos effets de surprise, je crois. Maintenant, il sait ce que nous avons et se creusera les méninges pour trouver des ouvertures et des trous dans nos moyens de défense.

– Il ne voudra sûrement pas nous attaquer de nouveau, pas pendant un moment, pas après cette débâcle.

– Peut-être que non mais ne sous-estimez pas Shahr Baraz. Il a été extrêmement prodigue avec la vie de ses hommes à Aekir en raison du prix qui était en jeu. J'avais cru qu'il ferait plus attention ici, ne serait-ce qu'à cause de la force naturelle de la digue. On dirait qu'une autorité supérieure le presse de faire des attaques moins judicieuses. Mais nous ne pouvons être trop confiants. Nous devons penser à nos flancs. À partir d'aujourd'hui, il sondera les parties supérieures et inférieures de la Searil et cherchera un point de traversée.

– Il n'en trouvera pas. La Searil coule aussi vite qu'un torrent et, à part ici, sur la digue, les rives sont perfides, ce sont surtout des falaises et des gorges.

– Nous le savons, mais pas lui, fit brusquement Martellus; je pense que nous avons gagné, pour l'instant. Il n'y aura plus d'assaut tête baissée. Cela nous donne le temps de souffler. Maintenant, c'est aux rois du monde de nous aider. Les Saints savent que nous méritons une aide après la défense que nous avons menée.

– Le jeune Corfe s'en est bien sorti.

– Oui, c'est vrai. J'ai l'intention de lui donner un commandement plus important. Il en est tout à fait capable et Andruw et lui font du bon boulot tous les deux.

Quelques canons tirèrent encore des coups irréguliers depuis les lignes torunniennes, mais le calme gagna la vallée de la Searil. Comme par un accord tacite, les armées s'étaient détachées l'une de l'autre. Les Medruks sauvèrent les quelques rares survivants de l'attaque de la rivière sans être importunés et les chargèrent sur des chariots pour les ramener dans leur campement. Quelques bateaux abandonnés brûlaient gaiement sur la rive orientale. Les canons se turent.

L'indaba d'officiers s'était dispersée moins d'une heure plus tôt et Shahr Baraz était seul dans sa tente enténébrée. Elle était aussi spartiatement meublée que la cellule d'un moine. Il y avait un petit lit de camp bas en bois, recouvert de couvertures militaires, un bureau pliant jonché de papiers, une chaise et quelques lampes.

Et autre chose. Le vieux général la posa sur le bureau et tira le rideau qui la recouvrait. Une petite cage. Quelque chose à l'intérieur s'agitait et battait des ailes, irrité.

– Bien, Goleg, dit Shahr Baraz à voix basse.

Il tapota les barreaux de la cage et regarda son occupant avec dégoût et lassitude.

– Ah! la chair d'homme est trop dure pour Goleg. Goleg veut un enfant, un truc jeune et doux qui sort du berceau!

– Convoque ton maître. Je dois faire mon rapport.

– Je veux de la chair douce!

– Fais ce que je te dis, abomination, sinon je te laisse pourrir dans cette cage.

Deux minuscules points lumineux clignotèrent avec malveillance dans les ténèbres, derrière les barreaux. Deux minuscules mains griffues attrapèrent le métal et le secouèrent.

– Je te connais. Tu es trop vieux. Bientôt tu seras de la charogne pour Goleg.

– Convoque ton maître !

Les deux lumières s'atténuèrent. Un calme provisoire s'installa, uniquement brisé par les bruits du camp à l'extérieur, les sabots des chevaux dans les lignes de cavalerie. Shahr Baraz s'assit, comme sculpté dans de la pierre.

Enfin, une voix grave dit :

– Oui, général ?

– Je dois faire mon rapport, Orkh. Relayez-moi au sultan.

– De bonnes nouvelles, j'en suis sûr.

– C'est à lui d'en juger.

– L'attaque a échoué, alors ?

– Elle a échoué. Je voudrais parler à mon souverain. Vous pourrez sûrement écouter aux portes.

– Sûrement. Mes petites créatures répondent toutes de moi... mais vous et Aurungzeb le savez, naturellement. (Autre pause.) Il est occupé avec l'une de ses nouvelles concubines, la beauté ramusienne aux cheveux corbeau. Ah, elle est exquise. Je l'envie. Le voici, mon khédive. Que la chance du Prophète soit avec vous.

Sur ce doux blasphème, la voix d'Orkh s'évanouit. Le ton impatient d'Aurungzeb se répercuta alors dans la tente.

– Shahr Baraz, mon khédive ! Général des généraux ! Je suis en feu ! Dites-moi vite ! Que s'est-il passé ?

– L'assaut a échoué, Majesté.

– *Quoi ?* Comment ? Comment cela s'est-il passé ?

Le vieux soldat sembla se raidir sur sa chaise, comme s'il anticipait un coup.

– L'attaque était précipitée, mal préparée et mal évaluée. Nous avons pris la barbacane orientale de la forteresse, mais elle était minée et j'ai perdu deux mille hommes lorsque les Ramusiens l'ont fait exploser. En outre, la rivière coulait trop vite pour que nos bateaux puissent la traverser rapidement. Ils ont été mis en pièces quand ils étaient encore sur l'eau. Ceux qui ont gagné la rive ouest sont morts sous les gueules des canons torunniens.

– Combien ?

– Nous avons perdu six mille *Hraibadar* – la moitié de ceux qui restaient – et cinq mille autres des troupes enrôlées.

– Et... l'ennemi ?

– Je doute qu'il ait perdu plus de mille hommes.

La voix du sultan, quand il reprit la parole, avait changé ; le choc avait disparu et elle était aussi dure que du granit thurien.

– Vous avez dit que l'attaque avait été mal évaluée. Expliquez-vous.

– Majesté, si vous voulez bien vous souvenir, je ne souhaitais pas cet assaut. Je vous avais demandé plus de temps, le temps d'effectuer des travaux de siège et d'étudier plus attentivement nos options...

– Du temps ! Vous avez eu du temps. Vous avez lambiné des semaines à Aekir ! Vous auriez fait la même chose ici si je ne vous avais pas ordonné de vous presser. C'est un endroit dérisoire. Vous avez dit vous-même que la garnison était forte de moins de vingt mille hommes. Ce n'est pas Aekir, Shahr Baraz. L'armée devrait être capable de lui rouler dessus comme un éléphant écrase une grenouille.

– C'est la fortification la plus forte que j'aie jamais vue, plus forte même que les remparts d'Aekir, dit Shahr Baraz. Je ne pouvais pas y jeter mon armée comme s'il s'agissait de la hutte de bois d'un chef bandit. Cette campagne pourrait s'avérer aussi délicate que la dernière...

– Elle le pourrait si le célèbre khédive de *mon* armée – *mon* armée, général – avait perdu son entrain à faire campagne.

Le visage de Baraz se durcit.

– J'ai attaqué sur vos ordres, et contre mon propre jugement. Cette erreur nous a coûté onze mille hommes, morts ou trop estropiés pour se battre de nouveau. Je ne répéterai pas cette erreur.

– Comment osez-vous me parler de la sorte ? Je suis votre sultan, vieillard. Vous m'obéirez ou je trouverai quelqu'un d'autre qui le fera.

– Soit, mon sultan. Mais je ne participerai plus à aucune stratégie d'amateur. Vous pouvez me remplacer ou me laisser diriger cette campagne sans encombre. C'est votre choix et votre responsabilité.

Un long silence. Les yeux de l'homoncule clignèrent dans l'obscurité de sa cage. Shahr Baraz était impassible. « Je suis trop vieux pour la diplomatie, songea-t-il. Je finirai comme ce que j'ai toujours été : en soldat. Mais je ne verrai pas mes hommes se faire massacrer en mon nom. Je leur ferai savoir qui a ordonné cette attaque. Je leur ferai voir quelle valeur leur sultan accorde à leur vie. »

– Mon ami, finit par dire Aurungzeb (et sa voix était suave comme du chocolat fondu), nous avons parlé trop vite. Votre inquiétude pour les hommes et notre pays vous honore, mais elle vous fait dire des paroles passionnées qui risqueraient d'être regrettées par la suite.

– J'en conviens, Majesté.

– Je vais donc vous donner une autre occasion de prouver votre loyauté à ma maison, une loyauté qui n'a jamais décliné depuis l'époque de mon grand-père. Vous commencerez par renouveler l'attaque de la digue d'Ormann et avec toutes les forces dont vous disposez. Vous prendrez la digue puis pousserez au sud, jusqu'à la capitale torunnienne.

– Je regrette de ne pouvoir me conformer à vos désirs, Majesté.

– *Désirs ?* Qui parle de désirs ? Vous obéirez à mes *ordres*, vieillard.

– Je regrette de ne pouvoir le faire.

– Et pourquoi ?

– Parce que le faire détruirait intégralement mon armée et je ne le permettrai pas.

– Yeux du Prophète ! Me défieriez-vous ?

– Oui, Majesté.

– Alors cessez de vous considérer comme mon khédive. Que le Seigneur des Victoires règne au Paradis, j'ai supporté votre vieille insolence pour la dernière fois ! Transmettez votre commandement à Mughal. Qu'il s'attende à recevoir des ordres par écrit – et un nouveau khédive.

– Et moi, Majesté ?

– Vous ? Considérez-vous en état d'arrestation, Shahr Baraz. Vous attendrez l'arrivée de mes officiers d'Orkhan.

– Est-ce tout ?

– Au nom du Seigneur des Batailles, oui, c'est tout !

– Que cela marche bien pour vous, alors, Majesté, dit calmement Shahr Baraz.

Il se leva, souleva la cage avec son monstrueux occupant, puis la flanqua par terre. L'homoncule hurla et, dans son hurlement, Shahr Baraz discerna l'agonie d'Orkh, son maître sorcier. Dans un sourire amer, il piétina la structure avec ses bottes, écrasa le métal et les os dans un fatras de chair nauséabonde et ichoreuse. Puis il tapa dans ses mains à l'intention de ses domestiques.

– Débarrassez-moi de cette abomination et brûlez-la, dit-il.

Et le feu qui brillait dans ses yeux les fit tressaillir.

21

Ce fut un cri qui fit se relever Murad d'un coup dans sa couchette suspendue. Il resta sous le choc, immobile, aux aguets. Rien à part les membrures du navire, le clapotement de l'eau sur la coque, les infimes bruits sourds et les claquements qui faisaient partie d'un voyage en mer. Rien.

Un rêve. Il se détendit, se rallongea. La fille avait disparu, comme toujours, et l'avait laissé avec un rêve affreux – comme toujours. Le même rêve. Il préféra le chasser de son esprit.

Mais en fut incapable. C'était une sorcière, c'était clair – sinon elle ne serait pas passagère à bord de ce navire. Peut-être était-elle l'apprentie du dénommé Bardolin. C'était un sorcier, si l'on pouvait dire. Elle lui avait sûrement jeté un sort noir, l'avait sûrement séduit avec une espèce de philtre d'amour.

Mais il en doutait. Quand ils faisaient l'amour, c'était trop réel, trop palpable et sincère pour être le produit de quelque sort. Comme si elle avait été un petit bois sec dans l'attente d'une étincelle. Elle prenait vie dans ses bras et leur accouplement était comme une bataille nocturne, un duel pour la maîtrise. Il l'avait maîtrisée, il en était certain. Souriant en regardant le plafond, il revécut la satisfaction de plonger en elle, et de sentir son corps se soulever en guise de réponse. C'était un petit animal délicieux. Il lui trouverait une place lorsque la colonie serait établie. La garderait près de lui. Il ne pourrait jamais l'épouser – l'idée était suffisamment absurde pour le faire glousser à voix haute –, mais il ferait le nécessaire pour qu'elle ne manque de rien.

Il devait la garder. Il avait besoin d'elle. Il avait un besoin maladif de cette bataille nocturne et se demandait parfois si une autre femme pourrait l'intéresser de nouveau.

Pourquoi le quittait-elle toujours juste avant l'aube? Et ce vieillard, qu'était-elle pour lui? Sûrement pas une maîtresse.

Il pinça les lèvres et serra les poings sur le couvre-lit.

« Elle est à moi, songea-t-il. Je ne l'autoriserai pas à avoir d'autres amants. *Je dois la garder.* »

Mais les rêves: ils revenaient toutes les nuits et, toutes les nuits, c'étaient les mêmes. Cette chaleur suffocante, le poids et la fourrure piquante de la bête au-dessus de lui. Ces yeux qui le regardaient avec une malveillance imperturbable. Qu'est-ce que cela signifiait?

Il était toujours fatigué ces jours-ci, toujours las. Il avait été idiot de dénigrer ainsi l'Inceptine – cet homme devrait mourir maintenant. C'était un ennemi bien trop puissant. Abeleyn en comprendrait la nécessité.

Il frotta les orbites foncées de ses yeux et se dit qu'il ne pourrait plus jamais y chasser complètement la fatigue. Il la voulait maintenant, chaude et frémissant dans ses bras. L'espace d'une seconde, l'intensité de ce désir le calma.

Il se rassit. Il se passait quelque chose d'étrange dans ce navire, quelque chose à quoi il dut réfléchir un instant avant de comprendre. Puis il comprit.

La caraque n'avançait plus.

Il sauta de sa couchette suspendue qui s'agita et se cogna contre la cloison, enfila ses vêtements à la hâte et attrapa sa rapière avec son baudrier. Quand il arriva à la porte, quelqu'un y frappait énergiquement. Il l'ouvrit à la volée et trouva le mousse, Mateo, livide.

– Les respects du capitaine Hawkwood, monsieur, et il demande si vous voudriez bien le rejoindre dans la cale? Il y a quelque chose que vous devriez voir.

– Qu'est-ce qui se passe? Pourquoi n'avançons-nous plus?

– Il a dit de... vous devez voir, monsieur.

Le garçon semblait à deux doigts de vomir.

– Alors allez-y, je vous suis, bon sang! Ça a intérêt à être important!

Tout le navire était en émoi: les passagers fourmillaient sur la batterie et les soldats étaient postés devant les écoutilles et les escaliers, leurs mèches à combustion lente allumées et leurs épées dégainées. Alors qu'il s'enfonçait dans les entrailles de la caraque, Murad tomba sur le sergent Mensurado.

– Sergent, sur quels ordres ces sentinelles sont-elles postées?

– Sur ceux du porte-étendard Sequero, monsieur. Il est en bas dans la cale. Nous avons l'ordre de ne laisser passer personne, hormis les officiers du navire.

Murad était sur le point de lui demander ce qui s'était passé mais cela refléterait mal son emprise sur la situation. Il se contenta de hocher la tête et dit :

– Allons-y alors.

Et il suivit Mateo dans les écoutilles enténébrées, en direction de la cale.

De l'eau qui clapotait sur les hauts tas de tonneaux, de caisses et de sacs. Des rats qui gambadaient sous leurs pieds. Il faisait nuit noire, à l'exception de la petite lanterne que portait Mateo, mais quand ils passèrent l'une des cloisons des compartiments, Murad vit un autre calot de lumière trembloter devant lui et, dans son rayonnement, des hommes regroupés.

– Seigneur Murad, dit Hawkwood en se relevant de sa position accroupie.

Sequero était avec lui, ainsi que di Souza, et le second blessé, Billerand, le bras attaché sur le côté et le visage bouffi par la douleur.

Ils se reculèrent et il vit la forme allongée dans l'eau, l'éclat foncé du sang et les viscères, les membres contorsionnés, sans vie.

– Qui est-ce ?

– Pernicus. Billerand l'a trouvé il y a un demi-sablier.

– Je traînassais dans le coin, dit le second moustachu, je vérifiais la cargaison. C'est tout ce que je suis capable de faire en ce moment.

Murad s'agenouilla et examina le corps. Les yeux de Pernicus étaient grands ouverts, sa bouche béait dans un dernier cri.

L'avait-il entendu ? Ou cela faisait-il partie de son rêve ?

Le cou de l'homme avait été presque entièrement mordu de part en part : Murad vit le tube moite de la trachée, les extrémités des artères déchiquetées, un tesson blanc des vertèbres.

Plus bas, les intestins s'étaient déroulés comme un rouleau de cordage graisseux. Des morceaux de corps manquaient. Les marques de dents étaient parfaitement visibles.

– Doux Ramusio ! s'exclama Murad. Qu'est-ce qui a fait ça ?

– Une espèce de bête, répondit fermement Hawkwood. Quelque chose est descendu ici pendant le quart du milieu – un homme de l'équipage pense l'avoir aperçu. Pernicus aimait travailler sa magie depuis la cale car c'était plus paisible que dans la batterie ou l'embelle. Elle l'a suivi.

– Est-ce que l'homme a vu à quoi ça ressemblait ? demanda Murad.

– Gros et noir. C'est tout ce qu'il a pu dire. Il a cru qu'il l'avait imaginé. Il n'y a rien de tel à bord du navire.

Un rêve ou un cauchemar d'un poids énorme, à la fourrure noire, sur lui. Cela avait-il pu être réel ?

Murad maîtrisa sa confusion et se releva dans l'eau nauséabonde.

– Il est toujours à bord, à votre avis?

– Je ne sais pas. Je veux une fouille précise du navire. Quoi que ce soit qui ait fait ça, nous le trouverons et le tuerons.

Murad se rappela le journal de bord du *Faucon cartigellien.* Impossible. La même chose ne pouvait se reproduire. De telles choses n'étaient pas envisageables.

– J'ai envoyé chercher le mage, Bardolin. Il pourra peut-être nous éclairer, ajouta Hawkwood.

– Les passagers savent-ils ce qu'il s'est passé?

– Ils savent que Pernicus est mort. Je n'ai pas pu empêcher la nouvelle de se répandre, ça avec la perte du vent, etc. Mais ils ne savent pas comment il est mort.

– Faites qu'il en reste ainsi. Nous ne tenons pas à ce qu'il y ait panique à bord.

Tous les quatre demeurèrent autour du cadavre un moment sans rien dire. Il leur vint à l'esprit que la bête pourrait être avec eux en ce moment même, tapie dans l'ombre. Di Souza s'agitait, mal à l'aise, son épée dégainée étincelant à la lueur de la lanterne.

– Quelqu'un arrive, dit-il.

Un autre globe de lumière s'approchait et deux hommes escaladèrent péniblement la cargaison pour les rejoindre.

– Arrêtez-vous là, Masudi! s'écria Hawkwood. Repartez! Bardolin, venez tout seul.

Le mage s'approcha d'eux en pataugeant et ils virent la lueur de la lanterne de Masudi s'atténuer à mesure qu'il rebroussait chemin.

– Eh bien, messieurs, fit Bardolin, puis il se pencha sur le cadavre comme l'avait fait Murad.

– Alors, mage? fit Murad d'un ton glacial, son sang-froid recouvré.

Le visage de Bardolin était aussi pâle que celui de Mateo.

– Quand cela s'est-il passé?

– Juste avant l'aube, pensons-nous, lui répondit Billerand d'un ton bourru. Je l'ai trouvé ici, comme ça.

– Qu'est-ce qui a fait ça? demanda Murad.

Le mage retourna ses membres, examina la chair lacérée avec un sérieux qui perturba le plus délicat d'entre eux. Sequero détourna les yeux.

– Comment étaient les chevaux cette nuit? s'enquit Bardolin.

Sequero fronça les sourcils.

– Un peu agités. Il leur a fallu beaucoup de temps avant de se calmer.

– Ils l'ont senti, dit le mage.

Il se releva dans un grognement bas.

– Senti quoi ? s'enquit Murad, impatient. Qu'est-ce qui a fait ça, Bardolin ? Quel genre de bête ? Ce n'était pas un homme, c'est clair.

Bardolin, visiblement, rechignait à parler. Il fixait le cadavre mutilé, le visage aussi sinistre qu'une pierre tombale.

– Ce n'était pas un homme et pourtant si. C'était les deux à la fois, et ni l'un ni l'autre.

– Qu'est-ce que c'est que ce charabia ?

– C'était un loup-garou, seigneur Murad. Il y a un lycanthrope à bord de ce navire.

– Que le Saint nous protège ! fit di Souza dans le silence choqué.

– En êtes-vous sûr ? demanda Hawkwood.

– Oui, capitaine. J'ai déjà vu ce genre de blessures.

Bardolin semblait abattu et étrangement amer, se dit Murad. Et pas aussi choqué qu'il aurait dû l'être.

– Donc ce n'est pas qu'un animal, poursuivit Hawkwood. Il ne fait que subir des changements. Ça pourrait être n'importe qui, n'importe qui parmi l'équipage ou les passagers.

– Oui, capitaine.

– Qu'allons-nous faire ? s'enquit di Souza d'un ton plaintif.

Personne ne lui répondit.

– Parlez-nous, mage, dit Murad d'un ton grinçant. Que pouvons-nous faire pour trouver la bête et la tuer ?

– Nous ne pouvons rien faire, seigneur Murad.

– Que voulez-vous dire ?

– Il a déjà repris son visage humain. Nous devrons simplement être vigilants, attendre qu'il frappe de nouveau.

– Qu'est-ce que c'est que ce genre de plan ? lança Sequero d'un ton sec. Sommes-nous du bétail qui attend d'être abattu ?

– Oui, seigneur Sequero, c'est ce que nous sommes. C'est exactement ce que nous sommes pour cette chose.

– N'y a-t-il aucun moyen de savoir qui est le loup-garou ? s'enquit Billerand.

– Aucun que je connaisse. Nous devrons simplement être vigilants, et prendre également certaines précautions.

– En attendant, nous revoilà encalminés, dit Hawkwood. Le vent de Pernicus est mort avec lui. Le navire se retrouve de nouveau dans la zone des calmes équatoriaux.

Ils restèrent silencieux, fixant le cadavre du conjurateur de vent.

– Je ne crois pas que ce soit un meurtre fortuit, finit par dire Bardolin. Pernicus a été sélectionné pour être assassiné. Quelles que soient les autres motivations de cette chose, elle ne veut pas que l'expédition arrive à l'ouest.

– Alors elle est douée de raison, même sous la forme de bête? demanda Hawkwood, interloqué.

– Oh, oui! Les loups-garous conservent l'identité de leur forme humaine. C'est juste que leurs... impulsions sont brutes, incontrôlables.

– Bardolin, capitaine, j'aimerais m'entretenir avec vous dans ma cabine, dit brusquement Murad. Officiers, à vous deux vous allez vous débarrasser du corps de Pernicus. Assurez-vous que personne d'autre ne le voie. Cet homme a été assassiné, voilà ce que les autres à bord ont besoin de savoir, rien de plus. Sequero, faites en sorte que des gardes soient en faction à chaque écoutille qui mène dans la cale. Si ça se trouve, il est encore là.

– Avez-vous des balles de fer dans vos arquebuses? demanda Bardolin.

– Non. Nous utilisons du plomb. Pourquoi?

– Le fer et l'argent sont ce qui lui fait le plus de mal. Même l'acier de votre épée ne lui ferait pas grand-chose. Mieux vaut faire mouler des balles de fer le plus vite possible.

– Je vais charger le maréchal-ferrant du navire de le faire, proposa Billerand.

Ils laissèrent di Souza et Sequero à leur tâche macabre et remontèrent dans le navire.

– Êtes-vous sûr que vous ne devriez pas vous trouver dans votre hamac? demanda Hawkwood à Billerand.

Son second gémissait et soufflait en montant les échelles de capot.

– Ce ne sont pas quelques fractures qui m'empêcheront de faire mon devoir, capitaine. De plus, j'ai le sentiment que nous aurons bientôt besoin de tous les officiers du navire.

– Oui. Voyez l'artilleur, Billerand. Je veux que tous les hommes soient armés. Arquebuses, haches d'abordage, coutelas, n'importe quoi. Si quelqu'un devient un peu trop curieux, sortez-lui une histoire de pirate.

Billerand se fendit d'un sourire terrible sous sa moustache broussailleuse.

– Comme s'ils allaient croire que c'est la vérité!

– Vous feriez mieux d'aller dans les quartiers, histoire de compléter le tableau. Si nous arrivons à faire croire à tout le monde que le danger auquel nous sommes confrontés est extérieur, humain, alors il y aura moins de risque de panique.

– Laissons entendre qu'il y a une espèce d'espion à bord, ajouta Bardolin, et que c'est lui qui a assassiné Pernicus.

Murad laissa échapper un rire aigre:

– Il *y a* un espion à bord.

Hawkwood, Bardolin et Murad se réunirent dans la cabine du noble tandis que, derrière eux, un véritable tumulte se déclenchait dans le navire. Un fracas envahit les ponts à mesure que les canons étaient sortis, les marins armés et les passagers escortés dans des coins vides. Les officiers de Murad n'auraient aucun mal à balancer discrètement le corps de Pernicus par-dessus bord, compte tenu de l'agitation ambiante.

– Asseyez-vous, messieurs, dit Murad d'un ton morne, en leur désignant la couche et le tabouret libres.

La chaleur commençait à monter des ponts inférieurs maintenant que le vent avait cessé et leurs visages luisaient de sueur. Mais Murad n'ouvrit pas les fenêtres arrière.

– Le bruit couvrira notre conversation, dit Murad désignant du pouce le vacarme derrière la cabine. Tant mieux.

Il ouvrit un tiroir du bureau et en sortit un paquet emballé dans de la toile cirée. Il était rectangulaire et la couverture très usée. Il le déballa et sortit un livre épais et abîmé.

– Le portulan, souffla Hawkwood.

– Oui. J'estime qu'il est temps de vous dévoiler son contenu, capitaine, et à vous aussi, Bardolin, car je pense que vous êtes probablement fort compétent en ce domaine.

– Je ne comprends pas, dit le mage.

Le lutin se tortilla sous sa robe, mais personne ne s'en rendit compte.

– Nous ne sommes pas la première expédition à chercher le Continent occidental. Il y en a eu une – en fait, deux – avant nous, et toutes deux s'achevèrent en désastre. La deuxième, car il y avait un loup-garou à bord du navire.

Une pause s'ensuivit. Le tapage et les cris à l'extérieur se poursuivirent néanmoins.

– Je n'en ai jamais été informé, dit froidement Hawkwood.

– Je n'avais pas jugé cela nécessaire, mais à présent oui, vu l'état actuel des choses. Visiblement, les expéditions à l'ouest ont le don d'échouer de la même manière.

– Expliquez-vous, s'il vous plaît, dit Bardolin.

La sueur ruisselait sur ses tempes et dégoulinait sur son nez buriné.

Brièvement, Murad leur raconta le destin du *Faucon cartigellien* plus d'un siècle auparavant. Il leur parla également des références dans le portulan à un voyage occidental antérieur, entrepris par un groupe de mages pour fuir la persécution dans les royaumes ramusiens.

– Ces informations sont fragmentaires et obscures, mais j'ai essayé de glaner ce que j'ai pu dedans, dit-il. Ce qui me perturbe, ce sont les similitudes entre ces trois voyages. Les loups-garous, les Dweomers et les assassinats à bord du navire.

– Et une catastrophe au final, ajouta Hawkwood. Nous devrions retourner à Abrusio, sortir les barques et remorquer le navire dans le vent. Cet Inceptine a raison : ce voyage est maudit.

Murad frappa violemment le bureau du poing. De la poussière jaillit des pages du livre ancien.

– Pas question de faire demi-tour ! Quel que soit le démon qui a embarqué avec nous, c'est précisément ce qu'il souhaite. Vous avez entendu ce qu'a dit Bardolin. Quelqu'un ou quelque chose sabote les voyages à l'ouest depuis plus de trois siècles. J'ai l'intention de découvrir pourquoi.

– Croyez-vous que le Continent occidental est habité, alors ? s'enquit Bardolin.

– Oui, je le crois.

– Et la *Grâce de Dieu* ? demanda brusquement Hawkwood. Sa disparition pourrait-elle aussi résulter d'une espèce de sabotage ?

– Peut-être. Qui sait ?

Hawkwood jura amèrement.

– Si la caravelle est perdue, capitaine, n'avez-vous pas envie de savoir pourquoi ou comment ? Et qui a détruit votre navire et tué votre équipage ?

La voix de Murad était basse mais dure comme du gel.

– Pas au prix de ce navire ni de la vie de son équipage, répondit Hawkwood.

– Ça ne sera pas forcément nécessaire si nous sommes suffisamment vigilants. La destinée des navires précédents nous a mis en garde ; nous ne sommes pas obligés de suivre le même chemin.

– Alors comment traquer et capturer cette chose ? Vous avez entendu Bardolin : il n'y a aucun moyen de savoir qui est le lycanthrope sur ce navire.

– Peut-être que le prêtre pourra le savoir. J'ai entendu dire que le clergé peut en quelque sorte flairer ce genre de chose.

– Non, s'empressa d'ajouter Bardolin C'est une illusion. Le seul moyen d'éliminer un lycanthrope est d'attendre qu'il se transforme et de se tenir prêt.

– Qu'est-ce qui le fait se transformer ? s'enquit Hawkwood. Vous avez dit qu'il était plus ou moins doué de raison, même sous sa forme bestiale.

– Oui. Et j'ai également dit qu'il était impulsif, incontrôlable. Mais si nous faisons demi-tour, il aura, d'après moi, ce qu'il veut et n'éprouvera sans doute pas le besoin de se métamorphoser de nouveau. Par ailleurs, si nous annonçons que nous poursuivons notre route, il se sentira peut-être obligé de nous en dissuader.

– Excellent, dit Murad. Voilà, capitaine : nous devons continuer à l'ouest si nous voulons mettre la main sur cette bête et la démasquer.

– Continuer à l'ouest ! s'exclama Hawkwood en riant. Nous ne continuons nulle part en ce moment. Les voiles sont aussi plates que le portemonnaie d'un mendiant. Le navire est encalminé.

– Il doit y avoir quelque chose à faire, dit Murad, irrité. Bardolin, vous êtes censé être un mage. Ne pouvez-vous pas invoquer un vent ?

– Un mage ne maîtrise que quatre des Sept Disciplines, répliqua Bardolin. Invoquer le vent ne fait pas partie de celles que je maîtrise.

– Et les autres passagers ? Il y a bien des mages et des sorcières sinon ils ne seraient pas là. L'un d'entre eux peut sûrement faire quelque chose ?

Bardolin les gratifia d'un sourire las.

– Pernicus était le seul doué dans ce domaine particulier. Peut-être devriez-vous demander au père Ortelius de prier pour que le vent se lève, mon seigneur.

– Ne soyez pas insolent, répliqua Murad d'un ton cassant.

– Je fais seulement remarquer que la lie de la société ramusienne devient brusquement très convoitée en temps de crise.

– Uniquement parce que l'un des membres de cette lie met en danger toute la sécurité du navire à cause de sa marque maudite de sorcellerie diabolique, dit Murad d'un ton glacial. À voleur, voleur et demi, comme on dit.

Les yeux de Bardolin étincelèrent sur son visage de vieux soldat.

– J'attraperai votre voleur, soit, mais je ne le ferai pas pour rien.

– Aha ! voilà le hic ! Et que souhaiteriez-vous en guise de paiement, mage ?

– Je vous le ferai savoir en temps et en heure. Pour l'instant, disons juste que vous me serez redevable d'un service.

– Cette satanée chose n'a pas encore été attrapée, dit calmement Hawkwood. Vous vous soucierez de vos obligations une fois que nous aurons sa tête sur une pique.

– Bien dit, capitaine, acquiesça Murad. Et tenez (il jeta le portulan sur les genoux de Hawkwood), lisez-le attentivement quand vous aurez le temps. Il risquerait de vous être utile.

– J'en doute. Nous avons dévié de notre cap depuis fort longtemps, Murad. Le portulan ne me sera plus d'aucune utilité. À partir de dorénavant, à moins que nous ne retrouvions notre ancienne latitude – ce qui est quasi impossible sans vent dweomer –, nous naviguons sur des mers qui ne figurent sur aucune carte. D'après ce que vous m'avez dit, il semble que le *Faucon* ne soit jamais allé aussi loin au sud. Mon intention, pour l'heure, est de mettre le cap plein ouest, parallèlement à notre ancienne trajectoire. Ça ne sert à rien d'essayer de retrouver notre ancienne latitude.

– Et si nous passions simplement à côté du Continent occidental et naviguions plus au sud ? demanda Murad.

– S'il fait ne serait-ce que la moitié de la taille de la Normannie, on le trouvera à cette latitude. Dans tous les cas, essayer de repartir au nord serait presque suicidaire, comme je vous l'avais dit avant que nous n'engagions les services de Pernicus.

Murad haussa les épaules.

– Cela m'est bien égal, tant que nous apercevons la terre au finale et que nous sommes en état de débarquer.

– C'est mon problème. Le vôtre, c'est la bête qui hante ce navire.

Avant la fin de la matinée, les canons avaient été ressortis et la rumeur avait circulé dans tout le navire, comme la peste se répandant à une vitesse vertigineuse : Pernicus avait été assassiné par un espion clandestin et le meurtrier se cachait à bord, inconnu. La caraque commença à revêtir certains aspects d'une forteresse assiégée : des soldats partout qui demandaient aux passagers ce qu'ils faisaient ; l'équipage armé et les officiers du navire qui aboyaient des ordres à droite à gauche. Les chaloupes rafistolées furent mises à la mer et des matelots entreprirent de déhaler la caraque vers l'ouest, hors de la zone des calmes équatoriaux ; un travail de titan dans la chaleur persistante de la journée.

Au beau milieu du mal-être général, les derniers dégâts causés par la tempête furent réparés et le navire commença à redevenir lui-même, avec un nouveau bois d'œuvre dans la poupe et l'embelle, et de nouveaux filins sur les hunes. Mais les voiles restaient flasques et vides, et la surface de la mer était aussi obstinément plate que la surface d'un miroir vert, sous un soleil éblouissant dans un ciel sans nuages.

Ce fut dans le petit perroquet que Bardolin et Griella trouvèrent enfin la paix et purent parler sans risquer d'être entendus. Ils s'assirent sur la plate-forme aux parois basses, la corpulence du mât de flèche dans leur dos, et des nervures de gréement dignes d'une toile d'araignée tout autour d'eux.

Le visage encore rouge d'avoir péniblement gravi les haubans sous une telle chaleur, Bardolin relâcha son lutin. Dans un petit cri de plaisir, il fila comme une flèche sur le perroquet, regarda le pont en contrebas puis fixa l'horizon imprécis dans la brume légère.

– Tu es au courant, je suppose ? lui demanda Bardolin sans ambages.

– Pour Pernicus ? Oui. Qui aurait voulu faire une chose pareille ? C'était un petit homme totalement inoffensif.

Griella portait ses hauts-de-chausses habituels et une chemise légère en lin que Bardolin soupçonna être une vieille nippe de Murad. Des fragments de dentelle étaient collés à son encolure et elle avait remonté les manches énormes jusqu'à ses coudes, dévoilant des avant-bras bruns, parsemés de minuscules poils blonds.

– Il a été tué par un lycanthrope, Griella, dit le mage d'une voix dure comme du silex.

Ses yeux pâles s'écarquillèrent, jusqu'à ce qu'il pût voir l'étrange cercle doré entourant les pupilles.

– Bardolin ! Vous êtes sûr ?

– J'ai déjà vu des lycanthropes commettre des meurtres, souviens-toi.

Elle le dévisagea. Sa bouche s'ouvrit. Elle finit par dire :

– Mais vous ne croyez pas... si, vous *croyez* ! Vous croyez que c'est moi !

– Pas toi. Mais la bête qui t'habite.

Ses pupilles se dilatèrent, le jaune s'intensifia jusqu'à devenir à peine humain.

– Nous sommes une seule et même personne, la bête et moi, et je vous dis que ce n'est pas moi qui ai tué Pernicus.

– Espères-tu me faire croire qu'il y a deux lycanthropes à bord de ce navire ?

– Sûrement, sinon vous vous trompez. Peut-être que quelqu'un l'a tué pour faire croire que c'est une bête qui l'a fait.

– Je ne suis pas idiot, Griella. Je t'ai mise en garde bien des fois. Maintenant, ça s'est passé.

– *Je ne l'ai pas fait !* Je vous en prie, Bardolin, vous devez me croire !

La lueur dans ses yeux avait disparu et seul le soleil sans pitié embrasait ses larmes. Elle était redevenue une petite fille, qui s'accrochait au genou du mage. Le lutin les regarda, atterré.

– Pourquoi devrais-je te croire ? répondit Bardolin d'un ton sec, bien qu'il mourût d'envie de la prendre dans ses bras, de lui dire qu'il la croyait, de tout arranger.

– N'y a-t-il rien que je puisse faire pour vous convaincre ?

– Que pourrais-tu faire, Griella ?

– Je pourrais vous laisser voir dans mon esprit, comme vous l'avez déjà fait quand j'étais sur le point de me transformer en bête et que vous m'en avez empêchée. Vous avez vu en moi à ce moment-là, Bardolin. Vous pouvez le refaire.

– Je...

Il n'était plus aussi sûr de lui. Il avait cru pouvoir lui soutirer des aveux mais n'avait pas réfléchi au-delà. Il savait qu'il n'aurait jamais dû la livrer à Murad – qu'une espèce de marché aurait été conclu, une espèce d'affaire. Mais il ne savait plus que faire.

Parce qu'il la croyait.

– Montre-moi tes yeux, Griella. Regarde-moi.

Elle releva la tête, obéissante. Le soleil était derrière lui et son ombre se projetait sur elle. Il regarda bien attentivement le profond changement dans ses yeux et le perroquet, le mât, le navire et le vaste océan disparurent.

Une pulsation, très forte et régulière. Mais alors qu'il l'écoutait, le rythme changea. Il devint irrégulier, échappa au temps. Il lui fallut un moment pour réaliser qu'il était en train d'écouter deux cœurs qui ne battaient pas tout à fait en rythme.

Des images tremblotaient comme un déluge de feuilles multicolores. Il se vit mais répugna à l'idée de se voir. Il vit les sommets marron déchiquetés des Hebros qui avaient dû être son chez-elle. Il vit des images rapides de meurtre gratuit, teintées de rouge, traverser son esprit.

Trop loin. Son impatience l'avait fait aller trop loin dans le passé. Il devait s'en extirper un peu.

L'autre battement de cœur s'amplifia, étouffant le premier. Il se dit qu'il pourrait sentir la chaleur de la bête et le picotement de sa fourrure dure contre sa peau.

Ça y était ! Un navire sur un océan illimité, et dans l'obscurité, à bord, la vision de jambes blanches enlacées, de draps de lin dans des froissements de lumière et d'obscurité. Un visage maigre, en extase, qu'il reconnut comme celui de Murad, planant au-dessus de lui dans la nuit.

La bête de nouveau, très proche cette fois. Il sentit sa colère, sa faim. La rage tenace qu'elle ressentait à force d'être enfermée.

Sauf que ce n'était pas le cas. Elle était libre, étendue à côté de l'homme nu sur sa couche suspendue, les solides cordes de soutènement craquant sous son poids. Elle voulait tuer, déchirer la nuit dans un carnage rouge vif. Mais elle n'en fit rien. Elle resta allongée à côté du noble endormi, en proie à des cauchemars, et veilla sur lui toute la nuit.

Elle voulait tuer, mais en était incapable. Quelque chose l'en empêchait, quelque chose que la bête n'arrivait pas à comprendre mais ne pouvait négliger.

Rien d'autre. Quelques images pailletées. Elle-même, le lutin, le succès terrible de la tempête. Rien de plus. Aucun souvenir de meurtre, pas sur le navire, pas depuis Abrusio. Elle lui avait dit la vérité.

Bardolin prit son temps, étudia les interstices embrouillés de l'esprit de Griella, nota les liens sporadiques entre le loup et la femme, les endroits où ils se séparaient, où le contrôle était plus faible. Il se retira avec un sentiment tant de soulagement que de lamentation. Elle aimait Murad, d'une façon quelque peu perverse que même la bête était capable de reconnaître. Et en l'aimant, elle s'infligeait une sorte de violence que Bardolin ne parvenait pas à comprendre.

Elle l'aimait lui aussi, le vieux Bardolin, mais pas de la même façon, pas du tout. Il s'en voulut pour ce sentiment de peine inattendu que lui inspira cette découverte.

Le soleil cognait dur. Les yeux de Griella étaient vitreux. Il la tapota légèrement sur la joue et elle cilla, puis sourit.

– Alors ?

– Tu m'as dit la vérité, dit-il d'une voix accablée.

– Vous n'avez pas l'air enchanté.

– Tu n'as peut-être pas tué Pernicus, mais tu joues un jeu dangereux avec Murad, mon enfant.

– Ce sont mes affaires.

– Très bien, mais il semble que l'impossible soit vrai ; il y a un autre lycanthrope à bord du navire.

– Un autre lycanthrope ? Comment est-ce possible ?

– Je n'en ai aucune idée. Tu n'as rien senti, n'est-ce pas ? Tu n'as aucun soupçon ?

– Eh bien non. Jamais de ma vie je n'ai rencontré d'autre personne souffrant de la maladie noire, même si les gens disent que les Hebros regorgent de ces malades.

– Alors, apparemment, nous ne pouvons rien faire avant qu'il ne décide de se faire connaître.

– Pourquoi un autre lycanthrope se serait-il embarqué avec nous ?

– Pour faire avorter ce voyage, peut-être. Ce serait la raison pour laquelle il a tué Pernicus. Murad m'a dit quelque chose aujourd'hui qui m'intrigue. Je dois redescendre consulter mes livres.

– Dites-moi, Bardolin ! Que se passe-t-il ?

– Je ne le sais pas encore moi-même. Garde les yeux ouverts. Et, Griella, ne laisse pas la bête s'échapper pendant un moment, pas même dans l'intimité de la cabine de Murad.

Elle rougit.

– Vous avez vu ça ! Vous avez fourré votre nez dans nos affaires !

– Je n'avais pas le choix. Cet homme est mauvais pour toi, mon enfant, et toi pour lui. Souviens-t'en.

– Je ne suis pas une enfant, Bardolin. Vous feriez mieux de ne pas me traiter comme ça.

Il caressa doucement sa joue satinée, toucha ses taches de rousseur mordorées, sa peau bronzée.

– Ne pense pas de mal de moi, Griella. Je suis un vieil homme et je me fais du souci pour toi.

– Vous n'êtes pas si vieux que ça, et je suis désolée que vous vous fassiez du souci pour moi.

Mais ses yeux étaient implacables.

Bardolin se retourna et prit le lutin qui les observait dans sa main en coupe.

– Viens. Allons voir si le pas-si-vieux-que-ça peut se frayer un chemin à travers ce labyrinthe de cordages sans ouvrir son crâne grisonnant sur le pont.

La caraque avançait péniblement vers l'ouest, remorquée par les hommes qui ramaient dans les chaloupes. Ils faisaient à peine deux lieues par jour et les marins étaient exténués, malgré le changement d'équipage toutes les heures. Hawkwood commença à rationner l'eau, comme si c'était de l'or, et les soldats, leurs arquebuses chargées de balles de fer, gardaient les tonneaux d'eau dans la partie avant de la cale, jour et nuit. L'équipage perdit de son entrain et devint inquiet. Des plaies salées se mirent à apparaître sur tous les corps, à mesure que la permission de se laver à l'eau fraîche était enlevée et que le sel dans les vêtements écorchait la peau. Le soleil brûlait dans un ciel sans défaut et dans l'eau claire et verte sous la coque, l'ombre d'une mauvaise herbe qui pendouillait s'allongeait à mesure qu'elle s'accumulait sur la coque de la caraque.

Les marins pêchaient pour accroître les provisions du navire. Lors de leur migration à l'ouest, ils tirèrent de l'eau des trigles, d'énormes rougets grondins au corps en forme de tube, et parfois d'énormes pieuvres visqueuses aux tentacules emmêlés, dont certaines étaient presque assez grosses pour submerger la plus petite chaloupe.

Ils commencèrent à apercevoir des mauvaises herbes sur des étendues sales à la surface de la mer, sur lesquelles des colonies de crabes roses et rouge vif filaient précipitamment pour trouver de la charogne. Les couches d'herbe empestaient jusqu'au ciel et étaient infestées de lie pélagique et autre vermine. Inévitablement, certains se frayèrent un chemin à bord et bien vite une grande partie de l'équipage eut son lot de morsures rouges et irritantes et de démangeaisons malvenues dans l'aine et le cuir chevelu.

Dans l'obscurité d'un quart du milieu, une grosse masse noire surgit comme une colline saillant dans la mer le long de la caraque, et l'espace d'un demi-sablier, cette masse égala la taille du navire. Une tête emmanchée sur un long cou, avec un lourd bec corné, contempla l'homme de quart stupéfait puis replongea sous la surface, dans une mousse d'écume blanche. Une tortue géante. Les matelots en avaient entendu parler dans de vieux contes et légendes maritimes. Des marins en mal de terre, loin de chez eux, étaient censés les avoir confondues avec des îles. L'équipage fit le signe du Saint sur sa poitrine et le lendemain, plus de monde que jamais assista au sermon du père Ortelius, ce qui procura une espèce de plaisir morbide à l'Inceptine. Il qualifia l'expédition de « voyage en dépit de Dieu » et, sous le regard de Murad, il déclara que ni menaces ni peur ne parviendraient à museler les serviteurs de Dieu. La volonté de Dieu serait faite, quoi qu'il advienne.

Le même soir, Hawkwood fit flageller deux hommes pour avoir contesté les ordres des officiers du navire.

Les hommes dans les chaloupes ramaient dans les nuits humides, quart après quart, à travers les herbes puantes et emmêlées, avec leur population de crabes et de mites. Et sur la batterie, les conversations tournaient autour de la mort de Pernicus et de son éventuel assassin. De folles théories naissaient et faisaient le tour du navire et ce fut tout ce que put faire Bardolin pour calmer les Dweomers. De fait, il y eut plus de démonstrations de magie. Certaines vieilles fouines purent purifier de petits volumes d'eau salée et d'autres œuvrèrent pour soigner les plaies salées de tous et allumèrent encore plus de petites lumières qu'elles laissèrent brûler toute la nuit, redoutant ce qui se faufilerait sur les ponts une fois l'obscurité tombée.

Puis, huit jours éreintants et lourds de tension après la mort de Pernicus, un vent vint agiter la surface de la mer paisible. Un vent du nord-est qui prit de la force au cours du quart de la matinée jusqu'à ce que les voiles de la caraque soient de nouveau gonflées et que l'écume blanche se brise sous sa proue. L'équipage poussa un soupir de soulagement collectif à mesure que son sillage s'allongeait derrière elle et qu'elle remettait son beaupré complètement à l'ouest.

Alors la tuerie commença.

22

Val Ephrir, capitale de Perigraine. Une cité considérée par beaucoup comme la plus belle au monde.

Elle se trouvait sur une île, en plein milieu de la majestueuse rivière Ephron. Là, à cinq cents kilomètres de ses sources, l'Ephron était une étendue d'eau bleue brillante, de plus d'un kilomètre et demi de largeur. L'île d'Ephrir était une longue étendue de terre basse qui épousait les méandres de l'Ephron sur près de trois lieues. Voilà des siècles, les Fimbriens l'avaient entourée de remparts pour la protéger contre l'inondation constante de la rivière et avaient érigé en son centre une colline artificielle de cent mètres de haut, de telle sorte qu'une citadelle pût y être construite. La cité s'était développée autour de la forteresse, des villages de pêcheurs se regroupant, des ports marchands prenant de plus en plus de place sur le bord de la rivière, de jolies tours et maisons surgissant à l'intérieur de l'île – jusqu'à ce qu'un jour, l'île entière soit bâtie et que s'étendent de toutes parts des maisons, des villas, des entrepôts, des tavernes, des boutiques, des marchés sans ordre ni discipline. Un vieux roi de Perigraine avait décrété que la cité devait être mieux organisée. Les quartiers pauvres de pêcheurs furent démolis, les rues élargies et pavées, les ports reconstruits et dragués pour recevoir les chalands à céréales au ventre profond qui venaient en amont de Candelaria.

La cité avait été reconstruite suivant les lignes d'un idéal architectural et était devenue une merveille pour la majorité du monde occidental : la cité idéale. Et Val Ephrir n'avait jamais connu de guerre ni été assiégée, contrairement à bien d'autres cités ramusiennes.

« Cet endroit a quelque chose de singulièrement innocent », songea Abeleyn en arpentant ses rues larges et en respirant les effluves de ses jardins. Peut-être était-ce l'air embaumé de son climat. On avait beau regarder à l'est et voir les Cimbriques à trente lieues, blanches des premières neiges, ici, dans la vallée de Perigraine, l'air n'était ni chaud ni froid. Il pouvait être rude en hiver, mais ce passage lent dans l'automne convenait parfaitement à la cité comme les millions de feuilles rouge et jaune qui flottaient dans les étangs et à la surface de la majestueuse rivière Ephron, tombées des bouleaux et des érables qui s'embrasaient de toutes parts. Les feuilles qui dérivaient accentuaient la sensation de quiétude car Val Ephrir avait beau être un endroit grouillant d'activité et d'effervescence, il n'en était pas moins digne et paisible. Quelque peu ornemental. La population de la cité, un quart de million de personnes, était presque aussi dense que celle d'Abrusio, mais il y avait quelque chose de plus frénétique dans la patrie d'Abeleyn. Son extrême diversité de couleurs, peut-être. Son désordre animé dans la promiscuité. Si Val Ephrir était une grande dame digne qui accueillait ses invités avec une majesté souveraine, Abrusio était une vieille catin paillarde qui écartait les jambes au monde.

Le roi Abeleyn de Hebrion avait passé deux jours dans la capitale perigrainienne. Le jeune roi Cadamost avait déjà organisé un festin en son honneur et il s'était essayé à chasser le vareg, l'herbivore vicieux coiffé de défenses qui hantait les forêts situées au bord de la rivière. À présent, il avait hâte que le conclave se réunisse. Les principaux dirigeants étaient arrivés : lui-même et Mark d'Astarac, dont l'alliance était un secret ; l'irascible Haukir d'Almark aux cheveux blancs, ses conseillers inceptines tournant autour de lui comme des vautours observant un vieux cheval de guerre boiteux ; Skarpathin de Finnmark, un jeune homme qui avait pris le trône dans des circonstances pour le moins troubles et effroyables ; le duc Adamir de Gabrion, image même du chien de mer grisonnant, et Lofantyr de Torunnie, l'air soucieux et paraissant plus vieux que ses trente-deux ans.

Il y en avait d'autres, naturellement. Les ducs des fiefs frontaliers étaient présents : Gardiac, Tarber, et même Kardikia, isolée, avait envoyé un émissaire, bien que le duc Comorin ne pût se déplacer en personne. Depuis la chute d'Aekir, Kardikia avait été coupée du reste du monde ramusien ; les seuls liens qu'elle entretenait avec les autres puissances occidentales étaient dorénavant maritimes.

Le duc de Touron et le prétendu prince de Fulk étaient également de la partie et, de l'entourage d'Abeleyn mais ne siégeant pas à la table du conseil, un représentant de Narbukir, cet électorat fimbrien qui s'était séparé de ses pairs près de quatre-vingts ans auparavant. L'émissaire narbukien devait se faire connaître en temps et en heure. Des électorats fimbriens en tant que tels, Abeleyn n'avait eu aucune nouvelle, aucune réponse à ses ouvertures. Il s'y était bien attendu, malgré l'optimisme de Golophin.

Les dirigeants des royaumes ramusiens étaient de jeunes hommes pour l'essentiel. Comme si une génération de rois plus âgés avait renoncé à son pouvoir en l'espace de quelques années et que les fils, âgés de vingt ou trente ans à peine, avaient pris les trônes de leurs pères.

Trois prélats étaient également présents dans la cité, tout juste arrivés du dernier synode de Charibon. Escriban de Perigraine, qui était le prélat du royaume, Heyn de Torunnie, qui avait passé des heures enfermé à discuter avec le roi Lofantyr, et Merion d'Astarac, qui avait fait la même chose avec Mark. Le vieux Marat, le prélat d'Almark, avait pris le chemin de retour le plus rapide mais son monarque, Haukir, était si entouré par ses conseillers cléricaux qu'il avait probablement jugé sa présence inutile, songea Abeleyn avec aigreur.

La première réunion du conclave se tint dans un brouhaha de rumeurs et de spéculations. Selon certains rapports, les premiers assauts contre la digue d'Ormann avaient eu lieu et, même si une partie du complexe de la forteresse était tombée, le reste tenait bon, défiant une armée de Medruks forte d'un demi-million d'hommes. Grâce au gerfaut de Golophin, Abeleyn recevait des informations plus précises. Même si cela n'avait eu lieu que quelques jours auparavant et se trouvait à près d'un mois de route, il était au courant de l'échec de l'attaque de la rivière et de la léthargie actuelle de l'ennemi. Toutefois, il était incapable de l'expliquer.

Mais le miracle avait eu lieu : la digue tenait encore. Il était même probablement possible de la renforcer. Cinq mille Chevaliers militants étaient censés venir de Charibon pour porter secours à la forteresse cependant que les rois se réunissaient à Val Ephrir.

Mais il y avait une autre nouvelle que seuls Abeleyn et quelques autres connaissaient. Macrobius était bel et bien vivant et se trouvait à la digue, aveugle mais doué de toute sa raison. L'élévation de Himerius au pontificat était, de fait, nulle et non avenue. C'était la meilleure nouvelle qu'Abeleyn eût entendue depuis des semaines. Il s'assit bien confortablement sur sa chaise rembourrée de cuir à la table du conseil dans la salle des Rois de Val Ephrir, de bien meilleure humeur qu'il aurait dû l'être.

Le roi Cadamost de Perigraine, comme le lui permettait son statut d'hôte, avait convoqué l'assemblée.

Les hommes les plus puissants du monde occidental se trouvaient dans une salle circulaire de la tour la plus haute du palais. Le sol sur lequel leurs chaises grinçaient était recouvert d'une exquise mosaïque d'armes et de drapeaux des maisons royales de Normannie. De grandes fenêtres de verre coloré teintaient le soleil qui entrait à flots à six mètres au-dessus des têtes des rois réunis et des bannières de guerre perigrainiennes pendaient mollement aux chevrons. Il n'y avait pas de gardes dans la grande salle ; ils étaient postés dans les cages d'escalier en bas. La table ronde autour de laquelle ils étaient tous assis était recouverte de plumes et de papiers. Ceux qui dédaignaient lire ou écrire avaient amené des scribes avec eux.

Des politesses furent échangées, des salutations aussi, le protocole respecté par une interminable série de discours exprimant la gratitude des rois rendant visite à leur hôte. À vrai dire, accueillir le conclave n'était pas une mince affaire, même pour la spacieuse cité de Val Ephrir. Chaque dirigeant présent s'était fait accompagner de centaines de serviteurs et ceux-ci devaient être reçus d'une certaine manière comme le faisaient les monarques en personne. Des divertissements devaient être organisés, des banquets et des tournois pour divertir les têtes couronnées quand elles ne se trouvaient pas dans la chambre du conseil, des mets délicats pour stimuler leur appétit, de la bière, du vin et d'autres liqueurs pour les aider à se détendre. L'un dans l'autre, songea Abeleyn de mauvaise humeur, Cadamost aurait pu lever et équiper une armée considérable avec tout l'argent qu'il avait dépensé à jouer l'hôte gracieux pour ses homologues. Mais c'était ainsi que tournait le monde.

Une fois les préliminaires achevés, Cadamost se leva de son siège pour s'adresser aux hommes autour de la table. Ils attendaient ses paroles avec intérêt. Certains sièges étaient vides. Et ils avaient hâte de savoir s'ils seraient ou non occupés, et par qui.

– C'est une épreuve que traversent actuellement les États ramusiens du monde, commença Cadamost.

C'était un homme mince de taille moyenne, et il ressemblait davantage à un écolier qu'à un roi. Une maladie oculaire avait encerclé ses yeux de rouge. Il cillait difficilement mais, en compensation, sa voix était aussi musicale que celle d'un barde.

– Dans le passé, des conclaves ont été convoqués pour résoudre une crise qui touchait les royaumes et les principautés de Normannie. Ils sont réunis pour offrir un lieu d'arbitrage et de règlement. Tous les royaumes ici représentés se sont, à une époque ou une autre, fait la guerre – et pourtant, leurs monarques siègent aujourd'hui en paix les uns à côté des autres, unis par une crise commune, un ennemi qui nous menace tous.

« Dans le passé il y a eu un pouvoir sur le continent qui a toujours été sous-représenté à nos réunions, et qui a refusé de se joindre à nos conseils. Ce pouvoir était autrefois suprême dans la Normannie, mais récemment il s'est replié sur lui-même. Il s'est isolé, coupé d'une diplomatie normale et des relations internationales. J'ai le plaisir de vous annoncer que cette situation a changé. Pas plus tard que ce matin, des émissaires sont arrivés de cet État. Je vous demande, amis dirigeants, de souhaiter la bienvenue aux émissaires de la Fimbrie. »

Sur un signal, deux portes s'ouvrirent dans le mur sur deux hommes, tout de noir vêtus.

– Je vous souhaite la bienvenue, messieurs, dit Cadamost de sa voix aux intonations mélodieuses.

Les hommes entrèrent dans la salle et, sans un mot, prirent place autour de la table du conseil. Les portes se refermèrent bruyamment, comme pour insister sur le caractère définitif de leur entrée.

– Je lève mon verre à la santé des maréchaux Jonakait et Markus de Neyr et Gaderia, autorisés dans cette instance à parler également au nom des électorats de Tulm et Amarlaine. En conséquence, ils sont la voix de la Fimbrie.

Les autres monarques étaient abasourdis, mais aucun ne l'était plus qu'Abeleyn. Ses propres émissaires étaient revenus les mains vides des énigmatiques électorats de la Fimbrie. Mais les quatre électorats s'étaient associés pour envoyer deux représentants au conclave. C'était sans précédent. Les rivalités amères entre les électorats avaient été l'une des raisons de la fin de l'hégémonie fimbrienne. Qu'est-ce qui avait provoqué ce changement de politique ?

Cadamost avait l'air plutôt suffisant. Considéré comme un poids léger politique par les autres monarques, il avait néanmoins réussi un beau coup diplomatique. Abeleyn regarda ses yeux cerclés de rouge et le visage très quelconque du roi de Perigraine. C'était plus qu'une belle voix.

Les Fimbriens s'assirent, impassibles. C'étaient des hommes carrés, leurs cheveux étaient coupés extrêmement court, et leurs visages aux joues creuses évoquaient une grande endurance physique. Ils portaient le noir fimbrien traditionnel, les atours de tout homme de rang dans les électorats depuis la chute de leur hégémonie et la mort du dernier empereur. Rouge vif et noir torunnien, la robe de Lofantyr était un dérivé du noir fimbrien et c'étaient les Torunniens qui avaient hérité de la cape du plus grand pouvoir militaire sur le continent. Mais qui savait comment se comporteraient les Fimbriens ces jours-ci ? La Fimbrie narbukienne s'était certes ouverte au monde extérieur après son schisme avec les autres électorats mais, par conséquent, on ne la considérait plus comme véritablement fimbrienne.

– Nous sommes ici sur l'ordre de deux rois, dit Jonakait. Nous, des électorats, reconnaissons que l'Ouest se trouve confronté à la plus grosse menace depuis l'époque des Guerres religieuses. La Fimbrie, qui était jadis la plus grande puissance au monde, ne s'isolera plus du cours normal du contact diplomatique. Je suis ici habilité à conclure des accords et des traités avec les autres monarques de Normannie et également habilité à promettre une aide militaire si nécessaire.

– Pourquoi vos Électeurs ne sont-ils pas venus en personne ? lui demanda Lofantyr d'un ton brusque, lui en voulant visiblement pour son laïus sur la « plus grande puissance au monde ».

Jonakait cilla.

– Markus et moi sommes habilités à les représenter. Nous avons été investis de l'imperium électoral. Nous sommes ici en qualité de dirigeants *de facto* de la Fimbrie et sommes en mesure d'autoriser toute action que nous jugerons appropriée.

Les choses avaient donc changé en Fimbrie et personne ne s'en était rendu compte, songea Abeleyn. Les électorats s'étaient en quelque sorte rabibochés et agissaient de concert. Il se demandait simplement quelle autorité possédaient réellement ces deux hommes.

– Pouvez-vous decider l'engagement des troupes fimbriennes ? demanda Lofantyr, dont l'impatience était manifeste.

– Nous le pouvons.

Le roi torunnien se cala dans son siège.

– Vous devrez tenir parole, maréchal.

Le Fimbrien se contenta de hausser les épaules.

Abeleyn se demanda toutefois qui d'autre parmi les hommes assis autour de la table tolérerait vraiment que les tercios fimbriens reprennent leur marche à travers la Normannie. Il s'était cru ouvert d'esprit, dépourvu de tout préjugé provenant du passé, mais cette idée lui donna pourtant la chair de poule. Les souvenirs avaient la peau dure. Pas étonnant si, autour de la table, de nombreux visages étaient aussi outrés que stupéfaits.

Cadamost reprit la parole, faisant tout son possible pour que la réunion ne s'arrête pas à l'entrée sensationnelle des deux maréchaux.

– Pour l'heure, des questions urgentes nous attendent, et il est impératif que les problèmes qui en découlent soient traités. Si l'Ouest doit avoir une sorte de politique concertée concernant la crise orientale – et d'autres événements – alors nous devons, en tant que dirigeants de nos nations, prendre des décisions entre les murs de cette salle.

– Travaillons-nous sur des rumeurs ou sur les faits, cousin ? demanda Haukir.

Sa barbe blanche se hérissa. On disait que lui et son prélat, Marat, avaient des liens de parenté, et bien plus proches qu'ils ne le laissaient entendre. Le prélat d'Almark, selon la rumeur, était né dans la maison royale mais c'était un enfant adultérin. Les deux hommes étaient sûrement aussi bourrus et obstinés que jumeaux.

– Qu'insinuez-vous, cousin ? lui renvoya Cadamost.

– Ces rumeurs selon lesquelles Macrobius est vivant, et sur la digue d'Ormann, par exemple. Elles doivent être étouffées avant de faire du mal.

– J'en conviens. (Abeleyn prit la parole.) On doit les vérifier minutieusement, au cas où il y aurait une once de fondement en elles.

– Pieter Martellus, à la digue, insiste sur le fait que Macrobius s'y trouve, dit Lofantyr.

Haukir partit d'un rire méprisant :

– Le croyez-vous ? Il essaie juste d'injecter un peu de courage dans sa garnison, c'est tout.

– Je n'ai jamais entendu dire que les soldats torunniens manquaient de courage, s'emporta Lofantyr. Je pensais que leur conduite à Aekir avait suffisamment attesté leur courage. Mes compatriotes meurent par centaines de milliers pour que les royaumes qui s'abritent derrière leurs lances puissent dormir sur leurs deux oreilles la nuit. Ne venez donc pas *déblatérer* sur le courage, cousin.

« Bravo », songea Abeleyn, jubilant, tandis que le visage de Haukir se rembrunit et qu'il crachota de colère.

Mais Lofantyr n'en avait pas encore terminé.

– On a attiré mon attention sur le fait que les cinq mille Chevaliers militants promis à mon prélat par le vicaire général des Inceptines ont fait demi-tour dans leur marche jusqu'à la digue et rebroussé chemin jusqu'à Charibon. Autant pour l'aide de l'Église. Himerius se montre aussi ferme que vous, Haukir ; il condamne d'emblée, sans attendre d'entendre de preuve pour ou contre. Quant à moi, je jure de garder un esprit ouvert. Si Macrobius est bel et bien vivant, alors c'est sûrement un signe de Dieu que la vague medruk se retire. Les nouvelles de la digue le confirment.

Abeleyn et Mark d'Astarac se regardèrent. Alors c'était ça. Lofantyr avait trouvé la force de défier le nouveau pontife en raison des succès survenus à la digue. Mais aussi, imagina Abeleyn, parce qu'il y avait des Fimbriens à la table qui promettaient des troupes. Le roi torunnien ne croyait plus devoir se fier aux forces de l'Église. Lofantyr était redevenu son propre maître et c'était tant mieux.

– Accusations et récriminations n'ont pas lieu d'être dans cette assemblée, dit Cadamost, levant une main pour anticiper l'explosion de Haukir.

– Défions-nous la bulle pontificale du nouveau dirigeant spirituel du monde ramusien, alors ? demanda Skarpathin de Finnmark avec décontraction, son visage d'assassin se fendant d'un sourire sardonique.

Cadamost marqua une pause et Abeleyn s'empressa de briser le silence.

– Le pontife n'a peut-être pas été informé comme il se devait. Il a agi comme si, à son sens, il valait mieux empêcher le désordre, la confusion, voire le schisme, au sein de l'Église en cette époque cruciale. Mais même si nous pouvons respecter la bulle de l'Église, je crois toutefois que nous pouvons nous conduire comme des hommes et attendre le résultat d'autres enquêtes, l'esprit ouvert.

Des grondements s'ensuivirent, mais aucune brouille flagrante. Tout le monde savait que le roi hebrionien et son ancien prélat avaient toujours été en désaccord. Haukir lança un regard furieux et suspicieux à Abeleyn. Il était le jeune roi irréligieux, le filou. Il devait avoir quelque chose derrière la tête. Abeleyn prit soin de ne laisser transparaître aucune émotion sur son visage.

Cadamost gratifia Abeleyn d'un regard reconnaissant. De toute évidence, son rôle d'arbitre était épuisant.

– Les sujets de discussion ont pour la majorité été soulevés, dit-il. Cette rumeur selon laquelle Macrobius a survécu, la défense de la digue d'Ormann et des autres marches de l'Est, ainsi que la venue de nos nouveaux collègues, les Fimbriens.

– Il y en a d'autres, cousin, fit Mark d'Astarac.

– Tels que ?

– Tels que ces satanés bûchers qui se dressent à Hebrion et qui semblent s'étendre à tous les États ramusiens du continent.

– C'est un problème que seule l'Église peut trancher, répondit Haukir.

– C'est une transgression de l'autorité de la couronne et, en tant que telle, elle doit être débattue par cette assemblée, lança Abeleyn.

Il n'avait plus rien d'un jeune garçon. Ses yeux foncés lançaient des éclairs, comme du verre attrapant la lumière.

Les autres dirigeants fixèrent Mark et Abeleyn, sentant quelque chose, une espèce d'accord secret. Mais ils avaient le temps avant de révéler le Traité d'Alliance hebriono-astaracien. Abeleyn et Mark en avaient des exemplaires avec eux, prêts à être sortis au bon moment.

– Très bien, fit Cadamost. Le problème des purges sera aussi abordé, bien que je ne voie pas quelles dispositions peuvent prendre les dirigeants à ce sujet ; à mes yeux, cela semble relever uniquement de l'Église.

– Disons que j'ai des doutes quant aux motivations qui se cachent derrière, dit Abeleyn.

– Remettez-vous en cause le jugement du saint pontife ? demanda Lofantyr, ignorant qu'il avait fait exactement la même chose quelques instants plus tôt.

– Il n'était pas pontife quand cette décision a été prise. Il était prélat de Hebrion et, de fait, ses actions relèvent du domaine de la Couronne de Hebrion.

– Subtilités de juristes ! aboya Haukir.

– Ces subtilités de juristes risquent d'avoir de l'importance si l'affaire est portée devant une commission royale, dit Abeleyn.

– Vous ne pouvez pas faire passer le haut pontife en jugement, dit Skarpathin de Finnmark, un conservateur malgré son jeune âge et les mesures sanglantes qu'il avait prises pour asseoir son règne.

– Non mais peut-être n'est-ce pas le haut pontife, si Macrobius vit encore. De plus, les purges ont été initiées par un prélat, pas par un pontife. Nous devons pourtant lire une bulle pontificale qui les prolonge formellement.

– Il paraît que deux mille Chevaliers se trouvent presque aux frontières de Hebrion, cousin. Cela n'aurait-il rien à voir avec votre empressement à éluder cette question ? fit Haukir, un sourire désagréable aux lèvres.

– Je me réjouis que les ressources de l'Église soient si généreuses envers mon royaume mais, comme Lofantyr, j'estime qu'elles pourraient être mieux employées ailleurs.

– Vous avez besoin d'hommes pour combattre les Medruks, pas de mots, dit soudainement Markus, le maréchal fimbrien, avec une brusquerie déconcertante. Vous ne pouvez plus compter sur les troupes de l'Église, c'est clair. Le pontife et ses prélats font bande à part ; ils se fichent bien du destin de la digue d'Ormann. Ils seraient même ravis de la voir tomber, si cela les débarrassait en même temps de ce pontife rival.

Dire la vérité si ouvertement était impardonnable. L'isolement avait atrophié toute sorte de subtilité diplomatique que les Fimbriens avaient peut-être possédée autrefois, se dit Abeleyn.

Haukir semblait encore à deux doigts d'exploser, mais le Fimbrien continua à parler de sa voix blanche et sans timbre.

– Les électorats fimbriens ont décidé de mettre leurs forces à la disposition de l'Ouest. Il y a six cents tercios sous les armes en Fimbrie même. Ces troupes ont été mises de côté pour pouvoir être utilisées au-delà des frontières des électorats. N'importe quel monarque qui en a besoin peut y recourir.

La table se tut, stupéfaite. Six cents tercios ! Plus de soixante-dix mille hommes ! Il y avait eu une chimère parmi eux et ils ne l'avaient même pas su !

– Sous qui serviront ces tercios ? s'enquit Lofantyr.

– Ils auront leurs propres officiers, et tout corps expéditionnaire sera commandé par un maréchal fimbrien qui, à son tour, obéira aux ordres du dirigeant qui l'emploie, quel qu'il soit.

– *Emploie ?* dit Cadamost, plissant ses yeux rouges. Dites-moi, maréchal, qui paiera les salaires de ces soldats ?

Pour la première fois, Markus eut l'air moins impassible.

– Leurs frais devront être pris en charge par le monarque sous lequel ils servent, naturellement.

C'était donc ça. Les Fimbriens faisaient d'une pierre deux coups ; maintenant que les électorats s'étaient visiblement rabibochés, ils avaient sans doute une richesse de soldats non employés dans leurs pattes. Qu'en faire, de ces combattants hors pair ? Les confier aux autres États occidentaux, soulager une économie sûrement fatiguée – et étendre l'influence fimbrienne par la même occasion. La béquille fimbrienne risquerait bien de se transformer en massue, un jour. C'était une mesure ingénieuse. Abeleyn se demanda si Lofantyr était suffisamment désespéré pour mordre à l'hameçon. Il devait sûrement en comprendre toutes les implications.

– Je vous parlerai en privé à l'issue de la réunion de ce jour, maréchal, finit par dire le roi torunnien.

Markus inclina légèrement la tête, mais Abeleyn eut le temps d'apercevoir une lueur de triomphe dans ses yeux.

– Ce foutu idiot ! fulmina Mark. Ne voit-il pas ce qu'il est en train de faire ? Les Fimbriens vont lui mettre une laisse autour du cou et le promèneront comme un chien.

– Il est dans le pétrin, dit Abeleyn en sirotant son vin et en faisant rouler sur la table une olive noire qui attrapa le soleil. L'Église a rappelé ses renforts et, de fait, il doit trouver des hommes partout. Le service de renseignement fimbrien doit être plutôt efficace. Cette proposition tombe à point nommé.

– Croyez-vous qu'ils rêvent de nouveau d'un empire ?

– Bien sûr. Quoi d'autre aurait pu persuader les électorats de déposer les armes ? Mon stratagème visant à faire venir l'émissaire narbukien ici est tombé encore plus à plat qu'une vessie que l'on crève. C'est étrange. Golophin a dû se douter qu'il se tramait quelque chose en Fimbrie, car c'est lui qui m'avait conseillé de sonder les électorats. Je ne crois pas qu'il ait imaginé cela, en revanche, même dans ses rêves les plus fous.

– Ou cauchemars. Notre alliance passe pour de la petite bière par rapport à cette nouvelle.

– Au contraire, Mark. Elle est plus importante que jamais. Cadamost est arrivé à une espèce d'arrangement secret avec les maréchaux, j'en suis sûr. Ils ont accepté son invitation, pas la mienne. Et la Torunnie a besoin de troupes. Comment va-t-on de Torunnie en Fimbrie ? Par Perigraine ! Cadamost joue vraiment avec le feu. Qui l'en aurait cru capable ?

Ils étaient installés à une table, devant une taverne, dans l'une des rues principales de la cité. Des chariots et des charrettes passaient sans arrêt devant eux en roulant bruyamment, et ils étaient entourés de la teinte rouge-or des arbres bordant presque chaque rue de Val Ephrir. Des feuilles rouge vif et ambre jonchaient le sol comme un tapis craquant et une brise fraîche soufflait. S'ils levaient les yeux, au-delà des bâtiments bien construits de l'autre côté de la rue, ils pouvaient voir les tours du palais de Val Ephrir étinceler de blanc et de marbre. Abeleyn leva son verre et but. C'était du candelarien. Une bonne moitié des exportations de Candelaria était à destination de Perigraine.

– Nous devons parler à Lofantyr, dit Abeleyn. Pour qu'il se rende compte de ce qu'il est en train de faire. Nous ne le dissuaderons pas d'avoir recours aux troupes fimbriennes, mais il doit au moins les déployer avec parcimonie. Une bonne chose dans tout cela : cela a assuré son indépendance par rapport à l'Église et peut garantir la reconnaissance de Macrobius comme haut pontife. Lofantyr le soutiendra. Il n'a rien à perdre et beaucoup à gagner d'un pontife qui pourrait bien devenir un pantin torunnien.

– Si Himerius se désiste, dit Mark d'un ton morne.

– Un « si » très intéressant, cousin. Qui le soutiendrait s'il ne le faisait pas ? Almark, évidemment. Et Finnmark. La majorité des duchés frontaliers.

– Perigraine, peut-être.

– Peut-être. Je suis complètement désorienté quand je pense à ce royaume. Cadamost m'a déconcerté – fort désagréablement.

Une troisième personne les rejoignit à table, surgissant de la foule qui courait dans la rue. Elle salua les deux rois puis but du vin dans le verre d'Abeleyn.

– Chère Jemilla, fit le monarque hebrionien d'un ton décontracté. Je suppose que votre visite de la cité vous a plu ?

– C'est un endroit extraordinaire, sire, si différent de notre vieille Abrusio peuplée de monde. Comme quelque chose qui sort des anciens contes royaux.

– Vous êtes pâle. Vous sentez-vous bien ?

Jemilla portait une robe ample rouge foncé, incrustée de perles et de fils d'or. Ses cheveux noirs étaient attachés sur sa tête avec d'autres épingles perlées et son visage était blanc comme un os érodé par la mer.

– Très bien, sire. Je suis un peu fatiguée, peut-être.

Mark l'ignora. Qu'Abeleyn l'emmenât au conclave l'avait plutôt scandalisé, surtout depuis que le roi hebrionien était secrètement, pour ne pas dire officiellement, fiancé à sa sœur.

– Vous devriez vous protéger du soleil. Il est très vif dans cette partie du monde. Il n'y a aucune poussière pour atténuer son passage.

– J'attends mon barouche, sire. M'accompagnerez-vous au coin de la rue ? Mes domestiques m'ont abandonnée pour l'instant, manifestement.

– Mais certainement, ma chère. Cousin, attendrez-vous mon retour ?

Mark agita une main affable et enfouit son nez dans son verre.

– Il ne m'aime pas, dit Jemilla quand ils furent hors de portée de voix.

– Vous l'attirez, mais parfois Mark est du genre austère. Il aime sa femme et a tendance à culpabiliser.

– Vous et lui, vous vous comportez comme deux apprentis porte-étendards en virée en ville. N'avez-vous pas de membres de votre suite avec vous ?

Abeleyn rit.

– Mes gardes de corps – et ceux de Mark – sont très discrets et Cadamost a sans doute aussi des gens qui nous observent. Vous n'avez pas à craindre pour ma sécurité à Val Ephrir. Si quoi que ce soit se passait ici, cela aurait des répercussions néfastes pour le roi de Perigraine.

Jemilla lui prit le bras. Elle marchait moins vite que d'habitude.

– Quelque chose ne va pas, ma chère ?

Elle se pencha près de lui et lui parla à l'oreille.

– Je suis enceinte.

Ils s'arrêtèrent dans la rue, suscitant les coups d'œil curieux des gens qu'ils croisaient.

– En êtes-vous sûre ? demanda Abeleyn d'une voix devenue froide et sans timbre.

– Oui, sire. Il est de vous. Il n'y a eu personne d'autre depuis que nous sommes ensemble.

Abeleyn la fixa. Le soleil vif fit ressortir les rides aux coins de ses yeux, accentua la blancheur de sa peau et les ombres sous ses pommettes.

– Vous n'allez pas bien, ma chère, murmura-t-il.

– Je ne peux rien avaler. C'est passager.

– Quelqu'un d'autre le sait-il ?

– Mes serviteurs auront deviné. (Jemilla se caressa le ventre à travers sa robe ample et épaisse.) Cela se voit encore à peine mais mon flux menstruel...

– Très bien, très bien ! Je ne veux pas en savoir plus sur vos mécanismes de femme.

Comme la plupart des hommes, Abeleyn en savait peu sur le sujet et s'en moquait encore plus. C'était la malchance de s'accoupler avec une femme à cette période, une offense à Dieu. Il n'oserait s'aventurer plus loin.

– Vous êtes sûre qu'il est de moi, Jemilla ? demanda-t-il à voix basse, la prenant par les bras.

Ses yeux s'emplirent de larmes.

– Oui, sire.

Elle pencha la tête et se mit à sangloter calmement.

– Dents du Saint ! Où est ce fichu chariot ? Séchez vos yeux, femme, pour l'amour de Dieu !

Le chariot bâché remontait bruyamment la rue et Abeleyn le héla.

– Tout ira bien ? demanda-t-il en l'aidant à monter à l'intérieur.

Il ne l'avait encore jamais vue pleurer et cela le déconcerta.

– Oui, sire. Ça ira. Mais je ne peux pas... je ne peux pas assurer les mêmes services que ceux que je me suis engagée à fournir jusqu'alors.

Abeleyn s'empourpra.

– Peu importe. Nous vous ramènerons à Hebrion par la mer. Vous ne gravirez pas les montagnes de Malvennor dans cet état. Il y a certaines choses que je vais arranger. On s'occupera de vous, Jemilla.

– Sire, je dois dire... que je veux garder cet enfant. Je ne veux pas... m'en débarrasser.

Abeleyn se raidit. L'espace d'une seconde, il ressembla étrangement à son père, austère et rigoureusement pieux.

– C'est une idée qui ne m'avait même pas traversé l'esprit, Jemilla. Comme je l'ai dit, on s'occupera de vous, et de l'enfant également.

– Merci, sire. Je n'en ai jamais douté.

Il tira la bâche et le chariot s'empressa de gagner le palais, où elle disposait d'une suite privée. Il suivit son départ avec un sourire sans joie.

Un enfant bâtard, et pas d'une catin. D'une dame d'une maison noble. Cela pourrait poser des problèmes. Il devrait être très prudent.

– Quelque chose ne va pas ? demanda Mark quand Abeleyn le rejoignit.

– Non. La curiosité féminine. Je l'ai renvoyée chez elle.

– Une belle femme, si l'on aime les femmes mûres.

– Oui. Elle est veuve.

– Et de naissance noble, observa Mark sans sourire.

Abeleyn le gratifia d'un regard glacial.

– Pas suffisamment noble, cousin, croyez-moi. Pas suffisamment noble. Recommandez du vin, voulez-vous? Je suis aussi sec qu'un chemin en été.

Dans le chariot fermé, le visage de Jemilla était radieux et dur, et ses larmes sèches. Le chariot roulait bien, avançait facilement, et elle en fut soulagée. Elle n'avait encore jamais porté d'enfant à terme. Elle ne savait pas très bien ce qui l'attendait. Mais cela n'avait aucune importance.

Il l'avait crue – c'était le principal. Que ferait-il à présent? Quelles perspectives avait le fils bâtard du roi de Hebrion? Cela restait à voir. Qu'Abeleyn soit si ami avec Mark d'Astarac ne lui plaisait pas. Célibataire, il pourrait secrètement accueillir un fils, même illégitime, mais s'il épousait une princesse astaracienne et en faisait sa reine...

Ce n'était pas l'enfant d'Abeleyn, évidemment. C'était celui de Richard Hawkwood. Et ce serait un garçon. Elle le sentait dans sa chair. Mais Hawkwood était sûrement mort maintenant et devait reposer par des mètres de fond dans les eaux d'un océan sans fin. Et même s'il n'était pas mort, il n'était pas de naissance noble. Il ne devrait jamais savoir qu'il avait un fils. Non, son enfant à elle grandirait comme le fils d'un roi et, un jour, elle veillerait à ce qu'il réclame son dû. Il ne serait pas escroqué de son droit d'aînesse et, lorsqu'il le revendiquerait, sa mère serait là pour le guider.

23

Ils trouvèrent Billerand à la moitié de son quart, en bas, dans les magasins à filins de la partie avant de la cale. Il était descendu vérifier les cordages de vingt centimètres de diamètre qui supportaient les ancres. Mateo, le mousse, se trouvait avec lui ; de son corps, il n'y avait aucune trace. Les soldats dirent qu'ils n'avaient rien entendu.

Un peloton d'arquebusiers tira une salve quand ce qui restait de son corps fut jeté par-dessus bord, en hommage au soldat qu'il avait été. Puis ils retournèrent à leurs postes, par quatre et non plus par deux, des lanternes brûlant dans la cale pour tenter de tenir les ombres en échec.

Hawkwood et Murad passèrent le reste de la nuit à boire du bon brandy dans les quartiers du noble et à creuser leurs méninges fatiguées pour avoir quelque chose à faire, trouver une ligne de conduite à adopter. Hawkwood suggéra même de demander l'aide d'Ortelius, mais Murad le lui interdit. Que le prêtre semble gagner de plus en plus d'influence auprès des soldats et des matelots était déjà assez regrettable mais que les officiers du navire puissent faire appel à lui pour trouver de l'aide était intolérable.

Bardolin se joignit à eux, de mauvaises nouvelles inscrites sur son visage.

– Ortelius tient une espèce de réunion sur la batterie, leur apprit-il.

– La batterie ! s'exclama Murad.

– Oui. Apparemment, il s'est fait une mission de gagner à sa cause les pauvres âmes perdues des Dweomers. Il y a aussi beaucoup de soldats et de marins avec lui.

– Je vais demander à Sequero d'interrompre leur petite fête, dit Murad, faisant mine de se lever de sa chaise.

– Non, seigneur Murad, je vous en supplie. Cela ne peut faire que du mal. La majorité de vos hommes sont toujours à leurs postes, tout comme la majorité des marins, capitaine, mais j'ai remarqué l'un des officiers du navire, Velasca. Il était là-bas avec les autres.

– Velasca ? explosa Hawkwood. Le chien rebelle !

– Apparemment, dit Murad d'une voix traînante, nos subordonnés sont des esprits qui évoluent tout seuls. Prenez du brandy, mage. Et faites sortir cette chose de votre robe, pour l'amour du Saint ! J'ai déjà vu des démons familiers.

Bardolin libéra le lutin. Il bondit sur la table, alla sentir le goulot du décanteur de brandy, puis fit un grand sourire quand Murad le gratouilla doucement sous le menton.

– De bon augure, un lutin à bord, dit Hawkwood d'un ton calme.

– Oui, fit Bardolin. Je me souviens que Billerand me l'avait dit, quand nous étions à Abrusio.

Un silence lourd s'ensuivit. Hawkwood descendit son brandy d'un coup comme si c'était de l'eau.

– Qu'avez-vous découvert ? demanda-t-il enfin au sorcier, l'alcool fort le faisant larmoyer.

– J'ai fait de la lecture. Sur les loups-garous. Ma collection d'œuvres thaumaturgiques est d'une insuffisance affligeante – ma maison a été mise à sac avant que nous ne partions de Hebrion et j'ai dû faire preuve de discrétion quand j'ai enquêté auprès des passagers pour savoir si l'un d'eux avait des œuvres similaires en sa possession, vous comprenez. Mais d'après les piètres recherches que j'ai pu entreprendre, les lycanthropes n'aiment pas les enfermements de deux sortes. Selon Gregory de Touron, plus le lycanthrope conserve sa forme humaine, plus les actions de la bête sont violentes quand il se transforme. Ainsi, si les lycanthropes n'ont pas l'intention de se déchaîner totalement une fois dans leur forme animale, ils doivent régulièrement passer d'un état à l'autre, même si la bête ne fait que rester immobile. C'est comme percer un furoncle. Le pus doit être libéré de temps en temps. La bête doit respirer.

– Quelle est l'autre forme d'enfermement ? demanda Murad, impatient.

– C'est simple. Toute période d'incarcération prolongée dans des endroits clos, tels qu'une maison, une cave...

– Ou un navire, l'interrompit Hawkwood.

– Exactement, capitaine.

– Brillant, dit Murad d'un ton caustique en brandissant son verre. À quoi nous servent ces pépites inestimables, vieillard ?

– Elles nous disent que ce lycanthrope souffre doublement. Premièrement, parce qu'il se trouve dans l'espace confiné d'un navire, et deuxièmement parce qu'il ne peut pas changer d'état à la fréquence qu'il désirerait. Et la pression monte, avec la frustration.

– Vous espérez qu'il va faire une erreur, perdre son sang-froid, dit Hawkwood.

– Oui. Il a été très prudent jusqu'ici. Il a assassiné notre conjurateur de vent et nous a fait nous encalminer, pensant probablement que cela suffirait. Mais comme le vent a repris et que le navire remet le cap à l'ouest, il frappe de nouveau. Un officier du navire cette fois. Il commence à semer la panique.

– Ils savent que c'est un lycanthrope qui a tué Pernicus, dit Murad. (Ses yeux étaient deux fentes sur son visage à la peau blanche.) Difficile à dire qui est le plus terrifié des soldats ou des passagers.

– Il espère déclencher une mutinerie, peut-être, dit Hawkwood d'un ton pensif.

– Oui, il y a autre chose que Gregory nous dit, toutefois. Que le lycanthrope qui vient de tuer n'est pas rassasié. Plutôt l'inverse, en fait. Souvent, il pense qu'il doit tuer encore et encore, surtout quand il se trouve dans les conditions d'enfermement que j'ai mentionnées. Il perd encore plus le contrôle à chaque meurtre qu'il commet jusqu'à ce que, au bout du compte, sa partie rationnelle s'évanouisse et que la bête stupide l'emporte.

– Ce qui est peut-être arrivé au lycanthrope à bord du *Faucon*, ajouta Hawkwood.

– Oui, j'en ai peur.

– Le *Faucon* ne transportait pas de soldats de Hebrion ni d'arquebuses avec des balles de fer, dit vaillamment Murad. Non, cette chose commence à avoir peur, à mon avis. Si le sorcier a raison, alors le lycanthrope commence à succomber à ses instincts les plus bestiaux. Ça pourrait jouer en notre faveur.

– Et entre-temps, nous attendons d'autres morts ? demanda Hawkwood.

– Oui, capitaine, je pense que oui, répondit Bardolin.

– Je ne pense pas grand bien de votre stratégie, mage. C'est comme celle des moutons et du loup qui se rapproche.

– Je ne vois rien d'autre.

– Il n'y a aucune marque, aucun signe auquel on peut reconnaître les bêtes sous leur forme humaine ?

– Certaines vieilles fouines disent que leurs yeux ont quelque chose de bizarre. Ils sont souvent étranges, pas complètement humains.

– On n'ira pas loin avec ça.

– C'est tout ce que j'ai.
– Où frappera-t-il la prochaine fois, d'après vous ? demanda Murad.
– Je pense que ce sera sur ce qu'il considère comme le centre de résistance et la source d'autorité. Je pense que la prochaine fois il frappera l'un d'entre nous.
Murad et Hawkwood se fixèrent d'un air ébahi. Le noble balafré réussit enfin à produire un rire étranglé.
– Vous avez le don de gâcher du bon brandy, mage. Ça pourrait aussi bien être du vinaigre dans ma bouche.
– Préparez-vous, insista Bardolin. Ne restez jamais seuls, jamais, et portez toujours une arme pour frapper sa peau noire.

La caraque voguait avec ses cargaisons jumelles de peur et de mécontentement. Velasca, remarqua Hawkwood, était lent à obéir aux ordres et semblait perpétuellement mal à l'aise, alors même qu'un merveilleux vent de nord-est continuait de souffler sans interruption par la hanche de tribord et faisait avancer le navire à six bons nœuds. Deux lieues filaient chaque fois que le sablier faisait deux tours, cent quarante-quatre milles par jour plein de navigation. Et à l'ouest, toujours plein ouest. La guibre de la caraque coupa en deux parties égales le disque de feu du soleil couchant, comme si elle avait l'intention de naviguer dans son cœur même. Hawkwood aimait son navire plus que jamais quand il répondait à ses attentions, ses cajoleries, son aiguilletage voile par voile. La caraque ne semblait pas affectée par ce qui se déroulait à bord et franchissait les vagues d'un bond, comme un cheval bien disposé, sentant dans l'air le chemin de l'écurie.

2e jour d'Endorion. Année du Saint 551.
Vent nord-est, frais et régulier. Cap plein ouest. Vitesse à six nœuds, vent par la hanche de tribord. Basses voiles, huniers et bonnettes.
Six semaines hors du port d'Abrusio, à l'estime plus de huit cents lieues à l'ouest du cap Nord dans l'Hebrionien, à la latitude approximative de Gabrion que nous suivrons jusqu'à ce que nous apercevions la terre à l'ouest.
Dans le quart de la matinée, seigneur Murad a mis trois soldats à l'estrapade dans les principales extrémités de la vergue pour désobéissance. Alors que j'écris cela, ils sont reçus par le père Ortelius sur la batterie et par quelques vieilles fouines à bord. Drôle de paire !

Hawkwood, sourcils froncés, jeta un coup d'œil à ce qu'il venait d'écrire, puis haussa les épaules, se rassit et retrempa sa plume dans l'encrier.

Dans les cinq jours qui suivirent la perte de Billerand, le second, et de Mateo, le mousse, il n'y eut plus aucun mort à bord, bien que l'humeur de l'équipage du navire ne se fût pas améliorée. J'ai eu des mots avec Velasca, le second suppléant : visiblement, notre cap ainsi que l'expédition dans son ensemble ne lui plaisent pas. Je lui ai dit que j'espérais apercevoir la terre d'ici trois semaines, ce qui sembla le mettre de meilleure humeur ainsi que l'équipage. Les soldats, en revanche, sont de plus en plus énervés et, malgré les efforts des officiers subalternes de Murad, ils refusent d'être en faction en bas dans la cale. Il se passe quelque chose en bas, disent-ils, et ils ne garderont que les escouades qui montent des provisions.

Billerand manque énormément.

Hawkwood frotta ses yeux fatigués tandis que sa lanterne de table tremblotante dessinait des ombres sur les pages de son journal de bord. Sur le bureau, à côté de la lanterne, le lutin de Bardolin était assis les jambes croisées et observait avec fascination la plume qui écrivait. La petite créature était recouverte d'encre ; manifestement, il adorait s'en barbouiller.

Son maître était affalé sur une chaise près de la porte de la cabine, il dormait. Le mage avait une pique en fer dans la main et sa tête était inclinée en avant, sur sa poitrine. Il ronflait doucement.

Ils avaient pris au sérieux le conseil de Bardolin. Plus personne ne restait seul, surtout la nuit.

Si Hawkwood s'arrêtait pour écouter, il entendrait le craquement et le gémissement des membrures du navire, le jaillissement et le sifflement de la mer, à mesure que la proue de la caraque montait et redescendait, les voix des hommes sur le pont au-dessus de sa tête. Et de l'autre côté de la mince cloison, les gémissements et les bruits lourds et sourds dans la cabine de Murad. Lui non plus n'était pas seul. La jeune Griella était avec lui.

Il était tard. Hawkwood avait le sentiment d'avoir négligé le journal de bord ; il avait le sentiment qu'il devrait davantage l'étoffer, laisser quelque chose pour la postérité, peut-être. Cette pensée le fit sourire, las. Peut-être un pêcheur le trouverait-il un jour, dans sa main squelettique.

Il regarda de nouveau la dernière phrase qu'il avait écrite et son visage s'assombrit.

Billerand manque énormément.

Oui. Il n'avait pas vraiment réalisé combien il avait compté sur l'ancien soldat chauve et moustachu. Julius Albak et lui avaient été les deux piliers inébranlables du navire. De bons camarades de bord, de véritables amis.

À présent, tous deux étaient partis. Julius dans les mains des Inceptines – ils l'avaient tué, même si ça avait été l'arquebuse d'un marin qui avait fait s'arrêter son cœur – et Billerand, dans la gueule d'un loup-garou. Hawkwood se sentait étrangement seul. Sur lui reposait l'entière responsabilité de l'expédition, notamment si la *Grâce de Dieu* avait sombré, ce qu'il commençait à redouter. Lui et lui seul pouvait orienter la guibre du *Balbuzard* dans la bonne direction.

En avoir conscience lui pesait énormément. Il avait dit à Velasca qu'ils accosteraient dans trois semaines, mais il l'avait dit uniquement pour apaiser la peur de l'homme. Hawkwood n'avait aucune idée du temps qu'il leur faudrait avant que le fabuleux Continent occidental ne se dessine indistinctement à l'horizon.

Il entendit la clochette du navire sonner deux coups. Deux coups dans le quart du milieu, une heure après minuit. Il prendrait un dernier bol d'air sur le pont, vérifierait l'état des voiles puis se retirerait sur sa couchette.

Il déposa une grande cape sur Bardolin qui ronflait doucement et se dirigea vers la porte. Le lutin gazouilla d'un ton cajoleur à son intention. Il se retourna.

– Qu'y a-t-il, petit ?

D'un bond, il sauta du bureau et atterrit sur son épaule. Il fourra son nez dans son oreille et Hawkwood rit.

– D'accord. Tu veux prendre l'air toi aussi ?

Il sortit, estimant que Bardolin pouvait bien rester tout seul une minute ou deux et monta sur le gaillard d'arrière. Mihal était de quart, un type bien et sérieux qui était également le compatriote de Hawkwood. Deux soldats, ostensiblement de garde, étaient appuyés à la coupée du pont, fumaient la pipe et crachaient par-dessus le bastingage. Hawkwood se renfrogna. La discipline s'était fait la belle, ces derniers jours.

Mihal contempla le lutin un instant puis récita :

– Droit au nord-ouest, monsieur. Cap plein ouest sous tout ce qu'elle peut supporter.

– Bien. Vous voudrez bien ferler les basses voiles dans un ou deux sabliers. Ce serait dommage de tomber en plein dans le Continent occidental au milieu de la nuit.

– Bien, monsieur.

– Où est le reste du quart ?

– Sur le gaillard d'avant, pour l'essentiel. J'ai deux hommes à la barre. Elle barre plutôt bien.

– Très bien, Mihal.

Hawkwood s'appuya à la rambarde au vent et contempla la mer nocturne. Elle était aussi sombre que l'encre sur son bureau. Le ciel était presque clair, et de grandes bandes de constellations d'étoiles s'arquaient d'un horizon à l'autre. Tout ce qu'il connaissait et qui l'avait guidé depuis vingt ans. C'étaient de vieilles amies, les seules choses familières sur cet océan interminable.

Le lutin fit un bruit et, quand il regarda en bas dans l'embelle, il aperçut une silhouette en robe noire disparaître dans la poupe. Ortelius, très probablement. Que voulait-il à cette heure de la nuit ?

– Réveillez-moi si le vent tourne, dit-il à Mihal puis il reprit l'échelle de capot.

Le lutin, manifestement énervé, gémissait et s'agitait sur son épaule. Il le fit taire puis, en avançant dans l'obscurité de la poupe de plus en plus noire, il comprit que quelque chose n'allait pas.

Un rayon de lumière dorée de sa lanterne passait par la porte de sa cabine – or, il l'avait refermée derrière lui.

Il sortit son poignard et poussa rapidement la porte. Bardolin était toujours endormi sur sa chaise, mais la grande cape était tombée à terre. Le lutin sauta de l'épaule de Hawkwood à celle de son maître, tout en continuant à gazouiller, insistant.

La porte se referma brusquement sur Hawkwood.

Il se retourna d'un coup et sa bouche s'ouvrit en grand, sous le choc.

– Mateo !

– Bienvenue, capitaine, dit la silhouette avec un sourire épouvantable.

Le mousse était tout sale et en sang, les cheveux grouillant de poux et les ongles longs et noirs. Ses yeux avaient une lueur qui fit se dresser les poils de la nuque de Hawkwood comme du fil de fer.

– Mateo, nous vous croyions mort !

– Oui et moi aussi, capitaine.

Sa voix, qui muait juste avant sa disparition, était grave et timbrée, comme celle d'un homme.

– Et n'avez-vous pas souhaité ma mort – le bon à rien dont vous aviez si honte de vous être servi ? N'est-ce pas, capitaine ? Mais je ne suis pas mort et je suis de retour, différent mais toujours pareil.

– De quoi parlez-vous donc, Mateo ? lui demanda Hawkwood.

Le mousse tournait en rond comme un chat rôdeur. À présent, il se tenait entre Hawkwood et le mage endormi. Le lutin était terrorisé, complètement pétrifié. Il regardait Mateo comme l'ennemi incarné. Puis l'épouvantable pensée vint à l'esprit de Hawkwood.

– C'était vous, souffla-t-il. Vous êtes le loup-garou. Vous avez tué Pernicus et Billerand.

Sa voix tremblait. Il se demanda combien entendraient son cri, de combien de temps il disposait.

Mateo le gratifia d'un grand sourire et Hawkwood vit les canines s'allonger, les poils noirs pousser, comme une éruption, sur tout son visage.

– Faux, capitaine, ce n'était pas moi. C'était mon nouveau maître, un homme qui m'apprécie comme vous ne m'avez jamais apprécié.

– Votre... ? Qui est-ce ?

– Un homme de haut rang, et bien placé dans d'autres domaines également. Il m'a promis beaucoup de choses et m'a déjà beaucoup donné. Mais je suis las des rats et de ce qu'il m'a donné de Billerand. Je veux tuer de nouveau. Vous, que j'ai aimé et qui m'avez rejeté comme un cheval épuisé. Vous, Richard.

– *Bardolin !* hurla Hawkwood au moment même où Mateo se jetait sur lui.

Murad s'assit dans son lit et trouva Griella éveillée à côté de lui, les yeux brillants dans le noir, quelque chose d'étrange dans son profil. Un autre rêve ?

– J'ai cru...

Elle secoua la tête et désigna la porte de la cabine. Recroquevillée sur le pas de la porte, une grosse forme noire, les oreilles grandes comme des cornes et les yeux tels deux lumières jaunes brillantes. À ses pieds, dans une flaque d'ombre, un ensemble de robes noires.

– Mon seigneur Murad, dit la bête dont les longues dents étincelaient. Il est l'heure pour vous de mourir.

Au même instant, Murad entendit Hawkwood hurler le nom de Bardolin de l'autre côté de la cloison. Un bruit sourd puis un gros fracas s'ensuivirent. La bête releva sa grosse tête.

– Il a tant à apprendre, dit-elle, visiblement amusée.

Puis elle bondit.

La chose était sur lui, son souffle fétide s'enroulant autour de son visage. Mateo était reconnaissable mais son visage changeait, son nez s'élargissait et se transformait en museau alors que Hawkwood luttait contre lui. Ses yeux flamboyaient d'une lumière safran et sa chaleur le faisait suffoquer.

Il plongea son museau en gestation et mordit fort.

Hawkwood hurla d'une douleur atroce lorsque les mâchoires mordirent sa chair. Le poignard ricocha sur la fourrure épaisse qui recouvrait à présent le corps du garçon et glissa de sa main inerte. Tous deux roulèrent sur le bureau de la cabine, le sang jaillissant de l'épaule mutilée de Hawkwood. Ils heurtèrent la table qui tomba. L'encre les éclaboussa, les pages volantes du journal de bord s'envolèrent comme des oiseaux pâles et la lanterne se fracassa par terre, dans des éclaboussures d'huile brûlante.

La chaleur, la chaleur épouvantable. Il s'était intégralement transformé en bête et le recouvrait comme un tapis étouffant. Il resta étendu sans bouger, sa force le lâchait et d'épais filets de sang giclaient de ses veines fendues.

– Je t'aime, Richard, dit le loup-garou, ses yeux fous le regardant méchamment par-dessus son museau maculé de sang.

La gueule s'abattit de nouveau sur lui.

Puis il se rejeta en arrière, hurlant d'une douleur atroce, hurlant de rage. La cabine était un chaos de coups, de flammes et d'ombres qui tremblotaient. Le bois du bureau et de la cloison était en flammes et le loup-garou arrachait violemment la pique noire plantée dans son cou, en continuant à hurler.

Bardolin était là, les flammes illuminant son visage, emplissant de lumière les yeux du lutin perché sur son épaule. Hawkwood était vaguement conscient d'autres voix hurlant sur le navire ainsi que de l'agitation, de la violence et du grondement féroce qui lui parvenaient de l'autre côté de la cloison. De Murad qui élevait la voix, de peur.

– Je t'ai eu, dit calmement Bardolin, presque sur le ton de la conversation, et il dirigea une grosse main vers la bête qui se contorsionnait en tous sens.

Du feu bleu jaillit de ses doigts, grésilla comme l'éclair et sombra dans la fourrure noire où il disparut.

Le loup-garou poussa un cri perçant. Sa tête se releva puis retomba d'un coup sec. Il recula là où les flammes gravissaient la paroi de la cabine et le feu bleu jaillit de sa bouche en faisant des étincelles. C'était l'odeur de chair qui brûlait.

Puis toute la paroi de la cabine se désintégra à côté de lui.

Deux énormes silhouettes noires fracassèrent la cloison et tombèrent par terre, enchevêtrées dans les bras l'une de l'autre. Hawkwood s'éloigna péniblement des flammes et des bêtes qui se battaient, et s'affala contre la paroi opposée. Il observa la scène avec une stupéfaction absolue.

Murad se tenait dans le trou de la cloison détruite, un long couteau à la main, tandis que *trois* loups-garous se battaient dans la cabine et hurlaient dans les flammes croissantes. Hawkwood en vit un se détacher de la mêlée, une lumière azur jaillir de ses yeux et de ses narines. Il se précipita violemment contre les fenêtres arrière ; elles cédèrent, le verre, le cadre, les planches, tout. Il s'envola dans la nuit sombre et plongea dans le sillage écumant de la caraque dans une grosse éclaboussure. Il y eut un éclair aigue-marine, si éblouissant qu'il atténua le feu à bord, puis un ébranlement qui secoua toute la poupe et transforma la mer en un chaos d'explosions et de geysers brillamment éclairés par en dessous.

Tout l'arrière de la cabine était un trou béant, en flammes, avec deux silhouettes éclairées par le feu qui s'y battaient, leur fourrure en flammes, et leurs yeux lançant des éclairs de colère de la même couleur que les flammes. La violence de leur lutte secoua tout le navire et les planches noircies grincèrent et gémirent sous leurs pieds griffus tandis que leurs hurlements écorchaient les oreilles de Hawkwood.

La porte de la cabine s'ouvrit d'un coup sur l'officier porte-étendard Sequero, accompagné d'un groupe de soldats armés d'arquebuses fumantes. Il regarda la scène cauchemardesque d'un air absent puis hurla un ordre. Les soldats braquèrent leurs armes sur le pas de la porte.

– Non ! cria Bardolin d'une voix perçante.

Une volée de coups, des panaches de fumée et du feu jaillirent des armes. Hawkwood vit de la fourrure se soulever sur les bêtes qui luttaient, du sang gicler sur les parois et la tête de pont.

L'un des loups-garous se libéra et s'approcha des soldats en grognant, sa fourrure en feu et du sang giclant de ses blessures. Il bouscula Sequero, prit son arquebuse à un soldat terrorisé et en matraqua un autre si brutalement que le fût et la crosse de l'arme se brisèrent en morceaux. L'espace d'un instant, ils crurent qu'il allait réussir à s'enfuir.

Mais le deuxième loup-garou sauta sur son dos. Hawkwood vit les mâchoires de la chose s'enfoncer profondément dans la fourrure et dans la chair puis se détacher d'un coup, un petit bout de viande saignante entre les dents.

Quelqu'un l'entraîna au loin. C'était Murad. Il fit sortir Hawkwood de la cabine et le conduisit dans l'escalier.

– Griella, c'est Griella, disait-il. C'est l'une d'entre eux. Elle est un lycanthrope elle aussi !

– Le feu, dit Hawkwood d'une voix rauque. Éteignez le feu, sinon le navire est foutu.

Mais Murad était reparti.

D'autres soldats vinrent encombrer la poupe puis des marins les rejoignirent.

– Velasca! réussit à hurler Hawkwood.

– Capitaine! Qu'est-ce qui...

– Le navire est en feu. Laissez les soldats faire leur travail et occupez-vous de l'incendie.

– Capitaine, votre épaule...

– Faites-le, espèce de bâtard ou je vous abandonne sur une île déserte!

– Bien, monsieur.

Velasca disparut, le visage blanc comme de la craie.

Hawkwood entendit la voix de Bardolin s'élever, furieux, ordonnant aux soldats de ne pas tirer. Il se releva non sans mal, sa main encore énergique agrippant le foutoir ensanglanté qu'était son épaule. Il sentait les extrémités de sa clavicule sous ses mains et des morceaux d'os piquèrent sa paume comme des aiguilles.

– Doux Ramusio, grommela-t-il.

Il repartit en titubant dans l'épave de la cabine arrière, bousculant les arquebusiers. La cabine était enfumée et empestait le sang et la poudre. L'éclat tremblotant du feu jouait sur le pont et les cloisons.

Hawkwood s'écroula sur le seuillet, étourdi mais ne souffrant pas encore trop. Il ne pouvait cependant plus rester debout.

Des hommes hurlaient, une averse d'eau passait à travers le trou béant de la poupe du navire, les flammes bouffaient le bois précieux. Son pauvre *Balbuzard.*

Bardolin et Murad étaient debout, immobiles comme des statues, le couteau en fer du noble pendillant de l'une de ses mains. Le lutin avait enfoui son petit visage dans le cou de son maître.

Et, étendus dans les flammes, deux formes imposantes et brisées, le sang pétillant dans leurs blessures et des andains de peau nue et cloquée brillant là où la fourrure avait été brûlée.

Un loup-garou avait une patte cramponnée à son torse, un peu comme Hawkwood tenait son épaule. Ses lèvres noires étaient retroussées sur ses dents, dans une parodie de sourire.

– Votre fer a eu raison de moi, après tout, disait-il d'un ton méprisant. Qui l'aurait cru? La domestique? Une malade comme moi. Jeune fille, nous aurions pu parler, vous et moi.

L'autre bête était à peine consciente. Elle grognait faiblement, la lueur dans ses yeux s'amenuisant de minute en minute.

De plus en plus d'eau tombait en cascade du dessus. Ils avaient gréé les pompes à main et pompaient frénétiquement l'eau de mer dans le navire en feu.

– Vous ne trouverez jamais l'ouest, dit le loup-garou à Hawkwood, dont les yeux piquaient et se voilaient à cause de la fumée et de la douleur.

Pour lui, la bête qui avait été Ortelius n'était qu'une ombre indistincte éclairée par des flammes crépitantes et par des cascades d'eau de mer.

– Mieux vaut que vous et les vôtres ne le trouviez pas. Il y a des choses là-bas qu'il vaut mieux que les hommes de Normannie ignorent. Faites faire demi-tour à votre navire s'il reste à flot, capitaine. Je ne suis qu'un messager, il y en a d'autres plus puissants que moi qui sont déjà contre vous. Vous ne pourrez pas survivre.

Le loup-garou se remit sur pied à une vitesse stupéfiante. À l'avant de la cabine, les hommes agglutinés à la porte le regardèrent, cloués sur place, se jeter avec violence en riant par la fenêtre arrière en mille morceaux et disparaître dans la mer.

Une salve de coups de feu le suivit dans l'eau, la suturant d'écume. Il avait disparu.

– Griella, gémit Murad et il commença à avancer vers le feu.

Bardolin l'arrêta.

– Mieux vaut la laisser mourir, dit-il avec une grande douceur. Elle ne peut pas vivre.

Les hommes observèrent la forme dans les flammes devenir de plus en plus petite et pâle. Ses oreilles s'étrécirent, sa fourrure se ratatina et ses yeux se voilèrent. En quelques secondes, une jeune fille nue était allongée dans le feu, le corps ravagé par de terribles blessures. Elle tourna la tête vers eux juste avant la fin et Hawkwood crut qu'elle souriait. Puis son corps noircit, comme si des forces de préservation lui manquaient brusquement et les flammes léchèrent son cadavre carbonisé.

Le visage de Murad était aussi pâle qu'un crâne.

– Elle m'a sauvé la vie. Elle a fait ça pour moi. Elle m'aimait, Bardolin.

– Faites encore entrer de l'eau, dit calmement Hawkwood, sinon nous allons perdre le navire. Vous m'entendez là-bas ? Ne restez pas là à ne rien faire !

Murad lui lança un regard de pure haine et sortit comme un ouragan en bousculant les soldats ébahis.

– Le navire. Vous devez sauver le navire, insista Hawkwood.

Mais le feu, les cloisons et les visages se retiraient dans un tunnel silencieux, loin de lui. Il voyait trouble. Des hommes allaient et venaient, et on le souleva. Il crut que le visage de Bardolin était près du sien, ses lèvres bougeant sans faire de bruit. Mais le tunnel continua à se rallonger. Enfin, il fut tellement long qu'il masqua la lumière et toutes les images s'évanouirent. Les visages et la douleur croissante s'atténuèrent à mesure que la distance augmentait. Il tint aussi longtemps qu'il le put, jusqu'à ce qu'il entendît les pompes écluser l'eau tout autour de lui. Son pauvre navire.

Puis les ombres fondirent sur son esprit fatigué et l'emportèrent en un lieu obscur, empli de hurlements.

24

– Shahr Indun Johor, annonça le vizir.

Aurungzeb le Doré agita une main.

– Faites-le entrer.

Il embrassa une dernière fois le mamelon de sa concubine ramusienne à la chevelure noir corbeau puis jeta un drap de soie sur ses jambes nues.

– Vous resterez là, dit-il dans sa langue barbare, mais vous serez une statue. M'entendez-vous ?

Heria opina du chef. Il remonta le drap jusqu'à ce qu'elle fût entièrement recouverte puis enfila sa robe et la ferma bien. Il plongea son poignard dans son fourreau et, quand il releva les yeux, Shahr Jonor était là, à genoux, les yeux rivés au sol.

– Debout, debout, dit-il impatient.

Et il lui désigna un tabouret bas tandis qu'il prenait place sur un divan recouvert de soie près d'un mur.

Ils entendaient les oiseaux chanter dans les jardins derrière le sérail, l'eau gargouiller dans les fontaines. Cette pièce était l'une des plus privées de tout le palais où Aurungzeb conservait soigneusement les plus exquis de ses trésors – comme la fille frémissante sur le lit près de l'autre mur, le drap qui la recouvrait se soulevant avec sa respiration. La chambre avait des murs épais qui l'isolaient du labyrinthe du reste du palais. On pouvait s'époumoner dans ses confins sans pour autant être entendu.

– Savez-vous pourquoi vous êtes ici ? demanda le sultan d'Ostrabar et d'Aekir.

Shahr Johor était un jeune homme avec une jolie barbe noire et des yeux aussi foncés que de l'ébène poli.

– Oui, Majesté.

– Bien. Que pensez-vous de votre nouveau poste ?

– J'essaierai de satisfaire à vos désirs et ambitions au mieux de mes capacités, Majesté. Je suis à vos ordres.

– Bien, grogna énergiquement le sultan. Votre prédécesseur, le très estimé Shahr Baraz, est malheureusement devenu infirme à cause du poids des ans. Un soldat extraordinaire, mais je me suis laissé dire que ses facultés ne sont plus ce qu'elles étaient – d'où notre échec devant cette absurde forteresse ramusienne. Vous reprendrez là où Baraz s'est arrêté. Vous prendrez la digue d'Ormann, mais d'abord vous réorganiserez l'armée. Mes sources me rapportent qu'elle est quelque peu démoralisée. L'hiver arrive, les cols des Thuriennes sont impraticables et votre seule voie d'approvisionnement est la rivière ostienne. Quand vous arriverez à la digue, vous mettrez l'armée dans des quartiers d'hiver et attaquerez une fois que le temps se sera amélioré. Entre-temps, les Ramusiens maudits devront lutter contre les attaques côtières de nos nouveaux alliés, les sultanats de Nalbenie et de Danrimir. On les empêchera de renforcer la digue et vous la prendrez d'assaut une fois que les neiges d'hiver se seront calmées.

– Je ne dois donc pas attaquer tout de suite, Majesté ?

– Non. Comme je l'ai dit, l'armée a besoin d'une... réorganisation. Cette campagne est terminée. Vous verrez que la communication entre les campements et les dépôts de ravitaillement d'Aekir s'est améliorée. Baraz construisait une route, je crois, l'un de ses derniers projets cohérents. Tout doit être achevé pour qu'au printemps l'armée soit prête à avancer de nouveau. La digue sera prise et vous marcherez sur la Torunnie. De nouvelles troupes seront mises à votre disposition là-bas. Avez-vous des questions ?

Shahr Johor, nouveau commandant en chef des armées medruks d'Ostrabar, hésita un moment avant de dire :

– Une question, Majesté. Pourquoi ai-je été choisi pour cet honneur particulier ? Mughal, le commandant en second de Shahr Baraz, est sûrement plus qualifié.

Le visage rubicond d'Aurungzeb s'assombrit. Ses doigts jouèrent avec le manche de son poignard.

– Mughal a un certain attachement absurde à Shahr Baraz. Ce ne serait pas bien de le laisser commander. Il est transféré ailleurs, comme la majorité des anciens officiers d'état-major. Je veux un nouveau départ. Voilà trop longtemps que le vieux *Hraib* nous entrave ; le monde entre dans une nouvelle ère et un tel code suranné nous gêne plus qu'il ne nous aide. Vous êtes jeune et vous avez étudié les nouvelles façons de faire la guerre. Je veux que vous appliquiez votre savoir aux campagnes à venir. Quarante mille arquebuses sont expédiées par la rivière ostienne au moment où nous parlons. Vous en équiperez les meilleures troupes et les entraînerez aux tactiques que les Torunniens ont utilisées contre nous dans le passé. Nous n'affronterons plus les armes à feu avec de l'acier, du muscle et du courage brut. La guerre est devenue quelque chose de scientifique. Vous serez le premier général à faire la guerre selon mes nouvelles règles.

Shahr Johor se jeta par terre.

– Votre honneur me touche beaucoup, mon sultan. Ma vie est vôtre. Je vous enverrai les dépouilles de guerre de tous les royaumes ramusiens. L'Ouest doit être ramené au sein de l'Église de la Véritable Foi, si Ahrimuz le souhaite.

– Il le souhaite, dit Aurungzeb d'un ton sec. Et moi aussi. Ne l'oubliez pas. (Il agita la main.) Vous pouvez disposer.

Shahr Johor se retira en le saluant. Aurungzeb resta immobile un long moment après son départ puis lança :

– Asseyez-vous !

Heria se redressa, la soie glissant comme de l'eau sur ses épaules.

– Levez la tête !

Elle s'exécuta, fixant un point sur le plafond décoré.

Aurungzeb se glissa jusqu'à elle. Il était aussi silencieux qu'un chat dans ses mouvements, même si c'était un homme à deux doigts de l'embonpoint. Il la dévora des yeux. Une main brune baguée glissa le long de son torse. Elle resta de marbre, splendide statue sculptée par un génie.

– Je dois vous donner un nom, souffla le sultan. Vous devez avoir un nom. Je sais. Je vais vous appeler Ahara. C'est l'ancien nom du vent qui, tous les ans, souffle vers l'ouest sur les steppes de Kambaksk et Kurasan. Mon peuple a suivi ce vent et, avec lui, la Foi. Ahara. Dites-le.

Elle le dévisagea en silence. Il jura et se mit à parler dans un normannien hésitant, langage commun aux royaumes occidentaux.

– Votre nom est Ahara, dites-le.

– *Ahara.*

Il se fendit d'un sourire jusqu'aux oreilles, ses dents étincelant de blanc dans sa barbe.

– Je vous ferai apprendre notre langue, Ahara. Je veux que vous la parliez avec moi lors de notre nuit de noces.

Ses yeux étaient toujours inexpressifs. Il rit.

– Je parle tout seul, n'est-ce pas ? Vous Ramusiens... vous devrez être consacrée au culte du Prophète, naturellement. Et vous êtes trop maigre, votre corps porte encore les stigmates du voyage. Je vous nourrirai, mettrai de la chair sur vos os. Vous porterez de jolis fils pour moi dans les jours prochains et ils passeront tant de temps à s'entretuer que leur père restera en paix dans son vieil âge. (Il remonta le drap autour d'elle.) Épouse numéro vingt-six, vous serez. J'aurais dû en avoir plus, mais je suis un homme frugal.

Il désigna la porte d'un battement de bras.

– Sortez, dit-il en normannien.

Elle sortit de la pièce en trottant, la soie s'élevant en tourbillons sur ses épaules comme des ailes. On pouvait entendre ses pieds trottiner sur le sol de marbre et de porphyre. Aurungzeb sourit dans la pièce vide. Il était de bonne humeur. Il s'était trouvé une superbe femme – il l'épouserait, en dépit des objections inévitables. C'était un joyau trop rare pour n'en faire qu'une concubine.

Et il s'était débarrassé de cette relique du passé, Shahr Baraz. Les ordres avaient été transmis par courrier spécial, une escouade de gardes du palais sélectionnés voyageant avec eux pour les faire exécuter. La tête du vieillard serait bientôt charroyée dans un bocal vers Orkhan, conservée dans du vinaigre. Il avait été un fidèle domestique, un soldat exceptionnel, mais maintenant qu'Aekir était tombée, et que l'impossible avait été réalisé, il n'était plus d'aucune utilité. De plus, il devenait dangereusement désobéissant. Shahr Johor était différent. Déjà, il était tourné vers l'avenir et, vu l'exemple de Shahr Baraz, il se garderait bien de désobéir à son sultan.

Aurungzeb s'allongea sur le lit froissé qui sentait encore le sexe.

Dommage qu'ils n'aient pas pris la digue dans la même campagne que celle où ils avaient fait tomber Aekir. C'eût été un tour de force. Mais devoir attendre la fin de l'hiver n'était pas de grande importance. Cela lui permettrait de cimenter les nouvelles alliances avec la Nalbenie et Danrimir.

Les Ramusiens, il le savait, considéraient les Sept Sultanats comme un seul bloc de puissance medruk mais la réalité était différente. Il y avait des rivalités et des complots, voire des guerres mineures dans cet ensemble et ce Danrimir était un pays satellite virtuel ostrabarien, si étroitement lié à Orkhan depuis ces derniers mois, mais la Nalbenie était une autre histoire.

Plus ancien des pays medruks, la Nalbenie avait été fondée avant même la fin de l'hégémonie fimbrienne. C'était essentiellement une puissance maritime et sa capitale, Nalben, était censée être le plus grand port au monde, à l'exception peut-être d'Abrusio de Hebrion à l'Ouest. Il ne faisait pas confiance à cet État arriviste du nord de la mer Kardienne et s'était naturellement allié avec lui pour garder un œil sur son évolution. C'était un bon moyen d'avoir barre sur les diplomates nalbeniens. Des diplomates avec des oreilles qui sifflaient et des portefeuilles bien remplis.

Mais ainsi tournait le monde. Ostrabar avait besoin de la Nalbenie pour maintenir une autre pression sur la Torunnie, de telle sorte que lorsque Shahr Johor attaquerait la digue au printemps, il ne trouverait pas toutes les armées de la Torunnie en faction sur la digue.

Cette guerre ne touchait pas à sa fin ; elle ne faisait que commencer. « Avant que je ne sois mort, songea Aurungzeb, les Sept Sultanats feront ce que je leur ordonne, et les armées medruks marcheront jusqu'au bord même de l'Océan occidental. Je mettrai le feu à Charibon et ses prêtres noirs, je les crucifierai par milliers. Des temples de la Foi véritable seront érigés sur tout le continent. Si telle est la volonté du Prophète. »

Une ombre se faufila à la porte. Aurungzeb se rassit d'un coup

– Akran ?

– Non, sultan. C'est moi, Orkh.

– Vous n'avez pas été annoncé.

– On ne m'a pas vu.

L'ombre se glissa dans la pièce et ce n'était rien d'autre qu'une absence de lumière, une forme.

– Que voulez-vous ?

– Parler avec vous.

– Parlez, alors. Et laissez-moi vous voir. J'en ai assez de cette histoire de fantôme.

– Vous n'aimerez peut-être pas ce que vous verrez, sultan.

– Montrez-vous. C'est un ordre.

L'ombre prit une autre substance, une autre dimension. En une minute, un homme se tenait là, en longue robe brun foncé. Ou ce qui avait autrefois été un homme.

– Par la barbe du Prophète ! souffla Aurungzeb.

La chose sourit, et les lumières qu'étaient ses yeux devinrent deux fentes étincelantes.

– Est-ce ce qui vous arrive lorsque... ?

– Lorsque Baraz tue mon homoncule ? Oui. Je transmettais votre voix grâce à lui qui jouait le rôle de conducteur. Je n'ai donc pas pu me défendre contre... les conséquences avant qu'il ne soit trop tard.

– Mais qu'est-ce qui vous a fait cela ?

– La montée du pouvoir est comme l'explosion d'un canon lorsque le canon est bloqué. Quelque chose du Dweomer qui a contribué à créer l'homoncule a été désintégré en moi et je n'avais pas érigé de barrières à cause de mon rôle dans la communication. Cela m'a changé. Je travaille pour trouver un remède contre ces effets malheureux.

– Je comprends maintenant pourquoi vous hantez le palais comme une ombre.

– Je ne souhaite aucunement effrayer vos concubines... surtout une aussi exquise que celle que je viens de croiser dans le couloir.

– Que vouliez-vous, Orkh ? J'ai bientôt rendez-vous avec les ambassadeurs nalbeniens.

– Je suis vos yeux et vos oreilles, Majesté, en dépit du mal qui m'affecte. J'ai des agents dans toutes les cités de l'Ouest. C'est en partie grâce à mon réseau d'informateurs que ce sultanat a atteint la prééminence dont il jouit actuellement. N'est-ce pas la vérité ?

– Il y a peut-être quelque chose de vrai dans ce que vous dites, reconnut Aurungzeb, renfrogné.

Il n'aimait pas qu'on lui rappelle combien il dépendait du sorcier, ni de personne d'ailleurs.

– Bien, j'ai une information fort intéressante que j'aimerais partager avec vous. Ça ne concerne pas la guerre actuelle, mais un événement plus à l'ouest, dans l'un des États ramusiens.

– Poursuivez.

– Il semble qu'il y ait une purge en cours dans le royaume de Hebrion, qui cherche à débarrasser le pays de ses éléments exotiques. J'ai perdu deux de mes meilleurs agents sur leurs maudits bûchers, mais les cibles principales de la purge sont manifestement les vieilles fouines, les herboristes, les conjurateurs de vent, les thaumaturgistes et les versificateurs – en bref, quiconque ayant quelques accointances avec les Dweomers.

– Intéressant.

– Mes sources – celles qui ont survécu – me disent toutefois que cette purge a été initiée par ces maudits Inceptines – les prêtres noirs de l'Ouest – et n'a pas gagné l'approbation du roi Abeleyn.

– Pourquoi alors n'ordonne-t-il pas qu'elle cesse ? demanda Aurungzeb d'un ton bourru. C'est un roi qui n'est pas prophète en son pays ?

– Pas à l'Ouest, sire. Leur Église joue un rôle déterminant dans le fonctionnement de chaque royaume.

– Les idiots ! Quel genre de dirigeants sont-ils ? Mais je vous interromps. Poursuivez, Orkh.

– Abeleyn a loué une petite flotte, paraît-il, remplie à ras bord de sorciers en fuite, etc., et a armé la flotte pour qu'elle parte à l'ouest.

– Pour aller où ? Hebrion est le royaume le plus à l'ouest au monde.

– Exactement, sire. Pour aller où ? Ils n'ont encore atteint aucun autre État ramusien, d'après ce que je sais. Peut-être accosteront-ils dans les îles Brenn ou l'Hebrionien mais des rumeurs courent dans la capitale hebrionienne.

– Quelles rumeurs ?

– Il paraît que la flotte navigue avec un mandat royal pour établir une nouvelle colonie et elle transporte en plus de ses passagers et d'un effectif de soldats tout ce qui est indispensable à l'établissement d'une colonie dans un pays jusqu'alors inhabité.

– Orkh ! Dites-vous que... ?

– Oui, mon sultan. Les Ramusiens ont découvert un pays à l'extrême ouest, quelque part dans le Grand Océan occidental, et le revendiquent comme leur appartenant.

Aurungzeb se laissa retomber sur le lit. Orkh laissa son sultan s'asseoir en silence quelques instants. Il voyait ses rouages tourner dans sa tête.

– Quelle est la fiabilité de cette information, Orkh ? finit par demander le sultan.

– Je ne suis pas un revendeur de on-dit, sire. Mes informateurs savent que me donner de fausses informations est le meilleur moyen de s'assurer une fin rapide. Ces rumeurs ont été vérifiées et elles sont fondées.

Autre pause.

– Nous ne pouvons laisser cela se produire, naturellement, dit le sultan d'un ton songeur. Nous devons vérifier la véracité de ses rumeurs et, si elles sont fondées comme vous l'affirmez, nous devrons préparer notre propre expédition et revendiquer notre dû. Mais Ostrabar n'est pas une puissance maritime. Nous n'avons pas de navires.

– La Nalbenie ?

– Je lui fais encore moins confiance qu'aux Ramusiens. Non, ce doit être fait plus loin de chez nous. Les Medruks des Mers de Calmar. Oui. Je vais les mandater pour qu'ils envoient une flotte à l'ouest, commandée par mes officiers, naturellement.

– Ce sera cher, mon sultan.

– Après Aekir, mon mérite est reconnu partout, dit Aurungzeb en gloussant. Vous avez des agents à Alcaras. Chargez-vous-en, Orkh. Je sélectionnerai personnellement les officiers de cette expédition.

– Comme le souhaite mon sultan. Mais j'ai une faveur à lui demander.

– Demandez ! Votre information mérite une récompense.

– Je souhaite participer à cette expédition. Je souhaite naviguer vers l'ouest.

Aurungzeb scruta attentivement le visage hideux et inhumain de son petit mage.

– J'ai besoin de vous ici.

– Batak, mon apprenti que vous connaissez, est tout à fait capable de me remplacer et il n'est pas affligé de la même infirmité que moi.

– Cherchez-vous un remède à l'ouest, ou l'oubli, Orkh ?

– Un remède si je peux en trouver un ; l'oubli, si je ne peux pas.

– Très bien. Vous ferez partie de l'expédition.

Orkh s'évanouit en ombre nébuleuse quand le vizir entra dans la pièce et le salua bien bas en détournant les yeux.

– Mon sultan, les ambassadeurs nalbeniens sont là. Ils attendent votre présence inimitable.

Aurungzeb agita la main.

– J'arrive tout de suite.

Le vizir s'en alla, toujours penché. Aurungzeb balaya la pièce du regard.

– Orkh ? Êtes-vous là, Orkh ?

Mais il n'obtint aucune réponse. Le mage était parti.

Les premières neiges avaient recouvert la vallée de la Searil. Shahr Baraz les avaient senties dans ses vieux os fatigués avant même d'avoir jeté ses fourrures. Il avait mal à la tête. Voilà bien longtemps qu'il n'avait pas dormi à la belle étoile comme ses aïeux, les chefs des steppes orientales.

Mughal avait déjà fait le feu. Il était presque dénué de couleur dans la lumière matinale vive et l'éclat aveuglant de la neige. De la gadoue fondue grésillait autour du bois qui brûlait.

– L'hiver arrive tôt cette année, dit Mughal.

Shahr Baraz se releva d'un bond. L'obscurité dansait aux coins de ses yeux ; il la fit disparaître d'un battement de paupières. Il avait presque quatre-vingt-quatre ans.

– Passez-moi l'outre, Mughal. Mon sang a besoin de chaleur.

Il but trois gorgées d'alcool de lait de jument brûlant et ses membres cessèrent de trembler. La chaleur, de nouveau.

– J'ai jeté un œil sur la colline quand le soleil se levait, dit Mughal. Ils ont retiré les campements jusqu'aux versants opposés où ils se retranchent.

– Un campement d'hiver, dit Shahr Baraz. La campagne est terminée pour l'année. Rien d'autre ne se passera d'ici le printemps.

– Vous avez toute la loyauté de Jaffan, mon khédive.

– Jaffan obéira aux ordres d'Orkhan sinon il retrouvera sa tête sur une lance d'ici peu. Il n'aura plus le commandement car il était trop proche de moi. Non, un autre khédive sera envoyé. J'espère, toutefois, que Jaffan ne souffrira pas pour avoir laissé deux vieillards disparaître dans la nuit.

– Qui sera le nouveau khédive d'après vous ?

– Qui sait ? Une créature d'Aurungzeb plus malléable que moi. Qui fera passer ses propres ambitions avant la vie de ses hommes. L'eau de la Searil sera rouge vif avant que nous ne prenions cette forteresse, Mughal.

– Mais elle tombera au printemps. Elle tombera. Et où serons-nous alors ?

– En train de manger du yaourt sous une tente de feutre dans les steppes.

Mughal s'esclaffa, inclina son visage vers le feu et mit de l'eau à chauffer sur les flammes. Ils auraient du *kava* bouillant pour les réchauffer avant de lever le camp et de poursuivre leur voyage.

– Tournerez-vous la page aussi facilement ? s'enquit-il.

Shahr Baraz se tut pendant un long moment.

– Je suis du vieux *Hraib*, dit-il enfin. Cette guerre que nous avons commencée fera entrer le monde dans une nouvelle ère. Des hommes comme moi et John Mogen n'étaient pas destinés à être des dirigeants dans les temps à venir. Le monde a changé et est en train de changer. Les Medruks ne sont plus les cavaliers robustes des steppes de ma jeunesse, leur sang est mélangé à celui de ceux qui étaient autrefois ramusiens, et le bon vieux temps nomade n'est plus qu'un souvenir.

« Même la façon dont se bat le guerrier est en train de changer. La poudre à canon joue un rôle plus important que le courage. Les balles d'arquebuse ne tiennent pas compte du rang. L'honneur compte de moins en moins. D'ici peu, les généraux seront des artisans et des sapeurs et non plus des soldats ; et la guerre sera un problème d'équations et de mathématiques. Ce n'est pas ainsi que j'ai fait la guerre ou que je la referai jamais.

« Alors oui, je vais tourner la page, Mughal. Je laisserai cela aux plus jeunes qui me succéderont. J'ai vu une armée medruk marcher dans les rues d'Aekir ; ma place dans l'histoire est assurée. Je pourrai au moins emporter cela avec moi. Maintenant, j'irai à l'Est, dans le pays de mes pères, pour voir les plaines sans fin de Kambaksk et Kolchuk, le lieu de naissance de notre nation, et, là-bas, je laisserai mes os.

– Je vous accompagnerai, si vous me le permettez, dit Mughal.

L'affreux vieillard sourit sous les deux défenses de sa moustache.

– Volontiers. Plus on est de fous, plus on rit, comme on dit. Et le voyage sera long.

– Mais ce sera le dernier voyage, murmura Mughal.

Et il leur servit du *kava* bouillant.

– Dites-moi ce que vous voyez, dit Macrobius.

Ils se tenaient sur les remparts de la citadelle de la digue d'Ormann, petit groupe d'officiers et de soldats et un vieillard qui n'avait plus d'yeux. Corfe contempla la terre blanche et vide, ensevelie sous la neige, au-delà du torrent siliceux de la Searil.

– Il n'y a plus rien par là-bas. Les campements ont été abandonnés. Même les retranchements et les murs qu'ils ont érigés sont difficiles à discerner sous la neige. Des ombres qui courent sur les collines, c'est tout. Çà et là, les restes d'une tente, des débris éparpillés recouverts de neige. Ils sont partis, votre Sainteté.

– Quelle est cette odeur dans l'air alors ?

– Ils ont rassemblé leurs morts d'après les termes de la trêve des funérailles et les ont brûlés sur un bûcher dans l'une des vallées lointaines. Ça fume encore, une colline de cendres.

– Où sont-ils partis, Corfe ? Où est partie cette grande armée ?

Corfe regarda son commandant. Martellus haussa les épaules.

– Ils se sont retirés dans un camp d'hiver. À une lieue des murs minimum.

– Alors ils sont vaincus. La digue est sauvée.

– Pour l'instant, oui. Ils reviendront au printemps, quand la neige aura fondu. Mais nous serons prêts et les attendrons. Nous les attaquerons derrière la rivière ostienne et purifierons Aekir une fois de plus.

Le haut pontife inclina sa tête ravagée, ses cheveux blancs tremblotant dans le vent glacé.

– Merci mon Dieu et les Saints Bénis.

– Et vous, votre Sainteté, vous avez fait votre devoir ici et l'avez très bien fait, dit Martellus. Il est temps que vous partiez reprendre votre véritable poste.

– Mon poste ? dit Macrobius. Peut-être. Je ne suis plus très sûr. Rien n'a transpiré de Charibon ?

– Non, mentit Martellus. Le roi Lofantyr rentrera bientôt de Val Ephrir, mieux vaut que vous soyez en Torunnie pour l'accueillir. Vous aurez beaucoup de choses à vous dire, vous et lui. Corfe vous accompagnera. Il est colonel maintenant, il a bien travaillé. Il est le seul Torunnien à avoir survécu à Aekir et il pourra répondre aux questions du roi.

– Êtes-vous sûr que les Medruks ne réattaqueront pas, général ?

– J'en suis sûr. Ils ont abandonné les emplacements de leur artillerie et devraient se battre pour reloger leurs batteries. Non – mes éclaireurs me disent qu'ils terminent une grande route entre ici et Aekir pour le passage de leur ravitaillement. Et de petites escouades tâtent le cours supérieur et le cours inférieur de la Searil pour trouver un chemin pour contourner la digue. Ils ne le trouveront pas. Les Fimbriens ont bien fait en construisant leur forteresse ici. La campagne est terminée pour cette année. Vous passerez un hiver plus agréable en Torunnie qu'ici, votre Sainteté. Et vous nous rendrez davantage service là-bas.

– Ce qui signifie ? demanda Macrobius.

– Ce qui signifie que je veux que Corfe et vous essayiez de convaincre le roi Lofantyr. La digue doit être renforcée avant que la neige ne fonde. Les Medruks ont des difficultés de commandement – une des raisons pour lesquelles nous sommes encore là. Mais dès le printemps, ils nous battront, avec un nouveau général. Du moins, c'est ce que dit la rumeur.

Macrobius tressaillit.

– Alors Shahr Baraz est mort ?

– Mort ou remplacé. Ça ne change pas grand-chose. On dit que sur la rivière ostienne un tas de barges de ravitaillement transportent des armes à feu. Les tactiques seront différentes quand ils reviendront et nous avons perdu la barbacane orientale. Notre présence ici ne tient qu'à un fil, même si ces idiots font la fête dans les camps de réfugiés – autre sujet que Corfe abordera quand il rencontrera le roi.

Macrobius fit un sourire las et regarda aveuglément Corfe.

– Vous avez parcouru du chemin, mon ami, depuis que nous avons partagé un navet brûlé sur la Route occidentale. Vous êtes devenu un homme qui fraye avec les rois et les pontifes, et votre étoile n'a pas fini de s'élever, je le sens.

– Vous aurez trente soldats de cavalerie de Ranafast pour vous escorter, dit Martellus, quelque peu déconcerté. C'est tout ce que nous pouvons faire mais cela devrait suffire. La route du sud est toujours ouverte mais vous devriez partir le plus tôt possible.

– Je ne voyage plus en grande pompe, général, dit Macrobius. Tout ce que je possède, je l'ai sur mon dos. Je peux aller où vous le souhaitez.

– Il est temps que le monde revoie Macrobius et entende parler de ce qui a été accompli ici. Nous avons fait du bon travail, mais ce n'est que la première bataille d'une longue guerre.

L'année touchait à sa fin. Même à Val Ephrir, la douceur disparaissait de l'air et les arbres en feu se dépouillaient jour après jour. Le Conclave des Rois s'éternisait, cependant que le pays entrait dans un hiver précoce, un hiver rigoureux qui rendait déjà les montagnes infranchissables. Cette saison sinistre serait longue et dure, plus dure encore pour ces pays qui se trouvaient dans l'ombre de l'invasion et de la guerre.

Le haut pontife de Charibon, Himerius II, fulmina une bulle, qualifiant d'imposteur et d'hérétique le vieillard aveugle qui se faisait passer pour

Macrobius et qui se trouvait à la digue d'Ormann. Son parrain, le général torunnien Pieter Martellus, qui avait extrêmement bien défendu la digue contre l'armée de Shahr Baraz, fut inculpé d'hérésie et des courriers furent envoyés en Torunnie pour exiger sa révocation et son châtiment.

Une seconde bulle autorisa les autorités ecclésiastiques des Cinq Royaumes ramusiens de l'Ouest, ainsi que les duchés et les principautés, à arrêter et à détenir toute personne utilisant la magie noire, natives d'un État qui n'appartenait pas au sein de l'Église ramusienne ou qui s'opposait publiquement à l'arrestation des personnes susmentionnées. Les biens de ces personnes seraient confisqués ou partagés entre l'Église et les autorités séculières et elles devaient être détenues dans l'attente d'un procès religieux.

À peu près au même moment, deux mille Chevaliers militants arrivèrent à Abrusio dans le royaume de Hebrion et furent reçus par des représentants de l'Ordre inceptine. La cité d'Abrusio tomba sous la loi théocratique et fut gouvernée par un corps d'Inceptines et de nobles qui n'avaient de comptes à rendre qu'au haut pontife et au roi de Hebrion – qui, malheureusement, se trouvait à Val Ephrir. La première journée du nouveau gouvernement fut caractérisée par le supplice du bûcher pour sept cent trente personnes, vidant par là même les catacombes du flot de nouveaux hérétiques et d'étrangers que les Chevaliers ramassaient dans la cité et le royaume.

Mais la crise qui affecterait le plus la forme du monde dans les temps à venir se produisit à Val Ephrir, où les rois réunis discutèrent des bulles de Himerius et des dilemmes auxquels l'Ouest était confronté.

– Selon toute apparence, nous avons deux pontifes, dit simplement Cadamost. C'est une situation qui ne peut, en aucun cas, perdurer. Si tel était le cas, l'anarchie s'ensuivrait.

– L'anarchie est déjà bel et bien présente dans les Cinq Royaumes, grâce à Himerius, dit Abeleyn d'une voix rageuse.

Il avait été informé de la situation à Hebrion par le gerfaut de Golophin et à présent, il brûlait de s'en aller, de reprendre son royaume et de mettre un terme à ces atrocités.

– Vous frôlez l'hérésie, cousin, dit Skarpathin de Finnmark, lui faisant un sourire mauvais.

– Je suis prêt à tomber dans le gouffre du bon sens, alors que vous autres, idiots, brandissez des arguments sur des têtes d'épingle. Ne voyez-vous pas ce qui se passe ? Himerius comprend qu'il est l'imposteur – le haut pontife élu à tort – alors il frappe le premier, impose son autorité dans tout le continent dans le feu et le sang...

– Et à juste titre, dit bruyamment Haukir d'Almark. Il est temps que l'Église soit gouvernée par une main forte. Macrobius, qui est indubitablement mort, était une petite vieille qui a laissé les choses glisser. Himerius est le genre d'homme dont nous avons besoin sur le trône pontifical. Un homme qui n'a pas peur d'agir. Une main forte à la barre.

– Épargnez-moi l'oraison funèbre, cousin, railla Abeleyn. Tout le monde sait que les Inceptines ont Almark dans la poche de leurs habits depuis des années.

Haukir devint livide.

– Tous les rois ont des limites, fit-il d'une voix inhabituellement basse. Même les rois peuvent pécher. Vos paroles vous condamneront, jeune homme. L'Église gouverne déjà votre capitale. Si vous ne faites pas attention, elle finira par gouverner votre royaume et vous mourrez excommunié.

– Je mourrai maître de moi-même et non marionnette de ces Corbeaux avides de pouvoir ! s'écria Abeleyn.

La salle était silencieuse, les chefs d'État consternés par cet échange. Les Fimbriens, en revanche, ne semblaient que très vaguement intéressés, comme si tout cela ne les concernait pas.

– Je n'obéirai pas aux bulles de Himerius, dit Abeleyn, d'une voix plus calme. Je ne le considère pas comme un pontife mais comme un imposteur et un usurpateur. Le véritable pontife est Macrobius. Je répudie l'autorité de Charibon, reposant sur le mensonge, et je n'assisterai pas à la division de mon royaume par des meurtriers qui se font passer pour des ecclésiastiques !

Cadamost commença à parler mais Abeleyn le fit taire d'un regard. Il s'était levé et, dans la pièce, tous les yeux convergeaient sur lui. Dans le silence, on entendait les oiseaux chanter dans les plus hauts arbres qui entouraient les tours du palais.

– Je retire, par la présente déclaration, Hebrion de la communauté des royaumes ramusiens qui reconnaît le prélat Himerius comme haut pontife. Ses édits inhumains, je les ignorerai, ses domestiques, je les bannirai hors de mes frontières. Je vous demande : qui d'autre est avec moi ? Qui d'autre reconnaît Macrobius comme véritable dirigeant de l'Église ?

Une pause s'ensuivit, puis Mark d'Astarac se leva lentement, lourdement. Sa répugnance était manifeste mais il affronta les autres dirigeants d'un air résolu.

– Astarac s'allie à Hebrion dans ceci ; Abeleyn est fiancé à ma sœur. Je le soutiendrai. Je répudie également Himerius l'usurpateur.

Un bourdonnement de conversations envahit la pièce. Le frottement d'une autre chaise sur le sol magnifiquement orné y mit un terme.

Lofantyr de Torunnie s'était levé.

– La Torunnie a affronté seule la menace de l'Est. Nous n'avons reçu aucune aide d'aucun État occidental et, en tant que pontife, Himerius nous a refusé l'aide qui nous revenait. Je crois mon général, Martellus le Lion de la digue d'Ormann. Macrobius est vivant et pontife. Je soutiendrai Hebrion et Astarac dans ceci.

Ce fut tout. Personne d'autre ne se leva, personne d'autre ne prit la parole. Les royaumes ramusiens étaient irrévocablement scindés en deux et le continent possédait deux hauts pontifes, voire deux Églises. L'air dans la salle était lourd de prémonition, sentiment de la destinée du moment.

Cadamost s'éclaircit la gorge et, quand il parla, sa voix était aussi rauque qu'une corneille, son timbre de chanteur brisé.

– Je vous implore de réfléchir à ce que vous êtes en train de faire. Vous dirigez trois des plus grands royaumes de l'Ouest. À une époque où l'ennemi hurle à nos frontières, nous ne pouvons nous permettre de nous déchirer ainsi. Nous ne pouvons laisser la foi qui nous soutient être l'arme qui divisera nos rangs en deux.

– Vous êtes des hérétiques, tous les trois, dit le vieil Haukir avec une satisfaction à peine contenue. Vous ne recevrez désormais aucune aide, Lofantyr ; vous avez signé l'arrêt de mort de votre royaume. Et Hebrion et Astarac ne peuvent résister seuls contre les autres États de l'Ouest.

Abeleyn les regarda tous assis : rois, ducs et princes. Almark et Perigraine, Finnmark et Candelaria, Tarber et Gardiac, Touron et Fulk. Même Gabrion, réputé pour sa tradition d'indépendance. Mais les deux hommes en noir qui restaient silencieux parmi eux ? Et les Fimbriens ?

– Les électorats ont-ils quelque chose à dire à ce sujet ou suivront-ils l'exemple des autres ? demanda-t-il.

Le maréchal Jonakait arqua légèrement les sourcils.

– La Fimbrie n'a jamais reconnu l'autorité d'aucun pouvoir à l'extérieur de ses frontières, y compris celle du pontife Nous sommes aussi un pays ramusien, et les Inceptines vivent et travaillent en nos frontières, mais les Électeurs ne sont pas liés par les bulles ou les édits du dirigeant de l'Église.

Abeleyn reprit espoir.

– Alors votre offre de troupes tient toujours ?

Un semblant de sourire s'ébaucha sur le visage dur du maréchal puis disparut.

– Nous ne fournirons pas de soldats aux États ramusiens qui se font la guerre les uns aux autres, mais nous les mettrons à disposition pour combattre les Medruks.

– Vous ne pouvez pas ! commença Cadamost. Vous allez aider des hérétiques dont les âmes sont aussi maudites que celles des Medruks !

Jonakait haussa les épaules.

– Seulement aux yeux de certains. Le combat à l'Est doit avoir la priorité sur tout le reste, aux yeux de nos supérieurs. Si d'autres ne sont pas d'accord, alors ils devront-faire connaître leurs arguments et nous les prendrons en compte. Mais aucun Fimbrien ne servira comme mercenaire dans une guerre de religion fratricide.

– C'est absurde ! s'écria Haukir. Récemment, vous promettiez des troupes à qui en voulait. N'est-ce pas prendre vos soldats pour des mercenaires ?

– Nous déciderons au cas par cas. Je ne peux rien promettre de plus.

Les Fimbriens ne pouvaient naturellement pas s'engager ici et maintenant. L'Ouest s'était scindé en deux. En honneur, les électorats devraient envoyer des troupes à Lofantyr – il les avait déjà demandées, Abeleyn le savait. Mais ils attendraient de voir ce qui se passerait avant de s'engager où que ce soit. Les maréchaux devaient sûrement se féliciter en secret et jubiler à l'idée d'un Ouest divisé, des Cinq Royaumes s'entretuant. C'était de bon augure pour toute tentative fimbrienne de rétablir l'hégémonie perdue des siècles auparavant. Mais pour l'heure, le plus important était que Lofantyr aurait ses renforts – bien qu'un long voyage les attende s'ils ne traversaient pas Perigraine pour gagner la digue d'Ormann.

Prendre le risque avait payé. Mark et Lofantyr avaient parfaitement joué leurs rôles, mais Abeleyn le leur avait bien fait répéter, juste après qu'ils eurent reçu la nouvelle de Charibon.

Haukir jeta un regard mauvais aux trois monarques renégats.

– Je veillerai en personne à ce que le haut pontife vous excommunie et cela voudra dire la guerre – Ramusien contre Ramusien. Que Dieu vous pardonne ce que vous avez fait en ce jour.

Abeleyn se pencha en avant sur la table. Ses yeux étaient comme deux trous noirs.

– Ce que nous avons fait aujourd'hui est de sortir notre tête du joug inceptine qui se resserre sur la gorge de chaque pays de l'Ouest depuis des décennies. Nous avons délivré nos royaumes de la terreur du bûcher.

– Vous avez plongé l'Ouest dans la guerre à une époque où il se bat déjà pour sauver sa vie, dit Cadamost.

– Non, répondit Lofantyr avec véhémence. La Torunnie se bat pour sauver sa vie. Mon royaume, mon peuple – c'est nous qui mourons à la frontière. Vous autres ne savez rien de nos souffrances et vous vous en moquez bien. Le vrai pontife réside à la digue d'Ormann, au cœur de la bataille pour défendre l'Ouest. Il n'est pas à Charibon, à formuler des édits qui enverront des milliers d'hommes au bûcher. Écoutez ce que je vous dis: avant d'en avoir terminé, je ferai brûler cet Himerius sur le bûcher sur lequel il a déjà brûlé des milliers d'innocents.

Un silence choqué s'ensuivit. Les hommes assis autour de la table avaient une espèce d'incrédulité en eux, comme s'ils n'arrivaient pas à croire ce qu'ils venaient d'entendre.

– Quittez cette cité, finit par dire Cadamost, le visage blanc comme du papier et les yeux, deux orbites cerclées de rouge. Quittez-la tant que vous êtes encore rois car une fois Charibon informée, vous serez banni de l'Église et tout homme bien-pensant sera contre vous. Votre droit consacré de régner vous sera retiré et vos royaumes, déclarés États hors la loi. Aucun dirigeant orthodoxe ne doit craindre de les envahir. Nos visages sont contre vous. Partez.

Les trois rois se levèrent et quittèrent leur place ensemble. Avant d'arriver à la porte, Abeleyn se retourna une dernière fois.

– C'est Himerius que nous défions. Nous ne cultivons aucune malveillance envers aucun autre État ou dirigeant...

Haukir s'étrangla de rire, moqueur.

– ... mais si quiconque cherche à nous blesser sans raison, alors je le jure devant vous tous: nos armées exigeront réparation dans le sang de vos sujets, nos flottes feront des brasiers sans fin de vos côtes, et nous aurons moins de pitié pour nos ennemis que pour le plus noir des sultans medruks. Vous maudirez le jour et l'heure où vous avez croisé le fer avec Hebrion, Astarac ou la Torunnie. Sur ce, messieurs, je vous souhaite une bonne journée.

Les trois jeunes hommes, les trois rois, sortirent de la pièce. Dans le silence qui s'ensuivit, les rois himeriens, nom sous lequel ils se feraient connaître, fixèrent la table ronde qui avait été témoin de leur conclave et de la dissolution des Cinq Royaumes. Le chemin de l'histoire avait été tracé: ils n'avaient plus qu'à le suivre et prier Dieu et le Ramusio béni qu'ils les guident en ce voyage.

25

Le vent du nord-est les accompagnait, aussi constant et bienvenu que l'alizé hebrionien. Hawkwood sentait le raclement régulier de sa force sur le navire, comme s'il agissait sur la moelle de ses os mêmes. Le *Balbuzard* était vivant, à flot, filant sous le vent. Son esprit se détendit et s'égara de nouveau en cet autre lieu.

Il était redevenu petit garçon, en mer pour la première fois, sur la caravelle disgracieuse – le premier navire que possédait les Hawkwood. Son père hurlait des obscénités aux marins au labeur, et les embruns blancs entraient à bord par paquets tandis que le navire filait sous le vent, sur les houles vert péridot du Levangore. S'il regardait à l'arrière, il pouvait voir la côte pâle, colorée par la poussière de Gabrion, avec les pentes plus foncées des forêts sur les collines intérieures, et à bâbord, les premières îles de l'archipel de Malacar, flottant tels des fantômes chimériques dans la légère brume de chaleur qui s'était installée à l'horizon.

Monter et redescendre, monter et redescendre, voilà ce que faisait la caravelle, les vagues vertes formant des murs brillants qui se dressaient indistinctement puis se retiraient, les goélands hurlant et lâchant du guano sur le pont, le gréement se tendant et craquant en rythme avec les membrures du navire et le vent béni qu'ils avaient exploité, qui gonflait les voiles battant dans un grand bruit.

C'était, avait-il cru, la *mer*. Et il n'avait jamais remis en question son droit d'être dessus ; au contraire, il avait accueilli son petit bateau avec joie, comme un homme accueillerait son épouse.

Hawkwood ne pouvait pas bouger. Il était trempé de sueur et immobile comme une cariatide de marbre. Il y avait une odeur inconnue dans ses narines. Le brûlé.

Une immense vibration lorsque les navires entrèrent en collision, leurs coques se heurtant dans un crissement.

« Feu ! » hurla Hawkwood et, le long du pont, les hommes introduisirent brusquement les mèches à combustion lente dans les orifices d'allumage des canons. Tel un tonnerre ondulant, ils explosèrent tour à tour, se retournant d'un coup dans leurs affûts comme des taureaux effarouchés. Un bruit intense s'ensuivit, à aucun autre pareil. Plus fort que les déferlantes d'une tempête heurtant un rivage rocheux ou un orage dans les hauteurs des Hebros. Tout le tribord du navire disparut dans la fumée et le feu. Seuls les hurlements des hommes et le cri perçant des membrures qui sautaient furent plus fort que ce rugissement.

Les corsaires lâchèrent leur bordée, les gueules de leurs couleuvrines touchant le flanc même du navire. Ils les élevèrent de sorte que le tir remontât par le pont. L'air explosa, s'emplit d'échardes de bois déchiqueté qui mutilèrent des hommes, les envoyèrent de l'autre côté du pont ou par-dessus bord comme du poisson vidé. Hawkwood grimpa sur la rambarde tribord du gaillard d'arrière et souleva le lourd sabre d'abordage au-dessus de sa tête. « *Maintenant*, les gars, à vous ! à l'abordage ! »

Puis il sauta dans l'abattoir surpeuplé du navire ennemi.

– Richard ! cria-t-elle quand il la pénétra, épuisé, poussant sa colonne vertébrale dans la douceur rembourrée du lit.

La sueur dégoulina de son visage, atterrit sur sa clavicule et ruissela entre ses seins. Jemilla lui fit un sourire féroce, son corps répondant au sien, se débattant contre le sien. La sueur était de la glue glissant entre eux et leurs peaux se suçotaient et glissaient quand ils bougeaient en rythme puis se séparaient, comme un navire atteignant le sommet d'une forte houle, la quille s'immergeant dans chaque vague.

Mais la chaleur. Son corps était en feu, étendu dans une flaque de métal liquide, chaque mouvement qu'il faisait étant un tourment, le fluide de sa vie suintant par tous ses pores. La chaleur réussit à faire sortir l'eau de lui, jusqu'à ce qu'il soit sec et se contorsionne comme le poisson salé qu'ils avaient mis en fût dans la cale. S'il bougeait, il se craquellerait et se fracturerait en fragments aussi fins et desséchés que de la cendre.

« Richard. »

Il ouvrit les yeux.

Bardolin sourit.

– Alors ça y est, vous êtes enfin revenu de votre voyage !

Le navire bougeait autour de lui – une présence apaisante. Il sentit que le vent était bon et calme par la hanche, une brise fraîche qui les poussait de plus en plus à l'ouest. Dans la quasi-tranquillité, il entendit la cloche du navire sonner trois coups et ce bruit fut d'un réconfort incroyable, comme s'il reconnaissait une voix familière.

Il tourna la tête d'un côté et la douleur surgit sur-le-champ, un embrasement en fusion concentré dans son épaule droite. Il gémit bien malgré lui.

– Doucement.

Les doigts robustes du mage immobilisèrent sa tête et attrapèrent son menton.

– Le feu ? dit-il d'une voix rauque.

– Nous l'avons maîtrisé ; le navire est sauvé, capitaine, et nous avançons bien.

– Aidez-moi à m'asseoir.

– Non. Vous...

– Aidez-moi à m'asseoir !

La douleur allait et venait en vagues de sanglots, mais il cilla et serra les dents jusqu'à ce qu'elle fût une présence supportable, quelque chose avec quoi il pouvait vivre.

Les environs lui étaient peu familiers. Une petite cabine, avec une couleuvrine qui reposait contre une paroi.

– Où sommes-nous ?

– Sur la batterie. Le charpentier a installé des cloisons pour vous, vous aviez besoin de tranquillité.

Exact. Il la reconnaissait maintenant, mais elle était étrangement silencieuse, comme si le pont était presque déserté. Il entendait des bruits de pas au-dessus de sa tête et des chuchotements.

– Le feu. La cabine arrière...

– Plus ou moins rafistolée. Le charpentier travaille comme un forcené, mais nous n'avons pas de verre neuf pour les fenêtres arrière et les volets doivent être fermés la plupart du temps.

– Le journal de bord. Bardolin, le journal de bord a survécu ?

Le mage s'assombrit.

– Non, il a brûlé comme la majorité de vos cartes marines et le vieux portulan.

– Griella ?

– Elle est en paix. J'ai eu entièrement tort de l'emmener dans cette expédition et, pourtant, elle nous a sauvé la vie, je crois. Celle de Murad, en tout cas. C'est difficile à savoir. C'était une chose difficile à faire.

– Elle l'aimait.

Cela aurait pu être aussi bien une question qu'une affirmation.

– À sa façon, oui. Mais il n'en serait rien sorti de bon. Ils se seraient détruits au bout du compte et, c'est mieux, peut-être, que les choses se soient passées ainsi. (Le bras du mage, d'une robustesse inattendue, retint Hawkwood qui tanguait.) Faites attention, capitaine. Nous ne voulons plus rien qui arrache ses coutures.

– Ortelius, disait Hawkwood, l'ignorant. Je n'arrive pas à le croire.

– Oui, qui l'aurait cru? Un ecclésiastique inceptine loup-garou! Cela soulève bon nombre de questions, capitaine, tant pour nous à bord du navire que pour le grand retour chez nous. J'ai le sentiment que nous avons négligé quelque chose, dans notre orgueil et notre sagesse. Il y a quelque chose de bien ancré dans notre société que nous n'avons pas pensé à chercher. Quelque chose d'abominable.

– Mateo, avant qu'il ne se transforme, a dit que son maître était haut placé dans la société. Je ne pense pas qu'il parlait de celui à qui nous pensons.

– Nous trouverons peut-être des réponses à l'ouest, j'imagine. Je ne considère plus ce voyage comme une expédition de découverte, capitaine, ni comme une tentative de colonisation. Cela tient plus d'une reconnaissance armée. Murad en convient.

– L'ouest. Vous croyez que... ?

– Qu'il est habité? Oui, mais par quel genre d'hommes ou de bêtes, ou les deux, je n'en sais rien.

Hawkwood balança ses jambes de la couchette suspendue. Il arrivait à vivre avec la douleur à présent. Elle allait et venait comme la marée. Son bras droit était bien sanglé à sa poitrine et le déséquilibrait.

– Est-ce grave?

– La chose a mordu votre clavicule de part en part et a mutilé les extrémités de l'os. J'ai nettoyé la blessure, enlevé les échardes. Quelques vieilles fouines sont restées avec moi et ont tenu en échec l'infection de la blessure. Elle sent plutôt bon et je pense que nous avons réussi, mais vous aurez une affreuse cicatrice et une bosse et votre bras droit ne sera plus jamais aussi robuste.

« Mais je suis vivant, songea Hawkwood. C'est déjà ça. Et mon navire est à flot, c'est encore mieux. »

Il ne portait qu'un morceau de lin sur l'aine et ses jambes lui semblèrent étrangement pâles, ses pieds bien loin de lui. Il les fixa d'un air absent, puis une peur soudaine le fit frissonner.

– Bardolin, la bête m'a mordu. Est-ce que cela signifie que j'ai sa maladie? Que je vais me transformer?

– La maladie noire n'est pas contagieuse comme le croient les gens. Elle ne se transmet pas par une morsure.

– Mais Ortelius a fait un loup-garou de Mateo!

– Oui. Cela m'intrigue, je dois l'avouer. N'ayez pas peur, capitaine, l'initiation obscure et sanglante qui a transformé le mousse en lycanthrope, quelle qu'elle soit, n'a pas été exercée sur vous. Les hommes n'attrapent pas la lycanthropie en une morsure, quoi qu'en disent les superstitions. Gregory le confirme, et mon vieux maître, Golophin, est du même avis. Il se passe autre chose qui nous échappe encore.

Quelque peu soulagé, Hawkwood se détendit.

– Pourquoi a-t-il fait ça? Pourquoi a-t-il fait ça à ce pauvre Mateo?

– Je suppose qu'il avait besoin d'aide. Il avait vu combien nous étions déterminés à continuer à l'ouest et avait l'intention de nous régler notre compte à tous les trois – vous, Murad et moi. Pour le faire rapidement et en une seule fois, il aurait eu besoin d'un conspirateur. Il était peut-être aussi... seul. Qui sait? Je ne peux prétendre être doué d'une grande perspicacité à voir dans les âmes des lycanthropes, bien que j'aie connu Griella mieux que quiconque. Il y a un mystère en eux, lié à la relation qu'entretient l'homme – ou la femme – avec la bête. (Il marqua une pause et lui fit un sourire las.) Mes excuses. Je n'avais pas l'intention de vous faire subir un cours magistral.

– Vous saviez... vous saviez qui elle était avant qu'elle n'embarque.

– Je le savais, que Dieu me pardonne. J'étais aussi un peu amoureux d'elle, vous savez. Je pensais que je pourrais la contrôler. J'ai même eu l'idée folle de la soigner. Mais ce qui est fait est fait. Cela restera toujours sur ma conscience.

– Bien. C'est fini de toute façon... pour le meilleur, peut-être. Dites-moi, combien de temps s'est-il écoulé depuis le feu et le reste? Depuis combien de temps suis-je alité?

– Huit jours.

– Huit jours! Doux Saints du ciel! Aidez-moi à me relever, Bardolin. Je dois parler à Velasca. Je dois vérifier notre cap.

Bardolin le repoussa doucement mais inexorablement sur sa couchette.

– Velasca, manifestement, sait naviguer plein ouest, et le vent est aussi calme que vous l'aimeriez. Je lui dirai de passer vous voir si vous le désirez mais vous n'irez nulle part. Pas pendant un moment en tout cas.

Hawkwood s'affala dans les couvertures. Sa tête tournait.

– Très bien. Envoyez-le-moi tout de suite, et demandez à quelqu'un de m'aider à m'habiller, voulez-vous? Et envoyez le charpentier aussi. Je veux lui parler des réparations.

– Très bien, capitaine. Je vous les envoie dès que possible.

Bardolin s'en alla, sourcils froncés.

Huit jours. Ils devaient être à une nuit d'accoster, si Velasca avait gardé le cap. Ils allaient y arriver. Hawkwood le sentait dans ses os mutilés. Il sentait la terre, qui occupait une grande place quelque part sur un horizon inconscient, uniquement illuminé par l'intuition d'un marin. Elle était là-bas, et ils s'en rapprochaient d'heure en heure, la caraque fendant le vent clément.

Murad se tenait à la coupée du gaillard d'arrière, flanqué de ses officiers, adaptant automatiquement sa posture au tangage du navire. Ses longs cheveux raides et ternes volaient au vent et il était vêtu de sa culotte de cheval en cuir noir. Sa rapière pendait à son côté, gainée dans un fourreau. Son visage avait beau être blanc comme de la craie, la balafre qui ridait sa joue creuse semblait avoir été atténuée par le vent en un carmin étincelant et ses yeux étaient sombres comme des prunelliers.

L'embelle était noire de monde, les passerelles bordées de soldats en faction. Presque tout l'équipage du navire attendait les sanctions.

– Continuez, Sequero, dit Murad d'une voix blanche.

Sequero fit un pas vers la rambarde.

– Sergent Mensurado, amenez l'homme.

L'effervescence emplit l'embelle. Mensurado et deux autres soldats apparurent parmi les spectateurs dans la foule avec un quatrième homme, dont les mains étaient attachées dans le dos.

– Lisez les chefs d'accusation, officier.

Sequero cria d'une voix claire pour que l'équipage réuni puisse l'entendre :

– Gabriello Habrar, vous êtes accusé des faits suivants : le onzième jour d'Endorion de l'année du Saint 551 vous avez, dans le gaillard d'avant du *Balbuzard gabrionien*, proféré des remarques totalement préjudiciables au moral et à la détermination d'une expédition mandatée par la Couronne et, par là même, vilipendé et dénigré l'autorité de notre commandant et de son seigneur, notre roi souverain, Abeleyn de Hebrion et d'Imerdon.

Sequero marqua une pause et jeta un œil à Murad. Le noble émacié hocha brièvement la tête.

– Vous êtes, de ce fait, condamné à l'estrapade. Sergent Mensurado, exécution. Joueur de tambour !

Un battement de tambour sec se fit entendre lorsque l'un des soldats se mit à jouer habilement sur la peau de chèvre de son instrument. Un marin juché sur les extrémités de la vergue principale fit descendre une corde que Mensurado et ses camarades attachèrent aux poignets de l'accusé. L'autre extrémité de la corde fut jetée aux soldats sur la passerelle.

Murad leva une main.

L'homme attaché fut hissé dans l'air par les poignets, ses mains formant un angle épouvantable dans son dos et ses omoplates saillant de façon grotesque. Il hurla d'une douleur atroce, mais le roulement de tambour grinçant couvrit son cri. Puis il se balança, donna des coups de pied dans le vide et se contorsionna. Quelques instants plus tard, le hurlement cessa et l'homme pendait au bout de la corde comme un morceau de viande, les yeux exorbités et le sang dégoulinant de sa langue qu'il avait mordue.

– Abattez-le, ordonna Murad et il se détourna de ce spectacle pour contempler le sillage de la caraque.

Sequero et di Souza le rejoignirent.

– Je veux de l'obéissance, dit Murad d'un ton froid. Vous, messieurs, n'avez pas fait votre boulot. Les hommes marmottent et sont prêts à se mutiner. Je vais devoir m'expliquer avec eux si je ne veux pas flageller et mettre à l'estrapade jusqu'au dernier des lâches. Est-ce clair?

Di Souza marmonna son assentiment. Sequero ne dit rien, mais ses yeux lançaient des éclairs.

– Avez-vous quelque chose à dire, officier? demanda Murad en se tournant vers son subordonné aristocrate.

– Seulement que si vous mettez tous les hommes du tercio à l'estrapade, nous serons sacrément peu nombreux à épauler nos arquebuses quand nous aurons enfin accosté, dit Sequero, que les yeux de serpent de son supérieur, dénués d'expression, n'intimidaient pas le moins du monde.

Murad le fixa un long moment; l'officier blêmit mais tint bon. Enfin, un sourire déforma le visage de son aîné.

– Je préférerais avoir un homme mutilé et loyal qu'un homme en pleine forme qui ne l'est pas, dit-il d'un ton calme. Il semblerait, Sequero, que vous développiez une espèce de considération à l'égard de vos semblables, du rebut du genre humain du bas de l'échelle. Peut-être ce voyage vous apprend-il la compassion envers un roturier ou un Frère mendiant. S'il s'avère que votre sympathie naissante pour la roture interfère avec votre devoir et votre loyauté envers votre supérieur et votre roi, vous serez, j'en suis sûr, le premier à me le faire savoir.

Sequero ne dit rien, mais regarda son supérieur avec une haine non dissimulée. Murad sourit de nouveau, de son sourire mort et froid, pire qu'un regard de colère.

– Vous pouvez disposer tous les deux. Occupez-vous de Habrar, di Souza. Demandez à l'une de ces sorcières à bord de jeter un œil sur lui. Sequero, nous nous entraînerons aux armes légères ce soir après le dîner.

Ils le saluèrent, tournèrent les talons et quittèrent le gaillard d'arrière. La foule dans l'embelle se dispersait déjà, jetant des regards noirs au noble qui flânait sur la lisse de couronnement de la caraque.

Murad s'en moquait. Il savait que sa vision d'une colonie à l'ouest, qu'il gouvernerait, était un projet chimérique, comme une rosée matinale desséchée par les rayons du soleil. En parlant à Bardolin, il s'était surpris à tomber d'accord avec le mage : il devait y avoir quelque chose à l'ouest, quelque chose qu'Ortelius était chargé de les empêcher de découvrir. Mais par qui en avait-il été chargé ? Soit l'ecclésiastique lycanthrope avait été envoyé en mission par un monarque ramusien, ce qui était peu probable – aucun des rois occidentaux ne prendrait volontairement un Inceptine et un loup-garou pour agent –, soit il travaillait pour quelqu'un qui se trouvait déjà à l'ouest. Le continent inconnu de Murad avait déjà été revendiqué.

Mais par qui ?

Des loups-garous. Des lycanthropes. Des mages. Eux tous le rendaient malade à mourir. Lui donnaient la chair de poule. Et le souvenir de ses rêves – de ce qu'il avait cru être des rêves – l'empêchait encore de dormir et le faisait transpirer chaque nuit. Il avait partagé son lit avec une bête, avait senti sa chaleur et son œil torve.

Il se rappela le corps de Griella, tendu comme une corde sous lui, la douceur mordorée de sa peau. Et il regarda de nouveau le sillon laissé par la caraque pour que le rebut de l'humanité en contrebas ne pût voir l'éclat brûlant surgir dans ses yeux noirs et vides.

La caraque continuait à faire ses soixante lieues par jour, le vent du nord-est la faisant avancer à sept nœuds par mer calme. Quatre cent quatre-vingts lieues peut-être, depuis que Hawkwood avait été confiné dans sa cabine. Ils avaient traversé l'équivalent des déserts calmariques du sud jusqu'à l'extrême nord glacé de Yazdegard ; l'étendue du monde connu. Et pourtant, l'océan leur semblait toujours infini

Le feu à bord avait touché la voile d'artimon et brûlé les bastaques ainsi qu'une bonne partie des haubans. Si une rafale les avait touchés, ils auraient aussi perdu le mât, mais la mer avait été clémente avec eux. Les flammes avaient été éteintes par de l'eau de mer pompée par les Dweomers, les sorciers à bord soulevant des barriques de cent gallons d'eau et les vidant sur l'artimon, le gaillard d'arrière et la poupe. Pendant que Hawkwood avait été inconscient, les réparations étaient allées bon train et la caraque était de nouveau entière, avec juste quelques cicatrices noires carbonisées, témoignant que le navire avait été à deux doigts du désastre. Mais comme le charpentier en avait informé Hawkwood cet après-midi, ils avaient épuisé le bois d'œuvre qui leur restait pour réparer les dégâts et ne pourraient rien faire de plus. Si le navire était de nouveau endommagé, ils n'auraient rien pour le réparer. Ils n'avaient plus non plus de cordages ni de filins d'avance. Il faudrait nouer et épisser jusqu'à ce qu'ils accostent.

Velasca fit également son rapport. Il avait tenu un journal de bord relativement lisible pendant qu'il avait gouverné le navire tout seul mais il était de toute évidence soulagé que Hawkwood soit de nouveau conscient et ait les idées claires. Il connaissait peu de choses sur les nuances de la navigation, parvenant tout juste à lire une arbalète et à prendre un relèvement au compas. Dès qu'il en fut capable, Hawkwood retrouva le pont, se repéra par rapport à l'étoile Polaire, et vérifia et revérifia son estime. Il avait un homme nuit et jour dans les chaînes d'avant, le sondeur qui sondait le fond, et il raccourcissait les voiles la nuit en dépit des protestations de Murad qui souhaitait qu'ils filent à toute allure sous tous les morceaux de toile que possédait la caraque. Il ne parvint pas à convaincre le noble de sa propre conviction : qu'ils approchaient enfin de la terre. C'était une intuition de marin, naturellement, quelque chose dans l'air peut-être, ou l'aspect de l'océan, mais Hawkwood était persuadé que le Continent occidental n'était pas loin.

Le vingtième jour d'Endorion, neuf jours après que Hawkwood s'était réveillé pour trouver Bardolin penché au-dessus de lui, le sondeur leva la voix en un cri étranglé qui suscita l'intérêt de chaque homme et femme à bord. Pendant des jours, il avait entonné avec monotonie : « Pas de fond, pas de fond avec cette ligne. » Mais à présent, il hurlait, tout excité :

– Quatre-vingts mètres de fond ! Quatre-vingts mètres de fond avec cette ligne !

Hawkwood et Murad se trouvaient sur le gaillard d'arrière, Hawkwood penché au-dessus de la table qu'ils avaient remontée d'en bas, écrivant laborieusement et péniblement de sa main gauche dans son nouveau journal de bord.

– Soixante-quinze ! Soixante-quinze mètres de fond ! criait le sondeur.

Et le navire fut emporté par une effervescence de discussions animées. Les échelles de capot tonnèrent tandis que passagers et soldats grimpaient sur le pont pour voir ce qui se passait.

– Soixante-dix mètres de fond ! Sable blanc et coquillage dans la sonde !

– Continuez à sonder ! hurla Hawkwood. Tout le monde ! Tout le monde pour raccourcir les voiles !

Huit coups dans le dernier petit quart venaient d'être sonnés et le quart venait de changer. Mais tout l'équipage du navire vint se masser dans l'embelle et le gaillard d'avant.

– Velasca ! tonna Hawkwood par-dessus le bruit sourd des pas et le brouhaha croissant. Huniers uniquement ! Changez les voiles !

– Est-ce la terre ? demanda Murad, les yeux brillants. Est-ce elle ? Je ne vois rien.

Hawkwood l'ignora et regarda attentivement le petit perroquet où se trouvait la vigie.

– Dans le petit perroquet ! que voyez-vous ?

Il y eut une pause.

– Rien à part de la brume à six ou sept lieues, monsieur.

– Alors gardez l'œil, surtout.

– Que se passe-t-il ? demanda Murad, le visage rouge de colère.

– Nous sommes sur un rivage en pente douce, seigneur Murad, dit Hawkwood d'un ton calme. La mer est peu profonde.

– Est-ce que cela signifie que nous allons bientôt accoster ?

– C'est possible, oui.

– Dans combien de temps ?

Murad scruta l'horizon comme s'il s'attendait à ce que le Continent occidental surgisse sur-le-champ.

– Je n'ai aucun moyen de le savoir, mais nous raccourcissons les voiles pour ne pas tomber sur un écueil à toute vitesse.

– Saints du ciel ! dit Murad d'une voix rauque. Nous sommes tout près, n'est-ce pas ?

Hawkwood s'autorisa à sourire.

– Oui, Murad. Nous sommes tout près.

Dans la soirée, la caraque avança sans à-coups, vent arrière, et la majorité de l'équipage étaient sur le pont, le visage tourné vers l'ouest. Lorsque les premières étoiles surgirent dans la voûte bleu-noir du ciel nocturne, les passagers se retirèrent en bas pour dîner, mais Hawkwood prit les deux quarts sur le pont, mangeant du porc salé et des biscuits de mer. Et le sondeur continua son chant depuis les chaînes d'avant.

– Soixante mètres de fond. Soixante mètres de fond avec cette ligne.

L'air avait une substance différente. Les marins le sentaient. Il y avait quelque chose de plus humide et d'écœurant, en désaccord total avec la nature habituellement mordante du grand large. Et Hawkwood se dit qu'il pouvait sentir quelque chose ; cette odeur de plus en plus forte, comme le souffle d'un jardin d'été. Elle n'était pas loin.

– Écume blanche ! Écume blanche à pile deux encablures ! cria la vigie.

Hawkwood se pencha par l'écoutille de la barre.

– Barre ! Bâbord à deux points ! Ouest-sud-ouest !

– Bien, monsieur.

La caraque avança doucement, le vent venant à présent de l'avant. L'équipage se rua sur les haubans pour gréer les vergues. Hawkwood vit le vacillement blanc et l'assaut de l'écume se briser sur les rochers noirs à tribord.

– Sondeur ! Quelle est notre profondeur ?

Il y eut un gros plouf, une longue minute d'attente puis le sondeur déclara :

– Quarante mètres, monsieur, et du sable blanc !

– Rentrez les huniers ! cria Hawkwood.

L'équipage remonta les haubans à toute allure, se pencha sur les vergues du hunier et se mit à tirer les étendues de toile pâles. Le navire perdit de la vitesse.

– Pourquoi ralentissons-nous, capitaine ?

C'était Murad, qui grimpait l'échelle du gaillard d'arrière à toute allure.

– Brisants en avant ! cria la vigie d'une voix perçante. Bâbord et tribord ! Trois encablures de la proue !

– Dieu tout-puissant ! s'exclama Hawkwood, interloqué. Jetez l'ancre !

Un matelot détacha l'ancre lourde de la proue d'un coup de maillet. Un énorme bruit de plongeon s'ensuivit, qui illumina la mer noire, et le navire perdit de la vitesse, s'arrêtant progressivement puis totalement. Elle embarda quand le vent poussa sa poupe.

– Sortez une ancre de bossoir de la poupe, Velasca ! dit Hawkwood à son second. Et priez pour qu'elle tienne dans ce sol !

Lui-même la voyait : une ligne brisée d'eau blanche à peine perceptible dans la nuit, puis il y eut un nouveau bruit, le grondement lointain d'un ressac. Hawkwood vit qu'il tremblait, son épaule étant une flamme de douleur écarlate et sa transpiration, acide et glissante. Sans la vigilance de la vigie, le navire aurait continué à voguer vers les rochers.

– Est-ce la terre ? demanda Murad en regardant au loin l'écume blanche qui déchirait l'obscurité.

– Peut-être. C'est peut-être un récif. Nous ne pouvons prendre aucun risque. J'ai jeté l'ancre. Je n'aime pas le sol, mais je n'irai sûrement pas plus loin de nuit. Nous devrons attendre le jour.

Tous deux écoutèrent, observèrent. Difficile d'imaginer ce qui les attendait dans la nuit, quel genre de pays se trouvait dans l'obscurité humide et derrière la ligne des brisants traîtres.

– Ancre de poupe jetée, l'informa Velasca.

– Très bien. Faites descendre le quart de bâbord et veillez à ce que les tribordais halent les chaloupes par le flanc. Elles ont besoin d'être mouillées sinon elles risquent de faire eau comme des passoires demain matin.

– Bien, monsieur.

Le regard de Hawkwood se perdit dans l'obscurité ; il sentait le navire rouler et tanguer sous ses pieds comme un animal longé qui décochait une ruade au licou. La chaleur nocturne semblait plus intense et il crut apercevoir de minuscules groupes d'insectes voleter autour de la lanterne arrière. Ce n'était donc pas un récif isolé, mais quelque chose de plus substantiel. Difficile à croire, après tout ce temps, que leur destination était tout près dans l'obscurité, côté sous le vent.

Il se demanda ce que Haukal aurait fait et, l'espace d'un instant, médita sur la disparition de son autre navire, la gracieuse petite caravelle et les bons matelots qui composaient son équipage. Continuaient-ils à naviguer, à une latitude lointaine ? Ou les poissons rongeaient-ils leurs os ? Il ne le saurait vraisemblablement jamais.

Murad était parti. Hawkwood entendait le noble hurler des ordres en bas dans l'embelle, appeler ses officiers et ses sergents. Tout devrait luire et briller : ils revendiqueraient un nouveau monde pour leur roi demain matin.

La dernière nuit à bord, Hawkwood, Murad et Bardolin partagèrent une bouteille de vin candelarien dans la cabine de la poupe, les volets ouverts pour laisser entrer de l'air. Un papillon de nuit passa par les fenêtres sans verre et voleta autour de la lanterne de table, comme une chose enchantée, et les trois hommes, tout aussi extasiés, l'observèrent avec avidité jusqu'à ce qu'il s'aventurât trop près de la flamme et tombât sur la table, carbonisé. Ils le laissèrent ainsi, comme une sorte de talisman narquois, éventuelle promesse des événements à venir. Puis ils portèrent un toast au voyage et à tout ce que le lendemain matin leur apporterait, quoi que ce fût, gardant les dernières gouttes comme une libation qu'ils verseraient dans la mer dans un rituel bien plus ancien que toute vision du Ramusio. Ils burent à la santé de ceux dont les âmes avaient été perdues lors de leur traversée de l'océan et à l'avenir qui poindrait avec le lever du soleil.

Le lendemain matin, le soleil se leva sur une zone de nuages en fusion, produit d'une véritable fournaise abritée sous l'horizon oriental. Tout l'équipage du navire se tenait sur le pont, vêtu de ses plus beaux atours; même Hawkwood portait une épée. Ils entendaient clairement le roulement d'un ressac qui se brisait, sentaient l'air riche et humide de la terre. Des oiseaux étaient perchés sur le gréement, petites créatures brun foncé, du genre moineaux, qui gazouillaient et chantaient avec le lever du soleil. C'était un bruit que l'équipage écoutait en souriant d'émerveillement. Un chant d'oiseau – quelque chose d'une vie ancienne.

Il y avait du brouillard, auquel le soleil donnait une couleur miel. La vigie dans le petit perroquet fut la première à l'apercevoir et s'époumona d'une voix perçante :

– Terre en vue ! En arrière du travers tribord ! Des collines et des arbres ! Grand Dieu !

Des acclamations s'ensuivirent, que Murad et ses officiers firent taire. Le brouillard s'amenuisait de minute en minute.

Puis elle apparut. Une région verte de végétation qui se solidifiait dans les voiles de la matinée. Des montagnes qui saillaient dans un ciel sans nuages, et le soleil levant qui dorait le tout.

– Armez les chaloupes ! dit Hawkwood d'une voix rauque.

Les équipages des deux chaloupes qui avaient survécu descendirent tant bien que mal le flanc du navire, les soldats maniant maladroitement les armures et les armes, les matelots agiles comme des singes.

– Larguez les amarres ! cria Hawkwood dès qu'ils se trouvèrent sur les bancs de nage.

Inutile de rajouter quoi que ce soit, tout l'équipage avait reçu des instructions et Velasca savait ce qu'il avait à faire.

Les cordes furent jetées des plats-bords et les avirons, abaissés. Les hommes se mirent à ramer sans interruption, la fatigue extrême suintant de tous les pores de leur peau malgré le début de la matinée. Derrière eux, le navire rapetissait à vue d'œil.

Il y avait un long chenal dans les brisants qui aurait pu recevoir le *Balbuzard* la veille au soir, s'il y avait eu suffisamment de lumière pour qu'ils le voient. Les deux chaloupes le traversèrent, soulevées, tanguant sur les vagues qui déferlaient. Dans les récifs, la mer était plus calme et ils aperçurent un ruban de sable blanc qui bordait un rideau de jungle ininterrompu.

– Capitaine ! hurla l'un des hommes. Regardez à l'arrière, sur le côté terre du récif !

Hawkwood et Murad se retournèrent de concert et plissèrent les yeux dans le soleil matinal.

– Je ne peux pas... commença Murad, puis silence.

Sur le côté du récif exposé à l'ouest gisaient les restes d'un navire.

C'était la guibre d'une quille et quelques autres fragments squelettiques des membrures. Comme si le navire avait foncé sur le récif, la partie avant de la coque l'ayant évité, le reste s'étant fracassé puis ayant sombré.

C'était la *Grâce de Dieu.*

Les hommes firent le signe du Saint sur leur poitrine en chuchotant. Hawkwood avait les yeux qui piquaient, comme par solidarité avec son épaule blessée. Être allé aussi loin uniquement pour s'échouer. Tant d'hommes bons.

– Que Dieu ait pitié d'eux, murmura-t-il.

– Y a-t-il pu avoir des survivants ? demanda Murad.

Il secoua la tête, lentement, scrutant l'épave en mille morceaux et le brisant retentissant, le récif déchiqueté. C'était un hasard extraordinaire qu'une partie du navire soit restée sur le récif, c'était la force explosive des brisants qui l'avait coincée. Seul un miracle aurait pu sauver ceux qui étaient à bord.

– Nous sommes seuls, alors, dit Murad.

– Nous sommes seuls, acquiesça Hawkwood.

L'eau était peu profonde. Ils sentaient la chaleur de la terre comme une paroi. Les hommes levèrent leurs avirons et, quelques secondes plus tard, la carène des chaloupes embrassa le sable.

Richard Hawkwood sortit de la première chaloupe dans une grosse éclaboussure, suivi de près par Murad. À travers le bruit des brisants au loin sur le récif, les notes d'un étrange chant d'oiseau s'échappaient de la jungle.

Ils sortirent des hauts-fonds et mirent un pied sur le sable blanc et chaud, le soleil matinal réchauffant leur dos. L'équipage remorqua les chaloupes hors de l'eau et resta debout, haletant. Les arquebuses des soldats étaient prêtes à faire feu.

Murad se retourna et regarda Hawkwood, puis sans un mot, tous deux marchèrent jusqu'à la plage éblouissante, où étincelait la jungle du Continent occidental, obscure et impénétrable.

Fin du premier tome

Cet ouvrage a été imprimé par la
SOCIÉTÉ NOUVELLE FIRMIN-DIDOT
Mesnil-sur-l'Estrée
pour le compte des Éditions du Rocher
en décembre 2005

Éditions du Rocher
28, rue Comte-Félix-Gastaldi
Monaco

Imprimé en France
Dépôt légal : novembre 2004
CNE section commerce et industrie Monaco : 19023
N° d'impression : 77139